湖北省公益学术著作
Hubei Special Funds 出版专项资金
for Academic and Public-interest
Publications

中国古代流贬文学研究丛书

尚永亮 主编

南朝贬谪制度与文学研究

孙雅洁 著

WUHAN UNIVERSITY PRESS
武汉大学出版社

图书在版编目(CIP)数据

南朝贬谪制度与文学研究 / 孙雅洁著 . -- 武汉 ：武汉大学
出版社,2025.6. -- 中国古代流贬文学研究丛书 / 尚永亮主编 .
ISBN 978-7-307-25024-6

Ⅰ. I206.391

中国国家版本馆 CIP 数据核字第 2025QW6811 号

责任编辑:聂勇军　　　责任校对:杨　欢　　　版式设计:马　佳

出版发行：**武汉大学出版社**　　（430072　武昌　珞珈山）

（电子邮箱：cbs22@whu.edu.cn　网址：www.wdp.com.cn）

印刷:湖北金港彩印有限公司

开本:720×1000　　1/16　　印张:28.5　　字数:471 千字　　插页:2

版次:2025 年 6 月第 1 版　　2025 年 6 月第 1 次印刷

ISBN 978-7-307-25024-6　　定价:168.00 元

作者简介

孙雅洁，1994 年生，江苏南通人。武汉大学文学博士，现为浙江省社会科学院文化所助理研究员。主要研究方向为汉唐文学。

主持、参与国家社科基金项目及浙江省社科规划项目等多项。在《江汉论坛》《浙江学刊》等核心期刊发表学术论文多篇。

总　　序

从法律角度来看，流放和贬谪是对负罪人员的一种惩罚，但政治史意义上的流贬，早在唐、宋之前，就超越了其法律内涵而成为帝制社会打击异己的一种手段；至于文化史意义上的流贬，内涵更为丰富，它以官僚阶层权力争斗或政治纷争为主要动因，以失败一方的空间远徙和恶地囚居为主要惩罚方式，以对失败、挫折、苦难的承受、消解或超越为流贬主体的心理表现，形成了一种环绕个体或群体之生命沉沦，并旁涉地理、宗教、思想、文学等多个领域的特殊文化现象。

严格来说，流放与贬谪并不相同，二者存在发生时间、个体身份、量刑程度等方面的差别。从时间上看，前者出现更早，上古三代，就有了"流宥五刑"的记载，后者到了中古时代才出现，并形成"减秩居官，前代通则；贬职左迁，往朝继轨"①的相关制度；从身份上看，前者包括官员和一般罪犯，而官员一经流放，即被免职，与普通罪犯无异，后者则主要针对官员，虽然被贬，却仍有官做，只是职位、品级下降而已；从量刑上看，前者于北齐被列为五刑之一，除流徙远恶之地外，往往还要附加笞、杖等刑，颇为严厉，后者并未入刑，多为降职和外放，而外放者则视其政绩和年资，允准量移善地。所谓"流贬量移，轻重相悬……流为减死，贬乃降资"②，指的就是这种情况。然而，从实质上看，有些外放的贬谪几与流刑混同，甚至惩罚程度更为严苛，以致二者在"徙之远方，放使生活"一点上，并无明显差异。所以孔颖达说："据状合刑，而情差可恕；全

---

① （南朝·梁）沈约著，陈庆元校笺：《沈约集校笺》卷二《立左降诏》，浙江古籍出版社1995年版，第47页。

② （宋）王溥：《唐会要》卷四一《左降官及流人》，中华书局1955年版，第738页。

1

赦则太轻，致刑即太重。不忍依例刑杀，故完全其体，宥之远方，应刑不刑，是宽纵之也。"①进一步说，无论流还是贬，流贬主体都经受了来自政治强权施予的打击(尽管其中有正向、负向之别)，都在逆境中体验了生与死、放与归、自我拯救和他者救助的多重矛盾，都产生出或执着或超越的意识倾向以及远超常人的悲剧性情感，因而，我们广义地将流与贬作一整体看待；而在流贬者中，重点关注的则是那些被外放、流徙远方且有文学创作的文人士大夫。

这些文人士大夫多是历代士人中的翘楚，他们或因"信而见疑，忠而被谤"②，落得个"行吟泽畔，颜色憔悴，形容枯槁"③的结局；或因"一封朝奏九重天"④"许国不复为身谋"⑤，而被贬窜荒远，过着"食无肉，病无药，居无室，出无友，冬无炭……大率皆无"⑥的生活，半生沉沦，甚或殒身异域。明人王世贞《艺苑卮言》"文章九命"条列举历代"流徙""贬窜"者有云：

　　流徙则屈原、吕不韦、马融、蔡邕、虞翻、顾谭、薛荣、卜铄、诸葛太、张温、王诞、谢灵运、谢超宗、刘祥、李义府、郑世翼、沈佺期、宋之问、元万顷、阎朝隐、郭元振、崔液、李善、李白、吴武陵，明则宋濂、瞿佑、唐肃、丰熙、王元正、杨慎；贬窜则贾谊、杜审言、杜易简、韦元旦、杜甫、刘允济、李邕、张说、张九龄、李峤、王勃、苏味道、崔日用、武平一、王翰、郑虔、萧颖士、李华、王昌龄、刘长卿、钱起、韩愈、柳宗元、李绅、白居易、刘禹锡、吕温、陆贽、李德裕、牛僧孺、杨虞卿、李商隐、

---

① (唐)孔颖达等疏：《尚书正义》卷三《舜典》，(清)阮元校刻《十三经注疏》，中华书局 2009 年版，第 271 页。

② (汉)司马迁著，顾颉刚等点校，赵生群等修订：《史记》(修订本)卷八四《屈原贾生列传》，中华书局 2014 年版，第 3010 页。

③ (战国)屈原著，(宋)洪兴祖补注，白化文等点校：《楚辞补注》卷七《渔父》，中华书局，1983 年，第 179 页。

④ (唐)韩愈著，钱仲联集释：《韩昌黎诗系年集释》卷一一《左迁至蓝关示侄孙湘》，上海古籍出版社 1984 年版，第 1097 页。

⑤ (唐)柳宗元著，尹占华、韩文奇校注：《柳宗元集校注》卷四三《冉溪》，中华书局 2013 年版，第 2997 页。

⑥ (宋)苏轼著，(明)茅维编，孔凡礼点校：《苏轼文集》卷五五《与程秀才三首》，中华书局 1986 年版，第 1628 页。

温庭筠、贾岛、韩偓、韩熙载、徐铉、王禹偁、尹洙、欧阳修、苏轼、苏辙、黄庭坚、秦观、王安中、陆游，明则解缙、王九思、王廷相、顾璘、常伦、王慎中辈，俱所不免。①

　　这里所列 83 位"流徙"者、"贬窜"者，即我们所说的流贬文人。尽管就人数言，上述流贬者仅是若干朝代流贬群体中的很小一部分代表，但已足以反映出他们在中国文学史中所占地位和分量。这些流贬者在人生逆境中展示出各不相同的生活样态，其中不少人或将视线转向自我情感的宣泄，或转向对政治、社会、人生的反思，或转向对自然山水的歌咏，由此生成大量体裁、题材不尽相同的文学作品，这些作品，可视为流贬文学的主体；至于流贬者在流贬前后以及非流贬者在送别赠答、追忆述怀时创作的有关流贬的作品，则可视为流贬文学的侧翼。②它们共同组成了贯穿中国历史数千年的流贬文学的洋洋大观。

　　对流贬及流贬文学的关注，中国历史上代不乏人。南朝江淹《恨赋》有云："孤臣危涕，孽子坠心，迁客海上，流戍陇阴。此人但闻悲风汨起，泣下沾襟；亦复含酸茹叹，销落湮沉！"③宋人周煇《清波杂志》卷四"逐客"条亦谓："放臣逐客，一旦弃置远外，其忧悲憔悴之叹，发于诗什，特为酸楚，极有不能自遣者。"④至如宋初王溥所纂《唐会要》一书，其卷四一即有"左降官及流人"⑤一节，宋元之际的方回在《瀛奎律髓》中，更将唐宋"迁客流人之作"⑥专设一类，对流贬文学有了专门的分类意识。

　　时至今日，流贬文学更引起学界的广泛关注。20 世纪八九十年代，已有学

---

① （明）王世贞著，罗仲鼎校注：《艺苑卮言校注》卷八，齐鲁书社 1992 年版，第 403～404 页。

② 尚永亮：《贬谪文化与贬谪诗路：以中唐元和五大诗人之贬及其创作为中心》，中华书局 2023 年版，第 431 页。

③ （南朝·宋）江淹著，丁福林、杨胜朋校注：《江文通集校注》卷一《恨赋》，上海古籍出版社 2017 年版，第 3 页。

④ （宋）周煇著，刘永翔校注：《清波杂志校注》卷四，中华书局 1994 年版，第 138 页。

⑤ （宋）王溥：《唐会要》卷四一《左降官及流人》，中华书局 1960 年版，第 734 页。

⑥ 方回选评，李庆甲集评校点：《瀛奎律髓汇评》（下），上海古籍出版社 2005 年版，第 1537 页。

者开始了对流贬现象和流贬文学的专力考察，① 其后随着多次全国性的迁谪、流寓文学研讨会的召开，相关研究更是风生水起，涌现出大批研究者和数量可观的研究论著。据粗略统计，30 年来研究流贬与流贬文学的著作约 23 部，其中唐代 9 部，宋代 5 部，明清各 1 部，其他 7 部；论文近 1600 篇，其中仅学位论文即有 300 余篇，博士论文至少 16 篇，而且从时段来看，从 20 世纪 90 年代至今，研究成果逐年递增，呈稳步上升的态势。②

毫无疑问，前述各类成果已展现出流贬文学研究多方面的开拓和喜人的发展态势，某种意义上，一门颇具规模且不乏理论和实践支撑的"流贬学"正呼之欲出。然而，这些研究中的部分成果也呈现出若干不可忽视的问题。整体而言，这些问题主要表现在以下几点：一是时段分布多寡不均，约 70% 的成果集中在唐宋两代及清代，而其他朝代光顾者少，至于先秦、汉魏、六朝、金、元、明诸代则问津乏人。二是人物研究冷热不均，多数研究者将目光集中在了先秦的屈原、唐代的柳宗元、刘禹锡、韩愈和宋代的苏轼、秦观、欧阳修等人身上，而对其他流贬文人则关注不够，甚至全未顾及，由此形成热者极热、冷者甚冷的局面。三是对流贬地域的考察缺少广度和深度，引起研究者关注较多的，除唐宋时期的岭南、两湖地区以及清代的西北、东北地区外，其他地区不仅涉及者寡，而且即便涉及，也多是纯地理层面的知识罗列，而缺乏文化层面的深层剖析，缺乏对流贬者行走路线、路程、路况、行期、行速及贬地生活等方面的细密考索。四是制度研究多静态而少动态，多律法规定而少操作环节，多客观描述而少实施主体考析，由此导致相关论述与实际流程一间有隔。五是缺乏整体性观照、学理性洞见和理论性提升，不少研究多流于一般性叙述、碎片化考察，而少了些全视域把握、规律性概括，并因研究者缺乏对生命感悟的融入，也少了些真正打动人心的力量。

正是有鉴于此，我们将目光投射到那些在选题的新颖度、论述的细密度、观照的整体性上更具特色的论著，以期为此后的流贬文学研究提供若干导引和镜

---

①　参见李兴盛《东北流人史》（黑龙江人民出版社 1990 年版）、《中国流人史》（黑龙江人民出版社 1995 年版）、尚永亮《元和五大诗人与贬谪文学考论》（台北文津出版社 1993 年版）等。

②　参见本丛书所收凌云、罗昌繁、孙雅洁、朱春洁诸书绪论。

鉴。在这些论著中，我们特别重视的是一些硕士、博士学位论文，尤其是博士生的学位论文。盖因此种论文之选题是经过学生和导师多次切磋、商讨才确定的，其中蕴涵着对学术发展状况较为深透的理解，对选题开展前景较为全面的把握；而在具体开展过程中，又经过反复思考、修订和打磨，再经过预答辩、外审等审阅及问难环节，历时三四年或更长的时间而完成，故其最终成果多具较高的扎实度和学理性，在其研究对象所涉及的领域中，往往占据较前沿的学术位置。仅就管见所及，21 世纪以来，海峡两岸有关流贬文学研究的博士论文即有如下多种：

高良荃：《宋初四朝官员贬谪研究》（山东大学博士学位论文，2003 年）

张英：《唐宋贬谪词研究》（苏州大学博士学位论文，2009 年）

张玮仪：《元祐迁谪诗作与生命安顿》（台湾成功大学博士学位论文，2009 年）

吴增辉：《北宋中后期贬谪与文学》（复旦大学博士学位论文，2011 年）

严宇乐：《苏轼、苏辙、苏过贬谪岭南时期心态与作品研究》（复旦大学博士学位论文，2012 年）

赵忠敏：《宋代谪官与文学》（浙江大学博士学位论文，2013 年）

罗昌繁：《三国两晋贬谪文化与文学》（武汉大学博士学位论文，2014 年）

石蓬勃：《苏门诗人贬谪诗歌研究》（河北大学博士学位论文，2014 年）

赵文焕：《黄庭坚贬谪文学研究》（南京师范大学博士学位论文，2016 年）

赵雅娟：《北宋前期贬谪文化与文学》（武汉大学博士学位论文，2018 年）

蔡龙威：《南宋高宗朝贬谪诗研究》（吉林大学博士学位论文，2018 年）

周乔木：《方拱乾父子流贬文学研究》（黑龙江大学博士学位论文，2018 年）

段亚青：《唐代贬谪制度与相关文体研究》（武汉大学博士学位论文，2019 年）

朱春洁：《清代流人文学研究》（武汉大学博士学位论文，2020 年）

　　凌云：《两汉流贬制度与文学研究》（武汉大学博士学位论文，2021 年）

　　孙雅洁：《南朝贬谪制度与文学研究》（武汉大学博士学位论文，2022年）

　　徐嘉乐：《元代贬谪制度与文学的多元考察》（武汉大学博士学位论文，2025 年）

　　以上论文，有个体研究，也有群体研究，有诗歌、词作研究，也有制度、文体研究，有某一时段研究，也有一代文学研究，在观察视角、学术观点、研究方法等方面均多有创获，取得了不俗的成绩；而其中特别值得关注的，是关乎某些前人较少涉足的断代流贬文学的整体研究。这些研究，视野相对阔大，领域较为新颖，因而更具学术上的开拓性。兹仅依时代序，就前列武汉大学凌云、罗昌繁、孙雅洁、段亚青、赵雅娟、朱春洁诸博士之学位论文，稍做介绍如下。

　　《两汉流贬制度与文学研究》：共五章十八节，重点考察两汉流贬的构成要素、主要类型以及法律性质和地位，其中对流贬的主要程序和相关操作，流贬者在流贬前后遭遇的处置措施，在时间、空间、身份类型诸方面的分布规律，以及导致流贬的不同原因和各朝流贬情形的论述，用力尤多。在此基础上，展开对两汉流贬文人之拟骚现象与流贬文学书写的重点讨论。

　　《三国两晋贬谪文化与文学》：共七章二十节，以朝代为经，以各朝典型贬谪案例为纬，对三国两晋五朝的贬谪事件予以宏观把握和微观考察。其中首章与尾章重在考察三国两晋时期的选官、职官、爵位、流徙刑制度，通过计量分析，揭示贬谪人次与对象、贬谪地域、贬谪缘由等概况，并对此期贬谪事件的特点与规律予以归纳总结。其他诸章分别以曹魏、蜀汉、东吴、西晋、东晋五朝为中心，考述各朝的贬谪案例及其与文化、文学、政治等诸多层面的关系。

　　《南朝贬谪制度与文学研究》：共五章十五节，前三章分别着眼于南朝贬谪制度、贬谪类型和事件以及贬谪的家族性特征等，特别是着眼贬官数量较多、较具特点的陈郡谢氏、顺阳范氏和彭城刘氏三个家族，以及宗室及其周边之文学集团，进行制度、家族、个案等方面的考察。最后两章聚焦于南朝贬谪文学之发展，重点观照谢灵运、颜延之、江淹等代表性作家之创作，以及南朝贬谪文人与时代文化精神之间的关系，对其特点和规律展开研探。

《唐代贬谪制度与相关文体研究》：共六章十九节，前三章以制度研究为切入点，结合"礼""法""权"三大因素，考察唐代贬谪制度的全貌及其运作过程，尤其注意将制度研究中静态的条文章程与动态的具体操作相结合，分析制度与人的互动，在运作过程中了解贬谪制度的特点及弥漫其周围的政治生态环境。后两章主要分析与贬谪制度相关的两种文体：一为贬谪制诏，一为贬谪官员谢上表，两种文体一自上而下，一自下而上，分别代表着贬谪的实施与完成，交织出一幅士人与皇权互动、逐步树立自我人格的生动图景。

《北宋前期贬谪文化与文学》：共六章十八节，将贬谪制度与贬谪文学的研究相结合，注重考察北宋前期贬谪制度之制定、实施的文化背景和特点，以及受此影响所形成的贬谪文学内容和艺术特色。由此两方面之关联沟通，揭示北宋前期贬谪制度、文化与贬谪文人主体精神之重塑、政治节操之作成间的关系，并对此期呈现的"道"与"位"、"进身"与"行己"诸问题展开新的思考。

《清代流人文学研究》：共五章十五节，以清代近三百年历史发展为轴线，重点择取初期从南到北的遗民流人、前期自江南到东北的科场案流人、前中期由江南至东北与西北的文字狱流人、中后期因中西冲突而遣发各地的流人为典型对象，论述了遣戍空间之"南/北""东/西"（江南/塞北、西域）的转换，以及流人在政治、身份、时空交错中所形成的故国依恋、异域抗拒、戍地恐惧、服膺皇权、时代觉醒等复杂心理。

以上所述不过是这些论文极为简略的一个概貌。进一步说，这些论文除因各自研究对象不同而形成的独特性外，还在以下几个方面展现出若干共通性特点：

其一，以不同时代为切入点，在选题上进行新领域的开拓。这些选题，除唐、宋两代外，汉、三国、两晋、南朝（宋齐梁陈）诸代之流贬文学，前人均很少留意，更无纵贯一代或数代的研究论著；即就已成为研究热点的唐、宋两代和准热点的清代来说，关乎流贬制度与特定时段、特殊文体的研究，以及关乎东北、西北两大地域和四种流人类型的综合研究也不多见。就此而言，说这些论著在选题上具有开拓性，是符合实际的。

其二，聚焦于流贬制度的考察，为流贬文学研究奠定基础。流贬制度是政治制度的分支，既与不同时期之政治、文化精神相关，又与各代执政者之自身素质相关，从而展现出代有变化、宽严不同的多种样态。同时，这些制度有明文记载者，如《晋律》《唐律疏议》《唐六典》《宋刑统》《大清律例》及历代正史之《刑法志》等，也有无法律条文而在具体操作中不断变化者；至于流贬之认定、实施，如罪行上奏、法律推鞫、个案分析、贬诏下达等，既有有规可依者，亦有因人情好恶而灵活变动者，甚至有抛开法律，仅凭最高统治者之一时喜怒即施行者。它们大大丰富了流贬制度的内涵，并使之充满变易性和复杂性。凡此，均在以上各文中有程度不同的考索和呈现。

其三，注重事、地、人、文间的关联性，对流贬文人之心理、流贬文学之特点展开多层面探析。首先是在全面掌握文献资料的前提下，对事件发生的真实形态、原因、类型等做出客观认知和性质评判；其次从人文地理的角度切入，考察影响流贬者的贬途、贬地等空间环境；最后在此基础上，或由文而人，聚焦流贬者的生存状态和心路历程，或由人而文，把握流贬文学的风格、艺术特点。

其四，在研究方法上兼容并蓄，重在解决实际问题。除历史-文化研究、心理分析、比较研究等方法外，还主要采用两种方法：一是以考据为主的实证研究方法，在对该期所有流贬者之材料作穷尽式收罗的基础上，进行细密考订，由此编成由汉至唐各代之"流贬官考"或"流贬文人纪年"；一是以数据为主的定量分析方法，既对某一时代之流贬者的数量作出翔实统计（有名可考的流贬事件，涉及汉代 1413 人次，三国两晋 369 人次，南朝 619 人次，唐代 2828 人次，清代 1822 人次），又从时间、空间两个维度，考察流贬者的发展变化和分布情形，由此形成对该时期流贬态势之全面了解和准确把握，并为此后研究者提供较为翔实的数据借鉴。

大概正是这样一些特点，使上述研究具有了某种整体的一致性。需要说明的是，这些论文作者都是我近三十年所指导的数十位博士生中较优秀的几位，在选题和写作过程中，我们切磋往还颇多，相互论难不少，而他们也常以其深细的探索和独到的看法，屡补我之未逮，由此共同深化了对流贬现象和流贬文学相关问题的理解，最终成就了这些虽仍有不小提升空间，但就其所研究对象而言已大抵完备的阶段性成果。所以我们将之汇聚一起，组成这套《中国古代流贬文学研究丛书》。因这套丛书有幸入选 2023 年度湖北省公益学术著作出版专项资金项目，为强化其系统性，遂依出版社要求，又增列了十多年前由我和我的几位硕士生冯丽霞、张娟、邹运月、程建虎诸君共同撰著的《唐五代逐臣与贬谪文学研究》一书(该书重点涉及初唐神龙逐臣、盛唐荆湘逐臣、中唐元和逐臣、晚唐乱离逐臣及唐五代逐臣离别诗等，由武汉大学出版社于 2007 年出版)，以使相关内容尽可能全面、丰富一些。

"道屈才方振，身闲业始专。天教声烜赫，理合命迍遭。"①白居易的话，道出了流贬与人生、命运、文学创作间的内在关联，也侧面揭示出流贬文学的价值所在。早在 20 年前，我在拙著《贬谪文化与贬谪文学》的后记中，曾深有感触地说过这样几句话："要对'贬谪文化与贬谪文学'这样一个涉及面极广而又与政治、文化、人生紧密相关的课题获得更深入的解会，仅凭一己之力是远远不够的，它需要对数千年历史资料的细密爬梳和阐释，需要具有理论深度的回应和挑战，需要一批志同道合者的切磋琢磨和商榷交流。"现在看来，这一目标虽远未实现，但通过持续的努力，正在逐步接近。朱熹有言："旧学商量加邃密，新知培养转深沉。"②我们真切希望，通过这套丛书的出版，既能商量旧学，又能培养新知；既能为方兴未艾的流贬文学研究增添一些助力，也能由此引起学界同道的回应与挑战、商榷与交流，以期共同推进这一跨朝代、跨地域、跨学科课题的深化和细化，为实践层面和理论层面之"流贬学"的建立做些添砖加瓦的工作。

尚永亮
甲辰岁初匆草于古都长安寓所

---

① (唐)白居易著，谢思炜校注：《白居易诗集校注》卷十七《江楼夜吟元九律诗成三十韵》，中华书局 2006 年版，第 1339 页。
② (宋)朱熹：《鹅湖寺和陆子寿》，(清)吴之振等编选：《宋诗钞·文公集钞》，中华书局 1986 年版，第 1676 页。

目　　录

上编　南朝贬谪制度与文学研究

下编　南朝贬官考

上编　南朝贬谪制度与文学研究

引　言

一、唐前贬谪概况

《说文解字》曰："贬，损也"①；"谪，罚也"②，"贬谪"是对有罪官员的一种惩处措施。贬谪的出现可上溯至先秦，且代代沿用，是职官制度的伴生物。贬谪对刑罚起到了补充作用，当其罪不致量刑时，则以贬谪的手段惩处，达到不滥刑的目的。南朝沈约《立左降诏》云："减秩居官，前代通则；贬职左迁，往朝继轨。"③虽然减官左降是历朝历代一贯延续的法则，然以唐前刑律观之，并没有专门的立法规定。涉及贬谪的条目，仅偶见于律令。历代刑律基本以犯罪类型定篇目，④ 而不以犯罪主体分类，故缺少针对有罪官员制定的专门法。在实践中，对官员的惩治多凭上位者一己好恶，缺少制度化、体系化的律法规范，在司法实践中具有很大的随意性。

唐前依据官员犯罪轻重逐级贬降的制度尚未形成，直接被免官或流放的情况更为常见。免官者在《汉书》中所见已多，然"盖皆出于临时之处分，无定例也"⑤，没有成法可循。至晋朝，免官始入律，《太平御览》卷六五一载："晋律曰：免官比三岁刑，其无真官而应免者，正刑召还也。又曰：有罪应免官而有文武加官者，皆免所居职官。又曰：其犯免官之罪，不得减也。又曰：其当免官者，先上。"⑥可以

---

① 许慎：《说文解字》，中华书局 2013 年版，第 127 页。
② 许慎：《说文解字》，中华书局 2013 年版，第 51 页。
③ 沈约著，陈庆元校笺：《沈约集校笺》，浙江古籍出版社 1995 年版，第 47 页。
④ 亦有如《晋律·诸侯律》这样针对诸侯的专门立法，因王侯宗亲身份具有特殊性，故单独制定法律。
⑤ 沈家本：《历代刑法考》，商务印书馆 2011 年版，第 440 页。
⑥ 李昉等：《太平御览》卷六五一，中华书局影印本 1960 年版，第 2909 页。

这样理解，官职能折抵三年的刑罚；应免官者即使有加官，仍免其职事官。又《魏书》卷一一一《刑罚志》引北魏《法例律》："五等列爵及在官品令从第五，以阶当刑二岁；免官者，三载之后听仕，降先阶一等。"①官职在五品以上及官爵在五等以上者，可以折抵两年的刑期。免官者应受三年禁锢，重新起用时须先降阶一等。

对官员的流放是流刑的一种情形，因其主体身份，也可以被纳入贬谪的范畴。尚永亮教授在《唐五代逐臣与贬谪文学研究》一书中指出："论者一般以为贬谪在理论上应具备两个要素：其一，品秩下降……其二，地域迁改"，且"流虽为五刑之一，但它适用于官吏时，与贬相去不远，人们往往'流贬'合称，习惯上将其视为贬谪的一种"②。早在《尚书·舜典》中，就有"流宥五刑"之说。孔颖达《尚书正义》云："'流'谓徙之远方；'放'，使生活；以流放之法宽纵五刑也。郑玄云：'其轻者或流放之，四罪是也。'王肃云：'谓君不忍刑杀，宥之以远方。'然则知此是据状合刑，而情差可恕，全赦则太轻，致刑即太重，不忍依例刑杀，故完全其体，宥之远方。应刑不刑，是宽纵之也。"③五刑，《周礼·秋官司寇第五·司刑》记载为墨、劓、宫、刖、杀，④《尚书·吕刑》记载为墨、劓、剕、宫、大辟，⑤即刺字、割鼻、砍足、阉割及斩首。五刑皆是肉刑，对身体和生命会造成不可逆的损伤。当君主觉得用肉刑过于严厉时，则徙官员于远方，以流刑宽纵之。同时，《尚书》对流放距离作了具体规定，即《舜典》所云"五流有宅，五宅三居"。孔传云："五刑之流，各有所居。五居之差，有三等之居，大罪四裔，次九州之外，次千里之外。"《尚书正义》云："'五刑之流，各有所居'，谓徙置有处也。'五居之差，有三等之居'，量其罪状为远近之差也。四裔最远，在四海之表，故'大罪四裔'，谓不犯死罪也。"⑥流放地最远的是"四裔"，指幽州、崇

---

① 魏收：《魏书》卷一一一，中华书局1974年版，第2879页。

② 尚永亮：《唐五代逐臣与贬谪文学研究》，武汉大学出版社2007年版，第3、6页。

③ 《十三经注疏》整理委员会整理：《尚书正义（十三经注疏）》卷三，北京大学出版社2000年版，第77、80页。

④ 《十三经注疏》整理委员会整理：《周礼注疏（十三经注疏）》卷三六，北京大学出版社2000年版，第1107页。

⑤ 《十三经注疏》整理委员会整理：《尚书正义（十三经注疏）》卷一九，北京大学出版社2000年版，第642页。

⑥ 《十三经注疏》整理委员会整理：《尚书正义（十三经注疏）》卷三，北京大学出版社2000年版，第90～91页。

山、三危、羽山这四方边裔地区；其次是"九州之外"，指冀、兖、青、徐、扬、荆、豫、梁、雍这九州以外的地区；再次是"千里之外"，依据所犯罪之轻重判定流放距离，重罪则远，轻罪则近。《尚书》所载确立了流刑的基本样貌，后世官员流贬也基本遵循着"量其罪状为远近之差"的理念。

贬谪之制从古至今总是处在不断细化、完善的过程之中，南朝时期也是其中的重要一环，在对前朝律令制度进行继承的基础上，也有新的发展，譬如"官当"制度的出现等。南朝律令虽至今不传，但仔细钩沉史籍，尤其是爬梳具体事例，我们能够借此尽力勾画出南朝流贬的大致样貌。关于南朝的贬谪之制和流贬事件基本情况，我们将在本书首章中作进一步的发掘和说明。

二、贬谪文学研究现状

"贬谪"一词连用最早出现于唐代。宋及之后的文论家，逐渐开始对贬谪文学进行有针对性的批评。元代方回《瀛奎律髓》中专列"迁客流人之作"①，具备了对贬谪文学的专门分类意识。中国古代文人，尤其是产生了一定社会影响、作品能够流传至今者，大多集政治身份与文学身份于一体，纯文人只是少数。这就使得文学与政治紧密相关，对文人所处时代的政治背景、文人的仕宦经历予以关注，可以帮助我们更好地理解文学创作。而政治生活简言之，脱不开升迁与贬谪二途，又在遭遇负向贬谪②时，文人会更多地"情动于中而形于言"③，用写作对积郁的情绪进行消解。可以说，贬谪文学因其现实根源，往往更有真情实感，也更具文学性。

经笔者统计，目前贬谪文学研究论文中，研究得最多的贬谪人物分别是苏轼、柳宗元、刘禹锡、屈原、白居易、黄庭坚、韩愈、欧阳修和李白。杜甫诗

①　方回选评，李庆甲集评校点：《瀛奎律髓汇评》卷四三，上海古籍出版社 2005 年版，第 1537 页。

②　按，尚永亮教授指出："贬谪的类型虽然繁杂，但按性质分不外乎两类：一是罪有应得的正向贬谪，一是不该被贬甚至应该提升却反遭窜逐的负向贬谪。"（尚永亮：《唐五代逐臣与贬谪文学研究》，武汉大学出版社 2007 年版，第 117 页。）

③　《十三经注疏》整理委员会整理：《毛诗正义（十三经注疏）》，北京大学出版社 2000 年版，第 7 页。

云："文章憎命达，魑魅喜人过。"①历经贬谪无疑是他们人生的一大挫折，但对文学创作而言，反倒是激励的契机，贬谪之作展现出别样的精神气质。如研究者关注最多的苏轼，他在"平顺期和贬谪期作品分别为 5040 和 2745 篇（首），但年均作品量分别为 95.1 和 211.2 篇（首），说明身处逆境的贬谪生活对苏轼的写作更具激发作用"②。苏轼被贬期间的年平均创作量是其他时段的两倍有余，情感表达方式也发生了显著变化。他屡次被贬时展现出的人生态度，至今仍为人津津乐道，影响着我们的精神世界。

贬谪文学的研究重心在唐、宋两个时代，又以对中唐元和及北宋时期的关注较多。前所举九人中，有七人（除屈原和李白）属中唐及北宋，研究对象相对集中，一定程度上也反映出研究的不平衡。分时段略论之，先秦两汉是中国贬谪文学的开端，文人之贬发端于屈、贾，尤其骚怨精神对后世有着持续而深远的影响。研究者对屈原的放逐情况、流贬行迹、流放地（溆浦、陵阳）、《楚辞》创作及传播接受都有论及。而对贾谊的研究，主要聚焦于其三年贬谪长沙时期的经历与文学创作。贬谪文化的发端在屈原那里，戴伟华教授指出："当考察一种文化走向或文学倾向时，我们会惊喜地发现，历史上某一作家作品的出现，因其所处的独特环境和独特的心理结构，呈现出独特的风格，若干年后，类似风格的作家作品仍然出现，寻绎其构成，其条件却又十分相似。屈原与唐代南贬作家创作的'骚怨'就是如此。……就唐代而言，柳宗元以骚写心，以诗写愤，其作品具有强烈的'骚怨'精神，如从宋之问、沈佺期、张九龄一路分析下来，这种创作倾向也是所从来者至深远的。"③屈原是一个原点，中国文人的贬谪精神和贬谪文学可以说是从他那里开始的，尤其是其流贬之作中浓厚的骚怨精神，被代代接受与传承下来。后世如汉代的贾谊、唐代的柳宗元等文人，在流贬心态和文学创作上受到屈原极深的影响。

---

① 杜甫：《天末怀李白》，杜甫著，钱谦益笺注：《钱注杜诗》，上海古籍出版社 2009 年版，第 354 页。

② 郭红欣：《苏轼作品量的时空分布》，《中南民族大学学报（人文社会科学版）》2020 年第 1 期。

③ 戴伟华：《柳宗元贬谪期创作的"骚怨"精神——兼论南贬作家的创作倾向及其特点》，《文学遗产》1994 年第 4 期。

　　魏晋南北朝隋唐五代的贬谪文学研究集中在中唐元和五大诗人即柳宗元、刘禹锡、白居易、元稹、韩愈身上。尚永亮教授早在《贬谪文化与贬谪文学——以中唐元和五大诗人之贬及其创作为中心》①一书中，就对这五位元和谪臣予以了格外关注，亦开贬谪文学系统研究之先声。近年尚老师又推出了新著《贬谪文化与贬谪诗路：以中唐元和五大诗人之贬及其创作为中心》②，偏重于贬谪的文学地理考察，对元和五大诗人的贬谪之路及相关文学创作进行考证和研究。五人之中，又以柳宗元和刘禹锡之贬堪称唐代乃至整个中国贬谪文学史上的研究重心所在，现有研究成果就他们的被贬遭际与永贞革新政治背景进行探讨，对他们的书信、碑志及骈文、散文、诗歌等贬谪文学创作，都有专门论述。白居易被贬江州、元稹被贬江陵、韩愈的岭南之贬，也有学人进行了较为系统的研究。此外，元和五大诗人作品的传播接受也是贬谪文学研究的重要方向，尤其是对柳宗元、白居易的接受，历来关注较多。

　　宋元时期的贬谪文学研究重点集中在北宋时期，尤其集中在苏门，包括苏轼、苏辙、黄庭坚、秦观、晁补之、张耒六人，此外对欧阳修及王禹偁也着墨较多。吴增辉的《北宋中后期贬谪与文学》③是对北宋贬谪与文学研究最为系统的论著，将北宋中后期分为熙丰、元祐、绍圣至徽宗朝三个阶段，对每一阶段的党争与贬谪情况分别加以论述。宋先红《"苏门四学士"的贬谪词研究》④、刘京臣《盛唐中唐诗对宋词影响研究——以六大诗人为中心》⑤及石蓬勃《苏门诗人贬谪诗歌研究》⑥，分别从词、诗与传播接受的角度，对苏门之贬整体情况展开讨论。此外围绕苏门贬谪与文学撰写的论文还有很多，宏观与微观相结合，是中国贬谪群体研究除却中唐以外的又一重镇。关于欧阳修滁州贬谪诗文创作、王禹偁商州贬

　　①　尚永亮：《贬谪文化与贬谪文学——以中唐元和五大诗人之贬及其创作为中心》，兰州大学出版社2004年版。

　　②　尚永亮：《贬谪文化与贬谪诗路：以中唐元和五大诗人之贬及其创作为中心》，中华书局2023年版。

　　③　吴增辉：《北宋中后期贬谪与文学》，复旦大学博士学位论文，2011年。

　　④　宋先红：《"苏门四学士"的贬谪词研究》，华中科技大学硕士学位论文，2005年。

　　⑤　刘京臣：《盛唐中唐诗对宋词影响研究——以六大诗人为中心》，中国社会科学院研究生院博士学位论文，2010年。

　　⑥　石蓬勃：《苏门诗人贬谪诗歌研究》，河北大学博士学位论文，2014年。

谪及吏隐经历，也都有一定的研究成果产出。

明清贬谪文学研究多围绕杨慎、林则徐、王守仁和汤显祖展开。学者对杨慎贬谪云南时期的经历和这段时期其诗、词、曲创作都有专文研究，孙芳《杨慎贬谪后的生存状态及复杂心态》①是较为集大成的研究成果。林则徐新疆之贬是清代贬谪研究的重点之一，相关论述详见杨娟《林则徐遣戍新疆的心路历程与诗文创作研究》②等。此外，王守仁贬谪贵州、汤显祖贬谪徐闻、吴兆骞贬谪东北，都是学者研究明清贬谪地域与贬谪文学的重要对象。

综上而言，贬谪文学研究经过数十年的发展，已取得了一些可观成果。但研究的不均衡性也很明显，总体偏重于唐、宋两个朝代，对其他时期的关注则相对略有不足。相比之下，南朝贬谪文学研究目前仍缺乏系统性、专门性的成果，本书期待在此方面能够作出一些贡献。

三、南朝贬谪文学的可探索空间

王世贞《艺苑卮言》所举流徙、贬窜诸公，南朝仅有谢灵运、谢超宗和刘祥三人。这或许会给我们造成一种错觉，认为南朝贬谪的可探索空间不大。但实际上以线性的历史观观之，贬谪制度并未在南朝衰弱，被贬者的数量也未出现骤降的情况。王世贞的列举从侧面反映出一个客观现象，即对南朝的贬谪研究相对于其他一些朝代(尤其是唐、宋)，学者缺少关注和重视。即使偶有涉及，也集中在像谢氏等有重名、有文名的研究对象身上。

本书以南朝的贬谪制度与贬谪文学为研究对象，学界在此领域虽无系统性研究成果，但亦有数篇论文涉及。提及南朝贬谪的综合研究主要有三篇，从发表时序来看，周尚义的《中国古代迁谪诗流变述论》认为，六朝诗人是贬谪文学发展的第二阶段，文学创作内容上走向对山水的描摹，心态上"已缺乏屈原的那种执著与信念，而更多的是抒发怨愤"③。龚思的《唐前贬谪文学研究》指出，南朝"被贬原因以政治因素为主，又夹杂着其他原因。与被贬文人数量相关，贬谪文

---

① 孙芳：《杨慎贬谪后的生存状态及复杂心态》，四川师范大学硕士学位论文，2011 年。

② 杨娟：《林则徐遣戍新疆的心路历程与诗文创作研究》，陕西师范大学硕士学位论文，2011 年。

③ 周尚义：《中国古代迁谪诗流变述论》，《苏州大学学报》2003 年第 2 期。

学作品数量多，涉及内容广，思想情感较为复杂。贬谪已成为常见的政治现象，贬谪文学也成为常见的文学现象"①，对南朝贬谪的大致情况作了定性，并对南朝宋谢灵运、颜延之、范晔、鲍照、江淹，南朝齐范云、沈约、谢朓、王僧孺，南朝梁柳恽、任昉、丘迟、刘孝绰、陆倕的贬谪经历与相关作品进行了大致梳理。韩向军的《南北朝流人文学研究》②对南北朝流放制度、地域分布、流人心态及流人文学作了概述。流人与贬谪的概念有部分交叉，两者研究对象的重叠之处在于官员因罪被流放在外这一类型。贬谪不包括流民、流寓等情况，身份是否为官员、是否受到核心权力的强制驱离，是分辨流人是否能够归于贬谪一类的两个要素。韩文将南北朝流贬文人称为"上层流人之专政型流人"，指出其流放地域主要在两广地区及福建，并对谢灵运、刘祥作出个案分析。

　　南朝贬谪文人的微观研究，多集中在谢灵运及江淹两人身上，对范晔、颜延之也略有涉及。针对谢灵运之贬的研究论文有 4 篇，张小夫的《谢灵运流放广州时间及死因考》考证了谢灵运流放广州时间与被诛时间，认为"谢灵运被流放广州的时间在元嘉八年秋、冬间，而被杀原因与元嘉九年益州民变有关"③。谢灵运与柳宗元的贬谪经历与贬谪文学创作有着很大相似性，同时也存在一些差异性，张晓花的《谈谢灵运、柳宗元贬谪后心态不一的原因》④着眼于二人家庭背景、贬地，分析他们山水诗创作的不同。张润平的《元嘉三大家研究》⑤对谢灵运与刘宋王朝的矛盾及颜延之第二次被贬的内因进行了分析。张珊的《〈文选〉"二谢"作品研究》⑥分析了《文选》中收录的谢灵运贬谪诗，发现其中游览、行旅类诗收录较多，而这两类诗歌题材与谢灵运贬谪经历是密切相关的。

　　学者对江淹贬谪研究最为系统和具体，王大恒的《江淹文学创作研究》⑦第一章《江淹的贬谪文学创作》，就江淹贬谪经历及贬谪期文学创作进行了考论，接

①　龚思：《唐前贬谪文学研究》，陕西师范大学硕士学位论文，2013 年。
②　韩向军：《南北朝流人文学研究》，辽宁师范大学硕士学位论文，2018 年。
③　张小夫：《谢灵运流放广州时间及死因考》，《兰州学刊》2005 年第 3 期。
④　张晓花：《谈谢灵运、柳宗元贬谪后心态不一的原因》，《河北北方学院学报（社会科学版）》2009 年第 6 期。
⑤　张润平：《元嘉三大家研究》，河北大学博士学位论文，2010 年。
⑥　张珊：《〈文选〉"二谢"作品研究》，山东师范大学硕士学位论文，2020 年。
⑦　王大恒：《江淹文学创作研究》，东北师范大学博士学位论文，2007 年。

着探讨了江淹作品的情感基调及思想倾向，对江淹之贬和文学书写作了深入探究。魏雪冰的《江淹贬谪文学研究》①专论江淹贬谪文学，将相关问题进一步深化。张喜贵的《贬谪吴兴之旅对江淹诗文创作的影响》②及于浴贤的《论江淹贬谪闽地赋的价值和意义》③，聚焦于江淹贬闽经历，讨论其与文学创作间的关系。

此外，刘春的《范晔研究》④对范晔的仕宦经历进行了考论，也对《后汉书》的书写背景有所说明，指出《后汉书》的写作时间正是范晔被贬宣城时，他通过著史抒发积郁的情感。

综上来看，就"贬谪"这一研究主题来说，虽然中国古代贬谪文学与文化研究已经过了一个相当长的发展历程，研究成果较为丰富，但对南朝贬谪相关问题的注目不多。就"南朝"这一历史时期来说，学界研究成果的主题偏好也很突出：以研究对象论，着重于谢灵运、庾信、沈约、颜延之、江淹这几位文人；以文体偏好论，偏重于诗歌研究，尤其对永明体、五言诗等的发展较为关注；以文学题材论，这一时期山水诗、宫体诗、游仙诗的出现和发展极具代表性。以上各方面的探索都取得了相当成绩，但将"南朝"与"贬谪"二者相结合，研究确实稍显薄弱。

故此，本书以南朝贬谪制度与文学为研究论题。这个论题与南朝文学现有研究有部分交叉，如谢灵运、颜延之等典型文人，山水诗等文体新变，都是脱不开的内容。但本书关注视角有所创新，重点考察政治生命播迁对南朝文人个体及文学创作的影响。本研究的时代断限为南朝，即永初元年（420 年）六月晋、宋禅代，至祯明三年（589 年）正月陈都建康沦陷，其间包括宋、齐、梁、陈四朝，因政权偏居南方故统称"南朝"。有些文人生平跨越多个朝代，或由晋入宋，或由陈入隋，本书只考察其在永初元年至祯明三年间的贬谪经历及文学创作。本书研究的"贬谪文学"包括三个类别：一是被贬者在贬谪发生期间创作的文学作品，二是被贬者在贬谪结束之后创作的与其贬谪经历相关的文学作品，三是他人为被

---

① 魏雪冰：《江淹贬谪文学研究》，河南大学硕士学位论文，2012 年。
② 张喜贵：《贬谪吴兴之旅对江淹诗文创作的影响》，《福建论坛（人文社会科学版）》2011 年第 12 期。
③ 于浴贤：《论江淹贬谪闽地赋的价值和意义》，《闽江学院学报》2012 年第 4 期。
④ 刘春：《范晔研究》，上海师范大学硕士学位论文，2020 年。

贬者创作的与其贬谪经历相关的文学作品。本书力图在全面梳理史料文献、细考官员流贬经历并编年系地的基础上，从制度发展、政治背景、士族门户、文化变局、时代精神、文学流变等方面提取这一时段贬谪文学的特性。研究注重将宏观与微观相结合，探究整个南朝历史时期贬谪与文学之间的关系，以期做出整体考察、理论提升，并把握历时性规律。

四、本书学术构想

贬谪文学研究自 20 世纪 80 年代前后开始渐成气候，至今已有 40 余年。无论从宏观、微观角度，还是从政治、历史、文学、地理、文化等多个侧面，都取得了一定成果。学者们对上溯先秦、下至清代的贬谪文学作品基本都有所关注，但研究对象往往集中在诸如唐、宋这样大一统的王朝，对南朝这样分裂而不稳定的历史时期关注较少。站在南朝的整体时代背景下，以贬谪文学为对象进行探索，还有很大的研究空间。

南朝是中国历史上一个特殊的历史时期，从政治角度来看，四朝偏安江左、政局动荡；从文学角度来看，诗和文都出现了新的探索，进入了新发展阶段。南朝历经四朝，虽国祚都相对较短，但文人的质量和数量却不容小觑。南朝文学呈现群体性的创作特征，一类是以皇族为中心的文人集团，一类是世家大族内部的文学团体。在皇室震荡以及制衡士族的时代背景下，为官者的生命体验及文学创作往往受政治波动的影响极大，由此造成频繁的文人之贬和相应的贬谪文学创作。在文学发展上，魏晋南北朝被称为"文学自觉时代"，不仅在体式上发展迅速，文学批评亦达到了一个巅峰，对南朝文学的关注度处在不断提升的过程中。政治形势的复杂多变、文学自觉的发展，加之玄佛思想昌盛，使南朝贬谪文学独具鲜明特点，且对后世产生了深远影响。本书从贬谪这一论题切入南朝政治与文学，系统考察当时文人的生命体验和文学发展状况。

本书分上、下两编，上编专注于本体研究，下编着力于文献考证，以期达到相辅相成、全面深入的效果，即研究有文献作支撑，考据有研究作深化。

上编第一章着眼于对南朝贬谪制度、贬谪类型与贬谪事件的考察。南朝贬谪之制既有继承也有新变，向着更加成熟的方向发展。南朝上承《晋律》，虽齐、梁、陈三朝都进行过修订，但大致以"张杜律"为底本。在此基础上对贬谪制度亦有拓新，一方面予以更加具体严格的规定，另一方面用"赦""赎"之制给贬谪以转圜的空间。南朝贬官具有贵族之贬的总体特征，其中士族、皇族所占比率相当可观。从贬官类型上看，当时官制由官爵、官号、官职共同组成，贬谪时可能对单独一种或同时多种进行贬降，此外还有流徙一类。其中免官是最常用的手段，侧面反映出南朝时期贬谪制度的不健全。从历时性的角度通观之，梁武帝时是南朝贬谪的一个转折期，制度上对贬谪体系进行了修订和完善，贬官数量和贬谪地域范围也自此缩紧，这与梁武帝朝之后南方政权集权能力和军事能力的衰弱直接相关。从地域分布看，南朝流贬地主要集中在东南沿海一带。与此相关，南朝官员为躲避贬谪等政治惩罚而逃入北方的"北奔"现象，以及由此带来的类贬谪体验和身份认同困难等问题，也是南朝的独特现象。

第二章聚焦于南朝的世家大族，选取了贬官数量较多、较具代表性、各有特点的陈郡谢氏、顺阳范氏和彭城刘氏三个家族作个案研究。这三个家族的成员不仅有较多参政机会，文学造诣也相对较高。但三者身份地位有所区别，简单来说，谢氏是显贵士族，范氏是一般士族，而刘氏是新兴士族。这些家族在南朝面临着不同程度的处境困顿，就陈郡谢氏来说，身为南渡门阀大族，在南朝受到皇权的忌惮和压制，其贬谪是皇权与士权之间冲突的集中体现；就顺阳范氏来说，他们在玄佛昌盛的南朝坚守儒脉，或有因此有忤于上被免废者，或有在被贬谪后退而著史以宣扬儒学精神者；就彭城刘氏来说，他们是受皇族扶植用以对抗旧士族的寒族，以文学侍从的身份跃居新贵，但因亲昵皇族靠近权力中心，风险性也随之增加。就贬谪创作而言，谢氏着意诗文，范氏史学成就较高，普遍寄寓着抑郁不平之气，而刘氏的贬谪作品中个人情绪流露较少，这一方面由于刘氏起家寒门，身份落差感较小，另一方面对皇室的强依附性决定了他们不敢对上位者裁决表露出不满。

第三章以宗室及其文学集团之贬为着眼点。南朝政治动荡不安，宗室成员虽然享有生而有之的特权，但也身处更大的危局之中。综观南朝贬谪事件，宗室被贬者占据了总贬谪人次的五分之一。宋、齐两代宗室几乎被屠戮殆尽，而梁、陈宗室的境遇相对来说要好很多，恶性贬谪事件的发生频率也较低。南朝文人大都习惯于依附宗室，形成了具有影响力的文学集团。尤其齐、梁皇室萧氏，自身文学造诣就很高，文学集团的影响力也很大。但集团内文人命运随宗室政治生涯的起伏而浮沉，造成了群体性贬谪事件。本章选取齐萧子良西邸文学集团及梁萧统、萧纲文学集团作个案分析。文学集团受政治的影响很大，因所依附宗室权力的消亡和更迭，导致该集团内文学成员和文学活动受到不同程度的打击。以"八友"为核心的竟陵王萧子良西邸文学集团，在子良争夺皇位失败后仕途困顿，但是其中成员萧衍禅代建梁使他们重新获得了政治机遇。萧统文学集团成员在太子薨逝后均被罢黜，萧纲文学集团则因时振起。文人及文学之争实质上也是政争的工具和手段。

第四章关注南朝贬谪文学的发展。南朝是文学自觉的时代，贬谪文学创作既有继承性，又有开创性。谢灵运、颜延之、江淹等一代之冠冕，都因贬谪经历反而成就文名。他们的贬谪之作不仅闻名当代，更是整个文学发展史脉络中的一环。谢灵运长于山水，对山水诗创作路径的定型起到直接作用，即山水文学往往与贬谪者宦场失意经历相牵连；颜延之工于文章，贬谪前后的作品彰示出他谪居期间心态的变化，对家族后嗣的为官处世心态影响极大；江淹以谪赋见称，赋作受到屈、贾传统的影响，其恨、别二赋又成为新的文化坐标。其中，谢灵运和颜延之两人的贬谪经历有相似性，但他们谪居时期的心态转向大不相同，造成这种差异性的根本原因在于他们的家族门户之别。除此以外，南朝有着南北分裂的政治背景，但文学文化传播却可以跨越地理界限，如庾信、王褒、沈炯等类流贬体验者由南入北，极大促进了南北的交流与融合。

第五章论述南朝贬谪文人与时代文化精神，探求文人之贬的内外动因。时代精神和贬谪文人有着双向互动关系，谪臣是时代精神的聚焦，时代精神参与了谪臣的命运走向。南朝贬谪受时代精神的影响，包括玄学思想下纵情任性与隐退全生两面、门阀士族余响与门第自矜遗风、文学批评风尚与贵族文学特质三个层面。玄学一方面造就了"权退"与"仕隐"的方法给士人以退路，另一方面又发展出任诞的性情有忤于政治体系的运作秩序，前者提供自请贬降的方式帮助应对政治上的压力，后者则是造成贬谪的一个重要性格因素。门第在给文人带来与生俱来的势位的同时，也给他们带来压力和痛苦，皇权与士权的冲突使得他们在政治上屡屡受挫。南朝的人物品藻和文学批评风尚，与"德才兼备"的选官方式相互影响，造就了南朝贬谪文学的贵族性特征。

下编专注于文献考证，对南朝贬谪文献进行整理，全面考索史料记载中的贬谪事件，是上编撰写的基础。该编以朝代为分界，按帝王年号进行整理编排，力求考证翔实、客观呈现南朝贬谪的整体样貌。据统计，南朝 170 年间贬官有姓名可考者共计 619 例，其中宋 288 例，齐 125 例，梁 140 例，陈 66 例，人数以宋最多，齐、梁居中，陈最少，大致呈递减趋势。

第一章　南朝贬谪制度、贬谪类型与贬谪事件

南朝时期贬谪制度尚不完善，虽然刑律中明确有"免官"一种，但缺少专门性、系统性的规定：一方面，没有针对犯罪轻重逐级减降的规定，贬谪类型基本以免官为主；另一方面，没有对应贬谪的情形制定专门的实施细则，如何处置有罪官员随意性很大。总体而言，南朝在司法实践中呈现出严于黎庶、宽于权贵的整体特征，这是由南朝贵族政治的底色决定的。南朝贬谪制度的具体实施办法，在史籍所载帝王诏令中有时可见，但诏令因时而制，并不具备定法的效用，其施行往往不出本朝。通过对南朝全部贬谪事件的系统梳理，我们不仅可以对帝王诏制的实施效力进行验证，还可以据此推测出一些并没有形诸文字的潜在规则。

第一节　南朝贬谪制度述要

研究南朝贬谪文学，首先要对这一时期的贬谪制度进行考察。南朝律文全本至今已不传，但其律例制度仍可从相关史料文献中略见一二。南朝律法整体而言上承《晋律》，齐、梁两代在《晋律》的基础上作过修订，此外亦有帝王诏制作为立法补充。除却规定应予贬谪的情形，南朝也存在两种宽恕免祸之法，即"赎"和"赦"，前者有成法可循，后者因时而立。

一、《晋律》的沿用与修订

《晋律》是在晋武帝司马炎泰始三年（267年）时制定完成，并于次年颁布实施的一部律法。这部律法删繁就简、礼律并重，对后世直至唐代都影响深远。陈寅恪先生在《隋唐制度渊源略论稿·刑律》中说："司马氏以东汉末年之儒学大族创建晋室，统制中国，其所制定之刑律尤为儒家化，既为南朝历代所因袭，北魏改

15

律，复采用之，辗转嬗蜕，经由（北）齐隋，以至于唐，实为华夏刑律不祧之正统。"①河内司马氏本就是东汉末儒学大族，在其统治下制定的刑律，也具有儒家化的特征。《晋律》文字较为简省，又经张斐《律表》和杜预《律本》注释，合称"张杜律"。南朝四朝基本沿用张杜律，《南齐书》卷四八《孔稚珪传》云："江左相承用晋世张杜律二十卷"②，即是此谓。宋武帝即位时，诏曰："亡官失爵，禁锢夺劳，一依旧准"③，规定免官、夺爵、禁锢等贬谪制度，仍然承袭前朝旧例。齐高帝、陈武帝即位时，亦颁布了相同诏书，可推知晋律中有关贬谪的律令在南朝代代相承。南朝虽沿用《晋律》，但对一些具体的律法制度也进行过改订，并出台了一些新内容。尤其齐、梁二朝，集合一批当时名士，对《晋律》作了整体修订。

《隋书》卷二五《刑法志》云："晋氏平吴，九州宁一，乃命贾充，大明刑宪。内以平章百姓，外以和协万邦，实曰轻平，称为简易。是以宋、齐方驾，辒其余轨。"④现存史料中确未见宋代大规模改订张杜律的记载，而齐代却曾对其进行过修订，只是未曾施行。《南齐书》卷四八《孔稚珪传》载，齐武帝永明七年（489 年）尚书删定郎王植撰定律章并上表奏曰："臣寻《晋律》，文简辞约，旨通大纲，事之所质，取断难释。张斐、杜预同注一章，而生杀永殊。自晋泰始以来，唯斟酌参用。是则吏挟威福之势，民怀不对之怨。"⑤《晋律》删繁就简是其所长，但过于简省也导致了依凭其判定时的不准确性。张、杜二人之注，和如今司法解释的作用相仿，在处理具体法律问题时为司法提供进一步的理解。但是张、杜二人同注一章，甚至会出现"生杀永殊"的极大差异。故而执法机关在法律应用时只能自行斟酌，这就造成了司法实践中极大的不客观性和不规范性。为了改变这种现状，齐武帝决定修订张、杜二注，宋躬、王植等人"削其烦害，录其允衷。取张注七百三十一条，杜注七百九十一条。或二家两释，于义乃备者，又取一百七条。其注相同者，取一百三

---

① 陈寅恪：《隋唐制度渊源略论稿　唐代政治史述论稿》，生活·读书·新知三联书店 2015 年版，第 111~112 页。

② 萧子显：《南齐书》卷四八，中华书局 1972 年版，第 835 页。

③ 沈约：《宋书》卷三，中华书局 1974 年版，第 52 页。

④ 魏徵等：《隋书》卷二五，中华书局 1973 年版，第 696 页。

⑤ 萧子显：《南齐书》卷四八，中华书局 1972 年版，第 835~836 页。

条。集为一书。凡一千五百三十二条，为二十卷"①。他们综合张、杜二注，经过删取，定为二十卷凡一千五百多条。律令规定中有可轻可重之处，竟陵王萧子良多使从轻。永明九年(491年)，孔稚珪表请付外施用，但终未施行。

王植删订的张杜律"事未施行，其文殆灭"，至天监元年(502年)，梁武帝又使家传律学的济阳蔡法度"兼尚书删定郎，使损益植之旧本，以为《梁律》"。"尚书令王亮、侍中王莹、尚书仆射沈约、吏部尚书范云、长兼侍中柳恽、给事黄门侍郎傅昭、通直散骑常侍孔蔼、御史中丞乐蔼、太常丞许懋等，参议断定，定为二十篇：一曰刑名，二曰法例，三曰盗劫，四曰贼叛，五曰诈伪，六曰受赇，七曰告劾，八曰讨捕，九曰系讯，十曰断狱，十一曰杂，十二曰户，十三曰擅兴，十四曰毁亡，十五曰卫宫，十六曰水火，十七曰仓库，十八曰厩，十九曰关市，二十曰违制"，以犯罪类型分为二十篇。这二十篇中，诸如《受赇》《擅兴》等，显然是针对官员之罪制定的刑律。其制刑有十五等之差、又九等之差、又八等之差，其中最后一种是适用于对官员的惩处措施："一曰免官，加杖督一百；二曰免官；三曰夺劳百日，杖督一百；四曰杖督一百；五曰杖督五十；六曰杖督三十；七曰杖督二十；八曰杖督一十。论加者上就次，当减者下就次。"最重是免官，其次是夺劳，再次是杖督，依据犯罪轻重定其等次。次年四月，"法度表上新律，又上《令》三十卷，《科》三十卷"②，将修订好的律法进呈皇帝，此外同时进呈《令》和《科》。③ 同年，修订的《梁律》诏行于天下。

到了陈武帝即位时，因"承梁季丧乱，刑典疏阔……思革其弊"，"稍求得梁时明法吏，令与尚书删定郎范泉，参定律令。又敕尚书仆射沈钦、吏部尚书徐陵、兼尚书左丞宗元饶、兼尚书左丞贺朗参知其事，制《律》三十卷，《令律》四十卷"。梁代遭受了侯景之乱、江陵之祸等大的动乱，刑典体系也备受打击。故新朝建立后重定律令，制成《律》三十卷及《令律》四十卷。但陈代这次修律并不成功，"条流冗杂，纲目虽多，博而非要"④，只清议、禁锢之科得到了显著发展。《梁律》对清议、禁锢早就有规定："士人有禁锢之科，亦有轻重为差。其犯

---

① 萧子显：《南齐书》卷四八，中华书局1972年版，第836页。
② 魏徵等：《隋书》卷二五，中华书局1973年版，第697~700页。
③ 这也说明在梁朝时，《律》《令》《科》之间分类清晰，各司其职。
④ 魏徵等：《隋书》卷二五，中华书局1973年版，第702页。

清议,则终身不齿。"①如果士人犯清议,那么终身不再录用。《陈律》修订时,此科得到进一步重视:"其制唯重清议禁锢之科。若缙绅之族,犯亏名教,不孝及内乱者,发诏弃之,终身不齿。"②对犯清议的具体行为类型作了说明,即亏名教、不孝、内乱这三类,同样规定终身不予叙用。

宋、齐、梁、陈四代律法总体而言皆以《晋律》为底本,宋沿《晋律》,齐修《晋律》,梁在齐王植等所修二十卷基础上加以进一步修订,是为《梁律》,陈又在蔡法度等修《梁律》的基础上作删定。虽则因袭前代,也经历了律法完善的过程,不仅在具体条目设置上更为合理,还制定出了一些新的法律规定,对后世隋唐的法律制度亦有直接影响。《晋律》今已佚,仅《晋书·刑法志》对其篇名及卷数有简略记载。2002 年甘肃玉门花海出土了《晋律注》,学者认定为杜预注本,③内容是"诸侯律注第廿"④。根据现有文献资料,将《梁律》与《晋律》篇目作一对比。《梁律》改《晋律》三《盗律》、四《贼律》、六《请赇》、八《捕律》为《盗劫》《贼叛》《受赇》《讨捕》,增《仓库》,去《诸侯律》。《盗律》《贼律》《捕律》之改,缘于《梁律》篇名皆去除"律"字,补益成两字。《请赇》改为《受赇》值得格外注意,这是对刑律内容的一大改动,受罚主体的犯罪行为从要求别人行贿变为接受他人贿赂。这一改动无疑是针对官员的,处罚范围扩大,将接受他人主动行贿的情况也纳入刑罚体系。从当时具体案例来看,并非从《梁律》修成后才开始对受贿行为进行处罚。早在宋孝武帝大明三年(459 年),侍中袁粲就因坐纳贿举丁某郡孝廉而被免官,⑤ 这说明在修订律法的过程中也会参考当时社会的实际情况,而习惯法要先行于成文法。另增《仓库》篇,当是对涉及官仓事宜所立之法。梁武帝时,衡山县侯、雍州刺史萧恭坐取官米赡给私宅,免官削爵,应是《仓库》律司法实践的一则。《诸侯律》顾名思义,是特别适用于诸侯的法律条例。玉门出土《晋律》有"贡赋□废王职不"条,规定诸侯如不按时缴纳贡赋,则会受到相应的贬废处罚。而《梁律》中删去《诸侯律》篇,这与梁代缓于权贵的为法理念直接相关。

① 魏徵等:《隋书》卷二五,中华书局 1973 年版,第 700 页。
② 魏徵等:《隋书》卷二五,中华书局 1973 年版,第 702 页。
③ 曹旅宁、张俊民:《玉门花海所出〈晋律注〉初步研究》,《法学研究》2010 年第 4 期。
④ 张俊民、曹旅宁:《毕家滩〈晋律注〉相关问题研究》,《考古与文物》2010 年第 6 期。
⑤ 沈约:《宋书》卷八九,中华书局 1974 年版,第 2230 页。

虽然删去了《诸侯律》，但在梁、陈史料中仍能看到许多王侯遭贬谪的例子。这些王侯的贬废及起复，往往没有成法可循，而仅凭上位者一念好恶，极大增加了司法应用的随意性。天监四年（505 年），西昌侯萧渊藻向右卫将军邓元起求良马不得，醉杀之。梁武帝却仅以贬号对其稍作惩戒，史臣是这样评论该事件的："……元起勤乃胥附，切惟辟土，劳之不图，祸机先陷。冠军之贬，于罚已轻，梁之政刑，于斯为失。私戚之端，自斯而启，年之不永，不亦宜乎。"①邓元起既有拥立之功，又有治理之能，无辜被杀，肇事者萧渊藻却仅受轻罚。李延寿认为梁代政刑偏袒私戚至此而始，这也为梁王朝迅速灭亡埋下祸机。又天监十七年，临川王萧宏为逆，梁武帝只免其官，且一月内又复其官位。司马光评论道："宏为将则覆三军，为臣则涉大逆，高祖贷其死罪可矣。数旬之间，还为三公，于兄弟之恩诚厚矣，王者之法果安在哉！"②萧宏之罪，免死已是君恩，但数旬间还为三公，实在过分宽纵了。于兄弟之情诚然很宽厚，但置王法于何地呢？

不仅于王侯，在南朝士族这样兴盛的时代背景下，执法者对高门大族向来有所偏袒和放宽。虽然有明确的律法约束，但在实施过程中并不能够做到公平公正。沈约在撰《宋书》时就曾评议：

> 史臣曰：谢晦坐玺封违谬，遂免侍中，斯有以见高祖之识治，宰臣之称职也。夫拏戮所施，事行重衅，左黜或用，义止轻愆。轻愆，物之所轻；重衅，人之所重。故斧钺希行于世，徽简日用于朝，虽贵臣细故，不以任隆弛法，至乎下肃上尊，用此道也。自太祖临务，兹典稍违，网以疏行，法为恩息，妨德害美，抑此之由。降及大明，倾颇愈甚，自非许窃深私，陵犯密讳，则左降之科，不行于权戚。若有身触盛旨，衅非国刑，免书裁至，吊客固望其门矣。由是律无恒条，上多弛行，纲维不举，而网目随之。所以吉人防著在微，慎大由小，盖为此云。③

---

① 李延寿：《南史》卷五五，中华书局 1975 年版，第 1377 页。
② 司马光编著：《资治通鉴》卷一四八，中华书局 2016 年版，第 4722 页。
③ 沈约：《宋书》卷四四，中华书局 1974 年版，第 1362 页。

19

宋武帝时的权臣谢晦出身谢氏高门，职同宰相。但仅因玺封谬误，就被罢免侍中，执法严明为后世所称。自宋文帝后，法为恩息，纲纪逐渐废弛。到孝武帝时，如果不是触及皇族核心机密之事，左降之科不施于权戚；如果触怒了上位者，即使罪不至死，但免书一至，吊客已望门而来。考察史实，沈约之言并不完全符合实情，带有一些夸大的成分，但也体现了中国古代社会行政、立法和司法权力集中于王权的背景下，法律实践的随意性。这种情况并不只限于宋代，沈约此言也颇有以古讽今的意味，"法为恩息"的情况在梁武帝朝尤为突出。《隋书》卷二五《刑法志》载："武帝敦睦九族，优借朝士，有犯罪者，皆讽群下，屈法申之。百姓有罪，皆案之以法"，又载秣陵老人对武帝言："陛下为法，急于黎庶，缓于权贵，非长久之术。诚能反是，天下幸甚。"①梁武帝朝的司法在实际应用中鲜明体现了"士庶有别"的特点，对待士族政宽律缓，对待平民则严刑峻法。现代司法体系中"公开、公平、公正原则"在古代法律体系中几乎是不存在的，其原因就在于皇权凌驾于司法权力之上。

二、诏制所见南朝贬谪制度

南朝时期官员贬谪的实施细则，只能从史书中窥得一些碎片，如《宋书》卷八一《顾琛传》载："凡尚书官，大罪则免，小罪则遣出。遣出者百日无代人，听还本职。"②尚书官按照犯罪程度轻重，或被免官，或被遣出。被遣出者如果百日内没人代为此职，则复其尚书官之职。除却公开立法活动定立的条目，在中国法制史上还有一种因时立法的特殊形式，即诏制。诏制直接出自帝王之手，具有等同于法律的强制效力，同时诏制也是对律法的补充或即时修订。考察史籍，梳理罗列南朝四代涉及贬黜的诏制如下。

（一）南朝宋贬谪诏制

宋代与贬谪有关的诏制出于文帝、孝武帝和明帝朝，关涉方面较多：

1. 文帝朝，杂役五省官所给干僮，免官。孝武帝大明五年（461年）废此制，

① 魏徵等：《隋书》卷二五，中华书局1973年版，第700~701页。
② 沈约：《宋书》卷八一，中华书局1974年版，第2076页。

主于干僮可量听行杖，但行杖逾制，仍以免官。

《宋书》卷六三《沈演之传》载："(沈)统，大明中为著作佐郎。先是，五省官所给干僮，不得杂役，太祖世，坐以免官者，前后百人。统轻役过差，有司奏免。世祖诏曰：'自顷干僮，多不祗给，主可量听行杖。'得行干杖，自此始也。"①五省官署所配给的为官吏服役的僮仆，不得在其正役之外受过多差使，文帝朝因杂役干僮被免官者有百人之多。至孝武帝朝，因沈统事，改为主于干僮可量听行杖。但所行干杖数量，依主者品级有所限制。这个诏书的实施效力一直延续到宋末，《南齐书》卷四一《张融传》载："请假奔叔父丧，道中罚干钱敬道鞭杖五十，寄系延陵狱。大明五年制，二品清官行僮干杖，不得出十。为左丞孙缅所奏，免官。"②宋后废帝元徽元年(473年)，仪曹郎张融坐行僮干杖逾制，依照大明五年制被奏免。

2. 孝武帝孝建元年(454年)正月，诏州郡举荐的秀才和孝廉，若无实才，遣还禁锢。

《宋书》卷六《孝武帝纪》载，诏曰："……四方秀孝，非才勿举，献答允值，即就铨擢。若止无可采，犹赐除署；若有不堪酬奉，虚窃荣荐，遣还田里，加以禁锢。"③谢庄在同年稍前因搜才路狭，已有上表曰："……如臣愚见，宜普命大臣，各举所知，以付尚书，依分铨用。若任得其才，举主延赏；有不称职，宜及其坐。重者免黜，轻者左迁，被举之身，加以禁锢，年数多少，随愆议制。若犯大辟，则任者刑论。"但谢庄此表"付外详议，事不行"④。南朝官员任免，职在尚书仆射，《南齐书》卷一六《百官志》云："左仆射。领殿中主客二曹事，诸曹郊庙、园陵、车驾行幸、朝仪、台内非违、文官举补满叙疾假事，其诸吉庆瑞应众贺、灾异贼发众变、临轩崇拜、改号格制、苢官铨选，凡诸除署、功论、封爵、贬黜、八议、疑谳、通关案，则左仆射主，右仆射次经，维是黄案，左仆射右仆射署朱符见字，经都丞竟，右仆射横画成目，左仆射画，令画。右官阙，则以次

① 沈约：《宋书》卷六三，中华书局1974年版，第1687页。
② 萧子显：《南齐书》卷四一，中华书局1972年版，第726页。
③ 沈约：《宋书》卷六，中华书局1974年版，第114页。
④ 沈约：《宋书》卷八五，中华书局1974年版，第2170～2171页。

并画。若无左右，则直置仆射在其中间，总左右事。"①仆射的职权中"除署、功论、封爵"与任官有关，"贬黜、八议、疑谳、通关"与免官有关，故谢庄建言将是否任用所举之材的决定权交给尚书。谢庄以为，举荐得人或不得人，举荐者和被举者都应当同受赏罚。被举者若不称职，举荐者亦当受连坐，重者免黜，轻者左迁。但在孝武帝的诏命中，只规定了对被举者的任罚，举荐者无论他们所举是否称职，都一无所问。这正体现了上文所述司法实践中"士庶有别"的原则。南朝的选官制度仍然实行九品中正制，官员仍以士族居多。在律法的制定和适用中，对士族较为宽纵，对平民较为严苛，故而孝武帝并未采纳谢庄荐官者与被荐者连坐的建议，而仅对被举者依才加以任黜。

3. 孝武帝大明七年（463 年）十月，诏行幸所经，莅民之职若废务乱民，随訔黜幽。

《宋书》卷六《孝武帝纪》载，诏曰："赏庆刑威，奄国彝轨；黜幽升明，辟宇恒宪。故采言聆风，式观侈质，贬爵加地，于是乎在。今类帝宜社，亲巡江甸，因觊岳守，躬求民瘼。思弘明试之典，以申考绩之义。行幸所经，莅民之职，功宣于听，即加甄赏。若废务乱民，随訔议罚。主者详察以闻。"②据《宋书》卷六《孝武帝纪》载，帝于大明七年巡南豫州，经扬州江宁县，至南豫州治所历阳。诏考课沿途官员，对官员进行擢用或罢黜。

4. 明帝泰始四年（468 年）九月，奏定监司将吏自为劫，若遇赦，免斩刑，徙付交、梁、宁州。五人以下止相逼夺者，徙付远州，若遇赦，依旧补冶士。

《南史》卷三《宋本纪下》载："诏定黥刖之制。有司奏：'自今凡劫窃执官仗、拒战逻司、攻剽亭寺及伤害吏人，并监司将吏自为劫，皆不限人数，悉依旧制斩刑。若遇赦，黥及两颊'劫'字，断去两脚筋，徙付交、梁、宁州。五人以下止相逼夺者，亦依黥作'劫'字，断去两脚筋，徙付远州。若遇赦，原断徒犹黥面，依旧补冶士。家口应及坐，悉依旧结谪。'及上崩，其例乃寝。"③监司将吏监守自盗行劫掠之事者，如遇大赦，可由斩刑减为流刑，流徙的地点是极度偏远的交

① 萧子显：《南齐书》卷一六，中华书局 1972 年版，第 319~320 页。
② 沈约：《宋书》卷六，中华书局 1974 年版，第 133~134 页。
③ 李延寿：《南史》卷三，中华书局 1975 年版，第 81 页。

州、梁州、宁州三地(大致即今云贵川陕两广越南一带)。若仅是五人以下强行夺取,如遇赦免,可由流刑减为补冶士(即从事冶炼铸造的刑徒)。这条政令的实施范围未出明帝朝。

(二)南朝齐贬谪诏制

齐代涉及贬谪的诏制,都与官员的举荐与考核相关。齐高帝萧道成即位之初,崔祖思曾启陈政事,曰:"今无员之官,空受禄力。三载无考绩之效,九年阙登黜之序。国储以之虚匮,民力为之凋散。能否无章,泾渭混流。"①齐国初立,对官员的任黜考核基本处于瘫痪的状态。建元元年(479年)四月,齐高帝命群臣各言得失,给事黄门郎崔祖思建议:"人不学则不知道,此悖逆祸乱所由生也。今无员之官,空受禄力,凋耗民财。宜开文武二学,课台、府、州、国限外之人各从所乐,依方习业。若有废惰者,遣还故郡;经艺优殊者,待以不次。又,今陛下虽履节俭,而群下犹安习侈靡。宜褒进朝士之约素清修者,贬退其骄奢荒淫者,则风俗可移矣。"对于那些在定员之外吃空饷的官员,崔祖思提议让他们进修学习,其中废惰者遣还,优异者超擢。同时建议对于在朝官员也要奖掖节俭者,贬斥骄奢者,以开新朝风气。又,宋时曾建立派台使监督郡县的制度,却反而造成使者作威作福、索要财贿、扰乱公务的不良局面。针对这个遗留问题,闻喜公萧子良上表指出:"台有求须,但明下诏敕,为之期会,则人思自竭;若有稽迟,自依纠坐之科。今虽台使盈凑,会取正属所办,徒相疑愤,反更淹懈,宜悉停台使。"朝廷有要求只需下达明文,地方自然会尽力完成;如果不能按期完成,依法惩处即可,不需要额外派遣使者监督。对于以上的表奏,高帝"皆加褒赏,或以表付外,使有司详择所宜,奏行之"②。这些建议实际上不一定被切实采纳实施,但足以说明齐代初立时职官制度的弊病已经得到重视。齐高帝在位时间相对较短,待继位之君齐武帝时,就官员任黜下达了数条诏制,是当时兴国的必行之策。

1. 武帝永明元年(483年)三月,诏地方官员任期满三年,若庸碌无为,予以代黜。

---

① 萧子显:《南齐书》卷二八,中华书局1972年版,第518页。

② 司马光编著:《资治通鉴》卷一三五,中华书局2016年版,第4300~4301页。

《南齐书》卷三《武帝纪》载，诏曰："宋德将季，风轨陵迟，列宰庶邦，弥失其序，迁谢遄速，公私凋敝。泰运初基，草昧惟始，思述先范，永隆治根，莅民之职，一以小满为限。其有声绩克举，厚加甄异；理务无庸，随时代黜。"①南朝宋官制大致仍然承袭晋制，地方官员之任以六年为限。至齐代，改以三年为限。宋朝末年，官制失序，齐武帝即位后为在高帝朝的基础上进一步恢复和稳固政治秩序，立诏对地方官员每三年一考核，若政绩平庸，则加代黜。《梁书》卷一二《柳恽传》就记载了柳恽在齐时为新安太守，"以无政绩，免归"②之事。

2. 武帝永明三年(485年)正月，诏刺史和太守应劝课农桑，妨碍农事者或岁末考核不合格者，加以贬黜。

《南齐书》卷三《武帝纪》载，诏："守宰亲民之要，刺史案部所先，宜严课农桑，相土揆时，必穷地利。若耕蚕殊众，足厉浮堕者，所在即便列奏。其违方骄矜，佚事妨农，亦以名闻。将明赏罚，以劝勤惰。校核殿最，岁竟考课，以申黜陟。"③古代社会以农业为基础，地方守宰有劝课农桑之职，武帝诏奏不力者受罚，并于每岁末考核，贬黜其中不合格者。

3. 武帝永明八年(490年)夏四月，诏举人不避亲者，免官。

《南齐书》卷三《武帝纪》载，诏："公卿已下各举所知，随才授职。进得其人，受登贤之赏；荐非其才，获滥举之罚。"④若被举荐者才不堪用，举荐者也会因为滥举受到相应的惩处。又《南齐书》卷五六载《幸臣传·吕文度传》："永明中，敕亲近不得辄有申荐，人士免官，寒人鞭一百。"⑤此处所载武帝敕命，很可能即是帝纪中诏书的缺载内容。武帝诏定士人举荐不避亲者免官，相较于前述宋孝武帝只罪被举者而不罪举荐者，在荐官制度上已有所完善。

(三)南朝梁贬谪诏制

梁代与贬谪相关的诏制都在武帝朝，贬谪之制较前有了很大的发展。

---

① 萧子显：《南齐书》卷三，中华书局1972年版，第47页。
② 姚思廉：《梁书》卷一二，中华书局1973年版，第217页。
③ 萧子显：《南齐书》卷三，中华书局1972年版，第50页。
④ 萧子显：《南齐书》卷三，中华书局1972年版，第58页。
⑤ 萧子显：《南齐书》卷五六，中华书局1972年版，第978页。

1. 武帝天监元年(502年)，敕削素族寒人因贿所得军爵。

《梁书》卷四九《文学传上·钟嵘传》载："天监初，制度虽革，而日不暇给，嵘乃言曰：'永元肇乱，坐弄天爵，勋非即戎，官以贿就。挥一金而取九列，寄片札以招六校，骑都塞市，郎将填街。服既缨组，尚为臧获之事；职唯黄散，犹躬胥徒之役。名实淆紊，兹焉莫甚。臣愚谓军官是素族士人，自有清贯，而因斯受爵，一宜削除，以惩佼竞。若吏姓寒人，听极其门品，不当因军，遂滥清级。若侨杂伧楚，应在绥抚，正宜严断禄力，绝其妨正，直乞虚号而已。谨竭愚忠，不恤众口。'敕付尚书行之。"①梁朝初立之时，钟嵘建言对齐末滥封官爵予以削除。这本是肃清官场的应有之举，但从他将"缨组""黄散"与"素族""寒人"的对立中，可以看出非常强烈的门阀等级意识，即维护士族阶层自身利益，打压素族寒人。钟嵘出身魏晋名门"颍川钟氏"，代表和维护士族大姓的利益是其家庭背景和社会氛围使然。齐末因贿授官，造成"骑都塞市，郎将填街"的局面，损害了士族享有的特权，使得"缨组""黄散"这样的簪缨世家，犹躬"臧获""胥徒"这样较为低等的官役，所以要求"素族士人""吏姓寒人""侨杂伧楚"这三个阶层的人，若得官爵高于其身份地位，一皆削除。

2. 武帝天监中，诏开左降之科。

《初学记》卷二〇载沈约《立左降诏》："刑乖政失，其源已久。罚罪之奏，日闻于早朝；弊狱之书，亟劳于晏寝。免黜相系，补代纷纭。一离愆囚，乃永岁月，非所以弃瑕录用，随分尽才者也。是故减秩居官，前代通则；贬职左迁，往朝继轨。自今内外群司有事者，可开左降之科。"②沈约卒于天监十二年(513年)，此诏当是天监中代梁武帝而作。针对当时官员一旦因过失被拘系就不再起用的情况，为尽其才，开左降之科，以贬官左迁的方式来代替直接被免官罢黜、驱离官场。考梁武帝天监年间的贬黜情况，免官人数有一半以上，这条诏令切中时弊、因时而制，推动了贬谪制度朝着更为完善的方向发展。

3. 武帝天监十五年(516年)春正月，诏若守宰侵渔为蠹，奏上黜免。

《梁书》卷二《武帝纪中》载，诏曰："守宰若清洁可称，或侵渔为蠹，分别奏

---

① 姚思廉：《梁书》卷四九，中华书局1973年版，第694页。
② 沈约著，陈庆元校笺：《沈约集校笺》，浙江古籍出版社1995年版，第46~47页。

上，将行黜陟。长吏劝课，躬履堤防，勿有不脩，致妨农事。"①不必等待官员任职期满的例行考课，若有侵犯百姓之事，可随时上奏黜免。梁武帝此诏对地方官的政业加以更严格的管束，如中大通四年（532年），少府丞何智通上奏扬州刺史邵陵王萧纶侵渔细民之事，② 即便身为皇族，若在地方鱼肉百姓，也会受到监察。

（四）南朝陈贬谪诏制

陈代关涉贬谪的诏制，史籍记载中仅宣帝朝一条，即宣帝太建四年（572年）九月，诏文武官员贪污及无能者黜免。

《陈书》卷五《宣帝纪》载，诏曰："外可通示文武：凡厥在位，风化乖殊，朝政纰蠹，正色直辞，有犯无隐。兼各举所知，随才明试。其苟政廉秽，在职能否，分别矢言，俟兹黜陟。"③陈代地方官因为政不仁而被贬黜者，史书所载宣帝朝太建四年有广州刺史陈方泰，太建九年有豫章内史陈方泰、吴兴太守陈伯礼、合州刺史陈褒，后主朝至德三年（585年）有丰州刺史章大宝，足见宣帝确实较为重视地方官员的为政能力。太建九年事皆为时御史中丞宗元饶所奏："时合州刺史陈褒赃污狼藉，遣使就渚敛鱼，又于六郡乞米，百姓甚苦之。元饶劾奏曰云云"，"吴兴太守武陵王伯礼，豫章内史南康嗣王方泰，并骄蹇放横，元饶案奏之，皆见削黜"。陈伯礼和陈方泰皆是宗室大臣，能够对他们有所处分，除却宣帝诏制，与监察者宗元饶"性公平，善持法"④、敢犯权要的性情亦有很大关系。

除却宋朝，齐、梁、陈三朝所存贬谪相关诏制都是当时在位最长的帝王所立。以上所举各条与贬谪之制相关的诏敕，基本都是关于官员的举荐、考核、任用三事。贯通起来看，可见随时代发展，对三者的管控愈加细化、完备：举荐从最初的仅对被举者随才任黜，到举荐者亦负有连带责任；考核从三年一考到随时劾免；任用从有罪则免到开左降科以为惩戒。从中足以看到有为之君积极思革政

---

① 姚思廉：《梁书》卷二，中华书局1973年版，第55页。
② 姚思廉：《梁书》卷二九，中华书局1973年版，第432页。
③ 姚思廉：《陈书》卷五，中华书局1972年版，第82页。
④ 姚思廉：《陈书》卷二九，中华书局1972年版，第385~386页。

弊，不仅善于利用贬黜这样的强制性手段来约束和完善当时的政治运行秩序，维护王朝统治和政治生态，而且根据现实情况需要，及时对贬谪制度进行调整，使之发挥出更大的效用。

三、贬谪制度的修正机制："赦"及"赎"

南朝官员贬谪制度，有严律惩处的一面，亦有宽缓的一面。"赦"和"赎"就是两种可以让官员终止或免于贬谪的制度。"赦"（赦免）和"赎"（赎论）的区别在于：赦免虽各朝各代都有，但时间上有较大随机性，而赎论有较为健全的律法体系规范，并于梁、陈两代得到极大发展。

(一)赦

赦免有两类，一类是针对特定群体的赦免，另一类是普惠天下的大赦。针对特定群体的诏书，有针对具体事件或制度条款的，如以下两例：

宋明帝泰始二年（466 年）十二月，诏涉"义嘉之难"凡应禁削者，皆从原荡。《宋书》卷八《明帝纪》载，诏曰："近众藩称乱，多染衅科。或诚系本朝，事缘逼迫，混同证锢，良以怅然。夫天道尚仁，德刑并用，雷霆时至，云雨必解。朕眷言静念，思弘风泽，凡应禁削，皆从原荡。其文武堪能，随才铨用。"①泰始元年，晋安王刘子勋在谋主邓琬的支持下，与刘彧争夺帝位，波及四方。泰始二年八月明帝刘彧平乱，十二月诏对一些参与其中、当禁锢削官者，原赦不问并量才为用。

齐武帝永明八年（490 年）十二月，齐武帝为改变"自太祖治黄籍，至上，谪巧者戍缘淮各十年，百姓怨望"的情况，下诏曰："自宋昇明以前，皆听复注；其有谪役边疆，各许还本；此后有犯，严加剿治。"②高祖朝要求谪巧者缘淮水成守必须满十年，百姓因此颇多不满。故武帝下诏，允许此前贬谪戍边者归还本籍，日后若再犯则严加处置。

这两封诏书，一是由于时事而制，对应贬官员宽容不问，阻止了贬谪的发生；一是针对成法所制，对已遭谪戍者，终止其流贬的进行。此外亦有出于成

---

① 沈约：《宋书》卷八，中华书局 1974 年版，第 159 页。
② 司马光编著：《资治通鉴》卷一三七，中华书局 2016 年版，第 4380 页。

例、面向更宽的情况，如因新君继位，对流徙者行宽赦之诏：

　　永初元年七月，宋武帝诏："诸流徙家并听还本土。"①

　　孝建二年九月，宋孝武帝诏："在朕受命之前，凡以罪徙放，悉听还本。"②

　　元徽元年正月，宋后废帝诏："自元年以前贻罪徙放者，悉听还本。"③

　　建元元年四月，齐高帝诏："诸负衅流徙，普听还本。"④

　　隆昌元年正月，郁林王："宥隆昌元年以来流人。"⑤

　　建武元年十月，齐明帝诏："负衅流徙，并还本乡。"⑥

　　天监元年四月，梁武帝诏："诸流徙之家，并听还本。"⑦

　　一些帝王在即位时或即位后改元时，赦免流徙者，让他们得以返回家乡，这是特别针对流徙这一类的赦免，以示新朝的宽和仁爱姿态。如《宋书》卷五〇《胡藩传》就云"世祖初，徙者并得还"。世祖即宋孝武帝，因其诏书得以返乡的徙放者有胡景世、胡宝世兄弟⑧和范鲁连⑨等。还有范围更大的赦免，即"大赦"。"大赦"是指皇帝(或当时的实际最高权力所有者)诏令对全国范围内所有犯罪人员进行赦免，已经被贬或应被贬谪的官员自然也在被赦之列。

　　大赦之制发轫于先秦，正式确立于汉代，是中国古代最主要的赦宥制度。大赦是皇帝的特权，一方面能够起到"荡涤秽流，与民更始"⑩的宽政缓刑作用，另一方面也能够起到邀买人心、巩固政权的作用。大赦之制虽然因时而立，但也有一定规律可循。清代沈家本《历代刑法考·述赦一》将赦免原因归纳为23种：践

① 沈约：《宋书》卷三，中华书局1974年版，第54页。
② 沈约：《宋书》卷六，中华书局1974年版，第117页。
③ 沈约：《宋书》卷九，中华书局1974年版，第179页。
④ 萧子显：《南齐书》卷二，中华书局1972年版，第33页。
⑤ 李延寿：《南史》卷五，中华书局1975年版，第134页。
⑥ 萧子显：《南齐书》卷六，中华书局1972年版，第84~85页。
⑦ 姚思廉：《梁书》卷二，中华书局1973年版，第35页。
⑧ 沈约：《宋书》卷五〇，中华书局1974年版，第1446页。
⑨ 沈约：《宋书》卷六九，中华书局1974年版，第1829页。
⑩ 司马光编著：《资治通鉴》卷二八，中华书局2016年版，第936页。

阼、改元、立后、建储、后临朝、大丧、帝冠、郊(后土附)、祀明堂、临雍、封禅、立庙、巡狩、徙宫、定都、从军、克捷、年丰、祥瑞、灾异、劝农、饮酺、遇乱，[①] 可以涵盖绝大多数情况。南朝大赦的原因，据统计(见附录2)排名前十种见图1-1。

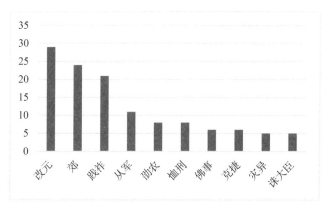

图1-1 南朝大赦原因

图1-1显示，改元、郊祀和践阼是南朝最主要的大赦原因，既是因循旧例，也与南朝政治环境动荡、改朝换代频仍有关。改元有两种情况，一是在易代之时，如果是正常的皇位继承，在即位的次年改元；如果是夺权篡位，则在即位之时改元。二是皇帝在位期间改换年号，改元的原因有很多，如因祥瑞、战争等，都可能导致改元。改元时大赦，以"式敷在宥之泽，与人更始，以答天休"[②]。改元和大赦，都是为了达到除旧布新、与民更始的作用。郊祀是祭祀天地、沟通天人的典礼仪式，"天地以王者为主，故圣王制祭天地之礼必于国郊"[③]。南朝的郊祀都在正月进行，郊祀时大赦，也是为了广施仁德，使天佑国祚，"宜因天地之心，式覃雷雨之泽"[④]。至于践阼时大赦，是历朝历代的通则，陈后主在践阼改

① 沈家本：《历代刑法考》，商务印书馆2011年版，第658~692页。
② 陆贽：《奉天改元大赦制》，陆贽著，刘泽民校点：《陆宣公集》，浙江古籍出版社1988年版，第2页。
③ 班固：《汉书》卷二五下，中华书局1962年版，第1254页。
④ 李旦：《郊禋大赦制》，董诰等编：《全唐文》卷一八(影印本)，中华书局1983年版，第217页。

元时诏曰："思播遗德，覃被亿兆，凡厥遐迩，咸与惟新。"①践祚大赦的目的是废止前朝政治遗留的问题、开新朝气象，并以德政收买人心。除以上三种外，南朝还有一种较具时代特色的大赦原因，即因佛事大赦。因佛事大赦发生在梁武帝和陈后主二朝，两位皇帝都笃信佛法，曾舍身佛寺。这种大赦缘由深刻受到当时佛学占领思想优势地位、佛家观念流布上层社会的情况影响，为其他朝代所稀见。

各朝大赦频率，大多在每年一次上下。但宋文帝、齐武帝、陈宣帝三朝大赦的频率较低，尤其齐武、陈宣二朝，均值未及两年一次。三位都是当朝在位时间最久的帝王，在位时间均在十年以上，其中尤以宋文帝为最，在位共 30 年。分析其原因，首先在位时间长，使得践祚和改元这两个大赦最主要原因的发生频率降低；其次，在位时间长的君主，政治治理往往更加有序、政权统治相对较为稳定，而大赦主要起到恢复社会秩序、收买人心，以维护统治的目的，故而这种手段不必被频繁使用。此外还有一个较为特殊的朝代，即梁元帝朝，这位皇帝在位期间没有施行大赦的记载。史臣魏徵评价元帝云："爪牙重将，心膂谋臣，或顾眄以就拘囚，或一言而及菹醢，朝之君子，相顾懔然。自谓安若泰山，举无遗策，怵于邪说，即安荆楚。虽元恶克翦，社稷未宁，而西邻责言，祸败旋及。"②侯景之乱平定后，萧绎称帝于江陵，萧纪称帝于益州。元帝萧绎引西魏兵袭取益州，引狼入室，引发梁败于西魏的惨剧。元帝一朝始终战乱，且一直定都于陪都江陵，未曾返回过旧都建康，或是梁元帝朝未有大赦的缘由。

大赦对贬谪者的影响分为两种：一类是应当予以贬谪而尚未下达处分时，因大赦免于被贬，史籍中常记载为"遇赦""会赦""值赦"。如丘仲孚在齐末为山阴令，被举奏在职贪墨，但因遇赦而不追究罪责："迁（丘仲孚）山阴令……齐末政乱，颇有赃贿，为有司所举，将见收，窃逃还都，会赦不问。梁武帝践祚，复为山阴令。"③另一类是已被贬谪的官员，因大赦得以结束流贬返乡或重新任职。很多在新君即位后回乡或起复的贬官，都是因践祚大赦之制而被赦免。诸如宋孝武

①　姚思廉：《陈书》卷六，中华书局 1972 年版，第 105 页。
②　姚思廉：《梁书》卷六，中华书局 1973 年版，第 151～152 页。
③　李延寿：《南史》卷七二，中华书局 1975 年版，第 1764～1765 页。

帝时，王道琰因其父王僧达被陷反叛，徙新安郡，"前废帝即位，得还京邑"①，就是由于新帝即位后施行大赦而得以终止流放生涯。

(二) 赎

贬谪另一种可予以减免的方式是赎刑。赎刑指依据犯罪情节轻重，用相对应的财物替代赎免所应承受的刑罚。赎刑和罚金有本质的不同，赎刑是一种代刑，而罚金是财产刑。虽然对外表现均为缴纳财物，但赎刑是以其代替本应承担的刑罚，而罚金缴纳财物就是刑罚本身。

赎刑的存在，其一起到宽政缓刑的作用，其二亦起到充实国库之用，"国家得时藉其入，以佐缓急。而实边、足储、振荒、宫府颁给诸大费，往往取给于赃赎二者"②。赎刑发端极早，在《尚书·舜典》中就有"金作赎刑"③之说。经秦汉发展，赎刑至魏晋时已有定制，《晋律》规定："赎死，金二斤；赎五岁刑，金一斤十二两；四岁、三岁、二岁各以四两为差。又有杂抵罪罚金十二两、八两、四两、二两、一两之差。弃市以上为死罪，二岁刑以上为耐罪，罚金一两以上为赎罪。"《晋律》中关于"赎刑"的规定有一个鲜明特征，即罚、赎不分。罚金抵罪、罚金赎罪之论，显然将代刑和财产刑混同为一。虽然在律法设置中有所不足，但以不同金额抵罪的做法，确有现实可操作性，并为南朝沿用。《唐六典》云"宋及南齐律之篇目及刑名之制略同晋氏，唯赎罪绢兼用之"④，宋、齐赎刑延续了晋的做法，但也有发展，即以金绢并入赎的方式代替仅以金入赎。赎刑的实施在史书中常表述为"赎论"，如《南齐书》载："世祖幸琅邪城，(王)伦之与光禄大夫全景文等二十一人坐不参承，为有司所奏。诏伦之亲为陪侍之职，而同外惰慢，免官，景文等赎论。"⑤齐武帝幸琅邪时，因为侍中王伦之、光禄大夫全景文侍奉不

---

① 沈约：《宋书》卷七五，中华书局 1974 年版，第 1958 页。

② 张廷玉等：《明史》卷九三，中华书局 1974 年版，第 2293 页。

③ 《十三经注疏》整理委员会整理：《尚书正义(十三经注疏)》卷三，北京大学出版社 2000 年版，第 77 页。

④ 李林甫等撰，陈仲夫点校：《唐六典》，中华书局 2014 年版，第 181 页。

⑤ 萧子显：《南齐书》卷三二，中华书局 1972 年版，第 586 页。

周，一者免官、一者赎论，显见赎刑是对贬谪之制的宽缓之法。

至梁武帝朝，对赎刑予以格外重视：

> （天监元年）又诏曰："金作赎刑，有闻自昔，入缣以免，施于中世，民悦法行，莫尚乎此。……可依周、汉旧典，有罪入赎，外详为条格，以时奏闻。"①（《梁书》卷二《武帝纪中》）
>
> 梁武帝承齐昏虐之余，刑政多僻。既即位，乃制权典，依周、汉旧事，有罪者赎。其科，凡在官身犯，罚金。鞭杖杖督之罪，悉入赎停罚。其台省令史士卒欲赎者，听之。②（《隋书》卷二五《刑法志》）

梁武即位后，承袭周、汉旧制，修立赎刑。规定如若官员犯科，皆以罚金论处；应当受到鞭、杖这样处罚的官员，也都以赎刑代替；中央机构的令史、士卒想要以赎停罚者，听任之。《梁律》对赎刑的规定更为细化、系统，制定了赎刑"十五等之差"③，较前《晋律》赎五等之差、罚五等之差，显然有所进步。

但据《隋书·刑法志》，梁武帝天监三年"十月甲子，诏以金作权典，宜在蠲息。于是除赎罪之科"④，大同"十一年十月，复开赎罪之科"⑤，可知赎刑曾经短暂地被废除，又在大同十一年（545 年）重开赎罪科："冬十月己未，诏曰：'尧、舜以来，便开赎刑，中年依古，许罪身入赀，吏下因此，不无奸猾，所以一日复敕禁断。川流难壅，人心惟危，既乖内典慈悲之义，又伤外教好生之德。《书》云："与杀不辜，宁失不经。"可复开罪身，皆听入赎。'"⑥赎刑的这次短暂的废除，与流刑的废止、复开、废止有紧密关系，在下节《南朝贬谪类型》之"流徙"中本书将予以具体阐述。

至陈代，对赎刑的一大改造，是规定为官者可将"官当"和"赎刑"结合起来

---

①　姚思廉：《梁书》卷二，中华书局 1973 年版，第 36~37 页。

②　魏徵等：《隋书》卷二五，中华书局 1973 年版，第 697 页。

③　魏徵等：《隋书》卷二五，中华书局 1973 年版，第 698 页。

④　魏徵等：《隋书》卷二五，中华书局 1973 年版，第 700 页。

⑤　魏徵等：《隋书》卷二五，中华书局 1973 年版，第 702 页。

⑥　姚思廉：《梁书》卷三，中华书局 1973 年版，第 89 页。

共同抵罪："又存赎罪之律……其三岁刑，若有官，准当二年，余一年赎。若公坐过误，罚金。其二岁刑，有官者，赎论。一岁刑，无官亦赎论。"[1]官员应受惩处通过这种途径得到减轻乃至消除。官当和赎论有很大相似性，都是用某物来折抵所应承担的惩罚。不过前者是以非实体的"位"，后者是以实体的"财"。虽然都可用以抵罪，但赎金要优先于官当。官当实际上达到的效用与贬谪相同，其本质都是官员因罪责而失去官位，故可视为贬谪的一种变体。

第二节　南朝贬谪类型

《元史》卷一六〇载，王磐在议更定官制时疏曰："历代制度，有官品，有爵号，有职位，官爵所以示荣宠，职位所以委事权。臣下有功有劳，随其大小，酬以官爵，有才有能，称其所堪，处以职位，此人君御下之术也。臣以为有功者，宜加迁散官，或赐五等爵号，如汉、唐封侯之制可也，不宜任以职位。"[2]他指出中国古代官制，由散阶、爵号和职位三个部分共同组成。散阶和爵号以"酬其功""示荣宠"，职位以"委事权"，三者相辅相成，是为人君御下之术。南朝官制，亦是由官爵、官号和官职这三个系统构成。

上节末我们提到的南朝陈"官当"制度规定："五岁四岁刑，若有官，准当二年，余并居作。其三岁刑，若有官，准当二年，余一年赎。若公坐过误，罚金。其二岁刑，有官者，赎论。一岁刑，无官亦赎论"[3]，即三岁至五岁刑，都可用官位折抵两年刑期。"官当"之名虽于南朝陈方才确定，但其来源甚远，中国封建法制史上长期以来都存在着以官抵罪的制度：

　　"官当"是"中国封建法制中关于官吏犯罪可以官抵罪的制度"。源其滥觞可上溯到春秋战国时期商鞅在秦国变法时创制的二十军功爵制度。……汉代沿袭秦制，除有夺爵之法外，尚有"免官""除名"等规定。可见，当时虽

---

① 魏徵等：《隋书》卷二五，中华书局1973年版，第702~703页。
② 宋濂等：《元史》卷一六〇，中华书局1976年版，第3754~3755页。
③ 魏徵等：《隋书》卷二五，中华书局1973年版，第703页。

无明确的"官当"概念，而且官爵抵罪无论在内容还是方式上都具有一定的随意性而未成为一种法律制度，但有爵者犯罪，可以通过削贬官爵的办法获得减免刑罚的优待，这实际上已经包含了后世"官当"的主要精神。《晋律》中的"除名比三岁刑""免官比四岁刑"等内容，是我国刑法史上最早的以官爵抵罪的法律规定，并且对免官、除名相抵的刑期年限作了具体规定。①

从先秦至南朝，实际上长期存在以官爵抵罪的制度，经逐步细化、直至南陈得以定名。战国时，商鞅首创二十级军功爵位制，并规定可以爵抵罪，或贬爵，或夺爵，以冲抵罪罚。汉代，除以爵抵罪外，又出现以官职抵罪，或免官，或除名，有爵职者皆可以其减免冲抵刑罚。《晋律》最早以成文法的形式，对免官、除名可抵刑期加诸具体规定。南朝律法基本沿用《晋律》，至于陈代，对以官当刑进行定名和细化。该制度在各个历史时期的规定有所不同，实际操作中亦有极大随意性。以官抵罪，实际上可以认作贬谪之制的源头和精神根源。贬谪在性质上也包含着以官抵罪意味，以官位的下沉或丧失替代应受的刑罚。这其实也赋予了为官者以特权和优待，他们由此得以减少乃至免受所应承担的刑罚，推动了司法实践中缓贵严民局面的形成。

南朝的官制包括官爵、官号及官职三个体系，与此相对应，贬谪措施就官爵而言，有降爵和削爵；就官号而言，有降号和夺号；就官职而言，有贬官和免官。此外还有一种贬谪手段，即流徙。现分别统计宋、齐、梁、陈四朝各贬谪类型发生的数量，见表1-1：②

表1-1　南朝各贬谪类型数量表

	官爵		官号		官职		流徙
	降爵	削爵	降号	夺号	贬官	免官	
宋	13	40	16	2	34	167	56
齐	10	35	0	1	8	60	5
梁	9	14	2	3	31	81	7
陈	2	5	2	1	6	44	1

---

① 薛菁：《魏晋南北朝刑法研究》，福建师范大学博士学位论文，2005年，第70页。
② 按，帝、后、太子等被废，不纳入统计之中。

在统计过程中我们可以发现，这些贬谪类型并不总是单一出现，有时会几种配合出现。被流徙者如此前身带官爵、官号、官职，毋庸讳言，所有官位随即均被剥夺。免官的同时，加号往往也被免去。在实际操作过程中，诸贬谪类型又有进一步的附加措施，从严者如免官加禁锢，从宽者如以爵领职、白衣领职、守某职、犹居职等。根据四朝贬谪事件总数(宋 288 人次，齐 125 人次，梁 140 人次，陈 66 人次)，对表 1-1 进一步细化，计算各贬谪类型在贬谪事件中的占比，得到表 1-2。

表 1-2　南朝各贬谪类型占比①

	官爵		官号		官职		流徙
	降爵	削爵	降号	夺号	贬官	免官	
宋	4.51%	13.89%	5.56%	0.69%	11.81%	57.99%	19.44%
齐	8.00%	28.00%	0.00%	0.8%	6.40%	48%	4.00%
梁	6.43%	10.00%	1.43%	2.14%	22.14%	57.86%	5.00%
陈	3.03%	7.58%	3.03%	1.52%	9.09%	66.67%	1.52%

由表 1-2 可知，南朝各代贬谪，均以免官为最主要类型。四代免官者占总贬谪事件的近一半或以上，尤其在陈代占 2/3 之多。正如沈约在《立左降诏》中所言："免黜相系，补代纷纭。一离愆因，乃永岁月。"②免官是最主要的贬谪手段，且对谪臣的起复没有具体规定，因此永遭弃置者比比皆是。免官者众是贬谪体系尚不完善的体现，按照罪责轻重逐级贬降的制度尚未形成，而笼统地以免官一刀切地处理，使得贬谪制度实施中随意性很大。另外，不对贬谪官员起复作规定，流贬者能否重回官场往往只能有赖于权力所有者的垂青。

对官职的贬黜是南朝贬谪最主要的手段，也符合人们对于贬谪的普遍印象。此外，降削官爵和官号者也占据了一定比例。降削官爵，四朝皆有一定的数量分

---

① 按，取小数点后一位。

② 沈约著，陈庆元校笺：《沈约集校笺》，浙江古籍出版社 1995 年版，第 46~47 页。

布，又以齐为最。主要由于齐初立之时，对前代封爵降削甚多："自非宣力齐室，余皆除国……除国者凡百二十人。"①宋齐禅代时，载入史籍的降爵者有 9 人，削爵者 30 人。南朝宋降削爵事件亦不少，其中刘宋宗室就占 23 例，这与宋时萧落宗室的大环境相关。降夺官号在所有贬官类型里占比最小，自齐至陈少见。流徙默认配合着对官爵、官号、官职的褫夺，自宋后，流徙事件发生数量和所占比例急剧缩减，这与中央权威及对地方控制力的削弱息息相关。

一、官爵：降爵与削爵

周室分封天下，爵位代代相承、世袭罔替。自先秦商鞅创二十级军功爵位制，授军功卓著者以爵，使平民亦有获得爵位的机会。汉代增设王爵，汉高祖后仅以皇族得之。南朝的官爵制度承袭前代，得爵者有三途：以皇族得王爵，以袭封得爵和以军功得爵。

爵位被削降的原因主要有两类，即易代例降及因罪失。易代之际降削前代所封爵位是为成例，以去除前朝旧势、培植本朝新贵。南朝开国之君在即位之时，就降爵事皆有诏命：

> 宋：
>
> 晋氏封爵，咸随运改，至于德参微管，勋济苍生，爰人怀树，犹或勿剪，虽在异代，义无泯绝。降杀之宜，一依前典。……其宣力义熙，豫同艰难者，一仍本秩，无所减降。②（《宋书》卷三《武帝纪下》）
>
> 齐：
>
> 亡官失爵，禁锢夺劳，一依旧典。③（《南齐书》卷二《高帝纪下》）
>
> 梁：
>
> 兴运升降，前代旧章。齐世王侯封爵，悉皆降省。其有效著艰难者，别有后命。④（《梁书》卷二《武帝纪中》）

---

① 司马光编著：《资治通鉴》卷一三五，中华书局 2016 年版，第 4298 页。
② 沈约：《宋书》卷三，中华书局 1974 年版，第 52～53 页。
③ 萧子显：《南齐书》卷二，中华书局 1972 年版，第 32 页。
④ 姚思廉：《梁书》卷二，中华书局 1973 年版，第 35 页。

陈：

亡官失爵，禁锢夺劳，一依旧典。①（《陈书》卷二《高祖纪下》）

齐、陈两代未作特别说明，只言依旧典；宋、梁所述要相对具体详细一些，主要是予有功于定鼎者优待。东晋末桓玄作乱、自立为帝，刘裕带领北府军平乱，奠定了宋朝基业。刘裕即帝位后，特旨在义熙年间一起对抗过桓玄之难的功臣，可免于爵位减降。梁代齐而立，齐明帝萧鸾暴酷，又将高帝、武帝子孙几乎屠戮殆尽，故有爵者数量本就相对较少。兼以梁、齐本为同宗，梁武帝对共历齐末艰难之世者怀有宽容，欲使之效力新朝。从表1-2中亦可看出，宋、梁两代官爵降削比例大致相当。而齐占比最高，几乎占到所有贬谪事件总量的2/5，其中又尤以发生在易代之际居多（39例在宋齐禅代时，6例以罪失）。

易代之际的爵位降削，最主要对象是前朝宗室。汉末至梁易代之际处理前朝宗室的方式，陈史部尚书姚察评述得极为精当："昔魏藉兵威而革汉运，晋因宰辅乃移魏历，异乎古之禅授，以德相传，故抑前代宗枝，用绝民望。然刘晔、曹志，犹显于朝；及宋遂为废姓。而齐代，宋之戚属，一皆歼焉。其祚不长，抑亦由此。有梁革命，弗取前规，故子恪兄弟及群从，并随才任职，通贵满朝，不失于旧，岂惟魏幽晋显而已哉。君子以是知高祖之弘量，度越前代矣。"②魏晋虽也借禅代降爵"抑前代宗枝，用绝民望"，但前朝刘姓和曹姓之宗室血脉，至新朝仍有一席之地。宋代不再任用前朝皇族旧姓，而齐更甚，一皆歼绝以除后患。梁代为之一变，哀前朝宗室之祸，对齐萧子弟随才任用，武帝萧衍此举亦深得时誉。究其原因在于，齐、梁虽则禅代，但实为一姓同宗，是其特殊性。梁武帝萧衍在禅代后优容前朝遗贵，说："我初平建康城，朝廷内外皆劝我云：'时代革异，物心须一，宜行处分。'我于时依此而行，谁谓不可！我政言江左以来，代谢必相诛戮，此是伤于和气，所以国祚例不灵长。所谓'殷鉴不远，在夏后之世'。此是一义。二者，齐梁虽曰革代，义异往时。我与卿兄弟（指萧子恪、萧子范）虽复绝服二世，宗属未远。卿勿言兄弟是亲，人家兄弟自有周旋

---

① 姚思廉：《陈书》卷二，中华书局1972年版，第32页。

② 姚思廉：《梁书》卷三五，中华书局1973年版，第516页。

者，有不周旋者，况五服之属邪？齐业之初，亦是甘苦共尝，腹心在我。卿兄弟年少，理当不悉。我与卿兄弟，便是情同一家，岂当都不念此，作行路事。此是二义。"①萧衍以为，渡江以来易代时往往诛戮前朝，因此伤于和气，导致国祚不长。且齐、梁萧氏同属一宗，义异往时，不可妄行废杀。陈易代降爵之事，史籍中未见实例，但显然亦有其事。史籍失载，一则有唐人撰史时掌握陈代史实有限的原因，一则亦因该朝既无特殊宽纵，也无特别暴酷之事。除却易代之时的例降，改朝时也可能会降削前朝所封爵命，这种情况尤其发生在废帝自立时："其昏制谬封，并皆刊削。"②如宋前废帝宠封沈攸之东兴县侯、徐爰吴平县子，明帝泰始元年（465 年）即位后例削其封。一般情况下新帝继承皇位后，最初还会继续重用前朝旧臣，如是顾命之臣还会予以格外尊崇。但废帝与易代有一定的相似性，新皇旧帝之间不具备传承关系，诸如不沿用先朝年号，即位后立即改元，显示了与前朝割裂的决绝态度。故新帝在任官上也不必用前朝宠臣，而是例加贬废，为培植新朝势力扫清道路。

另一类降削官爵的类型是以罪失，具体原因有很多，或在任有过，或征战不力，或为亲属株连等。但值得一提的是，皇族宗室的降爵和削爵，由于其身份特别，有一些特殊原因，包括皇位之争、为帝猜忌以及谋反。皇位的争夺在南朝不断上演，如宋少帝景平二年（424 年）二月，权臣徐羡之等密谋废立，不欲奉庐陵王刘义真为帝，故先行将其废为庶人、徙新安郡。宗室为帝所忌而降爵、削爵的情况也很多，如宋孝武帝大明三年（459 年）四月，竟陵王刘诞为孝武帝所猜忌，贬爵为侯；宋前废帝景和元年（465 年）九月，帝素疾子鸾有宠，将其废为庶人；齐武帝永明八年（490 年），巴东郡王萧子响因属官密启其逾制，被缢杀并贬为鱼复侯等。皇室的内斗永无止歇，尤以宋、齐两代为甚。宗室子弟血脉相连，是皇室必须依靠的力量，但又易为皇权猜忌，身居高位而被贬降者甚众。宗室事涉谋逆者，往往不仅自身获罪，也会累及家人。按照情节轻重分两种情况，如若宗室为主谋，那么本人被诛杀的同时，子女也会被杀或是徙废；如若是他人打着拥立宗室的旗号谋反，被拥立者可以暂时免死，同子女（包括已出继的

---

① 姚思廉：《梁书》卷三五，中华书局 1973 年版，第 508 页。
② 沈约：《宋书》卷八，中华书局 1974 年版，第 154 页。

子女）一起受到贬谪，但最终往往也难逃被诛戮的下场。譬如宋文帝元嘉二十二年（445 年），太子詹事范晔等谋反，事牵彭城王刘义康。刘义康因此被免为庶人、徙付安成郡，其子女泉陵侯刘允、始宁县主、丰城县主、益阳县主、兴平县主亦皆被免为庶人并远徙。

南朝的爵位授予分为两种，一是以宗室身份自然得爵，二是以功勋得爵，而以宗室身份得爵者数量更大。对有爵位者的贬谪以下两种情况占比极大：易代之际的以例降爵和皇族宗室的降爵削爵。其主要目的都是为了提高君权、维系统治。南朝皇族刘、萧、陈三姓皆以军功夺天下，本非士族高门，给宗室子弟封爵是最快使本族进入权力顶层的方式。但因皇权内部的激烈争斗，使得宗室成员爵位贬降事件频发。但无论是出于何种原因削、贬爵位，其后被诛杀的情况屡见不鲜，削爵和降爵只是将宗室驱逐出权力中心的暂时性举措，紧随其后的杀戮才是永绝后患之策。

二、官号：降号与夺号

陈苏镇在《南朝散号将军制度考辨》一文中指出，南朝"散号将军是魏晋以来出现的'虽有名号，而无职司'的将军，是独立于领兵将军之外的一种单纯身份等级制度，是唐代武散官的前身"[1]。南朝官号制度上由汉代军阶制度而来，下开唐代武散阶制度，处于一个承上启下的重要变革期。

"将军"在汉代是一种军职，如我们所熟知的汉武帝时大将军卫青、骠骑将军霍去病，二人是著名武将，大将军、骠骑就是他们的军职。而"将军"从军职转向衔号，亦发端于汉代，阎步克教授认为："汉代还把'将军'用为优崇之衔，加给并不领兵的方士、文官甚至宦官，这时的'将军'显已脱离军职而成衔号了。"[2]将军并不仅仅授予给武官，也授予不领兵打仗的官员，逐渐脱离了最初军功色彩的限制。而军阶制度在六朝的形成、发展与完善，缘于特定的时代背景和现实需要。六朝以门户论品级，"上品无寒门，下品无势族"[3]。在门户等级相对

---

① 陈苏镇：《南朝散号将军制度考辨》，《史学月刊》1989 年第 3 期。
② 阎步克：《品位与职位：秦汉魏晋南北朝官阶制度研究》，中华书局 2009 年版，第 36 页。
③ 房玄龄等：《晋书》卷四五，中华书局 1974 年版，第 1274 页。

固化的大环境下，军阶制度在文官之列外另辟蹊径，使寒士可以依靠军功为晋身之阶。虽然也有士族被加军号，但他们对此并未十分留意："军阶的形成，在相当程度上出于军政的需要，具有功绩制的色彩；军阶并未被士族所独占，并不是个专意维护士族政治的制度。士族的高贵地位，主要体现于对文职高官和'清华'诸官的独占，他们的军职和军号只是占有'清官'的'延伸'。"①士族政治讲求门户之清贵，包括对清官的占有、对文化的垄断等，而武职通常士族对其是不屑一顾的。

唐代的散官制度，分为文散官和武散官，武散官直接得名于南朝的将军号。至于文散官，南朝虽有如开府、诸大夫、诸散骑这样并无实权、仅示荣宠的加官，但文散官制度实则在南朝并未得到很好的发展，它的完备过程主要在北朝。贬谪情况也可从侧面印证官阶制度的健全与否，南朝仅宋代及陈代各有一例免开府仪同三司，通过免加官略示惩处：宋孝武帝大明七年（463 年），刘昶坐斥皇太后龙舟，免开府，寻又以加授；陈文帝时，淳于量所部将帅恋本土不愿入朝，天康元年（566 年）至都，以其在道淹留免仪同，次年因平华皎功擢升、复授仪同。免加官实际上对他们的官位影响不大，且很快又被复授。

南朝的武散官制度在梁武帝时得到很大发展，对各个散号的班阶和品位作了系统而完备的规定。《隋书·百官志上》载，梁武帝"诏以将军之名，高卑舛杂，命更加厘定。于是有司奏置一百二十五号将军。……及大通三年，有司奏曰：'天监七年，改定将军之名，有因有革。普通六年，又置百号将军，更加刊正，杂号之中，微有移异。大通三年，奏移宁远班中明威将军进轻车班中，以轻车班中征远度入宁远班中。又置安远将军代贞武，宣远代明烈。其戎夷之号，亦加附拟。选序则依此承用。'遂以定制。转则进一班，黜则退一班。班即阶也。同班以优劣为前后"②。梁武帝因当时军号的使用"高卑舛杂"、混乱不清，为厘清名序，于天监七年（508 年）改定将军之名，共置 125 号将军，确定了军号的名、班及品。又于普通六年（525 年）、大通三年（529 年）略加调整，最终定型。可以说，

---

① 阎步克：《品位与职位：秦汉魏晋南北朝官阶制度研究》，中华书局 2009 年版，第 44 页。

② 魏徵等：《隋书》卷二六，中华书局 1973 年版，第 736、738 页。

梁代是整个南朝官号发展的转折点，自此由相对随意走向了秩序规范的一面。此外有学者指出，梁代改革散号将军制，实际上使其由依军功随赋，转变为定身份等级的方式："以往'高卑舛杂'的散号将军，便发展成了贵贱悬殊的身份等级制度，从而使皇室贵族的特权地位更加突出，士族与寒人的身份差异也更加明显。《旧唐书·职官志》一曰：'梁以散号将军记其本阶。'梁陈时期尚未出现'本阶'的概念，但梁陈的散号将军已成为整个职官体系中最基本的身份等级尺度，确是事实。"①军号制度的最初目的主要是为了奖励建立军功者，梁朝系统确认军号品位制度并将其授予皇族、士族，使之转为强化上流社会特权地位的手段，与其最初意义背道而驰，散号将军也沦为一套符合贵族利益的新的等级体系与衡量标准。

南朝对官号的降夺，因其加官的性质，并不作为主要贬谪手段，占整体贬谪事件的比重亦不大。又以宋代稍多，齐、梁、陈三朝略见。宋代贬降官号的缘由，可清晰地看出是以宋文帝朝为界：元嘉三十年（453 年）前基本与战事相关，而此后多由不涉军事的其他原因。且被贬者的身份，也由武职逐渐转向文职。如刘粹在宋少帝景平二年（424 年）及宋文帝元嘉三年（426 年），分别因讨叛户不及和讨谢晦败降号。孝武帝刘骏在文帝朝，也因对抗北魏两度战败降号：元嘉二十七年，北魏拓跋焘攻占汝阳，刘骏受命袭汝阳而无后援，被从虎牢而来的魏军反扑，大败降号；次年，魏军南侵后北返，刘骏时为徐、兖二州刺史，因未能截留魏军再度降号。而在元嘉三十年至陈末，因战被贬军号者仅有两例：一是宋明帝泰始三年（467 年），镇军将军张永北讨失败，降号左将军；一是梁武帝天监八年（509 年），贞威将军马仙琕不敌魏中山王、失守义阳三关，降号云骑将军。将军号的授予逐渐失去其奖励军功的原初意义，因战降号也随之弱化。余者被降号之由，涉及政事的方方面面，大多不再与军事直接挂钩。

三、官职：贬官与免官

对官职的贬黜是最常见的贬谪类型，也是最狭义的贬谪所指。各朝官职贬谪均占到贬谪事件总量的一半以上，梁、陈两代更是占到了约 3/4。其中又以免官为主要手段，免官者数量是贬官者的数倍。这就意味着，南朝的左降制度并不完

---

① 　陈苏镇：《南朝散号将军制度考辨》，《史学月刊》1989 年第 3 期。

善，仍笼统地以有罪则免的方式予以处置。官员罪责大小可能会影响起复的时间间隔长短，当然这其中也未必有绝对的联系。

南朝的职官制度，官职除了有品位之别，亦有清浊之分。有观点认为："当时的官职有所谓清浊之分，清官只能由士族担任，寒人则只能做浊官。"①贬官除了品位降低，由"清官"迁为"浊官"也被认为是减官。如谢几卿在梁天监年间，由尚书三公侍郎转为治书侍御史，就形同贬降："天监初，除征虏鄱阳王记室，尚书三公侍郎，寻为治书侍御史。旧郎官转为此职者，世谓为南奔。几卿颇失志，多陈疾，台事略不复理。"②据《隋书》卷二六《百官志上》载，尚书侍郎和南台治书侍御史在梁俱为六班，迁转本是平级调动。但尚书侍郎其职清显，治书侍御史则素不为士族所重。《通典》卷二四《职官六》言："自宋、齐以来，此官不重，自郎官转持书者，谓之'南奔'。梁谢几卿自尚书三公郎为持书侍御史，'颇失志，多陈疾，台事略不复理'是也。梁天监初，始重其选"③，治书侍御史在宋、齐俱不显，至梁武帝时才得到重视。武帝转谢几卿为治书侍御史，恐怕亦有利用谢几卿出身谢氏高门的背景以"重其选"的目的在。但对谢几卿本人来说，这无疑是一种身份上的打击，因而颇觉失志。南朝"发展出了以'清浊'区分官职的选例，由'浊官'迁为'清官'居然被认为胜过官品的提高。'清官'一般都是士族习居之官，以清要切近、职闲禀重及文翰性质为其特征，这些实际也就是文化士族的基本特征"④，而由'清官'转为'浊官'，也被认为类似于官品的降低。且对士族出身的官员来说，兼具对本人仕途及家族门户的双重打击。清浊之间的迁转是我们在考察贬谪制度和具体贬谪事件时应当加以注意的。

免官是南朝统治者采取的最主要贬谪手段，在大多数情况下有罪即行代黜。免官有很多种情形，除明言"免"，还有"黜""废""解""被代""除名""遣还"等，这些都是免官的代名词。还应当注意，有些词从字面上看并不言免官，而本质上却等同免废，如"自解""赐假"。这两个词原本指自请解职和皇帝批准给予假期，

---

① 郭沫若主编：《中国史稿》（第3册），人民出版社1979年版，第138页。
② 姚思廉：《梁书》卷五〇，中华书局1973年版，第708页。
③ 杜佑撰，王文锦等点校：《通典》卷二四，中华书局1988年版，第667页。
④ 阎步克：《品位与职位：秦汉魏晋南北朝官阶制度研究》，中华书局2009年版，第34页。

但在某些情况下，实则成为免官的一种委婉说法。如宋文帝欲免黜谢灵运，而"不欲伤大臣，讽旨令自解。灵运乃上表陈疾，上赐假东归"①，先令其自解，再以体恤臣下赐假养疾为名，行将其免黜之实。

免官也并不一定意味着政治身份的完全丧失，在三种情形下官员虽被免，但仍有政治权力：部分免官、领职和权行事。部分免官是指朝廷对身兼数职的官员免去其部分官职，被免者一般很快即有后命。这类免官情形对官员的仕途和心态影响较小，是贬谪手段中较为宽缓的一种。据统计，部分免官的情形宋代有 4 例，梁代有 1 例，陈代有 6 例。值得注意的是，这 11 例中有 6 例被免去的官职是侍中，其中又有 4 例寻复侍中职。侍中乃天子近臣、显贵之职，"掌侍从左右，摈相威仪，尽规献纳，纠正违阙"②，陈代更是"亲王起家则为侍中"③，侍中之职彰示地位和荣宠的意义超过了实际职权。官员免侍中而保留其他职务，也并非实际政治身份的剥夺，而仅是稍以惩戒其工作上的失误。领职，即虽被免职，但仍管理着相应的职务事宜。若有官爵在身，以官爵领职；若无，则以白衣领职。经统计，此类情形宋有 15 例，齐有 4 例，梁和陈各 2 例。领职虽在各代都有，但宋后鲜见。领职的权责范围及后续迁转几乎与掌职无异，也是较轻的贬谪方式。还有一种免官后仍继续行使政治权力的形式——权行事，这仅适用于军事战争的场合中。如齐武帝永明八年（490 年），卫尉胡谐之率禁兵讨巴东王萧子响败，虽被免官但权行军事如故，以方便战事继续推进。

免官在一些情况下会有附带措施，即"加禁锢"，以增大对官员的惩罚力度。"禁锢"一词首出《后汉书·党锢传》"乃皆赦归田里，禁锢终身"④。汉桓帝时，李膺遭党锢之祸被免官还乡、不再叙用，这是禁锢在中国历史上的开端。禁锢一般不单独适用，其性质是一种附加刑，类似我们今天的"剥夺政治权利"。禁锢剥夺的是被罢免者再次为官、从事政治活动的权利。时间有长有短，或数年，或终生。禁锢往往是随免官附加适用的，其一般适用是作为免官的附加刑。综观整个南朝仅有一个例外，即齐永明十一年（493 年），冠军将军刘悛坐奉献郁林王金

①　沈约：《宋书》卷六七，中华书局 1974 年版，第 1772 页。
②　魏徵等：《隋书》卷二六，中华书局 1973 年版，第 722 页。
③　魏徵等：《隋书》卷二六，中华书局 1973 年版，第 741 页。
④　范晔撰，李贤等注：《后汉书》卷六七，中华书局 1965 年版，第 2187 页。

物减少，夺号、禁锢终身，是随褫夺官号附加适用的。但这仅是个例且情况特殊，彼时刘悛刚罢任益州刺史、以号还都，故本也无官可免。南朝免官加禁锢者宋代有 13 例，齐代有 9 例，梁代有 2 例，陈代有 2 例。禁锢对免官者仕途的打击往往是毁灭性的，在禁锢期内几乎没有复出的希望。如宋文帝时谢元、宋孝武帝时檀和之，都卒于禁锢。但这个惩罚有时并不一定会完全得到落实，也有个别在禁锢期内即予以起复的例子。如齐武帝永明元年（483 年），御史中丞袁彖在皇帝授意下奏劾谢超宗而言辞依违，诏将其免官、禁锢十年，但寻即出补安西谘议、南平内史。还有一些在新帝即位时被重新起用的例子，这与上节所提及的大赦之制有直接关系。

南朝对官职的贬谪以免官为主，没有形成完善的逐级贬降体系。但贬官的情形也占据一定比例，其中梁代占比最大，梁武帝在位期间就有 30 例，或与其《立左降诏》的施行相关。

四、流徙

流徙刑为五刑之一，是对死刑的宽宥和减免。因官员流徙同时具备品秩下降和地域迁改两个特征，与贬谪情况相类，故可将其作为贬谪的一种类型。官员流徙的一个潜在前提，就是官位的丧失。流徙是诸贬谪类型中最为严厉的，被流徙者的政治生涯、生活乃至生命，都会遭受沉痛打击。

官员流徙在南朝的案例，宋代有 56 例，齐 5 例，梁 7 例，陈 1 例。流徙事件的发生，与南朝流刑的变革密切相关。据《隋书》卷二五《刑法志》，梁初曾废流刑，至天监三年（504 年）八月因景慈案复流徙之刑：

> （天监）三年八月，建康女子任提女，坐诱口当死。其子景慈对鞫辞云，母实行此。是时法官虞僧虬启称："案子之事亲，有隐无犯，直躬证父，仲尼为非。景慈素无防闲之道，死有明目之据，陷亲极刑，伤和损俗。凡乞鞫不审，降罪一等，岂得避五岁之刑，忽死母之命！景慈宜加罪辟。"诏流于交州。至是复有流徙之罪。其年十月甲子，诏以金作权典，宜在蠲息。于是除赎罪之科。①

---

① 魏徵等：《隋书》卷二五，中华书局 1973 年版，第 700 页。

　　起因是一个叫任提女的妇女拐卖人口应被处死。在审讯过程中，她的儿子景慈承认母亲确有此罪行。审理此案的法官虞僧虬以孔子主张的"亲亲相隐"的儒家精神，要求严惩景慈。拥有最高司法审判权的梁武帝最终裁决，将景慈流放交州，已被废止的流刑至此复开。① 陈俊强在《三国两晋南朝的流徙刑——流刑前史》一文"流徙刑的废止"中以为，流刑的废止和复立，与赎罪之科有关。② 这个观点较为可信，在八月因景慈案复流徙刑后，十月即除赎罪科，说明流徙刑和赎罪科确实存在一种相互替代的关系。结合本书上节对"赎"制的论述，梁在天监元年设立赎罪科，规定"赎死者金二斤，男子十六匹（绢）"③。赎刑也能达到"减死"的效果，那么与流刑互为替代品也在情理之中。陈俊强又以为，梁大同十一年（545 年）复开赎罪科④时，流徙刑又再度被废："后来虽一度恢复，但最终仍在大同十一年再度被废。直至南朝覆亡，流徙刑都不复再见，此又流徙刑的另一重大变革。"⑤此言值得商榷。考校史书，梁大同十一年后确未见流徙之例，但陈宣帝时，尚书吏部侍郎蔡凝曾被免官、迁交阯："高宗常谓凝曰：'我欲用义兴主婿钱肃为黄门郎，卿意何如？'凝正色对曰：'帝乡旧戚，恩由圣旨，则无所复问。若格以金议，黄散之职，故须人门兼美，惟陛下裁之。'高宗默然而止。肃闻而有憾，令义兴主日譖之于高宗，寻免官，迁交阯。顷之，追还。"⑥"迁"是迁谪之意，即使未用"流"类字词，本质上就是流徙。蔡凝虽被追还，但这足以说明陈代仍然存在流刑。《隋书·刑法志》载，陈代存续了梁代的赎罪之律，但根据史实判断，流徙应也偶有发生。

　　流刑不仅仅祸及自身，其亲属有时也会被株连、一同流放。《宋书》卷五五

---

　　① 　这个案件细究起来涉及很多问题，诸如体现了在佛老思想占据主流的梁代，儒家精神对司法体系的干预和影响；又如其中提及的乞鞫制度，大致类似于我们今天的上诉制度，它在中国古代社会中对司法公平起到的作用，由于脱离主题，此处不展开论述。

　　② 　陈俊强：《三国两晋南朝的流徙刑——流刑前史》，《台湾政治大学历史学报》2003 年第 20 期。

　　③ 　魏徵等：《隋书》卷二五，中华书局 1973 年版，第 698 页。

　　④ 　《隋书》卷二五《刑法志》："（大同）十一年十月，复开赎罪之科。"（魏徵等：《隋书》卷二五，中华书局 1973 年版，第 702 页。）

　　⑤ 　陈俊强：《三国两晋南朝的流徙刑——流刑前史》，《台湾政治大学历史学报》2003 年第 20 期。

　　⑥ 　姚思廉：《陈书》卷三四，中华书局 1972 年版，第 470 页。

《傅隆传》载，傅隆曾在朝堂上议事曰："旧令云，'杀人父母，徙之二千里外'。……令亦云，'凡流徙者，同籍亲近欲相随者，听之'。"①在宋前就有亲属同徙的情况，但是否同往流徙地由亲属自愿。到了宋代，当我们将目光聚焦在流徙官员身上时，可以发现两种情况并存：既有无明旨而亲属自愿相随流徙者，也有帝王明诏要求亲属从徙者。前者如宋文帝元嘉八年（431 年），谢凤随父谢灵运徙岭南；后者如元嘉二十二年，彭城王刘义康一子四女随其徙安成郡等。这种家人连坐的刑律，在梁武帝大同十一年（545 年）至陈武帝时，曾被废止过一段时间：

> （大同）十一年春正月壬辰，诏曰："夫刑法悼耄，罪不收孥，礼著明文，史彰前事，盖所以申其哀矜，故罚有弗及。近代相因，厥网弥峻，耋年华发，同坐入舋。虽惩恶劝善，宜穷其制，而老幼流离，良亦可愍。自今逋谪之家及罪应质作，若年有老小，可停将送。"②（《梁书》卷二《武帝纪中》）
>
> （中大同元年）秋七月甲子，诏自今有犯罪者，非大逆，父母祖父母勿坐。③（《南史》卷七《梁本纪中》）
>
> （陈）又存赎罪之律，复父母缘坐之刑。④（《隋书》卷二五《刑法志》）

梁武帝一改"旧狱法，夫有罪，逮妻子，子有罪，逮父母"⑤的局面，先于大同十一年规定家中老小不必一同流徙、质作，并在中大同元年将父母、祖父母毋庸连坐的适用面扩大到除却大逆以外的所有犯罪类型。但陈武帝时，又复父母连坐之刑。当然，因陈存赎刑而几乎不见流刑，故复父母连坐之刑与流刑几乎无涉。从南朝现有史料记载来看，流徙案例中没有罪及父母的情况，只有子女同坐。究其缘由，因载入史册者大多家世背景雄厚，而连坐之法并不行于权贵。官员流徙而祸及子孙的案例，只在宋文帝、孝武帝、明帝三朝出现，往往出于统治

---

① 沈约：《宋书》卷五五，中华书局 1974 年版，第 1550~1551 页。
② 姚思廉：《梁书》卷二，中华书局 1973 年版，第 51~52 页。
③ 李延寿：《南史》卷七，中华书局 1975 年版，第 218 页。
④ 魏徵等：《隋书》卷二五，中华书局 1973 年版，第 702 页。
⑤ 魏徵等：《隋书》卷二五，中华书局 1973 年版，第 701 页。

者全面压抑流放官员门户的目的。

被流放官员的赦免和返京、还籍并无定制，也不乏被流放者被诛杀或是客死贬所的例子，但有时亦会有特旨赦还。据前文所述，流刑存续于宋永初元年(420年)至梁天监元年(502年)、梁天监三年(504年)至大同十一年(545年)，这百余年间史书载有八次对流徙者的特别赦免：

> 宋：
> (永初元年)秋七月丁亥，原放劫贼余口没在台府者，诸流徙家并听还本土。① (《宋书》卷三《武帝纪下》)
> (孝建二年九月)诏曰："……在朕受命之前，凡以罪徙放，悉听还本。"②(《宋书》卷六《孝武帝纪》)
> 孝武大明初，诸流徙者悉听还本。③ (《宋书》卷四七《孟怀玉传附孟龙符传》)
> 元徽元年春正月戊寅朔，改元，大赦天下。壬寅，诏曰："夫缓法昭恩，裁风茂典，蠲宪贷眚，训俗彝义。朕临驭宸枢，矞制氓宇，式存宽简，思孚衿惠。今开元肆宥，万品惟新，凡兹流斥，宜均弘洗。自元年以前贻罪徙放者，悉听还本。"④(《宋书》卷九《后废帝纪》)
> 齐：
> (建元元年四月)诏曰："……诸负衅流徙，普听还本。"⑤(《南齐书》卷二《高帝纪下》)
> (隆昌元年正月)辛亥，祀南郊，宥隆昌元年以来流人。⑥ (《南史》卷五《齐本纪下》)
> (建武元年十月)诏曰："……负衅流徙，并还本乡。"⑦(《南齐书》卷六

---

① 沈约：《宋书》卷三，中华书局1974年版，第54页。
② 沈约：《宋书》卷六，中华书局1974年版，第117页。
③ 沈约：《宋书》卷四七，中华书局1974年版，第1409页。
④ 沈约：《宋书》卷九，中华书局1974年版，第179页。
⑤ 萧子显：《南齐书》卷二，中华书局1972年版，第33页。
⑥ 李延寿：《南史》卷五，中华书局1975年版，第134页。
⑦ 萧子显：《南齐书》卷六，中华书局1972年版，第84~85页。

《明帝纪》)

梁:

(天监元年四月)诏曰:"……诸流徙之家,并听还本。"①(《梁书》卷二《武帝纪中》)

宋代的武帝永初元年(420年)、孝武帝孝建二年(455年)及大明初(457年)、后废帝元徽元年(473年),南齐的高帝建元元年(479年)、郁林王隆昌元年(494年)、明帝建武元年(494年),梁代的武帝天监元年(502年),都曾对流徙者加以原赦,许听还本籍。对被流放者的特别原宥并不频繁,一般都发生在改朝换代之时(仅宋孝武帝大明初是个例外),其目的有二:一是新朝建立"万品惟新",以开新朝气象,二是为了"缓法昭恩"、收服民心。对流徙者的普遍赦免,当然包括流徙官员在内。如史载宋后废帝即位后,为明帝所流徙的晋平王刘休祐十三子,建安王刘休仁两子伯融、伯猷,并于元徽元年听还京邑,即受益于后废帝赦流徙者之诏命。

至此,我们再综合梳理一下流刑在南朝发展的时间线:宋武帝永初元年至梁武帝天监元年间,既有流刑,又行亲属连坐;梁武帝天监元年至天监三年八月,废流刑,开赎罪科;梁武帝天监三年至大同十一年八月,复流刑及亲属连坐;梁武帝大同十一年正月废亲属连坐,八月废流刑,十月复开赎罪科;陈代承续梁代赎罪律,偶见流刑,陈武帝时复父母连坐法。在宋武帝永初元年至梁武帝天监元年间,亦时有特旨原宥流徙者还本。

第三节　南朝贬谪事件时空分布与定量分析

贬谪是中国文化史上一个已受广泛关注的现象,但针对南朝贬官的研究,仍缺乏系统梳理和宏观把握。自西晋末五马渡江后,南方政权即偏安江左,至隋统一前,皆与北朝划江而治,每朝国祚均不长。史料记载的选择性,使我们无法探知南朝贬官的全貌,但就现有文献进行统计分析,亦可帮助窥见其大致样貌和总

---

① 姚思廉:《梁书》卷二,中华书局1973年版,第35页。

体态势。

一、贬官数量及时段分布

据文献史料统计，南朝 170 年间贬官有姓名可考者共计 619 例，每年约有贬官 3.64 人次。其详情如表 1-3 所示：

表 1-3 南朝贬官数量表

宋代 420—479	武帝 (3)	少帝 (3)	文帝 (30)	孝武帝 (12)	前废帝 (2)	明帝 (8)	后废帝 (6)	顺帝 (3)	贬朝不定
合计：288	15	9	106	68	8	53	14	8	7
齐代 479—502	高帝 (4)	武帝 (12)	郁林王 (2)	海陵王 (1)	明帝 (5)	东昏侯 (4)	和帝 (2)		
合计：125	51	43	9	2	7	1	7		5
梁代 502—557	武帝 (48)	简文帝 (3)	元帝 (4)	敬帝 (3)					
合计：140	134	3	2	1					1
陈代 557—589	武帝 (3)	文帝 (8)	废帝 (3)	宣帝 (15)	后主 (8)				
合计：66	4	11	11	29	11				

说明：括号内数字为帝王在位年限。

从贬官在各朝分布看，宋 288 例，齐 125 例，梁 140 例，陈 66 例，其人数以宋最多，齐、梁居中，陈最少，大致呈递减趋势。因各朝国祚长短不同，若以贬官频率论，宋 60 年，齐 24 年，梁 56 年，陈 33 年，四朝均值分别为 4.8 例/年、5.2 例/年、2.5 例/年、2 例/年。其中宋、齐二朝的贬谪发生频率，亦明显高过梁、陈两朝。

粗略看来，上述贬官多寡与各朝历时长短及在位帝王数似存在一定关系。一方面，朝代历时久，贬官自然会多些，如宋朝历时 60 年而贬官 288 例，为诸朝之冠，就很能说明问题；另一方面，每一朝代在位帝王多，改朝换代就多，而"一朝天子一朝臣"，政权改换必定伴随着权力的争夺与再平衡，其更换频率越高，贬谪事件自然相应增多。从表 1-3 看，宋历 8 朝，齐 7 朝，梁 4 朝，陈 5 朝。宋、齐明显多过梁、陈。而仅就齐代而言，历时虽仅 24 年，远不及 56 年的梁代长，但帝王数却达 7 位，远超梁的 4 位，由此导致贬官数总体上与梁大致齐平。就此而言，前述朝代历时长短与帝王数两个原因，就重要度来说，又是有所不同的：当二者集合一处、共同发生作用时，其贬官数量无疑最多，宋即显例；而当两个原因不能齐备、欠缺其一时，则帝王数较之时代长短，似具有决定贬官多寡的更直接功用，齐与梁相比即可说明这一问题。此外，宋、齐两代帝位更换之频仍及执政特点，从部分皇帝的谥号、称谓亦可直观看出：宋有前废帝、后废帝，齐有郁林王、海陵王和东昏侯，在这些不无贬意的名号中，实隐藏着严酷的政治杀伐和斗争，并间接地昭示着某种贬官态势。

由表 1-3 细化一步，用贬谪数量除以皇帝在位时间，可得历时性的南朝贬官频率图，参见图 1-2。

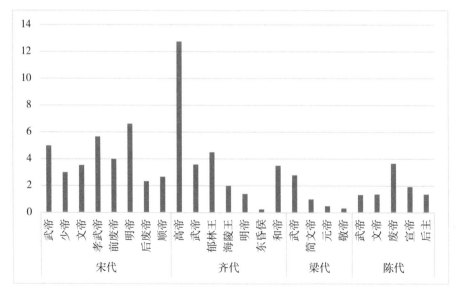

图 1-2　南朝贬官频率图

　　据图 1-2 所示，宋、齐两代的贬谪频率远高于梁、陈两代。宋代，除后废帝朝贬谪频率相对较低外，其他各帝均为南朝贬谪的高峰期或准高峰期；齐代，除明帝、东昏侯两朝外，高帝至郁林王朝及和帝朝的贬谪频率都较高。这是因为：在宋、齐初建期，政权改换往往伴随着权力的重新分配，而贬谪作为一种常见手段被频繁使用。如图 1-2 中的最高峰齐高帝朝，就有 42 人因禅代被贬；而在宋末、齐末，因中央权力分散和新势力的崛起，也出现贬官人数的回升。这说明贬谪与权力的再分配息息相关，故宋、齐两代的初期和末期成为贬官频率的高发期。相比之下，梁武帝后至陈代多数时段中，贬官频率远低于平均水平，其原因大致正好相反，即与中央集权能力日渐缩小、政争趋缓、国力衰微有关。

　　若是分朝代看，贬官频率宋以明帝朝为最，齐以郁林王朝为最，① 梁以武帝朝为最，陈以废帝朝为最。这四朝皇帝有两个共性特征，一是政权初期或末期都处于不稳定状态。政权的不稳定，指皇位的取得方式非正常继承，如宋明帝、梁武帝；或皇位为人觊觎，在位时权力已逐步为他人攫取，如齐郁林王、陈废帝。故而在政权交替过程中多有因打击政敌而发生的贬谪行为。二是皇帝的个人品行、执政能力等多有可指摘、贬抑之处：

　　　　内外常虑犯触，人不自保。……泰始、泰豫之际，更忍虐好杀，左右失旨忤意，往往有斩刳断截者。……亲近谗慝，剪落皇枝，宋氏之业，自此衰矣。② (《宋书》卷八《明帝纪》)

　　　　既而怨䜑内作，兆自宫闱，虽为害未远，足倾社稷。《春秋》书梁伯之过，言其自取亡也。③ (《南齐书》卷四《郁林王纪》)

　　　　逮夫精华稍竭，凤德已衰，惑于听受，权在奸佞，储后百辟，莫得尽言。险躁之心，暮年愈甚。见利而动，愎谏违卜，开门揖盗，弃好即仇，衅

---

　　① 齐高帝朝统计结果有史料记载造成的偏差。《宋书》中宋、齐禅代时贬爵记载极多，很大地影响了统计结果。除去因禅代降爵，齐高帝朝的贬谪仅有九例，平均每年两例多。故此朝作为偏差项，讨论时予以排除。
　　② 沈约：《宋书》卷八，中华书局 1974 年版，第 170 页。
　　③ 萧子显：《南齐书》卷四，中华书局 1972 年版，第 74 页。

起萧墙，祸成戎羯，身殒非命，灾被亿兆，衣冠毙锋镝之下，老幼粉戎马之足。① (《梁书》卷六《敬帝纪》引魏徵论梁武帝)

　　临海虽继体之重，仁厚懦弱，混一是非，不惊得丧，盖帝挚、汉惠之流也。② (《陈书》卷四《废帝纪》)

　　上述记载中，诸如"忍虐好杀""亲近谗慝""愆鄙内作""险躁之心""愎谏违卜"等词语频繁出现，可以说是宋明帝、梁武帝、齐郁林王诸人的共同特征(陈废帝年幼懦弱，"混一是非"而受制于人，属另一种情况)。这样一些特征以及由此导致的极端化政治作为，都是可能造成多用乃至滥用贬谪的原因。换言之，为政严苛、狠戾的君主往往多行贬黜，如宋明帝暴酷忍虐，"太后停尸漆床先出东宫，上尝幸宫，见之怒甚，免中庶子官，职局以之坐者数十人。内外常虑犯触，人不自保"③，只因太后丧事犯其忌讳，刘彧动辄迁怒数十人。而与之形成对比的是，为政仁厚的君主对臣下较为宽容，贬谪之事便相对减少。如陈霸先称帝之际，侯瑱"虽外示臣节，未有入朝意"，战败后"僧度劝瑱投齐，瑱以高祖有大量，必能容己，乃诣阙请罪，高祖复其爵位"④——因陈霸先为政宽宏，不仅没有惩处侯瑱，反复其爵位。这种情况，从图1-2也可看出：宋明帝朝是整个南朝贬谪频率最高的时期，平均每年高达6.6人次；而陈武帝朝不仅贬官频率远低于平均水平，也是南朝四位开国皇帝中贬官数量最少的一位。

　　当然，南朝各代贬谪频率的最高点，又多存在群体性或代表性的贬谪事件。宋明帝朝贬官的主要特征是被贬群体多涉宗室。史家认为明帝大举废杀宗室是导致宋代覆亡的关键原因，"太宗保字螟蛉，剿拉同气，既迷在原之天属，未识父子之自然。宋德告终，非天废也"⑤。明帝刘彧即位前，在废帝刘子业的阴霾之下忍辱偷生，甚至有性命之忧，赖刘休仁得以保全。前废帝凶暴，软禁叔父刘彧、刘休仁、刘休祐等于宫中，刘彧因体肥，被称为"猪王"。故而刘彧杀侄自

① 姚思廉：《梁书》卷六，中华书局1973年版，第151页。
② 姚思廉：《陈书》卷四，中华书局1972年版，第71页。
③ 沈约：《宋书》卷八，中华书局1974年版，第170页。
④ 姚思廉：《陈书》卷九，中华书局1972年版，第155页。
⑤ 司马光编著：《资治通鉴》卷一三三，中华书局2016年版，第4232~4233页。

立后,大兴屠戮;于平邓琬、刘子业义康之难后,杀诸侄;在政权稳固后,依然残忍好杀、诛戮宗室子弟,受害者包括诸弟刘休仁、刘休祐、刘休若等。除却主谋被诛,与之有亲属关系者也被牵连流贬。如泰始二年(466年),寻阳王刘子房贬松滋县侯;泰始五年,庐江王刘祎降号贬官,次年又免官爵,子刘充明废徙新安歙县;泰始七年,晋平王刘休祐十三子徙晋平郡,建安王刘休仁两子伯融、伯猷废徙丹杨县。

梁武帝是整个南朝在位时间最长的皇帝,其任内行政秩序较为稳固,贬官缘由大致可分文事、武事两类。文事较有代表性的是昭明太子薨后,武帝不立萧统长子萧欢而立晋安王萧纲为太子,由此造成两个文学集团的斗争。《梁书》卷五〇《文学传下·刘杳传》载:"昭明太子薨,新宫建,旧人例无停者。"①昭明太子东宫学士王筠等被外放,同时也对以徐摛为首的萧纲文学集团进行反击。吕思勉《中国通史》言:"梁武性好佛法,晚年刑政殊废弛。又因太子统早卒,不立嫡孙而立次子简文帝为太子,心不自安,使统诸子出刺大郡,又使自己的儿子出刺诸郡,以与之相参。彼此乖离,已经酝酿着一个不安的形势。"②萧统的早亡和另立萧纲,造成了整个朝野局势的动荡。至于武事,梁武帝多次北伐,时有失利,导致一批武将因战败被贬,包括天监四年(505年)当阳县侯邓元起在北魏寇汉中时不救,减邑更封;天监八年贞威将军马仙琕不敌魏中山王、失守义阳三关,坐征还;普通六年(525年)北伐涡阳退败,西昌县侯、军师将军萧渊藻免官夺爵,军师长史谢几卿免官等。

相较前述宋、梁二帝,齐郁林王和陈废帝都是幼年即位、继而被废之君,在位时并不拥有绝对权威,实际掌权者乃是篡位者齐明帝萧鸾及陈宣帝陈顼,故而这两朝贬谪受实际掌权者的影响超过了在位皇帝自身。齐郁林王朝的贬谪事件大多来自明帝对皇位的觊觎之心和篡权举动。齐武帝在文惠太子薨后,将帝位传给皇孙萧昭业,造成幼主即位的局面,给篡位者以机会;西昌侯萧鸾受顾命,"世祖遗诏为侍中、尚书令,寻加镇军将军,给班剑二十人",遂使篡位者获得实权;

① 姚思廉:《梁书》卷五〇,中华书局1973年版,第717页。
② 吕思勉:《中国通史》,上海人民出版社2014年版,第368~369页。

加之郁林王自身挥霍淫乱，"嗣君昏忍，暴戾滋多，弃侮天经，悖灭人纪"①，这又给篡位者以口实。在以上几个原因的共同作用下，萧鸾虽非嫡脉，亦起废帝自立之心，行"诛锄异己"②之事。如陶季直不为所用，遂被远放北海任官，即为显例。

陈废帝时的贬谪事件，实际操控者大多是其叔父陈顼——也就是后来的陈宣帝。废帝即位时年仅十三，政局为安成王陈顼把持。废帝朝十一例贬谪，有八例是安成王所为。陈文帝薨后，安成王受顾命而掌实权："废帝即位，拜司徒，进号骠骑大将军，录尚书，都督中外诸军事"③，以致刘师知"见顼地望权势为朝野所属，心忌之"④，与尚书左丞王暹谋划出其于外。事发，刘、王被杀，到仲举、殷不佞因涉事被贬。次年，陈顼篡位，黜帝、后、太子，翦灭宗室枝条，降始兴王陈伯茂爵，免外戚王固官。故废帝朝贬官事件实为宣帝排除异己、把持朝政的系列动作，为其夺取皇位作铺垫。

贬谪是一种强制性政治手段，贬官数量和频率也是时代政治的直观反映。在南朝这个权力更迭频繁的时代，为官者所处政治环境动荡不安，故在权力斗争中屡受贬谪。南朝贬谪高峰期是两个因素作用的结果，一是最高统治者的个人性格，二是群体性贬谪事件。也就是说，南朝贬谪是皇权政治和激烈政争下的产物，其发生发展受到这两个因素的共同影响。

二、流贬地的空间分布

南朝的贬谪地域总体看来集中在东南沿海地区。这主要受到两方面的影响，一是政治中心向东南方向移动，二是疆域向东南方向缩小。地理位置和政治位置的共同移动，使得贬地分布发生了大的改变。先秦两汉的主要贬地在湖湘，唐代的主要贬地在岭南，而南北朝正处于一个由湖湘向岭南过渡的关键时期。

从历时性的角度分析南朝四朝的贬地迁移，外贬者共计 165 例，其中宋 96

---

① 萧子显：《南齐书》卷五，中华书局 1972 年版，第 78 页。
② 姚思廉：《梁书》卷五二，中华书局 1973 年版，第 762 页。
③ 姚思廉：《陈书》卷五，中华书局 1972 年版，第 76 页。
④ 司马光编著：《资治通鉴》卷一七〇，中华书局 2016 年版，第 5364 页。

例，齐 24 例，梁 29 例，陈 16 例。最明显的特征是，南朝的外贬者数量逐朝减少，宋、陈为多少之两极，齐、梁居中。上一节中，我们将贬谪类型分为贬免官爵、官号、官职三类及流贬一种。诸贬谪类型中，降爵、贬官①可能会造成地理迁徙，而流徙则一定伴随着地理改换。这三种贬谪类型中外贬者(以括号表示)在各朝的人数分布，如表 1-4 所示：

表 1-4　南朝各类流贬人次及外贬统计表

贬谪类型 朝代	降爵	贬官	流徙②	其他③
宋	13(10)	34(24)	56(50)	(12)
齐	10(7)	8(6)	5(5)	(6)
梁	9(4)	31(14)	7(7)	(4)
陈	2(1)	6(4)	1(1)	(10)

各代外贬者数量与三类贬谪总人数大体对应，唯梁贬官一类，外贬者所占之比不足半数。若以外贬者在南朝贬谪总事件数④中所占比率论，均值为 26.66%，四朝分别为 33.33%、19.2%、20.71%、24.24%，仅宋代高于均值。若以贬放地域之广狭论，宋代外贬数量最多、贬地分布范围最广，也集中体现了将江南、岭南、东南作为主要贬地的特征(其中贬谪广东 20 人次、江苏 15 人次、福建 14 人次、江西 10 人次、浙江 8 人次)。齐、梁相较于宋代，不仅在外贬数量上急剧缩减，在广度上亦有不及，逐渐向东南方向紧缩，而陈代的贬地范围最小。

---

①　按，降爵、贬官不包括免爵、免官的情况。

②　按，虽然流徙一类一定伴随着远徙，但宋代流徙者中有 5 人仅记载"徙远郡""徙远州"或"远徙"，1 人记载"徙岭南"，具体贬地均不详。

③　"其他"类包含了一些特殊情形。如帝王及后宫被废，虽不属于表前所列三种类型，但因其被黜性质及史书所载幽居地明确，故可将之一并纳入贬地可考者中。又有废黜还家、免官留前任官地等情形，亦会造成地理迁移。

④　南朝贬谪有姓名可考者共计 619 例，其中宋 288 例，齐 125 例，梁 140 例，陈 66 例。

将前述 165 例可考贬地纳入今省级行政区划，制成表 1-5，① 可见南朝流贬官在不同区域之分布情形：

表 1-5　南朝贬官地域分布表

今省名	古州、郡、县名(次数)	次数合计
江苏	吴郡(6)、江阴郡(3)、海陵郡(3)、秣陵县(2)、丹杨县(2)、南徐州(2)、义兴郡(2)、淮阴县(1)、京口(1)、广陵郡(1)、南东海(1)、北海郡(1)、其他②(3)	28
广东	广州(20)、始兴郡(3)、番禺县(1)、宋隆郡(1)、衡州(1)	26
浙江	临海郡(5)、永嘉郡(4)、东阳郡(3)、新安郡(2)、吴兴郡(2)、会稽郡(1)、始宁县(2)、山阴县(1)、东扬州(1)	21
福建	晋平(晋安)郡(13)、建安郡(2)、温麻县(1)	16
广西	始安郡(5)、越州(3)、苍梧郡(3)、荔浦县(2)、郁林郡(2)	15
江西	安成郡(6)、豫章郡(2)、江州(1)、寻阳郡(1)、临川郡(1)、新淦县(1)、西丰县(1)、柴桑县(1)、康乐县(1)	15
安徽	宣城郡(3)、姑熟(姑孰)(2)、丹阳(2)、南谯郡(1)、汝阴郡(1)、阴安县(1)、歙县(1)、黟县(1)	12
湖北	松滋县(3)、雍州(2)、始平郡(1)、竟陵郡(1)、江夏郡(1)、沙阳县(1)、定襄县(1)、监利县(1)	11
湖南	零陵郡(3)、营阳郡(2)、巴陵郡(1)、醴陵县(1)、湘州(1)、谢沐县(1)	9
陕西	梁州(6)、大兴城(2)	8
越南北部	交州(交阯)(5)、封溪县(1)	6
重庆	巴州(1)、涪陵郡(1)、鱼复县(1)	3
山东	兖州(1)，青、冀二州(1)	2
四川	武都郡(1)、宁蜀郡(1)	2
云南	始安县(1)	1

---

① 按，单一贬官可能对应贬官地、贬爵地两个贬地信息。
② 按，梁简文帝萧纲被废后幽禁于梁宫永福省、萧栋被废后幽禁于监省、陈伯茂被贬后出居六门之外别馆。

续表

今省名	古州、郡、县名(次数)	次数合计
河南	宁州(1)	1
印度	干陁利国(1)	1

说明：①表中充、南徐、雍诸州，北海、始平、南谯、南东海诸郡，定襄、阴安诸县，均为侨置；②因历史原因，姑将越南北部与我国其他省并列；③干陁利国为外邦，梁武帝时周弘正应流徙，敕以赐干陁利国。

由表1-5可知，南朝的贬官地域分布，总体集中在东南沿海地区。贬地出现15次以上的省份，江苏、广东、浙江、福建、广西、江西均位于江南、岭南、东南一带。地理位置和政治位置共同向东南方向移动，使得南朝贬地分布较之其他大统一时代相对集中，相对单一。当然，细加考察，上述几个位于东南沿海的省份贬谪情况又有区分，贬谪江南和岭南的性质有所不同，地近从缓，地远从苛。从地理上看，南朝偏安江左，统治中心在建康(今江苏南京)。江浙在权力的中心带，且山川秀丽、富庶丰饶；而岭南远离权力中心，且崇山峻岭、蛮夷未化。其外迁贬官虽然都是由中央外放地方，但贬谪江南的力度明显要小于岭南地区。就贬谪原因看，被贬江南者多属轻罪，而被贬岭南者则多属重罪。值得一提的是，与岭南同样被当时认作蛮夷之地的西南地区(广西因紧邻广东而同属岭南)如云南、贵州两省，几无贬官足迹，这说明上位者对贬地的选择，不仅考虑到地理位置和政治中心的远近，也考虑到中央政权对地方的管控能力。云贵地区在南朝属宁州，《南齐书·州郡志下》的描述是："诸葛亮所谓不毛之地也。道远土堉，蛮夷众多，齐民甚少，诸爨、氐强族，恃远擅命，故数有土反之虞。"[1]宁州是诸爨、氐族的聚居地，汉族居民极少，南朝政权对此地的控制力较低，故流贬实施的可行性势必减小。此外，南朝贬爵地在两湖地区呈现聚集态势，贬爵地可考者共43例，贬爵至两湖地区者共14例，占约1/3。这与自先秦以来宗室流贬两湖的传统相关，如屈原流放湖湘、汉代的房陵之贬，都将两湖地区作为宗室贵族的主要流贬地。

---

① 萧子显：《南齐书》卷一五，中华书局1972年版，第303页。

南朝被贬最多的地区是广州和晋平郡，分别有 20 人和 13 人被流放或谪官此地。广州和晋平郡都是偏远之地，不仅远离权力中心，且地理条件恶劣。以广州论，《南齐书》卷一四《州郡志上》即谓其地"滨际海隅，委输交部，虽民户不多，而俚獠猥杂，皆楼居山险，不肯宾服。……江左以其辽远，蕃戚未有居者"①。广州位处海隅且多山，环境险恶，少数民族杂居，且多有征战。将这样的地方作为流贬之所，其对被贬者的惩罚程度显然远过江南等地。在南朝被徙广州者中不乏文人，如宋之谢灵运、何长瑜、顾迈、沈怀远、徐爰，齐之刘祥，梁之范缜等。谢灵运在贬途所作《岭表赋》有云："若乃长山款跨，外内乖隔，下无伏流，上无夷迹。麕兔望岗而旋归，鸿雁睹峰而反翮。既陟麓而践坂，遂升降于山畔。顾后路之倾巘，眺前磴之绝岸。"②乖隔人迹，道路险阻，入岭南之途已如此艰险，何况谪居此地？故而他不能不生出"亹亹衰期迫，靡靡壮志阑"③的叹息。

广州及晋平郡的贬官数量如此之多，亦与两件群体性的贬谪事件有关。一是刘湛案。刘湛昔欲借助刘义康势力与殷景仁争权，极大地冒犯了文帝。虽然彭城王刘义康颇有政能，辅佐宋文帝开创了元嘉之治，但他率心径行、专总朝政，早已引发文帝猜忌。元嘉十七年（440 年）刘湛被诛后，其党羽及亲属何默子、韩景之、颜遥之、刘素、刘温被免官徙广州。二是刘休祐案，被徙晋平郡的 12 例，皆与此案相关。史载宋晋平王刘休祐"很戾强梁，前后忤上非一"，泰始七年（471 年）为宋明帝所诛、追免为庶人，"凡十三子，并徙晋平郡"④，其中长子早卒，实际被徙者 12 人。

南朝处于分裂动荡的时代大背景下，统治者对贬地的选择必然受到疆域范围和中央控制力两方面影响。故而南朝贬地集中在江南、岭南、东南一带，又以今江苏、广东、浙江、福建、广西、江西的被贬人数为多。这些地区远离西北之北朝政权和西南少数民族聚居地，朝廷对贬官能形成有效管控。同时，贬地的选择也需要考虑到政治地理和自然地理两个因素，距离政治中心远、自然环境恶劣，

---

① 萧子显：《南齐书》卷一四，中华书局 1972 年版，第 262 页。

② 顾绍柏校注：《谢灵运集校注》，里仁书局 2004 年版，第 513 页。

③ 谢灵运：《长歌行（倏烁夕星流）》，顾绍柏校注：《谢灵运集校注》，里仁书局 2004 年版，第 304 页。

④ 沈约：《宋书》卷七二，中华书局 1974 年版，第 1880～1881 页。

才更能达到惩处目的。贬谪人数最多的广州和晋平郡就具备这两个因素，被贬此地的官员也大都罪行较重。

三、南朝官员的"北奔"及其类流贬体验

南朝贬官集中在东南沿海地区，重要原因之一是北面有北朝政权对峙，朝廷对边疆地区的控制力不强，边界一带不具备作为主要贬地的条件。伴随着出使、战乱、被拘、随亲等事由，这一时期出现北人入南和南人入北现象。与此同时，还有一种特别值得关注的情况，即北奔——南朝官员逃入北方以躲避贬谪等政治惩罚，在他国庇护下逃脱罪责。这里说的"北奔"不同于"流北""寓北""被俘""拘囚"等情况，它具有两个特性：一是主动性和被动性并存，入北既是自己的主动选择，也是受到政治压力下的不得已行为；二是有奔逃的具体行为。表面上看，"北奔"是官员逃避贬谪等惩罚的主动选择，其与贬谪的被动承受有所不同；但深层次来看，北奔与贬谪又有若干相似性，即都是受到政治打压，同时在地域上发生了从熟悉到陌生、从中心到边远的迁徙。

翻检史册，宋、齐、梁、陈四代皆有北奔避祸者，其中又以宋、齐、梁三朝为多，陈代甚少。陈代北奔者寡，与这一时期贬谪事件数量的锐减是正相关的。因为中央权力变弱，使得贬谪举措受阻，故而官僚所受政治压力相对较小，北奔便不易发生。有学者将南朝北奔归为"政争中失败之宗室或大族人物"和"北逃的叛将及其僚佐"①两类，这两类人北奔的共性原因，都是由于政争的激烈残酷。诸如宋晋熙王刘昶将为前废帝所害，被迫北奔入魏；齐东昏侯时，何远预江夏王萧宝玄谋反事，事败降魏入寿阳；梁元帝末陈霸先诛王僧辩，其弟僧愔率兵与侯瑱讨萧勃，僧愔夺瑱军不成奔北齐；陈武帝时，沈泰奔北齐，② 均为显例。这些

---

①　王永平：《南朝人士之北奔与江左文化之北传》，《南京师范专科学校学报》2000 年第 1 期。

②　按，沈泰奔齐原因不明，沈泰在梁末陈蒨讨东扬州刺史张彪时主动请降，遂为陈室所用。作为功臣，却在武帝即帝位不久后奔齐，原因只能从武帝诏命中揣测一二。《陈书》卷二《武帝纪下》永定二年三月武帝诏曰："沈泰反覆无行，进迟所知。昔有微功，仍荷朝寄，剖符名郡，推毂累藩，汉口班师，还居方岳，良田有逾于四百，食客不止于三千，富贵显荣，政当如此。鬼害其盈，天夺之魄，无故猖狂，自投獯丑。"推测其原因一是因为昔日背主求荣，二是多聚财物，故心不自安。

人北奔前尚无贬诏，但已能预见会受到贬谪或其他惩处；亦有先北奔，而后被贬者，如梁临贺王萧正德本为高祖养子，昭明太子立后"自此怨望，恒怀不轨，瞩睨宫宸，觊幸灾变"①，普通三年(522 年)奔魏，随即被削封爵。

官员选择北奔的原因，向内看是为了逃避自身罪责，向外看则与当时的历史环境有关。在南北朝分裂、对峙时期，北朝军事实力较强，但文化水平却低于南朝，故其对北奔南人大都予以接纳，且对较具文化品位的文人格外看重，往往授以要职。论者有言："北朝上层对入北南人及南朝文化的态度大概经历了三次变化。第一个阶段是孝文帝时期，作为河北文化圈分支的青齐士人及零星入北的逃亡南人得到区别对待，前者得以在文化改革中被委以重任，后者却因其政治军事价值而被派驻边境，并没有太多机会参与文化事务。第二阶段是宣武孝明时期，异类身份的消除，使得入北南朝士人可以平等地与北方士人进行交流，而统治者的政治意图也导致南人得以进入政权的核心出任参与机要的重要官职。第三阶段则是在齐周并立时期，由于统治阶级的胡化，梁亡后入北的梁朝士人在两国均被排斥在政治核心之外，但由于两国文化层面上多少继承了北魏传统，因此入北梁人的学识才华被北人所重，这使得他们只能在皇家著述机构担任文学侍臣。"②据此可知，北朝的治国理念、意识形态和对南朝文化的钦慕接纳，为南朝官员北奔创造了有利的政治环境。

但是，南朝统治者显然是不愿意看到官员北奔的。在政权割据的大背景下，正统之争和人口流动，都是当权者最在意的问题。政权正统性直接影响到统治的合法性和国家的稳固性。南朝是汉族政权而北朝占据中原地区，两方都以正统自居，南朝称北朝为"索虏"，北朝称南朝为"岛夷"。南朝官员北奔及出仕北朝，一定程度上对南朝政权的正统性是一种撼动。而人口流动被认为是政治能力的一个象征，他国人民归附，是对本朝政治的认可。为了避免有罪官员北奔，南朝一方面将贬地主要设置在东南沿海地区而非与北朝接壤的西北部，另一方面对北奔而后南归者采取怀柔政策：

---

① 姚思廉：《梁书》卷五五，中华书局 1973 年版，第 828 页。
② 金溪：《北朝文化对南朝文化的接纳与反馈》，北京大学博士学位论文，2012 年，第 1 页。

　　（梁武帝太清元年）八月乙丑，王师北伐，以南豫州刺史萧渊明为大都督。诏曰："今汝南新复，嵩、颍载清，瞻言遗黎，有劳鉴寐，宜覃宽惠，与之更始。应是缘边初附诸州部内百姓，先有负罪流亡，逃叛入北，一皆旷荡，不问往愆，并不得挟以私仇而相报复。若有犯者，严加裁问。"①（《梁书》卷三《武帝纪下》）

　　（陈宣帝太建三年三月）诏犯逆子弟支属逃亡异境者，悉听归首；见絷系者，量可散释；其有居宅，并追还。②（《陈书》卷五《宣帝纪》）

　　可见，梁、陈二朝都有明令，对曾经流亡逃叛入北者不再问罪，更有复其官爵的情况。

　　为了避祸，虽然一些官员选择北奔，但这并非普遍情形。究其原因，在于北奔后带来的类流贬体验及身份认同问题。宋晋熙王刘昶入魏时，在道慷慨为诗曰："白云满鄣来，黄尘半天起。关山四面绝，故乡几千里。"③这首绝句不似南人纤巧，已有北人风味。眼见黄尘蔽天、关山四面的荒凉北地景象，刘昶身为南朝皇室成员不禁生出对故土的留恋。对于北奔者而言，虽然逃脱了贬谪的惩处，但心理上同样有着类流贬体验。其相似点大致有四，即政治强力的驱使、地理位置的迁徙、文化环境的改变、归家无望的痛楚。除此之外，他们还有一种身份认同困难的问题。南人入北，在北人眼中是异乡人，而一旦南返，因久处北地，南人又会视其为被异化者。南朝大将羊侃自魏南归梁朝之后，曾发出"北人虽谓臣为吴，南人已呼臣为虏"④的感叹。丘迟撰《与陈伯之书》招降叛梁的陈伯之，也正是抓住了北奔官员的这两处痛点，先以"霜露所均，不育异类；姬汉旧邦，无取杂种"，点出其"鱼游于沸鼎之中，燕巢于飞幕之上"的寄生危局，再以"暮春三月，江南草长，杂花生树，群莺乱飞"⑤的江南三月景色诱其故园之思。

　　总体而言，北奔是南朝官员避免惩处的一种方式。由于南北政权的割据对峙

①　姚思廉：《梁书》卷三，中华书局 1973 年版，第 92 页。
②　姚思廉：《陈书》卷五，中华书局 1972 年版，第 80 页。
③　李延寿：《南史》卷一四，中华书局 1975 年版，第 403 页。
④　姚思廉：《梁书》卷三九，中华书局 1973 年版，第 558 页。
⑤　姚思廉：《梁书》卷二〇，中华书局 1973 年版，第 314~315 页。

及其文化水准的不平衡，北方统治者往往授予北奔官员官爵；而当这些官员由北南归时，南朝统治者为了增加对北奔者的招徕力和吸引力，也通常会免其罪、复其官。在这样的历史大环境下，造成了极具时代特点的"北奔"现象。虽然如此，"北奔"作为一种不得已且难以预料未来的行为选择，仍然给当事者造成强烈的类流贬体验，有些人即使后来南返，也会因南北生活的双重经历而使自身陷入身份微妙的境地。可以说，"北奔"既是南朝官员为免流贬所作出的避祸选择，由此构成此一时期不同于其他统一朝代的独特性，也从类流贬体验的角度扩大了相关考察的地理范围和心理特征，由此为观照南朝流贬文化提供了一个新的着眼点。

四、南朝贬谪的总体时代特征

南朝贬谪呈现出一个贵族之贬的总体特征，即被贬者大多出身皇族和士族。这与当时的官制体系及治国方略紧密相关，南朝的统治者依靠宗室和士族势力维系皇权统治，但同时也利用贬谪等政治手段对其权力进行制衡。

魏晋以来的九品中正制，使得士族阶层大量活跃于政治舞台。一方面，士族占据了官职的绝大多数席位，因而其遭受贬谪的比率也就相应变大。另一方面，南朝宋、齐、梁、陈皇室皆出身不高，各朝皇室均有培植寒族和打压门阀势力之举。宋孝武帝时就有一场对贵族侵占山泽的刑罚讨论，针对当时门阀士族"燫山封水，保为家利。自顷以来，颓弛日甚，富强者兼岭而占，贫弱者薪苏无托，至渔采之地，亦又如兹"的情况，"立制五条。……有犯者，水土一尺以上，并计赃，依常盗律论"①。立制的背景，是当时庄园经济发展下士族大量占有土地，这既影响了中央的财政税收，也因地方势力坐大而削弱了中央的管控力。对士族土地占有扩张的限制，有益于保障国家经济利益和政治权柄。士族普遍入仕和皇族打压士族这两个因素的共同作用，使得南朝士族贬谪比率要超越其他朝代。士族在政治上的失意，又加剧了他们对庄园经济的经营和扩张。两晋时期的士族势力并不建立在对土地、财物的占据上，而是建立在与政治的互动上和对官位的占有上。南朝皇帝的有意压抑，使士族基于分享政治权力的立身之本受损，只能向"燫山封水，保为家利"的富家强族路线转型，由此又进入侵犯皇族权益而家族

---

① 沈约：《宋书》卷五四，中华书局 1974 年版，第 1537 页。

被打压的回环。

此外，南朝贬谪者中，皇族的占比也相当可观。整个南朝170年间，皇室内乱不断，尤以宋、齐二朝的皇族斗争为最。据罗振玉《补宋书宗室世系表》统计，宋朝皇族158人，"其令终者三，而子弑父者一，臣弑君者四，骨肉相贼者百有三，见杀于他人者六"①。至如宋明帝和齐明帝诛戮宗室，更是成为本朝国势衰微、最终覆灭的主要原因。美国汉学家陆威仪认为："军事王朝成功地削弱了世家大族，朝廷却没能维持一个稳定的政治秩序。对各州的军事垄断削弱了中央在地方上的对手，但是却在宗王之间造成了持续的紧张关系与不断的纷争。……在这一段时间里，内战受到潜在动力的驱使，周而复始地发生。宗王们一直受到野心勃勃的将领与寒门仕官的教唆，这些人认为一旦他们的主公获得权力、统治朝廷，便能从中获得更多的财富与权力。于是宗王们要么为自己的继承权而斗争，要么就为能控制幼小的王储而斗争。"②事实上，南朝皇室因出身平民，为了巩固自身地位，多由皇族分镇地方，以迅速把握政治军事实权，对地方士族形成有效制约。与此同时，为了防止皇族力量坐大，宋、齐二朝又任用寒族为典签，既辅佐皇族，亦行监视之责。这样一个皇族、士族、寒族三者分权制衡的体制未必能起到实效，反而导致士族和寒族都可能借助皇族以谋求自身势力发展，进而促成了皇族间的内斗。在权力游戏中失败的宗室，或被诛杀（被诛杀者有不少先贬后诛者），或被贬黜于权力中心之外，造成宗室多遭贬杀的恶劣局面。

同样身为贵族群体，士族被贬之后的境遇较皇族要好很多。士族被中央权力排斥后，仍有家族势力作依托，很多被贬者对贬谪表现得较为淡然。而皇族的家与国本为一体，且因为身份的特殊性，更容易遭忌杀，故而皇族被贬后，往往惶恐不安，乃至兴兵反叛谋求一线生机。

纵观整个南朝，无论从贬谪事件的发生频率还是贬谪者遭际来说，都可以齐梁之际，尤其是梁武帝朝为拐点。学者周一良认为："自从317年东晋南渡，形成汉族政权的南朝与各少数民族统治的北方相对峙局面以后，到589年隋灭陈，在南方政治、经济、军事、文化各个方面，梁朝的五十余年可以说达到较高的发

---

① 罗振玉：《补宋书宗室世系表(外十三种)》，上海古籍出版社2013年版，第3页。
② 陆威仪著，李磊译：《分裂的帝国：南北朝》，中信出版社2016年版，第72页。

展。萧衍之死，就标志着梁朝的灭亡。……以梁朝的覆亡为转折点，南北军事上的均势从此消失，四十年后北方吞并南方的局势，这时在很大程度上已经决定了。梁武帝及其统治时期的历史，在东晋南朝历史中，是颇为关键的一个阶段。"①南朝中央政权实力走势，即是以梁武帝朝为转折，出现断崖式下跌。而贬谪的施行与中央集权能力有很大的关系，中央权力越集中的政权，诸如贬谪这类对官员的惩处也就越具强制力和执行力。梁武帝之前的宋、齐两朝，军事实力大抵与北朝相当，梁武帝时甚至一度压制北朝。但侯景之乱后，梁朝诸帝在位时间都极短，国势衰微。随着北方政权持续犯境，后继的陈朝更囿于东南一隅，不久即被隋吞灭。南北政权的斗争在梁武帝后呈现北方压倒南方的局势，并由此对南朝贬谪形成两方面的影响：一是中央权力逐渐变弱，无力维系贬谪体系的正常运作；二是贬谪地域随着疆域的缩小而缩减，而且随着官员受到中央政权压力减弱，北奔这种避祸行为也同步在减少。这种情况，似乎足以说明贬谪制度之施行与国家政治之兴衰间的同步关系，也一定程度地揭示了南朝贬谪数量、贬官地域和北奔现象均以梁代为拐点的原因。

本章小结

贬谪之制在南朝，既有其历史沿革，亦有新的发展。但限于历史文献的散佚，我们只能基于现有材料作出一些大致判断，而无法对具体条目作条分缕析的解读和案例对照，这是研究中不可避免的遗憾。

概括其总体发展态势，南朝贬谪制度的修订和实际施行，均以梁武帝朝为拐点。江左相承用晋世"张杜律"，南朝律法以《晋律》为底本。而梁武帝萧衍在整个南朝贬谪制度的完善过程中起到了极为重要的作用，他组织删订并付诸实施的《梁律》，是南朝最重要的也是影响最深远的一次律法修订活动。此外，梁武帝在以赎刑为流刑的代偿方案上也作了尝试和探索，直接推动了后来陈代"官当"之制的定型，贬谪制度也因此在南朝后期更为宽缓。南朝贬谪事件数量亦以梁武帝朝为拐点，宋、齐两代要远多过梁、陈。这既与统治者的个人性情相关，也与

①　周一良：《魏晋南北朝史十二讲》，中华书局 2010 年版，第 91 页。

中央权力强弱有关。梁武帝吸取宋、齐苛政加速国家覆灭的教训，为政宽和，大大降低了负性贬谪事件的发生频率。除却内部政治环境的影响，对外战争军事实力也直接影响到中央权威。在梁武帝后，南朝政权相对北朝呈现明显弱势，对内政的控制力也大大降低，由此造成贬谪这种依赖中央权力强制执行的处罚措施实施难度大、施行数量少。因此南朝贬谪，大致可以梁武帝朝为界，分为前后两期。

当然，四朝的贬谪事件也具备一些共性的特点。其一，将贬地选择在江南、东南、岭南地区。这是统治者出于对地理环境和中央对地方的控制力两方面因素的考量，也是南朝偏居东南，与北朝对峙的政治格局所决定的。其二，诸贬谪手段中，免官是最主要的贬谪类型。这反映出南朝贬谪制度尚不健全，没有形成依据罪行轻重逐级贬降的规范秩序。同时值得注意的是，贬官和流徙这两种类型，对贬谪文学的创作和推进起到了关键性作用。从时间角度来说，这两类贬官遭弃置时间长、体验深；从地域角度来说，往往有跨地域的体验，遭受异质文化的冲击，他们的贬谪感受最深，往往能够创作出突破贬谪文学原本边界的作品，并进一步发展成为这一时期文学的代表作。其三，南朝贬谪制度具有浓厚的贵族政治倾向。一方面，贬谪等刑律在实施过程中向贵族阶级倾斜，相对较为宽缓；另一方面，被贬者的身份以士族、皇族为主体。这两者看似互相矛盾，但都是缘于当时贵族政治的环境背景而呈现出的特性。

据此，南朝贬谪既有统一性的一面，又有前后两期的明显区分。虽然对于为官者来说，南朝后期的境遇显然要好一些。但对于贬谪事件及贬谪文学的考察来说，却是以南朝前期，即梁武帝前为考察的重点。

第二章　南朝贬谪的家族性特征与士族兴衰

由于两晋门阀政治余韵，南朝士族势力依然强盛，皇权一方面不得不倚仗士族以获得支持、巩固统治，另一方面又时时警惕士权过盛的威胁、常存戒备之心。为制衡士族，南朝君王采取了三个主要措施，阎步克先生将其概括为"皇子镇要藩、寒人掌机要、武将执兵柄"①，这样，留给士族的政治空间就很小了。当然，在九品中正的选官制度下，士族仍然占据着优势地位，但其仕途往往多舛，一旦有违于皇权的需要，就立刻会被打击取代。与此相对，寒族、武将抓住家族发展的机遇，部分家族在此时期崛起，整体社会结构逐渐有所调整。

第一节　进功与遗权——南朝陈郡谢氏家族之贬

陈郡谢氏于东晋一朝逐渐步入政治舞台，并在朝堂中谋得举足轻重的地位，家族门户发展达到顶点。至南朝，身为高门望族，他们在政治上依旧活跃。但将目光聚焦于这一时期的贬谪情况，谢氏一族遭受贬谪的频率较之其他士族大姓偏高。考察个体的被贬原因，表面上缘由各异，但深入分析可以发现，与家族内成员相似的性格特征有直接关联。因此，探究家族整体性情，对研究谢氏的群体性贬谪事件之发生十分必要。

以宋武帝即位改元至陈后主降魏为界，依据史料，陈郡谢氏族中在宋、齐、梁、陈四朝可考的贬谪共计 29 人次，其中谢灵运、谢超宗各五次，谢几卿四次，谢庄、谢览各两次，谢纬、谢凤、谢举、谢颢、谢承伯、谢谖、谢𪩘、谢元、谢

---

① 阎步克：《波峰与波谷：秦汉魏晋南北朝的政治文明》，北京大学出版社 2017 年版，第 123 页。

胐、谢晦、谢梵境各一次。基于现有文献统计结果，陈郡谢氏族人之贬约占南朝贬谪总人次的 4.7%。再参考曹道衡、沈玉成的《中国文学家大辞典·先秦汉魏晋南北朝卷》一书确认文人身份，谢氏一族中的文人贬谪共计 23 人次（除却上文中谢纬、谢凤、谢承伯、谢元、谢谖及谢梵境），约占南朝文人贬谪总人次的 12%。以上数据足以说明谢氏家族在整个南朝贬谪事件与贬谪文学中的重要位置，将其作为一个整体对象进行研究有相当必要。

一、"进功"与"遗权"的双重特征

《南史》列传第九、第十中，称赞谢氏后辈多用与族内前贤相较的方式：

> **灵运**幼便颖悟，**玄**甚异之。谓亲知曰："我乃生瑍，瑍儿何为不及我。"[1]
>
> 王母殷淑仪卒，超宗作诔奏之，帝大嗟赏，谓谢庄曰："**超宗**殊有凤毛，**灵运**复出。"[2]
>
> 年十二，召补国子生。齐文惠太子自临策试，谓王俭曰："**几卿**本长玄理，今可以经义访之。"俭承旨发问，几卿辩释无滞，文惠大称赏焉。俭谓人曰："**谢超宗**为不死矣。"[3]
>
> **胐**谒退，粲曰："**谢令**不死矣。"[4]

以上材料综合起来，可以理出这样两条人物线索：谢玄—谢灵运—谢超宗—谢几卿、谢庄—谢胐。都是或为祖孙相肖，或为父子相承。虽然时人的关注点偏重于他们玄理文思的造诣，但这只是谢氏家族言传身教的一个方面。《世说新语·德行》载："谢公夫人教儿，问太傅：'那得初不见君教儿？'答曰：'我常自教儿。'"[5]"谢公"即谢安，对后辈的教导方式是言传身教、以身作则。相肖不仅

---

① 李延寿：《南史》卷一九，中华书局 1975 年版，第 538 页。
② 李延寿：《南史》卷一九，中华书局 1975 年版，第 542 页。
③ 李延寿：《南史》卷一九，中华书局 1975 年版，第 544 页。
④ 李延寿：《南史》卷二〇，中华书局 1975 年版，第 558 页。
⑤ 刘义庆撰，徐震堮著：《世说新语校笺》，中华书局 1984 年版，第 21 页。

仅局限于文章学识，从深处着眼，更在于家族代代相传的人格风貌。前辈与后辈的相肖，形成了一种稳定的精神走向，呈现出一种和谐的价值追求，在外表现为具有整体性的家族性格特征。

谢氏家族性格的整体性之中，又有二重性。《宋书·谢瞻传》的一则材料指出了两个方向："（瞻）弟晦时为宋台右卫，权遇已重，于彭城还都迎家，宾客辐辏，门巷填咽。时瞻在家，惊骇谓晦曰：'汝名位未多，而人归趣乃尔。吾家以素退为业，不愿干豫时事，交游不过亲朋，而汝遂势倾朝野，此岂门户之福邪？'乃篱隔门庭，曰：'吾不忍见此。'"①又《南史》载，谢瞻尝劝谢晦曰："若处贵而能遗权，斯则是非不得而生，倾危无因而至。君子以明哲保身，其在此乎。"②谢晦、谢瞻兄弟二人不一样的处世之道，恰可以代表谢氏家族的两类行为趣向：一是干预时事、进取权遇，二是素退为业、处贵遗权。进一步可归纳为"进功"与"遗权"两种性格特征。

这两种精神特质看似相互背离，实则出于一源，都形成于谢氏先辈真实的政治遭际，与该家族的社会政治地位确认过程密切相关。田余庆先生在《东晋门阀政治》一书中，将陈郡谢氏在东晋一朝的门户发展分为三个阶段："分别以谢鲲、谢尚、谢安三个人物为代表。谢鲲跻身玄学名士，谢尚取得方镇实力，谢安屡建内外事功。"③钻营玄学使谢氏一族获得了跻身士族行列的资格，而追求事功则是稳固其门户地位的必要手段，也就是《晋书》论及的"计门资"与"论势位"二途。④谈玄旨归于遗权隐退，而论事功则指向进功成名。两者在谢氏家族中的融合共生，始自谢安、谢玄。谢安高卧东山、以山水为乐，当天下多难时挺身而出，淝水之战大破秦军；在建此不世功勋后他又自请出镇、营墅土山，是一个"退—进—退"的回环。谢玄跟从谢安取得淝水之胜后亦屡次上疏、表请解职。

"进功"与"遗权"在谢氏族人的心中，又有着高下之别。由于"遗权"源于精神层的高蹈，"进功"源于现实层的追求，二者并非并重，"君子有爱物之情，有

---

① 沈约：《宋书》卷五六，中华书局 1974 年版，第 1557 页。
② 李延寿：《南史》卷一九，中华书局 1975 年版，第 526 页。
③ 田余庆：《东晋门阀政治》，北京大学出版社 2012 年版，第 202 页。
④ 房玄龄等：《晋书》卷九二，中华书局 1974 年版，第 2382 页。

救物之能，横流之弊，非才不治，故有屈己以济彼"①。谢灵运此言虽对"爱物之情"和"救物之能"皆予以标榜，但认为进功是屈志，遗权才是志趣所在。然而这只是言语上的高姿态，事实恰恰相反：进功乃是第一追求，是遗权的基础和先决条件。探究谢安、谢玄政治上选择隐退的本质原因，可予以佐证。谢安"始有仕进志"的起因是"（谢）万黜废"②，迫使他不得不站出来承担家族门户的重担。田余庆先生为此犀利地指出，谢安"屡辞征辟的同时，已在观察政局，随时准备出山。所谓高卧东山，只不过是一种高自标置的姿态而已"③。他在建立淝水之功后的自退，也并非表面上的"虽受朝寄，然东山之志始末不渝"，而是"以父子皆著大勋，恐为朝廷所疑"，加以会稽王道子"奸谄颇相扇构"④，退居是他在猜忌与排挤之中不得已作出的选择。谢安"退—进—退"的回环之中，"进"是建立家族门户的需求，"退"实质上是在政治压力下的权退。谢玄的进与退亦是如此，"建大功淮、肥，江左得免横流之祸"后，因"太傅既薨，远图已辍"⑤，解驾东归，在谢安死后经始山川以避政祸。

至此，我们可以对谢氏家族"进功"与"遗权"一体两面的性格特征作一个界定。"一体"即指两重性格都来源于家族"立门户"的需要，"两面"则需要分别说明。"进功"顾名思义，是为了确认及维护家族门户地位而主动追求功业。淝水之战是谢氏门户发展的重要拐点，他们牢牢抓住了抗击前秦入侵的历史机遇扶摇而上，依靠不世功业确立了家族地位。在此之后，为了维系家族门户，谢氏族人依然不断努力向政治中心靠近。"遗权"的产生则稍显复杂，其导源有二：向内源于玄学思想，向外源于政治压迫。玄学的物外之趣既是他们精神层面形而上的追求，也是承受政治压力时的退路。淝水之战后，随着国家外部矛盾消解，内部矛盾开始激增。谢氏与桓氏、司马氏的权势彼此消长，又加之失信于皇权，谢

---

① 谢灵运：《游名山志·序》，顾绍柏校注：《谢灵运集校注》，里仁书局 2004 年版，第 390 页。

② 房玄龄等：《晋书》卷七九，中华书局 1974 年版，第 2073 页。

③ 田余庆：《东晋门阀政治》，北京大学出版社 2012 年版，第 198 页。

④ 房玄龄等：《晋书》卷七九，中华书局 1974 年版，第 2075~2076 页。

⑤ 谢灵运：《山居赋》，顾绍柏校注：《谢灵运集校注》，里仁书局 2004 年版，第 451 页。

安、谢玄不得不选择淡出朝政以全身。谢氏家族性格的二重性形成于士族门户与皇权的对抗性压力，且他们始终也不可能走出倾轧的时局。

至南朝，谢氏"进功"与"遗权"的家族性格被延续，这两重性格直接影响甚至决定了后辈的政治际遇，与这一时期谢氏族人多遭贬斥的仕宦经历有着直接关系。朝代更迭，谢氏一族的命运并未有所改变。他们既以门第自矜，在谈玄的时风中引领潮流、高标物外之情，但对"进功"的追求是高于"遗权"的，谢氏家族地位的稳固需要持续争取政治权力以为支撑，不肯真正走向归隐一途。可是政治始终在皇权的主导之下，皇族对士族的态度仅是加以利用而已。士族追求事功和为门户谋取利益的举动，一旦超过了上位者的容忍限度，必将受到皇权强力压制。因为"进功"的性格，谢氏一门屡遭贬斥，难以占据政治上流。虽然在不同的时代背景中、不同的个体身上，演化出了与形成期不完全一致的具体性格表现。但士权和皇权的始终不平衡，框定了谢氏家族精神特质与政治命运的基本形态和总体走向。

二、无力"进功"的士族哀歌

"进功"的家族性格在后辈身上的主要走向有二：一是和先辈一样积极追求功名，二是因崇敬祖先建立事功之举并以此为则，由此形成效力皇权的"忠"的人格。这两者都直接作用于他们的仕途命运。

谢氏前贤建立的功勋极大地激励了后人博取功名的信心，故入仕者众多。但步入新朝，客观上已不具备建立功业的历史条件，主观上族人又大多缺乏政治嗅觉与政治才能。南朝统治者对士族的整体政策是打击高门旧姓、扶持新兴士族。他们笼络安抚前朝的门阀士族，目的仅是利用他们的势位巩固皇权。同时上位者始终持有戒备之心，对士权加以限制和打压。如谢灵运虽在宋国初建就已仕于彼，但在政治上始终失意。宋文帝对他再三召起，亦唯以文义见接，就是一例。曹植在《与杨德祖书》中说："吾虽德薄，位为藩侯，犹庶几勠力上国，流惠下民。建永世之业，留金石之功，岂徒以翰墨为勋绩，辞赋为君子哉！"①这句话几乎是谢灵运的心理写照。谢灵运心中一直怀抱着像先祖一般成就功名之志，在作品中反复提及鲁仲连、范蠡等治世之臣。他首先追求的并非归隐游历，

---

① 萧统编，李善注：《文选》卷四二，上海古籍出版社1986年版，第1903~1904页。

而是建立功名、刊刻史籍。但上位者对他的定位并非拯救时世的能臣，而仅是锦上添花之用，即利用其士权与文名稳固皇权统治。谢灵运因此"意不平，多称疾不朝直"①，这种反抗和不合作的姿态直接挑战了皇权的权威，继而受到铁腕压制，而压制的手段，无外乎减降流放。

这样的例子还有许多，如谢晦虽位为辅国，武帝刘裕临终前却嘱咐太子："谢晦屡从征伐，颇识机变，若有异，必此人也。小却，可以会稽、江州处之"②，告诫继位之君对他保持警惕，并建议出之会稽、江州以为防备。齐武帝时，谢超宗娶张敬儿女为子妇，上已疑之。至永明元年（483年）张敬儿被诛，超宗仅因与丹阳尹李安民说了句"往年杀韩信，今年杀彭越，君欲何计"③，就被徙越州，④ 更当其行至豫章时赐自尽。皇权对士族利用之余，始终持有防备之心。谢氏对功业的追求，恰是自毁之途的开端。谢晦在临终前作《悲人道》文及《连句诗》，实已点出自身悲剧性命运根结所在："绩无赏而震主，将何方以自牧"，"功遂侔昔人，保退无智力"⑤，把握不好进退之度而一味进功，必不能为上位者所容，加之没有退保之力，就只能沦为权力相衡的祭品。

从个人的自身能力来说，谢氏后辈中亦缺少真正具备政治才干之人，所以在权力的博弈中难谋出位：谢晦行玺封镇西司马、南郡太守王华而误封他人；尚书左丞谢元与御史中丞何承天不善、累相纠奏而被禁锢至死；谢灵运见赏于庐陵王义真，为拥立少帝的徐羡之、傅亮所患，与刘义真、颜延之、慧琳一同被逐。如此种种，可见谢氏族人虽留恋宦场，但欠缺实际政治才能。如果说是宦场权谋的波谲云诡使得谢氏难以应对，那么退一步而言，他们竟连引以为傲的祖辈军事才干都未能承继：谢览不敌山贼吴承伯，弃郡奔会稽；谢几卿自请从战北伐，退败于涡阳。他们一味追求比肩先祖功业，以军功谋声名，自己却有志而无能，终归

---

① 沈约：《宋书》卷六七，中华书局1974年版，第1772页。
② 李延寿：《南史》卷一，中华书局1975年版，第27页。
③ 李延寿：《南史》卷一九，中华书局1975年版，第543页。
④ 按，《南齐书》本传作"徙越州"，而《南史》言"徙越巂"，越州位于今广东一带，越巂郡属益州，位于今四川境内，两地相隔甚远。依照谢超宗行至豫章（属江州，今江西境内）时，赐于彼地自尽，若徙于越巂而取道豫章过于枉道，而徙于越州途经豫章则在情理之内，故从《南齐书》，作徙于越州。
⑤ 沈约：《宋书》卷四四，中华书局1974年版，第1360~1361页。

挫败。谢几卿求战，北伐前"与仆射徐勉别，勉云：'淮、淝之役，前谢已著奇功，未知今谢何如？'几卿应声曰：'已见今徐胜于前徐，后谢何必愧于前谢。'勉默然。"①谢几卿此言颇有几分豪壮之气，但徐勉闻罢此语唯有"默然"，实是对谢几卿此去命运已有洞悉，知其并不具备军事才能。谢氏的族中先辈为后辈步入仕途提供了平台，也鼓舞了他们的信心。但既非其时，亦乏其才，对功成的追求只能夭折于贬斥的泥沼之中。

谢氏先祖曾经建立不世功勋，族人钦慕向往，在心中随之衍生出了一种品格："忠"。但是"忠"对立功名的作用，则具有双向性：在朝廷政权稳固的情况下起到的是正面作用；而在权力频繁更迭的南朝，却产生了负面影响。当易代之际，士族不得不面对一个问题——新旧朝更迭时的自我定位与心态认同。一朝之末，家族及个人已在旧朝经营多年，根基趋于稳定。心理定势使他们选择忠于旧朝，而不去攀附新朝。忠于旧朝更是将损失降到最低的守成之法，原因有三：其一，规避了举事失败、动辄招致灭门之祸的政治风险；其二，即使新朝成功建立，为了巩固政权稳定，对前朝旧臣往往会采取笼络怀柔的政策；其三，新朝的建立也意味着士权与皇权新一轮的平衡，即利用与打压。所以"忠"成为这部分人的选择。但忠于旧朝不与新朝合作，尤其是在新政权主动示好之后依然不能见风转舵，则与新朝统治者发生了直接冲突。如当宋、齐易代之时，谢朓劝说后来的齐高帝萧道成放弃图谋禅代，并在齐萧新政确立时依然采取不合作的态度：

> 高帝方图禅代，思佐命之臣，以朓有重名，深所钦属。论魏、晋故事，因曰："晋革命时事久兆，石苞不早劝晋文，死方恸哭，方之冯异，非知机也。"朓答曰："昔魏臣有劝魏武即帝位者，魏武曰：'如有用我，其为周文王乎！'晋文世事魏氏，将必身终北面；假使魏早依唐虞故事，亦当三让弥高。"帝不悦。更引王俭为左长史，以朓侍中，领秘书监。及齐受禅，朓当日在直，百僚陪位，侍中当解玺，朓伴不知，曰："有何公事？"传诏云："解玺授齐王。"朓曰："齐自应有侍中。"乃引枕卧。传诏惧，乃使称疾，欲取兼

---

① 李延寿：《南史》卷一九，中华书局1975年版，第544~545页。

人。朏曰："我无疾，何所道。"遂朝服，步出东掖门，乃得车，仍还宅。①

萧道成以石苞痛哭晋文只能用人臣之礼下葬，与冯异助刘秀登上帝位终成大业两事对举，暗示谢朏助他图谋大业。但谢朏以魏武帝不肯即帝位事答之，来证明自己忠于刘宋正统的决心。萧道成看重谢朏的原因，在于其"祖弘微，宋太常卿，父庄，右光禄大夫，并有名前代"②，谢朏自幼也以聪慧闻名。萧道成想要利用谢朏家世的显赫名望和自身的当世重名，给图大事争取支持。但谢朏不愿合作，更当宋、齐禅代已为定局时拒绝行解玺之仪。其弟豫章太守谢颢，当齐侵宋地时也作出了与兄朏一样的选择，白服登烽火楼以示抗衡。他们的行为举止固"之于宋代，盖忠义者"③，然触怒了已掌决断权威的萧道成，并被免废、久不许位列官场。新朝统治者拥有政治霸权，可行黜免以惩戒政治上不合作的官员，也很容易找到可资利用的替代品。"忠"是谢氏族人求仕进程的衍生品，但此时却反成为利刃，自伤于仕进之途。若他们想要重新获得进功的机会，终须与新政权妥协。谢朏后于齐武帝永明年间得以复起，与其一变对宋的"忠"而服从服务于新朝的心理变化亦有密切关联。

三、"遗权"之风下的政治不合作

谢氏"遗权"家族性格的形成，如前述大致可归因于两个方面：其一，吸收玄道思想中的归隐幽居、无用全身的成分；其二，迫于政治压力选择退保自守。基于这两个原因，谢氏家族在"遗权"一途分裂出了三个走向：一是由于身病及玄学思想的影响而选择退处，二是以"遗权"作为政治失意的权退之路，三是因玄道推崇的任性而步入过度的纵性一途。三者似殊途而同归，其终点都可能对政治生涯产生不利影响。

南朝虽只有约170年，却不乏隐士。这一部分选择坚守不仕的人，见诸《宋书·隐逸传》《齐书·高逸传》《梁书·处士传》《南史·隐逸传》等，史籍所载之余

---

① 姚思廉：《梁书》卷一五，中华书局1973年版，第262页。
② 姚思廉：《梁书》卷一五，中华书局1973年版，第261页。
③ 姚思廉：《梁书》卷一五，中华书局1973年版，第266页。

应还有相当一批没有步入仕途而不显于时、未能留名者。这种隐逸之风的盛行与玄道思想有紧密联系，谢氏家族中一部分人确实选择了真正的归隐，置身于政治之外。按常理推断，这种遗权退处应当与贬谪不会产生关联。但谢庄于宋孝建三年（456年）因辞疾多被免官，是诸多被贬情况中极为特殊的一种。虽然是特例，但这个事件背后的政治原因及其与贬谪的直接关系不容忽视。谢庄之贬表面看来是导源于主动请辞的行为，他在谢表中多次表达了己身多病，以疾辞应非矫饰："况今绵痼，百志俱沦"①（《让中书令表》）、"禀生多病，天下所悉"②（《与江夏王义恭笺》）……其实并非仅谢庄如此，谢氏一门的本传中亦多见"疾""病"字眼：谢安"雅志未就，遂遇疾笃""有鼻疾"；谢玄"既还，遇疾""于道疾笃"；谢灵运"卧疾山顶""谢病京师"；谢瞻"疾笃还都"……疾病造成的直接后果便是不寿，"家世无年，亡高祖四十，曾祖三十二，亡祖四十七，下官新岁便三十五，加以疾患如此"③。程章灿先生考六朝史传，知"谢氏一门中享年五十以上者罕见"④。在家族普遍多疾不寿的现实情况下，谢庄主动辞官以养生是合乎情理的，似乎不应当被贬。但加入政治背景的考量，就能够理解个中原因。谢庄并非一介乡村渔隐之人，而是少年入宦场的士族，声名已然远布。他除了是一个朝堂宦者，更是皇权手中运筹帷幄的一枚棋子。谢庄再三请辞的行为打乱了上位者的排布，也挑战了上位者的耐性，故孝武帝用免官的方式给予他警告。谢庄并没有和皇权发生正面的冲突和抵牾，这次贬谪仅是起到小惩大诫的作用，故他在免官次年即被重新起用。

也有一部分人虽有思隐、慕隐的行为，却和真正的隐士有本质不同。他们的退隐只是一种权退、暂退，是在政治打击下不得已的退保自守。此类情况也被纳入贬谪的考察范围，是因为往往这种退避大多是贬官之后的延续性行为。且与贬官相似，都是在强权下的被动政治疏离。谢灵运也曾以身疾不堪吏事，辞去永嘉太守之任，于景平元年（423年）秋末至元嘉三年（426年）间归隐始宁。这与谢庄的请辞缘由有一定的相似性，谢康乐在永嘉任上时，曾反复书写

---

① 欧阳询：《艺文类聚》，上海古籍出版社1999年版，第874页。
② 沈约：《宋书》卷八五，中华书局1974年版，第2171页。
③ 沈约：《宋书》卷八五，中华书局1974年版，第2172页。
④ 程章灿：《世族与六朝文学》，黑龙江教育出版社1998年版，第87页。

己身之病：

> 卧疴对空林。(《登池上楼》)
> 偃仰倦芳褥，顾步忧新阴。(《读书斋》)
> 药饵情所止，衰疾忽在斯。(《游南亭》)
> 卧病同淮阳。(《命学士讲书》)
> 矧乃卧沉疴，针石苦微身。(《北亭与吏民别》)①

正因他卧病日久，更生故园之思。还有一个现象值得注意，即谢灵运在永嘉、始宁期间对山中草药予以格外关注：

> 石室药多黄精。石室紫菀。(《游名山志·石室山》)
> 泉山竹际及金州多麦门冬。(《游名山志·泉山》)
> 此境出药甚多，雷公、桐君，古之采药。医缓，古之良工，故曰别悉。参核者，双核桃杏人也。六根者，苟七根、五茄根、葛根、野葛根、□□根也。五华者，菫华、芜华、樱华、菊华、旋覆华也。九实者，连前实、槐实、柏实、兔丝实、女贞实、蛇床实、蔓荆实、蓼实、□□也。二冬者，天门、麦门冬。三建者，附子、天雄、乌头。水香，兰草。林兰，支子。卷柏、伏苓，并皆仙物。凡此众药，事悉见于《神农》。(《山居赋》自注)②

对这些草药的关注，有一个直接原因："欲以消病也。"或可推测，谢氏旧宅始宁一地多出草药，谢氏族人聚居于此，很有可能是方便以此地盛产的草药疗疾、延年。因身体衰病选择退身是谢氏家族"遗权"的动因之一，家园故土一方面在精神上给予慰藉，另一方面也能疗养身体疾痛。但将谢灵运辞官归始宁纳入贬谪的考察之列，是因为不能仅凭表面所见，认为此举出于他真实心志的驱动。谢灵运的归隐并

---

① 顾绍柏校注：《谢灵运集校注》，里仁书局 2004 年版，第 95、113~114、121、136、140 页。

② 顾绍柏校注：《谢灵运集校注》，里仁书局 2004 年版，第 391、392、456 页。

不仅是言语层面透露的身体原因或对隐居的向往,实际目的更是为了政治避祸。这种情况应当视作贬谪的一种特殊形式——政治失意后暂时的自我放逐。

谢氏家族先辈对始宁的经营,目的是方便后人受到政治打压时以作退路。"灵运父祖并葬始宁县,并有故宅及墅,遂移籍会稽,修营别业,傍山带江,尽幽居之美。"①谢灵运亦在归始宁期间对旧居加以开拓。因为有庄园经济的基础,谢氏一族在遭政治挫折时,可以表面的"遗权"来作自保之途。谢灵运与庐陵王义真友善,而在少帝即位后为徐羡之、傅亮黜出。刘义真是谢灵运政治生涯中最大的期望,他曾云得志之日,当以灵运为宰相。可这个希望很快幻灭,谢灵运也被政治完全边缘化。当此时,他选择主动请退、弃官返乡,通过在家乡恣意行游,试图缓解淡化政治上的失意与苦痛。虽然谢康乐在文字间自云辞归乃是本心,山水游历更显适意。但这其实是在承受着巨大的压力与失望之后,短暂的自我放逐。他虽身在山光水色之中,实则从未忘记自己的政治理想,只是用山水和玄理来掩盖浓浓的寂寞之意。谢氏家族性格中幽居全身的思想本于玄学,但是南朝佛教逐渐兴盛。上层社会已不满足于谈玄说理,对佛家思想亦涉猎钻研。以玄解佛的玄佛共通性为"遗权"赋予了新的思想源泉,谢灵运在始宁时也常与僧人游处。归隐田居给他以喘息的缝隙,用玄学佛思抚平政治上的伤痕。主动选择退让,是他在政治打击下寻求的自我出路。至文帝时,徐、傅伏诛,谢灵运方才重新出仕。

这种归隐与上述因疾自退有交叉,外在都表现为自己主动选择退隐遗权,但其内涵则有深切的不同。其本质是现实压力下的被迫抉择,貌似豁达惬意,实则无奈沉痛。类似还有谢朓的"拂衣东山,眇绝尘轨",与当年谢玄的表请解职实出一路,都是在恶劣政治环境下的主动退避。"虽解组昌运,实避昏时"②,谢朓为避齐明帝、东昏侯时的政治波荡,屡召而不屈,至梁武帝时方才再度出仕。修史者姚察论其"当齐建武之世,拂衣止足,永元多难,确然独善,其疏、蒋之流乎。洎高祖龙兴,旁求物色,角巾来仕,首陟台司,极出处之致矣"③。对谢朓

---

① 沈约:《宋书》卷六七,中华书局1974年版,第1754页。
② 姚思廉:《梁书》卷一五,中华书局1973年版,第263页。
③ 姚思廉:《梁书》卷一五,中华书局1973年版,第266页。

"内图止足，且实避事"①，终得以善身的政治选择给予了高度肯定。谢朓也是南朝谢氏一族中为数不多的得以善终、享有哀荣者之一。这种遗权从本质上来说是一种权退，身在江海而心寄庙堂，暂时退避以保存自身、伺时而动。

"遗权"这一家族性格的思想来源是玄学，玄学思想中包含的"越名教而任自然"观念，至极端则归于纵性放浪一途。而官场运行讲求秩序和服从，违背运行规则会直接导致贬谪的结局。谢氏作为高门望族，足以自矜门第，族内子弟性格发展出放浪简傲的一面，或触犯礼法，或懈怠政务、玩忽职守，这些都是依照法度应当被贬谪的情形。如谢灵运"自以名辈，才能应参时政"②，当觉得政治上任命不遂其志时便怠慢公职，他以这种行为表示和发泄内心的不满，在永嘉太守、秘书监、临川内史等任上无不如此，因此往往被表奏弹劾。即使有宋文帝爱才，也难以宽容他屡教不改、任性游牧之弊。结果只能是仕与隐两难全，谢灵运既不能够实现自己指点时政的政治理想，又不能够真正放迹于江海。他的屡改骤迁，是其高自标榜和恣意纵性的性格直接导致的。又如谢超宗、谢几卿，他们行动上承袭了东晋饮酒之风，精神上继承了玄学不为礼法所束缚、随性纵情的一面：

> 为人恃才使酒，多所陵忽，在直省常醉。上召见，语及北方事，**超宗**曰："虏动来二十年矣，佛出亦无如之何。"以失仪出为南郡王中军司马。③
> （**谢几卿**）以在省署，夜著犊鼻裈，与门生登阁道饮酒酣嚣，为有司纠奏，坐免官。④
> 仆射省尝议集公卿，**几卿**外还，宿醉未醒，取枕高卧，傍若无人。又尝于阁省裸袒酣饮，及醉小遗，下沾令史，为南司所弹，几卿亦不介意。⑤

对于魏晋年间一些饮酒高士而言，酒是纵情恣意的媒介，更是逃避与遮蔽现实的良剂。他们用以全身的做法，到了谢氏这里发展成为一种故作姿态，上述谢

---

① 姚思廉：《梁书》卷一五，中华书局 1973 年版，第 262 页。
② 沈约：《宋书》卷六七，中华书局 1974 年版，第 1772 页。
③ 李延寿：《南史》卷一九，中华书局 1975 年版，第 543 页。
④ 姚思廉：《梁书》卷五〇，中华书局 1973 年版，第 708~709 页。
⑤ 李延寿：《南史》卷一九，中华书局 1975 年版，第 545 页。

几卿之举尤为荒唐。谢氏有着门户出身赋予的骄傲，纵性是为了凸显自身的不群与高标。但是他们并未放弃追求功名权位，违背礼数法度的行为与他们公职身份相冲突，故而受到相应的惩戒。

六朝之际，门户之见依然根深蒂固，这也是谢氏自矜之处。谢灵运曾经与堂弟谢晦讨论潘安、陆机和贾充三人优劣："晦曰：'安仁诣于权门，士衡邀竞无已，并不能保身，自求多福。公闾勋名佐世，不得为并。'灵运曰：'安仁、士衡才为一时之冠，方之公闾，本自辽绝'"，二人都认为贾充(公闾)高出潘安(安仁)、陆机(士衡)远甚。表面上看，他们评点人物的着眼点似乎在人品。但据下文谢瞻的回答，所谓"不得为并""本自辽绝"更有其他内涵。"瞻敛容曰：若处贵而能遗权，斯则是非不得而生，倾危无因而至"①，潘安、陆机和贾充高下之分的关键点应当落于"处贵"二字上。所谓"处贵"，是指身份门第而非个人努力，潘、陆为谢氏轻视的原因更在于门户出身。贾充承袭了父亲阳里亭侯爵位，后又与司马氏结为姻亲，其门庭之显赫远非寒士潘安可以比肩。陆机虽则出身吴郡陆氏，然吴亡入西晋后，家族已非当世显贵。故而当朝贵胄贾充"勋名佐世"，以其门户和势位获得了谢氏一族的称许。门户是谢氏一族的底层信念，因此时时处于仕而非仕、隐而非隐的矛盾之中。他们的纵性并非真正遗权外物，否则何必沉浮宦海、为其拘束。谢几卿在《答湘东王书》中说："因事罢归，岂云栖息"②，纵情任性不过是故作高标别蹈，心实系于魏阙之下。当身处其位时，他们又不能放下姿态安心政事，在思想与行动上互相依违、两处落空。

四、士权与皇权的博弈

"进功"与"遗权"是南朝谢氏家族的两大性格特征，形成于东晋时期家族地位的确认过程，与家族在南朝的发展走向亦息息相关。性格之两端在后辈身上，具体内涵有一定的延伸与分化，与谢氏一族群体性贬谪有直接关联，其逻辑线索可用图 2-1 来表示：

---

① 李延寿：《南史》卷一九，中华书局 1975 年版，第 526 页。
② 姚思廉：《梁书》卷五〇，中华书局 1973 年版，第 709 页。

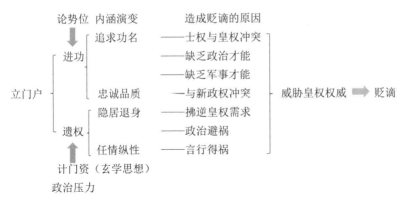

图 2-1　南朝谢氏家族性格与贬谪之关系

　　南朝谢氏家族的人物性格，可归源于"进功"与"遗权"二端。族人多遭贬谪的政治处境和政治悲剧，与他们延续而下的家族性格有直接因果关系。"进功"性格作用下的努力仕进威胁了皇族权力，且他们自身缺乏皇族所需要的真正政治才能，故而屡遭贬黜。"遗权"性格与贬谪的直接关联则稍显复杂。"遗权"看似主动疏离政治权力，但实则往往身不由己。一种情况是皇权需要利用谢氏族人的士权和名望，而"遗权"者不能够加以配合，因此被贬；另一种情况是谢氏一族在政治打压下的自我放逐、权退全身。透过现象寻求本质，后者绝非出于当事人自主选择，也符合贬谪被动疏离权力的特征。还有一种情形是纵情任性的"遗权"，此类被贬者占据政治身份，却故作对权势的疏离与高蹈，因行为不合礼法而被贬。不可否认，谢氏家族的每个被贬者都有自身的性格特性，譬如谢灵运的任性游牧，谢几卿的自负放纵等。但从个性中见出共性，大致都可以从"进功"与"遗权"这两途加以归纳。

　　"进功"与"遗权"看似是相反的处世之道，但根本出发点都是为家族门户计。不过是在不同的时代背景和政治际遇下，为达到相同"立门户"目的而做出的具体行为选择。谢氏家族贬谪的政治悲剧究其根底，是由于皇权与士权的必然冲突，"进功"与"遗权"实是在夹缝中努力维持平衡的方式手段。谢氏作为高门望族，进入南朝之时便坐拥先辈奠定的政治根基，这对于门户的影响是双面的：一方面提供了进入政治的平台，另一方面靠近权力中心则更有倾危的风险。皇权利用士权稳固自身，却不容自身权威有一丝撼动。唐代史家李延寿评谢晦先倚辅国之重、后英年被诛之事说："向令徐、傅不亡，道济居外，四权制命，力足相侔，刘氏之危，则有逾累卵。以此论罚，岂曰妄诛。"①谢晦是谢氏家族中一度最为权势煊赫之人，又有废少帝迎立文帝之功，他诚然是有政治嗅觉和政治能力的。但百尺竿头无法更进一步，虽无事实上的逾矩，对刘宋政权已构成威胁，谢晦最后的凄惨结局，正是王权对士权冒头的打压。

谢氏一族虽然长期承受着皇权的警惕与压抑，却也不能够真正地遗权。即使有祖辈留下的基业，一旦远离核心权力，家族也会立刻衰落。"论势位"是能够长久地"计门资"的基础，所以高门士族不得不为了维系门户地位而不断追求功名。一旦超过士权的阈值，就会与皇权直接产生矛盾冲突。身在其中的谢氏族人没有办法清晰地认知这一点，当在政治中遇挫时，往往仅流于怀才不遇的历史悲叹。谢灵运是谢氏族人中文名最高的，也是被贬次数最多、政治生涯最为坎坷的。在他心里，唯庐陵王刘义真对他有赏遇之情，在谪居期间感怀及追思尤甚，如"生幸休明世，亲蒙英达顾"（《永初三年七月十六日之郡初发都》）；"心欢赏兮岁易沦，隐玉藏彩畴识真"（《鞠歌行》）；"长与欢爱别，永绝平生缘"（《还旧园作，见颜范二中书》）②……似乎他的不幸，仅仅是因为知音刘义真未能掌皇权。但事实并非如此，刘义真身为皇室一员，对谢灵运具有审视和利用的本能。他对谢灵运的赏识仅仅局限在以文义相游处，《宋书》记载一事："徐羡之等嫌义真与灵运、延之昵狎过甚，故使范晏从容戒之，义真曰：'灵运空疏，延之隘薄，魏文帝云鲜能以名节自立者。但性情所得，未能忘言于悟赏，故与之游耳。'"③他对谢灵运的评价多是贬抑，认定其不过曹丕笔下"不护细行，鲜能以名节自立"④的文人之流。可以想见，即使刘义真得登大位，又何尝会安心将权力交到这样的文人手中。所云得志之日以谢灵运为宰相，也大抵不过是一时戏言罢了。究其根本，谢灵运政治生涯的悲剧，并不在于是否得蒙赏遇，而在皇权对士族始终存在的警惕与戒备。

谢氏家族的整体性格，本就形成于士族政治与皇权政治的平衡与倾轧之中。

---

① 李延寿：《南史》卷一九，中华书局 1975 年版，第 545～546 页。
② 顾绍柏校注：《谢灵运集校注》，里仁书局 2004 年版，第 54、310、183 页。
③ 沈约：《宋书》卷六一，中华书局 1974 年版，第 1636 页。
④ 曹丕：《与吴质书》，萧统编，李善注：《文选》，上海古籍出版社 1986 年版，第 1897 页。

虽然每个人所处的具体政治环境有所不同，族内文名较高、声名较显的官员，往往各有际遇、几经沉浮。但因大环境并未改变，在宗室与宗族权力制衡下形成的性格也一直在家族中保存延续。美国心理治疗师萨提亚指出，家庭对一个人的成长有着第一位影响："我们感知世界的方式首先在家庭中形成它的雏形。……在众多由我们参与构成的体系当中，它既是最先接纳我们的，同时也可能是最具影响力的。"家长通过赞赏与惩罚，使孩子"最终他们将家庭规矩作为尺度来衡量自身的价值，如果他们遵从了这些规矩，他们会感到更可能得到别人的爱和尊重。照此发展下去，他们就培养了或是约束了自己作为人类的各个不同方面的独特本质"①。新生个体的人格形成过程中，不断受到家庭环境的影响，而一个家族的基本组成单位是家庭，最终使家族性格呈现出整体性和存续性特征。谢氏祖辈在士权与皇权冲突抗衡下形成的性格特征，被后辈延续，成为群体性贬斥政治悲剧的诱因。

皇权与士权的制衡与冲突，是谢氏家族性格与贬谪经历关联的大背景。就皇族而言，对士人一方面要笼络利用以巩固政权，另一方面又要时时保持警惕。对谢氏一族来说，支撑和维系家族门户地位则必须进功，但又不得不以遗权作为皇权压制下的自保手段。把握拿捏"进功"与"遗权"之间的进退尺度，是他们灵活应对特定的历史背景和政治环境的手段。可惜这种努力也注定是徒劳无功的，士族之于皇权的不对等，使谢氏族人疲于应对，亦不免始终在政治的深渊中沉沦。

第二节　外史内儒——南朝顺阳范氏家族之贬

钱穆先生曾指出："门第即来自士族，血缘本于儒家，苟儒家精神一旦消失，则门第亦将不复存在。"②门第的最初出现和逐步兴盛，与汉代儒家思想发展关系密切。但经由魏晋至南朝，玄学和佛学思想占据社会主流，在门第士族之间也形成了重谈玄论佛的风尚。一个时代主流思想往往是由上层社会偏好引导的，皇族

---

①　维吉尼亚·萨提亚等著，聂晶译：《萨提亚家庭治疗模式》，世界图书出版公司2007年版，第17、20页。

②　钱穆：《略论魏晋南北朝学术文化与当时门第之关系》，钱穆：《中国学术思想史论丛（三）》，生活·读书·新知三联书店2009年版，第158页。

和高门大族以玄佛为业,引领了这个时代的思想特征和社会风气。但不同于我们的一般理解,儒家思想的发展进程实则在南朝也并未断绝。如顺阳范氏坚守儒脉,乃至范缜对佛家思想的驳斥,在当时可谓独树一帜。范氏一门的贬谪经历与贬后文学创作,也多与根植的儒学思想脱不开关系:或是缘于他们秉承的儒家思想与主流意识形态起冲突而被贬,或是在贬谪后他们选择将精神寄托于儒家的内核之中。

一、范氏籍贯析疑

范氏一族籍贯所在地,在晋及南北朝史籍中出现了多个说法。现将范氏一族本传中出现的籍贯记载情况罗列如下:

> 范晷字彦长,南阳顺阳人也。少游学清河,遂徙家侨居。① (《晋书》卷九〇《良吏传·范晷传》)
>
> 范泰字伯伦,顺阳山阴人也。② (《宋书》卷六〇《范泰传》)
>
> 范泰字伯伦,顺阳人也。③ (《南史》卷三三《范泰传》)
>
> 范晔字蔚宗,顺阳人。④ (《宋书》卷六九《范晔传》)
>
> 范云字彦龙,南乡舞人。⑤ (《梁书》卷一三《范云传》)
>
> 范云字彦龙,南乡舞阴人。⑥ (《南史》卷五七《范云传》)
>
> 范缜字子真,南乡舞阴人也。⑦ (《梁书》卷四八《儒林传·范缜传》)
>
> 范迪,顺阳人。祖缜,尚书左丞。⑧ (《周书》卷四八《萧詧传附范迪传》)

① 房玄龄等:《晋书》卷九〇,中华书局1974年版,第2336页。
② 沈约:《宋书》卷六〇,中华书局1974年版,第1615页。
③ 李延寿:《南史》卷三三,中华书局1975年版,第845页。
④ 沈约:《宋书》卷六九,中华书局1974年版,第1819页。
⑤ 姚思廉:《梁书》卷一三,中华书局1973年版,第229页。
⑥ 李延寿:《南史》卷五七,中华书局1975年版,第1415页。
⑦ 姚思廉:《梁书》卷四八,中华书局1973年版,第664页。
⑧ 令狐德棻等:《周书》卷四八,中华书局1971年版,第875页。

六朝时期范氏一族史书中的籍贯记载，有"南阳顺阳""顺阳山阴""顺阳""南乡舞阴"四说。除却本传中记载，与其他史料中的相关说法交叉互证，提及范氏一族家族籍贯属地的有"顺阳范晔"（《宋书》卷一百《自序》）、"南乡范抗"（《资治通鉴补》卷一三四）、"从阳范缜"（《南齐书》卷三九《刘瓛传》）、"顺阳范缜"（《南史》卷五〇《刘瓛传》）、"南乡范云"（《南史》卷三三《裴松之传附裴子野传》、卷六〇《殷钧传》，《梁书》卷一三《沈约传》、卷二六《范岫传》、卷二七《殷钧传》、卷四九《文学传上·到沆传》，《资治通鉴》卷一三四）、"南郡范云"（《南史》卷五七《沈约传》），出现了"顺阳""南乡""从阳""南郡"四说。

先辨析诸说中郡属的问题，即出现"南阳""顺阳""南乡""从阳""南郡"五种属籍的缘由。南乡郡，东汉建安十三年（208年）析南阳郡西境置；西晋太康中改顺阳郡；东晋咸康四年（338年）复名南乡郡；后再为顺阳郡；南齐因避讳改从阳郡；北魏复为顺阳郡。"南阳""顺阳""南乡""从阳"是因政区沿革而出现的不同名称。至于"南郡"，当是"南乡"之误，《南史》校勘记已据《梁书》改作"南乡"。一般情况下门阀士族籍贯，皆以魏晋时期家族所在地的行政区划定名，故本书称顺阳范氏。

接下来我们再来处理"南阳顺阳"（《晋书》范晷）、"顺阳山阴"（《宋书》范泰）、"南乡舞阴"（《梁书》范云、范缜）的问题。南阳郡下辖顺阳县，东汉明帝改博山县置。① 后又改名南乡、从阳，南北朝时期为郡治所在。山阴的出现则颇为可疑，山阴属会稽郡，与顺阳无关。《后汉书·郡国志四》载南阳郡辖舞阴县、阴县；《晋书·地理志下》《宋书·州郡志三》载南阳辖舞阴、顺阳辖阴县。这里我们作一个推测："山阴"或为"阴"之误。而将范氏一族籍贯系于阴县的原因，在于顺阳郡郡治在晋代曾一度移治郦县，郦县与阴县据谭其骧《中国历史地图集》记为"西晋荆州"，在紧邻的汉江两岸。沈约或因此将范氏一族籍贯系于曾经顺阳郡治大致所在地。而《梁书》的作者为了弥合"山阴"的问题，改作"舞阴"，然南乡郡现有记载中未见曾辖舞阴，亦谬。三种说法中，唯有"南阳顺阳"符合

① 《水经注》卷二九"均水"："均水南迳顺阳县西，汉哀帝更为博山县，明帝复曰顺阳。应劭曰：县在顺水之阳。今于是县，则无闻于顺水矣。"（郦道元著，陈桥驿校证：《水经注校证》，中华书局2013年版，第662页。）

实际出现过的郡县关系，可足为凭。

二、范氏家族的儒学、经学及史学传统

汉代注解儒家典籍之风大盛，由此经学得到空前发展，被皮锡瑞称为"极盛时代"①。但在东汉党锢之祸后，儒学经学渐衰，且魏晋南北朝的选官方式改变，不再以儒家经学为选官依据，钻研经学失去了功利性意义，也就不像之前那样为人所重。在这样的背景下，玄佛乘时兴起。余英时先生指出："自党锢以后下迄曹魏，就士大夫之意识言，殆为大群体精神逐步萎缩而个人精神生活之领域逐步扩大之历程。"②以社会功用为主导的儒学精神逐渐隐退，代之以偏重个人精神发展的玄学和佛学。但这一时期儒学、经学的思想脉络并没有中断，而处于一种潜在持续发展的状态。钱穆先生曾统计："《隋志》载此时代（魏晋南北朝）人有关经学之著述，计六百二十七部，五千三百七十一卷。通计亡佚，有九百五十部，七千二百九十卷。张鹏一《隋志补》又增出九十二部。……知此时期之经学，并未中绝。"③

而范氏一族就有着深厚的儒学传统，儒学文化和精神根植于家族内。为论述方便，现将本章中涉及的范氏家族人物关系简单梳理如图 2-2 所示：

图 2-2　顺阳范氏人物关系图

范氏家学渊源之儒学传统可从东晋时说起：范宁"崇儒抑俗"，且"崇学敦教"，在郡"大设庠序"④，致力于推广儒家文化；范弘之"雅正好学，以儒术该

---

① 皮锡瑞著，周予同注释：《经学历史》，中华书局 2004 年版，第 65 页。

② 余英时：《士与中国文化》，上海人民出版社 2003 年版，第 318 页。

③ 钱穆：《略论魏晋南北朝学术文化与当时门第之关系》，钱穆：《中国学术思想史论丛（三）》，生活·读书·新知三联书店 2009 年版，第 144~145 页。

④ 房玄龄等：《晋书》卷七五，中华书局 1974 年版，第 1985、1988 页。

明，为太学博士"①；范泰亦"为太学博士"②，足见范氏一族对儒学的秉承和精深。除此以外，范宁还与世风相抗，对玄学大加抨击，作《王弼何偃论》一文，言曰：

> 王何蔑弃典文，不遵礼度，游辞浮说，波荡后生，饰华言以翳实，骋繁文以惑世。搢绅之徒，翻然改辙，洙泗之风，缅焉将坠。遂令仁义幽沦，儒雅蒙尘，礼坏乐崩，中原倾覆。古之所谓言伪而辩，行僻而坚者，其斯人之徒欤！……王何叨海内之浮誉，资膏粱之傲诞，画螭魅以为巧，扇无检以为俗。郑声之乱乐，利口之覆邦，信矣哉！吾固以为一世之祸轻，历代之罪重，自丧之衅小，迷众之愆大也。③

范宁针对"浮虚相扇，儒雅日替"的社会现实，对魏晋玄学的代表人物王弼、何偃二人蔑弃"典""礼"的行为大加鞭挞，抨击了由推崇玄风造成的礼度废弛、华言繁文、仁义不张、士人傲诞等诸多现实问题。范宁将中原倾覆的根本原因归于儒学不兴而玄纲独振，认为这直接导致了仁义崩而礼乐坏。儒家的观念中，礼乐制度往往是与国家治理息息相关的，如"八佾舞于庭"④，就是礼乐失度下彰显的政治失度。范宁深感时弊，希望能够兴复儒学，故逆当时社会风气而行，展现出儒者风范。

虽然儒学和经学传统在魏晋逐渐凋敝，但范氏一门仍然坚守其脉，对经学精深博通。据《隋书·经籍志》经部载，范汪有"《祭典》三卷"⑤，范宁有"《古文尚书舜典》一卷"，"《尚书》十卷"⑥，"《礼杂问》十卷"⑦，"《春秋穀梁传例》一

---

① 房玄龄等：《晋书》卷九一，中华书局1974年版，第2362页。
② 沈约：《宋书》卷六〇，中华书局1974年版，第1615页。
③ 房玄龄等：《晋书》卷七五，中华书局1974年版，第1984~1985页。
④ 《十三经注疏》整理委员会整理：《论语注疏（十三经注疏）》，北京大学出版社2000年版，第30页。
⑤ 魏徵等：《隋书》卷三二，中华书局1973年版，第924页。
⑥ 魏徵等：《隋书》卷三二，中华书局1973年版，第913页。
⑦ 魏徵等：《隋书》卷三二，中华书局1973年版，第923页。

卷"①。以上经籍皆亡佚，仅范宁《春秋穀梁传集解》流传至今，也是上述诸作中最具代表性的一部。《序》中言道："升平之末，岁次大梁，先君北蕃回轸。顿驾于吴，乃帅门生故吏、我兄弟子侄，研讲六籍，次及三传。"唐人杨世勋注曰："'先君'谓宁之父汪也。'门生'，同门后生。'故吏'谓昔日君臣，江、徐之属是也。'兄弟子侄'，即邵、凯、雍、泰之等是也。'六籍'者，谓《易》、《诗》、《书》、《礼》、《乐》与《春秋》也。"②范氏一门家学儒经由此可见一斑，门生故吏、兄弟子侄共同研习六经，继而研读春秋三传，"宁以《春秋谷梁氏》未有善释，遂沉思积年，为之集解。其义精审，为世所重"③。范宁认为《春秋穀梁传》当时没有好的注释，所以亲为集解。他的这部著作的经典地位为历代公认，清代阮元整理校刻的《十三经注疏》就将其作为权威注本收录。

除了将儒学和经学作为家学研习传承的家族传统，我们更应该注意到创作《春秋穀梁传》的直接动因，即"先君北蕃回轸"事。这是指升平五年（361年），范汪因桓温陷害而被迫蛰居吴郡，《春秋穀梁传集解》工作便是在这样的家族处境之下开展的。当时桓温势大，范汪是皇帝司马昱用来制衡桓温的一颗棋子。然而在范汪积极与桓温斗争的过程中，最终受其压制并退居吴郡，门户也受到牵连、逐渐沦没："宁字武子。少笃学，多所通览。简文帝为相，将辟之，为桓温所讽，遂寝不行。故终温之世，兄弟无在列位者。"④不仅子范宁任官事受到桓温阻挠，实际上直至桓温去世，范氏一族再无位列朝班者。范汪与诸子侄退而解经，是受到政治倾轧而被贬黜背景之下的集体行动。范弘之回忆家族遭际，曾经说：

> 桓温于亡祖，虽其意难测，求之于事，止免黜耳，非有至怨也。亡父昔为温吏，推之情礼，义兼他人。所以每怀愤发，痛若身首者，明公有以寻之。……吾少尝过庭，备闻祖考之言，未尝不发愤冲冠，情见乎辞。当尔之

---

① 魏徵等：《隋书》卷三二，中华书局1973年版，第931页。
② 《十三经注疏》整理委员会整理：《春秋谷梁传注疏（十三经注疏）》卷三，北京大学出版社2000年版，第13页。
③ 房玄龄等：《晋书》卷七五，中华书局1974年版，第1989页。
④ 房玄龄等：《晋书》卷七五，中华书局1974年版，第1984页。

时，惟覆亡是惧，岂暇谋及国家。不图今日得操笔斯事，是以上愤国朝无正义之臣，次惟祖考有没身之恨，岂得与足下同其肝胆邪！① (《晋书》卷九一《儒林传·范弘之传》)

族人在研习经传时，时刻伴随着对家族覆亡的忧惧和苦痛，虽然他们已抽身官场，但威胁仍潜在。当被迫退处时，他们选择以儒学内核支撑起家族精神，在吴郡看似平静的聚集解经生活中，暗藏着族人愤愤不平之意和欲有所为之心。

《春秋》及其《传》不仅被视作儒学和经学典籍，亦有史学意义，因为《春秋》本质上是一部记载历史的书。事实上，早期儒学与史学有着十分密切的联系，"五经"中《尚书》和《春秋》若从史事记载的角度也可看做史书，其他三部亦都有一定的史学价值。《春秋穀梁传》毫无疑问属于经籍，但《春秋》是一部史书，范氏既可集解《春秋穀梁传》，那么也必定具有相当的史学素养。早有学者指出："史学和经学都是江东世家大族一直十分重视的学问。与经学著述的情况一样，他们从事史学著述也是从东汉末开始的。"②经史之学自东汉末以来为士族所重，直至南朝，著史风气仍然十分高涨。这段时期无论是国史或是家族史，都获得了相当的成就。从定量的角度看，钱穆先生统计："史学，其发展，较之经学更为重要。……论其数量，较经部多出一倍。且经部多汉前旧书，史部则多魏晋以下人新著。"③也就是说进入魏晋以来，史学发展是要远远超过经学的。范氏家族在史学上亦有家学渊源，范汪不仅是一位经学家，也是一位史学家。据《隋书·经籍志》史部载，他有《尚书大事》二十卷、《范氏家传》一卷。④ 而范氏家族在史学上成就最高的，无疑是后来著《后汉书》的范晔。

据此，范氏家族通经博史的家学渊源已经彰显。传统观念中常常以为玄学是六朝的主流，但实际上经、史之学也有着举足轻重的分量。只是因为玄学更具有时代的标志性，才更加为人们重视。史书载，宋文帝在元嘉十五年（438 年）曾建

① 房玄龄等：《晋书》卷九一，中华书局 1974 年版，第 2364~2366 页。

② 方北辰：《魏晋南朝江东世家大族述论》，文津出版社 1991 年版，第 161 页。

③ 钱穆：《略论魏晋南北朝学术文化与当时门第之关系》，钱穆：《中国学术思想史论丛（三）》，生活·读书·新知三联书店 2009 年版，第 147 页。

④ 魏徵等：《隋书》卷三三，中华书局 1973 年版，第 967、977 页。

儒玄史文四学："征次宗至京师，开馆于鸡笼山，聚徒教授，置生百余人。会稽朱膺之、颍川庾蔚之并以儒学，监总诸生。时国子学未立，上留心艺术，使丹阳尹何尚之立玄学，太子率更令何承天立史学，司徒参军谢元立文学，凡四学并建。"①宋文帝分立四学并广延生徒，可见这四门在当时的历史环境中都占据相当位置。至梁武帝时，感慨于儒学不振，于天监四年（505年）开五馆、建国学："至梁武创业，深愍其弊，天监四年，乃诏开五馆，建立国学，总以《五经》教授，置《五经》博士各一人。……七年，又诏皇太子、宗室、王侯始就学受业，武帝亲屈舆驾，释奠于先师先圣，申之以宴语，劳之以束帛，济济焉，洋洋焉，大道之行也如是"②，并鼓励宗室子弟学习儒学。所谓上有所好、下必甚焉，一时之间儒学研习蔚然成风。

南朝时期的世家大族大多拥有儒学内核，儒学自汉代以来一枝独秀，也深深刻印在士族的家学传统之中。范氏一族兼善经史，说到底也是从儒学的底子中来的。正如钱穆先生所言："当时人对经史之通观并重。而论其本源，则皆自崇尚儒学来。"③

三、正一代得失——范晔之贬与《后汉书》的书写

范氏家族在南朝首先遭贬的就是范晔，范晔之贬与其自身性情的傲岸不羁是有关系的。他在被贬后著《后汉书》，仿佛就是其曾祖父范汪退居著书经历的重演。

范晔被贬，事在元嘉九年（432年）冬，是时"彭城太妃薨，将葬，祖夕，僚故并集东府。晔弟广渊，时为司徒祭酒，其日在直。晔与司徒左西属王深宿广渊许，夜中酣饮，开北牖听挽歌为乐。义康大怒，左迁晔宣城太守"。彭城王刘义康因母亲薨逝将葬，把自己的僚佐故旧聚集于府内。这里面就有范晔，他曾任"彭城王义康冠军参军，随府转右军参军"④，正是义康僚故之属。可他在当夜不

---

① 沈约：《宋书》卷九三，中华书局1974年版，第2293~2294页。
② 李延寿：《南史》卷七一，中华书局1975年版，第1730页。
③ 钱穆：《略论魏晋南北朝学术文化与当时门第之关系》，钱穆：《中国学术思想史论丛（三）》，生活·读书·新知三联书店2009年版，第151页。
④ 沈约：《宋书》卷六九，中华书局1974年版，第1819~1820页。

顾礼法，与自己的弟弟司徒祭酒范广渊和司徒左西属王深三人，夜中饮酒并听挽歌助兴。这件事情极大地激怒了刘义康。彼时，刘义康深得文帝信赖，由于宋文帝"寝疾累年，屡经危殆"①，在朝政大事上非常倚仗刘义康。范晔此举违背纲常礼法，加之刘义康的权势威迫，由尚书吏部郎被贬宣城。

范晔出身于顺阳范氏这样的名门望族，按照家族传统，应当有着森严的礼教观念。范晔却作出如此违背礼法之举，究其原因或许与他的出身有关。虽然其父亲范泰是一代名臣，可范晔是庶出，出生时又并不光彩："母如厕产之，额为砖所伤，故以砖为小字。出继从伯弘之，袭封武兴县五等侯。"②他的母亲在上厕所时生产，出生时小孩额角碰到了砖块，就以"砖"为范晔小字。从起名可以看出范晔并不被家族重视，对他的出生怀有一丝随意和轻蔑的态度。直至出继给范弘之，范晔的身份地位才有所改观。幼年身世遭遇对范晔来说应当是有影响的，虽是名门而非贵子，导致他既有着出身名门的骄傲，又有着身为庶子的卑微。自矜和自卑两相拉扯之下，他性格中的傲岸不羁，或许正导源于此。

范晔因在彭城太妃丧期失仪出知宣城，对其是一个沉重的打击。彼时他正任尚书吏部郎，这个职位主管官吏铨选事务，是朝内要职。一朝被贬宣城，心理落差可想而知。宣城在今安徽宣城，虽然以我们今天的眼光看，距离当时都城建康（今南京）并不太远。但这里的距离应当从地理距离和心理距离两方面共同考量，从地理距离上来看，以当时交通条件来说，宣城到建康已经不远；从心理距离上来看，范晔由政治中心到地方，权力由大变小，给心高气傲的他带来很大的心理落差。范晔因贬谪事件"不得志，乃删众家《后汉书》为一家之作"③，在宣城谪居期间将自己全部精力转移到著史活动之中。

在范晔之前，已经有很多史学家留意于东汉史，尤其是《东观汉记》。《东观汉记》凝结了班固等多代史家的努力，当然也确实存在许多不足之处。到范晔这个时代，已经涌现了许多关于东汉历史的史籍，如华峤《汉后书》、司马彪《续汉书》、谢沈《后汉书》、刘义庆《后汉书》等。但范晔所著《后汉书》无疑是成功的，

---

① 沈约：《宋书》卷四三，中华书局 1974 年版，第 1343~1344 页。
② 沈约：《宋书》卷六九，中华书局 1974 年版，第 1819 页。
③ 李延寿：《南史》卷三三，中华书局 1975 年版，第 849 页。

超越了各家所撰独领风骚，成为通行度最高的东汉史版本。他在进退之际寄意史册，并选择东汉这个朝代作为著述对象，有自己的考量。先来看看范晔临终前自述有关《后汉书》书写的部分：

> 本未关史书，政恒觉其不可解耳。既造《后汉》，转得统绪，详观古今著述及评论，殆少可意者。班氏最有高名，既任情无例，不可甲乙辨。后赞于理近无所得，唯志可推耳。博赡不可及之，整理未必愧也。吾杂传论，皆有精意深旨，既有裁味，故约其词句。至于《循吏》以下及《六夷》诸序论，笔势纵放，实天下之奇作。其中合者，往往不减《过秦》篇。尝共比方班氏所作，非但不愧之而已。欲遍作诸志，《前汉》所有者悉令备。虽事不必多，且使见文得尽。又欲因事就卷内发论，以正一代得失，意复未果。赞自是吾文之杰思，殆无一字空设，奇变不穷，同合异体，乃自不知所以称之。此书行，故应有赏音者。纪、传例为举其大略耳，诸细意甚多。自古体大而思精，未有此也。恐世人不能尽之，多贵古贱今，所以称情狂言耳。①

结合这段话分析，范晔被贬后从事《后汉书》写作受到四方面因素影响。其一，范晔家族的儒家精神和史学功底。如前文所言，范氏家族有着儒家的精神内核和著史传统。此外，遭贬继而著书立说，与先辈范汪被贬后着力写作出了《春秋穀梁传集解》这样传世之作的经历有相合之处。被贬生活往往是苦痛的，此间屈伸荣辱之意需要有所寄托来排遣消解。范晔选择著史而非解经，有两个原因：一是个性，他认为自己"为性不寻注书，心气恶，小苦思，便惯闷"②，自己心性如果执着于解经，就会感觉过于苦闷。二是时代风气，"魏晋以后，转尚玄言，经术日微，学士大夫有志撰述者，无可发抒其蕴蓄，乃寄情乙部（史部），一意造史，此原于经学之衰者一也"③。魏晋以来玄学转盛、经学凋敝，这些有着家学传统的学者，转而以著史来达到自己传承和宣扬儒家精神的目的。

---

① 沈约：《宋书》卷六九，中华书局1974年版，第1830~1831页。
② 沈约：《宋书》卷六九，中华书局1974年版，第1830页。
③ 金毓黻：《中国史学史》，商务印书馆2010年版，第99页。

　　其二，对当时东汉史存在不足的编修和补撰。范晔留意史籍之后，认为现有东汉史书和著述评论，没有合乎心意的。即使是认可度最高的班固所作版本，也有不够精审严谨的问题："详观古今著述及评论，殆少可意者。班氏最有高名，既任情无例，不可甲乙辨。后赞于理近无所得，唯志可推耳"，尤其是"赞"的部分，几无可取处。史书中的"赞"是史家以精省语句，对人物予以评价的部分。一般放在一篇的最末，也是史家表明个人观点态度的精华所在。刘勰《文心雕龙·颂赞》说："及迁《史》固《书》，托赞褒贬"[1]，在"赞"中寄寓了著史者的褒贬评判。"赞"考验着史家的判断批评与文笔凝练两个方面，极见功底。范晔著史正当被贬谪期间，其人生感悟力也因现实遭际而格外深刻，应当有助于史笔。范晔既不满班固所作"赞"的部分，自然在自己写《后汉书》的时候便格外留意："赞自是吾文之杰思，殆无一字空设，奇变不穷，同合异体。"对比班固《汉书》和范晔《后汉书》的"赞"，前者往往百余字，后者仅数十字。范晔更注重言语简洁，寥寥几笔却变化万千、绝无重复。范晔又多用四言偶对，骈偶的形制显得更加精巧完美。《后汉书》确实吸纳了很大一部分《东观汉记》的记载和材料，但是亦有自己的独到之处。除却"赞"，范晔所作杂传论及诸序论，或旨意精深，或笔势纵放，各有所长。

　　其三，受到前代史家，尤其是司马迁的影响。一是写作目的的传承。范晔撰《后汉书》之目的是"正一代得失"，这与司马迁何其相似！司马迁《报任安书》说写《史记》"欲以究天人之际，通古今之变，成一家之言"，虽然范晔专力于一代，而司马迁着眼今古，但都欲以史笔总括历史变迁，将自己的思想和见地潜藏其中传诸后世。二是身世遭际的相似，他们二人在当世都遭受了困顿和屈辱。司马迁受宫刑后将自己的热情和血泪倾注于《史记》。"草创未就，适会此祸，惜其不成，是以就极刑而无愠色。"[2]这段经历反而更加激发了司马迁，以《史记》作为自己的事业和使命。范晔在被贬后也承受了生命的落差感，转而将精力投入到《后汉书》的书写之中，"至于屈伸荣辱之际，未尝不致意焉"[3]。三是两人都认为自

①　刘勰著，范文澜注：《文心雕龙注》，人民文学出版社1958年版，第158页。
②　班固：《汉书》卷六二，中华书局1962年版，第2735页。
③　李延寿：《南史》卷三三，中华书局1975年版，第849页。

己的著作未必为当时所接受，换言之是认为自己的认识已经超越了本时代的高度，必有待后人才能理解。范晔说自己的《后汉书》"自古体大而思精，未有此也。恐世人不能尽之，多贵古贱今，所以称情狂言耳"；司马迁所谓"仆诚已著此书，藏之名山，传之其人通邑大都，则仆偿前辱之责，虽万被戮，岂有悔哉！然此可为智者道，难为俗人言也"①，都相信自己的史书是超越于时代的传世之作。确实，生命的困境更能够激发出人的热情和潜能，也更能够着力创作出好的作品，《史记》和《后汉书》终成经受住历史淘洗和检验的史学皇皇巨著。

其四，与东汉精神内质的契合。东汉是一个特殊的时代，范晔钦慕的是其崇儒之风和精神气节。东汉末期，就已经显露出儒学不振和士人精神衰微的苗头，这和当时黄老之学的兴起紧密相关。范晔是儒家精神的传承者，在《后汉书》传记中三称其祖，②着意点出自己儒学的家学渊源。又作《儒林传》，列出了一大批汉儒群像，展现了对他们的关注和认可。到了刘宋时期，玄学已经超越了儒家在思想领域的地位，与此同时也使得社会风气、士人精神转向出世的一面。范晔决定修撰《后汉书》，也是出于振起儒纲、弘扬死节精神的目的。他在《后汉书·班彪传》中对班彪、班固父子的史学贡献予以褒扬之余，直截了当地指出："彪、固讥迁，以为是非颇谬于圣人。然其论议常排死节，否正直，而不叙杀身成仁之为美，则轻仁义，贱守节愈矣。"③班氏的不足之处，恰是范晔所要弘扬的。范晔正是要推尊圣人、推崇死节正直，鼓励杀身成仁和仁义守节精神。例如《党锢列传》，对士人因坚守正道被黜免、下狱乃至遭遇极刑的事例，给予了极大肯定。所谓"夫上好则下必甚，矫枉故直必过，其理然矣。若范滂、张俭之徒，清心忌恶，终陷党议，不其然乎"④，范滂、张俭等虽然仕途受挫，乃至未能保全自身，但只要是为正道节义而献身，就值得推崇激赏。

范晔被贬宣城后着意于《后汉书》的写作，与士族家学传统和时代风气直接相关。他失意后著书立说之举同时应当是受到祖辈的直接影响，希望能执史笔，借正一代得失以达到弘扬儒脉、振奋世风的目的。章学诚在《文史通义》中说：

---

① 班固：《汉书》卷六二，中华书局 1962 年版，第 2735 页。
② 按，分别见《郑玄传》《黄宪传》《逸民传》。
③ 范晔撰，李贤等注：《后汉书》卷四〇下，中华书局 1965 年版，第 1386 页。
④ 范晔撰，李贤等注：《后汉书》卷六七，中华书局 1965 年版，第 2185 页。

"夫史所载者事也，事必藉文而传，故良史莫不工文，而不知文又患于为事役也。盖事不能无得失是非，一有得失是非，则出入予夺相奋摩矣。奋摩不已，而气积焉。事不能无盛衰消息，一有盛衰消息，则往复凭吊生流连矣。流连不已，而情深焉。凡文不足以动人，所以动人者，气也。凡文不足以入人，所以入人者，情也。气积而文昌，情深而文挚；气昌而情挚，天下之至文也。……史之义出于天，而史之文，不能不藉人力以成之。"①史书的目的是记事，但是其中又蕴含着史书执笔者自己的情感态度。范晔的《后汉书》之所以能够超越众家之作，正是因为他将被贬后的情感积郁寄寓、宣泄于著史。

范晔结局令人唏嘘，史书记载他在元嘉二十二年（445年）十二月，因与孔熙先共同谋反被处死。范晔谋反之事影响了人们对他所著《后汉书》的接受度，如顾况、胡应麟，都认为他属于无德文人之流。但他是否确有参与谋反事，历代史学家也不乏为其鸣冤者，如王鸣盛、陈澧、傅维森、李慈铭等。笔者以贬谪为切入视角，来提出一点自己的见解。如前所言，范晔是因刘义康母丧被奏贬宣城，而且被贬宣城一事对范晔的打击又很深重，自尊心和荣誉感受挫。范晔这样一个性情傲岸又推崇节义的人，在与刘义康前已有隙的情况下，接受孔熙先的鼓吹，冒着自己和家族的生命危险尊刘义康为帝，可能性是不大的。受到范晔的牵连，其子蔼、遥、叔蒌俱伏诛，孙鲁连被远徙，直到世祖即位（453年）才得还。

四、范云、范缜之贬与范氏家族的衰落

范云和范缜是步入梁代以来范氏家族的两个被贬者，也是顺阳范氏家族在历史舞台上的最后亮相。其中又以范缜之贬更具代表性，展现出他对根植于家族血脉中坚守儒道和仁义守节之气的延续。

范氏家族在梁代得以登上政治舞台的中心，与梁武帝关系极大。范云与武帝萧衍在南朝齐时同为竟陵王萧子良西邸学士，也就是"竟陵八友"中的两位。他们相交于微时、兴趣相投，"初，云与高祖遇于齐竟陵王子良邸，又尝接里闬，高祖深器之。及义兵至京邑，云时在城内。东昏既诛，侍中张稷使云衔命出城，

---

① 章学诚撰，叶瑛校注：《文史通义校注》，中华书局2014年版，第258~259页。

高祖因留之，便参帷幄，仍拜黄门侍郎，与沈约同心翊赞"①，又助武帝谋得帝位，以佐命功深受梁武器重。在称帝后，萧衍加范云散骑常侍、吏部尚书，封霄城县侯，亲厚之意显而易见。范云借旧恩进入了权力的最中心，虽然在天监元年（502年）因违诏用人被免去吏部尚书一职，但仍身居尚书右仆射。尚书仆射在梁代列位宰相，尚书令常缺，以左仆射行尚书令事，右仆射为辅，掌管各类主要政事："其诸吉庆瑞应众贺、灾异贼发众变、临轩崇拜、改号格制，苤官铨选，凡诸除署、功论、封爵、贬黜、八议、疑谳、通关案，则左仆射主，右仆射次经。"②可以说，免去吏部之职而仍为尚书仆射，仅是对他略施薄惩，实质上的权力势位并未丧失。范云虽被贬，但范氏一族的荣宠仍在。可次年范云去世，范氏一族在朝堂的地位受到重创，又因为不久后范缜的贬徙而进一步下沉。

时隔两年，也就是天监四年，范氏家族的另一位文人范缜因言获罪，被贬官流徙。虽然范缜在当世政治地位远不及其兄范云，但他在中国文学史和思想史上的重要性则不容小觑。先来看看范缜被贬事，史书记载范缜因替王亮直言而犯上被徙：

> 四年，帝宴华光殿，求谠言。尚书左丞范缜起曰："司徒谢朓本有虚名，陛下擢之如此；前尚书令王亮颇有政体，陛下弃之如彼。愚臣所不知。"帝变色曰："卿可更余言。"缜固执不已，帝不悦。御史中丞任昉因奏缜妄陈褒贬，请免缜官。诏可。③

要知道范缜被贬事件的来龙去脉，首先必须提及王亮。王亮和范缜，其实都曾与齐竟陵王萧子良有过往来，他们在西邸时和萧衍也有所交往。不同于范云和沈约对梁武帝谋夺帝位的支持，王亮从头至尾都体现了一种不合作的态度，包括萧衍攻至新林时不去示好、梁台授官固辞不拜、万国朝会辞疾不往等一系列行为。凡此种种之下，梁武帝废其为庶人，而范缜竟为他求情，这样做的原因史书中说是"缜仕齐时，与亮同台为郎，旧相友，至是亮被摈弃在家。缜自迎王师，

---

①　姚思廉：《梁书》卷一三，中华书局1973年版，第230页。
②　萧子显：《南齐书》卷一六，中华书局1972年版，第319~320页。
③　李延寿：《南史》卷二三，中华书局1975年版，第624~625页。

志在权轴，既而所怀未满，亦常怏怏，故私相亲结，以矫时云"①，一是范缜与王亮在齐代有旧，二是范缜不满于自己不被重用。后一点颇值得推敲，范缜在天监四年任尚书左丞，在梁九班。这个职位是有实权的，《南齐书·百官志》言"掌宗庙郊祀、吉庆瑞应、灾异、立作格制、诸案弹、选用除置、吏补满除遣注职"②，主管宗庙事宜和任官铨选，到梁代其职权范围也差不多。若说范缜因"志在权轴""所怀未满"而生怨憎结交王亮，恐怕落不到实处。范缜与王亮在士人气节上有相似之处，虽然范缜在萧衍举事之时曾迎接过他，但迎的方式是"墨绖来迎"③，也就是说是着丧服来迎。此外，范缜求情的点在于王亮"有政体"（《梁书》作"有治实"），也就是出于欣赏王亮的为政能力。从这两点看，范缜此举恰是体现出其正直守节的精神气质，也就是其叔祖范晔所推崇的儒家精神。

为王亮直言而忤上，是范缜被免官的直接原因。但除了这样的导火索事件之外，还有一个内因，也就是范缜所著的那篇《神灭论》。逯钦立《先秦汉魏晋南北朝诗歌·梁诗卷八》范缜条言："天监四年，征为尚书左丞，以驳佛教神不灭论徙付广州"④，认为范缜被贬的真实原因在于公开否定佛教的神不灭论。就范缜《神灭论》所作于何时的问题，很多学者都展开过讨论，如曹道衡、沈玉成《中古文学史料丛考·范缜〈神灭论〉作年》⑤和邱明洲《范缜〈神灭论〉发表的年代》⑥认为在齐永明世；刘汝霖《东晋南北朝学术编年》⑦认为作于天监七年；胡适《考范缜发表〈神灭论〉在梁天监六年》⑧和傅恩、马涛《范缜〈神灭论〉发表年代的考辨》⑨都持有新旧《神灭论》的观点，认为永明世已经形成了旧《神灭论》的观点或

①　姚思廉：《梁书》卷四八，中华书局1973年版，第665页。
②　萧子显：《南齐书》卷一六，中华书局1972年版，第321页。
③　萧子显：《南齐书》卷四八，中华书局1973年版，第665页。
④　逯钦立辑校：《先秦汉魏晋南北朝诗歌·梁诗卷八》，中华书局1983年版，第1678页。
⑤　曹道衡、沈玉成：《中古文学史料丛考》，中华书局2003年版，第490~491页。
⑥　邱明洲：《范缜〈神灭论〉发表的年代》，《四川大学学报（哲学社会科学版）》，1980年第1期。
⑦　刘汝霖：《东晋南北朝学术编年》，华东师范大学出版社2010年版，第308页。
⑧　胡适：《20世纪佛学经典文库·胡适卷》，武汉大学出版社2008年版，第473~477页。
⑨　傅恩、马涛：《范缜〈神灭论〉发表年代的考辨》，《复旦学报（社会科学版）》1995年第1期。

文章，而新《神灭论》经过修订，作于天监六年。本文基本赞同最后一种观点，即有新旧《神灭论》。永明世此论甫出就遭受集中攻击，"子良集僧难之而不能屈"①；天监六年范缜作新《神灭论》，又受到梁武帝组织的公开诘难，《弘明集》收录了在武帝萧衍授意下 60 余篇向范缜神灭论直接发难的文章。范缜主张神灭论，与萧衍信奉的佛家思想背道而驰，是其遭受贬谪的内因。

虽然我们上文着力对范氏家族的儒学内核进行了阐述，但他们身处南朝，也不免受时代风气影响，对佛学和玄学有一定造诣。玄佛在六朝的繁盛，钱穆先生认为原因在于"自汉末党锢之祸，继以魏晋之际，朝代更迭，篡弑频仍，门第既不能与政治绝缘，退求自保，乃逼得于儒家传统外再加进道家老庄一套阴柔因应之术"②。老庄处世之道是高门大姓在波谲云诡的政治斗争中，用以保全自我和家族的手段和方式。而步入南朝，佛学发展速度超越了玄学和儒学。"佛家有种种礼法修持，教导信向，实较老庄虚无更适于门第之利用。故在魏晋之际，一时虽老庄盛行，而宋齐以下，即多转奉释氏。"③对于门第来说，佛教有明确的礼法规定，实际可操作性更强，故而更受青睐。范氏家族也不例外，范汪、范宁、范泰都从事过佛教活动，见释慧皎《高僧传》卷六、卷七、卷一三：

……**范汪**、孙绰、张玄、殷顗，或宰辅之冠盖，或人伦之羽仪，或置情天人之际，或抗迹烟霞之表。并禀志归依，厝心崇信。④（卷七《宋京师东安寺释慧严》）

豫章太守**范宁**，请讲法华、毗昙，……于是四方云聚，千里遥集。⑤（卷六《晋蜀龙渊寺释慧持》）

---

①　姚思廉：《梁书》卷四八，中华书局 1973 年版，第 670 页。
②　钱穆：《略论魏晋南北朝学术文化与当时门第之关系》，钱穆：《中国学术思想史论丛（三）》，生活·读书·新知三联书店 2009 年版，第 179 页。
③　钱穆：《略论魏晋南北朝学术文化与当时门第之关系》，钱穆：《中国学术思想史论丛（三）》，生活·读书·新知三联书店 2009 年版，第 204 页。
④　释慧皎撰，汤用彤校注，汤一玄整理：《高僧传》卷七，中华书局 1992 年版，第 261 页。
⑤　释慧皎撰，汤用彤校注，汤一玄整理：《高僧传》卷六，中华书局 1992 年版，第 229 页。

……南有豫章太守**范宁**宅，并施以成寺。①（卷一三《晋京师安乐寺释慧受》）

王弘、**范泰**、颜延之，并挹敬风猷，从之问道。②（卷七《宋京师龙光寺竺道生》）

宋永初元年（公元四二〇年），车骑**范泰**立祇洹寺，以义德为物宗，固请经始。③（卷七《宋京师祇洹寺释慧义》）

时王弘、**范泰**闻苞论议，叹其才思，请与交言。④（卷七《宋京师祇洹寺释僧苞》）

可见范氏家族是有深厚佛学修养的，或是与僧人交游，或是出资参与修建寺院，都足以见出他们对佛学的兼修与开放态度。

在南朝，世家大族兼善儒释道三家，是当时社会风气使然。但是为什么到了范缜，却突然与佛学决裂呢？实际上，士族对于佛学是抱选择性接受的态度，更多地将其视作工具来使用。宋文帝曾经说："范泰、谢灵运常言六经典文，本在济俗为治，必求灵性真奥，岂得不以佛经为指南耶"⑤，佛学成为范泰等探究儒家《六经》义理的新方法。儒学和佛学是"体"和"用"的区别，当二者产生冲突时，毫无疑问他们还是会站出来维护儒学这个内核。到了范晔时，实则已经有了与佛教决裂的萌芽。范晔"常谓死者神灭，欲著《无鬼论》"，又曾言"天下决无佛鬼"⑥，在《后汉书·西域传论》中评价佛学"好大不经，奇谲无已"⑦，可以看做范缜写《神

---

① 释慧皎撰，汤用彤校注，汤一玄整理：《高僧传》卷一三，中华书局 1992 年版，第482 页。

② 释慧皎撰，汤用彤校注，汤一玄整理：《高僧传》卷七，中华书局 1992 年版，第 256页。

③ 释慧皎撰，汤用彤校注，汤一玄整理：《高僧传》卷七，中华书局 1992 年版，第 266页。

④ 释慧皎撰，汤用彤校注，汤一玄整理：《高僧传》卷七，中华书局 1992 年版，第 271页。

⑤ 释慧皎撰，汤用彤校注，汤一玄整理：《高僧传》卷七，中华书局 1992 年版，第 261页。

⑥ 沈约：《宋书》卷六九，中华书局 1974 年版，第 1828~1829 页。

⑦ 范晔撰，李贤等注：《后汉书》卷八八，中华书局 1965 年版，第 2932 页。

灭论》的思想潜流。范泰、范晔父子，行为表现中虽然呈现对待佛学的不同态度，一者亲佛，一者排佛。但究其出发点，都是为了维护儒学传统："中国固有的历史性、社会性，在二人都有的立场上，最重要的首先是作为礼教而被掌握的。这样考虑的话，似乎可以说，作为祇洹寺大檀越的父亲和作为佛教否定论者的儿子，虽然二人的存在方式始终不同，但实际上却是站在意想不到的很相近的位置上的。"①

有了这样的思想渊源，范缜作《神灭论》也就是情理之中的了。范缜"形神相即"的观念，对讲求未来世的佛家从根本上予以驳斥，这与梁武推尊佛学背道而驰。虽然梁武帝儒释道三家兼及，但他统治期间明显偏向于佛教一途。正如汤用彤先生所说："武帝一热烈之佛教信徒也。即皇帝位三年乃舍道归佛……在位四十八年，几可谓为以佛化治国。"②梁武帝在天监三年下诏舍道归佛，次年将坚持神灭论的范缜流徙广州，二者之间应当是有直接联系的。故而我们认为范缜被贬的表层原因是为王亮直言，深层原因是挑战佛学引起萧衍的不满，这两者实则都源自范缜对儒学和儒家精神的坚守。

在南朝这个玄佛盛行的时代，顺阳范氏家族坚守儒脉。从范汪开始，就展现了外史内儒的家族精神特质。范氏族人或是在被贬后著书立说，以修撰经史的方式传递儒家思想，或是因守儒排佛而被贬谪，都展现了不同于当世主流的气度与风貌。

第三节　由武及文——南朝彭城刘氏家族之贬

彭城刘氏是一支至南朝方才兴起的家族，不同于绵延自魏晋、根基稳固的世家大族，他们在特定历史条件下抓住机遇兴家并走向繁盛。刘氏出身北府军，又历经由武功转向文学的蜕变，最终形成人才辈出的家族盛景。刘氏一族既以依附皇权获得高位，也不免卷入朝堂纷争，家族兴衰与皇室息息相关。

---

① 吉川忠夫著，王启发译：《六朝精神史研究》，江苏人民出版社 2010 年版，第 127 页。

② 汤用彤：《汉魏两晋南北朝佛教史》，上海人民出版社 2015 年版，第 331 页。

一、由武及文的家族发展史

魏晋时期士族的力量逐渐壮大，他们既有功于朝廷，但也存在士族权力过大甚至能够动摇朝堂的情况。因此，南朝皇室对于江东士族始终怀有戒备之心，虽然予以优容，但更多有意识地收束他们的实际权力至中央，或转而交予自己的亲信手中。清人赵翼曾言："至宋、齐、梁、陈诸君，则无论贤否，皆威福自己，不肯假权于大臣。而其时高门大族，门户已成，令、仆、三司，可安流平进，不屑竭智尽心，以邀恩宠；且风流相尚，罕以物务关怀，人主遂不能藉以集事，于是不得不用寒人。人寒则希荣切而宣力勤，便于驱策，不觉倚之为心膂。"[1]就皇室而言，宋、齐、梁、陈四朝君主均非高门出身，急需培植自己的势力来巩固权势；对于士族来说，已经坐享稳固的社会地位，且玄佛高逸思想让他们不肯表现出对名位的执着追求；对于寒族来说，却必须尽心事上、邀主取荣。在三方面情况共同作用下，寒族的跃升也就在情理之中了。政治层级结构从来不是一成不变的，各种势力处于此消彼长的动态平衡之中，总体来说南朝士族阶层力量是渐趋衰退的。正如有学者指出："南朝是江东世家大族由盛而衰的转折阶段。在这一阶段，他们虽然还未明显表现出衰落趋势，但是在政治上的长期优势地位受到日益强劲的冲击"[2]，一些寒微家族趁势而上、取而代之。刘氏一族正是抓住了这样的历史机遇，并完成了从建立武功的将领到文学侍从的身份转化，以积极适应皇权需求为支点，谋求门户的发展。

彭城刘氏出身北府军，我们这里谈论的刘氏并非刘宋皇室刘裕一支，而是刘勔一支，这两支虽然都出于彭城却非同宗。刘氏家族发展可以分为三个阶段：以武功起家的刘勔，武功文学过渡时期的刘悛、刘恒、刘绘、刘瑱一代，以及文学辈出的刘孺、刘苞、刘孝绰、刘孝仪、刘孝威等一代。但无论是依靠武功还是文事，他们都与皇族关系紧密，或为其建功树业，或为文学侍从陪侍左右。对政局的把握和对皇权的依附，是刘氏一族兴起的核心要素。

---

① 赵翼：《南朝多以寒人掌机要》，赵翼著，王树民校证：《廿二史札记校证》，中华书局 1984 年版，第 180 页。

② 方北辰：《魏晋南朝江东世家大族述论》，文津出版社 1991 年版，第 132 页。

　　刘氏一族的最初兴起，是由于建武功于刘宋。刘勔效力于文帝刘义隆、孝武帝刘骏、明帝刘彧三朝，参与平竟陵王刘诞乱、晋安王刘子勋乱等，以战功封侯，并受明帝顾命，惜最终死于桂阳王刘休范乱。刘勔完全是一位武功之臣，也凭借此得以走入庙堂的最高层。刘勔四子刘悛、刘悭、刘绘、刘瑱却并非完全以武事立身，在这一代出现了由武及文的家族身份转化。长子刘悛承袭武爵，亦以征战之功"历朝皆见恩遇"①，继承了其父的军事才能。三子刘绘不仅具有军事能力，曾被齐高帝萧道成赞誉"刘公为不亡也"，且"聪警有文义，善隶书"②，是刘氏一族由武功向文学靠拢的转型期代表人物。刘绘"虽豪侠，常恶武事"③，弟刘瑱"好文章"④，展现出了弃武从文的趋势。到了刘孺、刘孝绰一代，基本已经完成了文学家族的转变："孝绰兄弟及群从诸子侄，当时有七十人，并能属文，近古未之有也。其三妹适琅邪王叔英、吴郡张嵊、东海徐悱，并有才学"⑤，无论男女皆有文才，在当世亦少见。刘氏的文学活动与皇室紧密相关，复旦大学王婷婷的论文《南朝彭城刘氏家族与文学》绘制了"家族成员参与文学团体统计"⑥表，列举了齐梁之际刘氏家族参与的文学团体，竟多达 13 个。其家族现存诗文也多侍从游宴之作，如刘苞《九日侍宴乐游苑正阳堂》、刘孝仪《和昭明太子钟山讲解诗》、刘孝威《侍宴乐游林光殿曲水诗》等，是其家族文学的重要内容构成。

　　刘勔武功上的建树使得刘氏一族获得了步入上流的机会，但要长久地稳固身份地位和获得上层认同还远远不够。赵翼《廿二史札记·江左士族无功臣》言："即有出自寒微，奋立功业，官高位重，而其自视犹不敢与世族较"⑦，靠武功获得的权位根基尚浅，且在当时士庶有别的社会普遍氛围下，仅靠军功是难以立身

　　① 萧子显：《南齐书》卷三七，中华书局 1972 年版，第 654 页。
　　② 萧子显：《南齐书》卷四八，中华书局 1972 年版，第 841 页。
　　③ 萧子显：《南齐书》卷四八，中华书局 1972 年版，第 842 页。
　　④ 萧子显：《南齐书》卷四八，中华书局 1972 年版，第 843 页。
　　⑤ 姚思廉：《梁书》卷三三，中华书局 1973 年版，第 484 页。
　　⑥ 王婷婷：《南朝彭城刘氏家族与文学》，复旦大学硕士学位论文，2010 年，第 52~53 页。
　　⑦ 赵翼：《江左士族无功臣》，赵翼著，王树民校证：《廿二史札记校证》，中华书局 1984 年版，第 267 页。

上层社会的，为此刘氏采取了两个手段，一是联姻上流，二是文学转型。首先联姻上流，自刘悛开始刘氏一族"自此连姻帝室"①，妹妹为南朝齐鄱阳王萧锵妃，二女分别为晋安王萧宝义妃、安陆王萧宝晊妃，通过婚姻进一步密切与皇室的关系，进而获得家族地位的稳步提升。除却联姻皇族，他们还与士族结亲，"到他（刘勔）做了大官，他的儿媳竟是王僧达的孙女；三个孙女一个嫁琅琊王氏，一个嫁东海徐氏，都是中原高门，另一个嫁吴郡张氏，亦南方望族"②。士族与寒族在当时有严格的门户界限，无论官位或家财如何，之间是不能通婚的。如沈约《奏弹王源》一文，便是弹奏齐武帝时士族王源嫁女满氏事，严明了士庶不婚的原则。能够与士族、皇族联为姻亲，是上层社会对刘氏家族门户的认可，也是提升家族地位的可靠保障。

其次是文学地位的获取，刘氏一族将转型成为文学家族作为自己的目标和方向。杨东林的《略论南朝的家族与文学》一文指出，南朝家族文学的繁盛脱不开两个因素："首先，这是与南朝重文学的社会风气分不开的。……其次，南朝文学家族大量涌现还与刘宋以来门阀士族政治地位的变化有关。"③宋文帝元嘉十五年（438年）建儒、玄、史、文四学，确立了文学的地位。而齐梁皇室萧氏更是文学家族，极大地推进了文学的发展进程，出现了永明体、宫体等代表性文学形式，各领一代风骚。门阀士族亦极重视家族内文学素养的培育和传承，正如刘师培先生所言："试合当时各史传观之：自江左以来，其文学之士，大抵出于世族；而世族之中，父子兄弟各以能文擅名。"④文学既受当时社会风气推崇，又是士族必备的素养，刘氏一族想要跻身士族，就必须完成由武功到文学的转型。刘氏向文学家族的转型无疑是十分成功的，从刘绘开始逐渐在文坛上占领一席之地。钟嵘《诗品》曾盛称"元长、士章，并有盛才，词美英净"⑤，将刘绘的文才与王融并列。"梁武帝以皇帝身份多次下诏令文学家们创作诗、赋，并给予奖励，多数

---

① 萧子显：《南齐书》卷三七，中华书局1972年版，第654页。
② 曹道衡：《兰陵萧氏与南朝文学》，中华书局2004年版，第50页。
③ 杨东林：《略论南朝的家族与文学》，《文学评论》1994年第3期。
④ 刘师培：《中国中古文学史讲义》，中国人民大学出版社2004年版，第93页。
⑤ 钟嵘著，曹旭笺注：《诗品笺注》，人民文学出版社2009年版，第290页。

由此擢升官阶。这样的集体文学创作活动，对文学创作的刺激是极大的。"①刘氏一族积极参与皇室的文学活动，同时也参与到这个时代文学发展的进程之中。到了第三代刘孺、刘览、刘遵、刘苞、刘孝绰、刘孝仪、刘孝威、刘绮等人，各以文学擅名，形成了人才一时济济的局面。

二、刘氏贬谪情况统计

刘氏一族作为依附皇室、由武及文的家族，贬谪也有其特殊性。他们多是以文学侍从的身份活跃于朝堂之上，家族生存之道归结起来就是依附皇室，家族兴亡系于皇族一姓之身。纵观历代贬官，被严厉贬黜者多是因为与皇权发生冲突。而彭城刘氏家族兴盛之路，是借助文学才能谋得权力实际掌控者——皇室的喜爱，因此必然不会出现动摇皇权的问题。虽偶有政失被贬，因为依凭文学才能深得圣眷，实则对他们的仕进之路往往并无深切影响。

考稽史册，刘氏一族有过贬谪经历的共 6 人 12 次，其中仅刘悛在南朝齐被贬，其余均在梁武帝时。且除刘悛外，其余五人在梁均是文学侍从的身份。具体贬谪情况梳理如下：

刘悛，被贬两次。一为齐高帝建元元年(479 年)，宋、齐禅代依例被削爵。二为武帝永明十一年(493 年)，在蜀为官时做金浴盆及其他金物欲献武帝，恰逢武帝崩，刘悛奉献新帝郁林王金物减少，郁林王欲诛戮，明帝救之，遂禁锢终身。次年，郁林废，海陵王起悛为左民尚书。进入齐代以来，刘悛尽力为刘氏一族建立广泛的社交网络，尤其着意攀附皇室。他与齐武帝萧赜为"布衣之适"，因此备受恩遇，且将自己的妹妹、女儿嫁与皇族，以进一步增强与皇室的联系。史书记载："悛既藉旧恩，尤能悦附人主，承迎权贵。宾客闺房，供费奢广。罢广、司二州，倾资贡献，家无留储。"刘悛不仅亲附皇室，且广泛交结当时权贵，为此倾尽家财也无所顾惜。刘悛同时是很有政治眼光的，南朝齐自武帝至东昏，是政局最为动荡的时候。按理说以刘悛依附皇室之心，新皇即位当不至于骤减奉献、得罪新帝。但观明帝救之的行为，刘悛或许此时已经意识到荒淫无度的郁林王执政不会长久，转而私下亲结掌握实权的萧鸾。且他被禁锢在家后，"虽见废

---

① 　胡大雷：《中古文学集团》，广西师范大学出版社 1996 年版，第 140 页。

黜，而宾客日至"①，可见即使是严厉的禁锢惩处，也并未对刘悛社交圈产生实质负面影响。刘悛为稳固家族地位尽力悦附皇室，且有赖于高度政治敏感性，在政治浮沉中反而借势而上。虽一时被废，但由于做出了正确的政治选择，就着眼于长期政治生涯来说并无妨害。

刘孺，被贬两次。梁武帝天监中，为湘东王轻车长史、领会稽郡丞，以公事免。史书未曾详细记载其被贬事由，他在这次被免官后也很快被起用："顷之，起为王府记室，散骑侍郎，兼光禄卿。"免官前为会稽郡丞，后为光禄卿，官品从十班反而升为十一班，且由地方转任中央，实则不降反升。刘孺为武帝见重，正是因为他的文章之长："孺少好文章，性又敏速，尝于御坐为《李赋》，受诏便成，文不加点，高祖甚称赏之。后侍宴寿光殿，诏群臣赋诗，时孺与张率并醉，未及成，高祖取孺手板题戏之曰：'张率东南美，刘孺雒阳才，揽笔便应就，何事久迟回？'其见亲爱如此。"②刘孺被武帝赏爱，是因为他身为文学侍从的文笔之佳，也因此曾被选入东宫为太子舍人、太子中舍人、太子家令、太子中庶子等职。梁武帝中大通三年(531年)昭明太子薨，刘孺以东宫旧属，次年由左民尚书出为仁威临川王长史、江夏太守。这是梁武帝为了东宫权力的顺利交替，对萧统文学集团的一次集体出贬，刘孺也未能例外。但不过一年(中大通五年)，刘孺就重新回到中央，为都官尚书(与左民尚书均为十三班)，领右军将军，足见萧衍对其之信重亲爱。

刘苞，被贬一次。梁武帝天监年间，为南徐州治中，以公事免官。史书对其被贬事由记载不详："久之，为太子洗马，掌书记，侍讲寿光殿"，可见刘苞此次被贬后经历了一段谪居生活。他再次被起用，仍是以文学侍从的身份。萧衍提携了一批有文学才能的年轻人，常常引以游宴侍坐，刘苞就在其列："自高祖即位，引后进文学之士，苞及从兄孝绰、从弟孺、同郡到溉、溉弟洽、从弟沆、吴郡陆倕、张率并以文藻见知，多预宴坐，虽仕进有前后，其赏赐不殊。"③这些文学侍从有一个共性，即都非出身于魏晋时期延续下来的高门大姓，但备受皇室赏

---

① 萧子显：《南齐书》卷三七，中华书局1972年版，第651页。
② 姚思廉：《梁书》卷四一，中华书局1973年版，第591页。
③ 姚思廉：《梁书》卷四九，中华书局1973年版，第688页。

遇，均成一时英杰。可见文学侍从并非要选拔文才最高、修养最深者，而是偏向于任用想要依附皇族且有文才的可资亲信之人。由于受到皇恩的格外提携眷顾，刘氏、到氏等也借此成为了门户新贵。

刘孝绰，被贬五次。刘孝绰"前后五免"均在武帝时，第一次被贬时为太子洗马、掌东宫管记，出为上虞令；第二次被贬时为秘书丞，以公事免，寻复除秘书丞；第三次被贬在天监十二年（513 年），为镇南安成王谘议，入以事免，次年起为安西将军萧秀记室；第四次被贬在普通六年（525 年），为廷尉卿，与御史中丞到洽交恶，到洽奏其携妾入官府而母犹停私宅，坐免官，普通八年起为湘东王萧绎谘议；第五次被贬在大同年间，为尚书吏部郎，坐受贿左迁信威临贺王长史，顷之迁秘书监。刘孝绰被贬事待下文详论，此处暂略。

刘潜，被贬一次。梁武帝大同三年（537 年），为中书郎，以公事左迁安西谘议参军、兼散骑常侍。次年，刘潜出使北魏还，复官。刘潜工属文，刘氏族中所称"三笔六诗"的"三"即指排行第三的刘潜。

刘孝胜，被贬一次。梁武帝大同年间为信义太守，公事免。久之，复为尚书右丞，兼散骑常侍。史书对刘孝胜的记载较为简略，逯钦立《先秦汉魏晋南北朝诗》存其诗五首，知其亦有文才。

被贬六人中，刘悛是第二代，其余是第三代，而第三代正是刘氏一族活跃于政治历史舞台上的一代。梁代文学文化活动相较于宋、齐、陈三代，是最为兴盛、发展程度最高的时期。选择文学兴家发展道路的彭城刘氏，也在此时与扶植新贵、发展文学的历史需求投契，抓住机遇跃居社会顶层。在第三代后遇侯景乱，家族也随之离乱，再不复当年盛景。正是因为第三代从事政治活动的人最多，毫无疑问可能受到贬谪的群体基数也更大，故而彭城刘氏一族贬谪聚集于家族第三代活跃的梁代。

彭城刘氏的被贬原因、被贬时长和贬后官职，在当时家族中都独具特性。细言之，从被贬原因上看，刘孺（首次）、刘苞、刘潜、刘孝胜四人被贬原因均为公事，刘孝绰亦有两次因公事被贬，因公事被贬情况占据了家族贬谪事件数量的一半。朝堂之上官员的构成可以分为许多类型，是各种政治功能和社会力量平衡的结果，既有文学之臣也有武功之臣，有贵胄之臣也有寒素之臣，有忠直之臣也有佞幸之臣……虽然吏治对于官员来说是必备素质，但不同的人在能力上也有差别；如若因某方面有突出才能由此得到上位者的倚重或赏识，即使吏治上有些许欠缺或失误，也不是太大的问题。彭城刘氏一族既以文学见赏于皇族，在行政能力上出现一些差池，尚在上位者可容忍的范围之内。南朝士族被贬有一大部分是由于个性上恃才傲物、门第自矜，如前文所述陈郡谢氏一族。而刘氏族人虽然也有个体性情差异，但总的来说面对皇室表现得十分依从。故而被贬原因多出于贬谪的本意，即对官员处理政事不当的行为予以惩处。

从被贬时长来说，刘悛、刘孺、刘潜被贬都在一年以内被起复，刘孝绰也至少有三次很快被起复。刘氏一族贬谪经历总体来说历时较短，也没有对他们的仕途造成很大打击。南朝政局动荡且较为残酷，被贬者不能终老而被废杀者亦不在少数。像刘氏这样贬后俱得保全性命已属难得，何况其后的政治生涯仍能有所发展，这在当时门户中是极为罕见的。究其原因有三：其一，刘氏作为文学侍从亲附皇室，以此受到上位者的格外恩眷；其二，刘氏依靠文学谋得门户位势，且他们没有动摇皇权的能力；其三，上位者需要培植足以信任委赖的新兴士族，来取代旧门户的位置。在以上三点的综合影响下，刘氏一族即使被贬，但所受打击其实并不沉重。

从贬后官职来看，刘氏一族贬后起复或委任的官职，大多仍然属于中央官职。值得一提的是，刘孺、刘潜、刘孝胜贬后均被起用为散骑常侍一职。据《隋书·百官志上》："散骑常侍、通直散骑常侍、员外散骑常侍，旧并为显职，与侍中通官。宋代以来，或轻或杂，其官渐替。天监六年革选，诏曰：'在昔晋初，仰惟盛化，常侍、侍中，并奏帷幄，员外常侍，特为清显。陆始名公之胤，位居纳言，曲蒙优礼，方有斯授。可分门下二局，委散骑常侍尚书案奏，分曹入集书。通直常侍，本为显爵，员外之选，宜参旧准人数，依正员格。'自是散骑视侍中，通直视中丞，员外视黄门郎。"[1]梁武帝以散骑常侍一职不为人重，特下旨重其选，位同侍中。而无论是散骑常侍还是侍中，其主要职责都是侍从皇帝左右，掌书奏、顾问应对，乃是天子近臣，呼应印证了刘氏一族文学侍从的身份。

就刘氏一族现存的文学作品来说，除了刘孝绰之作外几乎都没有鲜明的贬谪色彩。而没有特色正是其特色所在，刘氏作为深受皇恩的新兴士族，对贬谪的感

①　魏徵等：《隋书》卷二六，中华书局1973年版，第722~723页。

触和体会并不深，且他们的创作中也不能够流露出对上位者裁决不满的情绪，因为他们所享有的一切政治地位与权势，皆有赖于皇室的恩赐。

三、刘孝绰之"前后五免"

刘孝绰是刘氏一族最负文学盛名者，且因出众的文学才能与皇室许多成员过从甚密，与梁武帝萧衍、昭明太子萧统、元帝萧绎、安成王萧秀等都有往来。刘孝绰在整个南朝文学中也有举足轻重的地位，胡大雷的《中古文学集团》认为，刘孝绰"诗风大致继承永明体而又有所不同，是处于永明体向宫体转变之间的诗人"①，也有学者认为刘孝绰是《文选》的实际编纂者。这样一个在文学史上占据举足轻重地位的文人，仕宦经历却是刘氏一族中最为坎坷的，《南史》言其"多忤于物，前后五免"②，并因此郁郁而终。

《南史》所谓"前后五免"，其实史册中有明确记载的只有四次，曹道衡、沈玉成先生认为刘孝绰第一次被贬，是由太子洗马、掌东宫管记，出为上虞令：

> 《南史·刘孝绰传》言其"前后五免"而语焉不详，据《梁书》，免秘书丞，免安成谘议参军，免廷尉卿，仅三次，并此而为四。其第五次或为由洗马出为上虞令，孝绰《上虞乡亭观涛津学潘安仁河阳县诗》云"谁谓服事浅，契阔变炎凉。一朝谬为吏，结绶去承先"，怨愤之情宛然可见。自东宫僚属迁出为县令，其中原由已不可考。梁制：县令为七班，太子洗马为六班，然清浊之分如天壤焉。故出为县令谓为"免官"，似亦可通。③（曹道衡、沈玉成《中古文学史料丛考·刘孝绰受贿被劾》）

得出这个论断，是出于两个维度的考量。首先，由东宫僚属出为县令，虽然官品反而有所上升，但是清浊之分有天壤之别。一为昭明太子近臣，一为地方长官。上虞属会稽郡，多山多水，骤然由清显的太子僚佐外放此地，心理落差可以

---

① 胡大雷：《中古文学集团》，广西师范大学出版社 1996 年版，第 155 页。
② 李延寿：《南史》卷三九，中华书局 1975 年版，第 1012 页。
③ 曹道衡、沈玉成：《中古文学史料丛考》，中华书局 2003 年版，第 542 页。

想见。其次，结合其在上虞所作诗四句"谁谓服事浅，契阔变炎凉。一朝谬为吏，结绶去承先"，刘孝绰对外放上虞事确有怨意，尤其"炎凉"及"谬"字，暗含贬谪心态。诗云"谁谓服事浅"，或可认为起因是有人认为他从事公职的资历尚浅，需要外放历练，故由太子近侍出任上虞。将其认作刘孝绰的第一次贬谪经历，在没有更多材料出现的情况下，是可以信服的。但此事应与昭明太子本人无关，刘孝绰后又历官"太府卿、太子仆，复掌东宫管记"时，昭明太子对其爱重之意溢于言表："昭明太子爱文学士，常与筠及刘孝绰、陆倕、到洽、殷芸等游宴玄圃，太子独执筠袖抚孝绰肩而言曰：'所谓左把浮丘袖，右拍洪崖肩。'其见重如此"，"太子起乐贤堂，乃使画工先图孝绰焉。太子文章繁富，群才咸欲撰录，太子独使孝绰集而序之"①，不似前曾有隙。

刘孝绰第二次和第三次被贬，记载亦不详细："出为上虞令，还除秘书丞。高祖谓舍人周捨曰：'第一官当用第一人。'故以孝绰居此职。公事免。寻复除秘书丞，出为镇南安成王谘议，入以事免。起为安西记室"②，对期间历官迁转的记载较为含混。刘孝绰出任及还都，与安成王萧秀密切相关。故结合萧秀天监年间仕历及其他相关史料，对刘孝绰历官情况作具体考订：

刘孝绰曾"出为平南安成王记室，随府之镇"③，《梁书》萧秀本传载："六年，出为使持节、都督江州诸军事、平南将军、江州刺史。"④萧秀于天监六年（507年）封平南将军，出镇江州，刘孝绰为其记室当在本年。

萧秀"七年，遭慈母陈太妃忧，诏起视事。寻迁都督荆湘雍益宁南北梁南北秦州九州诸军事、平西将军、荆州刺史。其年，迁号安西将军"⑤。曹道衡、沈玉成在《中古文学史料丛考·刘孝绰年表》中认为，刘孝绰亦随萧秀至荆州，《梁书》本传略而未记，并引诗刘孝绰《登阳云楼诗》为证："吾登阳台上，非梦高唐客。回首望长安，千里怀三益。顾惟惭入楚，降私等申白"，认为刘孝绰于天监七年秋随萧

---

① 姚思廉：《梁书》卷三三，中华书局 1973 年版，第 485、480 页。
② 姚思廉：《梁书》卷三三，中华书局 1973 年版，第 480 页。
③ 姚思廉：《梁书》卷三三，中华书局 1973 年版，第 480 页。
④ 姚思廉：《梁书》卷二二，中华书局 1973 年版，第 343 页。
⑤ 姚思廉：《梁书》卷二二，中华书局 1973 年版，第 343 页。

秀迁转至荆州。① 窃以为此论持证不足，据《武帝纪》，安成王萧秀在天监六年夏四月为平南将军、江州刺史，天监七年五月为平西将军、荆州刺史。即便随任荆州时间不长，在安成王府内时间前后亦已一年有余。然刘孝绰后"寻补太子洗马"之"寻"字，说明在萧秀府内时间不会太久，与此抵牾。又下文考订，刘孝绰于天监十一年前随萧秀在荆州，所引证诗中的"阳台"虽在荆州属地，但不可遽认定是此时便随府迁转并作，且诗后又有"西沮水潦收"②句，与下文所引《太子濮落日望水》诗俱提及沮水，或可认为是同一时期所作。

刘孝绰入建康后，"补太子洗马，迁尚书金部侍郎，复为太子洗马，掌东宫管记。出为上虞令，还除秘书丞"③。其间历五官，其中仅出为上虞令秩满，也需一年。即便迁转频繁，也可以推定免秘书丞至少是天监八年或以后事，且刘孝绰任秘书丞时，高祖曾谓舍人周捨曰："第一官当用第一人。"据《梁书》卷四八《司马筠传》载，天监七年安成太妃陈氏薨，舍人周捨议云云，可为旁证。以上是刘孝绰第二次被贬的大致时间推断。

刘孝绰"寻复除秘书丞，出为镇南安成王谘议，入以事免"，考《梁书》萧秀本传，并无封镇南将军事，此处镇南应是记载讹误。据萧秀本传，其于天监七年至十一年均在荆州，至天监十一年十二月，"征为侍中、中卫将军，领宗正卿、石头戍事"④，谘议刘孝绰随入建康，亦在此时。刘孝绰《太子濮落日望水》诗云："川平落日迥，落照满川涨。复此沦波地，派别引沮漳。耿耿流长脉，熠熠动微光。寒鸟逐查漾，饥鹣拂浪翔。临流自多美，况乃还故乡。榜人夜理檝，棹女暗成妆。欲待春江曙，争途向洛阳。"⑤诗中沮漳河乃长江支流，至江陵城上游入长江，代指其所在的荆州之地；洛阳，代指当时都城建康。刘孝绰是彭城人，彭城与建康相去不远。由荆州入建康，可谓还故乡。"春江"可知时令在春季，刘孝绰当于天监十二年春返回建康，并大约在此时以事免官，故将刘孝绰第三次贬谪之事系于天监十二年。

---

①　曹道衡、沈玉成：《中古文学史料丛考》，中华书局2003年版，第534页。

②　逯钦立辑校：《先秦汉魏晋南北朝诗》，中华书局1983年版，第1831页。

③　姚思廉：《梁书》卷三三，中华书局1973年版，第480页。

④　姚思廉：《梁书》卷二二，中华书局1973年版，第344页。

⑤　逯钦立辑校：《先秦汉魏晋南北朝诗》，中华书局1983年版，第1831页。

萧秀于天监"十三年，复出为使持节、散骑常侍、都督郢司霍三州诸军事、安西将军、郢州刺史"①。刘孝绰后起为安西记室，应在天监十三年萧秀出镇郢州时。

刘孝绰第四次被贬，是其为官生涯中最为浓重的一笔，也是历来学者们争论最多的地方。先来看看史书中的记载：

> 初，孝绰与到溉兄弟甚狎，溉少孤，宅近僧寺，孝绰往溉许，适见黄卧具，孝绰谓僧物色也，抚手笑。溉知其旨，奋拳击之，伤口而去。又与洽同游东宫，孝绰自以才优于洽，每于宴坐嗤鄙其文，洽深衔之。及孝绰为廷尉，携妾入廷尉，其母犹停私宅。洽寻为御史中丞，遣令史劾奏之，云"携少妹于华省，弃老母于下宅"。武帝为隐其恶，改妹字为妹。孝绰坐免官。……孝绰免职后，武帝数使仆射徐勉宣旨慰抚之，每朝宴常预焉。②（《南史》卷三九《刘孝绰传》）

据此，刘孝绰被奏免廷尉卿，与交恶到氏兄弟有直接关系。但《颜氏家训·风操》记载略有不同："江南诸宪司弹人事，事虽不重，而以教义见辱者，或被轻系而身死狱户者，皆为怨仇，子孙三世不交通矣。到洽为御史中丞，初欲弹刘孝绰，其兄溉先与刘善，苦谏不得，乃诣刘涕泣告别而去"③，认为仅仅是与到洽结仇怨所致，到溉反倒施以援手。虽苦谏无果，但到溉所为说明他并没有因前事结仇，记恨在心者仅到洽一人。到氏兄弟少年孤贫，也是走了文学侍从的道路，才逐渐显贵。刘孝绰曾以到溉黄色的寝具，戳痛他贫寒时住僧寺之事。曹道衡、沈玉成的《中古文学史料丛考·刘孝绰与到氏兄弟交恶》④认为虽一时致忿，但少年事不至于记恨良久，且之后刘孝绰与到洽同为黄门侍郎，颇见亲厚，故而颜延之所言更贴近历史真实。到洽仇恨刘孝绰之深，可能与他亦以文学侍从身份而显贵的道路选择有关。到洽正以文笔见赏于武帝："高祖问待诏丘迟曰：'到

---

① 姚思廉：《梁书》卷二二，中华书局 1973 年版，第 344 页。
② 李延寿：《南史》卷三九，中华书局 1975 年版，第 1011 页。
③ 王利器：《颜氏家训集解》，中华书局 1993 年版，第 144~145 页。
④ 曹道衡、沈玉成：《中古文学史料丛考》，中华书局 2003 年版，第 540 页。

洽何如沆、溉?'迟对曰:'正清过于沆,文章不减溉;加以清言,殆将难及。'"到洽后来历仕诸官,也多与文学相关。可以说,文章是到洽立身朝堂的根本和晋升的依凭。同为文学侍从,刘孝绰却对其文笔多加贬损,既有文人相轻的意思,也攻讦到对方最看重的地方,故积成宿怨。到洽本传中,评价其为御史中丞时"弹纠无所顾望,号为劲直,当时肃清"①,但以此事观之,颇为褊狭局促。史笔有为传主隐恶的传统,应两处参看才能形成到洽一个较为完整的形象。为到洽奏免,刘孝绰怨怼之意甚深,答萧绎、萧统启中言:"臣不能衔珠避颠,倾柯卫足,以兹疏幸,与物多忤。兼逢匿怨之友,遂居司隶之官,交构是非,用成蜃蜄"(《谢西中郎谘议启》)、"孤特则积毁所归,比周则积誉斯信"②(《谢东宫启》),认为自己此次完全是受人妒陷,不平之意溢于言词。

此事有系于普通六年与普通七年两说,本文从普通六年说。据到洽本传,其于普通六年迁御史中丞,次年出为寻阳太守。既云"寻为御史中丞,遣令史案其事"③,大约不会拖至一年之后再行劾奏。持普通七年说者,因刘孝绰本传载:"时世祖出为荆州,至镇与孝绰书曰云云。"④据《梁书》卷五《元帝纪》:"普通七年,出为使持节、都督荆湘郢益宁南梁六州诸军事、西中郎将、荆州刺史。"⑤萧绎出镇荆州在普通七年,故将刘孝绰免官亦系于同年。然曹道衡、沈玉成的《中古文学史料丛考·刘孝绰年表》却以为,即使萧绎普通八年方至镇并作此书,应是普通六年被贬,才能与刘孝绰答书中"多历寒暑"相印证,所言极是。

到洽奏文及武帝所改之文,学者们多有争论。史册原作到洽"云'携少妹于华省,弃老母于下宅'。武帝为隐其恶,改妹字为妹",中华书局本校勘按:"上文既言'携妾入廷尉',则到洽劾奏之辞当为'携少妹',武帝为隐其恶,当是'改妹字为妹'。疑'妹''妹'二字互倒"⑥,故改作"改妹字为妹"。这个看法很多学者是不赞同的,且显然改"妹"为"妹"只需添一笔,更为合理。曹道衡、沈玉成

---

① 姚思廉:《梁书》卷二七,中华书局 1973 年版,第 404 页。
② 姚思廉:《梁书》卷三三,中华书局 1973 年版,第 482 页。
③ 姚思廉:《梁书》卷三三,中华书局 1973 年版,第 480 页。
④ 姚思廉:《梁书》卷三三,中华书局 1973 年版,第 481 页。
⑤ 姚思廉:《梁书》卷五,中华书局 1973 年版,第 113 页。
⑥ 李延寿:《南史》卷三九,中华书局 1975 年版,第 1017 页。

的《中古文学史料丛考·刘孝绰与到氏兄弟交恶》认为"少妹"的含义"可解作姐妹之妹，亦可解作少女"①，作妹妹解暗指刘孝绰与妹妹有不伦之事，即使并无其事，也可以少女解来作申辩；日本学者清水凯夫《〈梁书〉"携带少妹于华省，弃老母于下宅"考》②一文认为，"少妹"即指刘令娴，猜测是其丧夫后公公徐勉托刘孝绰看顾亲妹，但此事于礼法不合，梁武有意为自己的亲信徐勉隐恶；骆玉明、甘爱燕《刘孝绰"名教案"考索》③认为此事与刘令娴无涉，"少妹"指未成年的幼妾，而"少妹"指普通的妾，程度大大减轻。无论从何处解释，刘孝绰并无与刘令娴通奸事是没有疑义的，刘令娴的亡夫是徐勉子徐悱，设若舆论真有此议，梁武帝也不会在刘孝绰免官后"数使仆射徐勉宣旨慰抚之"了。

刘孝绰最后一次被贬时为尚书吏部郎，"坐受人绢一束，为饷者所讼，左迁信威临贺王长史"。这件事情看起来十分可疑，行贿者告受贿者有罪，如果不是因为受贿后没有办成所托之事进而恼羞成怒，那么这很有可能是他人故意设的一个局。刘孝绰"仗气负才，多所陵忽，有不合意，极言诋訾。领军臧盾、太府卿沈僧杲等，并被时遇，孝绰尤轻之。每于朝集会同处，公卿间无所与语，反呼驺卒访道途间事，由此多忤于物"④，因为性情狭促，得罪了不少人，故而被设计陷害也是有可能的。这件事对刘孝绰的打击很大，一方面或为人构陷，一方面又为自己的族弟所奏，于亲于友两重伤害，因此"忽忽不得志"⑤。刘览劾奏从兄孝绰，是在尚书左丞职责之内，也是他对"当官清正无所私"⑥处世之道的实际践行。刘览不同于刘孝绰文学侍从的身份，是一个吏治之臣，此次劾奏正是他为官正直的表现。刘孝绰贬官之事《梁书》中刘孝绰传与刘览传前后记载有所出入，一曰免官，一曰左迁。暂以本传为准，或刘览传中免官指免原官。

刘孝绰以文显赫当时，然一生五免，令人嗟叹。明代张溥在其集前题辞：

---

①　曹道衡、沈玉成：《中古文学史料丛考》，中华书局 2003 年版，第 541 页。

②　刘柏林、胡令远编：《中日学者中国学论文集：中岛敏夫教授汉学研究五十年志念文集》，复旦大学出版社 2006 年版，第 370~381 页。

③　骆玉明、甘爱燕：《刘孝绰"名教案"考索》，《复旦学报(社会科学版)》2018 年第 2 期。

④　姚思廉：《梁书》卷三三，中华书局 1973 年版，第 483 页。

⑤　李延寿：《南史》卷三九，中华书局 1975 年版，第 1012 页。

⑥　李延寿：《南史》卷三九，中华书局 1975 年版，第 1007 页。

王元礼七叶之中，爵位文才，蝉联不绝，刘孝绰一家子姓，能文者七十人，门世之盛，足使安平无崔，汝南无应。当日昭明太子爱重文学，元礼孝绰同被宾遇，执袖抚肩，方之浮丘洪崖，两贤何相若也！元礼通显，竟至白首，遭乱堕井，非云不寿。孝绰一官屡蹶，少妹贻纠，束绢开讼，秘书长逝，不满六十。原其著作齐骋，禄位中隔，一者性多可，一者性多怪也。孝绰文集数十万言，存者无几，零落之叹，无异元礼，书、启、表、序，文采较优，诗乃兄弟尔。元帝为孝绰墓铭云："鹤开阮瑀，鹏翥杨循，身兹惟屈，扶摇未申。"夫秘书摧轮，未若阮杨，而当时见屈者，亦悲其乐贤图像，绝域闻名，有公辅之资，而抱箕斗之怨。到洽凶终，刘览内噬，朋友兄弟，宁无一可乎？而偏扼其吭，则胡为也。孝绰以诗失黄门，复以诗得黄门，风开风落，应遇皆然，知无恤于人之多言矣。(《汉魏六朝百三名家集·刘秘书集》题辞)①

刘孝绰虽然才高当代，但在仕途上屡屡不顺，且生平游处竟无人可信赖。昭明太子待之亲厚，"宠光曲被，独在选中。他日朝闻，犹甘夕死。况兹恩重，弥见生轻"②。但当他为到洽所奏免官时写信寄与，萧统却直接焚毁不读："写别本封呈东宫，昭明太子命焚之，不开视也。"③到氏兄弟与他同为文学侍从，可相互排挤，终成诟怨。刘览是他的族弟，却奏其受贿之事，结局令人嗟叹。

刘孝绰因屡遭贬黜，郁郁不得志。第三次被贬后所作《酬陆长史俛》诗，颇发离群之叹；又有《答何记室》诗，言曰："纷余似凿枘，方圆殊未工。黑貂久自弊，黄金屡已空。"④里面用了两个典故：一是《楚辞·九辩》："圆凿而方枘兮，吾固知其鉏铻而难入"⑤，言自己性格桀骜、难容于世；二是《战国策·苏秦始将连横》：苏秦"说秦王书十上而说不行。黑貂之裘弊，黄金百斤尽"⑥，意指自己

---

①　张溥著，殷孟伦注：《汉魏六朝百三家集题辞注》，人民文学出版社 2007 年版，第312 页。

②　刘孝绰：《谢为东宫奉经启》，严可均校辑：《全上古三代秦汉三国六朝文》，中华书局 1958 年版，第 3310 页。

③　姚思廉：《梁书》卷三三，中华书局 1973 年版，第 481 页。

④　逯钦立辑校：《先秦汉魏晋南北朝诗》，中华书局 1983 年版，第 1835 页。

⑤　洪兴祖：《楚辞补注》，中华书局 1983 年版，第 189 页。

⑥　刘向集录：《战国策》卷三，上海古籍出版社 1978 年版，第 85 页。

尽心事上，却难尽才学之用。此时刘孝绰明显心怀愤懑不平之意，而普通六年（525 年）第四次被贬谪后，他的心态开始转变，流露出些许避世意："爰自退居素里，却扫穷闲，比杨伦之不出，譬张挚之杜门。"①（《答湘东王书》）；"孝绰屏门不出，为诗十字以题其门，曰：'闭户罢庆吊，高卧谢公卿'"②。当然，刘孝绰的退居谢客可能更多地只停留于文词上，他的一生都在"差池高复下，欲向龙门飞"③，努力亲近皇室，从未放弃对权力中心的向往。

刘氏一族抓住时代机遇，满足了南朝皇室从武功到文学的需求，跃升为当时的高门大族。他们作为文学侍从依附皇室，故也受到皇室的格外恩眷。贬谪经历对他们的仕宦生涯来说，往往影响并不大，大多只是因吏治有失而正常履行贬黜和起复程序。刘孝绰与其他族人不同，他的文才最高，与皇室的关联也最密切。但性格陵忽多忤，也格外受人妒恨。纵观其一生成也文学，败也文学，皆受其文学侍从身份的直接影响。

本章小结

士族政治是南朝政治制度的基础，在六朝九品中正选官的大背景下，士族活跃于政治舞台之上，也因此必然成为贬谪的主要对象。本书统计南朝流贬官员的籍贯分布，家族内被贬 20 人次以上者有六姓，详见表 2-1：

表 2-1　南朝流贬官出身籍贯统计表

姓氏	籍贯	数量/例
刘氏④	彭城	80
王氏	琅琊	58
萧氏	（南）兰陵	57

① 姚思廉：《梁书》卷三三，中华书局 1973 年版，第 481 页。
② 冯惟讷：《古诗纪》卷一五〇，清文渊阁四库全书本。
③ 刘孝绰：《赋得始归雁诗》，逯钦立辑校：《先秦汉魏晋南北朝诗》，中华书局 1983 年版，第 1845 页。
④ 按，彭城刘氏实际上主要有两个宗族，分别是刘宋皇室一门及刘勔一门。

续表

姓氏	籍贯	数量/例
谢氏	陈郡	29
张氏	吴郡	26
沈氏	吴兴	20

　　刘、王、萧、谢、张、沈这六姓关涉的贬谪事件总和为 270 例，约占南朝全部流贬事件的 44%。这六姓又可分为三类，一是皇姓，即刘、萧；二是侨姓，即王、谢；三是吴姓，即张、沈。这三类人群的贬谪频率，显然皇姓高于侨姓高于吴姓。统治者对皇族的依赖程度是要超越士族的，但因为身份的特殊性，更容易陷身政治危局，在下一章中我们将针对宗室之贬作重点分析。侨姓、吴姓都属于士族，唐代柳芳论士族时云："魏氏立九品，置中正，尊世胄，卑寒士，权归右姓已。其州大中正、主簿，郡中正、功曹，皆取著姓士族为之，以定门胄，品藻人物。晋、宋因之，始尚姓已。……过江则为'侨姓'，王、谢、袁、萧为大；东南则为'吴姓'，朱、张、顾、陆为大。"①"侨姓"属南渡的北方门阀士族，他们家族根基深厚，统治者既需要利用他们以维系统治，又时刻心存戒备，造成王、谢两族多受贬斥的命运。"吴姓"是吴中地区本土高门，渡江后江东士族迎来了更大的门户发展机遇。张氏属吴中四姓之一，沈氏亦是江东豪族，有"江东之豪莫强周、沈"②之谓。虽然他们承受的政治压力不如侨姓士族大，但陷入政局越深，遭遇贬谪的风险系数就越大。

　　士族之贬是南朝贬谪的主体特征，本章中我们就选取了谢氏、范氏、刘氏三姓为考察对象。这三姓虽然不是南朝士族中遭遇流贬最多的，却是贬谪事件较具代表性、贬谪文学成就较高的家族。同时，他们分别代表着不同层级士族，处于士族政治发展兴衰的不同阶段。故此，这样的个案选择可以形成一个较为全面的士族家族性贬谪研究面貌。

　　在南朝，家族门户是十分重要的，"此时期门第之盛，尽人皆知。唐李延寿

---

①　欧阳修、宋祁：《新唐书》卷一九九，中华书局 1975 年版，第 5677～5678 页。
②　房玄龄等：《晋书》卷五八，中华书局 1974 年版，第 1575 页。

作《南北史》，评者谓其乃以家为限断，不以朝代为限断，体近家乘，而非国史"①，就连《南史》这样的国史，都多以家族分卷。这些家族成员内部互动频繁，荣枯兴亡与共，以家族的名义活跃于南朝的政坛和文坛："自江左以来，其文学之士，大抵出于世族；而世族之中，父子兄弟各以能文擅名。"②所以研究南朝的贬谪与贬谪文学，将家族视作一个整体来分析，是时代特征所决定的。门阀政治兴盛于六朝，但是并不是一成不变的，其总体趋势无疑是由盛转衰。南朝的士族阶层结构发生着深刻变革，而皇权是其背后操盘手。士族与皇权共治天下的局面在南朝再也没有出现的可能，皇权为了占据绝对优势地位，对东晋以来的门阀士族采取任用但不亲信的态度。不仅如此，还扶植新士族崛起，以分取旧姓权力，在士族结构的再平衡中达到削弱士权、加强皇权的目的。谢氏、范氏和刘氏的贬谪有很大的区别，谢氏的原罪在于出身高门大姓，范氏的原罪在于对儒家信仰的坚守，刘氏的原罪在于文学侍从的依附性身份。这些家族性的内核因素，决定了他们得以展露于政治舞台，也决定了他们会在其中遇挫。通观整个南朝，皇权相较于士权基本是占绝对优势的，这是专制主义中央集权制度的必然发展方向，士权与皇权博弈的阵痛正发生于南朝。

---

①　钱穆：《略论魏晋南北朝学术文化与当时门第之关系》，钱穆：《中国学术思想史论丛（三）》，生活·读书·新知三联书店 2009 年版，第 158 页。

②　刘师培：《中国中古文学史讲义》，中国人民大学出版社 2004 年版，第 93 页。

第三章　南朝宗室文学集团的群体性贬谪

中国历代文人生命轨迹大都与政治相交织。一个王朝的建立，往往依靠绝对的军事实力；而一个王朝的治理，却有赖于文人的力量。历朝皇位继承人为了争夺权势和声名，将文人视作一种政治资源加以笼络。自先秦开始，就有诸国公子供养门客以壮声势的传统。在南朝，由于士族基本垄断了教育和文化资源，文人往往兼为士族，具有身份的双重性。因此宗室对他们的拉拢，不仅是为了借助其文化影响力，也是为了借其家族势位。而文人依附于宗室，除了将这作为进入权力中心的方式，更是一种政治投资。投资当然伴随着风险，他们的仕途命运往往与所依附的宗王的政治前途息息相关。南朝时期政治形势动荡，故而宗室文学集团中文人的政治风险也随之增大，随时面临着被宗王牵连、斥逐于权力之外的危机。

第一节　南朝宗室贬谪情况定量分析

东晋皇室衰微，不得不依靠门阀士族的力量维系统治，甚至出现了"王与马，共天下"①这样皇族与士族共同掌权的局面。南朝皇室吸取前朝教训，力图重新构建政治格局，解决士族坐大的问题，将权力收束至上位者一身。南朝皇室三姓均是寒族出身，为壮大集权力量，任用皇族内诸王执掌重要权力。"刘宋初创，一改东晋的宗室消沉，皇子宗王纷纷出镇荆州、扬州、徐州、江州、雍州等重镇。刘裕定下了制度，荆州以诸子次第镇守；京口要地，与建康切近，自非宗室

---

① 李延寿：《南史》卷二一，中华书局1975年版，第583页。

近亲不得居。齐、梁皇帝，无不如此，各个要州以诸王坐镇，受此影响，宗王对高官的占有率也在同步上升"①，使诸王出镇要镇、出任要职，以此将核心权力牢牢把握在一家一姓手中。

一、典签之制对宗室的制衡

南朝建立之时，许多家族已积累了相当的门户势力，诸如侨姓琅琊王氏、陈郡谢氏、吴姓吴兴沈氏、吴郡张氏等。而开国君主几乎皆以武力定天下，南朝皇室刘氏、萧氏、陈氏三姓，在门户出身上均不高。诚如清人赵翼所说："然江左诸帝，乃皆出自素族。宋武本丹徒京口里人，少时伐荻新洲，又尝负刁逵社钱被执，其寒贱可知也。齐高既称素族，则非高门可知也。梁武与齐高同族，亦非高门也。陈武初馆于义兴许氏，始仕为里司，再仕为油库吏，其寒微亦可知也。"②没有长期积累却一跃成为"第一家族"③，要占据绝对的优势地位，就必须让族人占有要职。故历朝通则，在立国后迅速授予宗室子弟官爵和官职，将他们分封为各地长官，或使其在朝廷中执掌机要，以此使整个家族的地位得到跃升。

世袭君主制本质上来说是家天下，是一家一姓的统治。皇族也是一个家族，这个家族分享着国家的最高权力——皇权。皇室内部成员的权势此消彼长，权力的背后蕴藏风险。宗王不仅势高位重，还拥有坐上皇位的血统合法合理性。为了监督和牵制宗王，宋、齐两代发明了典签之制："初，诸王出镇，皆置典签，主

---

① 阎步克：《波峰与波谷：秦汉魏晋南北朝的政治文明》，北京大学出版社 2017 年版，第 123 页。

② 赵翼：《江左士族无功臣》，赵翼著，王树民校证：《廿二史札记校证》，中华书局 1984 年版，第 268 页。

③ 唐长孺先生曾论："皇室作为一个家族驾于其他家族之上，皇帝是这个第一家族的代表以君临天下，因而其家族成员有资格也有必要取得更大权势以保持其优越地位。……南北诸皇朝纵使其皇室本非高门如南朝，或出于鲜卑如北朝，其政权结构依然是以皇室为首的门阀贵族联合统治，皇室作为联合统治中的第一家族凌驾于其他家族之上的基本特征并没有变化，重用宗室的政策就得延续下去。"（参见唐长孺：《西晋分封与宗王出镇》，唐长孺：《魏晋南北朝史论拾遗》，中华书局 1983 年版，第 140 页。）

帅一方之事，悉以委之。时入奏事，一岁数返，时主辄与之间语，访以州事。"①
这个制度的好处是很明显的，既扶植了寒人，又对藩王和地方行政起到了监督作用，然其弊病也迅速浮现。

> 刺史美恶专系其口，自刺史以下莫不折节奉之，恒虑弗及。于是威行州部，大为奸利。（《资治通鉴》）②
>
> 论曰：……夫帝王子弟，生长尊贵，情伪之事，不经耳目，虽卓尔天悟，自得怀抱，孤寡为识，所陋犹多。齐氏诸王，并幼践方岳，故辅以上佐，简自帝心，劳旧左右，用为主帅，州国府第，先令后行。饮食游居，动应闻启，端拱守禄，遵承法度，张弛之要，莫敢厝言。行事执其权，典签掣其肘，处地虽重，行止莫由。威不在身，恩未接下，仓卒一朝，事难总集，望其释位扶危，不可得矣。（《南史》）③

此制原意是帝王派人辅佐宗王，同时也兼具沟通中央与地方行政的功能。但在实际发展进程中逐渐扭曲，典签的权力坐大。由于地方长官的言行美恶全凭其一面之词，刺史、宗王忌惮典签，典签由此肆无忌惮、作威作福。武陵王萧晔执掌江州时，"性烈直不可忤，典签赵渥之曰：'今出都易刺史。'及见武帝相诬，晔遂免还"。典签赵渥之的一句话，就能让萧晔被免官。在齐代，宗王与典签之间的矛盾是很大的。齐代多用幼王出镇，典签的威势更甚，乃至宗王的饮食和行动，都必须完全听从典签的意思。永明八年（490 年），巴东王萧子响杀典签谋反，戴僧静为其辩驳曰："诸王都自应反，岂唯巴东。……天王无罪，而一时被囚，取一挺藕，一杯浆，皆谘签帅，不在则竟日忍渴。诸州唯闻有签帅，不闻有刺史。"④宗王们出镇地方形同被囚系，连喝水都必须经过典签同意，如果典签不在，就得整日忍渴。类似的情况还有很多，以致齐明帝诛害宗室诸王时，都是借典签之手而成事。齐末宗室衰微，难以起到拱卫中央的作用，与典签之制的横肆

---

① 司马光编著：《资治通鉴》卷一三九，中华书局 2016 年版，第 4443 页。
② 司马光编著：《资治通鉴》卷一三九，中华书局 2016 年版，第 4443 页。
③ 李延寿：《南史》卷四四，中华书局 1975 年版，第 1122～1123 页。
④ 李延寿：《南史》卷四四，中华书局 1975 年版，第 1115～1116 页。

有直接关联。

二、宗室贬谪数量及时空分布

如果将皇族作为一个整体看待，分封诸王执掌权力的做法好处是很明显的，但在皇族内部却也造成了更大的权力拉扯与内乱。宗王们距离最高权力往往只一步之遥，或是欲求不满想要攫取绝对权力，或是为生性猜疑的皇帝忌惮打压，多置身危局之中，个人的前途命运瞬息而变。南朝四代，宗室的命途尤为多蹇：除却陈代皇室入长安后还有所保全外，宋、齐、梁皇室在当世几乎凋落殆尽，屠戮之盛，令人心惊。为了粉饰手足相残的恶行，皇帝有时先罗织宗王罪名，贬黜之以夺其权，其后再行诛戮之事。即使未被残害，宗室被贬的情况也十分普遍。经统计，宗室之贬在南朝贬谪事件总量中，占逾二成。这固然与史书对皇族记载较为全面的因素在内，但更多的还是与宗室身份的特殊性相关，即占据主要官位、面对更大危局。

基于史料对南朝宗室贬谪情况进行统计：三姓被贬共计 125 例，其中刘氏 58 例，萧氏 51 例，[①] 陈氏 16 例。先除去因禅代等皇族在易代后被贬情况，[②] 统计宗室之贬在当代贬谪总量中的占比，以明宗室成员在家族执政期的处境，得到表 3-1：

表 3-1　南朝宗室贬谪在当代占比

	宗室被贬(例)	贬谪总量(例)	占比(%)
宋	50	288	17.36
齐	11	125	8.8
梁	29	140	20.71
陈	16	66	24.24

从数量上看，南朝宗室之贬，宋、梁较多而齐、陈较少。表 3-1 进一步统计了宗室被贬在各朝总体贬谪事件中的占比，皆占据相当比例，故而对宗室的贬谪情况

---

① 按，萧氏一族另有五例贬谪发生于南朝宋，彼时萧氏尚未为皇族，故不计入宗室贬谪情况中。

② 按，去除原因有二，一是禅代后贬降宗室是为惯例，二是不同史书记载详略不同。

单独进行讨论，有其必要性。其中宋、齐两代宗室贬谪占比较梁、陈为少，尤其齐代，大致只有其他朝代的一半。分朝来看宗室的贬谪事件数量，得到表3-2：①

表3-2　南朝宗室贬谪数量表　　　　单位：例

宋代	武帝	少帝	文帝	孝武帝	前废帝	明帝	后废帝	顺帝
合计：50	0	2	16	5	1	23	2	1
齐代	高帝	武帝	郁林王	海陵王	明帝	东昏侯	和帝	
合计：19	8	4	1	1	2	0	3	
梁代	武帝	简文帝	元帝	敬帝				
合计：37	33	2	1	1				
陈代	武帝	文帝	废帝	宣帝	后主			
合计：19	1	2	3	8	5			

从表3-2可以看出，宋代宗室贬谪集中在文帝及明帝朝，齐在高帝朝，梁在武帝朝，陈在宣帝朝。这些朝代都有群体性、标志性的宗室贬谪事件，故在数量上达到一代峰值。

宋文帝朝时，彭城王刘义康数度被贬、终遭诛杀，罪及其一子四女。史书认为宋宗室"骨肉相害，自此始也"②，刘义康之贬杀，是宋代乃至南朝宗室相残之开局。文帝刘义隆对刘义康，也曾经有过甚为信任倚仗的一段时间，"凡所陈奏，入无不可，方伯以下，并委义康授用"，将一部分权力交给刘义康行使。这与文帝身体不好有直接关系："太祖有虚劳疾，寝顿积年，每意有所想，便觉心中痛裂，属纩者相系。"在他没有办法专心处理政事的时候，委任弟弟刘义康代为处理政务，显示出了对宗室的倚重和信赖。刘义康也不负所望，不仅对外在政事上用心，在内也尽心尽力为帝侍疾："义康入侍医药，尽心卫奉，汤药饮食，非口所尝不进；或连夕不寐，弥日不解衣；内外众事，皆专决施行。"这样一派兄友弟恭、君臣相得的局面却并不长久，随着刘义康的权势坐大，"朝野辐辏，势倾天

---

① 按，该表数据包括皇族易代后被贬情况。
② 沈约：《宋书》卷三三，中华书局1974年版，第968页。

下"；加之在行为上不加检点，"自谓兄弟至亲，不复存君臣形迹"①，逐渐引起了文帝的猜疑。感到帝王权威被侵犯的宋文帝，决定动手削弱刘义康的势力。元嘉十七年（440年），黜徙彭城王于豫章（今江西南昌），诛其党与刘湛等。在刘义康之前，刘宋王朝皇帝和宗室的关系尚算友爱，所以刘义康本人及朝臣此时还未曾意识到事态的严重程度，"桂阳侯义融、新喻侯义宗、秘书监徐湛之往来慰视"②，又有龙骧参军扶令育上表，为其言曰"彭城王义康，先朝之爱子，陛下之次弟哉。一旦黜削，远送南垂，恩绝于内，形隔于远，躬离明主，身放圣世，草莱黔首，皆为陛下痛之。……实恐义康年穷命尽，奄忽于南，遂令陛下有弃弟之责。臣虽微贱，窃为陛下羞之"③，切陈兄弟相弃之害、同室操戈之悲。但是甫一上表，扶令育即被下狱赐死，文帝以此举鲜明地昭示了对待刘义康的决绝态度。至元嘉二十二年，文帝借孔熙先、范晔谋反事处置义康，"免义康及子泉陵侯允，女始宁、丰城、益阳、兴平四县主为庶人，绝属籍，徙付安成郡"，徙刘义康及其子女共六人于安成（今江西吉安）。元嘉二十四年，豫章胡诞世等以欲奉戴刘义康为名谋反。元嘉二十八年，"上虑异志者或奉义康为乱"④，徙义康于广州，未往而赐药死。纵观刘义康的命运悲剧，症结在于过度信任兄弟之义而僭越君臣之分。他虽无谋逆之举，但权力坐大、党羽渐成，继而引起权力所有者——皇帝的猜忌。元嘉二十二年至二十八年间，刘义康已完全离开权力中心，本人行为上似乎并无过错。但文帝猜疑防备之心已成，以胡诞世等谋反事为杀刘义康的理由。刘义康作为南朝第一个因皇帝猜忌而屡遭贬黜、最终被杀的宗室，从被贬至殒命过程历时十年之久。尽管相较于后来的此类事件，文帝显得相对谨慎，但先河一开，宋、齐之间宗室贬废诛戮之事渐成寻常。

宋代宗室之贬的第二个高峰在明帝朝。宗室贬谪事涉刘子房、刘休若、刘祎、刘休祐、刘休仁五人。除却刘祎是孝武帝刘骏子，其余四人皆为文帝刘义隆子。寻阳王刘子房在泰始二年（466年）因其长史孔觊应晋安王举兵反，贬爵为松滋县侯；同年又废为庶人、徙付远郡，未行而杀之。巴陵王刘休若泰始三年坐与

---

① 沈约：《宋书》卷六八，中华书局1974年版，第1790页。
② 沈约：《宋书》卷六八，中华书局1974年版，第1792页。
③ 沈约：《宋书》卷六八，中华书局1974年版，第1793~1794页。
④ 沈约：《宋书》卷六八，中华书局1974年版，第1796页。

录事参军谢沉褒黜，降号镇西将军；次年未报而杀典签夏宝期，降号左将军。庐江王刘祎泰始五年与柳欣慰反有涉，降为车骑将军、开府仪同三司、南豫州刺史，削邑千户；次年因忿懟有怨言，免官削爵，逼令自杀，子充明废徙新安歙县。晋平王刘休祐泰始七年忤上被杀、追免庶人，凡十三子并徙晋平郡。建安王刘休仁泰始七年被猜害，追降始安县王，二子废徙丹杨县。同年稍后，刘休若亦为明帝猜害。明帝性情残忍好杀由此可见。史笔评价："太宗因易隙之情，据已行之典，剪落洪枝，愿不待虑"①，几乎将刘氏宗室屠戮殆尽。明帝朝的宗室之贬，在由贬至杀的进程上大大加快，最长也不过在贬谪次年予以诛杀，更有如刘休祐、刘休仁这类先杀后贬者。宋明帝之所以大肆诛戮宗室，是由于其以不正当手段谋篡皇位，通过贬黜、诛杀前代皇帝之子，处理掉可能的竞争者，以增强他在位的正统性和合理性。但宗室实则是一个整体，在明帝后幼主即位，宗室又元气大伤，其力量不足以拱卫皇权，终于在七年后被齐高帝萧道成取代建齐。

　　南朝齐宗室被贬的高峰在齐高帝朝，这八个人除宋顺帝刘准外，都是在宋、齐禅代后依例被降爵的刘宋宗室。八人中的六人很快被诛杀，两晋以来易代后诛戮前代宗室的传统仍在延续。南朝齐宗室贬谪情况普遍较少，但这并非皇帝待宗室宽和，反之恰恰是因为对他们大兴屠戮而略过了贬谪的过程。

　　梁武帝朝和陈宣帝朝分别为梁、陈两代宗室被贬的峰值。这两个皇帝都是当时在位时间最长的皇帝，尤其梁武帝，在位时间长达48年。他们的在位时间与宗室贬谪数量呈正态分布，且并无群体性的大型宗室贬谪事件，被贬原因也较为合理正当。以整个南朝政治发展进程来说，梁武帝朝可称为转折点。无论是在禅代时对前朝宗室的态度，还是在位期间对本朝宗室的态度，都非常宽和乃至宽纵。譬如临川王萧正德，最初高祖未有男时曾养之为子，立萧统为太子后，萧正德怨望奔魏。萧正德在魏并不如意，岁余又回到梁，武帝对他委任如初。至太清三年(549年)，侯景知其心怀异志、潜相勾结，是为侯景之乱的发端。萧正德只是梁武帝过度宽容宗室的一个缩影，对宗室的态度较之宋、齐，从一个极端走向了另一个极端。假使萧衍在宗室有异心时就加以防备，或许梁代不会如此迅速走向灭亡。

---

①　沈约：《宋书》卷八，中华书局1974年版，第171页。

南朝宗室之贬可大致将宋、齐划为一类，梁、陈划为一类。宋、齐两朝主性猜疑，对待宗室的态度也残忍暴虐。面对受猜忌的宗室成员，皇帝为了美化自己的手足相残的行为，先以贬谪为缓冲。但宗室的处境愈发恶劣，谪居时间越来越短，诛杀也来得越来越快。从最初宋文帝还顾忌手足相残的恶名，到宋明帝时甚至出现先诛杀再罗织罪名追贬的情形，宗室成员常处危殆之中。到了齐代，因为有先朝旧例，同为篡位之君的齐明帝萧鸾更是对宗室杀戮无数，齐代之亡与之有直接关联。梁代吸取其前代经验，对宗室较为宽和，但过度宽纵又给统治埋下了隐患。侯景乱后至陈后主时，南方政权衰落，不得不倚仗和安抚宗室。皇帝不仅是天下共主，也是家族内的大家长，他对宗室的态度取决于内外需求。皇帝与宗室成员的关系，处在一个不断调试、不断平衡的过程中：维系政权不得不借助宗室的力量，也要尽量防范宗室借其身份为祸。

南朝宗室的贬地分布也值得注意，以今行政区划统计如下：

表 3-3　南朝宗室流贬地统计表　　　　　　　　　　单位：例

流贬地	福建	江西	江苏	安徽	广西	浙江	湖北	广东	陕西
数量	12	8	6	4	3	3	2	1	1

表 3-4　南朝宗室贬爵地统计表　　　　　　　　　　单位：例

贬爵地	湖北	广西	湖南	江苏	安徽	福建	浙江	重庆	河南	江西
数量	6	4	3	3	2	2	2	2	1	1

因为宗室往往既有爵位又有职位，故而将其流贬地及贬爵地分开统计很有必要。据表 3-3，南朝宗室主要流贬地分布在今福建、江西、江苏三省。福建 12 例，为宋明帝泰始七年(471 年)晋平王刘休祐忤上被杀后，其十二子并徙废晋平郡；江西 8 例中有 7 例，事涉彭城王刘义康及其子女，徙豫章、安成郡。宗室流贬地分布集中，主要是由于家庭成员连坐而造成的群体性流贬。又据表 3-4，南朝宗室的贬爵地主要分布在荆湘地区，尤以荆州一带为多。荆州由于其地理区位的重要性，历来分封皇室宗亲，由宗室镇守。贬爵往往只是封地的缩小，故即使

被贬，贬爵地也仍然还在荆州辖域内。又，荆湘之地有着悠久的宗室流贬传统，如汉代宗室多被贬往房陵（今湖北十堰），南朝将其作为主要贬爵地，也是出于历史的惯性。

三、宗室贬因分布与命运走向

宗室被贬其因不同，反映了历代统治者对宗室的态度。我们试图对历代宗室被贬者的贬谪原因作一统计，但贬谪有时由多重因素造成，只能以最主要或最直接原因归结，并尽量纳入以下几个大类里（图3-1）。

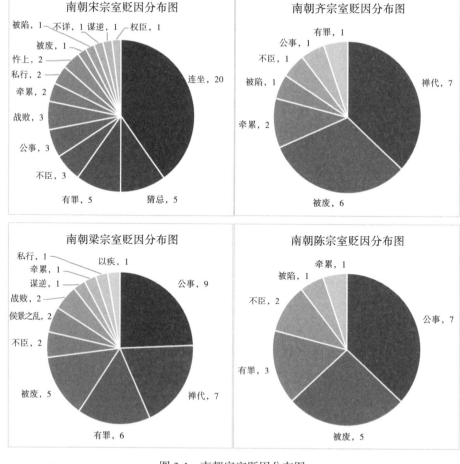

图 3-1　南朝宗室贬因分布图

图 3-1 标示了各代宗室贬因的大致类型和相应数量。可以直观看出，宋、梁两代的贬因较为多元，而齐、梁相对单一，这与国祚长短、贬谪事件多寡正相关。以贬因判断一朝政治是否清明的方法很简单，即计算因公事、有罪、战败这几类在全部贬谪事件中所占比例。因为这几类基本不掺杂上位者个人因素的影响，是较为客观的、确实应当受到贬谪惩处的情形。依此判断，显然梁、陈的内部政治生态较宋、齐要好得多。

宋代宗室贬谪中，连坐和猜忌占了一半。宋代皇帝性多猜忌，宗室多有无端被贬、斥逐于权力中心之外者。在被贬后，杀戮紧跟而来，其子女也会受到牵连，被徙至远地。受父株连而被流贬的宗室，占了宋被贬宗室的四成之数。宋明帝刘彧曾说过："吾使诸王在蕃，正令优游而已，本不以武事"①，点出了皇帝对藩王的真实心态。皇帝既需要让自己的家族成员共享尊荣来拱卫皇权，又不希望其掌握实权威胁自己的统治地位。故而残忍好杀的君主，对宗室往往多行斥逐滥杀之事。

齐代宗室的主要被贬原因是禅代，因禅代被贬爵者，皆是刘宋宗室。而萧氏被贬原因以被废居多，被废者有郁林王萧昭业、海陵王萧昭文、东昏侯萧宝卷（先被废为涪陵王）、齐和帝萧宝融。这四位皆曾是在位之君，篡夺者用废帝封爵为暂时性的缓冲措施，此后再行杀害。明帝萧鸾夺位前连续废两帝，即郁林王和海陵王。对于在位之君先废再杀是为了应对舆论，而对于普通藩王却没有这样的顾虑，若为明帝所忌，罗织罪名即加诛戮。故而齐代被贬宗室非常少，而直接被杀害者夥。

梁代宗室贬因分布得较为合理，因公事、禅代和有罪被贬者占了六成。这三个原因都是正当的、应被贬谪的情况。正如前文所述，以对宗室的态度论，梁武帝朝实际上是一个转折点，"宋之于晋，齐之于宋，每当革易，辄取前代子孙尽殄之。……至于齐高子孙犹有存者，（高、武子孙已为明帝杀尽，惟豫章王一支尚留）则皆保全而录用之"②。宋和齐都对前朝皇室子孙大兴屠戮以斩草除根，而

---

① 沈约：《宋书》卷七二，中华书局 1974 年版，第 1885 页。

② 赵翼：《梁武存齐室子孙》，赵翼著，王树民校证：《廿二史札记校证》，中华书局 1984 年版，第 268~269 页。

梁武帝不仅不加害前朝宗室，还能做到人尽其才。这固然与齐、梁皇室本为一姓有关，更是由于梁武帝本人对待亲族的宽和态度。梁代虽有四位君主，但除却萧衍，在位时间均不长。也有学者认为，武帝之死其实已经代表了梁的灭亡，所以梁宗室之贬基本发生在梁武执政时期。

陈代宗室贬谪原因以公事居多，这也是贬谪的本意，即对官员行政错失的处罚。武帝陈霸先以宽和著称，对宗室也多加重用。陈代后来虽也有宗室谋权废立的事件发生，即宣帝陈顼废陈伯宗自立，但总体来说皇族内未有太多倾轧之事。陈代宗室多得保全，也与国家势力衰弱、国祚不长有关。因为中央权力的衰微，上位者控制力渐弱，加之征战不断，不得不更多地依赖宗室。为了保持政治生态的稳定，也不可使宗室内部产生不安与分裂。

在首章第三节中我们曾经论述过，一般来说为政清明的君王之朝，贬谪事件相对较少；而为政暴虐的君王之朝，贬谪事件会更多。但是将目标群体聚焦于宗室时，这个规律却恰恰相反。为政暴虐的君王之朝，对宗室的惩罚会更加严厉，呈现小罪重罚、大罪诛杀的从重态势。而宽和之君对宗室也相对较为宽容，即使以贬谪加以惩戒，也往往不会再加极刑。南朝宗室被贬 125 例共涉 102 人，分朝统计他们的死亡原因(表 3-5)：

表 3-5　南朝宗室被贬者死因统计　　　　　单位：例

朝代	宗室	被杀①	自然死亡②	侯景乱	入长安	自杀	不详
宋	刘氏	32	5	0	0	0	4
齐	刘氏	6	1	0	0	0	1
	萧氏	7	2	0	0	0	1
梁	萧氏	4	14	6	0	1	3
陈	萧氏	1	1	0	0	0	1
	陈氏	2	2	0	8	0	0

① 按，逼令自杀者，亦计入"被杀"。
② 按，病逝者，亦计入"自然死亡"。

据表3-5，宋、齐两代被贬宗室的最终命运基本都是被诛杀，自然死亡者极少。这种情况自梁代开始转折，被贬宗室自然死亡的比率为历代最高，后虽遇侯景之乱，宗室凋零，但并非出于帝王所为。而陈国祚最短，被隋灭后宗室大多西迁入长安。宋、齐二代宗室被贬占总体贬谪数量比重小，恰恰是因为有许多宗室遭从重处罚直接被诛杀，或有少部分先借贬谪卸其权力，再行诛戮。赵翼的《廿二史札记》对宋、齐两代宗室残杀作过论述：

> 宋武九子，四十余孙，六七十曾孙，死于非命者十之七八，且无一有后于世者。……斯固南北分裂时劫运使然，抑亦宋武以猜忍起家，肆虐晋室，戾气所结，流祸于后嗣。孝武、明帝又继以凶忍惨毒，诛夷骨肉，惟恐不尽。兄弟子姓悉草薙而禽狝之，皆诸帝之自为屠戮，非假手于他族也。卒至宗支尽，而己之子孙转为他族所屠，岂非天道好还之明验哉。① (《宋子孙屠戮之惨》)

> 宋子孙多不得其死，犹是文帝、孝武、废帝、明帝数君之所为，至齐高、武子孙，则皆明帝一人所杀，其惨毒自古所未有也。……按齐高尝戒武帝曰："宋氏若不骨肉相残，他族岂得乘其衰敝。"故终武帝世，诸兄弟尚得保全。然齐高但知宋之自相屠戮，而不知己之杀刘氏子孙之惨。当巴陵王子伦被害时，谓茹法亮曰："先朝杀灭刘氏，今日之事，理数固然。"是天理即人心，杀人子孙者，人亦杀其子孙。② (《齐明帝杀高武子孙》)

宋代的宗室，经由文帝、孝武、废帝、明帝朝，骨肉相害，几乎没有幸存者。裴子野认为，宋代的灭亡直接导源于戕害兄弟手足："宋德告终，非天废也。夫危亡之君，未尝不先弃本枝，姁煦旁孽；推诚嬖狎，疾恶父兄。前乘覆车，后来并辔。"③宗室凋零的同时，皇权力量也随之衰微，乃至灭亡。齐高帝吸取前代教训，告诫武帝要保全手足。但至明帝萧鸾，他以非正当手段谋夺帝位，大肆残

---

① 赵翼著，王树民校证：《廿二史札记校证》，中华书局1984年版，第254~255页。
② 赵翼著，王树民校证：《廿二史札记校证》，中华书局1984年版，第263页。
③ 司马光编著：《资治通鉴》卷一三三，中华书局2016年版，第4233页。

杀宗室："明帝虑有同异，召诸王侯入宫，晋安王宝义及江陵公宝览住中书省，高、武诸孙住西省，敕人各两左右自随，过此依军法；孩抱者乳母随入。其夜并将加害，赖子恪至乃免。自建武以来，高、武王侯，居常震怖，朝不保夕。"①宋、齐两代宗室遭受惨害，很巧合峰值都在明帝朝。这两位明帝皆得位不正，杀害前任皇帝而登上帝位。他们图得皇位但始终心不自安，大肆屠戮宗室来消灭可能的皇位竞争者，以此巩固自己的统治权威。

萧鸾死后 5 年，梁武帝萧衍代齐建梁。齐、梁皇族其实出自同宗，萧衍深感宋、齐宗室屠戮之惨烈，对前代宗亲如萧子云、萧子范等加以任用，同他们说："江左以来，代谢必相诛戮，此是伤于和气，所以国祚例不灵长。所谓'殷鉴不远，在夏后之世'。此是一义。二者，齐梁虽曰革代，义异往时。我与卿兄弟虽复绝服二世，宗属未远。"②梁武一改屠戮前代宗室的传统，在之后统治的 48 年间，始终对宗臣优容以待。

陈总体来看，也较为倚重宗室之臣。只孝宣帝夺位自立，稍有诛戮之事。但陈国祚不长，亡国后宗室基本都随入长安。有些陈氏宗亲在隋代也得到任用，且包括陈后主在内，几乎没有非正常死亡的情况。

四、宗室之贬与宗室文学集团的发展

以家族论，宋皇室刘氏被贬 49 人 50 例，齐、梁皇室萧氏被贬 41 人 56 例，陈皇室陈氏被贬 12 人 19 例。因梁武帝萧衍父亲萧顺之是齐高帝萧道成族弟，所以齐、梁虽为异代，实则一姓。这三姓中，萧氏和陈氏的文学造诣都不低。由于其皇族的身份特殊性，形成了许多围绕着宗室而发展兴盛的文学集团。宗王的文学活动和影响力不仅仅局限于家族内部，而有着更为广阔的社会辐射面。

这些文学集团与宗室之间，虽以文学的名义聚集在一起，但本质上是政治上的互相利用。文人需要依靠宗室来获取进入权力中心的机会，而宗室也因为身边围绕着一批具有影响力的文人而势位更为稳固：

---

① 李延寿：《南史》卷四四，中华书局 1975 年版，第 1105 页。
② 姚思廉：《梁书》卷三五，中华书局 1973 年版，第 508 页。

> 藩王文学集团，是以藩王置官属的形式组成的，藩王爱好文学，也具有政治上的权威性，或者为了某种其他目的召集延揽文学之士。……这类文学集团因藩王爱好文学的程度及政治权威性大小而决定其盛衰。这类文学集团的流动性颇大，人员有外调升迁，又不断有补充。①

宗室文学集团从事的文学活动，大致包括代笔章奏表启一类的公文、侍宴游兴时陪同赋诗论文、整理编撰文学书籍这三类。简单来说，就是基于不同目的，进行公文类、创作类和整理类的文学活动。后两类往往更需要群体的聚集效应，一个团体内文学活动的活跃度和社会影响力，也是宗室自身势位的映射。需要提及的是，以文学侍从身份创作的作品，其文学性往往不免有所损伤。他们创作的价值导向是功用性而非文学性，其最主要目的是为了迎合集团内宗室领袖的喜好和需求。

宗室文学集团依附宗室而存在，其规模和影响力是由宗王政治权力大小决定的。这种集团存在的政治意图远远强烈于文学，或者可以说其本质是借文学之名进行各类政治活动。宗室需要培植属官来维持乃至进一步壮大自己的声威，文人出于对宗室的感遇之恩而自愿为其效力。这些文人的政治生涯很大程度上系于宗室一身之荣辱，如果他们依附的宗王在政治活动中受挫被贬，乃至在权力斗争中殒身，往往会牵连集团内的一批文人。南朝宗室内部斗争不断，因此宗室文学集团内的文人仕途也并不安稳平顺。我们谈论南朝宗室贬谪的时候，也必须将其身边文人的命运一并考虑进来。

宗室文学集团的构成并不是稳定的，且不同集团中成员也可能有所交叉。文人的选择可以是专一的，也可能为了自己的前途计而游走于多个宗室文学集团之间，或是改换门庭重新选择依附对象。我们可以将一个宗室文学集团内的文人，分为核心成员和非核心成员两大类。核心成员往往跟随宗王的时间较长，甚至随其数度迁转，参与群体性文学活动较为频繁。因此他们与宗王的关系更加密切，乃至在宗室面临一些重要政治问题的时候得参机要，所以往往核心成员的命运与宗室政治生涯起伏息息相关。而非核心成员流动性较大，与宗室的关系连接相对

---

① 胡大雷：《中古文学集团》，广西师范大学出版社 1996 年版，第 109~110 页。

薄弱，受宗王仕运影响往往较小。集团内文人的政治获益和风险性正相关，核心成员受益最多也同时风险最大，非核心成员受益较少也同时风险较小。

南朝宗室文学集团发端于宋，在齐、梁两代蔚为大观，到陈代也有延续。这四朝三姓中，宋代皇室刘氏的文学素养相对较低，而萧氏是其中文学素养最高的家族，陈氏虽然也有相当文学素养，但宗室文学集团已走向衰落阶段。总体来说，形成了一个中间高、两边低的马鞍形分布态势。

宗室文学集团在刘宋时渐成气象，"刘宋时盛行诸王文学集团，这些王子，文才虽然不怎样，但十分爱好文学，以居于高位的身份，招揽文学家并开展文学活动。诸王文学集团中，最著名最具规模的是刘义庆所主持的文学集团"①。刘义庆文学集团的成员有袁淑、何长瑜、鲍照等，几乎集结了当世文士。刘氏以武功起家，建国后王子们逐渐对文学产生兴趣，刘义庆应该算得上是家族内文学功底最深的人，他组织编写的《世说新语》一书至今仍然有极大影响力。虽然宗王文学修养并非形成文学集团的必要条件，但具备文学素养之宗室，更能吸引有文学才能的人加入，集团内部也更能形成良性互动。究其原因，一是文人之间的惺惺相惜，二是借此对赤裸的政治目的加以粉饰。

到了萧氏执政的时候，宗室文学集团数量和质量有了爆发式的增长和提高。不同于刘氏家族普遍文学素养不高，萧氏本身就是一个著名的文学家族。史学家曾经评述："创业之君，兼善才学，曹魏父子，固已旷绝百代，其次则齐、梁二朝，亦不可及也"②，将齐、梁萧氏与魏曹氏相较。他们不仅是君主，且父子都极具文学才能。萧氏一族并非江左相袭的名门望族，实则在南朝门户才发展起来并跃居顶流。正如唐长孺先生所言："侨姓中萧氏始起，实因刘宋外戚，后来又是两朝皇室，才得与王、谢、袁并列。……在南朝，出于寒微，以军功显达的人很多，但能列于士族的人已不多，被称为高门、甲族的只萧氏一家而已。"③萧文寿是宋开国皇帝刘裕的继母，因为外戚之重，萧氏一族在宋时逐渐步入朝堂。萧

---

① 胡大雷：《中古文学集团》，广西师范大学出版社1996年版，第104页。

② 赵翼：《齐梁之君多才学》，赵翼著，王树民校证：《廿二史札记校证》，中华书局1984年版，第259页。

③ 唐长孺：《士族的形成和升降》，唐长孺：《魏晋南北朝史论拾遗》，中华书局1983年版，第61~62页。

氏先以军功显达，再加之两朝皇室的身份，家族地位得到跃升。但要成为当时的高门望族还需要一个必要条件，就是文学素养。萧氏一族中涌现了大批文学家，他们不仅自身具有相当的文学造诣，且因为皇族的身份特殊性，其影响力带动和促进了当时整体文学水平的发展。如诗歌之"永明体"和"宫体"，都是以萧氏宗室文学集团为中坚力量的。前者集团领袖是齐竟陵王萧子良，后者集团领袖是梁简文帝萧纲。在文的维度上，又有整理编纂《文选》的昭明太子萧统文学集团。他们推崇的"丽而不浮，典而不野，文质彬彬，有君子之致"①文风，深刻地影响了中国文学发展的总体进程。萧氏一族以自己的文学造诣及社会影响力，造就了一个时代的文学风貌。

陈代最主要的是后主陈叔宝文学集团，后主在东宫时，就与集团内文人游宴狎乐无度，文学创作靡艳佻放。后主即位后此风更甚，他们的创作被视为亡国之音。魏徵论曰："后主生深宫之中，长妇人之手，既属邦国殄瘁，不知稼穑艰难。初惧阽危，屡有哀矜之诏，后稍安集，复扇淫侈之风。宾礼诸公，唯寄情于文酒，昵近群小，皆委之以衡轴。谋谟所及，遂无骨鲠之臣，权要所在，莫匪侵渔之吏。政刑日紊，尸素盈朝，躭荒为长夜之饮，嬖宠同艳妻之孽"②，将陈代政治腐坏和最终亡国归因于后主的荒淫奢侈和狎昵群小。宫体诗的发展，让当世文学风气走向败坏堕落。至国亡入隋后，南朝宗室文学集团也随之落幕。

从宗室文学集团领袖的自身文学素质、文学集团的核心人物构成，以及集团社会影响力这三个维度综合考量，萧氏文学集团是我们的考察重点。正是因为齐、梁之君多才学，所以与身边文人的互动更为深入和频繁，在当世形成了具有相当规模和影响力的文学集团。宗室与文人之间名为文化交流，实则更是政治资源的互相利用：宗室凭借自己与生俱有的权力吸引文人聚集，进一步增强自己的政治文化影响力；文人出于对权力的追求，兼之感遇知音的传统，愿为宗室所用，在其身边驱策效力。他们的仕运前途兴亡相系，如若集团领袖遭受困顿乃至杀身之祸，那么他身边的文人也会因此仕途受挫。本章下两节选取齐、梁两代具

---

① 萧统：《答湘东王求〈文集〉及〈诗苑英华〉书》，曹旭等选注：《齐梁萧氏诗文选注》，上海古籍出版社2015年版，第288页。
② 姚思廉：《陈书》卷六，中华书局1972年版，第119页。

有代表性的宗室文学集团，展现宗室政治命运在文学集团成员身上的辐射效应。

第二节　萧子良西邸文学集团遭遇贬谪分析

南朝齐时，宗室文学集团较之前代，无论在文学上还是政治上的影响力都有了显著提升。这个朝代的文学集团里，最重要的就是萧子良西邸文学集团。其核心成员被称为"竟陵八友"："竟陵王子良开西邸，招文学，高祖与沈约、谢朓、王融、萧琛、范云、任昉、陆倕等并游焉，号曰八友。"①他们以文聚合，因政治离散，萧子良政治生涯的终结造成集团内文人命运的变局。

一、从萧子良到萧衍：集团领袖的转变

"竟陵八友"只是萧子良西邸文学集团中的核心成员，其规模远不止于此。胡大雷考察认为，成员还有何昌寓、谢颢、刘绘、张融、周颙、柳恽、孔休源、江革、范缜、谢璟、何胤、释宝月、王摛、陆慧晓、贾渊、王亮、宗夬、张充、范岫、王僧孺、虞羲、丘国宾、萧文琰、丘令楷、江洪、刘孝孙、徐夤、陆杲、沈瑀、王峻等。② 林家骊教授《竟陵王西邸学士及活动考略》③一文考证出西邸学士 67 人，柏俊才《"竟陵八友"考论》④一文更增加至 74 人。这些人或深或浅都与竟陵王有过交往，但相较于"竟陵八友"来说，他们在集团内的时间长度和参与程度上都远所不及。非核心成员与文学集团的联系较为松散，与之相对应的，受到竟陵王政治斗争失利的影响也较小。所以当我们讨论这个集团的领导人物——竟陵王萧子良之贬对依附于他的文人的辐射影响时，选取"竟陵八友"为中心进行讨论，而不作过多拓展。

"竟陵八友"文学集团的形成时间学界尚有争议，各家所言都有其据，大致框定在永明五年(487 年)竟陵王开西邸前后数年。文学集团的形成有一个过程，在相当一段时间内都处于不断发展和变化之中。那么竟陵王为什么能吸引这些文

---

① 姚思廉：《梁书》卷一，中华书局 1973 年版，第 2 页。
② 胡大雷：《中古文学集团》，广西师范大学出版社 1996 年版，第 120~122 页。
③ 林家骊：《竟陵王西邸学士及活动考略》，《文史》1998 年第 9 期。
④ 柏俊才：《"竟陵八友"考论》，华中师范大学博士学位论文，2008 年。

学名士为其效力呢？从竟陵王自身条件来说有两方面原因：一是他的身份和能力。竟陵王是武帝次子，颇见亲信。他作为皇位的第二顺位继承人，进可继承大统，退可为股肱之臣，并且他自己也展现出政治才干，在太祖时论税收、武帝时议水旱及折租布等事上，都颇具识见。文人们依附于他以分享政治资源，得到更多的政治机遇。二是他展示了广纳贤才的态度。"子良少有清尚，礼才好士，居不疑之地，倾意宾客，天下才学皆游集焉。善立胜事，夏月客至，为设瓜饮及甘果，著之文教。士子文章及朝贵辞翰，皆发教撰录。"①"不疑""倾意"这两个词，说明他不仅能礼贤下士，而且对他们真诚相待。竟陵王对士人的文章也很珍视，皆令撰集著录。文士既被尊重和认可，自然尽心侍奉。先秦时期就有诸国公子招徕宾客、以壮其声势的先例，战国四公子是个中翘楚。萧子良组织文学集团，也正是这种风气的延续。自古文人也总将自己的人生宦途寄托在"遇"与"不遇"之中，不自觉地将上位者的青睐作为实现自我价值的唯一途径。

文人们参与文学集团，表面上以文会友、以示风雅，对文学的共同喜好将他们聚集在一起，但更要注意深层次的政治意图，竟陵八友皆出自士族，且都怀抱欲在政治上有所作为之心。学者刘跃进指出："竟陵八友在政治方面不管是成功，还是失败，都从不同侧面反映出了一个事实，即他们热衷功名，不甘寂寞，颇有政治抱负。说明这一点十分必要，因为正是这种政治上的抱负加速了竟陵八友的聚合进程。"②对在政治舞台上施展拳脚的渴望越强烈，就越容易受到政治风波的影响。机遇往往与风险并存，离权力中心越近也就越有倾覆的危险。萧子良西邸文学集团，就因宗王政治斗争失败而受冲击、瓦解。

永明十一年（493 年）正月文惠太子萧长懋薨，是年其实距离齐武帝驾崩也仅有一年。武帝萧赜依照立嫡立长传统有两个选择，或是立竟陵王萧子良，或是立太孙萧昭业。他们承继皇位的正当性不相上下，但武帝最终选择"立昭业为皇太孙，居东宫"③。做出这样的选择，据史书所载，与文惠太子生前所用奢靡逾制有关："文惠太子薨，世祖检行东宫，见太子服御羽仪，多过制度，上大怒，以

---

① 萧子显：《南齐书》卷四〇，中华书局 1972 年版，第 694 页。

② 刘跃进：《门阀士族与永明文学》，生活·读书·新知三联书店 1996 年版，第 34～35 页。

③ 萧子显：《南齐书》卷四，中华书局 1972 年版，第 69 页。

子良与太子善，不启闻，颇加嫌责。"①文惠太子之奢靡确有其事："性颇奢丽，宫内殿堂，皆雕饰精绮，过于上宫。"②但其实包括萧子良在内的所有人，都不敢言其事于上。文惠太子早居储位，在朝势力十分稳固，"太子年始过立，久在储宫，得参政事，内外百司，咸谓旦暮继体"。如果不是早卒，萧长懋无疑就要承继帝统，朝野上下自然对他的权势有所畏惧。帝王家的父子关系不同于寻常百姓，既存有一些父子温情，但更重要的是君臣之分。太子既是储君，也是臣子，敏感的身份更不容他侵犯帝王特权。文惠太子死后武帝既有"幸东宫，临哭尽哀"的父子深情，也有"世祖履行东宫，见太子服玩过制，大怒，敕有司随事毁除"③的"大怒"，甚至因此牵连到与文惠太子"甚相友悌"④的萧子良身上。

除此，齐武不立竟陵王还有一个原因，即其身边西邸文人的吏事才能也令人不满。武帝评价说："学士辈不堪经国，唯大读书耳。经国，一刘系宗足矣。沈约、王融数百人，于事何用。"⑤沈约和王融等文名甚高，但是吏干却不足。作为萧子良的核心上佐，可以想见一旦继位，这些人都会成为朝政的中流砥柱。武帝对萧子良身边人的为政能力不满，自然也会对萧子良治国理政之能产生不信任。实际上，当时九品中正制的选官标准从来不是吏事能力，而是家族出身，但一旦进入到政治体系中，吏能的重要性就凸显出来。

即使已立萧昭业为东宫，武帝心里仍有犹豫。从《资治通鉴》对武帝临崩时的记载描述，可想见当时情状：

> 会上不豫，诏子良甲仗入延昌殿侍医药；子良以萧衍、范云等皆为帐内军主。戊辰，遣江州刺史陈显达镇樊城。上虑朝野忧遑，力疾召乐府奏正声伎。子良日夜在内，太孙间日参承。

武帝有疾，诏萧子良武装入侍，这就释放出一个信号，即竟陵王最受信任。

---

① 萧子显：《南齐书》卷四〇，中华书局1972年版，第700页。
② 李延寿：《南史》卷四四，中华书局1975年版，第1100页。
③ 萧子显：《南齐书》卷二一，中华书局1972年版，第402页。
④ 萧子显：《南齐书》卷四〇，中华书局1972年版，第700页。
⑤ 李延寿：《南史》卷七七，中华书局1975年版，第1927页。

对比萧昭业仅能隔天入内侍奉，萧子良更是日夜都在武帝身边。这固然是武帝不希望被外界看出自己有疾端倪、避免内外震动而作出的安排，但更显示出武帝对皇位继承人的摇摆态度和对子良的信任。也是因为这样的安排，当武帝生命垂危之时，在身边的人是萧子良：

> 戊寅，上疾亟，暂绝；太孙未入，内外惶惧，百僚皆已变服。王融欲矫诏立子良，诏草已立。萧衍谓范云曰："道路籍籍，皆云将有非常之举。王元长非济世才，视其败也。"云曰："忧国家者，惟有王中书耳。"衍曰："忧国，欲为周、召邪，欲为竖刁邪？"云不敢答。及太孙来，王融戎服绛衫，于中书省阁口断东官仗不得进。顷之，上复苏，问太孙所在，因召东宫器甲皆入，以朝事委尚书左仆射西昌侯鸾。俄而上殂，融处分以子良兵禁诸门。鸾闻之，急驰至云龙门，不得进，鸾曰："有敕召我！"排之而入，奉太孙登殿，命左右扶出子良；指麾部署，音响如钟，殿中无不从命。融知不遂，释服还省，叹曰："公误我！"由是郁林王深怨之。①

当此时，王融展现了积极主动的作为，即矫诏立竟陵王、阻碍太孙仪仗入内。可是其他人如萧衍，却是一种坐视其败的态度，仅范云略表对王融的支持。事果不成，太孙被召入宫，在萧鸾的支持下登殿，萧子良的帝王梦自此破碎。萧鸾之所以尽力扶持萧昭业，绝非出于对皇室正统的拥护，其实际目的是为自己的野心铺路。年少的郁林王根基未稳，显然比拥趸者众多的萧子良更好操控。齐武帝曾经还想过以第五子萧子敬替代太孙为太子："初，子敬为武帝所留心，帝不豫，有意立子敬为太子，代太孙。子敬与太孙俱入参毕同出，武帝目送子敬良久，曰：'阿五钝。'由此代换之意乃息"②，因其愚钝乃止。皇帝选择继承人时的犹疑不决，无疑造成了朝野上下摇摆不安。后来郁林王、海陵王两兄弟被废，萧鸾夺权篡位成功，在武帝选择皇位继承人反复无定时已埋下隐患。

郁林王即位后，给了辅政之臣萧子良各种殊荣，但这只是表面现象。郁林王

---

① 司马光编著：《资治通鉴》卷一三八，中华书局2016年版，第4408~4409页。
② 李延寿：《南史》卷四四，中华书局1975年版，第1110页。

在成长过程中和即位之时与萧子良积怨已深，故而隆昌元年(494年)出其为南徐州，子良寻薨于任。史册记载，当得知萧子良的死讯，郁林王的反应是"甚悦"①，自此也加大了对萧子良西邸文学集团的打击。

竟陵八友中，除了王融积极支持萧子良夺位、早被诛杀，其他人在竟陵王事上展现了不同的态度，作出了不同的政治选择。他们在竟陵王败亡后的际遇有一个特殊性，即在集团内部产生了新的领袖，吸纳了集团内的部分成员。萧子良政治失败，意味着其核心"八友"文人集团的瓦解。可是到了梁武帝萧衍图谋代齐时，有些曾经在西邸内与之有过交往的文人转而依附于他，政治生命得以重启。

萧衍没有参与竟陵王争夺帝位之事，他早已清晰地预见到萧子良和王融并不能成事。如太学生虞羲、丘国宾所议："竟陵才弱，王中书无断，败在眼中矣。"②二人性格和能力上的弱点注定了他们的失败。竟陵王其实是承继帝位的最佳人选，正统性自不必说，又有笼络士族的能力，为政才干也具备。但是齐武帝集权意识太强，不愿权威受到丝毫侵犯，竟陵王又过于优柔寡断，缺乏帝王气魄，最终让萧昭业登上皇位。纵观萧衍一生，无疑极具军事才能和政治识见。他在竟陵王试图夺位时选择抽身旁观，得以免遭波及，又审时度势地选择辅佐萧鸾，得以乘势而上。萧衍支持萧鸾原因有二：一是郁林王当政时荒淫无度、尽失人心，反观萧鸾却逐步掌握朝政实权；二是萧衍私心，武帝曾遣萧衍的父亲萧顺之讨鱼复侯萧子响，后心生悔意罪于萧顺之，顺之因此忧惧而卒："初，皇考之薨，不得志，事见《齐鱼复侯传》。至是，郁林失德，齐明帝作辅，将为废立计，帝欲助齐明，倾齐武之嗣，以雪心耻，齐明亦知之，每与帝谋。"③萧衍因父仇选择帮助萧鸾，向武帝后嗣报仇雪耻。萧衍在襄助萧鸾篡权之时也逐步积累了自己的势力，终于讨伐东昏、废和帝自立，完成了权力的过渡和朝代的更迭。

在萧衍代齐建梁一事上，西邸旧友范云和沈约谋议促成甚多，故此萧衍曾感叹："我起兵于今三年矣，功臣诸将，实有其劳；然成帝业者，乃卿二人也。"④范、沈二人在竟陵王子良政治失败后，也曾一度失意。但又凭借昔日旧谊转而支

---

① 萧子显：《南齐书》卷四〇，中华书局1972年版，第701页。
② 李延寿：《南史》卷二一，中华书局1975年版，第578页。
③ 李延寿：《南史》卷六，中华书局1975年版，第169页。
④ 姚思廉：《梁书》卷一三，中华书局1973年版，第234页。

持萧衍，将萧衍作为新的领袖人物和依附对象，欲作为于新朝。

二、"竟陵八友"的政治选择与政治命运

"竟陵八友"因萧子良聚集在一起，各自的命运前途却又千差万别，"他们与子良的关系亲疏有别，在子良败后各自的境遇也有不同。即便是同为各府僚佐，入府时间之长短、任职之清浊高下、起家与迁转、在任与曾任等等，府主与僚佐之间的恩义也会有深浅之别"①。但更重要的是，他们站在历史的分水岭上，作出了不同的政治选择。简要梳理一下他们受萧子良夺位失败事件的影响，对他们（除却萧衍）的前途命运作一个概括，其结局大致可分为三类，一类是因支持萧子良而死者，一类是因萧子良而被贬者，一类则是几乎未受影响者。

第一类仅王融一人。王融出身琅琊王氏，是八友里门第最高的一个，也是政治意图最为强烈的一个："以父宦不通，弱年便欲绍兴家业"，"自恃人地，三十内望为公辅"②。经过宋代皇帝对士族的打压，侨姓士族的门户地位已经衰落，但"立门户"的家族使命驱动着他们去尽力占有权力。王融在得到萧子良的赏识后积极为其谋划帝位，就是希望能以佐命之功成为朝廷重臣。支持萧子良称帝发动政变，王融也并非完全出于追求权力的私心。袁彖说："齐氏微弱，已数年矣，爪牙柱石之臣都尽，命之所余，政风流名士耳。若不立长君，无以镇安四海。王融虽为身计，实安社稷，恨其不能断事，以至于此。道路之谈，自为虚说耳，苍生方涂炭矣，政当沥耳听之。"③王融此举亦是为社稷计，以竟陵王为帝是当时稳固江山的最好选择。继位者郁林王后来的奢靡荒淫，也证明了王融判断的准确性。但王融未能成事，郁林王即位后，"深忿疾融，即位十余日，收下廷尉狱"④，王融成为这场皇位争夺战的牺牲者。王融并未被立刻下狱，也没有被立即下令处死，郁林王初登帝位，在朝中根基不深，处置王融的方式仍有转圜余地。在此期间，王融的朋友部曲乃至萧鸾，都对王融展示了施以援手的姿态，反

---

①　李猛：《萧子良西邸"文学"集团的形成——从政治与职官制度的视角出发》，《学术研究》2019 年第 5 期。
②　李延寿：《南史》卷二一，中华书局 1975 年版，第 575～576 页。
③　李延寿：《南史》卷四四，中华书局 1975 年版，第 1105 页。
④　萧子显：《南齐书》卷四七，中华书局 1972 年版，第 823 页。

观萧子良却唯有怯懦："融被收,朋友部曲,参问北寺,相继于道;请救于子良,子良不敢救;西昌侯固争不得。诏于狱赐死,时年二十七。"①萧子良的怯懦让他终难登帝位,也让自己和王融在无所作为中死去。同为八友的沈约曾作《怀旧诗九首·伤王融》诗:"涂艰行易跌,命舛志难逢。折风落迅羽,流恨满青松"②,说的就是王融心怀大志却命途多舛、英年而逝。

第二类有范云、任昉、沈约三人。范、沈二人因与竟陵王旧谊外放,范云出贬零陵(今湖南永州),沈约出为东阳(今浙江金华);任昉虽未被外放,但"终建武中,位不过列校"③。

范云是八友中,唯一对王融政变表示过认同之意的人:"云曰:'忧国家者,惟有王中书耳。'"④或许正因为范云对王融的同情态度,致使他在郁林王即位后不久就被出为零陵内史。曹道衡的《梁武帝和"竟陵八友"》一文认为,范云被贬零陵,是明帝当权时对萧子良旧属的打击。⑤ 明帝即位后,范云仍然不惧给自己招致祸端,为故主萧子良争取身后哀荣、保全其子嗣:

> 时高、武王侯并惧大祸,云因帝召次曰:"昔太宰文宣王语臣,言尝梦在一高山上,上有一深坑,见文惠太子先坠,次武帝,次文宣。望见仆射在室坐御床,备王者羽仪,不知此是何梦,卿慎勿向人道。"明帝流涕曰:"文宣此惠亦难负。"于是处昭胄兄弟异于余宗室。⑥
>
> 建武中,故吏范云上表为子良立碑,事不行。⑦

明帝屠戮宗室之盛令人心惊,但有赖于范云之功,萧子良的后嗣得以保全。又建武中,范云上表请求为萧子良立碑。事虽不行,但足见范云对萧子良的感情与其行为之中正。范云赴零陵途中行至新亭,有诗云:"江干远树浮,天末孤烟

① 李延寿:《南史》卷二一,中华书局 1975 年版,第 578 页。
② 沈约著,陈庆元校笺:《沈约集校笺》,浙江古籍出版社 1995 年版,第 412 页。
③ 姚思廉:《梁书》卷一四,中华书局 1973 年版,第 253 页。
④ 司马光编著:《资治通鉴》卷一三八,中华书局 2016 年版,第 4409 页。
⑤ 曹道衡:《梁武帝和"竟陵八友"》,《齐鲁学刊》1995 年第 5 期。
⑥ 李延寿:《南史》卷五七,中华书局 1975 年版,第 1417 页。
⑦ 李延寿:《南史》卷四四,中华书局 1975 年版,第 1105 页。

起。江天自如合，烟树还相似。沧流未可源，高帆去何已。"①诗中景色一派寥远孤寂，前路茫茫，诗人不知终将去往何处。谢朓在此送别范云，作《新亭渚别范零陵云》，全诗满怀劝慰之意：

> 洞庭张乐地，潇湘帝子游。
> 云去苍梧野，水还江汉流。
> 停骖我怅望，辍棹子夷犹。
> 广平听方籍，茂陵将见求。
> 心事俱已矣，江上徒离忧。②

前四句是对范云此去任官地的想象性构写，谢朓虽然未曾去过潇湘之地，但显然十分熟悉当地的地标和文化。潇湘之地的文化脉络发端极早，一直以来也是中华文化的重要根脉。三、四联拉回在场，实写送别之景和对友人的慰藉。末联笔锋一转，情绪走向消沉，援引屈原《山鬼》"思公子兮徒离忧"③句，将屈原、范云与谢朓本人放置在同一文化场景里，是对屈原以降中国文人弃逐史的呼应。范云自零陵召还后仕途依然不顺，又辗转于始兴、广州，乃至被下狱免官。或许是在岭南时"越鸟憎北树，胡马畏南风"的生活，与往昔"伊昔沾嘉惠，出入承明宫。游息万年下，经过九龙中"④对比落差过于强烈，范云把握住了萧衍势起的时机"乘风郁起，化成龙翼"⑤，以佐命之功重新显贵于朝。只可惜他次年就卒于任，与同有佐命之功的沈约相比，在政治、文学上没有得到太多施展空间。

任昉无论是在萧子良卒后对待旧主的态度，还是与新帝萧衍的关系，基本可

---

① 范云：《之零陵郡次新亭诗》，逯钦立辑校：《先秦汉魏晋南北朝诗》，中华书局1983年版，第1550页。

② 谢朓：《新亭渚别范零陵云》，谢朓著，曹融南校注集说：《谢宣城集校注》，上海古籍出版社1991年版，第217页。

③ 洪兴祖：《楚辞补注》，中华书局1983年版，第81页。

④ 范云：《赠沈左卫诗》，逯钦立辑校：《先秦汉魏晋南北朝诗》，中华书局1983年版，第1548页。

⑤ 沈约：《尚书右仆射范云墓志铭》，沈约著，陈庆元校笺：《沈约集校笺》，浙江古籍出版社1995年版，第205页。

以与范云划归为一类。任昉不仅代为作《为范始兴作求立太宰碑表》，与范云一起请明帝为竟陵王立碑，此外还有《齐竟陵文宣王行状》一文。当然，任昉为明帝所恶不得重用的原因不止于他对萧子良的故主情谊，更早在延兴元年（494年）代萧鸾作让宣城郡公谢表一事上，已然触怒了明帝："恶其辞斥，甚愠。"所谓"辞斥"，就在于任昉没有体悟到萧鸾想要称帝的心意，而在表中竭力代萧鸾表明自损谦退之意。虽然谢官表中谦让自退是传统，但明帝此时已经大权在握，只待更进一步谋夺帝位。谢官表这种表面文章，也应当为其掌握更大权势服务。任昉的种种不识时务之举，让他终明帝一朝再难有所作为。任昉和范云一样，后来都因与武帝萧衍的西邸之旧重得重用，"始高祖与昉遇竟陵王西邸，从容谓昉曰：'我登三府，当以卿为记室。'昉亦戏高祖曰：'我若登三事，当以卿为骑兵'"①。虽为笑言，亦可见二人情款非常，在梁任昉也确实仕途亨通、得到重用。

范云和任昉因与旧主竟陵王的情谊得罪新朝，因此一个被辗转外放，一个不受重用。而沈约虽也因竟陵王事被贬出，但他对新帝极尽谄媚，也因此在为人的风骨上受后世诟病。沈约在隆昌元年（494年）至建武三年（496年）外放东阳太守，明帝即位时上《贺齐明帝登祚启》，建武三年又上祥瑞谄媚明帝："（建武）三年，大鸟集东阳郡，太守沈约表云：'鸟身备五采，赤色居多。'"②表上不久，沈约就被召回朝廷任官。萧鸾驾崩后，齐室衰微，权力逐渐掌握在萧衍手中。沈约又极力向萧衍献媚，促成禅代之事。后人因此批判沈约人品有亏损之处，但如若切实站在他的处境和立场，种种向权力实际所有者示好的行为其实无可厚非。南朝朝代更迭频繁，儒家的忠君思想在此很难适用，保全家族利益的重要性往往要优先于对皇权的维护。沈约出身吴兴沈氏一族，天然地背负着振兴家族的使命和期盼。《晋书》称"今江东之豪莫强周、沈"③，以周、沈两族为当时江左右姓之首。沈氏一门在六朝时期一直人才兴旺，但沈约早年生活并不顺遂。宋文帝元嘉三十年（453年）太子刘劭叛乱后，其父沈璞遭受谗言，以奉迎孝武帝刘骏被诛杀，是年沈约才13岁。沈约在陈情书中自言"弱年孤苦，傍无期属，往者将坠于

---

① 姚思廉：《梁书》卷一四，中华书局1973年版，第253页。
② 萧子显：《南齐书》卷一九，中华书局1972年版，第376页。
③ 房玄龄等：《晋书》卷五八，中华书局1974年版，第1575页。

地，契阔屯邅，困于朝夕，崎岖薄宦"，确属实情。经历过幼年"流寓孤贫"①的
生活，沈约想要获得权位、振兴家族的执着信念更加强烈，与萧子良亲厚本就出
于占有政治资源、靠近权力中心的目的。一朝被贬东阳，为了挣脱贬谪的枷锁重
回庙堂，沈约选择主动向新的权力者示好。

　　第三类有谢朓、萧琛和陆倕三人，他们没有在竟陵王夺位事件上卷入太多，
仕途也基本没有受其影响。

　　谢朓在明帝掌握实权时反倒得以重用，此间或有隐情，史书未能记载，但应
当已向其投诚。《南齐书》卷四七《谢朓传》载："高宗辅政，以朓为骠骑谘议，领
记室，掌霸府文笔。又掌中书诏诰，除秘书丞，未拜，仍转中书郎。出为宣城太
守，以选复为中书郎。建武四年，出为晋安王镇北谘议、南东海太守，行南徐州
事。"②又谢朓《酬德赋序》自云："建武二年，予将南牧"③，知其于建武二年
（495 年）出为宣城。对于谢朓此次出外，到底是被贬出京还是正常的官职调动，
学界有不同意见。本书持论认为是正常调动，李猛、曹旭《谢朓年谱汇考》认为，
"明帝之信重朓并未减。然朓出守之因，或与朓本人不愿久居中枢有关"④，有
据。以谢朓为人观之，谨慎畏祸是其底色。当明帝之时，宗室处境黑暗，谢朓又
曾先后受恩遇于萧子隆、萧子良兄弟，或因此这段时间谢朓想要仕隐的念头十分
强烈。事实证明，谢朓出守宣城期间生活也确实较为安稳平顺。但谢朓的结局十
分凄惨，不久之后（永元元年，499 年）就因江祏等人诬告下狱而死，是八友中另
一个没能迎来齐梁禅代的人。

　　萧琛与萧衍的关系，相较于与萧子良的关系，要更为亲近："高祖在西邸，
早与琛狎，每朝谯，接以旧恩，呼为宗老。琛亦奉陈昔恩，以'早篷中阳，凤忝
同闻，虽迷兴运，犹荷洪慈'。上答曰：'虽云早契阔，乃自非同志，勿谈兴运
初，且道狂奴异。'"⑤既然萧衍在子良夺嫡事件上已预见其败，那么和他亲近的

　　①　姚思廉：《梁书》卷一三，中华书局 1973 年版，第 235、233 页。
　　②　萧子显：《南齐书》卷四七，中华书局 1972 年版，第 826 页。
　　③　谢朓著，曹融南校注集说：《谢宣城集校注》，上海古籍出版社 1991 年版，第 1 页。
　　④　范子烨编：《中古作家年谱汇考辑要（卷三）》，世界图书出版公司 2014 年版，第 90
页。
　　⑤　姚思廉：《梁书》卷二六，中华书局 1973 年版，第 397 页。

萧琛很有可能观念受到影响，得以免遭卷入。至于陆倕，其生平基本只是文学之士，对政治并没有格外的热情。这两人在永明至天监初的仕历显示，他们既没有怎么参与竟陵王争夺皇位的事情，也基本没有受到其败的牵连。

到了新朝，因为与萧衍有西邸之旧，八友中范云、沈约、任昉、萧琛和陆倕五人又迎来了新的政治机遇。从萧子良到萧衍，西邸文学集团完成了领袖人物的转变和结构调整："萧子良组织文学集团，有在政治上引为羽翼的意思，如子良与王融'特相友好，情分殊常'（《南齐书·王融传》）……萧衍通过在西邸的一段文学经历，结识并笼络了一大批文士，为他日后代齐立梁打下基础。"①

无论是萧子良还是萧衍，都将笼络文人作为自己政治斗争的砝码。萧衍因与西邸文人的故交积累了政治资源，使之成为篡夺的助力。范云、沈约建功于禅代，而任昉、萧琛、陆倕也都尽力于新朝。正是因为集团内部出现了新领袖人物，"竟陵八友"拥有了两次政治选择的机会，政治走向发展出多元化的途径。遭遇萧子良政治斗争失败后，大多数成员成功抓住禅代机遇重新焕发政治活力、显赫于新朝。

三、沈约之"清怨"诗风

"竟陵八友"各有所长，萧纲《与湘东王书》称"至如近世谢朓、沈约之诗，任昉、陆倕之笔，斯实文章之冠冕，述作之楷模"②。六朝时有文笔之辨，或是依照体式之有韵无韵，或是依照写作目的之公私，大体可将创作分为"文""笔"两类。沈约和谢朓的诗作（文）较佳，而任昉、陆倕的公文（笔）为长。现在我们对文学的认同更偏重于"文"这一面，谢朓和沈约二人也无疑是八友中文名最高、影响力最大者。谢朓英年早卒，而沈约得尽天年，存世的文学之作也更多，且沈约愿意提掖后进，成为文坛上的一代宗主。

钟嵘《诗品》称沈约诗"长于清怨"③，"清怨"的风格特征在沈约贬谪之作中得到突出彰显。"清怨"须拆开看，"清"偏重于山水书写，"怨"偏重于情感内蕴。

---

① 胡大雷：《中古文学集团》，广西师范大学出版社 1996 年版，第 131 页。
② 姚思廉：《梁书》卷四九，中华书局 1973 年版，第 691 页。
③ 钟嵘著，曹旭笺注：《诗品笺注》，人民文学出版社 2009 年版，第 195 页。

沈约被贬至东阳，浙东山水以清秀明丽见称，沈约贬此亦不免山水游兴。自谢灵运后山水诗蓬勃发展，自然与文学相生发，一地之文气也因此与山水气质相符契。且看沈约笔下东阳自然景色，如"长枝萌紫叶，清源泛绿苔。山光浮水至，春色犯寒来"①，充满清新之意。自谢灵运始，山水文学与贬谪经历相关联的模式便被固定下来，诗人游历山水之间总是心怀郁郁，诗作中"怨"的情感隐隐浮现。

　　以沈约《八咏》为例，八咏所咏乃玄畅楼。贬谪文人的创作，无疑受到贬地地理地标、文化传统的影响。但同时，贬谪文人也参与到地方文化传统的构建过程之中，丰富了它的文化内蕴。玄畅楼即因沈约的这组诗而改名八咏楼，并一直沿用至今。此八首分别为《登台望秋月》《会圃临春风》《岁暮愍衰草》《霜来悲落桐》《夕行闻夜鹤》《晨征听晓鸿》《解佩去朝市》《披褐守山东》，可将其以"三—三—二"划分为三组来解读。前三首题目中"望秋月""临春风"和"愍衰草"的施动者皆是作者自己。望秋月，望见"闲阶悲寡鹄，沙洲怨别鸿。昭姬泣胡殿，明君思汉宫"，蔡文姬、王昭君对月更生哀怨之景历历在目，借此引发自己"余亦何为者，淹留此山东"的淹留他乡之悲；临春风，春风之景虽好，可"是时怅思妇，安能久行役？佳人不在兹，春风为谁惜"，行役在外青春虚度、好景无人赏；愍衰草，见秋草黄而"既惆怅于君子，倍伤心于行役"，睹草衰而伤己行役形削心衰。这三首诗虽然围绕三个典型意象展开，但总有一个共同主题，即思归不得的行役之叹。中间三首"落桐""夜鹤"和"晓鸿"皆是沈约自比：落桐"自顾无羽仪，不愿生曲池。芬芳本自乏，华实无可施。匠者特留盼，王孙少见之"，夜鹤"海上多云雾，苍茫失洲屿。自此别故群，独向潇湘渚"，晓鸿"闻雁夜南飞，客泪夜沾衣。春鸿思暮反，客子方未归"，皆抒发己身离群之悲、孤独之感。最后两首"解佩"和"披褐"对自己强作开解，"非余情之屡伤，寄兹焉兮能慰。眷昔日兮怀哉，日将暮兮归去来"，"愿一去而不还，恨邹衣之未褪"②，表达希望辞官退隐以全身之意。组诗思想情感层层递进，从行役到离群再到归隐，将沈约自己身

---

　　①　沈约：《泛永康江》，沈约著，陈庆元校笺：《沈约集校笺》，浙江古籍出版社1995年版，第395页。

　　②　沈约著，陈庆元校笺：《沈约集校笺》，浙江古籍出版社1995年版，第442~447页。

处东阳的被弃置感展现得淋漓尽致。无论眼前所见景致、笔端书写对象如何转变，寓居他乡之悲和生命沉沦之感恒一。

　　竟陵八友的文学创新，以"永明体"为标志："齐永明中，王融、谢朓、沈约文章始用四声，以为新变。"①"永明体"以五言为主，讲求"四声八病"，是诗歌从古体诗到近体诗嬗变的重要环节。沈约在《宋书·谢灵运传》中表达了自己的声韵之见："夫五色相宣，八音协畅，由乎玄黄律吕，各适物宜。欲使宫羽相变，低昂互节，若前有浮声，则后须切响。一简之内，音韵尽殊；两句之中，轻重悉异。妙达此旨，始可言文"②，对诗歌创作的体式提出要求，即追求四声相谐的音韵流转圆通之美。沈约作为当时新诗歌体式的代表和领军人物，贬谪之作亦是对永明体的践行，以其《留真人东山还》诗为例：

连峰竟无已，积翠远微微。　　　平平仄平仄，仄仄仄平平。

寥戾野风急，芸黄秋草腓。　　　平仄仄平仄，平平平仄平。

我来岁云暮，于此怅怀归。　　　仄平仄平仄，平平仄平平。

霜雪方共下，宁止露沾衣。　　　平仄平仄仄，仄仄仄平平。

待余两岐秀，去去掩柴扉。③　　仄平仄平仄，仄仄仄平平。

　　根据每句后标示的平仄，以近体诗格律要求来考察，仅有划线处的五字不合格律。《文苑英华》本将"宁止露沾衣"句作"宁唯止露衣"，若据此，则该句亦完全合乎格律。以平水韵断，该诗韵字均用"五微"韵。此诗鲜明可见沈约对声律的重视和自觉，显然已有近体诗雏形。诗歌体式与音律的圆通更增进了读者的审美体验，其诗风给人以"清"的感受亦与此相关。

第三节　萧统、萧纲文学集团的文争与政争

　　梁武帝萧衍曾是竟陵王西邸文学集团的核心成员，在谋禅代时部分西邸旧友

---

① 李延寿：《南史》卷五〇，中华书局 1975 年版，第 1247 页。

② 沈约：《宋书》卷六七，中华书局 1974 年版，第 1779 页。

③ 沈约著，陈庆元校笺：《沈约集校笺》，浙江古籍出版社 1995 年版，第 347 页。

为其所用，成为梁初股肱之臣。其诸子文学素养也很高，且将养士自用的风气延续下来并进一步发扬："梁武帝诸子雅好文学，结交文士，尤以统、纲、绎三人为最。当时文坛知名之士，几无不出萧统兄弟门下，不归杨则归墨。"①当时最大的三个宗室文学集团分别是萧统文学集团、萧纲文学集团和萧绎文学集团。他们兄弟三人，一人卒于太子之位，两人即位称帝，政治影响力和文学主张极大地影响了当代政治格局与文学风气。

萧统和萧纲分别是武帝的长子和第三子，由于中大通三年（531 年）萧统的突然离世，二人背后的势力展开了激烈交锋。梁武帝亲历过永明末因文惠太子之死造成的萧子良和萧昭业争夺继位权的事件，目睹了齐室因此动荡乃至亡国之事。孰知命运的齿轮已转动，萧衍自己也面临同样的抉择。昭明太子病卒后，在以长孙萧欢还是三子萧纲继立东宫的事情上，梁武帝经过一番激烈的思想挣扎和利弊考量，或许是吸取了郁林王幼主即位以致社稷动荡的教训，最终萧纲被立为太子。萧统、萧纲周围都有一个较为成熟的文人集团，在新旧东宫的交替中，两个集团发生了正面冲突，其间不少文人因此被贬黜出宫。

一、昭明太子卒后的储位之选

萧统生于齐末中兴元年（501 年），次年（即梁武帝天监元年）被册为太子，幼龄居于储位。他无论从品行、政事还是学识上，都广为朝野认可称赏。在他长期位居东宫的生涯中，身边吸引聚集了一批文士："引纳才学之士，赏爱无倦。恒自讨论篇籍，或与学士商榷古今；闲则继以文章著述，率以为常。于时东宫有书几三万卷，名才并集，文学之盛，晋、宋以来未之有也。"②关于东宫文学集团的成员，曹道衡、沈玉成先生在《中古文学史料丛考》"昭明太子东宫文士"条中钩稽了 35 人："沈约、徐勉、到溉、到洽、到沆、明山宾（经学）、殷钧（书法）、陆襄、刘孝绰、刘孝稚、刘孝陵、王筠、张缅（史学）、谢举、王规、王锡、王训、刘勰、何思澄、周捨、陆倕、张率、刘怀珍③、殷芸、王承（经学）、萧子

---

①　曹道衡、沈玉成：《中古文学史料丛考》，中华书局 2003 年版，第 581 页。

②　姚思廉：《梁书》卷八，中华书局 1973 年版，第 167 页。

③　按，刘怀珍乃南朝齐人，不应被录入其中。

范、萧子显、萧子云、刘苞、庾於陵、庾仲容、何胤(经学)、陆杲、王泰、萧孝俨。"①由于史料记载的局限性，实际上参与文学集团的人数应较之更多。

　　如若不是英年早逝加之梁武高寿，那么萧统理所当然地会承继大统。可天有不测，他于中大通三年因病早逝。此时的萧衍在选谁继任太子的事情上，面临着与当年齐武帝萧赜一样的难题。次子萧赞因是齐东昏侯萧宝卷遗腹子的缘故，没有继承权。所以依照立嫡立长的传统，萧衍在萧欢和萧纲二人之间犹豫迟疑："欢既嫡孙，次应嗣位，而迟疑未决。帝既新有天下，恐不可以少主主大业，又以心衔故，意在晋安王，犹豫自四月上旬至五月二十一日方决。欢止封豫章王还任。"②萧欢年幼，梁武恐其难以安天下。此时年近七旬的萧衍并不能预见到他终得享八六高寿，为了天下有归，选择了年长的晋安王萧纲为东宫。不得不说梁武这个选择十分有先见之明，事实上萧欢在大同六年(540年)，亦先梁武而卒。曹道衡《昭明太子和梁武帝的建储问题》一文认为，萧衍的决定或许是吸取了前朝郁林王幼主即位而被权臣萧鸾篡位的经验教训。不仅于此，《南史》还记载有一个对梁武的决策产生了直接影响的事件：

　　　　初，丁贵嫔薨，太子遣人求得善墓地，将斩草，有卖地者因阉人俞三副求市，若得三百万，许以百万与之。三副密启武帝，言太子所得地不如今所得地于帝吉，帝末年多忌，便命市之。葬毕，有道士善图墓，云"地不利长子，若厌伏或可申延"。乃为蜡鹅及诸物埋墓侧长子位。有宫监鲍邈之、魏雅者，二人初并为太子所爱，邈之晚见疏于雅，密启武帝云："雅为太子厌祷。"帝密遣检掘，果得鹅等物。大惊，将穷其事。徐勉固谏得止，于是唯诛道士，由是太子迄终以此惭慨，故其嗣不立。③

　　萧统母丁贵嫔薨，有个卖地的人为了出手自己的土地，找到阉人俞三副说："如果卖地得三百万钱，就分给你一百万钱。"于是俞三副言于武帝，表示相比于

---

①　曹道衡、沈玉成：《中古文学史料丛考》，中华书局2003年版，第581页。
②　李延寿：《南史》卷五三，中华书局1975年版，第1313页。
③　李延寿：《南史》卷五三，中华书局1975年版，第1312~1313页。

太子挑选的墓地，这块地的风水对陛下更为吉利。丁贵嫔葬毕，有道士对萧统说，这块地的风水对他的运势不利，要埋蜡鹅等物在相应的方位压伏。宫监鲍邈之等因被萧统疏远心中有怨，借此机会秘密向武帝报告了太子厌祷事。厌祷在古代是大忌，尤其此事也有前车之鉴：宋元嘉年间，太子刘劭勾结女巫严道育对文帝刘义隆行巫蛊之术。宋文帝得知后起意废黜刘劭却犹疑不决，反被刘劭杀害。梁武此时年事已高，对此难免心生猜忌，虽然在吏部尚书徐勉的劝说下没有穷究，可萧衍、萧统父子心里都已埋下了不安的种子。

　　这件事在一定程度上确实会影响到萧衍对昭明太子的信任和感情，但仅因此事就决定不立萧欢为储，理由也并不充分。首先，萧统此举目的并非为诅咒武帝，武帝也未曾深究。其次，梁武帝对宗室的性情态度一向宽和，即使是待血统有疑的萧赞，或是觊觎储位、心怀怨望的萧正德，都展现了极宽容的胸襟。萧统病卒后，武帝"临哭尽哀"①，可见对太子没有因旧事疏离之意，萧欢本人更是自始至终没有参与其中。所以"故其嗣不立"的说法，极有可能出于著史者唐人李延寿的主观揣测臆断。武帝做出决定的实质原因就在于，希望让年长且已有一定势力的萧纲继位，避免幼主当政、权臣乱国的惨剧再度发生。

二、旧选新贵政争下的文人之贬

　　梁武帝作为亲历者，看到了文学集团的存在对于集团领袖的积极意义，也看到了西邸文学集团在萧子良夺位失败后面临的祸患。所以他在培养萧统的过程中，尽量广罗饱学之士入东宫："时昭明太子尚幼，武帝敕锡与秘书郎张缵使入宫，不限日数。与太子游狎，情兼师友。又敕陆倕、张率、谢举、王规、王筠、刘孝绰、到洽、张缅为学士，十人尽一时之选。"②这仅是东宫学士的一部分，之后还不断有新的文士加入。

　　孰料萧统一朝病卒，在决定立萧纲为太子后，萧衍又迅速开始极力为新太子培植亲信，同时将萧统东宫旧属一概驱逐："昭明太子薨，新宫建，旧人例无停

①　姚思廉：《梁书》卷八，中华书局1973年版，第169页。
②　李延寿：《南史》卷二三，中华书局1975年版，第640~641页。

者，敕特留杳焉。"①虽然出旧人入新人是成规，但由此也可看出最高统治者武帝的决心和政治魄力。东宫旧属里不乏当世重臣名士，可为了防止故太子势力盘桓，让萧纲迅速成长起来掌握绝对权势，他并没有让他们(除刘杳外)继续辅佐新主，而是直接将其集体遣出。据史册有限的记载，时东宫僚属罢官者二，出贬者一：

殷钧，罢官署。《梁书》卷二七《殷钧传》载："改领中庶子。昭明太子薨，官属罢，又领右游击，除国子祭酒，常侍如故。"②

陆襄，罢官署。《梁书》卷二七《陆襄传》载："除太子中庶子，复掌管记。中大通三年，昭明太子薨，官属罢，妃蔡氏别居金华宫，以襄为中散大夫、领步兵校尉、金华宫家令、知金华宫事。七年，出为鄱阳内史。……在政六年。"③

何思澄，出贬黟县(今安徽黄山)。《梁书》卷五〇《文学传下·何思澄传》载："入兼东宫通事舍人。……昭明太子薨，出为黟县令。"④

又有曾为昭明太子东宫旧属而被出贬者，即王筠，出为临海(今浙江台州)累年。《梁书》卷三三《王筠传》："累迁太子洗马，中舍人，并掌东宫管记。……中大通二年，迁司徒左长史。三年，昭明太子薨，敕为哀策文，复见嗟赏。寻出为贞威将军、临海太守，在郡被讼，不调累年。"⑤

此外，萧子云和刘孺也曾为东宫僚佐，萧子云在中大通三年(531年)出为临川(今江西抚州)内史，刘孺在中大通四年出为临川王长史、江夏(今湖北武汉)太守。分别见《梁书》卷三五《萧子恪传附萧子云传》："迁太子舍人，撰《东宫新记》奏之，敕赐束帛。……三年，出为贞威将军、临川内史。在郡以和理称，民吏悦之。还除散骑常侍，俄复为侍中。"⑥《梁书》卷四一《刘孺传》："累迁太子舍人，中军临川王主簿，太子洗马……转太子中舍人。……顷之迁太子家令，余如故。……迁太子中庶子、尚书吏部郎。……三年，迁左民尚书，领步兵校尉。中

① 姚思廉：《梁书》卷五〇，中华书局1973年版，第717页。
② 姚思廉：《梁书》卷二七，中华书局1973年版，第408页。
③ 姚思廉：《梁书》卷二七，中华书局1973年版，第409~410页。
④ 姚思廉：《梁书》卷五〇，中华书局1973年版，第714页。
⑤ 姚思廉：《梁书》卷三三，中华书局1973年版，第485~486页。
⑥ 姚思廉：《梁书》卷三五，中华书局1973年版，第513~514页。

大通四年，出为仁威临川王长史、江夏太守，加贞威将军。"①萧、刘二人外放缘由史册记载虽不详，但以时间推论，应当有曾为萧统旧属的缘故在其中。

萧纲被立为太子之前，虽只是藩王，也有自己的藩府文学集团势力："初，太宗在藩，雅好文章士，时（庾）肩吾与东海徐摛，吴郡陆杲、彭城刘遵、刘孝仪，仪弟孝威，同被赏接。"正位东宫以来，"又开文德省，置学士，肩吾子信、摛子陵、吴郡张长公、北地傅弘、东海鲍至等充其选"②，进一步给文学集团扩容。但此前萧统在太子位约30年，自梁武为昭明太子选"东宫十学士"以来，也已有15年之久，这些年基本稳定的政治格局突然被打破，旧势力难免奋起反抗。故而萧纲被立为太子后，在将自己的藩府僚佐带入朝廷，培植势力的过程中，同时面临着巨大阻力，首当其冲被针对的就是徐摛。徐摛在天监十二年（513年）为萧纲侍读，后随镇江州、京口、丹阳、襄阳等地，在藩府18年、深受信赖。萧纲被立为太子后，他随即转家令、兼掌管记、带领直。可不久，徐摛就被出为新安（今浙江杭州淳安县）太守，个中原委史书记载如下：

> 摛文体既别，春坊尽学之，"宫体"之号，自斯而起。高祖闻之怒，召摛加让，及见，应对明敏，辞义可观，高祖意释。因问《五经》大义，次问历代史及百家杂说，末论释教。摛商较纵横，应答如响，高祖甚加叹异，更被亲狎，宠遇日隆。领军朱异不说，谓所亲曰："徐叟出入两宫，渐来逼我，须早为之所。"遂承间白高祖曰："摛年老，又爱泉石，意在一郡，以自怡养。"高祖谓摛欲之，乃召摛曰："新安大好山水，任昉等并经为之，卿为我卧治此郡。"中大通三年，遂出为新安太守。至郡，为治清静，教民礼义，劝课农桑，期月之中，风俗便改。秩满，还为中庶子，加戎昭将军。③

徐摛善为宫体诗，诗风轻艳，流传春坊。高祖萧衍听说此事大怒，召见徐摛欲加责让。然而徐摛应对之时不慌不忙，经、史、百家、释教各家学说对答如

① 姚思廉：《梁书》卷四一，中华书局1973年版，第591~592页。
② 姚思廉：《梁书》卷四九，中华书局1973年版，第690页。
③ 姚思廉：《梁书》卷三〇，中华书局1973年版，第447页。

流，反倒更被武帝亲信。徐摛的才华和地位，使一个人——领军朱异感受到了威胁。朱异是武帝的官方代笔人，"代掌机谋，方镇改换，朝仪国典，诏诰敕书，并兼掌之。每四方表疏，当局簿领，咨询详断，填委于前，异属辞落纸，览事下议，纵横敏赡，不暂停笔，顷刻之间，诸事便了"①。徐摛既以文义才学见赏于武帝，难免让朱异心生忌惮，害怕宠臣的地位被动摇。往更深一层探究，徐摛是新太子萧纲近臣，而朱异却与故太子走得更近。朱异年轻时受沈约、明山宾接赏而入仕，这两人与萧统有着亦师亦友的关系：沈约曾为太子少傅，明山宾曾为太子侍读。朱异本人也曾任太子右卫率，是萧统集团利益的受惠者和代表者之一。朱异伪言徐摛想要外任以颐养天年，徐摛此年已 57 岁高龄，萧衍不疑有他，认为是徐摛的真实心意，将其任命为新安太守。徐摛三年任满后，又回到东宫担任中庶子。太清二年(548 年)，侯景以讨伐朱异为名谋反，萧纲作《围城赋》指斥朱异为豺狼、虺蜴："彼高冠及厚履，并鼎食而乘肥，升紫霄之丹地，排玉殿之金扉，陈谋谟之启沃，宣政刑之福威，四郊以之多垒，万邦以之未绥。问豺狼其何者？访虺蜴之为谁？"②朱异因此惭愤，发病而死。萧纲和朱异的矛盾，极有可能就是从徐摛被排挤外任开始的。

除却徐摛，萧纲的藩府亲信庾肩吾和刘潜，后来也由东宫外任。见《梁书》卷四九《文学传上·庾於陵传附庾肩吾传》："中大通三年，王为皇太子，(庾肩吾)兼东宫通事舍人，除安西湘东王录事参军，俄以本官领荆州大中正。"③《梁书》卷四一《刘潜传》："王立为皇太子，孝仪服阕，仍补洗马，迁中舍人。出为戎昭将军、阳羡令，甚有称绩，擢为建康令。"④史料并没有记载他们外任的具体时间和原因，曹道衡、沈玉成《中古文学史料丛考》"庾肩吾仕历"条言："萧纲继立为太子后，有《答湘东王》二书，其二作于秋日，云'徐摛肩吾，羌恒日夕'。徐摛以是冬出为新安太守，肩吾或以同时出宫。"⑤我们大胆猜测，徐摛、庾肩吾和刘潜三人被出前后时间应不会隔太久，可能是萧统集团旧势力对

---

① 姚思廉：《梁书》卷三八，中华书局 1973 年版，第 538 页。
② 姚思廉：《梁书》卷三八，中华书局 1973 年版，第 539 页。
③ 姚思廉：《梁书》卷四九，中华书局 1973 年版，第 690 页。
④ 姚思廉：《梁书》卷四一，中华书局 1973 年版，第 594 页。
⑤ 曹道衡、沈玉成：《中古文学史料丛考》，中华书局 2003 年版，第 578 页。

萧纲集团新势力的一次集中打击。或许是萧统东宫僚佐皆被遣出使他们感受到了恐慌，所以趁萧纲刚入主东宫、根基未稳之时，打击其亲信以削弱萧纲在朝野的势力。

当然，随着萧纲正位东宫时日推移，他的政治权势必然会逐步增强，也会吸引更多有政治企图的文人向他靠拢。这场由于权力更迭在两个文学集团间造成的风波，最终必然以萧纲文学集团占据历史舞台而终结。

三、政争阴影下的文风之争

中大通三年这场太子改换的政治风波，也造成了当世文风的一变，是南朝文学史上的重大转折性节点。《隋书》卷七六《文学传》论："梁自大同之后，雅道沦缺，渐乖典则，争驰新巧。简文、湘东，启其淫放，徐陵、庾信，分路扬镳。其意浅而繁，其文匿而彩，词尚轻险，情多哀思。格以延陵之听，盖亦亡国之音乎！"①宫体诗自萧纲启其先声，徐摛、徐陵父子和庾肩吾、庾信父子为代表作家。徐庾体的风靡与萧纲成为太子的政治事件息息相关，假若没有萧纲被立为太子的机遇，历史和文学史必将被改写。萧纲一跃成为皇位继承人，他的文学主张也成为新的风向标。当时文坛上的裴子野文学集团复古文学主张和萧统文学集团折中文学主张逐步被湮没，宫体诗一枝独秀，深深地影响了梁、陈两代文坛。至陈后主文学集团，他们耽于声色享乐、喜好轻艳靡丽之作，仍是宫体诗的回响。

萧统、萧纲两兄弟的文学主张极为不同。昭明太子主张"夫文典则累野，丽亦伤浮。能丽而不浮，典而不壄，文质彬彬，有君子之致"②，在典和野、丽和浮之间寻求平衡。他最直接的思想来源就是《论语》"文质彬彬，然后君子"③的文与质中庸之道，因而追求文学中情义与辞采并茂。萧统本人的文学创作也践行着这个主张，刘孝绰在《昭明太子集序》中评论其文风："典而不壄，远而不放，

---

① 魏徵等：《隋书》卷七六，中华书局1973年版，第1730页。
② 萧统：《答湘东王求〈文集〉及〈诗苑英华〉书》，曹旭等选注：《齐梁萧氏诗文选注》，上海古籍出版社2015年版，第288页。
③ 《十三经注疏》整理委员会整理：《论语注疏（十三经注疏）》，北京大学出版社2000年版，第86页。

丽而不淫，约而不俭，独擅众美，斯文在斯"①，虽然这有些吹捧的成分在内，但萧统确实有意识地遵循了自己的文学评判标准。这样的文学风气在昭明太子在位期间有着极大的社会影响力和号召力，尤其昭明太子文学集团中的文士，这段时期的文学创作也往往依循这个标准。《文选》就是在该理念的指导下编纂的，时至今日仍然是作文的标杆和典范。那为什么南朝文学还是留给后世轻艳浮靡的总体印象呢？这就与萧纲的文学主张和文学实践有直接关系了。

萧纲初登太子之位时，宫体诗还没能在朝堂上崭露头角。前文我们说到，徐摛因写作宫体诗而被武帝责问，这其实是萧统文学集团对萧纲文学集团的政治性打击。但萧纲也强势地展示了进据文坛的姿态，在《与湘东王书》中对"京师文体"加以抨击。这篇书信鲜明批评了学习谢灵运和裴子野的负面影响："谢故巧不可阶，裴亦质不宜慕。"我们应当注意一个问题，即模仿谢、裴者与"京师文体"②的关系。"京师"是一个地域概念，"京师文体"指的是当时在建康城盛行的主流文学风气，它是多元的，是一个复合体。当时在京师盛行的，除了谢、裴模仿者，还应当包含萧衍文学集团和萧统文学集团的支持者。但结合这封书信的写作时间和写作背景看，③ 其实对萧统文学集团的针对性恐怕更大。"当时京师文坛超出各个文学流派的核心人物，恐怕仍然是昭明太子萧统"④，萧纲为太子后，不仅对萧统东宫学士官职进行贬黜，更在文学上全方位回击。文争与政争往往糅合在一起，围绕文学主张的争论，本质上是政治地位争夺的投射。萧纲初继太子位，萧统又是其胞兄，萧纲于情于理不能对萧统文学集团进行直接攻击，但伸张与之对立的文学主张，本身就是对旧传统的打压。湘东王就是后来的梁元帝萧绎，时在荆州，显然萧绎的文学倾向与萧纲大致是相同的。萧纲此书信，意图从

---

① 刘孝绰：《昭明太子集序》，严可均校辑：《全上古三代秦汉三国六朝文》，中华书局1958年版，第3312页。

② 姚思廉：《梁书》卷四九，中华书局1973年版，第690~691页。

③ "萧纲此书应作于中大通三年秋冬之际。"（参看吴光兴：《论萧纲的文学活动及其宫体文学理想》，《文学遗产》2006年第4期。）按，对《与湘东王书》的写作时间，有中大通三年前、中大通三年时、大同年间三个主要看法，本文持论应写于萧纲初为太子时。

④ 林田慎之助著，韩贞全译：《〈文选〉和〈玉台新咏〉编纂的指导思想》，《山东师大学报（社会科学版）》1991年第3期。

中央到地方构建起文学的统一战线，将自己的主张在全国上下全面铺开。

萧纲与萧统的文学主张，两者可以说截然相反。在萧统文学评价标准下，萧纲文学集团的创作或许称得上是浮丽的反面典型。萧纲告诫其次子萧大心时说："立身之道，与文章异，立身先须谨重，文章且须放荡。"①"文章且须放荡"是萧纲最主要的文学观，是对陆机"诗缘情而绮靡"②创作观的继承和发展。萧纲文学观念的形成与他集团内文人徐摛的关系最大："（梁简文帝萧纲）是普通五年（524年）出任雍州刺史，直到中大通二年（530年）才调回建康任扬州刺史，前后七年，去时 22 岁，回都时 28 岁，正是创作趋向成熟之时。按《梁书·徐摛传》，徐摛做萧纲的侍读是在天监十二年（513 年），这时萧纲才 11 岁，而从此他就一直跟着萧纲。"③徐摛是萧衍亲自为萧纲选取的老师，当初择取的标准是"文学俱长兼有行者"④。正因此，当萧衍听闻徐摛所作多为宫体艳俗之作时，才会如此震怒。徐摛确有才学，危机得以化解，宫体诗的风潮也免于遭受扼杀。在萧纲成长的关键期和定型期，一直受到徐摛的直接影响。萧纲入主东宫以后，宫体诗方才得名，并在萧纲、徐摛、徐陵、庾肩吾、庾信等人的带领下不断发展兴盛、进据主流。《周书·庾信传》言："时肩吾为梁太子中庶子，掌管记。东海徐摛为左卫率。摛子陵及信，并为抄撰学士。父子在东宫，出入禁闼，恩礼莫与比隆。既有盛才，文并绮艳，故世号为徐、庾体焉。当时后进，竞相模范。每有一文，京都莫不传诵。"⑤这里面有一个文风自上而下的金字塔型传播结构，最顶层的是太子萧纲，中间一层是出入东宫备受恩遇的徐摛、徐陵和庾肩吾、庾信父子，再下一层是当时竞相模仿的年轻士人。从萧纲为太子至他在侯景之乱中被杀（大宝二年，551 年）共计 20 年的时间内，宫体成为当时的主流和风尚，是中国古代文学发展脉络中浓墨重彩的一笔。

除却文学主张上的差别，萧统和萧纲文学集团都编纂了极具影响力的文学总

---

① 萧纲：《诫当阳公大心书》，严可均校辑：《全上古三代秦汉三国六朝文》，中华书局 1958 年版，第 3010 页。

② 陆机：《文赋》，萧统编，李善注：《文选》卷一七，上海古籍出版社 1986 年版，第 766 页。

③ 曹道衡：《南朝文学与北朝文学研究》，商务印书馆 2015 年版，第 161 页。

④ 姚思廉：《梁书》卷三〇，中华书局 1973 年版，第 446 页。

⑤ 令狐德棻等：《周书》卷四一，中华书局 1971 年版，第 733 页。

集，即昭明太子所编之《文选》和徐陵所编之《玉台新咏》。这两部集子的择取标准，无疑反映了这两个集团的文学理念。日本学者林田慎之助等认为："《文选》和《玉台新咏》都是六朝时代具有代表性的诗文集，而又具有相反的性质，是极为罕见的。如果说《文选》是代表传统的或复古的文学思潮，站在古典主义文学观念的立场，旨在批判新时代的文学动向而编纂成书的话，那么，《玉台新咏》则可认为是代表当代的或革新的文学思潮，站在敏锐反映新时代的感觉和新颖构思的立场，在拥护当时文学潮流的意图下编纂成书的。"①毫无疑问，这两部诗文集都是各个集团出于维护和宣扬自己的文学主张、进一步扩大自身文学影响力的目的而编纂的。当然，这本就是宗室文学集团工作的内容之一。

主持编纂这两部集子的，一者为集团领袖萧统，一者为集团核心成员徐陵，这就使得前者带有更为强烈的官方色彩。但无论实际组织者是谁，编纂目的都是为集团和集团领袖服务的。扩大集团文学影响力的本质，是扩大宗王的政治影响力。《文选》和《玉台新咏》前后成书时间相隔并不远，② 但关注的重点作家和作品群却有极大差异。有人认为《文选》以文为本，而《玉台新咏》是一部诗歌集，故而它们对作家和作品的选录并没有可比性。但编纂选集时对文体的选取，本身就包含了编纂者的文学倾向和好尚。文章创作往往含有对庄重典丽的偏好，与萧统的文学主张更为契合；而诗歌带着自由放荡的属性，更符合萧纲的文学主张。在文体偏好的基础上对具体文学作品进行选录，更是文学观念的细化和具象化。《文选》和《玉台新咏》的编纂都是为了传达和宣扬本集团的文学主张，使自身在文坛占据主导地位。而《玉台新咏》编纂应有更多一层目的，即对《文选》及编纂者萧统文学集团予以打击，为萧纲文学集团登上历史舞台造势。

萧统和萧纲兄弟组织文学集团，意图有三：其一，出于对文学的爱好；其二，网罗有学之士；其三，培植壮大自己的政治势力。这三个目的由表及里，决定了文学集团不可能是纯粹的文学行为，其所有行动都有深层的政治意图在里

---

①　林田慎之助著，韩贞全译：《〈文选〉和〈玉台新咏〉编纂的指导思想》，《山东师大学报(社会科学版)》1991年第3期。

②　按，学界关于《文选》和《玉台新咏》成书时间的讨论非常多，曹道衡、沈玉成、饶宗颐、傅刚、刘跃进、查屏球等学者都对此进行了探讨，目前暂无定论。本文不对这个问题展开讨论，大致以为《文选》成书于大通元年前后，《玉台新咏》成书于中大通年间。

面。身处其中的文人尽力维护和壮大本集团势力，形成集团势力不断交替更迭的发展态势。当中大通三年(531年)萧统卒后，昭明文学集团失去了领袖人物，在政治和文学上一朝覆没。虽然也凭借多年积蓄的力量予以了反击，贬出了萧纲文学集团的核心人物徐摛、庾肩吾等。但政治历史的洪流不可阻拦，文学的发展也随之变化。对京师文体的抨击和以《玉台新咏》对抗《文选》，都是从文学的角度进一步打击萧统残留势力，转而让宗室领袖萧纲及其文学集团占据主导地位的举动。

文学与政治的互动从未停止，正如刘勰所言"文变染乎世情，兴废系乎时序"①，文学和政治相互作用、互相影响。从政治对文学影响的角度来说，"上有所好下必甚焉"，权力掌有者对文学的好尚会带动上层文士，再进一步辐射到更大的社会群体之中；从文学对政治影响的角度来说，文学发展具有先行性和导向性，可以为权力所有者积蓄力量，并成为辅助统治的工具。明代王夫之曾经评价："萧氏父子以文笔相竞，然文之衰也，自其倡之于上，而风会遂移。顾就彼互质，昭明尤拙，简文尤巧。"②萧统文学集团和萧纲文学集团代表了拙与巧的两面。随着前者的式微和后者的兴起，梁朝文学风气被带入绮靡轻艳的一面，宫体诗成为南朝后期文学的主流。

本章小结

宗室既是皇权最有力的拱卫者，也是皇权最危险的潜在撼动者。故而宗室命运往往系于帝王的一念之间，有煊赫一时、尽其才用者，也有命运多舛、朝不保夕者。而在南朝，无疑更多的是后一种情况。宗室处境本就微妙，加以南朝政局复杂波谲、震荡不安，被贬乃至诛杀的情况屡见不鲜。皇帝的权力越不稳固，对宗室的猜忌和打击就会愈发严厉，而且往往牵连甚广，牵累到宗室的子女及其核心社交圈。宗室文学集团往往是当世文人最高水准的代表，他们进入核心权力层或被贬出，往往能够影响当世文学的发展方向。

---

① 刘勰著，范文澜注：《文心雕龙注》，人民文学出版社1958年版，第675页。
② 王夫之著，李中华、李利民校点：《古诗评选》，上海古籍出版社2011年版，第236页。

　　宗室由于天然地享有政治资源，吸引到一批才学之士为其所用，这种相互利用的关系在中国古代社会长期存在。南朝又更为特殊，文学的政治功能得到了极大发挥。尤以齐、梁萧氏一族为最，他们本身爱好文义，以文义为名纠集文学士子蔚然成风。但本质目的还是出于政治的功用和意图，这些文学之臣不仅能为集团领袖出谋划策，他们的聚集效应本身也是不容小觑的力量加成。宗室文学集团的兴衰，是其领袖的政治实力和影响力的映射。同样，文学之争也是政治之争的一个侧面，反映了政治权力的起伏变化。钱锺书先生曾就作者创作与当世文风的关系作过议论：

　　　　我们要了解和评判一个作者，也该知道他那时代对于他那一类作品的意见，这些意见就是后世文艺批评史的材料，也是当时一种文艺风气的表示。一个艺术家总在某些社会条件下创作，也总在某种文艺风气里创作。这个风气影响到他对题材、体裁、风格的去取，给予他以机会，同时也限制了他的范围。就是抗拒或背弃这个风气的人也受到它负面的支配，因为他不得不另出手眼来逃避或矫正他所厌恶的风气。正像列许登堡所说，模仿有正有负，"反其道以行也是一种模仿"（Grade das Gegentheil tun ist auch eine Nachahmung）；圣佩韦也说，尽管一个人要推开自己所处的时代，仍要和它接触，而且接触得很着实（On touche encore à son temps, et très fort, même quand on le repousse）。所以，风气是创作里的潜势力，是作品的背景，而从作品本身不一定看得清楚。①

　　作家的创作不能够被割裂地看待，他的创作带有当世艺术风气的色彩，也跳脱不出自己所处的时代。创作是一种有很强目的性的活动，无论是反对之前社会存在的文学风气，还是宣扬自己所在文学集团的文学主张，其实都受到大环境的影响。这种影响给他们提供了机遇，也限制了他们的发展范围。但文学也正是在这种否定和创新中不断获得活力，呈现出螺旋上升的发展态势。

---

　　①　钱锺书：《中国诗与中国画》，钱锺书：《七缀集》，生活·读书·新知三联书店2002年版，第1~2页。

第四章　南朝贬谪文学的发展

据笔者统计，南朝文人①被贬共计191例，在南朝贬谪事件总量中占比约三成。其中宋70例、齐27例、梁72例、陈22例，在各朝占比约24%、22%、51%、33%。这与南朝文学发展水平相关，在四朝中，萧梁是文学发展的最高峰，自上而下的文学风气使得官员中文士的占比也相应较大。其他三朝也各自有较为出色的文学家，譬如宋"元嘉三大家"就是当代文坛的佼佼者。各个朝代的代表性文人几乎都有过贬谪经历，其贬谪之作也往往代表着个人创作水平的高峰。南朝贬谪文学创作数量上，以谢灵运、颜延之、江淹、沈约为最。沈约我们在上一章中已经有所提及，本章我们选取其余三人作个案分析。此外，基于南北政治隔绝下文气之别的大历史背景，我们以南朝羁北文士为切口，探究这一群体的类流贬心态以及他们在南北文学融合中的特殊贡献。

第一节　"颜谢"谪居期文学创作研究

将颜、谢二人并称由来已久，胡应麟《诗薮》言其"并称何也？同时、同事又同调也"②。颜延之和谢灵运同属一个时代，颜延之仅比谢灵运年长一岁。二人经历亦多有交叠之处，尤其在政治上一生多贬，在创作上文才俱佳。他们诗文内容既有对谪居经历的反映和反思，也塑造着这个时代的文学体式与文学风气。

一、"颜谢"的身世遭际

就颜延之和谢灵运二人文学风格之研究成果已夥，从他们所处时代直至当

①　按：依据曹道衡、沈玉成《中国文学家大辞典·先秦汉魏晋南北朝卷》确定文人身份。
②　胡应麟：《诗薮》外编卷二，上海古籍出版社1958年版，第154页。

下，批评者不绝如缕。文学上的可比性根源在于他们相似的生活遭遇，当我们从贬谪角度切入时，会发现其中诸多巧合之处。这种表面的偶然又有深层的必然，究其原因，是由其自身性情、家庭背景以及当时政治文化因素共同促成的。

先简要梳理一下颜延之和谢灵运二人的仕宦贬谪经历：

颜延之，宋少帝景平二年(424年)，因与庐陵王刘义真亲厚，为徐羡之、傅亮出为始安太守，至元嘉三年(426年)徐羡之诛，征为中书侍郎；元嘉十一年忤刘湛，出为永嘉太守，又以作《五君咏》免官，屏居七年；后又在国子祭酒任坐启买人田，不肯还直，免官。①

谢灵运，宋武帝永初元年(420年)，刘裕即皇帝位，由康乐公降为县侯，太子左卫率；永初三年，少帝即位，因与庐陵王刘义真亲厚为司徒徐羡之等患，出为永嘉太守，在永嘉前后一年辞官归始宁；宋文帝元嘉五年(428年)，帝唯以文义见接，灵运意不平，讽旨令自解，由侍中之职赐假东归；同年，复因游娱宴集为御史中丞傅隆奏免，归始宁南山；元嘉八年，任临川内史，在郡游放为有司所纠，又兴兵抗收，徙付广州，元嘉十年于广州行弃市刑。

从以上谪宦经历可以发现二人三个共同点：第一，他们都因与庐陵王刘义真亲厚，为徐羡之、傅亮所出；第二，他们都曾被贬永嘉；第三，他们被贬后都有过一段屏居在家的日子。

首先，来看一下他们与庐陵王刘义真的关系，《宋书》载"义真聪明爱文义，而轻动无德业。与陈郡谢灵运、琅邪颜延之、慧琳道人并周旋异常，云得志之日，以灵运、延之为宰相，慧琳为西豫州都督"②。庐陵王与谢灵运游处交往的经历，在本书第二章谢氏家族专题研究中已经有所提及，此处不多赘述。颜延之与谢灵运共同受到刘义真亲厚，也因此被牵连，为权臣徐、傅二人贬出。虽然出于共性原因被贬，但两人被贬时间有先后。谢灵运被贬在永初三年少帝初即位时，而颜延之被贬在次年。两人不同时被贬，并非权臣的格外留情或偏袒，个中原因我们可以从史书记载中体味出：谢灵运出贬由于"构扇异同，非毁执政"③，

① 按，据曹道衡、沈玉成《中古文学史料丛考·颜延之元嘉间仕历》，事在元嘉二十二年至二十四年间。

② 沈约：《宋书》卷六一，中华书局1974年版，第1635~1636页。

③ 沈约：《宋书》卷六七，中华书局1974年版，第1753页。

而颜延之是因"时尚书令傅亮自以文义之美，一时莫及，延之负其才辞，不为之下，亮甚疾焉。庐陵王义真颇好辞义，待接甚厚，徐羡之等疑延之为同异，意甚不悦"①。细味之，两人被贬之由谢灵运在于政事，而颜延之则以文辞为主、政事为辅。政治利益的冲突是核心矛盾，谢灵运本人也将自己的政治抱负和抑郁不平格外向外表露，因此立刻受到忌惮和打击。而颜延之虽然以文义见接于刘义真，却没有在政治上有过多参与，仅仅是"疑"之有涉。颜延之外放更直接的原因是在文辞上与傅亮相争，遭到嫉恨。一为权力一为文学，两者轻重不同，故出贬时间有先后。元嘉三年(426年)，徐、傅二人被诛，谢灵运被起为秘书监，颜延之被起为中书侍郎，宣告着这次贬谪事件的结束。

其次，他们二人都曾被贬至永嘉。永嘉在今浙江温州，谢灵运谪居永嘉前后一年(永初三年八月至景平元年秋九月)，接着辞官归始宁。"郡有名山水，灵运素所爱好。"②他在永嘉期间游历山水，留下了不少名篇佳作。而颜延之虽也曾被贬永嘉，是否前往赴任却存有疑问。颜延之贬永嘉，与见忤于彭城王刘义康及其亲信刘湛有关。颜延之以言辞得罪刘湛被黜，彼时刘义康深得文帝宠信，其势力正处在发展壮大的过程中。延之已拜为永嘉后又作《五君咏》，辞旨不逊，被代。钱志熙《元嘉三大家永嘉郡事迹考》③一文，参考清温州地方志记载唐代张又新《青岙山》诗，认为颜延之确实到永嘉赴任过，只是待的时间很短，而《五君咏》或就创作于永嘉。这个推断有三个疑点，其一，关于张又新这首诗的最早记载出现在清代，距离唐代已久，"昔贤"是否确指颜延之，可能有附会的成分。其二，参考谢灵运行程，《永初三年七月十六日之郡初发都》和《答弟书》显示他在七月十六日出发、八月十二日到达永嘉，路上近一个月的时间。④ 如果说颜延之已至郡，在郡作《五君咏》又传到刘义康那里，至少要两个月或更久。而史书中"时延之已拜"⑤，暗含着授官不久的意味。其三，颜延之创作的速度极快，《南史》记

---

①　沈约：《宋书》卷七三，中华书局 1974 年版，第 1892 页。

②　沈约：《宋书》卷六七，中华书局 1974 年版，第 1753 页。

③　钱志熙：《元嘉三大家永嘉郡事迹考》，《中国典籍与文化》2015 年第 4 期。

④　按，亦有学者考证，谢灵运《答弟书》"前月十二日至永嘉郡"之"前月"，更可能指"九月"(参见祝修顾：《六朝交通文学与地理研究》第六章《谢灵运永嘉贬途行迹行期与山水景观新考》，复旦大学博士学位论文，2025 年，第 177 页)。据此说则路途时间更长。

⑤　沈约：《宋书》卷七三，中华书局 1974 年版，第 1893 页。

载："延之与陈郡谢灵运俱以辞采齐名，而迟速县绝。文帝尝各敕拟《乐府北上篇》，延之受诏便成，灵运久之乃就。"①此时颜延之又当激愤之时，援笔立就尚有可能，隔到一月以上才写成可能性较小。钱志熙又以文帝诏"降延之为小邦不政，有谓其在都邑，岂动物情，罪过彰著，亦士庶共悉"②，证明他已经至郡，且有小人进谗他在郡罪过昭彰。但我们应当注意，颜延之此前被贬往过始安。诏书中的已"动物情"，罪过"共悉"，都说明并不是很短时间之内能够造成的影响。这种情形更似有人为了谄媚刘义康和刘湛，在颜延之被贬不久内再度进谗，以旧事落井下石。根据上述几点，笔者认为颜延之应是被贬后未至永嘉。又有学者以为，谢灵运在元嘉十年被诛，而曾经与之亲厚的颜延之次年被贬到灵运曾经贬居过的永嘉郡，有震慑他的深意。

最后，谢灵运和颜延之都曾有很长一段废弃在家的日子。谢灵运自景平元年至元嘉三年、元嘉五年至元嘉八年都在始宁，其间大约有六载。颜延之在元嘉十一年至元嘉十七年"屏居里巷，不豫人间者七载"③。二人谪居期的性格走向是不同的：谢灵运元嘉八年为临川内史，"在郡游放，不异永嘉"④，说明他从被贬永嘉到此时，性情和行为基本一以贯之；而颜延之在刘湛伏诛后为御史中丞"在任纵容，无所举奏"⑤，比之以前的"辞甚激扬，每犯权要"⑥有显著变化。胡应麟《诗薮》言："灵运、延年，并以纵傲名，而颜之识，远非谢比也。步兵、光禄，身处危地，使马昭、刘劭信之而不伤。中散、康乐，虽有盛名，非若夏侯玄辈为时所急，徒以口舌获戾。悲夫！"⑦颜延之也曾以性情傲诞被贬黜，而他的转变正是这屏居在家的七年期间。我们来看看他创作于闲居时期的《庭诰》一文，其中告诫子弟"言高一世，处之逾默，器重一时，体之滋冲，不以所能干众，不以所长议物"，言行举止要静默少议论，以防出现为人言非议所伤的情况。此外，要

---

①　李延寿：《南史》卷三四，中华书局 1975 年版，第 881 页。

②　沈约：《宋书》卷七三，中华书局 1974 年版，第 1893 页。

③　沈约：《宋书》卷七三，中华书局 1974 年版，第 1893 页。

④　沈约：《宋书》卷六七，中华书局 1974 年版，第 1777 页。

⑤　沈约：《宋书》卷七三，中华书局 1974 年版，第 1902 页。

⑥　沈约：《宋书》卷七三，中华书局 1974 年版，第 1893 页。

⑦　胡应麟：《诗薮》外编卷二，上海古籍出版社 1958 年版，第 151 页。

多自我反省，素退自守，"日省吾躬，月料吾志，宽默以居，洁静以期"①。这些观念直接导源于他对此前因行为和言语傲诞遭受贬黜的反省。也正是因为这次思想上的大转变，他再也没有犯颜权要，终得富贵善终。

颜、谢二人的仕宦困顿有诸多相似之处，但相似中又有不同，这与他们的出身背景有直接关系。谢灵运出身陈郡谢氏，门楣余资使其性格桀骜高蹈。但步入南朝后皇权对士族的打压，注定了他的仕途不会平顺。他的性情是出身造就的，悲剧性命运是时代环境使然。而颜氏一族虽也是南渡门阀之一，却远不如谢氏显赫。沈玉成在《关于颜延之的生平和作品》一文中说："同谢灵运一样，颜延之的性格里有十分傲岸的一面。所不同的是，颜延之门第较低，政治上并不热中躁进，立身处世则以佯狂掩盖狷介而又有和光同尘的一面。在当权者心目中，他不是一个带有很大危险性的人物，所以虽然屡经蹉跌，却仍然得保天年，富贵以终。"②正因为颜氏一族的势位较低，颜延之背负的家庭荣光以及振兴使命感也较谢灵运要淡薄得多，与皇权的对抗性也更小。这使颜延之随着年龄和经历的增长，能够对自己的处世方式进行主动反思和调整，得以终年全身。

二、"颜谢"二人谪居期创作特点异同

颜、谢二人谪居期间的文学创作有很大不同，无论在数量、文体、内容和心态上，都显示出差异性。颜延之以文为主，文风较为守古典丽；谢灵运则多是诗歌，山水之作积郁不平之气。

首先数量上，谢灵运的贬作是颜延之的五倍之多。谢灵运三度出贬，分别是永初三年(422年)至元嘉三年(426年)在永嘉及始宁、元嘉五年至元嘉八年在始宁、元嘉八年至元嘉十年在广州。颜延之两度出贬，分别是景平二年(424年)至元嘉三年在始兴、元嘉十一年至元嘉十七年屏居在家。二人贬黜的总时长大致相当，都约为十年。而观其贬谪之作，据笔者统计，谢灵运诗文共计121篇，颜延之共计24篇。③ 也就是说，谢灵运的谪居期创作在体量上是要远远超过颜延之

① 沈约：《宋书》卷七三，中华书局1974年版，第1894、1899页。
② 沈玉成：《关于颜延之的生平和作品》，《西北师大学报(社会科学版)》1989年第4期。
③ 这里统计的贬谪之作，包括他们在去往和离开贬地的路途之作，以及在贬所的所有创作；组诗或系列文，皆以单首或单篇分开计数。

的(约为其五倍)。

其次在文体上，谢灵运相对更偏重于写诗，而颜延之更喜写文。谢灵运贬作中诗共 67 首，文共 54 篇；颜延之贬作中诗共 11 首，文共 13 篇。虽然谢灵运和颜延之对文体的偏好性并不十分显著，但确实存在偏重。他们擅长的文体有区别，故而在贬谪创作中的文体选择就有倾斜。就文学造诣论，谢灵运对诗歌史发展的推动作用远胜于颜延之；而颜延之"文章之美，冠绝当时"①，是以文见长的。对文体的偏好还有一个内因，也就是作家个人性格与文体表达方式的内在契合度。一般来说，诗歌的情感表达较文章来说更为外显；就作者性情而言，谢灵运也较颜延之更为外露。

再次在内容上，谢灵运贬谪创作中多有对山水的关注。谢灵运是山水诗的开创者，这一点为历代共识。他的山水诗作正成就于他的贬谪生涯，贬谪给他的山水诗提供了两方面要素，即山水之地和情感内蕴。正因为被外贬，他才能够投寄山水之地纵情游览，而这样的游览又并非惬意随性，而是带有政治挫折、才华不展的抑郁的。正如傅刚在《魏晋南北朝诗歌史论》中说：

> 就谢灵运创作态度看，他并非纯以山水审美态度写作山水诗，他对山水的选择，既有审美的因素，也有政治失意的因素。他的失意又与后世一般文人的落魄失意不同，首先，他的身上体现了东晋士族政治与刘宋皇权政治的抗争；其次，他企图振兴谢氏家族的雄心。……正是这样的现实将诗人逼向山水，他的山水诗染上浓重的对抗现实色彩，因此，我们说他本非纯为山水审美而作诗。②

谢灵运谪居期间纵情山水、讨论名理，但其诗中充盈着赏心不遇的孤寂感、己身之病的无力感和隐居避世的无奈感。这样的情感内蕴正是源于其自身命途的波折，他因政治受挫而投迹山水，在山水之美中希冀获得短暂解脱，可是游兴之余又难免胸中郁结。举谢灵运名篇《登池上楼》为例，这首诗作于其景平元年

---

① 沈约：《宋书》卷七三，中华书局 1974 年版，第 1891 页。
② 傅刚：《魏晋南北朝诗歌史论》，商务印书馆 2017 年版，第 276~277 页。

（423 年）被贬永嘉之时：

> 潜虬媚幽姿，飞鸿响远音。薄霄愧云浮，栖川怍渊沉。
> 进德智所拙，退耕力不任。徇禄反穷海，卧疴对空林。
> 衾枕昧节候，褰开暂窥临。倾耳聆波澜，举目眺岖嵚。
> 初景革绪风，新阳改故阴。池塘生春草，园柳变鸣禽。
> 祁祁伤豳歌，萋萋感楚吟。索居易永久，离群难处心。
> 持操岂独古，无闷征在今。①

　　全诗可以分为三层，前八句言自身进退维谷的政治处境，中间八句写病中临窗所见之初春景象，最后六句是其孤寂情感的抒发。"池塘生春草，园柳变鸣禽"历来被认为是谢灵运众作中的佳句。这两句看似平易、不事雕琢，但实则其中韵味无穷。虽然从语言上看所写之景清新自然，内里却将自己卧病许久、乍见春景为节物惊心的谪居感受暗藏其中。谢灵运的心理有其复杂性，既有自矜门第、超然物外的一面，也有政治不遇、羁于门第的一面。因此他在仕与隐的选择上一直是纠结的，两种情绪往往缠绕在一起，最终却两头落空。而颜延之不同于谢灵运，他的贬作中虽然对山水景物也偶有涉及，如《始安郡还都与张湘州登巴陵城楼作》诗，但在谪居期间没有对山水集中的游览和关注。

　　最后在心态走势上，谢灵运谪居期间心情之沉闷郁结一以贯之，而颜延之从最初的不平愤懑趋于平和，心态有一个明显的转变。谢灵运的心情郁结是藏在表层话语之下的，他无论是谈玄论佛还是山水游兴，实则都是对自己现实屡屡受挫的开解。黄节在《谢康乐诗注序》中说："康乐之诗，合《诗》、《易》、聃、周、《骚》、《辩》、仙、释以成之。其所寄怀，每寓本事，说山水则苞名理。"②黄节认为，谢灵运的诗中杂糅着诗骚传统、儒释道诸家思想，且有现实寄托在其中。不仅是诗作，谢灵运的文中山水、玄、佛也占有极重的分量，并且互相影响，形成了他独特的创作风格。这里举其文《山居赋》为例，该文洋洋洒洒近万言，其

---

①　顾绍柏校注：《谢灵运集校注》，里仁书局 2004 年版，第 95 页。
②　黄节：《谢康乐诗注 鲍参军诗注》，中华书局 2008 年版，第 3 页。

中颇可见玄佛思想对他创作的影响及最终的现实指向。文中极力铺写其隐居家乡会稽始宁时居所风物之美，对他贬居时期的思想状态和生活状态进行了全方位展示。现实的不得意使得谢灵运不断向内寻求宗教的慰藉，尤其推崇道家升仙及隐逸思想：言其所居远东乃神仙居住之蓬莱、方丈、瀛洲"海中三山"；仙草灵药随土而生，"卷柏万代而不殒，伏苓千岁而方知"，"并皆仙物"；向往的生活是"冀浮丘之诱接，望安期之招迎。甘松桂之苦味，夷皮褐以颓形。羡蝉蜕之匪日，抚云霓其若惊"的升仙之日。在对超脱于现实世界的向往与追求中，谢灵运希冀能够脱离尘世之苦的牵累，达到仙人超然无虑的境界。但是升仙在现世生活中毕竟是难以企及的，故而他退而求其次，结庐于远离俗世的清幽山水之间，"判身名之有辨，权荣素其无留"①，希望从政治的漩涡中抽身保全，惬意于自然之中。赋中先列举张良、范蠡两位功成身退之人，又排比而下广成子、许由、愚公、庚桑楚、徐无鬼、老莱子、商山四皓、郑子真、梁伯鸾、高凤、台佟等众多隐者，他们因为不慕权威荣华、隐居山水而得以终其天年。谢灵运慕其行径，亦仿效他们在家乡始宁修筑别业，醉心其间，其目的是"屡借山水，以化其郁结"②，期望能适心明道、避祸养年。谢灵运在永嘉郡时恣情山水，辞官后又大举修建别业，貌似旷达适意，实则不然。正如范泰在《与谢侍中书》中言："栖僧于山，诚是美事，屡改骤迁，未为快也"③，这是深切地体察到了谢灵运的内心而作出的切中肯綮之语。

颜延之的心态变化轨迹，从他两度被贬后的文学创作中可以清晰看出。第一次被贬始安，"领军将军谢晦谓延之曰：昔荀勖忌阮咸，斥为始平郡，今卿又为始安，可谓二始"④，以西晋时阮咸因对音律的见解高于荀勖而被贬始平，⑤ 比之于颜延之因才过于傅亮而被贬始安，可谓贴切。始安在今广西桂林，由建康

---

① 顾绍柏校注：《谢灵运集校注》，里仁书局 2004 年版，第 453、456、459~460、450 页。

② 孙绰：《三月三日兰亭诗序》，严可均校辑：《全上古三代秦汉三国六朝文》，上海古籍出版社 1958 年版，第 1808 页。

③ 顾绍柏校注：《谢灵运集校注》，里仁书局 2004 年版，第 443 页。

④ 沈约：《宋书》卷七三，中华书局 1974 年版，第 1892 页。

⑤ 《晋书》卷四九《阮籍传附阮咸传》："荀勖每与咸论音律，自以为远不及也，疾之，出补始平太守。"（房玄龄等：《晋书》卷四九，中华书局 1974 年版，第 1363 页。）

（今南京）至广西，湖南是必经之路。颜延之道经汨潭时，代湘州刺史张邵作《祭屈原文》，其辞曰：

> 兰薰而摧，玉贞则折。物忌坚芳，人讳明洁。曰若先生，逢辰之缺。温风迫时，飞霜急节。嬴、芊遘纷，昭、怀不端。谋折仪、尚，贞蔑椒、兰。身绝郢阙，迹遍湘干。比物荃荪，连类龙鸾。声溢金石，志华日月。如彼树芬，实颖实发。望汨心欷，瞻罗思越。藉用可尘，昭忠难阙。①

颜延之作此文，一方面是由于公文写作确是其所长，另一方面也是为了"以致其意"。"其"意表面看是张邵之意，而实质上是代笔者颜延之自己有意欲发。屈原作为中国文化历史上一个典型的忠而被放的形象，颜延之与他产生了跨越时空的共鸣。祭文中说贤才在政治上遭受摧折并被流放，这正是颜延之自己面临的现实困境。祭屈子实为寄意自伤，颜延之被贬岭南时自哀自怜之意溢诸笔端。他又作《寒蝉赋》自比，以"越客发度漳之歌，代马怀首燕之信"②表明自己被贬异乡的离群孤寂之感。

颜延之第二次被贬，愤而作《五君咏》，也因此诗继而被废在家七年。这是颜延之作品中辞旨最激昂的一篇，也被视为他创作水平的高峰。

> 延之甚怨愤，乃作《五君咏》以述竹林七贤，山涛、王戎以贵显被黜，咏嵇康曰："鸾翮有时铩，龙性谁能驯。"咏阮籍曰："物故可不论，途穷能无恸。"咏阮咸曰："屡荐不入官，一麾乃出守。"咏刘伶曰："韬精日沉饮，谁知非荒宴。"此四句，盖自序也。③（《宋书》卷七三《颜延之传》）

《宋书》这段记载有一点值得探究，颜延之笔下的"五君"并不包括山涛和王戎。竹林七贤中，山涛、王戎与另五位的政治态度不同，他们委身于司马氏集团

---

① 沈约：《宋书》卷七三，中华书局 1974 年版，第 1892 页。
② 王学军：《颜延之集编年笺注》，人民文学出版社 2021 年版，第 47 页。
③ 沈约：《宋书》卷七三，中华书局 1974 年版，第 1893 页。

以得高位。在颜延之心里，显然对另五位的魏晋名士风神气度更为认同，如嵇康的高傲难驯、阮籍的穷途而哭、阮咸的醉心音律、刘伶的饮酒掩才、向秀的甘于淡泊。这些虽然出自史实，但更是颜延之用以表达自身才高被弃的愤懑不平的方式。颜延之以"竹林七贤"贤而不遇自比，再次触怒了刘义康集团，故而被废黜在家。《五君咏》是颜延之作品情绪爆发的巅峰，此前是一个逐渐上升积累的过程，而自此次爆发后则逐渐收敛趋缓。谪居期间他又作《归鸿》诗以"万有皆同春，鸿雁独辞归"①抒发被弃置感，作《七绎》赋以主人公怀才不遇、隐居山林而自托。正是因为长期的离群索居，让颜延之思想发生了重大转变，在这段谪居生涯后期创作出了《庭诰》一文。此时的颜延之棱角已经被磨平，传达出不忤于世方能长久的新处世之道。明人张溥以为："延年文莫长于《庭诰》，诗莫长于《五君》"②，一文一诗一缓一促，正是他在贬谪期间心态变化的两极。

关于颜、谢二人的创作优劣之论绵延千载，大多认为谢之过于颜处，在于文辞之清新可爱。如陆时雍在《诗镜总论》中评述："诗至于宋，古之终而律之始也。体制一变，便觉声色俱开。谢康乐鬼斧默运，其梓庆之镰乎？颜延年代大匠斫而伤其手者也。寸草茎，能争三春色秀，乃知天然之趣远矣。"③谢诗"池塘生春草，园柳变鸣禽"，自然而无雕琢之功；而颜延之之作，重用典、炼字、偶对，刻意为之的痕迹明显。从文辞的使用进行评判固然是一个视角，但走深一层，谢诗过于颜处更在于情感的沉郁不发。自古以来善为辞章之士命多不达，谢诗因此能获得后世读者更多的共情。

三、山水贬谪诗作的后世回响

颜、谢二人在文学上各有其长，皆闻名当时、垂范后世。沈约论："爰逮宋氏，颜、谢腾声。灵运之兴会标举，延年之体裁明密，并方轨前秀，垂范后昆。"④从文学性来说，谢灵运或许更胜一筹；从体式性来说，颜延之更有其独到之处。但是就贬谪文学创作的影响力来说，无疑谢灵运是要远远超过颜延之

---

① 王学军：《颜延之集编年笺注》，人民文学出版社 2021 年版，第 124 页。
② 张溥著，殷孟伦注：《汉魏六朝百三家集题辞注》，中华书局 2007 年版，第 223 页。
③ 陆时雍撰，李子广评注：《诗镜总论》，中华书局 2014 年版，第 58 页。
④ 沈约：《宋书》卷六七，中华书局 1974 年版，第 1778~1779 页。

的。谢氏开启的山水诗创作范式和寄寓其中的寂寞情感，往往引起后世文人的共鸣。

山水游兴是六朝风尚，而谢灵运的贬谪经历让他对山水有了更深层、更独到的体悟。清代吴淇《六朝选诗定论》说："凡天下佳山佳水，原非虚设。彼造物者实生之以供斯人明悟之用，故山水自关人意，而人自钟情山水。或因悟而及山水，或因山水而起悟，莫不本其情之浅深以为所得领略之分。孔子以乐山乐水为仁者智者之情，其'动静乐寿'四字，正从乐山乐水中拈出道理来。故凡古今诗人，孰不情关山水之间？而诗中康乐，尤是慧业文人，故其留心山水更癖，而所悟最深也。"①谢灵运对山水的体悟和对文学的创新得益于其才情天分与身世之感，别开生面并为后世所仿效。唐代文豪白居易论谢灵运诗云：

> 吾闻达士道，穷通顺冥数。通乃朝廷来，穷即江湖去。
> 谢公才廓落，与世不相遇。壮志郁不用，须有所泄处。
> 泄为山水诗，逸韵谐奇趣。大必笼天海，细不遗草树。
> 岂唯玩景物，亦欲摅心素。往往即事中，未能忘兴谕。
> 因知康乐作，不独在章句。②

前六句是对谢灵运生平不遇的概述，正因为仕途坎壈，他才将积郁不得志的情绪倾泻于山水之中。笔下景物有奇趣是其特色，更是谢灵运借以抒发自己高洁情怀的方式。他诗作佳处不仅仅在表面的辞采，更在内蕴，因对眼前之景有所感发，故以比兴的写作手法描物达意。这种有所兴发的山水诗创作，正寄寓着贬谪精神。谢灵运山水文学的精神内核不仅被后世文人感知，而且因为贬谪命运在历朝历代不断上演，也得到了进一步的传承和发扬。

谢灵运山水之作的继承者首推唐代柳宗元，无论是山水诗创作还是贬谪精神内蕴上，都深得其味。元好问《论诗三十首·其二十》云"谢客风容映古今，发源

---

① 吴淇撰，汪俊、黄进德点校：《六朝诗选定论》，广陵书社2009年版，第372页。
② 白居易：《读谢灵运诗》，白居易著，朱金城笺校：《白居易集笺校》，上海古籍出版社1988年版，第369页。

谁似柳州深？朱弦一拂遗音在，却是当年寂寞心"，诗下自注："柳子厚，宋之谢灵运"，又《其四》注云："柳子厚，唐之谢灵运"①，展现出谢灵运和柳宗元跨越时代的联系。他们不仅都是山水诗人，也是贬谪文人，具有身世遭际的相通性和创作的传承性。谢、柳二人都因政治上受挫在山水间寄寓此身，谪居期也是他们创作的高峰期：谢灵运的山水诗几乎都作于永嘉、会稽，寂寞之情又自庐陵王义真死后尤甚；柳宗元的诗文在被贬后愈加淘砺精思："子厚之贬，其忧悲憔悴之叹，发于诗者，特为酸楚"②，又"子厚遭贬谪后，文格较前进数倍"③。元好问点出他们诗中潜藏的"寂寞"之味，切入了谢、柳二人山水历游表层动作之下，遥相契合的寂寞心境。

寂寞的情绪从二人诗歌文辞本身着眼，随处可见：

谢灵运：

索居易永久，离群难处心。（《登池上楼》）

萱苏始无慰，寂寞终可求。（《东山望海》）

孤游非情叹，赏废理谁通？（《于南山往北山经湖中瞻眺》）

结念属霄汉，孤景莫与谖。（《石门新营所住四面高山，迴溪石濑，修竹茂林》）

惜无同怀客，共登青云梯。（《登石门最高顶》）

美人竟不来，阳阿徒晞发。（《石门岩上宿》）④

柳宗元：

赏心难久留，离念来相关。北望间亲爱，南瞻杂夷蛮。（《构法华寺西亭》）

---

① 杜甫著，郭绍虞集解；元好问著，郭绍虞笺释：《杜甫戏为六绝句集解 元好问论诗三十首小笺》，人民文学出版社1978年版，第72、60页。

② 魏庆之：《诗人玉屑》卷一二，上海古籍出版社1978年版，第252页。

③ 吴德旋：《初月楼文钞》，《清代诗文集汇编》编纂委员会编：《清代诗文集汇编（四八六）》，上海古籍出版社2010年版，第8页。

④ 顾绍柏校注：《谢灵运集校注》，里仁书局2004年版，第95、99、175、256、262、269页。

孤赏诚所悼，暂欣良足襃。(《游南亭夜还叙志七十韵》)

竟夕谁与言？但与竹素俱。(《读书》)

溪路千里曲，哀猿何处鸣？孤臣泪已尽，虚作断肠声。(《入黄溪闻猿》)

倚楹遂至旦，寂寞将何言？(《中夜起望西园值月上》)

况我万里为孤囚。(《放鹧鸪词》)

屏居负山郭，岁暮惊离索。(《郊居岁暮》)①

"寂寞""孤"这样的字眼反复出现，透露出他们身处山水荒地之时，内心孤独感之强烈。创作于谪居期间，是上文所举诗作的一个共性特征。统计谢、柳二人诗作，"寂寞"及"孤"字眼在谢诗中共出现 8 次，柳诗中共出现 17 次，创作于被贬时期的分别占 100% 及 94%。用词频率实际反映的是一种心理态势，是主观潜意识的客观投映。因此可以说"寂寞"之情直接导源于贬官经历，无论是谢灵运还是柳宗元，由京都至地方，都非自己主动选择。他们地理上由朝堂至山水，心理上由进取趋于寂寞。

刘熙载《艺概》说，柳州出于康乐，"得其性之所近"②。其性之近者，在于相通的身世之感和山水之情。谢灵运之后，形成了观山水以寄寓情感的谪宦山水诗文学传统，对唐代乃至现今都有绵延不绝的影响。

第二节　江淹贬谪之作对屈、贾的继承与开创

江淹的一生可以分为前半期和后半期两个部分，前半期仕途困顿却是创作的高峰，后半期仕途平顺创作上却有"江郎才尽"的评说。观古今文人，往往困顿时更能激发文辞。唐代诗人李白曾有"哀怨起骚人"③一语，这句话将从屈原而下

① 柳宗元著，王国安笺释：《柳宗元诗笺释》，上海古籍出版社 1993 年版，第 35、69、119、186、224、247、263 页。

② 刘熙载著，袁津琥笺释：《艺概笺释》卷二，中华书局 2019 年版，第 326 页。

③ 李白：《古风五十九首》，李白著，瞿蜕园、朱金城校注：《李白集校注》，上海古籍出版社 1980 年版，第 91 页。

的逐臣心理收入其中，江淹就是南朝骚人的典型代表。江文通在宋元徽二年（474年）至昇明元年（477年）被贬建安吴兴，这段时间既是他人生历程的最低谷，也是他文学创作的最高峰。

一、香草美人：对宗室的政治依附

江淹之贬，是建平王刘景素直接促成的。他自泰始二年（466年）入刘景素幕，除泰始四年（468年）至五年间短暂跟随过巴陵王刘休若，其他时间一直在刘景素左右。后废帝时刘景素图谋皇位，江淹苦谏不得，反被外放。《梁书》载：

> 景素专据上流，咸劝因此举事。淹每从容谏曰："流言纳祸，二叔所以同亡；抵局衔怨，七国于焉俱毙。殿下不求宗庙之安，而信左右之计，则复见麋鹿霜露栖于姑苏之台矣。"景素不纳。及镇京口，淹又为镇军参军事，领南东海郡丞。景素与腹心日夜谋议，淹知祸机将发，乃赠诗十五首以讽焉。会南东海太守陆澄丁艰，淹自谓郡丞应行郡事，景素用司马柳世隆。淹固求之，景素大怒，言于选部，黜为建安吴兴令。淹在县三年。①

江淹被贬的直接原因，是固求东海太守一职而不得。原太守陆澄丁艰后，江淹认为他身为郡丞理应代任，可是刘景素却任用柳世隆。按照江淹和刘景素多年的交情，如果仅因此事就被远放蛮荒，是不大可能的，其中必有内情。最主要的原因应当就是前文所说的，江淹不支持刘景素举事，且以西汉刘濞等七国之乱旧事谏之。刘景素想要举事是有现实基础的，而非自不量力。他是当时最有名望的亲王："时太祖诸子尽殂，众孙唯景素为长，建安王休祐诸子并废徙，无在朝者。景素好文章书籍，招集才义之士，倾身礼接，以收名誉，由是朝野翕然，莫不属意焉。……废帝狂悖日甚，朝野并属心景素"②，刘景素正踌躇满志、人望尽收，自然会觉得江淹反对之论刺耳，因此将其远贬。曹道衡、沈玉成《中古文学史料

---

① 姚思廉：《梁书》卷一四，中华书局1973年版，第249页。
② 沈约：《宋书》卷七二，中华书局1974年版，第1861~1862页。

丛考·江淹贬建安吴兴令原因》更提出了第三重原因："江淹当时尝至建康，且为萧道成所引见，赐以酒食，令之作檄。当时景素已怀异志，而萧道成为朝中权要，与江淹交通，则景素之疑江淹乃必然之势。且江淹之为萧作檄，或已自结萧。"①江淹既不支持景素举事，那么建平王心中或因而猜疑江淹与萧道成交往勾结，是有可能的。但江淹此时应无与萧道成暗中勾结之事，这从江淹贬谪期间所作诗文可以清晰看出，他对刘景素一直怀有忠心，且江淹此时并未在政治上显示出影响力或建树，萧道成对江淹的礼遇，应当只出于对江淹文墨的欣赏。而后来江淹为萧道成召回任用，兼之景素已死，江淹的内心方才真正向其彻底倾斜。

　　江淹被贬在外三年，心里的抑郁不平之意溢于言表。他想到了有过相似遭遇的楚臣屈原，并自比以抒发己身之悲怨。屈原在中国的文化史上有着特殊地位，"信而见疑，忠而被谤"②，是忠义却被贬弃的典型形象，也成为了一个固定的文化符号。尚永亮先生在《庄骚传播接受史综论》中考证屈原在顷襄王时两次被贬，分别被贬往汉北及沅湘："屈原自上年九月（顷襄王二十年）离开汉北，当年二月（顷襄王二十一年）离开郢都后，历经夏浦、辰阳、溆浦等地，并于是年五月五日向长沙进发的途中投江自尽。"③屈原见疏于楚怀王，与江淹见疏于刘景素，在经历上何其相似。江淹将自己比为"楚臣"，说自己是"楚臣既放，魂往江南"④。在诗文中也以屈原的贬谪经历自况，如"出汀州而解冠，入溆浦而捐袂"⑤、"沐予冠于极浦，驰予珮兮江阳"⑥、"非郢路之辽远，寔寸忧之相接。歆美人于心底，愿山与川之可涉。若溘死于汀潭，哀时命而自惬"⑦、"吾将弭节于江夏，见

---

①　曹道衡、沈玉成：《中古文学史料丛考》，中华书局 2003 年版，第 456~457 页。

②　司马迁：《史记》卷八四，中华书局 1959 年版，第 2482 页。

③　尚永亮：《庄骚传播接受史综论》，文化艺术出版社 2000 年版，第 134 页。

④　江淹：《丽色赋》，江淹著，丁福林、杨胜朋校注：《江文通集校注》，上海古籍出版社 2017 年版，第 255 页。

⑤　江淹：《去故乡赋》，江淹著，丁福林、杨胜朋校注：《江文通集校注》，上海古籍出版社 2017 年版，第 25 页。

⑥　江淹：《应谢主簿骚体》，江淹著，丁福林、杨胜朋校注：《江文通集校注》，上海古籍出版社 2017 年版，第 1700 页。

⑦　江淹：《杂三言五首·爱远山》，江淹著，丁福林、杨胜朋校注：《江文通集校注》，上海古籍出版社 2017 年版，第 1695 页。

杜若之始大"①中的"溆浦""江阳""郢都""江夏",皆是屈原曾途经的地方。

在江淹之前,除了屈原还有一位影响深远的逐臣——贾谊。司马迁《史记》就将二人放在同一传中,因为他们有忧国忧民却遭受贬斥长沙的共同点,且贾谊本身也是屈原贬谪精神在汉代的最主要继承者。他们形成的屈、贾传统在江淹这里得到延续,他在《还故园》诗中说:"汉臣泣长沙,楚客悲辰阳"②,"汉臣"和"楚客"就分别指贾谊和屈原,并用以自比。在被贬时给建平王的辞笺中,又有"淹本迁徙之徒,非有儒墨之能"③语,直引贾谊《过秦论》:"而迁徙之徒也。材能不及中人,非有仲尼、墨翟之贤。"④江淹因为自己的切身遭遇,将关注点集中在有贬谪经历的屈、贾身上,成为南朝屈、贾贬谪精神最重要的承继者。

江淹因忠谏被贬,不仅将自己在经历上与屈原、贾谊作比,创作中也继承了屈原"香草美人"的传统。屈原以佩香草意喻自己身为臣子的高洁不染和忠贞不屈;以美人喻指君王,欲以亲之近之。江淹在贬谪期间所作的诗文,也多见香草之类:

> 是时霜翦蕙兮风摧芷,平原晚兮黄云起。(《去故乡赋》)
>
> 及薜荔与麋芜,又怀芬而见表。(《青苔赋》)
>
> 至江蓠兮始秀,或杜衡兮初滋。(《待罪江南思北归赋》)
>
> 绀蕙初嫩,頳兰始滋。(《丽色赋》)
>
> 窃悲杜蘅暮,揽涕吊空山。(《无锡县历山集》)
>
> 使杜蘅可翦而弃,夫何贵于芬芳。(《应谢主簿骚体》)
>
> 意春兰与秋若,愿不绝于江边。(《杂三言五首·悦曲池》)⑤

---

① 江淹:《山中楚辞五首》,江淹著,丁福林、杨胜朋校注:《江文通集校注》,上海古籍出版社 2017 年版,第 1706 页。

② 江淹:《还故园》,江淹著,丁福林、杨胜朋校注:《江文通集校注》,上海古籍出版社 2017 年版,第 502 页。

③ 江淹:《被黜为吴兴令辞笺诣建平王》,江淹著,丁福林、杨胜朋校注:《江文通集校注》,上海古籍出版社 2017 年版,第 983 页。

④ 司马迁:《史记》卷四八,中华书局 1959 年版,第 1964 页。

⑤ 江淹著,丁福林、杨胜朋校注:《江文通集校注》,上海古籍出版社 2017 年版,第 25、59、103、256、458、1700、1691 页。

其中的蕙、芷、兰、薜荔、蘪芜、江蓠、杜衡，都是《楚辞》中常见的香草。江淹选取这些香草，未必是所在地实有，而是刻意选用屈原笔下所写，以申其"公子不至，山客徒寻"①之意。这里的公子指建平王，借香草之喻表达自己有幽人之姿却不能得赏爱之情。"泣蕙草之飘落，怜佳人之埋暮"（《倡妇自悲赋序》）、"江南之杜蘅兮色以陈，愿使黄鹄兮报佳人"②（《去故乡赋》）两句，写香草凋零却不得佳人垂怜，正如江淹自己的光阴在岭南虚度，再不得建平王赏识一样。

二、别与恨：贬谪的悲怨情感

《别赋》与《恨赋》是江淹最负盛名的创作，顾名思义，这两篇即围绕"别"与"恨"这两种情感创作的赋。它们均作于江淹贬谪吴兴期间，"别"与"恨"正是其本人当时的真切感受。江淹在《别赋》的开篇即写道：

> 黯然销魂者，唯别而已矣。况秦吴兮绝国，复燕宋兮千里。或春苔兮始生，乍秋风兮暂起。是以行子肠断，百感凄恻。风萧萧而异响，云漫漫而奇色。舟凝滞于水滨，车逶迟于山侧，棹容与而讵前，马寒鸣而不息。掩金觞而谁御，横玉柱而沾轼。居人愁卧，怳若有亡。日下壁而沉彩，月上轩而飞光。见红兰之受露，望青楸之离霜。巡层楹而空掩，抚锦幕以虚凉。知离梦之踯躅，意别魂之飞扬。③

首句"黯然销魂"写尽了离别者的神貌。接着先以地域之隔、季节之感，带出游子行路之悲。再以"行子"及"居人"双视角，描摹主客体的所见所感和行动举止，下文中又列举了离别的种种情形。江淹对"别"体悟之深沉，正来自他本

① 江淹：《草木颂十五首·相思》，江淹著，丁福林、杨胜朋校注：《江文通集校注》，上海古籍出版社 2017 年版，第 1644 页。

② 江淹著，丁福林、杨胜朋校注：《江文通集校注》，上海古籍出版社 2017 年版，第 36、26 页。

③ 江淹著，丁福林、杨胜朋校注：《江文通集校注》，上海古籍出版社 2017 年版，第 121~122 页。

人的贬谪经历。一朝远离帝都贬往岭南，离乡去友的感受尤为强烈，行路之悲油然而生。且这种情感不仅仅是江淹个体情感，而是千古以来谪臣共有的情感，"有别必怨，有怨必盈。使人意夺神骇，心折骨惊"①。

钱锺书先生认为由别生怨，"实即恨之一端"②，"别"是《恨赋》中"恨"之一途。《恨赋》对迁客谪人，也有专门刻画："孤臣危涕，孽子坠心。迁客海上，流戍陇阴。此人但闻悲风汨起，泣下沾襟。亦复含酸茹叹，销落湮沉。"③江淹对历代谪人形象进行了高度概括，他们不仅窜逐远地，余生悲苦，且大多数人永远地湮灭于历史的尘埃之中。这其中实寄寓江淹本人的生命之悲和现实感悟，体现了他在谪居期间对自己当下处境和未来的悲观认知。纵观江淹一生，此次被贬后，他在政治上开始审时度势，继而步步高升，这种转变无疑源自他在贬谪期间的反思和人生态度的变化。

正是因为早年仕途坎坷，江淹在创作中体现出了浓烈的悲怨情感，悲己身之不幸，怨不遇于明主。他不仅在经历上自比屈原，谪居期所创作的文学作品也极力效仿屈原。张溥题其集的时候评说江淹"身历三朝，辞该众体，《恨》《别》二赋，音制一变。长短篇章，能抒胸臆，即为文字，亦《诗》《骚》之意居多"④，点出了他在创作上对楚骚的有意效仿。江淹的诗赋俱有骚意，为历代评论家所共悉。从最表层来看，文通之作遣词造句多化用《楚辞》中词句。但更深一层在于情绪上的共通："屈平之作《离骚》，盖自怨生也"⑤，江淹被贬亦满含悲怨。正如宋代周辉在《清波杂志》中所说："放臣逐客，一旦弃置远外，其忧悲憔悴之叹，发于诗什，特为酸楚。"⑥无论是屈原还是江淹，被贬黜的情绪汇聚为千古悲声。

聚焦于江淹的赋作，清代张惠言《〈七十家赋钞目录〉序》评说："江淹为最贤。其原出于屈平《九歌》。其掩抑沉怨，泠泠轻轻；其纵脱浮宕，而归大常。

---

① 江淹著，丁福林、杨胜朋校注：《江文通集校注》，上海古籍出版社 2017 年版，第 121～122 页。

② 钱锺书：《管锥编》，中华书局 1979 年版，第 1411 页。

③ 江淹著，丁福林、杨胜朋校注：《江文通集校注》，上海古籍出版社 2017 年版，第 3 页。

④ 张溥著，殷孟伦注：《汉魏六朝百三家集题辞注》，中华书局 2007 年版，第 279 页。

⑤ 司马迁：《史记》卷八四，中华书局 1959 年版，第 2482 页。

⑥ 周辉撰，刘永翔校注：《清波杂志校注》卷四，中华书局 1994 年版，第 138 页。

鲍照、江淹，其体则非也，其意则是也。"①这里面有两个重点，一个是"其意则是"，一个是"其体则非"。"其意则是"指的是对屈子情志的继承。江淹在贬谪三年间的赋作，占他一生写作总量的六成。这相对于他历仕三朝的 60 余年人生长度来说，谪居期间创作强度着实可观。其中最有名的无疑是《别赋》和《恨赋》，对这两篇赋作历来诸家解说已多，它们创作于江淹贬谪吴兴期间已形成共识。如张海明《江淹〈恨赋〉别解》②一文，认为所恨是建平王刘景素之死，表达了对自己日后何去何从命运的思考。江淹在恨、别二赋中流露出的情感是人类所共有的，即生而有别、死而留憾。无论高低贵贱，这两种沉怨的情感与人世永远杂织在一起，故而特别能引发切身共鸣。这两篇赋因此在后世也有持续性的影响力，诸如唐代李白就作过《拟恨赋》一篇。再来谈谈"其体则非"，江淹对于骚和赋有明确的辨体意识。骚是诗的一种，与赋在体式上有所区别。虽然在江淹之前已经有骚体赋出现，但是江淹赋作还是明晰了两者之别，偶尔也出现了用"兮"字于赋句中的情况，但占比并不算很大。

除却别、恨二赋，江淹在谪居时期还有许多赋作产出，有一类值得格外关注，即他的自比之作。此类包括《石劫赋》《翡翠赋》和《空青赋》：他以石劫自比，表消极避世之意；以翡翠鸟自比，表虽才美而罹祸患之意；以空青颜料自比，表虽处僻地而有美才之意。江淹托言他物来展现自己的操节，寄意极深。

江淹这一时期的诗作也可以看出受到屈骚的直接影响，许学夷评说"文通五言善用骚语"③。首先从体式上，就可以看出江淹对骚的继承。如《应谢主簿骚体》和《山中楚辞五首》，标题中直接写明这六首诗是效仿骚体写就的。其次在写作手法上，也可以看出他对骚比兴手法的传承和应用。曹道衡先生在《论江淹诗歌的几个问题》一文中谈道："江淹的诗风，主要得力于《楚辞》和阮籍的诗，善用比兴，往往用比兴来表现内心的怨愤，从字面上看，似乎是比较平和的，而实际上却蕴藏着强烈的感情，这种深藏不露，也是'深'的一种表现。归根结底，

---

① 张惠言著，严明、董俊珏选注：《张惠言文选》，苏州大学出版社 2001 年版，第 21 页。

② 张海明：《江淹〈恨赋〉别解》，《中国文学研究》2014 年第 3 期。

③ 许学夷著，杜维沫校点：《诗源辩体》，人民文学出版社 1987 年版，第 120 页。

这是诗人们的生活遭遇不同而产生的。"①江淹选用骚体为诗，说到底还是基于对自己因忠谏被黜的强烈不平之意。我们读江淹诗，能够清晰地感知到他对谪居生活的不适应和悲观情绪。

悲怨是江淹被贬期间的情感主题，在他的诗文中亦多有泣涕泪珠：

> 泣远山之异峰，望浮云之杂色。(《倡妇自悲赋》)
>
> 欷漾溅兮沫袖，泣鸣唈兮染裳。……泣绪如丝。(《泣赋》)
>
> 姊目中而下泣，兄嗟季而饮泪。(《伤爱子赋》)
>
> 轸琴情动，戛瑟涕落。……闻歌更泣，见悲已疢。(《四时赋》)
>
> 离邦去里，沥泣共诀。……织锦曲兮泣已尽，回文诗兮影独伤。(《别赋》)
>
> 窃悲杜蘅暮，揽涕吊空山……一闻清琴奏，嘘泣方留连。(《无锡县历山集》)
>
> 若无孤鸟还，沥泣何所因。(《无锡舅相送衔啼别》)
>
> 垂涕视去景，摧心向徂物。今悲辄流涕，昔欢常飘忽。(《悼室人十首·其二》)
>
> 感此增婵娟，屑屑涕自滋。(《悼室人十首·其九》)②

贬谪期间的江淹，笔下总是哭泣不已。他在这段时间屡屡经受打击：仕途上困顿不遇，家庭中丧子亡妻。当这些事情交织在一起，无疑给江淹造成了极大的心理创伤。他遭受的痛楚太深切，所以常常涕下沾襟、伤嗟不已。

值得注意的是，江淹贬谪诗文所传达出的悲怨情感，在南朝语言环境中是不多见的。南朝因玄佛思想的盛行，文人即使在被贬后，也往往高标自己的隐逸避世之意。像江淹这样将情感直接地倾诉于笔端，是很少见的。他的《别赋》《恨赋》用词极为凄恻，读之能强烈激发人们的生命悲感。玄佛思想宣扬的是生命限

---

① 《文学遗产》编辑部编：《文学遗产增刊十四辑》，中华书局 1982 年版，第 154 页。

② 江淹著，丁福林、杨胜朋校注：《江文通集校注》，上海古籍出版社 2017 年版，第 37、95、1738、204、122~123、458、463、911、928 页。

度之外的追求，如玄学的求仙访道、佛学的来世因缘，这些能够淡化人们对现实苦难的沉痛感受。江淹没有过多探寻这样的自我安慰之路，而是将对现世人生的思考直诉笔端。无论身份地位，无论曾经历过多少波澜壮阔，恨与别是永恒的人类主题。

三、岭南文学书写及生命体验

据吴丕绩先生所考，江淹贬地建安吴兴，在今福建浦城："《宋书·州郡志》，建安郡地本闽越，秦立为闽中郡，领吴兴等县。《南齐书》同。《嘉庆一统志·福建志》之浦城县，后汉侯官县地，建安初分置汉兴县，属会稽南部都尉。三国吴永安三年，改曰吴兴，属建安郡。晋及宋齐以后因之。先生自序云：'地在东南峤外，闽越之旧境。盖即今之浦城也。'"①江淹自己在《迁阳亭》诗中也说："揽泪访亭候，兹地乃闽城。"②福建在当时仍是未开化的瘴疠之地，江淹对福建的书写有其开新之处。

江淹对福建缺乏地域认同感，客居意识十分强烈。闽南位处东南，他的诗文中往往以南北、东西的相对位置对举，将自己离开故土、独居闽城的流寓之意表露无疑：

> 淹乃梁昌，自投东极，晨鸟不飞，迁骨何日？（《被黜为吴兴令辞笺诣建平王》）
> 北客长欷，深壁寂思。……秦人秦声，楚音楚奏。（《四时赋》）
> 雾出吴而绮章，云堆赵而碧色。雾辞楚而容裔，风去燕而凄恻。（《丽色赋》）
> 楚客心命绝，一愿闻越声。（《迁阳亭》）③

---

①　吴丕绩：《江淹年谱》，商务印书馆 1938 年版，第 21 页。

②　江淹著，丁福林、杨胜朋校注：《江文通集校注》，上海古籍出版社 2017 年版，第 481 页。

③　江淹著，丁福林、杨胜朋校注：《江文通集校注》，上海古籍出版社 2017 年版，第 983、204、257、481 页。

　　江淹对地域的格外关注和不断强调，是他强烈异质感体验的表现。各地风貌各具特色，闽地山水与他此前的生活环境迥然有别。去乡离家、长入岭表之地而归期莫定，这种隔离感和不适感，让思归成为江淹的执念和企盼：

　　　　愿归灵于上国，虽坎轲而不惜身。（《待罪江南思北归赋》）

　　　　平芜际海，千里飞鸟。何尝不梦帝城之阡陌，忆故都之台沼。（《四时赋》）

　　　　南方天炎火，魂兮可归来。（《渡泉峤出诸山之顶》）

　　　　魂兮归来，异方不可以亲。……至日归来，无往此异方。（《山中楚辞五首》）①

　　身处南方炎火、身遭坎壈不平，惟心系故都、愿魂归帝城。江淹的思归并不是思乡，而是想要回到"帝都"，回到建康这个政治中心。对于谪臣来说，除了地域上身处异方，政治上也被边缘化，双重的被弃感使盼归成为脱不开的主题。江淹相对是幸运的，虽然刘景素兵败被杀，但他得到了萧道成的赏识。以江淹此后的仕宦经历来说，他也确实将留在政治中心作为自己的行动指南。可见这次贬谪经历在他的心里留下了难以磨灭的惨痛印记，促成了其思想及行动上的转变。

　　江淹此前随府转历多地，并非一直在建康，但相较之下他对闽地的书写着墨偏多，也极具鲜明地域特色。他笔下的山水如"路逶迤而无轨，野忽漭而趍偒。山反覆而参错，水浇灌而萦薄"（《水上神女赋》）、"瘴气阴不极，日色半亏天"（《无锡县历山集》）、"崩壁迭枕卧，崭石屡盘回"②（《渡泉峤出诸山之顶》），写尽山险水急和行路之迂回坎坷。我们应当注意到，这并非对在地景物的实写，后两篇一者写于无锡，一者写于信安，都是在赴闽途中。他此时还未抵达吴兴，但是笔下山水绝不似江浙一带秀丽，而已极具岭南风貌。尤其"瘴气"一联，明显

---

　　①　江淹著，丁福林、杨胜朋校注：《江文通集校注》，上海古籍出版社2017年版，第104、204、476、1715页。

　　②　江淹著，丁福林、杨胜朋校注：《江文通集校注》，上海古籍出版社2017年版，第76、458、476页。

是岭南山水情貌。所以说江淹在抵达闽地前，就已先验地形成了对其地的刻板印象，这种成见明显也寄寓了自己的贬谪负面情绪在内。

江淹对闽城的书写有一个很大特点，即他笔下出现了许多奇特的动物。这些动物或存在于现实，或仅是传说之物：

> 缺凿山楹为室，永与鼋鼍为群。（《被黜为吴兴令辞笺诣建平王》）
> 鳀鲭虎豹兮，玉虺腾轩。（《赤虹赋》）
> 带封狐兮比景，连雄虺兮苍梧。……猨之吟兮日光迥，狖之啼兮月色寒……鹰隼战而毁巢，鼋鼍怖而穴处。……虎蜷踞而敛步，蛟夔尼而失穴……共魍魉而相偶，与蟒蛸而为邻。（《待罪江南思北归赋》）
> 鹰隼既厉翼，蛟鱼亦曝鳃。（《渡泉峤出诸山之顶》）
> 蝮蛇九首，雄虺戴鳞。（《山中楚辞五首》)①

所列之动物有些是对现实生态的反映，譬如山中多猿猴和毒蛇，但更多只是作为一种用以凸显闽地生存环境之恶劣的象征物出现。江淹还创造性地以动物拟写景色，如《赤虹赋》中的"视鳣岫之吐翕，看鼋梁之交积。……错龟鳞之嵯嵯，绕蛟色之漫漫"②。这些动物形象的加入，进一步增强了景色险怪之气。一切景语皆情语，江淹笔下的山水是他自己内在情绪的投射。骤贬岭南、被驱逐瘴疠之地后心理的落差和不平，使其所见山川之景皆带异色。

江淹在闽地生活环境之恶劣，以及政治上的弃置逐，让他生出了浓浓的弃置感，有一对意象被反复选用，即"网"与"苔"：

> 青苔积兮银阁涩，网罗生兮玉梯虚。（《倡妇自悲赋》）
> 寂兮如何？苔积网罗。（《青苔赋》）
> 网丝蔽户，青苔绕梁。（《四时赋》）

---

① 江淹著，丁福林、杨胜朋校注：《江文通集校注》，上海古籍出版社 2017 年版，第 983、190、102~104、476、1715 页。

② 江淹著，丁福林、杨胜朋校注：《江文通集校注》，上海古籍出版社 2017 年版，第 190 页。

结眉向珠网，沥思视青苔。(《悼室人十首·其五》)①

蛛网与青苔在江淹贬谪吴兴所作中反复出现，这里仅列举了四例对举的情况。这两个意象的选取，都取其弃置已久之意。因为久无人居，才会生出青苔、结起蛛网。这组意象在江淹之前就有人关注，如张协《杂诗》："青苔依空墙，蜘蛛网四屋。"②江淹或许受到前人之作启发，但他的着意关注和反复书写，更是由于与此刻生命体验的相契合。我们从这对意象的选用中，可以体察出江淹贬谪时居所之简陋幽暗、所处之无亲无友、心境之孤独寥落三层意思。

在被弃置生活中，江淹的生命感大为振发。他生命体验表达，依靠的是另一组意象对举，即"魂(魄)"与"骨"。从身和心两个层面着手，对自己的身体和精神状态进行关注，并且扩大到生而为人的普遍意义层面上。如前举恨、别二赋中，开篇即言"黯然销魂者，唯别而已矣""试望平原，蔓草萦骨，拱木敛魂"③，化骨则别、为魂则恨，将生命的无奈和不甘诉诸笔端。除却《别赋》《恨赋》，江淹贬谪生涯中的文学创作，亦多涉"魂"与"骨"的意象，此处列举一些：

辍镶敛火，吹魂拾骨。(《被黜为吴兴令辞笺诣建平王》)

屑骨不怜，抵金谁咨。……伤营魂之已尽，畏松柏之无馀。(《倡妇自悲赋》)

心蒙蒙兮恍惚，魄漫漫兮西东。……道尺折而寸断，魂十逝而九伤。(《泣赋》)

魂虑断绝，精念徘徊。(《青苔赋》)

心汤汤而谁告，魄寂寂而何语。情枯槁而不反，神翻覆而亡据。……忧而填骨，思兮乱神。(《待罪江南思北归赋》)

临飞鸟而魂绝，视浮云而意长。……逐长夜而心殒，随白日而形

---

① 江淹著，丁福林、杨胜朋校注：《江文通集校注》，上海古籍出版社 2017 年版，第 37、59、204、918 页。

② 逯钦立辑校：《先秦汉魏晋南北朝诗》，中华书局 1983 年版，第 745 页。

③ 江淹著，丁福林、杨胜朋校注：《江文通集校注》，上海古籍出版社 2017 年版，第 121、2 页。

削。……魂气怆断，外物非救。(《四时赋》)

楚臣既放，魂往江南。(《丽色赋》)

炎穴一光，骨烂魂伤。(《山中楚辞五首》)①

身处贬所的魂逝骨销，其实就是指代生命的虚度和荒废。"魂"和"骨"都是非常有力度的字眼，直接在诗文中使用，读之更为惊醒。对生命的消磨让江淹感到愀怆不安，他身处蛮荒而心系帝都，觉白日之飞逝却碌碌于终日。在理想和现实的落差中被反复拉扯，形成了他深刻而独特的贬谪生命感悟。

对于江淹个人来说，贬谪是他人生中的低谷和不幸，但是对于文学的发展以及岭南之地的文化积淀来说，却是幸事。岭南受到地域制约，文化发展处于相对闭塞落后的状态。但正是因为有了谪宦至此，无形中促进了当地文学文化的交流发展。南朝岭南的贬谪地域文化逐渐形成，文人如谢灵运、沈怀远、顾迈、何长瑜、徐爰、刘祥、范缜、蔡凝等都有被贬岭南的经历，对后世岭南之贬文化及文学现象的形成有直接的促成之功。曹道衡先生曾指出："(南朝)两广则很少有人涉足，只有犯罪贬黜者被流放至此。不过到了梁末'侯景之乱'以后，也有文人避难至此，如江总有一部分作品就作于此地。尽管当地出身的作家似乎很少，但这些地区的文化水平却在迅速地提高。所以到了唐代，两广、福建等地都涌现了不少作家，这和南朝文化的普及岭南是有密切关系的。"②岭南之地的地域文化发展和文学交流，在一定历史时期和历史条件下深赖逐臣之力。文学与地理的双向互动，既激发了"赋到沧桑句便工"③的文人创作力，也给当地注入了文学的精神、埋下了文化的种子。

第三节 类流贬体验者与南北文学融合

南北朝因政权在地理上的对峙和割据而以南北为名，美国历史学家陆威仪称

---

① 江淹著，丁福林、杨胜朋校注：《江文通集校注》，上海古籍出版社 2017 年版，第 983、37、95、59、103～104、204、255、1715 页。

② 曹道衡：《南朝文学与北朝文学研究》，商务印书馆 2015 年版，第 162 页。

③ 赵翼著，李学颖、曹光甫校点：《瓯北集》，上海古籍出版社 1997 年版，第 772 页。

之为"China Between Empires(分裂的帝国)"①。但分裂不代表隔绝，在文化领域南北方一直处于互动之中。双方边境人口因征战等原因时常有所流动，但其文化影响力是有限的。两朝精英也会由于一些特殊历史契机进入他地生活，给南北文化带来互融的机遇。从整个历史文化发展的角度来看，南朝文士入北对于文化传播和文学发展进程有积极的推动作用。但对于这些文人自身的生命体验来说，却带来了浓厚的悲剧色彩。入北意味着他们身份地位的丧失和生活环境的改换，给他们带来了类似于流贬的体验。南北朝文学风气之别学界已有共识，诸如曹道衡先生的《南朝文学与北朝文学研究》早已对两地文风形成及优劣特点作过系统论述。就庾信、王褒等人入北后文学创作风气转变等相关问题，前辈学人亦不乏专论之作。本节从流贬视角切入羁北文士的生命体验与文学创作，并探究其对流人传统的承继及南北文学融合的推动作用。

一、羁北文士与流贬者的遭际共情

流贬有三个基本特征，即官位的降免、地域的改换和时间的延续。就羁北文士的遭际而言，其中时、地两要素亦具备，且往往更为剧烈：从地域上说，他们由南入北、跨越国界；从时间上说，他们在强权政治的压力下归期难盼。唯一有所区别的在于官位这一要素，南人入北后进入新的政治系统和职官体系，他们的官位未必下降，有时甚至会有所提高。虽则如此，他们无疑都被屏绝于核心政治圈外，因而也具有了与流贬相类似的特征。更进一步，羁北和流贬最核心的相似点在于被动性，即并非自己的主动行为，并非出于主观意愿的驱动。这也是我们选取本节具体研究对象时，一个重要的筛选标准。

(一)南朝文士羁北缘由与其被动性特征

南北朝之间的文化互动主要有两种形态，一是文本流传，二是文人流动。由于北朝与南朝在文化发展水平上存在着较大落差，双方之间的文学互动以由南向北流动为主，而北朝对南朝的文学影响力则相对较弱。

---

① 陆威仪著，李磊译：《分裂的帝国：南北朝》，中信出版社 2016 年版。

文本是文学的载体，据颜之推观察，南北朝时期"北于坟籍少于江东三分之一"①，北方的藏书量远不及南方，因此常常向江东求取书籍。如《北史·僭伪附庸》载北凉国君沮渠蒙逊"称蕃于宋，并求书，宋文帝并给之。蒙逊又就宋司徒王弘求《搜神记》，弘与之"②。又如《南齐书·王融传》载王融上疏齐武帝请允准北魏索书的请求。③ 而在文本之外，南北之间的文人流动也是文化交流的重要方式。两国间流动的文人可以其主动性和被动性分为两个群体：一是出于个人意愿主动进入对方国家生活的文人，一是因政治强权被迫羁留异国的文人。这两者中，又往往以后者的文学影响力更大，这也是本节讨论的重点。经历上的苦难和心理上的被动，反而更能激发其文学创作。表 4-1 列举了南朝羁北文士群体的基本情况：④

表 4-1 南朝羁北文士统计表

人物	时间	抵达地	原因	是否南归（南归时间）
傅永	宋泰始四年（468）	北魏	战降	否
刘芳	宋泰始四年（468）	北魏	被俘	否
崔光	宋泰始四年（468）	北魏	被俘	否
高聪	宋泰始五年（469）	北魏	被俘	否
蒋少游	宋泰始五年（469）	北魏	被俘	否
刘峻	宋泰始五年（469）	北魏	被俘	是（486）
江革	梁普通六年（525）	北魏	被俘	是（525）
荀仲举	梁太清元年（547）	东魏	被俘	否
徐陵	梁太清二年（548）	东魏	出使被拘	是（555）
刘璠	梁大宝二年（551）	西魏	战降	否

① 颜之推：《观我生赋》自注，李百药：《北齐书》卷四五，中华书局 1972 年版，第 622 页。
② 李延寿：《北史》卷九三，中华书局 1974 年版，第 3083 页。
③ 萧子显：《南齐书》卷四七，中华书局 1972 年版，第 818~820 页。
④ 注，文人身份以曹道衡、沈玉成《中国文学家大辞典·先秦汉魏晋南北朝卷》为依据。

续表

人物	时间	抵达地	原因	是否南归(南归时间)
萧撝	梁承圣二年(553)	西魏	战降	否
萧圆肃	梁承圣二年(553)	西魏	战降	否
萧大圜	梁承圣三年(554)	西魏	为质	否
王褒、刘毅、宗懔、刘孝先、刘孝胜、刘祥、乐运、颜之推、颜之仪、何妥	梁承圣三年(554)	西魏	被俘	否
沈炯				是(556)
毛喜				是(559)
陈叔宝				是(562)
谢贞				是(573)
庾信	梁承圣三年(554)	西魏	出使被拘	否
姚最	梁绍泰元年(555)	西魏	被俘	否
江旰	梁末(约557)	北齐	出使被拘	是(577)

　　由表4-1可以看出，南朝羁北文士集中在宋、梁两代，其中又以梁代为多。南朝文士被拘于北方的原因主要有二：一是因战争，二是因出使。

　　战争是南朝羁北文士入北的最主要原因(占近九成)，人口史研究表明："无论是十六国还是北朝，都曾大规模地掠夺东晋、南朝边境的人口至本国，或者将在战争中的降、俘人员和新占领地区的人口迁入本国的中心区或其他特定区域。……宋元嘉二十七年(450年)北魏军南侵，泰始五年(469年)北魏攻占青州和淮北诸郡，梁承圣三年(554年)西魏军攻占梁都江陵等，是其中人数最多、影响力最大的几次"①，其中就有不少文士被逼北迁。宋代最有代表性的是"平齐民"这一群体，而梁代最具代表性的事件是江陵之祸。

---

　　①　葛剑雄：《中国移民史》第二卷，福建人民出版社1997年版，第451~452页。

皇兴二、三年（468、469 年），北魏攻陷南宋青、齐二州，将当地望族及居民迁往京师平城，并设立平齐郡于平城近郊："徙青齐士望共道固守城者数百家于桑乾，立平齐郡于平城西北北新城……寻徙治京城西南二百余里旧阴馆之西。"①表 4-1 中宋代羁北文士傅永、刘芳、崔光、高聪、蒋少游、刘峻六人均是平齐民：

（傅永）自东阳禁防为崔道固城局参军，与道固俱降，入为平齐民。父母并老，饥寒十数年，赖其强于人事，戮力佣丐，得以存立。②（《魏书》卷七〇《傅永传》）

（刘）芳母子入梁邹城。慕容白曜南讨青齐，梁邹降，芳北徙为平齐民，时年十六。③（《魏书》卷五五《刘芳传》）

慕容白曜之平三齐，（崔）光年十七，随父徙代。④（《魏书》卷六七《崔光传》）

大军攻克东阳，（高）聪徙入平城，与蒋少游为云中兵户，窘困无所不至。⑤（《魏书》卷六八《高聪传》）

蒋少游，乐安博昌人也。慕容白曜之平东阳，见俘入于平城，充平齐户。……遂留寄平城，以佣写书为业。⑥（《魏书》卷九一《术艺传·蒋少游传》）

宋泰始初，青州陷魏，（刘）峻年八岁，为人所略至中山，中山富人刘实愍峻，以束帛赎之，教以书学。魏人闻其江南有戚属，更徙之桑乾。……齐永明中，从桑乾得还。⑦（《梁书》卷五〇《文学传下·刘峻传》）

北魏设立平齐郡安置三齐之民，其作用有三：一是摧毁这些高门望族在当地

① 魏收：《魏书》卷二四，中华书局 1974 年版，第 630 页。
② 魏收：《魏书》卷七〇，中华书局 1974 年版，第 1551 页。
③ 魏收：《魏书》卷五五，中华书局 1974 年版，第 1219 页。
④ 魏收：《魏书》卷六七，中华书局 1974 年版，第 1487 页。
⑤ 魏收：《魏书》卷六八，中华书局 1974 年版，第 1520 页。
⑥ 魏收：《魏书》卷九一，中华书局 1974 年版，第 1970 页。
⑦ 姚思廉：《梁书》卷五〇，中华书局 1973 年版，第 701 页。

的势力，二是借其对他们在南朝的亲属形成牵制，三是为推行汉化政策助力。平齐民最初的生活状况很是艰苦，傅永饥寒十年，只能靠做佣人等卑贱之业为生，高聪和蒋少游为云中兵户，亦极为困窘。但由于孝文帝推行汉化改革，部分人逐渐在魏得到任用，乃至登上高位。尤其崔光、刘芳二人，以儒家经学礼法之长显赫于北魏朝堂。太和年间，平齐民被准许返回原籍，① 宣告了这一历史文化现象的终结。当彼时，三齐之地已然完全在北魏的统治之下，崔氏、房氏、刘氏、高氏等大族在当地的名望也远不及前，故有放归之举。

而梁代南士入北的群体性事件是承圣三年（554 年）江陵之陷，表中王褒、刘毅、刘孝先、刘孝胜、刘祥、乐运、宗懔、沈炯、颜之推、颜之仪、何妥、陈叔宝、毛喜、谢贞、姚最 15 人入北皆是缘此。梁先经历侯景之乱，国家实力急转直下："始景渡江至陷城之后，江南之民及衍王侯妃主、世胄子弟为景军人所掠，或自相卖鬻，漂流入国者盖以数十万口，加以饥馑死亡，所在涂地，江左遂为丘墟矣"②，不仅宗室凋零，而且国家的人口、农业和经济都遭受了沉重打击。灭侯景后内乱并未停歇，武陵王萧纪先于益州（今四川成都）称帝，其兄萧绎后于江陵（今湖北荆州）称帝（552 年）。萧绎为剿灭萧纪，联络西魏夹击益州，此举无异引狼入室，给西魏以进据益州的可乘之机。次年西魏直驱江陵，一举攻陷梁政权所在地江陵，并大肆掳掠官民，"（魏恭帝元年十一月）辛亥，进攻城，其日克之。擒梁元帝，杀之，并房其百官及士民以归。没为奴婢者十余万，其免者二百余家"③，"褒与王克、刘毅、宗懔、殷不害等数十人，俱至长安"④。江陵之祸实际已经宣告了梁的灭亡，这批入北的南朝文士由于经历了破家亡国之恨，他们的生命体验和文化心态都与入北之前迥然有别，对历史变迁的感受尤为深刻，这也使得他们入北后的文学创作与此前发生了质的不同。

另一种导致南朝文士羁北的情况是出使时被拘系，北朝为了自身的需要，有时会将南朝派遣的使臣拘押、为其所用，如徐陵、庾信、江旰皆是如此：

---

① 《魏书》卷四三《房法寿传附房景先传》："太和中，例得还乡，郡辟功曹。"（魏收：《魏书》，中华书局 1974 年版，第 978 页。）

② 魏收：《魏书》卷九八，中华书局 1974 年版，第 2187 页。

③ 令狐德棻等：《周书》卷二，中华书局 1971 年版，第 36 页。

④ 令狐德棻等：《周书》卷四一，中华书局 1971 年版，第 731 页。

会齐受魏禅，梁元帝承制于江陵，复通使于齐。陵累求复命，终拘留不遣。①（《陈书》卷二六《徐陵传》）

梁元帝承制，除御史中丞。及即位，转右卫将军，封武康县侯，加散骑常侍，来聘于我。属大军南讨，遂留长安。②（《周书》卷四一《庾信传》）

旰，梁末给事黄门郎，因使至淮南，为边将所执，送邺。③（《北齐书》卷四五《文苑传·江旰传》）

南北双方聘使往来择选使臣，有容止和才学两方面的要求。正如赵翼所说："南北通好，尝藉使命增国之光，必妙选行人，择其容止可观，文学优赡者，以充聘使。"④使臣不仅是国家的形象代表，也必须有维护国家荣誉的才辩和机敏，因此为使者必是国之精英："永明年中，与魏氏和亲，岁通聘好，特简才学之士，以为行人"⑤（《梁书·儒林传·范缜传》）；"既南北通好，务以俊义相矜，衔命接客，必尽一时之选，无才地者不得与焉"⑥（《北史·李崇传附李谐传》）。由于南朝派遣的使臣多为一时文学冠冕，北朝的接待者也须有才学应对之能："高澄嗣渤海王，闻谢挺、徐陵来聘，遣中书侍郎陆昂于滑台迎劳。于席赋诗，昂必先成，虽未能尽工，亦以敏速见美。"⑦这些本是正常的文化交流活动，但北朝基于国力的强势地位，有时直接将使臣扣留任用，这就造成了南朝文士被迫羁北的情形。

南朝羁北文士群体的产生，主要由于南北双方政治军事实力和文化水平的不对等。北朝的政治军事实力基本强于南朝，但长期以来都以南朝文学为模仿对象，这是因为文学不仅是争夺政治正统性的手段，也是构建和规范国家内部政治

---

① 姚思廉：《陈书》卷二六，中华书局1972年版，第326页。
② 令狐德棻等：《周书》卷四一，中华书局1971年版，第734页。
③ 李百药：《北齐书》卷四五，中华书局1972年版，第626页。
④ 赵翼：《南北朝通好以使命为重》，赵翼著，王树民校证：《廿二史札记校证》，中华书局1984年版，第294页。
⑤ 姚思廉：《梁书》卷四八，中华书局1973年版，第664～665页。
⑥ 李延寿：《北史》卷四三，中华书局1974年版，第1604页。
⑦ 李昉等：《太平御览》卷六百引《三国略》，中华书局影印本1960年版，第2701页。

秩序的方式。《隋书·文学传》称文的功用为："文之为用，其大矣哉！上所以敷德教于下，下所以达情志于上，大则经纬天地，作训垂范，次则风谣歌颂，匡主和民。"①"文"从小处说是作者表达自我的通道，从大处说是统治者教化民众的载体。政治与文学之间存在着体与用的关系，政治正统性的构筑和确认，离不开文学的助力。北朝君主之所以采取强制手段，迫使南方文士羁留北方为其效力，主因正在于此。

同时也应当注意到，宋、梁时期分别入北的文士群体面对的政治、文化和地理处境也并不相同。其一，从自然地理角度来看，平齐民的故土本就位于北方，入北指的是相对位置的向北移动，进入北朝政权属地，但地理环境上的差异性并不大。而梁代羁北的江左文士，由南方进入北方，当地的风土人情对他们而言具有极大异质感。其二，从政治地理角度来看，北魏属于少数民族政权，但统领着整个北方；而西魏、北周在与南方政权对峙的同时还面对与北齐的抗衡。北魏要解决的是少数民族执政带来的问题，最迫切的是推行汉化之制，因此这一时期经学者诸如刘芳、崔光等得到重用，文学之士并无太多崭露头角的机会。当江陵朝廷文士进入西魏时，西魏还面对着与北齐的竞争。文化竞争就是其中的重要内容，而北朝文学的代表"北地三才"皆属北齐。西魏、北周的掌权者之所以重用梁代文士，正是由于这一时期对文学发展的实际需要。其三，从文化地理角度来看，迁入地平城和长安的文化积淀和文化象征意义也有很大不同。长安有着很深厚的文化脉络，亦是天下一统的象征，故梁代羁北文士进入长安时，面对的不仅仅是一个他国都城，也意味着对文化正统和文化本源的亲证与回归。

(二)南朝羁北文士类流贬体验三要素

羁北文人与流贬文人，从政治地位的丧失、地域的改换、时间的延续等多维角度考察，都有极大的相似性。故我们将其归纳为"类流贬体验者"，以另一种视角来观照这段特殊历史时期里南朝羁北文人的政治际遇及其对文学发展的影响。

---

① 魏徵等：《隋书》卷七六，中华书局 1973 年版，第 1729 页。

第一，政治上疏离于核心权力。北朝政权对这些南朝文士表面上恩遇有加，据《周书》载，王褒、王克、殷不害被掳入北后，西魏的实际掌权人宇文泰"授褒及克、殷不害等车骑大将军、仪同三司。常从容上席，资饩甚厚。褒等亦并荷恩眄，忘其羁旅焉。孝闵帝践阼，封石泉县子，邑三百户。世宗即位，笃好文学。时褒与庾信才名最高，特加亲待。帝每游宴，命褒等赋诗谈论，常在左右"①。虽然北朝确实授予了他们不错的官职，但这并非是真正重用，他们所任之职，往往有声名而无实权。《隋书》所载一则故事道出了其中关节："周太祖一见(庾)季才，深加优礼，令参掌太史。每有征讨，恒预侍从。赐宅一区，水田十顷，并奴婢牛羊什物等，谓季才曰：'卿是南人，未安北土，故有此赐者，欲绝卿南望之心。宜尽诚事我，当以富贵相答。'"②周太祖宇文泰一见到因江陵之乱入北的庾季才后，便深相礼遇，厚赐田宅财物。他此举的目的绝非期待这些南人在北朝政坛上有所作为和展露，而只是希望他们安心在北、做富贵文人。位高而无实权的状态，让这些羁北文人生出了同流贬者一样的被弃置感和怀才不遇之感。

第二，地域感官反差强。羁北文士自生长地南方进入北土，所见风物景象大有不同。实际上从未踏足过北方的南朝文人，创作中也不乏对北地的想象性构写，其中尤以乐府古题之作为典型代表。这些乐府诗以长安、洛阳两京繁华盛景和西北边域景象为写作内容。他们对于北方地区的想象性构写，一面来源于史册、文学等典籍，一面来源于世代相传的文化记忆。也正因此，这些创作往往流于刻板、程式化的书写，而缺乏作者的在场感。羁北文士则不同，他们身为南臣却拘留北土，不仅所见风物充满异质感，且往往激发起他们强烈的寓居者心态。他们笔下集中出现了一批北方标志性地理坐标，如函谷关、玉门关、崤关等："扶风石桥北，函谷故关前"③(庾信《别周尚书弘正》)、"对玉关而羁旅，坐长河而暮年"④(庾信《伤心赋》)、"崤曲三危阻，关重九折难"⑤(王褒《赠周处士诗》)。南北地貌迥异，他们笔下所状之景往往苍凉阔大，呈现出与南方小巧精

①　令狐德棻等：《周书》卷四一，中华书局1971年版，第731页。
②　魏徵等：《隋书》卷七八，中华书局1973年版，第1765页。
③　庾信撰，倪璠注，许逸民校点：《庾子山集注》，中华书局1980年版，第322页。
④　庾信撰，倪璠注，许逸民校点：《庾子山集注》，中华书局1980年版，第63页。
⑤　王褒著，牛贵琥校注：《王褒集校注》，中华书局2021年版，第66页。

致截然不同的风物景象。不仅南北地理风貌不同，气候上的差别也很大，入北南人的一个最主要感官体验就是天气之"寒"。正如周弘让写给王褒的书信中说："江南燠热，橘柚冬青；渭北沍寒，杨榆晚叶"①，气候不同，导致南北物候时令和植被分布都有区别。王褒久在北地，对天气之寒体会更深："云生陇坻黑，桑疏蓟北寒"②(《赠周处士诗》)、"度冰伤马骨，经寒坠节旄"③(《入塞》)。气候之寒是一方面，庾信更将其拓展开来，延伸到心理之寒："其面虽可热，其心长自寒"④，南地热而北土冷、南士面热而寓北心寒。除却自然环境，两地在风土人情上言语和嗜欲也大有不同："蛮蜒之与荆吴，玄狄之与羌胡。言语之所不通，嗜欲之所不同。莫不叠足敛手，低眉曲躬。岂论生平与意气，止望首丘于南风。"⑤被骤然投掷到陌生的政治、自然和人文环境中，这些曾经在故国意气风发的士子，只能谨小慎微地生活。

第三，在北时间跨度大。羁北文士中仅有少部分能得到机会重归南土，其余大都终老于北。史书载："时陈氏与朝廷通好，南北流寓之士，各许还其旧国。陈氏乃请王褒及信等十数人。高祖唯放王克、殷不害等，信及褒并留而不遣。"⑥王克、殷不害、沈炯、徐陵等人后来被准许回归南陈，可王褒和庾信二人或为文名所累，终老未得回归。南朝时期的流贬者很少有机会重新得以起复任官，沈约《立左降诏》称其"一离愆囚，乃永岁月"⑦。对于羁北文士来说更是如此，他们一旦身入北土，回归便成为一件概率极低的随机事件。时间会加深这些羁北文人对北地的了解和认知，同时也会深化其离乡背土的孤独感。

二、羁北文士文学书写中的流贬基调

羁北文士与流贬文人基于个体遭际的相似性，产生了共通的思想情感。导

---

① 令狐德棻等：《周书》卷四一，中华书局1971年版，第732页。
② 王褒著，牛贵琥校注：《王褒集校注》，中华书局2021年版，第66页。
③ 王褒著，牛贵琥校注：《王褒集校注》，中华书局2021年版，第25页。
④ 庾信：《拟咏怀二十七首·其二十》，庾信撰，倪璠注，许逸民校点：《庾子山集注》，中华书局1980年版，第243页。
⑤ 沈炯：《归魂赋》，严可均校辑：《全上古三代秦汉三国六朝文》，中华书局1958年版，第3478页。
⑥ 令狐德棻等：《周书》卷四一，中华书局1971年版，第734页。
⑦ 沈约著，陈庆元校笺：《沈约集校笺》，浙江古籍出版社1995年版，第47页。

源于上述身不由己的悲哀、政治地位的丧失、地理和时间的迁移，入北文士必然出现与流贬者相类的情感表达。由于在社会关系中的角色转向客居者，这些士人入北前后的思想情感和创作心态发生了急剧转变。空间变化带来的陌生感导致这些羁北文士主体身份意识的焦虑，在自我确证的过程中呈现出摇摆不安的倾向。

(一)逐臣流人文化传统与羁旅之情

逐臣流人的文化传统可上溯至先秦，尤以屈原为发端。羁北文士的文学创作中常常化用屈原之作，就是对这种弃逐传统的接受与再阐释。政治版图的分裂致使他们长期羁留异方，故多在诗文中选取历史上有羁旅流寓经历的人以自比，其中庾信的《拟咏怀二十七首·其四》极具代表性：

> 楚材称晋用，秦臣即赵冠。离宫延子产，羁旅接陈完。
> 寓卫非所寓，安齐独未安。雪泣悲去鲁，凄然忆相韩。
> 惟彼穷途恸，知余行路难。①

这首诗句句用典，分别列举楚材、秦臣、子产、陈完、黎候、重耳、孔子、张良、阮籍离乡去国之事，比拟自身羁北之痛。此种情感亦多见于他同时期的其他作品，如"风云不感，羁旅无归，未能采葛，还成食薇"②(《枯树赋》)、"吴起尝辞魏，韩非遂入秦。壮情已消歇，雄图不复申。移住华阴下，终为关外人"③(《拟咏怀二十七首·其五》)等皆是。

"四海皆流寓，非为独播迁"④(《伤王司徒褒》)，羁旅流寓并不仅是庾信的个体感受，也是羁北文士的群体感受。在南北政权分立的大背景下，这批文士被迫流寓异国乃至在彼任官，面临着身份认同的困境。加之往往滞留异国后不久故国已亡、再无归处，其漂泊羁旅之感更甚。虽为南人而仕北土这样的身份二重

---

① 庾信撰，倪璠注，许逸民校点：《庾子山集注》，中华书局 1980 年版，第 231 页。
② 庾信撰，倪璠注，许逸民校点：《庾子山集注》，中华书局 1980 年版，第 53 页。
③ 庾信撰，倪璠注，许逸民校点：《庾子山集注》，中华书局 1980 年版，第 232 页。
④ 庾信撰，倪璠注，许逸民校点：《庾子山集注》，中华书局 1980 年版，第 308 页。

性，使他们的政治心态十分纠结："况乃流寓秦川，飘摇播迁，从官非官，归田不田"①，往往在仕与隐之间来回摇摆，而实际上他们的前途去向也完全不是自己能够决定的。

(二) 魂归江南文化符号与思归之意

羁旅与思归之情是相伴而生、一体两面的，思归之意也是羁北文士创作中不可或缺的话题。在众多的羁北文人中，归国意图最强烈的当属沈炯：

> 魏克荆州，被虏，甚见礼遇，授仪同三司。以母在东，恒思归国，恐以文才被留，闭门却扫，无所交接。时有文章，随即弃毁，不令流布。尝独行经汉武通天台，为表奏之，陈己思乡之意。曰："臣闻桥山虽掩，鼎湖之□可祠；有鲁遂荒，大庭之迹无泯。伏惟陛下降德猗兰，纂灵丰谷，汉道既登，神仙可望。射之罘于海浦，礼日观而称功，横中流于汾河，指柏梁而高宴，何其甚乐，岂不然钦！既而运属上僊，道穷晏驾，甲帐珠帘，一朝零落，茂陵玉盌，遂出人间。陵云故基，与原田而臕臕，别风余迹，带陵阜而芒芒，羁旅缧臣，岂不落泪。昔承明见厌，严助东归，驷马可乘，长卿西反，恭闻故实，窃有愚心。黍稷非馨，敢望徼福。但雀台之吊，空怆魏君，雍丘之祠，未光夏后，瞻仰烟霞，伏增凄恋。"②(《南史》卷六九《沈炯传》)

沈炯在江陵之祸中被掳去西魏，他一心归国的重要动因就是母亲在江东。为了能被放归，他在北闭门谢客、无所交游，且随时毁弃自己的文章，以免因文才见赏而被迫滞留北地。但我们从他的奏表中，不难看出其中的矛盾之处。这封奏表文辞上骈对工稳、使事精当、斐然成章，其才气毫不可掩。北朝放归王褒的原因，应当更在于其态度之坚决、言辞之恳切。因他确实不肯为本朝所用，加之陈请求放归南士的契机，北朝统治者最终许其南归。

---

① 庾信：《伤心赋》，庾信撰，倪璠注，许逸民校点：《庾子山集注》，中华书局1980年版，第63页。

② 李延寿：《南史》卷六九，中华书局1975年版，第1678页。

远离故土而骤然被抛掷到陌生的异国,思归是羁北文士诗文中常见的情绪,如徐陵所写"今日憔悴,弥布洪泽。虽复孤骸不返,方为漠北之尘;营魄知归,终结江南之草"①(《与王僧辩书》);"骸骨之请,徒淹岁寒;颠沛之祈,空盈卷轴……但山梁饮啄,非有意于笼樊,江海飞浮,本无情于钟鼓,况吾等营魂已谢,余息空留,悲默为生,何能支久"②(《与齐尚书仆射杨遵彦书》),皆有希冀能够魂归江南之意,辞甚悲切。值得注意的是,"归魂"有着特殊的文化史意蕴,其源在《楚辞·招魂》一篇,主旨句"魂兮归来哀江南"③,唤游魂返故土。虽然江南的概念在先秦至南朝有一些变化,但南朝的大部分领土地属江南,"魂归江南"这一文化符号也因此让这些寓北文人产生了深刻共鸣。庾信《哀江南赋》、沈炯《归魂赋》两赋即直接得名于此。沈炯在《归魂赋序》中明确点出了自己与屈原精神的传承关系:"屈原著《招魂》篇,故知魂之可归,其日已久。余自长安反,乃作《归魂赋》"④,又有《望郢州城诗》:"魂兮何处返,非死复非仙。"⑤在他们的观念里,身体是灵魂的寓所,即使身体无法返回故土,那么死后魂魄也必须归乡。

(三)地理隔绝与离群之悲

思归不得归,他们因而萌生了悲伤之情。这种情感为时、地两重因素所触发,即地理迁移造成的离群索居之悲、时间流逝造成的生命凋零之悲。南朝士人非常重视家族和交游,可只身入北土,种种社会关系立刻被迫全部断裂。孤独不仅是一种物理状态,更是一种心理状态。即使实际上并非一人独处,但缺乏赏心之人、缺少群体归属感,他们的孤独感反而愈发深刻:

　　　心悲异方乐,肠断陇头歌。⑥ (王褒《渡河北》)

---

① 徐陵撰,许逸民校笺:《徐陵集校笺》,中华书局 2008 年版,第 535~536 页。
② 徐陵撰,许逸民校笺:《徐陵集校笺》,中华书局 2008 年版,第 415 页。
③ 洪兴祖:《楚辞补注》,中华书局 1983 年版,第 215 页。
④ 严可均校辑:《全上古三代秦汉三国六朝文》,中华书局 1958 年版,第 3477 页。
⑤ 逯钦立辑校:《先秦汉魏晋南北朝诗》,中华书局 1983 年版,第 2445 页。
⑥ 王褒著,牛贵琥校注:《王褒集校注》,中华书局 2021 年版,第 101 页。

连翩悯流客，凄怆惜离群。①（王褒《别王都官》）

榆关断音信，汉使绝经过。胡笳落泪曲，羌笛断肠歌。纤腰减束素，别泪损横波。②（庾信《拟咏怀二十七首·其七》）

故人形影灭，音书两俱绝。③（庾信《拟咏怀二十七首·其十》）

黄鹄一反顾，徘徊应怆然。④（庾信《别周尚书弘正》）

玉关道路远，金陵信使疏。独下千行泪，开君万里书。⑤（庾信《寄王琳》）

去父母之邦国，埋形影于胡戎。绝君臣而辞胥宇，蹐厚地而跼苍穹。抱北思之胡马，望南飞之夕鸿。泣沾襟而杂露，悲微吟而带风。……泪未悲而自堕，语未咽而无宣。⑥（沈炯《归魂赋》）

这些诗文中有着强烈的隔阂感，即使作者在北已经生活了较长的一段时间，但仍然没有产生相应的身份认同。骤然离开故国，他们不仅生活环境全然改变，而且失去了自己的关系网和社交圈。孤独是处于没有令人满意的社交关系时的一种压抑状态，这些羁北文士的孤独感也很难向人言说。即使偶能与家人故友音书互通聊作慰藉，但是相较于他们在生活中承受的巨大陌生感和寂寞感来说，这只是杯水车薪。且这种弱联系还会起反作用，只言片语的音书往来更加勾起他们对自己长期离群索居处境的伤怀。

（四）生命与自然时序变迁的共振

离群之叹随着时间推移而愈深，这触发了羁北文士生命凋零的悲感。如王褒感慨的“岁晚悲穷律，他乡念索居。寂寞灰心尽，摧残生意余”（《和殷廷尉岁暮》）、“巢禽疑上幕，惊羽畏虚弹。……壮志与时歇，生年随事阑。百龄悲促

① 王褒著，牛贵琥校注：《王褒集校注》，中华书局2021年版，第98页。

② 庾信撰，倪璠注，许逸民校点：《庾子山集注》，中华书局1980年版，第233页。

③ 庾信撰，倪璠注，许逸民校点：《庾子山集注》，中华书局1980年版，第236页。

④ 庾信撰，倪璠注，许逸民校点：《庾子山集注》，中华书局1980年版，第322页。

⑤ 庾信撰，倪璠注，许逸民校点：《庾子山集注》，中华书局1980年版，第368页。

⑥ 严可均校辑：《全上古三代秦汉三国六朝文》，中华书局1958年版，第3477～3478页。

命，数刻念馀欢"(《赠周处士诗》)①，即是对岁月蹉跎、时光空逝的感伤。实际上王褒在北方度过的时间，大约只是他在南方生活时长的一半。但时间的流速具有相对性，离开故友、独处异乡的孤寂感拉长了其对时间的感知，人至迟暮之年又因习惯回忆而不断反刍，更加深了内心的痛苦。

身处北地，树木凋落的时间较之南方更早、更长，这使羁北文人产生了震动。他们的秋风之思有两重内涵，一是由木叶之落联想到自己生命凋零，二是感慨叶落归根而自己不得归去。他们常以树之凋，象征自己生命之凋零，其中尤以庾信为代表：

> 在我生年，先凋此地。人生几何，百忧俱至！(《伤心赋》)
>
> 怀愁正**摇落**，中心怆有违。独怜生意尽，空惊槐树衰。(《拟咏怀二十七首·其二十一》)
>
> 沉沦穷巷，芜没荆扉，既伤**摇落**，弥嗟**变衰**。……桓大司马闻而叹曰："昔年种柳，依依汉南；今看**摇落**，凄怆江潭。树犹如此，人何以堪！"(《枯树赋》)②

前朝桓温率兵北征，经过金城时看见在琅邪太守任时种下的柳树已有十围之粗，由此伤感年岁飞逝，发出"树犹如此，人何以堪"的悲叹。庾信亦以树比人，人生一世正如草木一秋，见木衰而哀己。人生与树木一样，也要经历春夏秋冬的四季轮转。树木的凋零为时气所感，而人的生命感也在秋风中受到震动，人与秋乃是"一种双向交感并以激发生命意志为核心的多维关系"③。这种秋风草木与人的生命感之间的联系，早在屈原时就已经建立起来了。《楚辞》中"悲哉秋之为气也！萧瑟兮草木摇落而变衰"④(《九辩》)和"袅袅兮秋风，洞庭波

---

① 王褒著，牛贵琥校注：《王褒集校注》，中华书局 2021 年版，第 104、66 页。

② 庾信撰，倪璠注，许逸民校点：《庾子山集注》，中华书局 1980 年版，第 63、244、53 页。

③ 尚永亮：《唐五代逐臣与贬谪文学研究》，武汉大学出版社 2007 年版，第 433 页。

④ 洪兴祖：《楚辞补注》，中华书局 1983 年版，第 182 页。

兮木叶下"①(《九歌·湘夫人》)对秋风凋木的书写，也被羁北文士化用于自己的辞句之中：

> 悲哉秋风，摇落变衰。魂兮远矣，何去何依？望思无望，归来不归。②（庾信《伤心赋》）
>
> 摇落秋为气，凄凉多怨情。③（庾信《拟咏怀二十七首·其十一》）
>
> 秋风吹木叶，还似洞庭波。④（王褒《渡河北》）

《诗品·序》说："气之动物，物之感人，故摇荡性情，形诸舞咏"⑤，秋风渐起、摇叶动木，人的情绪也因此受到感发。

羁北文士诸如羁旅、思归、寂寞、迟暮的思想情感，皆与流贬文人相通。流贬文人谢灵运有"索居易永久，离群难处心"⑥之叹，这种孤独的心理状态是流贬者与羁北文士的共同情感核心。但二者又有些许不同，相异处即其长期境遇与情感走向。对于羁北文人来说，他们从一个都城到了另一个都城，如若能够适应新的政治生态和当地生活，照样可以有所作为，故而整体心理状态呈现出向上一面。而对于流贬者来说，回归都城才是唯一所盼。他们很难融入当地生活之中，且时间愈久愈加绝望，整体思想情感走向是渐趋下沉的。羁北文人一生的创作，在入北前后内容风格有很大变化，这点为人所共悉。而实际上在他们刚入北土时和入北日久后的创作，亦有很大不同。随着时间推移，他们不仅能建立起新的社会关系，若更进一步得到机会在北朝的政坛上有所作为，那么孤独之情就会被进一步消解。如王褒、庾信二人受到北朝统治者赏爱，随着本土化程度加深，他们的类流贬体验也渐趋消亡。二人在北朝所作的大量碑铭祭文，可以印证其已然融

---

① 洪兴祖：《楚辞补注》，中华书局 1983 年版，第 65 页。

② 庾信撰，倪璠注、许逸民校点：《庾子山集注》，中华书局 1980 年版，第 58 页。

③ 庾信撰，倪璠注，许逸民校点：《庾子山集注》，中华书局 1980 年版，第 236 页。

④ 王褒著，牛贵琥校注：《王褒集校注》，中华书局 2021 年版，第 101 页。

⑤ 钟嵘著，曹旭笺注：《诗品笺注》，人民文学出版社 2009 年版，第 1 页。

⑥ 谢灵运：《登池上楼》，顾绍柏校注：《谢灵运集校注》，里仁书局 2004 年版，第 95 页。

入北朝的政治生活关系网络。他们流露强烈类流贬情感的作品随着时间推移渐少，而涉及北方政治生活相关日常活动的写作内容渐多。

三、南北文学融合视野中的羁北文人

通常来说国家的政治中心也是文化中心，中国文化在唐前基本呈现一元中心的格局。在晋王导渡江前，文化中心基本在北方。直至晋室南渡，一大批根基深厚的北方士族随之南迁，文化中心由黄河流域向长江流域移动。而北朝大多数时间由少数民族掌权，他们虽善战、占有广阔的疆土，文学水平却不高。长期以来，北朝都以南朝文学为模仿对象，这也是北朝统治者将南方文人强留北方的动因之一。

文学创作本就有感而发，文学的产生与作者所处环境有着极为紧密的联系。一地有一地的文学风气，南方文学和北方文学受到不同风土人情的滋养，风神迥异、各具特色。尤其在南北政权割据的情况下，两方文士和文学的交流互动存在一定的隔阂，更加重了文气之别。《隋书·文学传》称："江左宫商发越，贵于清绮，河朔词义贞刚，重乎气质。气质则理胜其词，清绮则文过其意，理深者便于时用，文华者宜于咏歌，此其南北词人得失之大较也。若能掇彼清音，简兹累句，各去所短，合其两长，则文质斌斌，尽善尽美矣。"①南朝文风以绮丽著称、偏重文学的审美功能，北朝文风以刚健著称、偏重文学的实用功能。而无论南北，文学在功用和审美上又各有不足。后来之所以能够出现唐代这样中国文学史上的巅峰时期，有赖于关键性人物的联结过渡，即本节所述的羁北文士："唯王褒、庾信奇才秀出，牢笼于一代。"②

王、庾二人中，又显然以庾信对南北文学融合推进的作用更为显著。从"清新庾开府"③，到"庾信文章老更成，凌云健笔意纵横"④，由南入北的经历使其

① 魏徵等：《隋书》卷七六，中华书局 1973 年版，第 1730 页。

② 令狐德棻等：《周书》卷四一，中华书局 1971 年版，第 744 页。

③ 杜甫：《春日忆李白》，杜甫著，钱谦益笺注：《钱注杜诗》卷九，上海古籍出版社 2009 年版，第 296 页。

④ 杜甫：《戏为六绝句》，杜甫著，郭绍虞集解；元好问著，郭绍虞笺释：《杜甫戏为六绝句集解 元好问论诗三十首小笺》，人民文学出版社 1978 年版，第 11 页。

文风发生了根本性转变。庾信是宫体诗人庾肩吾之子，早年随父出入宫禁，创作风格以轻绮为主。"即使同一个作者，由于处境和地位的变化，在各个时间既可能创作出内容和风格全不相同的作品"①，庾信文风的转变，正以羁留北地为断限。并不是说甫一进入北方，他就完全舍弃了宫体诗一路，实际上在入北后也有闺怨类诗作。只是从整体风格走向来说，庾信后期将身世之感寄于文辞，又兼容了北方文骨，创作遂转向圆融和成熟。明人张溥曾经评述："而南冠、西河，旅人发叹，乡关之思，仅寄于《哀江南》一赋，其视徐孝穆之得返旧都，奚啻李都尉之望苏属国哉。……史评庾诗绮艳，杜工部又称其清新老成，此六字者，诗家难兼，子山备之。……夫唐人文章去徐庾最近。"②庾信入北之后的家国之情使其创作内容既有真实情感寄寓，又有深广的社会覆盖面，创作风格也由清新变为刚健，再转向深悲。庾信之作在扭转江左文风绮靡之气的同时，也弥补了北地文气过于质实之弊，这对于后来唐代文风的振兴十分关键。

庾信、王褒、徐陵等羁北文士促进南北文学融合及中古文学嬗变的路径有三：一是对文学地理的扩张，二是对文学风气的转化，三是对文学空间的展开。

第一，南方文士在羁北期间将北方地理纳入自己的写作体系之中，拓展了文学书写的范围。受政权正统性之争的影响，虽然南朝已不复占有北方疆土，但仍然将其视作自己的精神领土，以至侨置郡县宣示主权。南方文人也受此观念影响，将自己从未踏足的北地作为写作对象。但这种书写不仅在创作总量中占比少，且内容也往往是不切实际的。而羁北文士则不同，他们早年已经训练出较高的文笔水平，又亲历北方生活，故而北方地理也得以纳入顶级文学家的写作视域之中，直接带动了这一时期文学地理的扩张。

第二，羁北文士带动了文学风气的转变。李昶在《答徐陵书》中称赞他："调移齐右之音，韵改河西之俗"③，齐右、河西即代指北朝所统之地。北方对南方的文学文化一直有着积极学习的态度，从史籍中也可以看到北方间或向南方求取书籍和文章。建康不仅是南朝，而且是整个南北朝的文化中心和传播交流中心。

① 曹道衡：《南朝文学与北朝文学研究》，商务印书馆 2015 年版，第 284 页。
② 张溥著，殷孟伦注：《汉魏六朝百三家集题辞注》，中华书局 2007 年版，第 365 页。
③ 严可均校辑：《全上古三代秦汉三国六朝文》，中华书局 1958 年版，第 3913 页。

唐人刘餗《隋唐嘉话》中记载了一则轶事："梁常侍徐陵聘于齐，时魏收文学北朝之秀，收录其文集以遗陵，令传之江左。陵还，济江而沉之，从者以问，陵曰：'吾为魏公藏拙。'"①魏收将自己的文集赠予徐陵，让他带去南方传扬。可徐陵却随即把集子沉江毁弃，称是为其藏拙。魏收是《魏书》的撰写者，与温子升、邢邵并称"北地三才子"。徐陵对他的作品尚且如此鄙薄，可以想见当时社会轻视北朝文学到了何等地步。而"王褒、庾信来到关中，对关中文化的影响是十分巨大的"②，他们将南方的文学特色注入北方。《周书》中载庾信入北后，"寻征为司宗中大夫。世宗、高祖并雅好文学，信特蒙恩礼。至于赵、滕诸王，周旋款至，有若布衣之交。群公碑志，多相请托。唯王褒颇与信相埒，自余文人，莫有逮者"③。庾信、王褒在北与皇室相款接，再因上层社会的好尚引领，将其对文气的影响力辐射到整个北地。

第三，羁北文士在文学书写中对文学空间的二维展开。羁北文士被动性的空间变化带来了强烈陌生感，并导致其主体身份意识的焦虑。在与原乡的精神链接和异乡的寄居现状间，他们不断进行自我追问。这种南与北、精神与肉身、原乡与异乡的拉扯和追问，使得文本获得了更大的横向空间跨度。随着时间推移，逐渐由追问转向反思，表征着他们对个体身份的确证。诸如颜之推《观我生赋》，记叙了南北朝后期重大历史播迁及身处其间的个人认知。这种记录、评价与反思，从狭小的个体体验走向更广阔的历史经验，打开了文本的纵向空间跨度。

文学的发展变化与多方现实有着千丝万缕的关联，但政治上的一统是南北文学最终互融的关键。隋灭陈后，将宗室及重臣带到北方，这些人也因此成为永无故国可归的羁北文士。《陈书·后主纪》载，祯明三年（589 年）"三月己巳，后主与王公百司发自建邺，入于长安"④。陈覆灭后，宗室大臣被一并迁入隋朝都城大兴（今陕西西安），文化中心再度随着政治中心北上。不同于王褒、庾信等人对北方文气的转移，这一时期北方文学对六朝文气的改造占据了主导地位。

陈后主及后主文学集团的宫体诗风并不符合以隋炀帝为代表的北方政权统治

---

① 刘餗撰，程毅中点校：《隋唐嘉话》，中华书局 1979 年版，第 55 页。
② 曹道衡：《南朝文学与北朝文学研究》，商务印书馆 2015 年版，第 261 页。
③ 令狐德棻等：《周书》卷四一，中华书局 1971 年版，第 734 页。
④ 姚思廉：《陈书》卷六，中华书局 1972 年版，第 117 页。

者的喜好："隋主不喜词华，诏天下公私文翰并宜实录。"北朝诗风多清刚之气，隋帝杨坚也是如此。他不喜过于华丽的辞章，甚至因泗州刺史司马幼之"文表华艳"下诏治罪以移文气。江左尤其齐梁文学存在好尚雕饰辞藻、富丽华彩的弊病，至隋更加凸显。古代为官者多为文人，他们喜好清虚之辞而不重礼教质实，对务实为政是不利的。故治书侍御史李谔针对"当时属文，体尚轻薄"，上书猛烈抨击以矫时风："魏之三祖，崇尚文词，忽君人之大道，好雕虫之小艺。下之从上，遂成风俗。江左、齐、梁，其弊弥甚：竞一韵之奇，争一字之巧；连篇累牍，不出月露之形，积案盈箱，唯是风云之状。"①统治阶层的好恶拥有极大的号召力和影响力，北方文学也因此反而对南方文风进行了强力改造，最终使得南北之间相互取长补短，达到文与质的平衡。

刘师培在《南北学派不同论》中对梁、陈至于唐朝的文风变革作了梳理："梁陈以降，文体日靡。惟北朝文人舍文尚质……自子山、总持身旅北方，而南方轻绮之文，渐为北人所崇尚。又初明、子渊身居北土，耻操南音，诗歌劲直，习为北鄙之声，而六朝文体亦自是而稍更矣。隋炀诗文，远宗潘、陆，一洗浮荡之言……唐初诗文与隋代同，制句切响，言务纤密，虽雅法六朝，然卑靡之音，于焉尽革。"②他点出了初明（沈炯）、子渊（王褒）入北及隋代统治者文学好尚对六朝文体变革的贡献，唐初文学也因此站在了一个很好的起点上。正是文人超越地理限制的学习、吸纳与尝试，文学才能够革除自身弊病，向着"文质彬彬"平衡融通的方向发展。对于这些羁北的南朝文士来说，虽然他们人生经历和体验上有着"类流贬"的不幸，但也正因此契机，他们得以成为文学发展史上的关键人物。

本章小结

在南朝很少有真正意义上的"纯文人"，文学也不是他们的第一追求，而只

---

① 司马光编著：《资治通鉴》卷一七六，中华书局2016年版，第5577~5578页。
② 刘师培著，邬国义、吴修艺编校：《刘师培史学论著选集》，上海古籍出版社2006年版，第207页。

是跻身上流的通道。因此文士几乎都难以摆脱政治的阴影，政治是他们的机遇，但更给他们的人生带来许多坎坷与不幸。"国家不幸诗家幸"①，也正是这些困顿的生命历程，给予他们文学创作以极大的张力和不朽的生命力。

美国著名心理学家伊丽莎白·库伯勒·罗斯曾提出，人在面对重大变故时会经历五个心理阶段，即否认、愤怒、交涉、抑郁、接受。② 这五个阶段，也正是贬谪文人的心理历程。这五个阶段未必会逐一经历，可能会直接跳过某个阶段；有的心理阶段也会反复经历，譬如在两个心理阶段间多次来回。从南朝贬谪文人的创作中，我们可以很容易找到这五个心理阶段的直观反映和表达：

第一阶段，否认。这一阶段他们会尽力回避被贬谪的情况降临，出于震惊、恐惧等情绪而做出自我申辩，如谢灵运、陆澄被有司弹奏后所上《自理表》。

第二阶段，愤怒。这一阶段贬谪文人被贬已是既成事实，愤恨、焦虑情绪占据主导，往往言辞较为激切，如颜延之出贬永嘉时所作《五君咏》。

第三阶段，交涉。这一阶段贬谪文人已至贬所，试图与外界倾诉贬谪遭遇、重新恢复社交联系，如王僧孺坐免官久之不调后所作《与何炯书》。

第四阶段，抑郁。这一阶段贬谪文人长期被废置，崩溃、悲伤、自我否认的情绪升起，如谢灵运免官归始宁期间作《酬从弟惠连》自云："幽居犹郁陶。"③

第五阶段，接受。这一阶段贬谪文人已经接受被长期废置的事实，努力通过新的方式来确认自我价值、继续往后生活，情绪趋于平缓，如沈怀远徙广州期间作《南越志》记录岭南风物风貌。

被贬谪的时间越长，那么这五个心理阶段就会经历得越完整、越充分、越深刻。也正是这些有复杂变化而又有共同规律的贬谪心态，让贬谪文学的内蕴更丰富，更能在历史轮转中引发韵律性的共鸣。文士的悲剧性命运在中国古代历史上不断重演，贬谪文人遭逢人生低谷时也不断溯往昔、追来者，因此构建起绵延不断的贬谪精神发展史。王羲之曾经有感："后之视今，亦犹今之视昔，悲夫！故列叙时人，录其所述，虽世殊事异，所以兴怀，其致一也。后之览者，亦将有感

---

① 赵翼著，李学颖、曹光甫校点：《瓯北集》，上海古籍出版社1997年版，第772页。
② 罗斯著，邱谨译：《论死亡和濒临死亡》，广东经济出版社2005年版，第31~113页。
③ 顾绍柏校注：《谢灵运集校注》，里仁书局2004年版，第250页。

于斯文。"①后与今、今与昔，形成了一个环环相扣的时间序列。一个人站在"今天"，也同时拥有了过去和未来。贬谪文学作品的生命力，正在于寓变于不变，贬谪经历、贬谪心态在历史上不断再演，而贬谪文人创作在继承前人的基础上又不断进行着探索与开新。

---

① 房玄龄等：《晋书》卷八○，中华书局1974年版，第2099页。

第五章　南朝贬谪文人与时代文化精神

人在缔造着他们的时代，但又无法超越其所处时代，这种主动性与被动性共存的状态恰恰造就了生命的张力。贬谪文人与时代精神之间也存在双向互动关系：时代精神决定了谪臣的命运，而谪臣又是时代精神的聚焦者。"历史从来不是在温情脉脉的人道牧歌声中进展，相反，它经常要无情地践踏着千万具尸体而前行"①，这些谪臣正是历史发展进程中的受挫者乃至牺牲者。但他们的人生价值在另一个领域——文学上得到展现，绽放出不朽的生命光辉。

南朝的时代文化精神，可以大致归结于三个层面：在思想上，玄学占据主导地位，佛学亦处于发展兴盛期；在政治上，士族政治仍有影响力，但皇权的集权意识增强；在文学上，处于文学自觉的时代，同时又具备贵族文学的整体特征。这三层文化精神既内化于南朝贬谪文人的人格特质与文学创作中，又是促使南朝文人被贬的内因，两者在一定程度上互为因果。

第一节　玄佛背景下的谪臣思想特征

六朝时期最具时代代表性的思想无疑是玄学和佛学。在这一历史时期，政治动荡不安使得儒学入世思想难以为继，而促使时人转向玄、佛的出世思想。但在大多数士人身上，谈玄论佛并非真正超脱尘世，只是他们在现实世界中需要得不到满足后的代偿机制，这种精神追求的驱动力从本源上依然是现实的。

六朝之际玄学发展之盛为人共悉，汤用彤先生说："所谓魏晋思想乃玄学思想，即老庄思想之新发展。玄学因于三国、两晋时创新光大，而常谓为魏晋思

---

① 李泽厚：《美的历程》，生活·读书·新知三联书店 2009 年版，第 39 页。

想，然其精神实下及南北朝(特别南朝)。其所具之特有思想与前之两汉、后之隋唐，均有若干差异。"①南朝上承魏晋玄学发展之盛，谈玄论道仍然是当时上层社会的普遍好尚，也成为士族标举门楣的方式之一。但由于南朝特殊的政治形势，较之前面两汉、后来隋唐在思想上又有若干新变，呈现出独特的精神气度。

而佛教自东汉传入中国以来，至南北朝迎来了飞速发展期。这一时期佛学思想寻找到了迅速发展的突破口：一是借助中国本土宗教的力量，即"以玄解佛"的方式来传播佛家义理；二是渗透入上层阶级，尤其是争取统治者的青睐，以此获得自上而下的影响力，梁武帝萧衍时期可称为发展顶峰。加之政治昏昧、现实生活苦痛，佛教出世思想则尤其能够满足人们的精神需要。

玄佛思想与贬谪的关系是多面的，既可以帮助士人选择退身以规避贬谪，也可能直接导致贬谪事件的发生。但无论是否遭受贬谪，玄佛思想都为士人提供了肉体与精神的出路。

一、"权退"与"仕隐"的自我放逐心态

退隐自守是玄学推崇的处世方式，一般来说，退隐有两个基本要素：一是出于自身主观意愿，二是避居山水之间。而至南朝，为适应现实需要，出现了两要素缺失其一的情况，即或是并非出于主观意愿驱使，产生"权退"的情形；或是并不隐居于山林，产生"仕隐"的情形。这两种退守心态，在南朝士人政治中表现得尤为突出。

隐士出现得极早，现有记载中最早的隐士是尧时的许由。历朝历代都不乏隐者，而两晋之间归隐之风尤为盛行。如左思创作了一系列《招隐士》诗，描述了退居山水的隐者生活，兹举一首：

> 杖策招隐士，荒涂横古今。岩穴无结构，丘中有鸣琴。
> 白雪停阴冈，丹葩曜阳林。石泉漱琼瑶，纤鳞或浮沉。
> 非必丝与竹，山水有清音。何事待啸歌，灌木自悲吟。

---

① 汤用彤：《魏晋玄学论稿》，上海人民出版社 2015 年版，第 217 页。

秋菊兼糇粮，幽兰间重襟。踟蹰足力烦，聊欲投吾簪。①

这组诗得名于西汉淮南小山的《招隐士》，但"招隐"的内涵自西汉至西晋，已发生了彻底反转。原初淮南小山作《招隐士》，是为了让隐士走出山林为国所用，其旨在于"王孙兮归来，山中兮不可以久留"②。而两晋的招隐士，对其本义进行了扭转，旨在劝人从纷乱的尘世抽身出来回归山水、成为隐士。上述左思的这首诗，以"山水有清音"，极言投身山水、忘却尘嚣之妙。这种转变当然与写作者的身份有关，淮南小山作为淮南王的门客，其赋作是以为政者的身份写的；而左思晚年抽离朝政，其诗作是以隐者的身份写的。汉晋间《招隐士》内涵转变，更与现实政治黑暗、主流思想由儒学转向玄学直接相关。儒家思想在汉末走入对经学义理的钻研之中，构建和规范社会秩序的功能却逐渐削弱。玄学尚虚无、推崇无为而治、喜好清谈论道，这恰好给需要逃避残酷社会现实的士人以出路。

整体来说，南朝政局以皇权的复归、门阀政治的衰落为主要趋势，世家大族因此长期处在被压抑的状态之中，出于避世心态而入山林自放者不在少数。庄子在《养生主》里提出的"可以保身，可以全生，可以养亲，可以尽年"③，成为士族隐退全生的思想指南。为了避免骤然起落的命运，他们的政治心态由进取趋于保守。但是出于自我实现及维系家族门户的两重需要，南朝的士人很难真正彻底放弃仕进一路，由此出现了仕与隐之间的两种折中方式，即"权退"与"仕隐"。

"权退"与"仕隐"本质上都是士人自我放逐的方式，所谓自我放逐，指的是官员在政治高压下的主动妥协性退避行为。虽然从表面上看是他们主动放弃部分权力，但实则可以视为贬谪的一种变体，即自我贬弃。这种行为与贬谪的共通性在于：其一，都导源于皇权政治的强制性；其二，都疏离于政治，官位有所免降。

首先来谈谈"权退"，"权"是权且的意思，指的是一种以暂时隐退为权宜之计的政治状态，具体说来就是"形在江海之上，心存魏阙之下（《文心雕龙·神

---

① 逯钦立辑校：《先秦汉魏晋南北朝诗》，中华书局 1983 年版，第 734 页。
② 萧统编，李善注：《文选》卷三三，上海古籍出版社 1986 年版，第 1557 页。
③ 陈鼓应注译：《庄子今注今译》，商务印书馆 2007 年版，第 113 页。

思》)"①。这种矛盾情况的出现，在于这个时代知识分子外玄内儒的精神特质，李泽厚曾言："表面看来，儒、道是离异而对立的，一个入世，一个出世；一个乐观进取，一个消极退避；但实际上它们刚好相互补充而协调。不但'兼济天下'与'独善其身'经常是后世士大夫的互补人生路途，而且悲歌慷慨与愤世嫉俗，'身在江湖'而'心存魏阙'，也成为中国历代知识分子的常规心理及其艺术理念。"②玄与儒、隐与仕是互补存在的，具体选择何者形诸于外，视当下现实处境而定。如若现实不令人满意、心理落差较大，"权退"者就会选择以玄和隐为外在表现，而将儒家入世精神暂时压抑下来。这是在贬谪危机笼罩下的士人一种以退为进的手段，后续仍在等待机会再次跻身权力中心。如出身陈郡谢氏的谢灵运由太子左卫率出为永嘉太守，在永嘉前后一年即主动辞官归始宁，就是"权退"的典型案例。谢灵运在遭受贬谪后郁郁不得志，且仍有可能遭受权力所有者进一步的打击、一贬再贬，故而自己主动请退暂时蛰伏、以待时机。也正因为南朝朝代更迭快、非正常权力交替多，新君登基时往往是"权退"者的机遇。这些"权退"者大都出身上流、社会地位较高，新君为了笼络人心，有时会给予受弃置官员起复的机会以示恩宠。"权退"者一方面可以从当时凶险之境抽身，一方面坐待于己更有利的政治环境从而东山再起，此做法无疑是南朝这一历史时期中官员无奈但不失明智之举。

　　"仕隐"与"权退"恰好相反，即身在庙堂而心存江海。"仕隐"有两个类型，一是坚守退隐之志却不得已勉力出仕的隐者，这类人往往任官时间不久就重新回归山林；一是居庙堂之高而存退保之心者，他们虽居高位而心中不安，故以谦退的姿态自守。我们这里说的"仕隐"着重于后者，如司徒王弘就是"仕隐"观念的践行者。史载成粲曾致书王弘，劝说其急流勇退以保全自身，曰："明公位极台鼎，四海具瞻，劬劳夙夜，义同吐握。而总录百揆，兼牧畿甸，功实盛大，莫之与俦。天道福谦，宜存挹损。骠骑彭城王道德昭备，上之懿弟，宗本归源，所应推先，宜入秉朝政，翊赞皇猷。"③王弘辅佐宋文帝时，与彭城王刘义康同为朝廷

---

①　刘勰著，范文澜注：《文心雕龙注》，人民文学出版社 1958 年版，第 493 页。

②　李泽厚：《美的历程》，生活·读书·新知三联书店 2009 年版，第 56 页。

③　沈约：《宋书》卷四二，中华书局 1974 年版，第 1315 页。

重臣，在权力上平分秋色。而他深知水满则溢的道理，怀有引退之志，兼以成粲之言，于元嘉五年(428年)自请降官，将权力让渡给皇弟义康。这种自请贬降的行为，是出于对位高得祸的担忧。南朝君主一方面有意识地强化皇权，手段之一就是将权力收束于皇族，对士族十分警惕。但同时身居皇位者对皇族也并不完全信任，只允许其权力在有限的空间里发展。以后来刘义康的境遇对比王弘，他曾经得到文帝的绝对倚重，但在权力极盛之时却受帝王猜忌，先于元嘉十七年被贬，又于二十二年被废为庶人，二十八年被杀。而王弘于元嘉九年在太保、领中书监任薨逝，谥文昭公，配食高祖庙廷，极尽哀荣。两相比较之下，王弘急流勇退，以自请降官换得权势稳固的退身之举十分明智。

以"权退""仕隐"的方式回避政治祸端，是南朝时期士人在皇权强势威压下自我保全的方式。由于古代帝王同时掌握最高司法、立法、行政权，是权力的绝对所有者和分配者，朝臣的个人生存空间和发展空间受到皇权的倾轧，一着不慎就会有瞬间倾覆的风险。他们在濒临危险时选择稍退一步以待时机，这样的自我放逐将他们短暂地从危险的境况中抽离出来，虽是被动性的无奈之举，却也不失为化解困境的法门。

二、任诞性情的流风余响

任诞的性情是魏晋时期玄学发展的产物，儒家节义观念和礼教秩序在现实中难以为继，士人们转向个体精神世界探索，以崇尚"自然"来挣脱"名教"的束缚，由此在性情上走向任诞一面。

《世说新语》"任诞"篇首推"竹林七贤"，竹林七贤是魏晋风尚的集中代表，其精神特质就在于性情的率性任诞。他们表面上任性而为、不合礼法，但这正是他们与现实抗争的方式。元好问《论诗三十首》中有一首"纵横诗笔见高情，何物能浇魂磊平？老阮不狂谁会得，'出门一笑大江横'"①，指出阮籍之狂非真狂，而是以佯狂的姿态对抗残酷的现实，实际上心中抑郁块垒难平。曹道衡先生认为魏晋这些"狂放之士"的产生原因有二："一是因为汉末以来的军阀混战，统治者

---

① 杜甫著，郭绍虞集解；元好问著，郭绍虞笺释：《杜甫戏为六绝句集解　元好问论诗三十首小笺》，人民文学出版社1978年版，第62页。

的互相残杀，汉朝皇帝只成了曹操等人的工具，根本不起作用，于是士人们也无守节的必要和可能。二是东汉末年的'党锢之祸'以及曹操杀孔融、司马昭杀嵇康，更使人认为马融说的'生贵于天下'正确，更无意于清议，把'口不论人过'作为全身之道。他们这样做，倒可以被人视为'方外之士'得以保身。最本质的问题是他们的崇尚老庄，是追求所谓个性的自由。"①归结起来，就是政治秩序崩坏以及玄学追求个性天然两个因素。

玄学思想的发展与门阀政治的发展历程几乎是同步的。儒家思想是巩固皇权统治秩序的有力手段，而当皇权无法掌控政局之时，其用以维护统治的儒学也随之丧失主导地位。取而代之，士族阶级开始崛起，对家族群体利益的维护代替了对忠君节义的固守，士人的自我意识开始觉醒，玄学由此获得了发展机遇。同时，清谈为玄学设置了进入的门槛，使其进一步成为世家大族确认身份、标举门户的方式，玄学的义理之辨在魏晋时期走入精细化。而至南朝，虽然我们仍将其称为玄学的时代，但玄学的内容几乎没有新的推进，对义理的讨论在两晋已经基本完成了。而相比之下，这一时期士族对辨析佛教义理展现出极大热情。玄学在南朝走入了山水与文学之中，而佛学则因为更能符合当时社会的普遍精神需要而走向精深。

玄学在南朝的衰落，是门阀政治衰落的侧影。南朝是君权复归的时代，士族与皇族共同掌握政治的局面已经不复存在，因此士族不得不调整自己的生存策略：他们一方面必须尽力维护自己的家族门楣，同时又必须服从于当时的政治环境。他们在行动上仍然以魏晋名士遗风来标举门户，却没有勇气脱身于对功名的追求，身为官员却在行动上以任诞高自标举，这就造成南朝各代都有因不拘礼法而受贬黜的情况，如宋时臧质以轻薄无检，徙给事中；齐时刘祥轻言肆行，徙广州；梁时谢几卿于阁省酣饮小遗，转左光禄长史；陈时柳盼醉乘马入殿门，被免官。对官位的执着和行为的任诞这两个看似相互背离的举动，本质上却是统一的，都是用以维护家族门户和士族身份的方式。可是不合礼法的行为和官员身份之间存在的矛盾无法调和，尤其是在皇权复归的时代，对于政治秩序和官员序列的管理更加严格。加之皇权对士权的警惕，士族屡屡受挫，门阀政治也由此走向

---

① 曹道衡：《南朝文学与北朝文学研究》，商务印书馆 2015 年版，第 81 页。

衰亡。

三、"庄老告退而山水方滋"

六朝时期玄学思想占据主导地位，而思想是行动的指南，直接影响着士人生活及文学创作。"东晋的玄学活动并不仅仅表现为清谈。清谈之外的山水游赏、诗酒唱和以及游仙与栖隐等也都是玄学活动的一部分。"①在魏晋时期，由于受到玄学影响，玄言诗、游仙诗在文学创作中占比极大。而文人们在行动上归于自然、游兴山水之风，直接推动了南朝山水文学的产生。

对于山水诗的产生，刘勰在《文心雕龙·明诗》中说："宋初文咏，体有因革，庄老告退，而山水方滋"②，认为宋初玄学思想衰退、玄言诗退出历史舞台，山水诗这才逐渐发展起来。这句话值得推敲，实际上山水诗与玄学之间并非此消彼长的关系。山水诗正是由玄言诗发展而来的，玄学思想下的游览活动给山水诗写作提供了素材，而苞名理于山水中也是早期山水诗的一个典型特征。山水诗的出现首推谢灵运，他的山水之作往往有一个玄言的尾巴，这正是山水诗脱胎于玄言诗的力证。

山水诗的产生除却与玄学有关，还有其他两个驱动力，一是佛学的兴盛，二是政治压力。佛学的发展同样也促进了山水文学的拓展。南朝是佛学的快速扩张期，触角伸入社会上下并占据坚实地位。佛学的扩张不仅是思想的广泛传播与接受，还在于其物质载体——僧人与佛寺的扩张。③ 俗话说"天下名山僧占多"，佛寺多修建在山间清幽之地。文学之士精研佛理之时，多去往山林之所与僧人游处谈论，佛教、山水、士人三者因此建立了紧密的联系，这一时期的山水诗创作也明显多有佛教的要素蕴含其中。

而士人退居山水又往往有政治避祸的因素在内，山水是政治失意时的开解与

---

① 傅刚：《魏晋南北朝诗歌史论》，商务印书馆 2017 年版，第 243 页。

② 刘勰著，范文澜注：《文心雕龙注》，人民文学出版社 1958 年版，第 67 页。

③ 宗教的兴盛和士族庄园经济的发展，其实对于社会秩序都有相似的不利一面，即其对于土地和人口的大量占有与农耕经济之间的本质冲突。世俗政治与士族和宗教的矛盾即使暂时未曾凸显，却也会不可避免走向公开化。梁武帝时大弘佛道，郭祖深就指出了玄佛扩张的两点危害：一是社会财富向着宗教场所汇集，二是国家务农人口减少。后来唐代掀起的毁佛活动，正是世俗政治与宗教之间矛盾激化后统治者所采取的必然行动。

慰藉。在南朝的贬谪文学中，山水不仅仅是单纯的自然景观，而且寄寓着作者的郁结之气，这就使得山水具有了不同的韵味。当然这种韵味是隐秘的，较之后来唐代诗人将"我"直接投射于山水，南朝诗人的山水之作却往往是无"情"的。这个时代标榜的出世士人精神，让那些政治上失意的文人很难将心中哀怨直截了当地表露出来，在落笔处终归以"理"自解。

李泽厚先生指出，从魏晋到南北朝的门阀士族"无论是顺应环境、保全性命，或者是寻求山水、安息精神，其中由于总藏存这种人生的忧恐、惊惧，情感实际是处在一种异常矛盾复杂的状态中。外表尽管装饰得如何轻视世事，洒脱不凡，内心却更强烈地执着人生，非常痛苦"①。在残酷的政治背景下，玄佛思想能够给士人以短暂的喘息和慰藉，他们迫切需要这个安全空间来修复自己的精神世界和抚慰自己的身体创伤。但这往往也是徒劳的，客观现实中遭受的政治挫折使其内心惊惧不安，那种浮于言语的谈玄论佛和期望中的归隐山水，并不能真正地实现自我疗愈和现实超脱。

第二节　门阀余响下的谪臣身份特征

东晋门阀政治在南朝仍有余绪，家族地位和家族基业大体仍然得到延续。九品中正制的选官制度使得这些士族仍然能够"平流进取，坐至公卿"②，是他们稳定享有政治权力的快速通道。但南朝的帝王们吸取前代经验教训，有意识地集权，对士族权力坐大情况心存戒备，世家大族也因此面临着重重危局，在行为上呈现出"体儒用道"的整体特征。

一、士族政治的遗响

六朝时期，世家大族的势位建立在与政治权力的互动之中，而并非根植于土地和财物之上。因此晋室南渡后，这些根基深厚的北方士族即使舍弃故土、来到新的地方，由于随着政权迁移，家族与政治的互动关系被保存下来，南渡士族仍

---

① 李泽厚：《美的历程》，生活·读书·新知三联书店2009年版，第105页。
② 萧子显：《南齐书》卷二三，中华书局1972年版，第438页。

保有相当的权位。正如阎步克教授所论："魏晋江左士族的根基在官场不在乡里，不是割据一方的封建领主或与国家分庭抗礼的土地贵族。……士族们'寄生'于中央政权之中，其权势是在官僚组织内牟取、由吏部铨衡来获得的。"①

南朝士人南渡后，仍然以两晋时期的家族郡望为身份标志。这些地区即使已不复在本国的统治之下，但却成为其不可磨灭的家族印记。这种家族认同的产生是国家行为与士族行为共同作用下的结果。从国家行为来说，自晋室南渡后，在南方多侨置郡县以安置移民。《晋书·范汪传附范宁传》载："圣王作制，籍无黄白之别。昔中原丧乱，流寓江左，庶有旋反之期，故许其挟注本郡。"②晋朝以为北归有望，南迁士族仅是暂时安置于此，故设置黄白籍制度以作区分。士族属于白籍，区别于土著的黄籍，同时享有一些诸如不必缴纳赋税的优待。但随着时日推移，自晋成帝咸和年间至南朝陈，之间进行过多次"土断"③。同时宋、齐两朝也在大力推行罢除侨置郡县之举。这些举措的必要性一方面在于士族已经逐步融入当地生活，没有必要将其与杂处的人群区分开；但更深一层，此举也可以帮助消灭世族特权、收复皇权。南渡士族的身份特殊性既是国家制度所赋予的，又为皇权所剥夺，其根源在于不同历史时期权力中心者的需求发生了改变。

从士族行为来说，谈及王导渡江、淝水之战等，时至今日我们仍能想见昔时门阀的赫赫功业。南朝时期这些士族脑海中分明还留存着对祖辈功勋的骄傲和向往，成为"家族记忆"被一代代承续下来，族中后辈在其中获得了身份认同和情感延续，潜移默化地影响着他们的处世态度和行为方式。从一些遗存下来的文本中，也可以看出他们对家族的认同和有意识的传承。如述祖德诗及诫子书，④ 一者承上一者启下，前者通过感怀祖辈的功业激励自身，后者将自己的生活经验总结出来并传承下去。这种不断承继的家族记忆和言传身教的教育方式造就了家族内部成员行动的趋同性，他们行事方式往往是对家族长辈的学习和模仿。"我们

---

① 阎步克：《波峰与波谷：秦汉魏晋南北朝的政治文明》，北京大学出版社 2017 年版，第 160 页。

② 房玄龄等：《晋书》卷七五，中华书局 1974 年版，第 1986 页。

③ 参见雷震：《黄、白籍问题与"土断"》，《汉中师院学报（哲学社会科学版）》1992 年第 1 期。

④ 按，这里的"子"不仅指子女，也包括大家族内部所有子侄。前者较具代表性的如谢灵运《述祖德诗》，后者较具代表性的如颜之推《颜氏家训》。

重复童年经历的程度是非常惊人的。事实上，作为一个成年人，我们如何应对自己的朋友、选择爱人，在工作中表现出的能力和兴趣等几乎一切心理状态，仍在通过我们每时每刻的经历，不断地反映着我们的童年经历。"①幼年开始的家族内部教育能够让他们快速习得优秀的文化和品质，培养起对家族的认同，这使家族门户得以一代代延续下来，家族成为一个整体社会单元实现了力量的不断积累。但同时其负面影响也不可小觑，南朝正处于门阀政治的消亡与皇权政治复归的过渡期，他们既因自然享有的社会地位而进入官场、为皇权服务，却无法真正执掌权力，这是士族悲剧命运不断重演的根本原因。

二、皇权对士权的压制

吸取前朝教训，兼之南渡后凭借地利政权逐渐稳固，南朝统治者不再给这些士姓大族与皇族共治天下的机会。皇族时刻对其保持着警惕和戒备，举南朝宋时王彧(字景文)为例，王彧是王导的五世孙，其妹妹是明帝刘彧的皇后王贞风，既有门户之盛，又倚外戚之宠。可王彧的最终结局却令人震惊：在没有任何过错的情况下被无端赐死，只因刘彧忌惮他的权势可能会威胁到继位之君："虑一旦晏驾，皇后临朝，则景文自然成宰相，门族强盛，借元舅之重，岁暮不为纯臣。泰豫元年春，上疾笃，遣使送药赐景文死，使谓曰：'朕不谓卿有罪，然吾不能独死，请子先之。'因手诏曰：'与卿周旋，欲全卿门户，故有此处分。'"②明帝的意思很明确，将牺牲他一人作为保住满门百口性命的交换条件。王彧此时别无选择，为保全家族门户只能饮下毒酒、抱憾而终。当然，南朝皇帝并非都像宋明帝那样凶残暴虐，他们对待士族的手腕也相对和缓一些，而"减死一等"后的贬谪，成为南朝皇帝压抑士族势力的常用手段。如本书第二章中我们专论谢氏一族贬谪情况，他们的遭际正是南朝高门大姓在政治上普遍被抑制的一个集中展现窗口。

士权与皇权的矛盾冲突在南朝一直存在，皇族的中央集权需求更为强势，士族则不复前代荣宠和信任。但作为士族旧姓，他们有着保持家族内部权力稳固的

---

① 奥利弗·詹姆斯著，康洁译：《原生家庭生存指南》，江西人民出版社 2019 年版，第6页。

② 李延寿：《南史》卷二三，中华书局 1975 年版，第 635 页。

需要，但势必遭受皇权忌惮，被弃置、贬斥成为他们难以躲避的宿命。在家族观念下，士族以政治为争取个人权位、维护家族利益的搏击场。身处漩涡中心就伴随着极大风险性，有功业卓著者，亦有功败殒身者。皇权政治是古代政治的核心，士族想要获得权力必须向皇族靠拢，他们的政治选择和站队至关重要。但南朝宗室离乱，这些跟随宗室成员的文士也往往随之命运播迁，这一点在本书第三章中已有集中阐述。退一步说，即使政治选择正确、建功于当时，也未必会得到善终。明人胡应麟在《诗薮》中评论六朝文人命运时云："萧齐革命而为之佐命者，褚渊、王俭也；萧梁革命而为之佐命者，沈约、范云也。迹诸人行业器度，咸有可观，而蹭蹬至此，彼非有意功名，直高位重禄耳。余尝谓富贵溺人，贤者不免，文士尤易著脚，而六朝为甚。潘、陆、颜、谢诸君，往往蹈此。范晔、王融，卒以覆身败族。若陶元亮辈，几何人哉！"①南朝文人不乏在易代之际效力前后、功业卓著者，但多数仍不免命途困顿、身高跌重，甚至累及家族。胡应麟将其原因归结于"富贵溺人"，显然有失偏颇。胡应麟认为他们"非有意功名"而获得高位，一旦身处富贵便放松懈怠，故而得祸，这并不符合实际情况。出身士族的文人，对功业权位的追求是很执着的。他们获得一定权位后表现出的任性高蹈，也同样是为了彰显家族门户，都是为门户计的举动。其悲剧本身在于不得不卷入这个时代皇族与士族的权力之争，至于身败覆族，是他们身为士族的宿命所定。

除了针对个体的贬斥，执政者还采取了一系列手段削弱旧姓士族，如在财产层面打击他们的庄园经济基础，大明七年（463 年）诏曰："前诏江海田池，与民共利。历岁未久，浸以弛替。名山大川，往往占固。有司严加检纠，申明旧制"②，针对士族侵占土地的情况专门下诏令纠察。当然，士族仍然是南朝社会的中坚力量，为了拉拢他们，南朝统治者对他们享有的一些特权依然予以保留和保护，但一旦涉及政治权力这一核心利益问题，即以各种方式进行分权和削弱，重用寒士就是一个有力举措。学者刘跃进以"软"和"硬"来概括这一时期的士族政策：

---

① 胡应麟：《诗薮》外编卷二，上海古籍出版社 1958 年版，第 153 页。
② 沈约：《宋书》卷六，中华书局 1974 年版，第 132 页。

魏晋以来，特别是宋齐以后，许多士族所以鄙武尚文，乃至弃武从文，其实还决定于统治阶级对士族所采取的软中有硬的特殊政策。所谓软，是充分授以特权，不轻易侵夺。譬如享有免役特权，以至"百役不及，高卧私门"（沈约《上言宜校勘谱籍》）。对于士族的社会地位，当权者也尽量予以保护。……所谓硬，是尽量剥夺实权。最主要的办法是起用寒人执掌机要。①

任用寒人执掌机要是对付士族的"硬"手腕，寒士没有家族根基为倚仗，自身又感念皇恩识人，往往服从性更强，更便于控制。这些寒士的选取，一部分是从地位低微的武将队伍中来。他们因武功跻身朝堂，又投皇帝所好，家族成员身份逐渐转变为文学之臣。如任昉评价到氏一族"宋得其武，梁得其文"②，是当时一些由武转文、终于跃居上流家族的寒士普遍发展史。上位者培植寒族与旧姓士族分享和争夺士权，通过任用新兴士族的方式形成权力的更替。但当寒族成长为士族之后，随着家族势位稳固，也同样会成为新的被打击对象，这是不变的规律。

三、体儒用道的行为方式

政治上的反复打击导致这一时期士人思想发生变化，心态由进取逐步走向落寞，推玄崇佛成为他们的精神避难所。相对应地，儒家思想从主流意识形态来看渐趋衰落。但我们应当注意到，儒脉在这一时期仍然延续，只是更为内化，而玄学思想成为外显的表征，"体儒而用道，最可代表当时人生之新趋向"③。

为应对当时的政治大环境，士人们的思想内核虽则延续儒脉，但行为表现上却与前后朝代有所不同。其主要表现有二：一是忠君观念的转化，即从"君臣"走向"父子"。除却政治上的持续性打击，朝代改换之多之快客观上也让南朝士人的忠君很难实现，甚至有像494年这样一年换了三个皇帝的极端情况，忠君思

---

① 跃进：《论竟陵八友》，《文学遗产》1992 年第 3 期。
② 李延寿：《南史》卷二五，中华书局 1975 年版，第 681 页。
③ 钱穆：《略论魏晋南北朝学术文化与当时门第之关系》，钱穆：《中国学术思想史论丛（三）》，生活·读书·新知三联书店 2009 年版，第 179 页。

想完全无从谈起。为了应对抱负难以施展和政局动荡不安的双重困局，士族采取的策略是：不再对特定某个皇帝、某个家族(指皇族)效忠，转而仅忠于自己的家族门户。颜之推在《颜氏家训》中说："不屈二姓，夷、齐之节也；何事非君，伊、箕之义也。自春秋已来，家有奔亡，国有吞灭，君臣固无常分矣；然而君子之交绝无恶声，一旦屈膝而事人，岂以存亡而改虑?"①此也代表了当时士族的普遍心态。君臣无常分，那么也就不存在忠君的必要。保全自己，为个人和家族谋得最大利益成为首要的目标。但他们也并非完全摒弃儒家思想而转向玄学，家族观念实则也是儒家思想的重要内容，只是其重要性层级被前置了。

二是从"立功"走向"立言"。本书第二章我们讨论范氏家族时，简略提及过南朝士族对经史传统的继承，此处更偏重于谈论关于文学的创作。南朝门阀士族虽然在政治上长期被压抑，但将注意力转移到文学之上，他们在文学领域是毋庸置疑的主力创作者。如钱锺书先生所说："同一件东西，司马迁当作死人的防腐溶液，钟嵘却认为是活人的止痛药和安神剂。"②诗文创作是他们宣泄情绪的出口，也因此在谪臣创作中，往往有更深的精神内蕴和更高的艺术性。虽然这一时期的贬谪文学总是笼罩着玄学的影子，但其写作的出发点仍然是儒家立功思想不能实现的苦痛。

在很长历史时期里，文学是上层人士的专属，因为他们占有书籍这个主要知识传播媒介，拥有受教育的权利。而普通百姓忙于耕作，没有读书的财力条件和时间资本。这一点在六朝文学中体现得更为突出："东晋南朝文学，就其实质而言，是一种门阀士族文学。将近三百年间，以南北士族为主体的文人集团，自始至终左右着江左文学的嬗变。"③南朝文学本质上就是士族文学，这些家族内部形成了优秀的家学传统。正因为其家族传承的文学素养，使这些在政治上失意的士人能够将注意力转移到文学的创作之中，贬谪文学是南朝士族文学中极为重要的一部分。文人在立功无望之后转向立言，也直接促使了这一时期文学自觉的产生。

---

① 王利器：《颜氏家训集解》，中华书局1993年版，第258页。
② 钱锺书：《七缀集》，生活·读书·新知三联书店2002年版，第120页。
③ 跃进：《论竟陵八友》，《文学遗产》1992年第3期。

第三节　文学批评下的贬谪文学贵族特征

南朝处于文学自觉的时代，文学审美和文学批评风尚发展极盛。除却文学创作者的贵族身份，文学批评也是贵族的专属，因此南朝文学实则是以贵族文学为核心的。而南朝贬谪文学作为文学的一个组成部分，也有突出的贵族性特征。

一、人物品藻与文学批评

品藻人物的风气，其源头还是在于九品中正的选官制度。以门第取士的本质，就是将人以高低贵贱区分开来，并天然地认为出身门第决定了人的品行能力。这是士族垄断权力的方式，其中也具有一定的合理性，所处的社会阶层确实决定了当时人们能接触和掌握的知识文化水平。

但这种取士方式也存在着很大弊端，最为显著的问题就是，有"德才"者未必具备处理政务的能力："'德才'的评价标准，在形式上依然是'士人化'的，以儒家礼法甚至玄学名士风尚，而非职业吏员的要求作标准。"①裴子野鲜明指出了六朝选官方法的弊病："古者，德义可尊，无择负贩；苟非其人，何取世族！名公子孙，还齐布衣之伍；士庶虽分，本无华素之隔。自晋以来，其流稍改，草泽奇士，犹显清途；降及季年，专限阀阅。自是三公之子，傲九棘之家，黄散之孙，蔑令长之室；转相骄矜，互争铢两，唯论门户，不问贤能。以谢灵运、王僧达之才华轻躁，使生自寒宗，犹将覆折；重以怙其庇荫，召祸宜哉。"②士族虽然依靠家族能够获取入仕之途，但缺乏做官的吏能，反倒给他们招致祸患。

既以"德才"为评价标准，那么自然地带动了人物品藻风气的盛行。对人物风神的品藻是六朝时期的风尚："门阀士族们的贵族气派，讲求脱俗的风度神貌成了一代美的理想。不是一般的、世俗的、表面的、外在的，而是要表达出某种内在的、本质的、特殊的、超脱的风貌姿容，才成为人们所欣赏、所评价、所议

---

① 阎步克：《波峰与波谷：秦汉魏晋南北朝的政治文明》，北京大学出版社 2017 年版，第 129 页。

② 司马光编著：《资治通鉴》卷一二八，中华书局 2016 年版，第 4016 页。

论、所鼓吹的对象。"①譬如宋皇室刘义庆所著的《世说新语》就是一部品藻人物的书，书中记载的许多魏晋风流名士言行成为时人乃至后世推慕和效仿的对象。

品评人物的风气是那个时代个性自由的反映，反之对士人也会形成行为上的约束力。虽然人物品藻有导善的正向作用，但亦存在负面影响。人性有善与恶两面，评价他人这种主观性极强的活动也是对人性的考验：并非所有人都能够通脱处世，品评者可能借这种行为讽刺挖苦他人或借以泄私愤，被品评者也未必能够坦然接受别人的公开评价而选择反击。宋宗室刘义庆的僚佐何长瑜，就曾因议论陆展被贬：

> 临川王义庆招集文士，长瑜自国侍郎至平西记室参军。尝于江陵寄书与宗人何勖，以韵语序义庆州府僚佐云："陆展染鬓发，欲以媚侧室。青青不解久，星星行复出。"如此者五六句，而轻薄少年遂演而广之，凡厥人士，并为题目，皆加剧言苦句，其文流行。义庆大怒，白太祖除为广州所统曾城令。及义庆薨，朝士诣第叙哀，何勖谓袁淑曰："长瑜便可还也。"淑曰："国新丧宗英，未宜便以流人为念。"庐陵王绍镇寻阳，以长瑜为南中郎行参军，掌书记之任。(《宋书》卷六七《谢灵运传》)②

何长瑜的这四句诗③语出讥诮，说陆展染黑鬓角来讨好妾室，但不久头发又星星点点地斑白起来。陆展与何长瑜同因文学见赏于刘义庆，"义庆在江州，请为卫军咨议参军；其余吴郡陆展、东海何长瑜、鲍照等，并为辞章之美，引为佐史国臣"④，而何长瑜却以此四句诗窃议陆展私生活，格调低俗。又为轻薄浪荡子学去，效仿者众、一时成风，造成了覆盖面较广的不良社会影响。刘义庆作为《世说新语》的编纂者，绝非容不得自己僚佐互相品藻之人，而何长瑜此举使人物品评变了味，戏谑他人私生活为乐导致社会风气的败坏。因此刘义庆将其远贬广州曾城以为惩戒，甚至刘义庆薨逝也未得还朝，足见惩处之严厉。就此看来，

① 李泽厚：《美的历程》，生活·读书·新知三联书店 2009 年版，第 95 页。
② 沈约：《宋书》卷六七，中华书局 1974 年版，第 1775 页。
③ 按，值得注意的是，此处人物品评是以诗的形式开展的，六朝开以诗论人风气之先。
④ 沈约：《宋书》卷五一，中华书局 1974 年版，第 1477 页。

人物品评不仅有恶化人际关系的风险，也可能造成因言得罪、被贬黜远地的情况。人物品藻固然能够宣扬风神品性，但有时也会沦为文人相轻的道具。

文人之间的批评，不仅有对人物品质的评价，还在于对其文学创作的评价。文学批评与人物品藻一样，固然有正向积极的一面，能够让文人在切磋学习中促进文学水平的提高；其负向一面也同样值得关注，曹丕《典论论文》就说："文人相轻，自古而然。"①文人不仅会出现互相轻视的情况，甚至会因为此结成私怨。如前文中所提及的颜延之为傅亮所贬，刘孝绰为到洽所奏，都是因为文人相轻而招致贬谪的案例。而文学批评与文人相轻情况出现的根本原因，在于中国古代文学与政治总是相互缠绕。在南朝，官员能够得到怎样的职务往往是以文学作为依据的，很多重臣都因文学见赏。这也不难理解，作为在朝文官来说，公文写作是他们日常处理政务的方式。文采好、见解独到，就能够在皇帝面前和政坛上崭露头角。既然文学是提升政治地位的方式，那么文人相轻也并非单纯是文学水平的高下之争，而是政治权力争夺的一种方式。

我们谈论古代文学的时候，可以古代政治为出发点，文学好尚往往是从政治的需求中衍生出来的。以选官的方式论，在隋前，科举这种较为客观的考评体系还没有出现。南朝选官的评价方式是以德取士与以才取士的结合，也就是要以德才兼备者居官。文学的评价实际上也是一种道德评估方式，古人认为从文字中可以看出一个人思想品质的高低。虽然"德"与"才"是对一个人内在素质的评价，但它们都需要通过外在呈现来衡量。评价一个人的"德"，就是看他的处世方式和风姿举止；评价一个人的"才"，就是看他的知识积累和文学创作。这种选官的标准，实际上是六朝时期人物品藻和文学批评风气的重要内生力。

二、贵族政治与贵族文学

六朝时期被人们传为美谈的道德行为，其实仔细看来往往是不合于人原始本能的，是一种脱离于现实社会而趋近于理想水平的状态。这并非通过简单模仿或是朝夕之间能够习得的，必须经过自幼的熏陶，继而从内向外地自然表现出来。文学才能也是如此，要经过长期的知识积累和写作训练过程，才能达到一个较高

---

①　萧统编，李善注：《文选》卷五二，上海古籍出版社 1986 年版，第 2270 页。

的水准(当然，能够达到怎样的水平，也取决于个人天赋)。而当时有机会接受良好教育的只有高门大姓。因此，南朝的人物品藻与文学批评，实则都是以贵族为主体的。正如日本学者内藤湖南指出的那样："要言之，在六朝时期，贵族成为中心，这是中国中世纪一切事物的根本。……在这一贵族时代发生的各种文化现象，如经学、文学、艺术等等，都具备了这一时代的特征。这时期的文化成为中国文化的根本，今天的中国文化也是在这一基础之上建筑起来的。"①贵族之所以成为贵族，与政治身份的取得紧密相关。贵族政治和贵族文学是南朝的显著特点，而贵族政治又是贵族文学之基础。

贵族社会背景之下诞生的贬谪文学，也是贵族文学的一个分支，带有贵族性这一主要特征。从创作主体上来看，南朝贬谪文人的身份几乎都是贵族。孙明君《南北朝贵族文学研究》指出："南北朝贵族文学是指南北朝时代以皇族和门阀士族文人为主体创作的，内容上具有鲜明贵族意识，在艺术上体现出贵族阶层审美情趣的文学作品。贵族文学的作家既有帝王和皇族成员，也有门阀士族的子弟，同时也包括写作过宫廷文学的朝廷侍臣。"②这里的"贵族"包含皇族、门阀士族文人、文学侍臣三个大类。在"德才兼备"的选官任官标准之下，只有出身上层才有跻身于政坛的机会。虽然梁、陈二代有意对寒族进行扶持，但其势力仍然难以与士族抗衡。且寒族在行为上更为小心谨慎，对上位者的迎合度高，虽其位难显，但政治生涯却相对较为平稳。士族则不然，他们在朝堂之上充当着重要角色，又逢南朝统治者有意识地对士权进行打压，在和皇族倾轧的矛盾冲突之中，士族屡屡遇挫遭贬。其他两类主体的命运常常相互勾连：皇族因皇室内部斗争之激烈、政局之动荡，往往朝不保夕；依附于他们的文学侍从因与皇族成员息息相关、休戚与共，也不免受到波及。

南朝贬谪文学中的贵族精神，也使这一时期的创作呈现出独特风貌。贬谪文人既出身上流，在行为举止中也时时表露出上流的姿态。因此在他们的贬谪生活中，往往以游兴或屏居示自矜或清高；在他们贬谪之作中，愤怨和哀伤的情绪往往是隐忍的、含蓄的。普通六年(525年)，谢几卿坐战败，庾仲容坐推纠不直，

---

① 内藤湖南著，夏应元等译：《中国史通论》，九州出版社2018年版，第357页。
② 孙明君：《南北朝贵族文学研究》，商务印书馆2018年版，第3页。

俱被免官。一般认为，贬官的生活应当是门庭冷落、闭门不出的，可他们二人却恰恰相反。《梁书》卷五〇《文学传下·谢几卿传》载："居宅在白杨石井，朝中交好者载酒从之，宾客满座。时左丞庾仲容亦免归，二人意志相得，并肆情诞纵，或乘露车历游郊野，既醉则执铎挽歌，不屑物议。"①不仅宾客盈门、往来不绝，且自己也历游郊野、饮酒为乐。这样的行为举止正与他们的贵族身份紧密相关：谢几卿出身陈郡谢氏，庾仲容出身颍川庾氏，皆是高门大姓。虽然个人仕途受到打击，但有家族势力作为依托，社会地位和个人未来仍有保障。

　　南朝贬谪文学作品，也同样呈现出贵族性的特征。这里举张融《海赋》为例，宋孝武帝起新安寺，张融以傤钱少被贬岭南，浮海赴交州途中作此赋。张融实则并无过错，仅因上位者喜怒就被远贬蛮荒，由海上乘船至贬所也可以想见其中艰危。可是张融对大海的描写却壮阔诡激，"壮哉水之奇也，奇哉水之壮也"，并无半分哀色在其中而多是欣赏称叹。对比西晋木华《海赋》"若其负秽临深，虚誓愆祈。则有海童邀路，马衔当蹊。天吴乍见而髣髴，蝄像暂晓而闪尸"②，描绘景象之险异常诡谲，张融笔下"若乃春代秋绪，岁去冬归。柔风丽景，晴云积晖。起龙涂于灵步，翔螭道之神飞。浮微云之如梦，落轻雨之依依"③，海上四季晴雨变化十分温和，完全是两个世界。张融对大海的书写反映出他出贬时心态较为平和，是以一个观赏者的角度来看待所行所经。张融出身吴郡张氏，性格中有"清抗绝俗"④的一面，且张融行前他的叔叔张永向他透露了朝廷内部消息，"似闻朝旨，汝寻当还"⑤，所以他对将来能否返回京城并无忧虑，因而张融贬谪创作没有哀怨愤懑的情感。贬谪之作中特以豁达淡然姿态示人的情况在南朝贬谪文人的创作中普遍存在，虽然不免有论者因此将南朝贬谪文学创作贴上"不深"的标签，但是他们在逆境中呈现的泰然气度，却也格外为后世称赏。

①　姚思廉：《梁书》卷五〇，中华书局 1973 年版，第 709 页。
②　萧统编，李善注：《文选》卷一二，上海古籍出版社 1986 年版，第 547 页。
③　萧子显：《南齐书》卷四一，中华书局 1972 年版，第 724 页。
④　李延寿：《南史》卷四一，中华书局 1975 年版，第 1038 页。
⑤　萧子显：《南齐书》卷四一，中华书局 1972 年版，第 721 页。

本章小结

贬谪文学是文人、文学和政治共同作用下的结晶，这三者也互相交叉影响。故而研究南朝的贬谪文学，就要从当时政治背景、文人出身、主流思想、文学发展等诸方面着手综合考察。贬谪文学凝聚了文人的血泪，又是时代精神光辉的集中彰显，这也是其承载的独特价值和意义所在。

南朝文人总体来说，呈现出一种内里执着而外在通脱的气质。刘永济《十四朝文学要略》中论六朝诗："六朝诗学，其流至繁。揆厥所由，莫非时变，要而论之，得六端焉：篡夺相寻，人心摇荡，则风会易移，一也；世尚虚玄，俗竞心得，则意志解放，二也；政失纲维，絜士放失，则寄情物色，三也；佛学西来，宗风大扇，则流及咏歌，四也；加以南都佳丽，山水娱人，避世情深，则匡时意少，五也；中原板荡，恢复难期，晏安可怀，则淫靡斯著，六也"①，将六朝多元化诗风的形成归因于篡夺、尚玄、政失、佛学、山水、板荡六个因素。我们可以将其分为两组，篡夺、政失、板荡是政治层，而尚玄、佛学、山水是精神层。南朝文人的精神内核其实还是儒学，可是政治上的动荡不安和难有作为，让他们只能以体儒用道的方式来应对。

对于贬谪文人来说更是如此，他们的政治热情受到沉痛的打击和消磨。品位下沉乃至被贬异乡的处境，让他们不得不将关注点转向其他，在谈学论佛和山水游兴中寄寓此身。他们的家世背景和教育背景，能够支撑这些寻求心灵短暂放松和解脱的活动，这是南朝谪臣谪居生活的特殊性所在。故而在南朝贬谪文人的创作中，悲怨愤懑的情绪往往含而不露。他们展现的内外精神往往反差很大，内里沉痛执着而外在旷达通脱。而放在整个贬谪史来看，无论是先秦两汉还是唐宋乃至更以后的贬谪文人，很少能有这样的贵族身份背景作为支撑。故而他们的贬谪生活、对待贬谪的态度和贬谪文学创作，也与南朝时期呈现出极大差异。

南朝的贬谪文学呈现出的独特特征，既是这个时代的风气使然，也是每一个遭受贬谪的个体共同缔造的。这些谪臣的气质遗传自士族的族群性，譬如生活中

---

① 刘永济：《十四朝文学要略》，商务印书馆 2021 年版，第 181 页。

常常谈玄论佛、求僧访道，文学顺应当时文风创作山水诗、永明体等，这些都是
与这个时代的总体印象相符合的。但是又因为他们人生经历的特殊性，聚合成一
个独特的谪臣群体，展现出群体性的精神气质。他们即使身处逆境，也仍然葆有
自己独立的精神，具体表现为不完全为了利益向权力者献媚，也不沉沦于政治困
顿的自怨自艾，以内在的自我构建抵抗命运的坎坷。他们的这种精神气质，也深
深影响了后世对这个时代的评价。

下编　南朝贬官考

凡　　例

一、本编以时代、帝王年号为序，上起宋武帝永初元年(420年)，下迄陈后主祯明三年(589年)。若一年之内有两个或两个以上年号者，则于其后括注年号更迭月份。各年下以流贬事件发生时月先后为序，年内具体时月未明者，皆置后。

二、凡贬、流官均予著录。所收贬、流官，以有贬流诏书及文献明载为贬、流者为主，其他如罢、徙、出为、去职、迁职、被代、除名、出藩、除籍、绝属籍、赐假、还家、自请者，则视具体情形分别裁定，酌予收录。至于已降贬诏而未至贬所或死于贬途者，亦皆收录，说明情况，以存全貌。

三、每一条目，依序先列贬前官职、贬官姓名、贬因、贬后官职、贬地；其人、其事、其时、其地有疑问者，则加按语以考辨说明。倘因一事而牵连多名贬官，且合记于相关史料者，则诸人共系一目，不再分列；所征引文献，以反映该事件、人物最详尽者开示于前，与重要人物相关之文献随主名分列于后。其他史籍记载有重出者或大体内容相同者，则以"参看某书某卷"出之。

四、一人在同一年内前后数次被贬者，按时间先后，合并为一条目出示，以首次被贬时月在年内序次；一人在同一朝多次被贬者，若前后被贬年份不可考，则暂附于年代可考条目内以明次序；一人在不同朝代多次被贬者，则分系于各朝代具体年月下。

五、凡贬年不详或因资料杂出而难以辨明者，分别置于各朝末之"贬年不定者"内，并大致厘定其先后次序；朝代不明者，则置于每代之末。

六、本编所用传世文献及相关论著，以《宋书》《南齐书》《梁书》《陈书》《南史》《资治通鉴》等史书为主，兼及《册府元龟》《通典》《南北史合注》《汉魏六朝百三家集题辞注》等其他典籍，以及《中古文学史料丛考》《中国历史地图集·南北朝时期》等今人著述。凡前贤已考定者，即从其说，于文中交代主名及论著卷次，不另出注；凡有疑问者，则续加辨析，或阙疑待考。

南朝宋（420—479）

宋武帝朝（420—422）

永初元年（庚申，420 年，六月武帝即位，改元）

六月，晋恭帝司马德文，晋宋禅代被废，封零陵王；皇后褚灵媛，降为零陵王妃。

《资治通鉴》卷一一九《宋纪一》：永初元年"六月，壬戌，王至建康。傅亮讽晋恭帝禅位于宋，具诏草呈帝，使书之。帝欣然操笔，谓左右曰：'桓玄之时，晋氏已无天下，重为刘公所延，将二十载；今日之事，本所甘心。'遂书赤纸为诏。甲子，帝逊于琅邪第，百官拜辞，秘书监徐广流涕哀恸。……奉晋恭帝为零陵王；优崇之礼，皆仿晋初故事，即宫于故秣陵县，使冠军将军刘遵考将兵防卫。降褚后为王妃。……（永初二年）九月，帝令淡之与兄右卫将军叔度往视妃，妃出就别室相见。兵人踰垣而入，进药于王。王不肯饮，曰：'佛教，自杀者不复得人身。'兵人以被掩杀之"。参看《晋书》卷十《恭帝纪》、《宋书》卷三《武帝纪下》、《南史》卷一《宋本纪上》。

褚灵媛　《晋书》卷三二《后妃下·恭思褚皇后传》："恭思褚皇后讳灵媛，河南阳翟人，义兴太守爽之女也。后初为琅邪王妃。元熙元年，立为皇后，生海盐、富阳公主。及帝禅位于宋，降为零陵王妃。宋元嘉十三年崩，时年五十三，祔葬冲平陵。"

227

六月，始兴公王恢，降封始兴县公；庐陵公谢承伯，废爵，改封谢澹柴桑县公；始安公，降封荔浦县侯；长沙公陶延寿，降封醴陵县侯；康乐公谢灵运，降封康乐县侯：皆因晋宋禅代。

《宋书》卷三《武帝纪下》：永初元年六月"诏曰：'夫微禹之感，叹深后昆，盛德必祀，道隆百世。晋氏封爵，咸随运改，至于德参微管，勋济苍生，爱人怀树，犹或勿翦，虽在异代，义无泯绝。降杀之宜，一依前典。可降始兴公封始兴县公，庐陵公封柴桑县公，各千户；始安公封荔浦县侯，长沙公封醴陵县侯，康乐公可即封县侯，各五百户：以奉晋故丞相王导、太傅谢安、大将军温峤、大司马陶侃、车骑将军谢玄之祀。其宣力义熙，豫同艰难者，一仍本秩，无所减降'"。参看《南史》卷一《宋本纪上》、《资治通鉴》卷一一九《宋纪一》、《册府元龟》卷二一一《闰位部·继绝》。

王恢 《晋书》卷六五《王导传附王悦传》："悦无子，以弟恬子琨为嗣，袭导爵丹阳尹，卒，赠太常。子嘏嗣，尚鄱阳公主，历中领军、尚书。卒，子恢嗣，义熙末，为游击将军。"王恢在晋末袭封始兴公，本年降封始兴县公。

谢承伯 《晋书》卷七九《谢安传》："安有二子：瑶、琰。瑶袭爵，官至琅邪王友，早卒。子该嗣，终东阳太守。无子，弟光禄勋模以子承伯嗣，有罪，国除。刘裕以安勋德济世，特更封该弟澹为柴桑侯，邑千户，奉安祀。"因知刘裕废谢承伯爵，改封其弟谢澹为柴桑县公。

始安公 《资治通鉴》卷九四咸和四年："夏，四月，乙未，始安忠武公温峤卒。"又《晋书》卷六七《温峤传》"放之嗣爵"。按，始安公温峤卒于咸和四年（329年），子温放之袭爵，此后爵位承袭情况无载。至永初元年（420年）袭封始安公被降封者，暂阙名。

陶延寿 《晋书》卷六六《陶侃传》："诏复以瞻息弘袭侃爵，仕至光禄勋。卒，子绰之嗣。绰之卒，子延寿嗣。宋受禅，降为吴昌侯，五百户。"《晋书》作降封吴昌侯，《宋书》作降封醴陵县侯，《南史》卷一《宋本纪上》、《册府元龟》卷二一一《闰位部·继绝》亦作醴陵县侯，今从《宋书》《南史》等。

谢灵运 《宋书》卷六七《谢灵运传》："从叔混特知爱之，袭封康乐公……高祖受命，降公爵为侯，食邑五百户。"参看《南史》卷一九《谢灵运传》。

六月，临川王司马宝，因晋宋禅代，降封西丰县侯。

《宋书》卷三《武帝纪下》：永初元年六月"封晋临川王司马宝为西丰县侯，食邑千户"。参看《册府元龟》卷二一一《闰位部·继绝》。

晋陵公主，降封东乡君；鄱阳公主，降封永成君：皆因晋宋禅代。

晋陵公主 《宋书》卷五八《谢弘微传》："高祖受命，晋陵公主降为东乡君，以混得罪前代，东乡君节义可嘉，听还谢氏。"参看《南史》卷二〇《谢弘微传》、《资治通鉴》卷一二二《宋纪四》。又《通鉴》载："是岁（元嘉九年），东乡君卒。"

鄱阳公主 《宋书》卷四一《后妃传·孝武文穆王皇后》："后父偃，字子游，晋丞相导玄孙，尚书皈之子也。母晋孝武帝女鄱阳公主，宋受禅，封永成君。"参看《南史》卷二三《王诞传附王偃传》。

武冈县男刘（光）祖，因晋宋禅代，国除。

《宋书》卷四七《刘敬宣传》："以敬宣为辅国将军、晋陵太守，袭封武冈县男。是岁，安帝元兴三年也。……子祖嗣。宋受禅，国除。"

按，《南史》卷一七《刘敬宣传》作刘敬宣嗣子为刘光祖。

永初二年（辛酉，421 年）

镇西司马张邵，白服登城，被代。

《宋书》卷六三《王华传》："太祖镇江陵，以（王华）为西中郎主簿，迁咨议参军，领录事。太祖进号镇西，复随府转。太祖未亲政，政事悉委司马张邵。华性尚物，不欲人在己前。邵性豪，每行来常引夹毂，华出入乘牵车，从者不过二三以矫之。尝于城内相逢，华阳不知是邵，谓左右：'此卤簿甚盛，必是殿下出行。'乃下牵车，立于道侧，及邵至乃惊。邵白服登城，为华所纠，坐被征，华代为司马、南郡太守，行府州事。"参看《南史》卷二三《王华传》、《册府元龟》卷九二四《总录部·倾险》。

按，《宋书》卷四六张邵本传云："初，王华与邵有隙，及华参要，亲旧为之危心"，前隙当指此事。时世祖领南郡，政事悉委张邵。张邵为王华所纠，被代。

又，下条谢晦玺封事，应即是以王华代张邵，封司马、南郡太守，因知事在

229

同年稍前，故系于此。

又，《宋书》卷三《武帝纪下》载，永初三年二月"又分荆州十郡还立湘州，左卫将军张邵为湘州刺史"，推知张邵在永初二年被代，后又封左卫将军，三年初为湘州刺史。

中领军谢晦，坐玺封谬误，免侍中；骁骑将军王韶之，亦坐免黄门侍郎。

谢晦　《宋书》卷四四《谢晦传》："宋台初建，为右卫将军，寻加侍中。高祖受命，于石头登坛，备法驾入宫。晦领游军为警备，迁中领军，侍中如故。……二年，坐行玺封镇西司马、南郡太守王华大封，而误封北海太守球，版免晦侍中。寻转领军将军、散骑常侍。"同书卷五三《庾登之传附庾炳之传》："尚之又陈曰：'……谢晦望实，非今者之畴，一事错误，免侍中官。'"参看《南史》卷一九《谢晦传》。

王韶之　《宋书》卷六〇《王韶之传》："高祖受禅，加骁骑将军，本郡中正，黄门如故，西省职解，复掌宋书。……坐玺封谬误，免黄门，事在《谢晦传》。……少帝即位，迁侍中，骁骑如故。"参看《南史》卷二四《王韶之传》。

左卫将军刘粹，以役使监吏，免官。

《宋书》卷四五《刘粹传》："进号辅国将军，迁相国右司马、侍中、中军司马、冠军将军，迁左卫将军。永初元年，以佐命功，改封建安县侯，食邑千户。二年，以役使监吏，免官。寻督江北淮南郡事、征虏将军、广陵太守。"

宋少帝朝(422—424)

永初三年(壬戌，422 年，五月少帝即位)

太子左卫率谢灵运，与庐陵王刘义真亲厚，构扇异同，非毁执政，为徐羡之等患，出为永嘉太守。

《宋书》卷六七《谢灵运传》："起为散骑常侍，转太子左卫率。灵运为性褊激，多愆礼度，朝廷唯以文义处之，不以应实相许。自谓才能宜参权要，既不见知，常怀愤愤。庐陵王义真少好文籍，与灵运情款异常。少帝即位，权在大臣，灵运构扇异同，非毁执政，司徒徐羡之等患之，出为永嘉太守。郡有名山水，灵运素所爱好，出守既不得志，遂肆意游遨，遍历诸县，动逾旬朔，民间听讼，不复关怀。所至辄为诗咏，以致其意焉。在郡一周，称疾去职，从弟晦、曜、弘微等并与书止之，不从。"参看《南史》卷一九《谢灵运传》、《资治通鉴》卷一二〇《宋纪二》、《册府元龟》卷九三二《总录部·诬构》及卷九五二《总录部·交构》。

按，少帝即位在永初三年，谢灵运在少帝即位后即为权臣所出，故系于本年。

景平元年（癸亥，423 年）

始兴相胡藩，坐开东府掖门，免官。

《宋书》卷五〇《胡藩传》："时卢循余党与苏淫贼大相聚结，以为始兴相。论平司马休之及广固功，封阳山县男，食邑五百户。少帝景平元年，坐守东府，开掖门，免官，寻复其职。元嘉四年，迁建武将军、江夏内史。"

景平二年·元嘉元年（甲子，424 年，八月文帝即位，改元）

二月，庐陵王刘义真、徐羡之等谋废立，先废其为庶人，徙新安郡。

《宋书》卷四《少帝纪》：景平二年二月"废南豫州刺史庐陵王义真为庶人，徙新安郡。"同书卷二六《天文志四》："景平元年，庐陵王义真废，王领豫州也。"同书卷四三《徐羡之传》："帝后失德，羡之等将谋废立，而庐陵王义真轻动多过，不任四海，乃先废义真，然后废帝。"同书卷六一《武三王传·庐陵孝献王义真传》："高祖不豫，以为使持节、侍中、都督南豫豫雍司秦并六州诸军事、车骑将军、开府仪同三司、南豫州刺史，出镇历阳。……及至历阳，多所求索，羡之等每裁量不尽与，深怨执政，表求还都。而少帝失德，羡之等密谋废立，则次第应在义真，以义真轻訬，不任主社稷，因其与少帝不协，乃奏废之……乃废义真为庶人，徙新安郡。……景平二年六月癸未，羡之等遣使杀义真于徙所，时年十八。"参看《南史》卷一《宋本纪上》、卷一三《宋宗室及诸王传上·庐陵孝献王义真传》、卷一五《徐羡之传》，《资治通鉴》卷一二〇《宋纪二》，《册府元龟》卷二九五《宗室部·复爵》。

按，除《宋书·天文志四》载庐陵王刘义真被废在景平元年，其他文献均系于二年。据《宋书·徐羡之传》所述，废庐陵王与废少帝时间当相去不远。刘义真为武帝次子，徐羡之等谋废立，不欲奉其为帝，故先废之。今从景平二年之说。

二月，前吉阳令张约之，因上疏谏废庐陵王义真事，以为梁州府参军。

《宋书》卷六一《武三王传·庐陵孝献王义真传》："乃废义真为庶人，徙新安郡。前吉阳令堂邑张约之上疏谏曰云云。书奏，以约之为梁州府参军，寻又见杀。"参看《南史》卷一三《宋宗室及诸王传上·庐陵孝献王义真传》、《资治通鉴》卷一二〇《宋纪二》。

员外常侍颜延之，才高为傅亮所疾，又与庐陵王刘义真亲厚，出为始安太守。

《宋书》卷七三《颜延之传》："时尚书令傅亮自以文义之美，一时莫及，延之负其才辞，不为之下，亮甚疾焉。庐陵王义真颇好辞义，待接甚厚，徐羡之等疑延之为同异，意甚不悦。少帝即位，以为正员郎，兼中书，寻徙员外常侍，出为始安太守。领军将军谢晦谓延之曰：'昔荀勖忌阮咸，斥为始平郡，今卿又为始安，可谓二始。'黄门郎殷景仁亦谓之曰：'所谓俗恶俊异，世疵文雅。'延之之郡，道经汨潭，为湘州刺史张邵祭屈原文以致其意。……元嘉三年，羡之等诛，征为中书侍郎，寻转太子中庶子。"参看《南史》卷三四《颜延之传》、《资治通鉴》卷一二〇《宋纪二》、《册府元龟》卷三三九《宰辅部·忌害》。

按，沈玉成《关于颜延之的生平和作品》一文将颜延之出为始安太守系于景平二年，所据有二：一是《文选》卷六〇颜延年《祭屈原文》云："维有宋五年月日"，颜延之《祭屈原文》乃有宋五年，即景平二年所作；二是《文选》卷五七颜延之《阳给事诔》，序云"维永初三年十一月十一日"，推测景平元年颜延之尚在建康，故系于景平二年。从其论。

征虏将军刘粹，讨叛户不及，贬号宁朔将军。

《宋书》卷四五《刘粹传》："寻督江北淮南郡事、征虏将军、广陵太守。三年，以本号督豫司雍并四州南豫州之梁郡弋阳马头三郡诸军事、豫州刺史，领梁郡太守，镇寿阳，治有政绩。少帝景平二年，谯郡流离六十余家叛没虏，赵炅、秦刚等六家悔倍还投陈留襄邑县，顿谋等村，粹遣将苑纵夫讨叛户不及，因诛杀谋等三十家，男丁一百三十七人，女弱一百六十二口，收付作部。粹坐贬号为宁朔将军。……太祖即位，迁使持节、督雍梁南北秦四州荆州之南阳竟陵顺阳襄阳新野随六郡诸军事、征虏将军、领宁蛮校尉、雍州刺史、襄阳新野二郡太守。"

五月，少帝刘义符，居处所为多过失，废为营阳王、幽于吴郡；皇后司马茂英，降为营阳王妃。

《资治通鉴》卷一二〇《宋纪二》：景平二年五月："羡之等以宜都王义隆素有令望，又多符瑞，乃称皇太后令，数帝过恶，废为营阳王，以宜都王纂承大统，赦死罪以下。又称皇太后令，奉还玺绂，并废皇后为营阳王妃，迁营阳王于吴。使檀道济入守朝堂。王至吴，止金昌亭；六月，癸丑，羡之等使邢安泰就弑之。王多力，突走出昌门，追者以门关踣而弑之。"

刘义符 《宋书》卷四《少帝纪》："帝居处所为多过失。（景平二年五月）乙酉，皇太后令曰：'……今废为营阳王，一依汉昌邑、晋海西故事。镇西将军宜都王，仁明孝弟，著自幼辰。德业冲粹，识心明允。宜纂洪统，光临亿兆。……扶出东阁，就收玺绂，群臣拜辞，送于东宫，遂幽于吴郡。是日，赦死罪以下。太后令奉还玺绂。檀道济入守朝堂。六月癸丑，徐羡之等使中书舍人邢安泰弑帝于金昌亭。……时年十九。"同书卷二六《天文志四》："景平二年，徐羡之等废帝徙王"；"景平二年，羡之等废帝，因害之"；"明年五月，羡之等废帝"。同书卷三四《五行志五》："宋少帝景平二年正月癸亥朔旦，暴风发殿庭，会席翻扬数十丈。五月，帝废。"参看《南史》卷一《宋本纪上》。

司马茂英 《宋书》卷四一《后妃传·少帝司马皇后传》："少帝司马皇后讳茂英，河内温人，晋恭帝女也。初封海盐公主，少帝以公子尚焉。宋初，拜皇太子妃。少帝即位，立为皇后。元嘉元年，降为营阳王妃，又为南丰王太妃。十六年薨，时年四十七。"参看《南史》卷一一《后妃传上·少帝司马皇后传》。

五月，张太后，因少帝被废，随居吴县，文帝拜之营阳王太妃。

《宋书》卷四一《后妃传·武帝张夫人传》："武帝张夫人讳阙，不知何郡县人也。义熙初，得幸高祖，生少帝。……少帝即位，有司奏曰：'臣闻严亲敬始，所因者本，克孝之道，由中被外。伏惟夫人德并坤元，徽音光劭，发祥兆庆，诞启圣明。宜崇极徽号，允备盛则。从《春秋》母以子贵之义，遵汉、晋推爱之典，谨上尊号为皇太后，宫曰永乐。'少帝既废，太后还玺绂，随居吴县。太祖元嘉元年，拜营阳王太妃。三年，薨。"参看《南史》卷一一《后妃上·武张夫人传》。

按，张太后卒年《宋书》《资治通鉴》皆作元嘉三年，《南史》作元嘉二年，今从《宋书》《通鉴》。

宋文帝朝（424—453）

元嘉三年（丙寅，426 年）

正月，吴郡太守徐佩之，徐羡之从子，因徐羡之伏诛，免官。

《宋书》卷四三《徐羡之传附徐佩之传》：元嘉三年正月"（徐羡之）步走至新林，入陶灶中自刭死，时年六十三。……兄子佩之，轻薄好利，高祖以其姻戚，累加宠任，为丹阳尹，吴郡太守。景平初，以羡之秉权，颇豫政事。……羡之既诛，太祖特宥佩之，免官而已。其年冬，佩之又结殿中监茅亨谋反，并告前宁州刺史应袭……期明年正会，于殿中作乱。未及数日，收斩之"。参看《南史》卷一五《徐羡之传》。

正月，傅都，因父傅亮伏诛，徙建安郡。

《宋书》卷四三《傅亮传》："元嘉三年……（傅亮）伏诛。时年五十三。……长子演，秘书郎，先亮卒。演弟悝、湛逃亡，湛弟都，徙建安郡；世祖孝建之中，并还京师。"《资治通鉴》卷一二〇《宋纪二》：元嘉三年正月"诛亮而徙其妻子于建安"。参看《南史》卷一五《傅亮传》。

二月，征虏将军刘粹，讨谢晦败，降号宁朔将军。

《宋书》卷四五《刘粹传》："太祖即位，迁使持节、督雍梁南北秦四州荆州之南阳竟陵顺阳襄阳新野随六郡诸军事、征虏将军、领宁蛮校尉、雍州刺史、襄阳新野二郡太守。……元嘉三年讨谢晦，遣粹弟车骑从事中郎道济、龙骧将军沈敞之就粹，自陆道向江陵。粹以道济行竟陵内史，与敞之及南阳太守沈道兴步骑至沙桥，为晦司马周超所败，士众伤死者过半，降号宁朔将军。……明年，粹卒，时年五十三。追赠安北将军，持节、本官如故。"参看《册府元龟》卷四四二《将帅部·败衄二》。

二月，冠军将军张裕，疑讨谢晦出军迟留，被代还京师。

《宋书》卷五三《张茂度传》："张茂度，吴郡吴人，张良后也。名与高祖讳同，故称字。……太祖元嘉元年，出为使持节、督益宁二州梁州之巴西梓潼宕渠南汉中秦州之怀宁安固六郡诸军事、冠军将军、益州刺史。三年，太祖讨荆州刺史谢晦，诏益州遣军袭江陵，晦已平而军始至白帝。茂度与晦素善，议者疑其出军迟留，时茂度弟邵为湘州刺史，起兵应大驾，上以邵诚节，故不加罪，被代还京师。七年，起为廷尉，加奉车都尉，领本州中正。"《资治通鉴》卷一二〇《宋纪二》系事于元嘉三年二月。参看《册府元龟》卷四四七《将帅部·违约》。

二月，卫军长史庾登之，谢晦败后以无任免官禁锢还家。

《南史》卷三五《庾悦传附庾登之传》："谢晦为荆州刺史，请为长史、南郡太守，仍为卫军长史。……晦拒王师，欲登之留守，登之不许。晦败，登之以无任免官禁锢还家。何承天戏之曰：'因祸为福，未必皆知。'登之曰：'我亦几与三竖同戮。'承天为晦作表云：'当浮舟东下，戮此三竖。'故登之为嘲。"《宋书》卷五三《庾登之传》："元嘉五年，起为衡阳王义季征虏长史。"《资治通鉴》卷一二〇《宋纪二》系事于元嘉三年二月。参看《册府元龟》卷七三〇《幕府部·连累》。

元嘉五年（戊辰，428 年）

六月，司徒王弘，因大旱引咎逊位，降为卫将军。

《宋书》卷五《文帝纪》：元嘉五年"六月庚戌，司徒王弘降为卫将军、开府仪同三司"。《南史》卷二一《王弘传》："迁侍中、司徒、扬州刺史、录尚书事……元嘉五年春，大旱，弘引咎逊位。先是彭城王义康为荆州刺史，镇江陵，平陆令河南成粲与弘书，诫以盈满，兼陈彭城王宜入知朝政，竟陵、衡阳宜出据列藩。

弘由是固自陈请。乃降为卫将军、开府仪同三司。六年，弘又上表陈彭城王宜入辅，并求解州。义康由是代弘为司徒，与之分录。弘又辞分录。"参看《宋书》卷四二《王弘传》、《南史》卷二《宋本纪中》。

侍中谢灵运，不见任遇意不平，日夜游宴，坐以免官。

《宋书》卷六七《谢灵运传》："迁侍中，日夕引见，赏遇甚厚。灵运诗书皆兼独绝，每文竟，手自写之，文帝称为二宝。既自以名辈，才能应参时政，初被召，便以此自许；既至，文帝唯以文义见接，每侍上宴，谈赏而已。王昙首、王华、殷景仁等，名位素不踰之，并见任遇，灵运意不平，多称疾不朝直。穿池植援，种竹树堇，驱课公役，无复期度。出郭游行，或一日百六七十里，经旬不归，既无表闻，又不请急，上不欲伤大臣，讽旨令自解。灵运乃上表陈疾，上赐假东归。……灵运以疾东归，而游娱宴集，以夜续昼，复为御史中丞傅隆所奏，坐以免官。是岁，元嘉五年。……与（太守孟）顗遂构仇隙。因灵运横恣，百姓惊扰，乃表其异志，发兵自防，露板上言。灵运驰出京都，诣阙上表曰云云。太祖知其见诬，不罪也。不欲使东归，以为临川内史。"参看《南史》卷一九《谢灵运传》、《资治通鉴》卷一二一《宋纪三》、《册府元龟》卷四八一《台省部·轻躁》及卷九百六《总录部·假告》。

豫州刺史管义之，谯梁群盗，免官；兖州刺史郑从之，滥上布及加课租绵，免官；中丞傅隆不纠，免官。

《南齐书》卷三九《陆澄传》："尚书令褚渊奏：'……左丞羊玄保弹豫州刺史管义之谯梁群盗，免义之官；中丞傅隆不纠，亦免隆官。左丞羊玄保又弹兖州刺史郑从之滥上布及加课租绵，免从之官；中丞傅隆不纠，免隆官。'"

管义之 《宋书》卷五《文帝纪》，元嘉元年八月以"骁骑将军管义之为豫州刺史"；元嘉五年闰十月"以右军司马刘德武为豫州刺史"，则管义之免豫州刺史事应在元嘉五年闰十月稍前。

傅隆 《宋书》卷六三《王昙首传》："元嘉四年，车驾出北堂，尝使三更竟开广莫门，南台云：'应须白虎幡，银字棨。'不肯开门。尚书左丞羊玄保奏免御史中丞傅隆以下……上特无所问，更立科条。"又上条，元嘉五年，谢灵运为御史中丞傅隆奏免。因知傅隆元嘉四年至元嘉五年在御史中丞任，且据《宋书》傅隆本传，其仅一度任御史中丞。疑羊玄保弹奏二事前后相距不远，或因两事并奏而免傅隆官，故置郑从之、傅隆免官于本年。

元嘉六年(己巳，429 年)

吏部尚书王准之，失缙绅之望，出为丹阳尹。

《宋书》卷六〇《王准之传》："(元嘉三年)徙为都官尚书，改领吏部。性峭急，颇失缙绅之望。出为丹阳尹。……十年，卒，时年五十六。"

按，据《宋书》卷五一《宗室传·临川烈武王道规传附刘义庆传》："元嘉元年，转散骑常侍，秘书监，徙度支尚书，迁丹阳尹。"又同书卷五《文帝纪》：元嘉六年四月"丹阳尹临川王义庆为尚书左仆射"，知刘义庆在元嘉元年至六年为丹阳尹，秩满，入为尚书左仆射。疑王准之即代刘义庆为丹阳尹，故权系于此。

元嘉七年(庚午，430 年)

十二月，安北将军王懿、右将军到彦之，因北伐战败，并免官。

《宋书》卷四六《王懿传》："元嘉三年，进号安北将军，与到彦之北伐……十月，虏于委粟津渡河，进逼金墉，虎牢、洛阳诸军，相继奔走。彦之闻二城不守，欲焚舟步走，仲德曰：'洛阳既陷，则虎牢不能独全，势使然也。今贼去我千里，滑台犹有强兵，若便舍舟奔走，士卒必散。且当入济至马耳谷口，更详所宜。'乃回军沿济南历城步上，焚舟弃甲，还至彭城。仲德与彦之并免官。寻与檀道济救滑台，粮尽而归。九年，又为镇北将军、徐州刺史。"《资治通鉴》卷一二一《宋纪三》系事于元嘉七年十二月。参看《南史》卷二五《王懿传》。

到彦之　《南史》卷二五《到彦之传》："迁南豫州刺史、监六州诸军事，镇历阳。上于彦之恩厚，将加开府，欲先令立功。七年，遣彦之制督王仲德、竺灵秀、尹冲、段宏、赵伯符、竺灵真、庾俊之、朱修之等北侵。……十月，魏军向金墉城，次至虎牢，杜骥奔走，尹冲众溃而死。魏军仍进滑台。时河冰将合，粮食又罄，彦之先有目疾，至是大动，将士疾疫，乃回军，焚舟步至彭城。初遣彦之，资实甚盛，及还，凡百荡尽，府藏为空。文帝遣檀道济北救滑台，收彦之下

237

狱，免官。……明年夏，起为护军。"

征虏将军张邵，诛蛮致乱，降号扬烈将军。

《南史》卷三二《张邵传》："元嘉五年，转征虏将军，领宁蛮校尉、雍州刺史，加都督。……丹、淅二州蛮属为寇，邵诱其帅并出，因大会诛之，遣军掩其村落，悉禽。既失信群蛮，所在并起，水陆路断。七年，子敷至襄阳定省，当还都，群蛮欲断取之，会蠕蠕国献使下，蛮以为是敷，因掠之。邵坐降号扬烈将军。江夏王义恭镇江陵，以邵为抚军长史、持节、南蛮校尉。"参看《宋书》卷四六《张邵传》、《册府元龟》卷四四六《将帅部·生事》。

元嘉八年(辛未，431 年)

奉圣亭侯孔继之，博塞无度、替慢不祀，夺爵。

《宋书》卷一七《礼志四》："明帝太宁三年，诏给事奉圣亭侯孔亭四时祠孔子，祭宜如泰始故事。亭五代孙继之博塞无度，常以祭直顾进，替慢不祀。宋文帝元嘉八年，有司奏夺爵。至十九年，又授孔隐之。"

太子左卫率刘义宗，坐隐蔽有罪门生，免官。

《宋书》卷五一《宗室传·长沙景王道怜传附刘义宗传》："义宗，幼为高祖所爱，字曰伯奴，赐爵新渝县男。永初元年，进爵为侯，历黄门侍郎，太子左卫率。元嘉八年，坐门生杜德灵放横打人，还第内藏，义宗隐蔽之，免官。……又为侍中、太子詹事，加散骑常侍、征虏将军、南兖州刺史。"参看《南史》卷一三《宋宗室及诸王传上·长沙景王道怜传附刘义宗传》。

临川内史谢灵运，因在郡游放被收，而兴兵叛逸诏徙付广州。

《宋书》卷六七《谢灵运传》："因灵运横恣，百姓惊扰，乃表其异志，发兵自防，露板上言。灵运驰出京都，诣阙上表曰云云。太祖知其见诬，不罪也。不欲使东归，以为临川内史，加秩中二千石，在郡游放，不异永嘉，为有司所纠。司徒遣使随州从事郑望生收灵运，灵运执录望生，兴兵叛逸，遂有逆志，为诗曰：'韩亡子房奋，秦帝鲁连耻。本自江海人，忠义感君子。'追讨禽之，送廷尉治罪。廷尉奏灵运率部众反叛，论正斩刑，上爱其才，欲免官而已。彭城王义康坚执谓不宜恕，乃诏曰：‘灵运罪衅累仍，诚合尽法，但谢玄勋参微管，宜宥及后嗣，可降死一等，徙付广州。’……有司又奏依法收治，太祖诏于广州行弃市刑。……时元嘉十年，年四十九。”参看《南史》卷一九《谢灵运传》。

《资治通鉴》卷一二二《宋纪四》："前秘书监谢灵运，好为山泽之游，穷幽极险，从者数百人，伐木开径；百姓惊扰，以为山贼。会稽太守孟顗与灵运有隙，表其有异志，发兵自防。灵运诣阙自陈，上以为临川内史。灵运游放自若，废弃郡事，为有司所纠。是岁（元嘉十年），司徒遣使随州从事郑望生收灵运；灵运执望生，兴兵逃逸，作诗曰：‘韩亡子房奋，秦帝鲁连耻。’追讨，擒之。廷尉奏灵运率众反叛，论正斩刑。上爱其才，欲免官而已。彭城王义康坚执，谓不宜恕。乃降死一等，徙广州。久之，或告灵运令人买兵器，结健儿，欲于三江口篡取之，不果。诏于广州弃市。灵运恃才放逸，多所陵忽，故及于祸。"

按，《宋书》本传载谢灵运诣阙上表曰："臣自抱疾归山，于今三载"，其于元嘉五年归始宁（见元嘉五年谢灵运条），三年后当是元嘉八年。以谢灵运为临川内史事在元嘉八年无疑，但至元嘉十年被斩杀于广州，其间又历经被纠奏收执、兴兵叛逸、徙付广州诸事。《通鉴》转录时，均系于元嘉十年，误，唯处死在十年。张小夫《谢灵运流放广州时间及死因考》一文，以为"谢灵运被流放广州的时间在元嘉八年秋、冬间"。且谢灵运前两次被贬往地方，即出为永嘉太守和以侍中之职赐假东归，皆未满一年就辞官或被纠奏免官。况此次为临川内史，与皇帝嫌隙已成，居官时间当不长。今从元嘉八年贬往广州之论。

谢凤，坐父谢灵运事，同徙岭南。

《南齐书》卷三六《谢超宗传》："父凤，元嘉中坐灵运事，同徙岭南，早卒。"参看《南史》卷一九《谢灵运传》。

尚书库部郎顾琛，以宗人随入尚书寺门，坐遣出，免中正。

《宋书》卷八一《顾琛传》："少帝景平中，太皇太后崩，除大匠丞。彭城王义康右军骠骑参军，晋陵令，司徒参军，尚书库部郎，本邑中正。……尚书寺门有制，八座以下门生随入者各有差，不得杂以人士。琛以宗人顾硕头寄尚书张茂度门名，而与硕头同席坐。明年，坐遣出，免中正。凡尚书官，大罪则免，小罪则遣出。遣出者百日无代人，听还本职。琛仍为彭城王义康所请，补司徒录事参军，山阴令，复为司徒录事，迁少府。"参看《南史》卷三五《顾琛传》、《册府元龟》卷四八一《台省部·谴责》。

阮万龄，在州无政绩，还为东阳太守；又被免。

《宋书》卷九三《隐逸传·阮万龄传》："出为湘州刺史，在州无政绩。还为东阳太守，又被免。复为散骑常侍、金紫光禄大夫。元嘉二十五年卒，时年七十二。"

按，据《宋书》卷五《文帝纪》：元嘉八年"夏四月甲寅，以衡阳王师阮万龄为湘州刺史。……冬十二月，罢湘州还并荆州"。阮万龄本年四月出为湘州刺史，同年十二月湘州并入荆州，知其为东阳太守在本年。被免事其年不详，暂附于此。

元嘉九年（壬申，432 年）

抚军长史张邵，坐在雍州营私蓄聚，免官削爵土。

《南史》卷三二《张邵传》："江夏王义恭镇江陵，以邵为抚军长史、持节、南蛮校尉。九年，坐在雍州营私畜取赃货二百四十五万，下廷尉，免官削爵土。后为吴兴太守，卒。追复爵邑。"《资治通鉴》卷一二二《宋纪四》：元嘉八年六月"是时，王华、王昙首皆卒，领军将军殷景仁素与湛善，白帝以时贤零落，征湛为太子詹事，加给事中，共参政事。以雍州刺史张邵代湛为抚军长史、南蛮校尉。顷之，邵坐在雍州营私畜聚，赃满二百四十五万，下廷尉，当死。左卫将军谢述上表，陈邵先朝旧勋，宜蒙优贷。帝手诏酬纳，免邵官，削爵土。述谓其子综曰：'主上矜邵夙诚，特加曲恕，吾所言谬会，故特见酬纳耳。若此迹宣布，则为侵夺主恩，不可之大者也。'使综对前焚之。帝后谓邵曰：'卿之获免，谢述有力焉'"。参看《宋书》卷四六《张邵传》及卷五二《谢述传》、《册府元龟》卷四五五《将帅部·贪黩》。

按，《资治通鉴》载前后事于元嘉八年。据《宋书》卷六九《刘湛传》"八年，召为太子詹事，加给事中、本州大中正，与景仁并被任遇"，知刘湛调入京及张邵代其任事，在八年无疑。其在雍赃物事发，《通鉴》虽云"顷之"，然据《南史》，已至次年，即元嘉九年。又据《宋书》卷六一《武三王传·江夏文献王义恭传》：元嘉六年"授散骑常侍、都督荆湘雍益梁宁南北秦八州诸军事、荆州刺史"，及同书卷五《文帝纪》：元嘉九年六月"壬寅，以抚军将军、荆州刺史江夏王义恭为征北将军、开府仪同三司、南兖州刺史"。因知刘义恭于元嘉六年至元嘉九年六月镇荆州，后转镇广陵。张邵免官削爵事当在九年六月前。

尚书吏部郎范晔，彭城太妃丧期违礼，左迁宣城太守。

《宋书》卷六九《范晔传》："倾之，迁尚书吏部郎。元嘉九年冬，彭城太妃薨，将葬，祖夕，僚故并集东府。晔弟广渊，时为司徒祭酒，其日在直。晔与司徒左西属王深宿广渊许，夜中酣饮，开北牖听挽歌为乐。义康大怒，左迁晔宣城太守。不得志，乃删众家《后汉书》为一家之作。在郡数年，迁长沙王义欣镇军长史，加宁朔将军。"参看《南史》卷三三《范泰传附范晔传》、《册府元龟》卷八五五《总录部·纵逸》。

元嘉十年（癸酉，433 年）

祠部尚书王韶之，坐去郡长取送故，免官。

《宋书》卷六〇《王韶之传》：元嘉"十年，征为祠部尚书，加给事中。坐去郡长取送故，免官。十二年，又出为吴兴太守。其年卒，时年五十六"。参看《南史》卷二四《王韶之传》。

元嘉十一年（甲戌，434 年）

太子中庶子颜延之，忤刘湛，出为永嘉太守。又免官。

《宋书》卷七三《颜延之传》："寻转太子中庶子。顷之，领步兵校尉，赏遇甚厚。延之好酒疏诞，不能斟酌当世，见刘湛、殷景仁专当要任，意有不平，常云：'天下之务，当与天下共之，岂一人之智所能独了！'辞甚激扬，每犯权要。谓湛曰：'吾名器不升，当由作卿家史。'湛深恨焉，言于彭城王义康，出为永嘉太守。延之甚怨愤，乃作《五君咏》以述竹林七贤，山涛、王戎以贵显被黜，咏嵇康曰：'鸾翮有时铩，龙性谁能驯。'咏阮籍曰：'物故可不论，途穷能无恸。'

咏阮咸曰：'屡荐不入官，一麾乃出守。'咏刘伶曰：'韬精日沉饮，谁知非荒宴。'此四句，盖自序也。湛及义康以其辞旨不逊，大怒。时延之已拜，欲黜为远郡，太祖与义康诏曰：'降延之为小邦不政，有谓其在都邑，岂动物情，罪过彰著，亦士庶共悉，直欲选代，令思愆里间。犹复不悛，当驱往东土。乃志难恕，自可随事录治。殷、刘意咸无异也。'乃以光禄勋车仲远代之。延之与仲远世素不协，屏居里巷，不豫人间者七载。……刘湛诛，起延之为始兴王浚后军谘议参军，御史中丞。"参看《南史》卷三四《颜延之传》、《册府元龟》卷九三八《总录部·怨刺》。

按，据《宋书》颜延之本传，待刘湛诛，颜延之方再度任官，此前不豫人间七载。《宋书》卷五《文帝纪》载，刘湛诛于元嘉十七年十月，推算颜延之免官事在元嘉十一年。

元嘉十二年（乙亥，435 年）

右卫将军刘遵考，坐厉疾不待对，免常侍。

《宋书》卷五一《宗室传·营浦侯遵考传》：元嘉"九年，迁右卫将军，加散骑常侍。十二年，坐厉疾不待对，免常侍，以侯领右卫。明年，复本官"。

元嘉十五年（戊寅，438 年）

少府顾琛，不能承事刘湛，出为义兴太守。

《宋书》卷八一《顾琛传》："复为司徒录事，迁少府。十五年，出为义兴太守。初，义康请琛入府，欲委以腹心，琛不能承事刘湛，故寻见斥外。十九年，徙东阳太守。"参看《南史》卷三五《顾琛传》、《册府元龟》卷七三〇《幕府部·遣斥》。

元嘉十七年（庚辰，440 年）

十月，大将军刘义康，不存君臣形迹，被黜，徙豫章。刘湛欲借彭城王刘义康势位谋权，主相之势分，为文帝所诛。尚书库部郎何默子、余姚令韩景之、永兴令颜遥之、湛弟黄门侍郎刘素、给事中刘温，因结刘湛，徙于广州；从事中郎王履，结刘湛、有异志，废于家。

《宋书》卷六八《武二王传·彭城王义康传》："太子詹事刘湛有经国才，义康昔在豫州，湛为长史，既素经情款，至是意委特隆，人物雅俗，举动事宜，莫不咨访之。……十六年，进位大将军，领司徒，辟召掾属。义康素无术学，暗于大体，自谓兄弟至亲，不复存君臣形迹，率心径行，曾无猜防。私置僮部六千余人，不以言台。四方献馈，皆以上品荐义康，而以次者供御。上尝冬月啖甘，叹其形味并劣，义康在坐曰：'今年甘殊有佳者。'遣人还东府取甘，大供御者三寸。尚书仆射殷景仁为太祖所宠，与太子詹事刘湛素善，而意好晚衰。湛常欲因宰辅之权以倾之，景仁为太祖所保持，义康屡言不见用，湛愈愤。南阳刘斌，湛之宗也，有涉俗才用，为义康所知，自司徒右长史擢为左长史。从事中郎琅邪王履、主簿沛郡刘敬文、祭酒鲁郡孔胤秀，并以倾侧自入，见太祖疾笃，皆谓宜立长君。上疾尝危殆，使义康具顾命诏。义康还省，流涕以告湛及殷景仁，湛曰：'天下艰难，讵是幼主所御。'义康、景仁并不答。而胤秀等辄就尚书仪曹索晋咸康未立康帝旧事，义康不知也。及太祖疾豫，微闻之。而斌等既为义康所宠，又威权尽在宰相，常欲倾移朝廷，使神器有归。遂结为朋党，伺察省禁，若有尽忠奉国，不与己同志者，必构造衅隙，加以罪黜。每采拾景仁短长，或虚造异同以告湛。自是主相之势分，内外之难结矣。……自十六年秋，不复幸东府。上以嫌隙既成，将致大祸。十七年十月，乃收刘湛付廷尉，伏诛。又诛斌及大将军录事参军刘敬文、贼曹参军孔邵秀、中兵参军邢怀明、主簿孔胤秀、丹阳丞孔文秀、司空从事中郎司马亮、乌程令盛昙泰等。徙尚书库部郎何默子、余姚令韩景之、永兴令颜遥之、湛弟黄门侍郎素、斌弟给事中温于广州，王履废于家。胤秀始以书记见任，渐预机密，文秀、邵秀，皆其兄也。司马亮，孔氏中表，并由胤秀而进。怀明、昙泰为义康所厚。默子、景之、遥之，刘湛党也。……遣人宣旨告以湛等罪衅，义康上表逊位曰：'臣幼荷国灵，爵遇逾等。陛下推恩睦亲，以隆棠棣，爱忘其鄙，宠授遂崇，任总内外，位兼台辅。不能正身率下，以肃庶僚，暱近失所，渐不自觉，致令毁誉违实，赏罚谬加，由臣才弱任重，以及倾挠。今虽罪人即戮，王猷载静，养衅贻垢，实由于臣。鞠躬栗悚，若堕溪壑，有何心颜，而安斯宠，辄解所职，待罪私第。'改授都督江州诸军事、江州刺史，持节、侍中、将军如故，出镇豫章。……辞州，见许，增督广交二州湘州之始兴诸军事。"参看《南史》卷一三《宋宗室及诸王传上·彭城王义康传》、《资治通鉴》卷一二三《宋纪五》、《册府元龟》卷二七四《宗室部·悔过》。

刘义康 《宋书》卷二六《天文志四》："大将军义康出徙豫章，诛其党与。"同书卷三三《五行志四》："十七年，废大将军彭城王义康。骨肉相害，自此始也。"同书卷六一《武三王传·江夏文献王义恭传》："十六年，进位司空。明年，大将军彭城王义康有罪出藩。"《南齐书》卷一《高帝纪上》："十七年，宋大将军彭城王义康被黜，镇豫章，皇考领兵防守，太祖舍业南行。"参看《南史》卷四《齐本纪上》。按，《宋书》卷二六《天文四》又有"后年（元嘉十五年）废大将军彭城王义康及其党与"，时间误。

刘素 《宋书》卷六九《刘湛传》："湛弟素，黄门侍郎，徙广州。"参看《南史》卷三五《刘湛传》。

王履 《宋书》卷五八《王球传》："兄子履进利为行，深结刘湛，委诚大将军彭城王义康，与刘斌、孔胤秀等并有异志，球每训厉，不纳。自大将军从事中郎，转太子中庶子，流涕诉义康不愿违离，以此复为从事中郎。太祖甚衔之。及湛诛之夕，履徒跣告球。球命为取履，先温酒与之，谓曰：'常日语汝，何如？'履怖惧不得答，球徐曰：'阿父在，汝亦何忧。'命左右：'扶郎还斋。'上以球故，履得免死，废于家。"参看《南史》卷二三《王惠传附王球传》、《资治通鉴》卷一二三《宋纪五》、《册府元龟》卷九四五《总录部·附势》。

尚书仆射王球，因脚疾疏于文案，白衣领职。

《宋书》卷五八《王球传》："十七年，球复为太子詹事，大夫、王师如故。未拜，会殷景仁卒，因除尚书仆射，王师如故。素有脚疾。录尚书江夏王义恭谓尚书何尚之曰：'当今乏才，群下宜加戮力，而王球放恣如此，恐宜以法纠之。'尚之曰：'球有素尚，加又多疾，应以淡退求之，未可以文案责也。'犹坐白衣领职。……十八年，卒，时年四十九。"参看《南史》卷二三《王惠传附王球传》、《册府元龟》卷四七八《台省部·废职》。

大秦王杨难当，其国大旱、多灾异，降为武都王。

《宋书》卷九八《氐胡传》："十三年三月，难当自立为大秦王……立妻为王后，世子为太子，置百官，具拟天朝，然犹奉朝廷，贡献不绝。十七年，其国大旱，多灾异，降大秦王复为武都王。……（十九年闰五月）难当将妻子奔索虏，死于房中。"参看《资治通鉴》卷一二三《宋纪五》。

元嘉十八年（辛巳，441 年）

十二月，天门溇中令宗（宋）矫之，徭赋过重使蛮为寇，免官。

《宋书》卷九七《夷蛮传》："天门溇中令宗矫之徭赋过重，蛮不堪命。十八年，蛮田向求等为寇，破溇中，虏略百姓。荆州刺史衡阳王义季遣行参军曹孙念讨破之，获生口五百余人，免矫之官。"《资治通鉴》卷一二三《宋纪五》系事于元嘉十八年十二月。《南史》卷七九《夷貊传下》载天门溇中令为宋矫之，刘义季所遣行参军为曾孙念。

元嘉十九年（壬午，442 年）

顾琛，欲使防刘义康，固辞忤旨，废黜还家积年。

《宋书》卷八一《顾琛传》："十九年，徙东阳太守，欲使琛防守大将军彭城王义康，固辞忤旨，废黜还家积年。二十七年，索虏南至瓜步，权假琛建威将军。寻除东海王祎冠军司马，行会稽郡事。"参看《南史》卷三五《顾琛传》。

元嘉二十年（癸未，443 年）

七月，积弩将军刘康祖等，坐破氏杨难当时赃私，系免各有差。

《宋书》卷四七《刘怀肃传》："十八年，氏贼杨难当侵寇汉中，真道率军讨破之。而难当寇盗犹不已，太祖遣龙骧将军裴方明率禁兵五千，受真道节度。十九年，方明至武兴，率太子积弩将军刘康祖，后军参军梁坦、陈弥、裴肃之，安西参军段叔文、鲁尚期、始兴王国常侍刘僧秀、绥远将军马洗、振武将军王奂之等，进次潭谷，去兰皋数里。……真道、方明并坐破仇池，断割金银诸杂宝货，又藏难当善马，下狱死。刘康祖等系免各有差。"同书卷五〇《刘康祖传》："转太子左积弩将军，随射声校尉裴方明西征仇池，与方明同下廷尉，康祖免官。顷之，世祖为豫州刺史，镇历阳，以康祖为征虏中兵参军，既被委任，折节自修。"

按，《宋书》卷五《文帝纪》：元嘉二十年七月"前雍州刺史刘真道、梁南秦二州刺史裴方明有罪，下狱死"，事在同时。

又，据《宋书》卷五《文帝纪》，孝武帝刘骏于元嘉十七年十二月至元嘉二十二年正月为南豫州刺史，又以"镇历阳"，知刘康祖本传"世祖为豫州刺史"，脱漏"南"字。

元嘉二十一年(甲申，444年)

豫州刺史刘遵考，不奉赈饥符旨，免官。

《宋书》卷五一《宗室传·临川烈武王道规传附刘遵考传》："出为使持节、监豫司雍并四州南豫州之梁郡弋阳马头荆州之义阳四郡诸军事、前将军、豫州刺史，领南梁郡太守。二十一年，坐统内旱，百姓饥，诏加赈给，而遵考不奉符旨，免官。起为散骑常侍、五兵尚书，迁吴兴太守。"

新除太尉咨议参军谢元，给江夏王刘义恭明年资费，事觉又欲取仆射孟顗命，被遣归田里、禁锢终身；御史中丞何承天，坐贵价卖荚与官属，白衣领职。

《宋书》卷六四《何承天传》："十九年……迁御史中丞。……承天与尚书左丞谢元素不相善，二人竞伺二台之违，累相纠奏。太尉江夏王义恭岁给资费钱三千万，布五万匹，米七万斛。义恭素奢侈，用常不充。二十一年，逆就尚书换明年资费。而旧制出钱二十万，布五百匹以上，并应奏闻，元辄命议以钱二百万给太尉。事发觉，元乃使令史取仆射孟顗命。元时新除太尉咨议参军，未拜，为承天所纠。上大怒，遣元长归田里，禁锢终身。元时又举承天卖荚四百七十束与官属，求贵价。承天坐白衣领职。元字有宗，陈郡阳夏人，临川内史灵运从祖弟也。以才学见知，卒于禁锢。二十四年，承天迁廷尉。"参看《册府元龟》卷四七八《台省部·交恶》、卷五一八《宪官部·弹劾》、卷五二二《宪官部·遣让》、卷九一五《总录部·废滞》。

元嘉二十二年(乙酉，445年)

十二月，宁远将军臧质，因与范晔、徐湛之等厚善，晔谋反，降为建威将军、义兴太守。

《宋书》卷七四《臧质传》："征为使持节、都督徐兖二州诸军事、宁远将军、徐兖二州刺史。在镇奢费，爵命无章，为有司所纠，遇赦。与范晔、徐湛之等厚善，晔谋反，量质必与之同，会事发，复为建威将军、义兴太守。……二十七年春，迁南谯王义宣司空司马、宁朔将军、南平内史。"参看《南史》卷一八《臧焘传附臧质传》。

按，孔熙先、范晔、谢综等谋反伏诛事在元嘉二十二年十二月，故系于此。

十二月，大将军彭城王刘义康及其子女泉陵侯刘允、始宁县主、丰城县主、益阳县主、兴平县主，因范晔等谋反，事逮刘义康，免为庶人，徙付安成郡。

《宋书》卷五《文帝纪》：元嘉二十二年十二月"丁酉，免大将军彭城王义康为庶人"。同书卷三〇《五行志一》："宋文帝元嘉六年，民间妇人结发者，三分发，抽其鬓直向上，谓之'飞天紒'。始自东府，流被民庶。时司徒彭城王义康居东府，其后卒以陵上徙废。"同书卷六八《武二王传·彭城王义康传》："改授都督江州诸军事、江州刺史，持节、侍中、将军如故，出镇豫章。……二十二年，太子詹事范晔等谋反，事逮义康，事在晔传。有司上曰云云。诏特宥大辟。于是免义康及子泉陵侯允，女始宁、丰城、益阳、兴平四县主为庶人，绝属籍，徙付安成郡。以宁朔将军沈邵为安成公相，领兵防守。义康在安成读书，见淮南厉王长事，废书叹曰：'前代乃有此，我得罪为宜也。'二十四年，豫章胡诞世、前吴平令袁恽等谋反，袭杀豫章太守桓隆、南昌令诸葛智之，聚众据郡，复欲奉戴义康。太尉录尚书江夏王义恭等奏曰：'……臣等参议，宜徙广州远郡，放之边表，庶有防绝。'奏可。"参看《南史》卷二《宋本纪中》及卷一三《宋宗室及诸王传上·彭城王义康传》、《资治通鉴》卷一二四《宋纪六》、《册府元龟》卷二七四《宗室部·悔过》。

十二月，谢纬，坐兄谢综谋反，徙广州；范鲁连，坐祖父范晔谋反事，远徙；奉圣亭侯孔隐之，坐兄子孔熙先谋逆，失爵。

《宋书》卷六九《范晔传》："晔兄弟子父已亡者及谢综弟纬，徙广州。蔼子鲁连，吴兴昭公主外孙，请全生命，亦得远徙，世祖即位得还。"参看《南史》卷三三《范泰传附范晔传》。

谢纬 《宋书》卷五二《谢景仁传附谢述传》："三子：综、约、纬。综有才艺，善隶书，为太子中舍人，与舅范晔谋反，伏诛。约亦坐死。纬，尚太祖第五女长城公主，素为约所憎，免死徙广州。孝建中，还京师。"参看《南史》卷一九

《谢裕传附谢述传》、《册府元龟》卷九二五《总录部·谴累》。

孔隐之　《宋书》卷一七《礼志四》："至十九年，又授孔隐之(奉圣亭侯祠孔子)。兄子熙先谋逆，又失爵。二十八年，更以孔惠云为奉圣侯。"

元嘉二十三年(丙戌，446 年)

正月，尚书左仆射孟顗，去职。

《宋书》卷五《文帝纪》：元嘉二十三年正月"庚申，尚书左仆射孟顗去职"。

按，据《宋书·文帝纪》，孟顗于元嘉二十二年七月方任尚书左仆射，半年去职，其因不详。

七月，太学博士顾雅、国子助教周野王、博士王罗云，免官、加禁固五年；博士颜测、殷明、何恢、王渊之、前博士迁员外散骑侍郎庾邃之，免官；太常臣刘敬叔，白衣领职：皆坐议蒋美人丧礼事有失。

《宋书》卷一五《礼志二》："元嘉二十三年七月，白衣领御史中丞何承天奏：'尚书刺："海盐公主所生母蒋美人丧。……"谨案太学博士顾雅、国子助教周野王、博士王罗云、颜测、殷明、何恢、王渊之、前博士迁员外散骑侍郎庾邃之等，咸蒙抽饰，备位前疑，既不谨守旧文，又不审据前准，遂上背经典，下违故事，率意妄作，自造礼章。太常臣敬叔位居宗伯，问礼所司，腾述往反，了无研却，混同兹失，亦宜及咎。请以见事并免今所居官，解野王领国子助教。雅、野王初立议乖舛，中执捍愆失，未违十日之限，虽起一事，合成三愆，罗云掌押捍失，三人加禁固五年。'诏敬叔白衣领职。余如奏。"

元嘉二十四年(丁亥，447 年)

车骑参军新兴太守胡景世、胡宝世，因弟胡诞世及胡茂世谋逆，并徙远州；阳山县男胡乾秀，夺国。

《宋书》卷五〇《胡藩传》："论平司马休之及广固功，封阳山县男，食邑五百户。……子隆世嗣，官至西阳太守。隆世卒，子乾秀嗣。藩庶子六十人，多不遵法度。……二十四年，藩第十六子诞世、第十七子茂世率群从二百余人攻破郡县，杀太守桓隆之、令诸葛和之，欲奉庶人义康。值交州刺史檀和之至豫章，讨平之。诞世兄车骑参军新兴太守景世、景世弟宝世，诣廷尉归罪，并徙远州。乾秀夺国。世祖初，徙者并得还。"

白衣领御史中丞何承天，坐宣漏密旨，免官。

《宋书》卷六四《何承天传》："二十四年，承天迁廷尉，未拜，上欲以为吏部，已受密旨，承天宣漏之，坐免官，卒于家。"参看《南史》卷三三《何承天传》、《册府元龟》卷四七八《台省部·漏泄》。

元嘉二十五年（戊子，448 年）

正月，武都王杨文德，为索虏所攻败逃，免官削爵土。

《宋书》卷九八《氐胡传》："诏曰：'……杨文德志气果到，文武兼全，乘机潜奋，殊功仍集，告捷归诚，献俘万里，朝无暂土，树难自肃，休烈昭著，朕甚嘉焉。杨氏世祖西劳，方忠累叶，宜绍先绪，膺受宠荣。可使持节、散骑常侍、都督北秦雍二州诸军事、征西大将军、平羌校尉、北秦州刺史，封武都王。'……文德既受朝命，进戍茄芦城。二十五年，为索虏所攻，奔于汉中。时世祖镇襄阳，执文德归之于京师，以失守，免官，削爵土。二十七年，王师北讨，起文德为辅国将军。"《资治通鉴》卷一二五《宋纪七》系事于元嘉二十五年正月。

闰二月，吏部尚书庾炳之，留令史宿停外，免官。

《宋书》卷五三《庾登之传附庾炳之传》："迁吏部尚书，领义阳王师。内外归附，势倾朝野。炳之为人强急而不耐烦，宾客干诉非理者，忿詈形于辞色。素无术学，不为众望所推。性好洁，士大夫造之者，去未出户，辄令人拭席洗床。时陈郡殷冲亦好净，小史非净浴新衣，不得近左右。士大夫小不整洁，每容接之。炳之好洁反是，冲每以此讥焉。领选既不缉众论，又颇通货贿。炳之请急还家，吏部令史钱泰、主客令史周伯齐出炳之宅咨事。泰能弹琵琶，伯齐善歌，炳之因留停宿。尚书旧制，令史咨事，不得宿停外，虽有八座命，亦不许。为有司所奏。上于炳之素厚，将恕之，召问尚书右仆射何尚之，尚之具陈炳之得失。又密奏曰云云。时炳之自理：'不谙台制，令史并言停外非嫌。'太祖以炳之信受失所，小事不足伤大臣。尚之又陈曰云云，太祖犹优游之，使尚之更陈其意。尚之乃备言炳之愆过，曰云云。太祖欲出炳之为丹阳，又以问尚之。尚之答曰云云。又曰云云。太祖乃可有司之奏，免炳之官。是岁，元嘉二十五年也。二十七年，卒于家，时年六十三。太祖录其宿诚，追复本官。"《资治通鉴》卷一二五《宋纪七》系事于元嘉二十五年闰二月。参看《南史》卷三五《庾悦传附庾仲文传》。

元嘉二十六年（己丑，449 年）

镇军咨议参军申坦，围滑台不克，免官。

《宋书》卷六五《申恬传附申坦传》："坦，自巴西、梓潼迁梁，南秦二州刺史。元嘉二十六年，为世祖镇军咨议参军，与王玄谟围滑台不克，免官。青州刺史萧斌板行建威将军、济南平原二郡太守。"参看《宋书》卷七八《萧思话传》、《册府元龟》卷四五〇《将帅部·遣让》。

元嘉二十七年（庚寅，450 年）

四月，别驾刘延孙，固辞为帅袭汝阳，免官；安北将军刘骏降号镇军将军、司马王玄谟免官、长史张畅免官，均坐汝阳战败。

《宋书》卷九五《索虏传》："焘遣从弟永昌王库仁真步骑万余，将所略六郡口，北屯汝阳。时世祖镇彭城，太祖遣队主吴香炉乘驿救世祖，遣千骑，赍三日粮袭之。世祖发百里内马，得千五百匹。众议举别驾刘延孙为元帅，延孙辞不肯行，举参军刘泰之自代。世祖以问司马王玄谟、长史张畅，畅等并赞成之。……虏众一时奔散，因追之，行已经日，人马疲倦，引还汝南。城内有虏一幢，马步可五百，登城望知泰之无后继，又有别帅钜鹿公余嵩自虎牢至，因引出击泰之，泰之军未食，且战已疲劳，结阵未及定，垣谦之先退，因是惊乱，弃仗奔走，行迷道趋潋水，水深岸高，人马悉走水争渡，泰之独不去，曰：'丧败如此，何面复还。'下马坐地，为虏所杀。肇之溺水死，天祚为虏所执，谦之、定、幼文及将士免者九百余人，马至者四百匹。世祖降安北之号为镇军将军，玄谟、延孙免官，畅免所领沛郡，谦之伏诛，定、幼文付尚方。"参看《资治通鉴》卷一二五《宋纪七》。

刘延孙　《宋书》卷七八《刘延孙传》："世祖为徐州，补治中从事史。时索虏围县瓠，分军送所掠民口在汝阳，太祖诏世祖遣军袭之，议者举延孙为元帅，固辞无将用，举刘泰之自代。泰之既行，太祖大怒，免延孙官。为世祖镇军北中郎中兵参军，南中郎谘议参军，领录事。"按，县瓠即悬瓠。

刘骏 《宋书》卷五《文帝纪》：元嘉二十七年"夏四月壬子，安北将军、徐兖二州刺史武陵王骏降号镇军将军。"同书卷六《孝武帝纪》："二十七年，坐汝阳战败，降号镇军将军。"

臧质，曾为江夏王义恭抚军参军，因轻薄无检，徙给事中；本年为太子左卫率，坐枉杀队主，又纳面首生口，免官。

《宋书》卷七四《臧质传》："为江夏王义恭抚军参军，以轻薄无检，为太祖所知，徙为给事中。会稽宣长公主每为之言，乃出为建平太守。……二十七年春，迁南谯王义宣司空司马、宁朔将军、南平内史。未之职，会索虏大帅拓跋焘围汝南，汝南戍主陈宪固守告急。太祖遣质轻往寿阳，即统彼军，与安蛮司马刘康祖等救宪。虏退走，因使质伐汝南西境刀壁等山蛮，大破之，获万余口，迁太子左卫率。坐前伐蛮，枉杀队主严祖，又纳面首生口，不以送台，免官。……虏侵徐、豫，拓跋焘率大众数十万遂向彭城，以质为辅国将军、假节、置佐，率万人北救。"参看《南史》卷一八《臧焘传附臧质传》、《册府元龟》卷七三○《幕府部·谴斥》。

按，据《宋书》卷五《文帝纪》，刘义恭在元嘉元年至九年间为抚军将军，臧质由抚军参军徙给事中当在此年间。

元嘉二十八年(辛卯，451年)

正月，刘义康数有怨言、摇动民听，不逞之族因以生心，徙广州，未往被杀。

《宋书》卷六八《武二王传·彭城王义康传》："免义康及子泉陵侯允，女始宁、丰城、益阳、兴平四县主为庶人，绝属籍，徙付安成郡。……二十四年，豫章胡诞世、前吴平令袁恽等谋反，袭杀豫章太守桓隆、南昌令诸葛智之，聚众据郡，复欲奉戴义康。太尉录尚书江夏王义恭等奏曰：'……臣等参议，宜徙广州远郡，放之边表，庶有防绝。'奏可，仍以安成公相沈邵为广州事。未行，值邵病卒，索虏来寇瓜步，天下扰动。上虑异志者或奉义康为乱，世祖时镇彭城，累启宜为之所，太子及尚书左仆射何尚之并以为言。二十八年正月，遣中书舍人严龙赍药赐死。义康不肯服药，曰：'佛教自杀不复得人身，便随宜见处分。'乃以被掩杀之，时年四十三，以侯礼葬安成。"《资治通鉴》卷一二六《宋纪八》：元嘉二十八年正月"故诞世之反也，江夏王义恭等奏彭城王义康数有怨言，摇动民听，故不逞之族因以生心，请徙义康广州。上将徙义康，先遣使语之；义康曰：'人生会死，吾岂爱生！必为乱阶，虽远何益！请死于此，耻复屡迁。'竟未及往。魏师之瓜步，人情恼惧。上虑不逞之人复奉义康为乱；太子劭及武陵王骏、尚书左仆射何尚之屡启宜早为之所；上乃遣中书舍人严龙赍药赐义康死。""不逞之族"，胡三省注"谓废放之家不得逞志于时者也"。参看《南史》卷一三《宋宗室及诸王传上·彭城王义康传》。

按，《宋书》所载，胡诞世奉戴义康反及徙义康广州，两事连缀而下。然据《通鉴》，实则四年后方才为防备不逞之族再因以生心，徙义康于广州。

二月，征北将军刘义恭，因北魏南侵、欲弃彭城走，降号骠骑将军、开府仪同三司。

《宋书》卷五《文帝纪》：元嘉二十八年二月"甲戌，太尉、领司徒江夏王义恭降为骠骑将军、开府仪同三司"。同书卷六一《武三王传·江夏文献王义恭传》："二十一年，进太尉，领司徒，余如故。……二十六年，领国子祭酒。……二十七年春，索虏寇豫州，太祖因此欲开定河、洛。其秋，以义恭总统群帅，出镇彭城。解国子祭酒。虏遂深入，径至瓜步，义恭与世祖闭彭城自守。……初虏深入，上虑义恭不能固彭城，备加诫勒。义恭答曰：'臣未能临瀚海，济居延，庶免刘仲奔逃之耻。'及虏至，义恭果欲走，赖众议得停，事在《张畅传》。降义恭号骠骑将军、开府仪同三司，余悉如故。……又以本官领南兖州刺史，增督南兖、豫、徐、兖、青、冀、司、雍、秦、幽、并十一州诸军事，并前十三州，移镇盱眙。"参看《南史》卷二《宋本纪中》及卷一三《宋宗室及诸王传上·江夏文献王义恭传》、《资治通鉴》卷一二六《宋纪八》。

二月，镇军将军刘骏，以索虏南侵，降号北中郎将。

《宋书》卷五《文帝纪》：元嘉二十八年二月"辛巳，镇军将军、徐兖二州刺史武陵王骏降号北中郎将"。同书卷六《孝武帝纪》："二十七年，坐汝阳战败，降号镇军将军。又以索虏南侵，降为北中郎将。二十八年，进督南兖州、南兖州刺史，当镇山阳。"参看《资治通鉴》卷一二六《宋纪八》。

七月，辅国将军萧斌、宁朔将军王玄谟，坐滑台退败，免官。

《资治通鉴》卷一二六《宋纪八》：元嘉二十八年七月"萧斌、王玄谟皆坐退败免官。上问沈庆之曰：'斌欲斩玄谟而卿止之，何也？'对曰：'诸将奔退，莫不惧罪，自归而死，将至逃散，故止之'"。

萧斌　《宋书》卷七八《萧思话传附萧斌传》："历南蛮校尉，侍中，辅国将军、青冀二州刺史。元嘉二十七年，统王玄谟等众军北伐。斌遣将军崔猛攻虏青州刺史张淮之于乐安，淮之弃城走。先是，猛与斌参军傅融分取乐安及碻磝，乐安水道不通，先并定碻磝，至是又克乐安。既而攻围滑台不拔，斌追还历下，事在《王玄谟传》。……斌坐滑台退败，免官。久之，复起为南平王铄右军长史。"

王玄谟　《宋书》卷七六《王玄谟传》："及大举北征，以玄谟为宁朔将军，前锋入河，受辅国将军萧斌节度。玄谟向碻磝，戍主奔走，遂围滑台，积旬不克。虏主拓跋焘率大众号百万，鞞鼓之声，震动天地。玄谟军众亦盛，器械甚精，而玄谟专依所见，多行杀戮。初围城，城内多茅屋，众求以火箭烧之，玄谟恐损亡军实，不从。城中即撤坏之，空地以为窟室。及魏救将至，众请发车为营，又不从，将士多怨。又营货利，一匹布责人八百梨，以此倍失人心。及拓跋焘军至，乃奔退，麾下散亡略尽。萧斌将斩之，沈庆之固谏曰：'佛狸威震天下，控弦百万，岂玄谟所能当。且杀战将以自弱，非良计也。'斌乃止。初，玄谟始将见杀，梦人告曰：'诵《观音经》千遍，则免。'既觉，诵之得千遍，明日将刑，诵之不辍，忽传呼停刑。遣代守碻磝，江夏王义恭为征讨都督，以为碻磝不可守，召令还，为魏军所追，大破之，流矢中臂。二十八年正月，还至历城，义恭与玄谟书曰：'闻因败为成，臂上金疮，得非金印之征也。'元凶弑立，玄谟为冀州刺史。"

元嘉二十九年（壬辰，452 年）

七月，通直郎沈怀文，坐弟妾王鹦鹉预元凶巫蛊事，为治书侍御史。

《宋书》卷八二《沈怀文传》："元嘉二十八年，诞当为广州，欲以怀文为安南府记室，先除通直郎，怀文固辞南行，上不悦。弟怀远纳东阳公主养女王鹦鹉为妾，元凶行巫蛊，鹦鹉预之，事泄，怀文因此失调，为治书侍御史。元凶弑立，以为中书侍郎。"参看《南史》卷三四《沈怀文传》、《册府元龟》卷九一五《总录部·废滞》及九二五《总录部·谴累》。

按，《宋书》卷九九《二凶传》载："至京数日而巫蛊事发，时二十九年七月也"，故系于此。

九月，抚军将军萧思话，北伐攻碻磝不拔，免官。

《宋书》卷七八《萧思话传》："代世祖为持节、监徐兖青冀四州豫州之梁郡诸军事、抚军将军、兖徐二州刺史。……七月，思话及众军并至碻磝，治三攻道。太祖遣员外散骑侍郎徐爰宣旨督战。张永、胡景世当东攻道，申坦、任仲仁西攻道，崔训南攻道。贼夜地道出，烧崔训楼及蟆车，又烧胡景世楼及攻具，寻又毁崔训攻道，城不可拔。思话驰来，退师。攻城凡十八日，解围还历下。崔训以楼见烧，又不能固攻道，被诛于碻磝，永、坦并系狱。诏曰：'得抚军将军思话启事，碻磝不拔，士卒疲劳，且班师清济，更图进讨。此镇山川严阻，控临河朔，形胜之要，擅名自古，宜除其授，以允望实。思话可解徐州为冀州，余如故。彭城文武，复量分配，即镇历城。'寻为江夏王义恭所奏免官。元凶弑立，以为使持节、监徐青兖冀四州豫州之梁郡诸军事、徐兖二州刺史，将军如故。"《资治通鉴》卷一二六《宋纪八》系事于元嘉二十九年九月。参看《南史》卷一八《萧思话传》、《册府元龟》卷四五〇《将帅部·遣让》。

元嘉三十年（癸巳，453 年）

二月，太子刘劭，因与严道育等行巫蛊，被废。

《宋书》卷九九《二凶传》："始兴王濬素佞事劭，与劭并多过失，虑上知，使道育祈请，欲令过不上闻。道育辄云：'自上天陈请，必不泄露。'劭等敬事，号曰天师。后遂为巫蛊，以玉人为上形像，埋于含章殿前。……上惊惋，即遣收鹦鹉，封籍其家，得劭、濬书数百纸，皆咒诅巫蛊之言，得所埋上形像于宫内。道育叛亡，讨捕不得。……（元嘉三十年）二月，濬自京口入朝，当镇江陵，复载道育还东宫，欲将西上。有告上云：'京口民张旿家有一尼，服食，出入征北内，似是严道育。'上初不信，试使掩录，得其二婢，云：'道育随征北还都。'上谓劭、濬已当斥遣道育，而犹与往来，惆怅慌骇。乃使京口以船送道育二婢，须至检核，废劭，赐濬死，以语浚母潘淑妃，淑妃具以告濬。濬驰报劭，劭因是异谋。"

【文帝朝贬年不定者】

司徒左长史庾登之，忤府公彭城王义康，出为吴郡太守；执意无改，又以其莅任赃货，免官。

《宋书》卷五三《庾登之传》："入为司徒右长史，尚书吏部郎，司徒左长史，南东海太守。府公彭城王义康专览政事，不欲自下厝怀，而登之性刚，每陈己意，义康甚不悦，出为吴郡太守。州郡相临，执意无改，因其莅任赃货，以事免官。弟炳之时为临川内史，登之随弟之郡，优游自适。俄而除豫章太守，便道之官。"参看《南史》卷三五《庾悦传附庾登之传》。

按，据《宋书》卷五《文帝纪》：元嘉八年六月"割江南及扬州晋陵郡属南徐州，江北属兖州"及同书卷三五《州郡志一》：南东海太守"文帝元嘉八年立南徐，以东海为治下郡，以丹徒属焉"，知文帝于元嘉八年六月以南东海为南徐州治下郡。又据《宋书·文帝纪》，元嘉六年正月"以骠骑将军、荆州刺史彭城王义康为司徒、录尚书事，领平北将军、南徐州刺史"；元嘉九年六月"司徒、南徐州刺史彭城王义康改领扬州刺史"，刘义康在元嘉六年至九年为南徐州，此后改领扬州。故知庾登之为南东海太守，在刘义康府，必于元嘉八年六月至元嘉九年六月间。

会稽太守孟顗，在郡不法，免官。

《宋书》卷一百《自序》："会稽太守孟顗在郡不法，（沈）亮纠劾免官。"

按，据《宋书》卷六六《何尚之传》："孟即孟顗，字彦重，平昌安丘人。兄昶贵盛，顗不就征辟。昶死后，起家为东阳太守，遂历吴郡、会稽、丹阳三郡，侍中，仆射，太子詹事，复为会稽太守，卒官。"孟顗曾两度为会稽太守，第一次为会稽，《宋书·谢灵运传》中记载有其于元嘉七年表谢灵运异志事；第二度为会稽，同书卷二八《符瑞志中》载有"元嘉二十五年八月辛亥，黄龙见会稽，太守孟颙以闻"事。《宋书·自序》中后又载"世祖出镇历阳，（沈亮）行参征虏将军"事，据同书卷六《孝武帝纪》，刘骏于元嘉十七年为南豫州刺史、征虏将军，沈亮于时行参征虏将军。沈亮劾免孟颙在此前，即孟颙第一次为会稽时。

左民尚书傅隆，坐正直受节假，白衣领职。

《宋书》卷五五《傅隆传》："征拜左民尚书，坐正直受节假，对人未至，委出，白衣领职。寻转太常。"参看《南史》卷一五《傅亮传附傅隆传》、《册府元龟》卷四八一《台省部·谴责》。

按，据《宋书》卷一九《乐志一》："宋文帝元嘉十三年，司徒彭城王义康于东府正会，依旧给伎。总章工冯大列：'相承给诸王伎十四种，其舞伎三十六人。'太常傅隆以为云云"，知傅隆于元嘉十三年已为太常，白衣领左民尚书事在此前。

司徒祭酒袁淑，不附刘湛，以久疾免官。

《宋书》卷七〇《袁淑传》："彭城王义康命为司徒祭酒。义康不好文学，虽外相礼接，意好甚疏。刘湛，淑从母兄也，欲其附己，而淑不以为意，由是大相乖失，以久疾免官。补衡阳王义季右军主簿。"参看《南史》卷二六《袁湛传附袁淑传》。

按，据《宋书》卷六八《武二王传·彭城王义康传》，刘义康于元嘉六年（429年）入辅，为司徒，故袁淑为刘义康司徒祭酒不能早于是年。又同书卷六一《武三王传·衡阳文王义季传》："九年，迁使持节、都督南徐州诸军事、右将军、南徐州刺史。十六年，代临川王义庆都督荆湘雍益梁宁南北秦八州诸军事、安西将军、荆州刺史，持节如故，给鼓吹一部"，刘义季于元嘉九年至十六年为右将军，袁淑补右军主簿不得晚于元嘉十六年。由此，袁淑免官事在元嘉六年至十六年间。

平西记室参军何长瑜，因诗佻薄得祸，除曾城令。

《宋书》卷六七《谢灵运传》："临川王义庆招集文士，长瑜自国侍郎至平西记室参军。尝于江陵寄书与宗人何勖，以韵语序义庆州府僚佐云：'陆展染鬓发，欲以媚侧室。青青不解久，星星行复出。'如此者五六句，而轻薄少年遂演而广之，凡厥人士，并为题目，皆加剧言苦句，其文流行。义庆大怒，白太祖除为广州所统曾城令。及义庆薨，朝士诣第叙哀，何勖谓袁淑曰：'长瑜便可还也。'淑曰：'国新丧宗英，未宜便以流人为念。'庐陵王绍镇寻阳，以长瑜为南中郎行参军，掌书记之任。"参看《南史》卷一九《谢灵运传》、《册府元龟》卷七三〇《幕府部·遣斥》及卷九四四《总录部·佻薄》。

按，据《宋书》卷五《文帝纪》：元嘉九年六月"前将军临川王义庆为平西将军、荆州刺史"；元嘉十六年四月"平西将军临川王义庆为卫将军、江州刺史"，知刘义庆于元嘉九年至十六年间为平西将军，镇荆州。故何长瑜为其平西记室参军、被贬广州事，在此年间。

宣城郡吏杨运长，太守范晔解其吏名。

《宋书》卷九四《恩幸传·杨运长传》："杨运长，宣城怀安人。初为宣城郡吏，太守范晔解吏名。素善射，太宗初为皇子，出运长为射师。"

按，范晔于元嘉九年左迁宣城（见元嘉九年范晔条），杨运长解吏名当在其任内。

裴方明，历颍川、南平昌太守，皆坐赃私，免官。

《宋书》卷四七《刘怀肃传附刘真道传》："方明，河东人，为刘道济振武中兵参军，立功蜀土，历颍川南平昌太守，皆坐赃私免官。"参看《册府元龟》卷七百《牧守部·贪黩》。

按，据《宋书》卷四五《刘怀慎传附刘道济传》，裴方明于元嘉九年及十年随刘道济平蜀地赵广起义；又《资治通鉴》卷一二四《宋纪六》，元嘉二十年七月"甲子，前雍州刺史刘真道、梁南秦二州刺史裴方明坐破仇池减匿金宝及善马，下狱死"。知其两度被免太守，在元嘉十年至二十年间。

员外散骑侍郎刘康祖，再坐摴蒲戏，免官。

《宋书》卷五〇《刘康祖传》："康祖，虔之子也，袭封，为长沙王义欣镇军参军，转员外散骑侍郎。……为员外郎十年，再坐摴蒲戏免。转太子左积弩将军，随射声校尉裴方明西征仇池。"参看《南史》卷一七《刘康祖传》。

按，据《宋书》本传，刘康祖为员外郎前曾任长沙王义兴镇军参军。据《宋书》卷五《文帝纪》，刘义欣于元嘉十年进号镇军将军。刘康祖后由员外郎转太子左积弩将军，从征仇池，事在元嘉十九年（参看元嘉二十年刘康祖条）。故知刘康祖为员外郎十年，即元嘉十年至十九年，免官事在此年间。

司徒主簿周朗，坐请急不待对，除名。

《宋书》卷八二《周朗传》："初为南平王铄冠军行参军，太子舍人，司徒主簿，坐请急不待对，除名。又为江夏王义恭太尉参军。"

按，据《宋书》卷七二《文九王传·南平穆王铄传》："元嘉十七年，都督湘州诸军事、冠军将军、湘州刺史"，刘铄于元嘉十七年为冠军将军，周朗除名不得早于本年。又同书卷五《文帝纪》：元嘉二十一年二月"己丑，司徒、录尚书事江夏王义恭进位太尉，领司徒"，周朗为太尉参军或在此时。

国子祭酒颜延之，坐启买人田，不肯还直，免官。

《宋书》卷七三《颜延之传》："迁国子祭酒、司徒左长史，坐启买人田，不肯还直，尚书左丞荀赤松奏之曰：'求田问舍，前贤所鄙。延之唯利是视，轻冒陈闻，依傍诏恩，拒捍余直，垂及周年，犹不毕了，昧利苟得，无所顾忌。延之昔坐事屏斥，复蒙抽进，而曾不悛革，怨诽无已。交游阘茸，沈迷麹蘖，横兴讥谤，诋毁朝士。仰窃过荣，增愤薄之性；私恃顾盼，成强梁之心。外示寡求，内怀奔竞，干禄祈迁，不知极已，预燕班觞，肆骂上席。山海含容，每存遵养，爱兼雕虫，未忍遽弃，而骄放不节，日月弥著。臣闻声问过情，孟轲所耻，况声非外来，问由己出，虽心智薄劣，而高自比拟，客气虚张，曾无愧畏，岂可复弼亮五教，增曜台阶。请以延之讼田不实，妄干天听，以强凌弱，免所居官。'诏可。复为秘书监，光禄勋，太常。"参看《南史》卷三四《颜延之传》、《册府元龟》卷五一八《宪官部·弹劾》及卷九一四《总录部·酒失》。

按，曹道衡、沈玉成《中古文学史料丛考·颜延之元嘉间仕历》将颜延之此次免官事系于元嘉二十二年至二十四年间："《乐志》载，元嘉二十二年，'始设《登哥》，诏御史中丞颜延之造哥诗'。迁国子祭酒、司徒左长史不能早于二十二年，以买田不肯还值免官，事在元嘉二十二年稍后。盖本传接叙'复为秘书监，光禄勋，太常'，《弘明集》卷四录何承天《答颜光禄》两书，承天以元嘉二十四年免官卒，则延之为光禄卿自不得晚于是年。"

建康令丘珍孙、丹阳尹孔山士劫发不禽，免官；中丞何勖不纠，亦免官。

《南齐书》卷三九《陆澄传》："尚书令褚渊奏：'……左丞陆展弹建康令丘珍孙、丹阳尹孔山士劫发不禽，免珍孙、山士官；中丞何勖不纠，亦免勖官。'"

按，《宋书》卷二九《符瑞志下》："元嘉二十五年八月壬子，嘉禾生建康化义里，令丘珍孙以献"，又《宋书》卷五四《孔季恭传附孔山士传》载孔山士于元嘉二十七年卒官，因知事在元嘉年间。

会稽太守孔山士，坐小弟逼略良家子女，白衣领郡。

《宋书》卷五四《孔季恭传附孔山士传》："山士，历显位，侍中，会稽太守，坐小弟驾部郎道穰逼略良家子女，白衣领郡。元嘉二十七年，卒官。"

征北府行参军顾迈，以始兴王濬所言密事语刘瑀，徙广州。

《宋书》卷四二《刘穆之传附刘瑀传》："始兴王濬为南徐州，以（刘）瑀补别驾从事史，为濬所遇。瑀性陵物护前，不欲人居己上。时濬征北府行参军吴郡顾迈轻薄而有才能，濬待之甚厚，深言密事，皆与参之。瑀乃折节事迈，深布情款，家内妇女间事，言语所不得至者，莫不倒写备说。迈以瑀与之款尽，深相感信。濬所言密事，悉以语瑀。瑀与迈共进射堂下，瑀忽顾左右索单衣帻，迈问其所以，瑀曰：'公以家人待卿，相与言无所隐，而卿于外宣泄，致使人无不知。我是公吏，何得不启。'因而白之。濬大怒，启太祖徙迈广州。迈在广州，值萧简为乱，为之尽力，与简俱死。"参看《南史》卷一五《刘穆之传附刘瑀传》、《册府元龟》卷九二四《总录部·倾险》。

按，据《宋书》卷五《文帝纪》：元嘉二十六年十月"以中军将军、扬州刺史始兴王濬为征北将军、开府仪同三司、南徐兖二州刺史"；二十九年"十二月辛未，以骠骑将军、南兖州刺史江夏王义恭为大将军、南徐州刺史，录尚书事如故"，始兴王刘濬于元嘉二十六年十月至二十九年间为南徐州。且《宋书·刘穆之传附刘瑀传》载刘瑀在此事至二十九年六月间又迁从事中郎、领淮南太守。推知顾迈出徙广州大约在元嘉二十七年或二十八年。

会稽太守刘祎，以罪左黜。

《宋书》卷七九《文五王传·庐江王祎传》："上乃下诏曰：'……公受性不仁，才非治用，昔忝江州，无称被征，前莅会稽，以罪左黜。'"

按，据《宋书》刘祎本传："二十六年，以为侍中、后军将军，领石头戍事。迁冠军将军、南彭城下邳二郡太守、散骑常侍，领戍如故。出为会稽太守，将军如故。二十九年，迁使持节、都督广交二州荆州之始兴临贺始安三郡诸军事、车骑将军、平越中郎将、广州刺史"，知刘祎由会稽太守任左黜事在元嘉二十六至二十九年间。

临沅县男孟微生，有罪，夺爵、徙广州。

《宋书》卷四七《孟怀玉传附孟龙符传》："追封（孟龙符）临沅县男，食邑五百户。无子，弟仙客以子微生嗣封。太祖元嘉中，有罪夺爵，徙广州，以微生弟彦祖子佛护袭爵。……孝武大明初，诸流徙者悉听还本，微生已死，子系祖归京都。"

中书黄门郎殷冲，坐议事不当，免官。

《宋书》卷五九《殷淳传附殷冲传》："淳弟冲字希远，历中书黄门郎，坐议事不当免。复为太子中庶子。"

宋孝武帝朝（453—464）

元嘉三十年（癸巳，453 年，四月孝武帝即位）

七月，中军录事参军周朗，书奏忤旨，自解去职。

《宋书》卷八二《周朗传》："世祖即位，除建平王宏中军录事参军。时普责百官谠言，朗上书曰云云。书奏忤旨，自解去职。又除太子中舍人。"《资治通鉴》卷一二七《宋纪九》系事于元嘉三十年七月。参看《南史》卷三四《周朗传》。

八月，梁、南秦二州刺史庞秀之，坐子弟多为刘劭所杀而酣燕不废，免官。

《宋书》卷七八《萧思话传》："庞秀之，河南人也。以斌故吏，贼劭甚加信委，以为游击将军。奔世祖于新亭。时劭诸将未有降者，唯秀之先至，事平，以为梁州刺史。秀之子弟为劭所杀者将十人，而酣燕不废，坐免官。后又为徐州刺史，太子右卫率。孝建元年，卒。"

按，据《宋书》卷六《孝武帝纪》：元嘉三十年六月"太尉司马庞秀之为梁、南秦二州刺史……（八月）抚军司马费沉为梁、南秦二州刺史"；孝建元年三月"以太子左卫率庞秀之为徐州刺史"。费沉当是代庞秀之为梁州刺史，故系于本年八月。庞秀之免梁州后又任太子左卫率，孝建元年三月出为徐州。

镇西将军刘遵考，免官。

《宋书》卷五一《宗室传·临川烈武王道规传附刘遵考传》："三十年，复出为使持节，监豫州刺史。元凶弑立，进号安西将军，遣外监徐安期、仰捷祖防守之。遵考斩安期等，起义兵应南谯王义宣，义宣加遵考镇西将军。夏侯献率众至瓜步承候世祖，又坐免官。孝建元年，鲁爽、臧质反，起为征虏将军。"

征北长流参军沈怀远，坐妾王鹦鹉预刘劭巫蛊事，徙广州。

《宋书》卷八二《沈怀文传》："弟怀远，为始兴王濬征北长流参军，深见亲待。坐纳王鹦鹉为妾，世祖徙之广州，使广州刺史宗悫于南杀之。会南郡王义宣反，怀远颇闲文笔，悫起义，使造檄书，并衔命至始兴，与始兴相沈法系论起义事。事平，悫具为陈请，由此见原。终世祖世不得还。怀文虽亲要，屡请终不许。前废帝世，流徙者并听归本，官至武康令。撰《南越志》及怀文文集，并传于世。"参看《南史》卷三四《沈怀文传》。

按，孝武帝本命广州刺史宗悫杀之。会南郡王刘义宣反，沈怀远于平乱有功，故得免死。据《宋书》卷六《孝武帝纪》，元嘉三十年七月宗悫任广州刺史，沈怀远徙广州不得早于此；又南郡王刘义宣反在孝建元年二月，时沈怀远已至广州，故推知沈怀远被徙广州事在元嘉三十年。

右军将军薛安都，以惮直免官。

《宋书》卷八八《薛安都传》："世祖践阼，除右军将军。……其年，以惮直免官。孝建元年，复除左军将军。"参看《南史》卷四〇《薛安都传》。

孝建元年(甲午，454 年)

征虏将军王僧达，因置佐领兵逾制，且役公力立宅，免官；又诈以朱灵宝为子事发，加禁锢。

《宋书》卷七五《王僧达传》："以为征虏将军、吴郡太守。……荆、江反叛，加僧达置佐领兵，台符听置千人，而辄立三十队，队八十人。又立宅于吴，多役公力。坐免官。初，僧达为太子洗马，在东宫，爱念军人朱灵宝，及出为宣城，灵宝已长，僧达诈列死亡，寄宣城左永之籍，注以为己子，改名元序，启太祖以为武陵国典卫令，又以补竟陵国典书令，建平国中军将军。孝建元年春，事发，又加禁锢。……孝建三年，除太常。"参看《南史》卷二一《王弘传附王僧达传》、《册府元龟》卷九二四《总录部·倾险》。

按，《宋书》卷六《孝武帝纪》：孝建元年"二月庚午，豫州刺史鲁爽、车骑将军江州刺史臧质、丞相荆州刺史南郡王义宣、兖州刺史徐遗宝举兵反"，可知王僧达免官事在荆、江反叛后不久。

州西曹檀超，坐事徙梁州。

《南齐书》卷五二《文学传·檀超传》："解褐州西曹。……举秀才。孝建初，坐事徙梁州，板宣威府参军。"

丹阳尹褚湛之，坐南郡王义宣诸子逃藏郡堺，免官禁锢。

《宋书》卷五二《褚叔度传附褚湛之传》："孝建元年，为中书令，丹阳尹。坐南郡王义宣诸子逃藏郡堺，建康令王兴之、江宁令沈道源下狱，湛之免官禁锢。其年，复为散骑常侍、左卫将军。"同书卷七五《颜竣传》："南郡王义宣、臧质等反……义宣、质诸子藏匿建康、秣陵、湖熟、江宁县界，世祖大怒，免丹阳尹褚湛之官，收四县官长。"参看《南史》卷三四《颜延之传附颜竣传》。

龙骧将军宗越，平臧质、鲁爽多所诛戮，又逼略刘义宣子女，坐免官系尚方。

《宋书》卷八三《宗越传》："世祖即位，以为江夏王义恭大司马行参军，济阳太守，寻加龙骧将军。臧质、鲁爽反……因追奔至江陵。时荆州刺史朱修之未至，越多所诛戮。又逼略南郡王义宣子女，坐免官系尚方。寻被宥，复本官，追论前功，封筑阳县子。"参看《南史》卷四〇《宗越传》。

按，据《宋书》卷六《孝武帝纪》：孝建元年"二月庚午，豫州刺史鲁爽、车骑将军江州刺史臧质、丞相荆州刺史南郡王义宣、兖州刺史徐遗宝举兵反。……（四月）丙戌，镇军将军、南兖州刺史沈庆之大破鲁爽于历阳之小岘，斩爽。……六月戊辰，臧质走至武昌，为人所斩，传首京师"，臧质、鲁爽二月反，六月乱平，宗越免龙骧将军事在本年无疑。

辅国将军邓琬，弟与臧质同逆，琬免死远徙，停广州。

《宋书》卷八四《邓琬传》："世祖起义，版琬为辅国将军、南海太守，率军伐萧简于广州，攻围逾年，乃克。以臧质反，为江州刺史宗悫所执，值赦原。琬弟璩，与臧质同逆，质败从诛，琬弟环亦坐诛，琬在远，又有功，免死远徙，仍停广州。久之得还，除给事中。"参看《册府元龟》卷九二五《总录部·谴累》。

积射将军徐冲之，为侍中何偃命所黜；黄门侍郎萧惠开，与何偃争徐冲之事，上表解职忤旨，以属疾多免官。

《宋书》卷八七《萧惠开传》："孝建元年，自太子中庶子转黄门侍郎，与侍中何偃争积射将军徐冲之事。偃任遇甚隆，惠开不为之屈，偃怒，使门下推弹之。惠开乃上表解职曰：'陛下未照臣愚，故引参近侍。臣以职事非长，故委能何偃，凡诸当否，不敢参议。窃见积射将军徐冲之为偃命所黜，臣愚怀谓有可申，故聊设微异。偃恃恩使贵，欲使人靡二情，便诃胁主者。手定文案，割落臣议，专载己辞。虽天照广临，竟未见察臣理，违颜咫尺，致兹壅滥，则臣之受劾，盖何足悲。但不顺侍中，臣有其咎，当而行之，不知何过。且议之不允，未有弹科，省心揆天，了知在宥。臣不能谢愆右职，改意重臣，刺骨铄金，将在朝夕，乞解所忝，保拙私庭。'时偃宠方隆，由此忤旨，别敕有司以属疾多，免惠开官。思话素恭谨，操行与惠开不同，常以其峻异，每加嫌责。及见惠开自解表，自叹曰：

'儿子不幸与周朗周旋，理应如此。'杖之二百。寻重除中庶子。"参看《南史》卷一八《萧思话传附萧惠开传》、《册府元龟》卷四七八《台省部·交恶》。

侍中袁粲、黄门郎张淹，斋戒食肉，免官。

《宋书》卷八九《袁粲传》："及即位，除尚书吏部郎，太子右卫率，侍中。孝建元年，世祖率群臣并于中兴寺八关斋，中食竟，愍孙别与黄门郎张淹更进鱼肉食，尚书令何尚之奉法素谨，密以白世祖，世祖使御史中丞王谦之纠奏，并免官。二年，起为廷尉，太子中庶子，领右军将军。"参看《南史》卷二六《袁湛传附袁粲传》。

孝建二年(乙未，455 年)

八月，雍州刺史武昌王刘浑，有不臣之举，废为庶人，徙付始安郡。

《宋书》卷六《孝武帝纪》：孝建二年"八月庚申，雍州刺史武昌王浑有罪，废为庶人，自杀"。同书卷七九《文五王传·武昌王浑传》："孝建元年，迁使持节、监雍梁南北秦四州荆州之竟陵随二郡诸军事、宁蛮校尉、雍州刺史，将军如故。浑至镇，与左右人作文檄，自号楚王，号年为永光元年，备置百官，以为戏笑。长史王翼之得其手迹，封呈世祖。上使有司奏免为庶人，下太常，绝其属籍，徙付始安郡。……逼令自杀，即葬襄阳，时年十七。"参看《南史》卷二《宋本纪中》及卷一四《宋宗室及诸王传下·武昌王浑传》、《资治通鉴》卷一二八《宋纪十》。

宁朔将军垣护之，坐论功挟私，免官。

《宋书》卷五〇《垣护之传》："迁督徐兖二州豫州之梁郡诸军事、宁朔将军、徐州刺史，封益阳县侯。……二年，护之坐论功挟私，免官。复为游击将军。"

豫州刺史王玄谟，中军司马言其与刘义宣通谋，以多取宝货、虚张战簿，免官。

《宋书》卷七六《王玄谟传》："及南郡王义宣与江州刺史臧质反，朝廷假玄谟辅国将军，拜豫州刺史，与柳元景南讨，军屯梁山，夹岸筑偃月垒，水陆待之。义宣遣刘谌之就臧质，陈军城南，玄谟留老弱守城，悉精兵接战，贼遂大溃。加都督、前将军，封曲江县侯。中军司马刘冲之白孝武，言：'玄谟在梁山，与义宣通谋.'上意不能明，使有司奏玄谟多取宝货，虚张战簿，与徐州刺史垣护之并免官。寻复为豫州刺史。"参看《南史》卷一六《王玄谟传》。

按，垣护之免官事见上条，同系于本年。

太常王僧达，上表解职，其词不逊，免官。

《宋书》卷七五《王僧达传》："孝建三年，除太常，意尤不悦。顷之，上表解职，曰云云。僧达文旨抑扬，诏付门下。侍中何偃以其词不逊，启付南台，又坐免官。顷之，除江夏王义恭太傅长史、临淮太守。"

按，《南史》卷二一《王弘传附王僧达传》系事于孝建二年。据《宋书》卷五九《何偃传》："会世祖即位，任遇无改，除大司马长史，迁侍中，领太子中庶子。……改领骁骑将军，亲遇隆密，有加旧臣。转吏部尚书。"何偃自元嘉三十年为侍中，改领骁骑将军后转吏部。曹道衡、沈玉成《中古文学史料丛考·何偃为吏部尚书》条认为，何偃转吏部尚书在孝建三年八月或稍后。一年之中，两度改任历三官，可能性不大。孝建二年何偃由侍中改任骁骑将军较为合理，今从《南史》。

孝建三年（丙申，456 年）

十月，益州刺史刘瑀，坐夺人妻为妾，免官。

《宋书》卷四二《刘穆之传附刘瑀传》："孝建三年，除辅国将军、益州刺史。……其年，坐夺人妻为妾，免官。大明元年，起为东阳太守。"同书卷五四《羊玄保传附羊希传》："益州刺史刘瑀，先为右卫将军，与府司马何季穆共事不平。季穆为尚书令建平王宏所亲待，屡毁瑀于宏。会瑀出为益州，夺士人妻为妾，宏使羊希弹之，瑀坐免官，瑀恨希切齿。"参看《南史》卷一五《刘穆之传附刘瑀传》及卷三六《羊玄保传附羊希传》、《册府元龟》卷四七八《台省部·漏泄》。

按，据《宋书》卷六《孝武帝纪》：孝建三年五月"壬戌，以右卫将军刘瑀为益州刺史"，"冬十月癸未，以寻阳太守张悦为益州刺史"，因知刘瑀免官事在孝建三年十月末，张悦代其为益州刺史。

吏部尚书谢庄，坐辞疾多，免官。

《宋书》卷八五《谢庄传》："拜吏部尚书。庄素多疾，不愿居选部，与大司马江夏王义恭笺自陈，曰云云。三年，坐辞疾多，免官。大明元年，起为都官尚书。"参看《南史》卷二〇《谢弘微传附谢庄传》。

南兖州刺史檀和之，坐酣饮黩货，迎狱中女子入内，免官禁锢。

《宋书》卷九七《夷蛮传》："三年，出为南兖州刺史，坐酣饮黩货，迎狱中女子入内，免官禁锢。其年卒。"参看《南史》卷七八《夷貊传上》。

大明元年(丁酉，457 年)

二月，太子左卫率薛安都、东阳太守沈法系，追讨索虏不获，白衣领职。

《宋书》卷六五《申恬传》："大明元年，虏寇兖州，世祖遣太子卫率薛安都、新除东阳太守沈法系北讨，至兖州，虏已去。恬建议：'任榛亡命，屡犯边民，军出无功，宜因此翦扑。'上从之。亡命先已闻知，举村逃走，安都与法系坐白衣领职，恬弃市。"同书卷八八《薛安都传》："转太子左卫率。大明元年，虏向无盐，东平太守刘胡出战失利。二月，遣安都领马军北讨，东阳太守沈法系水军向彭城，并受徐州刺史申坦节度。上戒之曰：'贼若可及，便尽力殄之。若度已回，可过河耀威而反。'时虏已去，坦求回军讨任榛，见许。安都当向左城，左城去滑台二百余里，安都以去虏镇近，军少不宜分行。至东坊城，遇任榛三骑，讨擒其一，余两骑得走。任榛闻知，皆得逃散。时天旱，水泉多竭，人马疲困，不能远追。安都、法系并白衣领职，坦系尚方。任榛大抵在任城界，积世通叛所聚，所在皆棘榛深密，难为用师，故能久自保藏，屡为民患。安都明年复职，改封武昌县侯，加散骑常侍。"《资治通鉴》卷一二八《宋纪十》：大明元年"二月，魏人寇兖州，向无盐，败东平太守南阳刘胡。诏遣太子左卫率薛安都将骑兵，东阳太守沈法系将水军，向彭城以御之，并受徐州刺史申坦节度。比至，魏兵已去。先是，群盗聚任城荆榛中，累世为患，谓之任榛。申坦请回军讨之。上许之。任榛闻之，皆逃散。时天旱，人马渴乏，无功而还。安都、法系坐白衣领职"。参看《南史》卷四〇《薛安都传》及卷七〇《申恬传》、《册府元龟》卷四四六《将帅部·生事》。

尚书左丞羊希，坐漏泄建平王刘宏使之弹益州刺史刘瑀事，免官。

《宋书》卷五四《羊玄保传附羊希传》：“大明初，为尚书左丞。……益州刺史刘瑀，先为右卫将军，与府司马何季穆共事不平。季穆为尚书令建平王宏所亲待，屡毁瑀于宏。会瑀出为益州，夺士人妻为妾，宏使羊希弹之，瑀坐免官，瑀恨希切齿。有门生谢元伯往来希间，瑀令访讯被免之由。希曰：‘此奏非我意。’瑀即日到宏门奉笺陈谢，云闻之羊希。希坐漏泄免官。大明末，为始安王子真征虏司马，黄门郎，御史中丞。”参看《南史》卷三六《羊玄保传附羊希传》、《册府元龟》卷四七八《台省部·漏泄》。

按，刘瑀免官事参看孝建三年刘瑀条。羊希于大明初为尚书左丞，刘瑀至免官次年知被免之由、到宏门奉笺陈谢，羊希由是坐漏泄免官。

通直散骑常侍沈睦，要引上左右访评殿省内事，又与弟勃忿阋不睦，坐徙始兴郡；西阳王文学沈勃，免官禁锢。

《宋书》卷六三《沈演之传》：“演之子睦，至黄门郎，通直散骑常侍。世祖大明初，坐要引上左右俞欣之访评殿省内事，又与弟西阳王文学勃忿阋不睦，坐徙始兴郡，勃免官禁锢。勃好为文章，善弹琴，能围棋，而轻薄逐利。历尚书殿中郎。”参看《南史》卷三六《沈演之传》。

丹阳尹颜竣，谏争不纳见疏，伪求外出，上以为东扬州刺史。

《宋书》卷七五《颜竣传》：“起为右将军，丹阳尹如故。竣藉蕃朝之旧，极陈得失。上自即吉之后，多所兴造，竣谏争恳切，无所回避，上意甚不说，多不见从。竣自谓才足干时，恩旧莫比，当赞务居中，永执朝政，而所陈多不被纳，疑上欲疏之，乃求外出，以占时旨。大明元年，以为东扬州刺史，将军如故。所求既许，便忧惧无计。至州，又丁母艰，不许去职，听送丧还都，恩待犹厚，竣弥不自安。每对亲故，颇怀怨愤，又言朝事违谬，人主得失。及王僧达被诛，谓为竣所谗构，临死陈竣前后忿怼，每恨言不见从。僧达所言，颇有相符据。上乃使御史中丞庾徽之奏之曰云云。上未欲便加大戮，且止免官。”参看《南史》卷三四《颜延之传附颜竣传》。

吴郡太守顾琛，世祖谓琛卖恶归上，免官。

《宋书》卷八一《顾琛传》："复为宁朔将军、吴郡太守。以起义功，封永新县五等侯。大明元年，吴县令张闿坐居母丧无礼，下廷尉。钱唐令沈文秀判劾违谬，应坐被弹。琛宣言于众：'闿被劾之始，屡相申明。'又云：'当启文秀留县。'世祖闻之大怒，谓琛卖恶归上，免官。琛母老，仍停家。……（大明三年）召琛出，以为西阳王子尚抚军司马。"参看《南史》卷三五《顾琛传》。

尚书左长史王彧，坐姊墓开不临赴，免官。

《宋书》卷八五《王景文传》："上以散骑常侍旧与侍中俱掌献替，欲高其选，以景文及会稽孔觊俱南北之望，并以补之。寻复为左长史。坐姊墓开不临赴，免官。大明二年，复为秘书监，太子右卫率，侍中。"参看《南史》卷二三《王彧传》。

按，据《宋书》卷八四《孔觊传》："初，晋世散骑常侍选望甚重，与侍中不异，其后职任闲散，用人渐轻。孝建三年，世祖欲重其选，诏曰：'散骑职为近侍，事居规纳，置任之本，实惟亲要，而顷选常侍，陵迟未允，宜简授时良，永置清辙。'于是吏部尚书颜竣奏曰：'常侍华选，职任俟才，新除临海太守孔觊意业闲素，司徒左长史王彧怀尚清理，并任为散骑常侍。'"知王彧于孝建三年为散骑常侍。孔觊大明元年改太子中庶子，推测王彧亦于大明元年复为尚书左长史，免官后大明二年复为秘书监。免尚书左长史事暂系大明元年。

大明二年（戊戌，458 年）

八月，王道琰，因其父王僧达被陷反叛赐死，徙新安郡。

《资治通鉴》卷一二八《宋纪十》："中书令王僧达，幼聪警能文，而跌荡不拘。帝初践阼，擢为仆射，居颜、刘之右。自负才地，谓当时莫及，一二年间，即望宰相。既而迁护军，怏怏不得志，累启求出。上不悦，由是稍稍下迁，五岁七徙，再被弹削。僧达既耻且怨，所上表奏，辞旨抑扬，又好非议时政，上已积愤怒。路太后兄子尝诣僧达，趋升其榻，僧达令昇弃之。太后大怒。固邀上令必杀僧达。会高阇反，上因诬僧达与阇通谋，（大明二年）八月，丙戌，收付廷尉，赐死。"《宋书》卷七五《王僧达传》："子道琰，徙新安郡，前废帝即位，得还京邑。后废帝元徽中，为庐陵国内史，未至郡，卒。"

大明三年（己亥，459 年）

四月，竟陵王刘诞，见猜于上，贬爵为侯，遣令之国。

《宋书》卷六《孝武帝纪》：大明三年四月"乙卯，司空、南兖州刺史竟陵王诞有罪，贬爵"。同书卷七九《文五王传·竟陵王诞传》："上性多猜，颇相疑惮。而诞造立第舍，穷极工巧，园池之美，冠于一时。多聚才力之士，实之第内，精甲利器，莫非上品，上意愈不平。孝建二年，乃出为使持节、都督南徐兖二州诸军事、太子太傅、南徐州刺史，侍中如故。上以京口去都密迩，犹疑之。大明元年秋，又出为都督南兖南徐兖青冀幽六州诸军事、南兖州刺史，余如故。诞既见猜，亦潜为之备，至广陵，因索虏寇边，修治城隍，聚粮治仗。嫌隙既著，道路常云诞反。三年，建康民陈文绍上书曰云云。吴郡民刘成又诣阙上书，告诞谋反，称云云。又豫章民陈谈之上书诉枉，称云。其年四月，上乃使有司奏曰：'……臣等参议，宜下有司，绝诞属籍，削爵土，收付延尉法狱治罪。诸所连坐，别下考论。……'上不许，有司又固请，乃贬爵为侯，遣令之国。上将诛诞。"参看《南史》卷二《宋本纪中》及卷一四《宋宗室及诸王传下·竟陵王诞传》、《资治通鉴》卷一二九《宋纪十一》。

四月，东扬州刺史颜竣，东牧后怨言忿怼，免官。五月赐颜竣死，子颜辟强徙送交州。

《宋书》卷七五《颜竣传》："大明元年，以为东扬州刺史，将军如故。所求既许，便忧惧无计。至州，又丁母艰，不许去职，听送丧还都，恩待犹厚，竣弥不自安。每对亲故，颇怀怨愤，又言朝事违谬，人主得失。及王僧达被诛，谓为竣所谮构，临死陈竣前后忿怼，每恨言不见从。僧达所言，颇有相符据。上乃使御史中丞庾徽之奏之曰云云。上未欲便加大戮，且止免官。竣频启谢罪，并乞性命。上愈怒，诏答曰：'宪司所奏，非宿昔所以相期。卿受荣遇，故当极此，讪评怨愤，已孤本望，乃复过烦思虑，惧不自全，岂为下事上诚节之至邪！'及竟陵王诞为逆，因此陷之。召御史中丞庾徽之于前为奏，奏成，诏曰：'竣孤负恩养，乃可至此。于狱赐死，妻息宥之以远。'子辟强徙送交州，又于道杀之。"《资治通鉴》卷一二九《宋纪十一》系事于大明三年四月，又载大明三年"五月，收竣付廷尉，先折其足，然后赐死。妻子徙交州，至宫亭湖，复沉其男口"。参看《南史》卷三四《颜延之传附颜竣传》。

龙骧将军武念，竟陵王刘诞反，追之不及，坐免官。

《宋书》卷八三《宗越传附武念传》："世祖孝建中，为建威将军、桂阳太守。竟陵王诞反，念以江夏王义恭太宰参军、龙骧将军，隶沈庆之攻广陵城。诞出城走，既而复还，念追之不及，坐免官。复以为冗从仆射。"

按，《宋书》卷六《孝武帝纪》载：大明三年四月"诞不受命，据广陵城反"，故系于本年。

侍中袁粲，坐纳贿举郡孝廉，免官。

《宋书》卷八九《袁粲传》："大明元年，复为侍中，领射声校尉，封兴平县子。……三年，坐纳山阴民丁彖文货，举为会稽郡孝廉，免官。寻为西阳王子尚抚军长史。"

按，《南史》卷二六《袁湛传附袁粲传》山阴民作"丁承文"。

大明四年(庚子，460 年)

十月，庐陵内史周朗，称疾去官，正言得罪，又以居丧无礼，传送宁州。

《宋书》卷八二《周朗传》："书奏忤旨，自解去职。又除太子中舍人，出为庐陵内史。郡后荒芜，频有野兽，母薛氏欲见猎，朗乃合围纵火，令母观之。火逸烧郡廨，朗悉以秩米起屋，偿所烧之限，称疾去官，遂为州司所纠。还都谢世祖曰：'州司举臣愆失，多有不允。臣在郡，虎三食人，虫鼠犯稼，以此二事上负陛下。'上变色曰：'州司不允，或可有之。虫虎之灾，宁关卿小物。'朗寻丁母艰，有孝性，每哭必恸，其余颇不依居丧常节。大明四年，上使有司奏其居丧无礼，请加收治。诏曰：'朗悖礼利口，宜令翦戮，微物不足乱典刑，特镌付边郡。'于是传送宁州，于道杀之，时年三十六。"《资治通鉴》卷一二九《宋纪十一》：大明四年十月"前庐陵内史周朗，言事切直，上衔之，使有司奏朗居母丧不如礼，传送宁州，于道杀之"。参看《南史》卷三四《周朗传》、《册府元龟》卷四八一《台省部·谴责》。

十月，侍中蔡兴宗，先以正言得失失旨，又竟陵王诞据广陵城为逆事平为州别驾范义营丧，加之瞻送流官周朗，坐属疾多日，白衣领职；又寻左迁司空沈庆之长史。

《宋书》卷五七《蔡廓传附蔡兴宗传》："迁侍中。每正言得失，无所顾惮，由是失旨。竟陵王诞据广陵城为逆，事平，兴宗奉旨慰劳。州别驾范义与兴宗素善，在城内同诛。兴宗至广陵，躬自收殡，致丧还豫章旧墓。上闻之，甚不悦。庐陵内史周朗以正言得罪，锁付宁州，亲戚故人，无敢瞻送，兴宗在直，请急，诣朗别。上知尤怒。坐属疾多日，白衣领职。寻左迁司空沈庆之长史，行兖州事，还为廷尉卿。"参看《南史》卷二九《蔡廓传附蔡兴宗传》、《资治通鉴》卷一二九《宋纪十一》、《册府元龟》卷四八一《台省部·谴责》。

按，周朗得罪付宁州事见上条。

南康郡公刘彤，坐刀斫妻，夺爵土

《宋书》卷四二《刘穆之传》："……可进南康郡公。……穆之三子，长子虑之嗣，仕至员外散骑常侍卒。子邕嗣。……卒，子彤嗣。大明四年，坐刀斫妻，夺爵土，以弟彪绍封。"参看《南史》卷一五《刘穆之传》、《册府元龟》卷九四一《总录部·残虐》。

吴兴太守顾琛，坐郡民多翦钱及盗铸，免官。

《宋书》卷八一《顾琛传》："（大明三年）琛仍为吴兴太守。明年，坐郡民多翦钱及盗铸，免官。六年，起为大司农。"参看《南史》卷三五《顾琛传》。

大明五年（辛丑，461 年）

金紫光禄大夫宗悫，官买牛进御不肯卖，坐免官。

《宋书》卷七六《宗悫传》："五年，从猎堕马，脚折不堪朝直，以为光禄大夫，加金紫。悫有佳牛堪进御，官买不肯卖，坐免官。明年，复职。"参看《南史》卷三七《宗悫传》、《册府元龟》卷九三六《总录部·吝啬》。

侍中沈怀文，忤上，又不与上饮酒戏调，出为晋安王子勋征虏长史、广陵太守。

《宋书》卷八二《沈怀文传》："入为侍中，宠待隆密。……时游幸无度，太后及六宫常乘副车在后，怀文与王景文每陈不宜亟出。后同从坐松树下，风雨甚骤。景文曰：'卿可以言矣。'怀文曰：'独言无系，宜相与陈之。'江智渊卧草侧，亦谓言之为善。俄而被召俱入雉场，怀文曰：'风雨如此，非圣躬所宜冒。'景文又曰：'怀文所启宜从。'智渊未及有言，上方注弩，作色曰：'卿欲效颜竣邪？何以恒知人事。'又曰：'颜竣小子，恨不得鞭其面！'上每宴集，在坐者咸令沉醉，怀文素不饮酒，又不好戏调，上谓故欲异己。谢庄尝诫怀文曰：'卿每与人异，亦何可久。'怀文曰：'吾少来如此，岂可一朝而变。非欲异物，性所得耳。'五年，乃出为晋安王子勋征虏长史、广陵太守。明年，坐朝正，事毕被遣还北，以女病求申。临辞，又乞停三日，讫犹不去。为有司所纠，免官，禁锢十年。"参看《南史》卷三四《沈怀文传》、《资治通鉴》卷一二九《宋纪十一》、《册府元龟》卷二一八《闰位部·疑忌》。

会稽太守孔灵符，坐立墅事答对不实，免官。

《宋书》卷五四《孔季恭传附孔灵符传》："灵符自丹阳出为会稽太守，寻加豫章王子尚抚军长史。灵符家本丰，产业甚广，又于永兴立墅，周回三十三里，水陆地二百六十五顷，含带二山，又有果园九处。为有司所纠，诏原之，而灵符答对不实，坐以免官。后复旧官，又为寻阳王子房右军长史，太守如故。"参看《南史》卷二七《孔靖传附孔灵符传》。

按，《宋书》卷二八《符瑞志中》载，"大明四年二月乙巳，甘露降丹阳秣陵龙山，丹阳尹孔灵符以闻"，知大明四年孔灵符尚为丹阳尹。同书卷八〇《孝武十四王传·豫章王子尚传》："大明二年，加抚军将军。……五年，改封豫章王，户邑如先，领会稽太守。七年，加使持节，进号车骑将军。"又卷六《孝武帝纪》：大明三年"二月乙卯，以扬州所统六郡为王畿。以东扬州为扬州。……抚军将军、扬州刺史西阳王子尚徙为扬州刺史"，大明七年"五月乙亥，抚军将军、扬州刺史豫章王子尚进号车骑将军"。《孝武帝纪》载刘子尚于大明三年至七年间为扬州刺史，然刘子尚本传又言其大明五年领会稽。疑刘子尚领会稽，即是由于其长史孔灵符因事免会稽而暂代此职，故权系于本年。

大明六年（壬寅，462 年）

广陵太守沈怀文，坐朝正不去，免官，禁锢十年。

《宋书》卷八二《沈怀文传》："五年，乃出为晋安王子勋征虏长史、广陵太守。明年，坐朝正，事毕被遣还北，以女病求申。临辞，又乞停三日，讫犹不去。为有司所纠，免官，禁锢十年。既被免，卖宅欲还东。上大怒，收付廷尉，赐死，时年五十四。"《资治通鉴》卷一二九《宋纪十一》载其于大明六年三月被赐死。参看《南史》卷三四《沈怀文传》。

新安王北中郎参军张融，孝武起新安寺傔钱少，出为封溪令。

《南齐书》卷四一《张融传》："宋孝武闻融有早誉，解褐为新安王北中郎参军。孝武起新安寺，傔佐多傔钱帛，融独傔百钱。帝曰：'融殊贫，当序以佳禄。'出为封溪令。从叔永出后渚送之，曰：'似闻朝旨，汝寻当还。'融曰：'不患不还，政恐还而复去。'广越嶂崄，獠贼执融，将杀食之，融神色不动，方作洛生咏，贼异之而不害也。浮海至交州，于海中作《海赋》曰云云。……举秀才，对策中第，为尚书殿中郎，不就，为仪曹郎。"参看《南史》卷三二《张邵传附张融传》。

按，据《宋书》卷九七《夷蛮传》："世祖宠姬殷贵妃薨，为之立寺，贵妃子子鸾封新安王，故以新安为寺号"，又《宋书》卷八〇《孝武十四王传·始平孝敬王子鸾传》：大明"六年，丁母忧"，知新安寺起于大明六年，故系于本年。

又，《梁书》卷五一《处士传·何点传》载："吴国张融少时免官，而为诗有高尚之言，点答诗曰：'昔闻东都日，不在简书前。'虽戏也，而融久病之。"所言张融少时免官事应即指此，参看《南史》卷三〇《何尚之传附何点传》、《册府元龟》卷九三九《总录部·讥诮》。

尚书吏部郎江智渊，谏世祖嘲讦为戏，出为新安王子鸾北中郎长史、南东海太守。

《宋书》卷五九《江智渊传》："迁骁骑将军，尚书吏部郎。上每酣宴，辄诟辱群臣，并使自相嘲讦，以为欢笑。智渊素方退，渐不会旨。尝使以王僧朗嘲戏其子景文，智渊正色曰：'恐不宜有此戏。'上怒曰：'江僧安痴人，痴人自相惜。'智渊伏席流涕，由此恩宠大衰。出为新安王子鸾北中郎长史、南东海太守，加拜宁朔将军，行南徐州事。初，上宠姬宣贵妃殷氏卒，使群臣议谥，智渊上议曰'怀'。上以不尽嘉号，甚衔之。后车驾幸南山，乘马至殷氏墓，群臣皆骑从，上以马鞭指墓石柱谓智渊曰：'此上不容有怀字！'智渊益惶惧。大明七年，以忧卒，时年四十六。"按，《南史》卷三六《江夷传附江智深传》改"渊"为"深"，避唐高祖李渊讳。

又按，江智渊出贬事在殷贵妃卒后，故系于大明六年。

大明七年（癸卯，463 年）

辅国将军垣护之，聚敛贿货，免官。

《宋书》卷五〇《垣护之传》："出为使持节、督豫司二州诸军事、辅国将军、豫州刺史、淮南太守。复隶沈庆之伐西阳蛮。护之所莅多聚敛，贿货充积。七年，坐下狱，免官。明年，复起为太中大夫，未拜，其年卒。"参看《南史》卷二五《垣护之传》、《册府元龟》卷四五五《将帅部·贪黩》。

右卫将军张永，世祖南巡水路不通，免官。

《宋书》卷五三《张茂度传附张永传》："七年，为宣贵妃殷氏立庙，复兼将作大匠。转右卫将军。其年，世祖南巡，自宣城候道东入，使永循行水路。是岁旱，涂迳不通，上大怒，免。……八年，起永为别驾从事史。"

中军将军刘昶，坐斥皇太后龙舟，免开府。

《宋书》卷七二《文九王传·晋熙王昶传》："转中书令，中军将军，寻以本号开府仪同三司，加散骑常侍，太常。从世祖南巡，坐斥皇太后龙舟，免开府，寻又以加授。"

按，据《宋书》卷六《孝武帝纪》，孝武帝于大明七年巡江右南兖州、南豫州，又载大明五年"六月丙午，以护军将军义阳王昶为中军将军"，大明七年冬十月"中军将军义阳王昶加开府仪同三司"。故知大明七年加其开府，为免后重又加授，将刘昶免开府事系于大明七年可无疑义。

尚书右仆射颜师伯，坐选事，以子领职；吏部尚书谢庄、王昙生，并免官。

《宋书》卷七七《颜师伯传》："七年，补尚书右仆射。时分置二选，陈郡谢庄、琅邪王昙生并为吏部尚书。师伯子举周旋寒人张奇为公车令，上以奇资品不当，使兼市买丞，以蔡道惠代之。令史潘道栖、褚道惠、颜祎之、元从夫、任澹之、石道儿、黄难、周公选等抑道惠敕，使奇先到公车，不施行奇兼市买丞事。师伯坐以子领职，庄、昙生免官，道栖、道惠弃市、祎之等六人鞭杖一百。师伯寻领太子中庶子，虽被黜挫，受任如初。"同书卷八五《谢庄传》："六年，又为吏部尚书，领国子博士，坐选公车令张奇免官，事在《颜师伯传》。时北中郎将新安王子鸾有盛宠，欲令招引才望，乃使子鸾板庄为长史，府寻进号抚军，仍除长史、临淮太守。未拜，又除吴郡太守。"参看《南史》卷三四《颜延之传附颜师伯传》、卷二〇《谢弘微传附谢庄传》。

吏部尚书袁粲，于宴裁辱颜师伯，出为海陵太守。

《南史》卷二六《袁湛传附袁粲传》："七年，转吏部尚书，左卫如故。其年，皇太子冠，上临宴东宫，与颜师伯、柳元景、沈庆之等并摴蒲，愍孙劝师伯酒，师伯不饮，愍孙因相裁辱曰：'不能与佞人周旋。'师伯见宠于上，上常嫌愍孙寒素陵之，因此发怒曰：'袁濯儿不逢朕，员外郎未可得也，而敢以寒士遇物！'将手刃之，命引下席。愍孙色不变，沈、柳并起谢，久之得释。出为海陵太守。"《宋书》卷八九《袁粲传》："永光元年，徙右卫将军，加给事中。"参看《册府元龟》卷四八一《台省部·谴责》。

大明八年（甲辰，464 年）

淮阳太守垣袭祖，以事徙岭南。

《南齐书》卷二八《垣荣祖传》："伯父豫州刺史护之子袭祖为淮阳太守，宋孝武以事徙之岭南，护之不食而死。帝疾笃，又遣使杀袭祖。袭祖临死，与荣祖书曰：'弟常劝我危行言逊，今果败矣。'"参看《南史》卷二五《垣护之传附垣荣祖传》。

按，据《宋书》卷五〇《垣护之传》："七年，坐下狱，免官。明年，复起为太中大夫，未拜，其年卒，时年七十。"垣护之因其子垣袭祖徙岭南，不食而死，卒于大明八年，故知垣袭祖徙岭南事在本年。

青州刺史刘道隆失火烧府库，免官；御史中丞萧惠开不纠，免官。

《南齐书》卷三九《陆澄传》："尚书令褚渊奏：'……左丞刘矇弹青州刺史刘道隆失火烧府库，免道隆官；中丞萧惠开不纠，免惠开官。……'"

按，据《宋书》卷六《孝武帝纪》：大明四年三月"以徐州刺史刘道隆为青、冀二州刺史"，大明八年"夏闰五月辛丑，以前御史中丞萧惠开为青、冀二州刺史"，知刘道隆于大明四年至八年为青州。又《宋书》卷八七《萧惠开传》："八年，入为侍中。诏曰：'惠开前在宪司，奉法直绳，不阿权戚，朕其嘉之。可更授御史中丞。'母忧去职。"萧惠开大明八年转御史中丞，故刘道隆免青州，御史中丞萧惠开坐不纠免官事情，只能在大明八年。萧惠开免御史中丞后，五月代刘道隆为青州。

侍中王彧，坐蒲戏，白衣领职。

《宋书》卷八五《王景文传》："又征为侍中，领射声校尉，右卫将军，加给事中，太子中庶子，右卫如故。坐与奉朝请毛法因蒲戏，得钱百二十万，白衣领职。寻复为侍中，领中庶子，未拜。前废帝嗣位，徙秘书监，侍中如故。"参看《南史》卷二三《王彧传》、《册府元龟》卷六二八《环卫部·迁黜》。

按，王彧免官后不久即复官，未拜而前废帝嗣位。前废帝于大明八年闰五月嗣位，王景文免官事应去此不久，故暂系本年。

【孝武帝朝贬年不定者】

晋陵太守荀万秋，坐于郡立华林阁，下狱免。

《南史》卷三三《荀伯子传附荀万秋传》："万秋孝武初为晋陵太守，坐于郡立华林阁，置主衣、主书，下狱免。前废帝末，为御史中丞，卒官。"参看《宋书》卷六〇《荀伯子传》。

直卫张兴世，坐入台弃仗游走，免官。

《宋书》卷五〇《张兴世传》："隶西平王子尚为直卫。坐从子尚入台，弃仗游走，下狱免官。复以白衣充直卫。大明末，除员外散骑侍郎。"

按，据《宋书》卷六《孝武帝纪》，孝建三年正月"立第二皇子子尚为西阳王"，大明五年"夏四月癸巳，改封西阳王子尚为豫章王"，知刘子尚于此年间为西阳王。张兴世本传载其"隶西平王子尚为直卫"，"西平王"当为"西阳王"之误，免官以白衣充直卫亦在孝建三年至大明五年间。

新安王北中郎行参军到撝，坐公事免。

《南齐书》卷三七《到撝传》："除新安王北中郎行参军，坐公事免。除新安王抚军参军，未拜，新安王子鸾被杀，仍除长兼尚书左民郎中。"

按，据《宋书》卷八〇《孝武十四王传·始平孝敬王子鸾传》："五年，迁北中郎将、南徐州刺史，领南琅邪太守。"同书卷六《孝武帝纪》：大明八年正月"南徐州刺史新安王子鸾为抚军将军，领司徒、刺史如故。"又卷七《前废帝纪》：景和元年九月"辛丑，抚军将军、南徐州刺史新安王子鸾免为庶人，赐死"。知刘子鸾大明五年迁北中郎将、八年进号抚军，景和元年被杀。到撝为新安王行参军必在五年至七年间。

建康令沈文秀，坐为寻阳王鞭杀私奴，免官

《宋书》卷八八《沈文秀传》："文秀起家为东海王祎抚军行参军，又度义阳王昶东中郎府，东迁、钱唐令，西阳王子尚抚军参军，武康令，尚书库部郎，本邑中正，建康令。坐为寻阳王鞭杀私奴，免官，加杖一百。寻复官。前废帝即位，为建安王休仁安南录事参军，射声校尉。"参看《册府元龟》卷七百七《令长部·酷暴》。

按，据《宋书》卷六《孝武帝纪》，大明四年正月以第六皇子房为寻阳王，知沈文秀免官事在大明四年至八年间。

乌程令虞玩之，依法录治路太后外亲，太后怨诉孝武，坐免官。

《南齐书》卷三四《虞玩之传》："解褐东海王行参军，乌程令。路太后外亲朱仁弥犯罪，依法录治。太后怨诉孝武，坐免官。泰始中，除晋熙国郎中令。"参看《南史》卷四七《虞玩之传》。

南城县男刘德愿，坐受贾客货，夺爵土。

《宋书》卷四五《刘怀慎传附刘德愿传》："十一年，进北中郎将。以平广固、卢循功，封南城县男，食邑五百户。……子德愿嗣。世祖大明初，为游击将军，领石头戍事。坐受贾客韩佛智货，下狱，夺爵土。后复为秦郡太守。"参看《南史》卷一七《刘怀肃传附刘怀慎传》、《册府元龟》卷四五五《将帅部·贪黩》。

员外散骑侍郎刘遐，疑毒害嫡母，徙始安郡。

《宋书》卷五一《宗室传·长沙景王道怜传附刘遐传》："遐字彦道，亦奉朝请、员外散骑侍郎。与嫡母殷养女云敷私通，殷每禁之。殷暴病卒，未大殓，口鼻流血，疑遐潜加毒害，为有司所纠。世祖徙之始安郡，永光中得还。太宗世，历黄门侍郎，都官尚书，吴郡太守。"参看《南史》卷一三《宋宗室及诸王传上·长沙景王道怜传附刘彦节传》。

主书王道隆，传命失旨，遣出。

《宋书》卷九四《恩幸传·王道隆传》："道隆亦知书，为主书书吏，渐至主书。世祖使传命，失旨，遣出，不听复入六门。太宗镇彭城，以补典签，署内监。"

按，据《宋书》卷八《明帝纪》："八年，出为使持节、都督徐兖二州豫州之梁郡诸军事、镇北将军、徐州刺史，给鼓吹一部"，刘彧于大明八年为徐州刺史，王道隆补典签当即此时。

下邳太守王玄象，发冢斩臂取玉钏，免郡。

《南史》卷一六《王玄谟传附王玄象传》："玄谟从弟玄象，位下邳太守。好发冢，地无完椁。人间垣内有小冢，坟上殆平，每朝日初升，见一女子立冢上，近视则亡。或以告玄象，便命发之。有一棺尚全，有金蚕、铜人以百数。剖棺见一女子，年可二十，姿质若生，卧而言曰：'我东海王家女，应生，资财相奉，幸勿见害。'女臂有玉钏，破冢者斩臂取之，于是女复死。玄谟时为徐州刺史，以事上闻，玄象坐免郡。"

按，据《宋书》卷六《孝武帝纪》及卷七六《王玄谟传》，王玄谟两度为徐州，在孝武帝元嘉三十年六月至孝建元年二月，及大明五年十二月至大明八年二月，故将王玄象免郡事系于孝武帝时。

东阳太守张淹，逼郡吏民礼佛，免官禁锢。

《宋书》卷四六《张邵传》："淹，黄门郎，封广晋县子，太子左卫率，东阳太守。逼郡吏烧臂照佛，百姓有罪，使礼佛赎刑，动至数千拜。免官禁锢。起为光禄勋，与晋安王子勋同逆，军败见杀焉。"参看《宋书》卷五九《张畅传附张淹传》、《南史》卷三二《张邵传附张畅传》、《册府元龟》卷六九八《牧守部·失政》及卷九二七《总录部·佞佛》。

按，据《宋书》卷七七《颜师伯传》："上以伐逆宁乱，事资群谋，大明元年，下诏曰：'……太子前中庶子领右卫率张淹，爰始入讨，预参义谋，契阔大难，宜蒙殊报。……淹广晋县子'"，知张淹封广晋县子在大明元年。又同书卷五九《张畅传附张淹传》载其免官禁锢后"起为光禄勋，临川内史。太宗泰始初，与晋安王子勋同逆，率众至鄱阳，军败见杀"，又历官光禄勋、临川内史两官，泰始初与晋安王子勋同逆，见杀。推测免官禁锢事或在孝武帝大明年间，暂系于此。

宋前废帝朝（464—465）

大明八年（甲辰，464年，闰五月前废帝即位）

七月，吏部尚书蔡兴宗，陈选事忤刘义恭、戴法兴等，出为吴郡太守，又转为新安王子鸾抚军司马、辅国将军、南东海太守，再出为新昌太守；吏部尚书袁粲论选事窃评自己，以子领职。

《宋书》卷五七《蔡廓传附蔡兴宗传》："转掌吏部。……时义恭录尚书事，受遗辅政，阿衡幼主，而引身避事，政归近习。越骑校尉戴法兴、中书舍人巢尚之专制朝权，威行近远。兴宗职管九流，铨衡所寄，每至上朝，辄与令录以下，陈欲登贤进士之意，又箴规得失，博论朝政。……兴宗每陈选事，法兴、尚之等辄点定回换，仅有在者。兴宗于朝堂谓义恭及师伯曰：'主上谅暗，不亲万机，而选举密事，多被删改，复非公笔，亦不知是何天子意。'王景文、谢庄等迁授失序，兴宗又欲为美选。时薛安都为散骑常侍、征虏将军，太子左率殷恒为中庶子。兴宗先选安都为左卫将军，常侍如故；殷恒为黄门，领校。太宰嫌安都为多，欲单为左卫，兴宗曰：'率卫相去，唯阿之间。且已失征虏，非乃超越，复夺常侍，顿为降贬。若谓安都晚达微人，本宜裁抑，令名器不轻，宜有贯序。谨依选体，非私安都。'义恭曰：'若宫官宜加超授者，殷恒便应侍中，那得为黄门而已。'兴宗又曰：'中庶、侍中，相去实远。且安都作率十年，殷恒中庶百日，今又领校，不为少也。'使选令史颜袆之、薛庆先等往复论执，义恭然后署案。既中旨以安都为右卫，加给事中，由是大忤义恭及法兴等，出兴宗吴郡太守。固辞郡，执政愈怒，又转为新安王子鸾抚军司马、辅国将军、南东海太守，行南徐州事。又不拜，苦求益州。义恭于是大怒，上表曰云云。诏曰：'太宰表如此，省以怅然。朕恭承洪绪，思弘盛烈，而在朝倰竞，驱扇成风，将何以式扬先德，克隆至化。公体国情深，保厘攸托，便可付外详议。'义恭因使尚书令柳元景奏曰：'臣义恭表、诏书如右。摄曹辨核尚书袁愍孙牒：'此月十七日，诣仆射颜师伯，语次，因及尚书蔡兴宗有书固辞今授，仍出疏见示，乃者数纸，不意悉何所道，缘此因及朝士。当今圣世，不可使人以为少。今牒。'数之，朝廷处之实得所，臣等亦自谓得分，常多在门，袁愍孙无或措多，而愚意欲启更量出内之宜，刍荛管见，愿在闻彻。选令史宣传密事，故因附上闻，亦外人言此。今薛庆先列：'今月十八日，往尚书袁愍孙论选事。愍孙云，昨诣颜仆射，出蔡尚书疏见示，言辞甚苦。又云所得亦少。主上践阼始尔，朝士有此人不多，物议谓应美用，乃更恨少，使咨事便启录公。又谢庄□时未老，其疾以转差，今居此任，复为非宜，谓宜中书令才望为允。又孔觊南士之美，所历已多，近频授即复回改，于理为屈，门下无人，此是名选。又张永人地可论，其去岁愆戾，非为深罪，依其望复门下一人。张淹昔忝南下，预同休戚，虽屡经愆黜，事亦已久，谓应秘书监。'带授兴宗手迹数纸，文翰炳然，事证明白，不假核辨。愍孙任居官人，职掌铨裁，若有未允，则宜显言，而私加许与，自相选署，托云物论，终成虚诡，隐末出端，还为矛楯。臣闻九官成让，虞风垂则，诽主怨时，汉罪夙断。况义为身发，言谤朝序，乱辟害政，混秽大猷，纷纭彰谬，上延诏旨，不有霜准，轨宪斯沦。请解兴宗新附官，须事御，收付廷尉法狱治罪，免愍孙所居官。诏曰：'兴宗首乱朝典，允当明宪，以其昔经近侍，未忍尽法，可令思愆远封。愍孙窃评自己，委咎物议，可以子领职。'除兴宗新昌太守，郡属交州。朝廷莫不嗟骇。先是，兴宗纳何后寺尼智妃为妾，姿貌甚美，有名京师，迎车已去，而师伯密遣人诱之，潜往载取，兴宗迎人不觉。及兴宗被徙，论者并云由师伯，师伯甚病之。法兴等既不欲以徙大臣为名，师伯又欲止息物议，由此停行。顷之，法兴见杀，尚之被系，义恭、师伯诛，复起兴宗为临海王子顼前军长史、辅国将军、南郡太守，行荆州事，不行。……重除吏部尚书。"《资治通鉴》卷一二九《宋纪十一》：大明八年七月"数与义恭等争选事，往复论执。义恭、法兴皆恶之。左迁兴宗新昌太守；既而以其人望，复留之建康"。参看《南史》卷二九《蔡廓传附蔡兴宗传》。

八月，领军将军王玄谟，以严直不容，徙青、冀二州刺史，加都督。

《宋书》卷七《前废帝纪》：大明八年"八月丁卯，领军将军王玄谟为镇北将军、青冀二州刺史"。同书卷七六《王玄谟传》："转领军将军。孝武崩，与柳元景等俱受顾命，以外监事委玄谟。时朝政多门，玄谟以严直不容，徙青、冀二州刺史，加都督。少帝既诛颜师伯、柳元景等，狂悖益甚，以领军征玄谟。"参看《南史》卷一六《王玄谟传》、《册府元龟》卷二一八《闰位部·恶直》。

按，《资治通鉴》卷一二九《宋纪十一》："戴法兴等恶王玄谟刚严，八月，丁卯，以玄谟为南徐州刺史"，云以王玄谟为南徐州刺史，误。据《宋书》卷七《前废帝纪》及《宋书》卷八〇《孝武十四王传·始平孝敬王子鸾传》，南徐州刺史自大明五年至景和元年为新安王刘子鸾。且同书卷一三〇又有景和元年八月乙亥"征青、冀二州刺史王玄谟为领军将军"，知前云以王玄谟为南徐州必为误载。

右卫将军薛安都属疾不直，免官；御史中丞张永，结免。

《南齐书》卷三九《陆澄传》："尚书令褚渊奏：'……左丞徐爰弹右卫将军薛安都属疾不直，免安都官；中丞张永结免。……'"

按，《宋书》卷九四《恩幸传·徐爰传》：大明八年"兼左丞，著作兼如故。世祖崩，营景宁陵，爰以本官兼将作大匠。"同书卷八八《薛安都传》："前废帝即位，迁右卫将军，加给事中。永光元年，出为使持节、督兖州诸军事、前将军、兖州刺史。"同书卷五三《张茂度传附张永传》："八年，起永为别驾从事史。其年，召为御史中丞。前废帝永光元年，出为吴兴太守，迁度支尚书。"知事在前废帝大明八年。

永光元年·景和元年·泰始元年(乙巳，465 年，一月改元永光，八月改元景和，十二月明帝即位、改元泰始)

越骑校尉戴法兴，忤帝，又为阉人华愿儿所谮，免官、遣还田里，复徙付远郡。

《宋书》卷九四《恩幸传·戴法兴传》："前废帝即位，法兴迁越骑校尉。……废帝年已渐长，凶志转成，欲有所为，法兴每相禁制，每谓帝曰：'官所为如此，欲作营阳耶？'帝意稍不能平。所爱幸阉人华愿儿有盛宠，赐与金帛无算，法兴常加裁减，愿儿甚恨之。帝常使愿儿出入市里，察听风谣，而道路之言，谓法兴为真天子，帝为赝天子。愿儿因此告帝曰：'外间云宫中有两天子，官是一人，戴法兴是一人。官在深宫中，人物不相接，法兴与太宰、颜、柳一体，吸习往来，门客恒有数百，内外士庶，莫不畏服之。法兴是孝武左右，复久在宫闱，今将他人作一家，深恐此坐席非复官许。'帝遂发怒，免法兴官，遣还田里，仍复徙付远郡，寻又于家赐死，时年五十二。"参看《南史》卷七七《恩幸传·戴法兴传》、《资治通鉴》卷一三〇《宋纪十二》、《册府元龟》卷六七〇《内臣部·诬构》及卷九五四《总录部·愚暗》。

按，《宋书》卷七《前废帝纪》载，永光元年"秋八月辛酉，越骑校尉戴法兴有罪，赐死"，法兴被免官远徙，未行而被赐死，前后事相去不远，故系于此。

九月，帝素疾新安王刘子鸾有宠，免为庶人、赐死。

《宋书》卷七《前废帝纪》："辛丑，抚军将军、南徐州刺史新安王子鸾免为庶人，赐死。"参看《南史》卷二《宋本纪中》。

九月，吏部尚书袁顗，失宠于废帝，以其参选事为罪，坐白衣领职。

《宋书》卷八四《袁顗传》："景和元年，诛群公，欲引进顗，任以朝政，迁为吏部尚书。……俄而意趣乖异，宠待顿衰。始令顗与沈庆之、徐爰参知选事，寻复反以为罪，使有司纠奏，坐白衣领职。从幸湖熟，往反数日，不被唤召。顗虑及祸，诡辞求出，沈庆之为顗固陈，乃见许。除建安王休仁安西长史、襄阳太守，加冠军将军。"《资治通鉴》卷一三○《宋纪十二》系事于景和元年九月。参看《南史》卷二六《袁湛传附袁顗传》。

宋明帝朝(465—472)

泰始元年(乙巳，465 年，十二月明帝即位)

十二月，东兴县侯沈攸之、吴平县子徐爰，为前废帝宠封，太宗即位，例削封。

沈攸之 《宋书》卷七四《沈攸之传》："前废帝景和元年，除豫章王子尚车骑中兵参军，直阁，与宗越、谭金等并为废帝所宠，诛戮群公，攸之等皆为之用命。封东兴县侯，食邑五百户。寻迁右军将军，增邑百户。太宗即位，以例削封。寻告宗越、谭金等谋反，攸之复召入直阁，除东海太守。"参看《南史》卷三七《沈庆之传附沈攸之传》。

徐爰 《宋书》卷九四《恩幸传·徐爰传》："前废帝凶暴无道，殿省旧人，多见罪黜，唯爰巧于将迎，始终无迕。诛群公后，以爰为黄门侍郎，领射声校尉，著作如故。封吴平县子，食邑五百户。宠待隆密，群臣莫二。……太宗即位，例削封，以黄门侍郎改领长水校尉，兼尚书左丞。明年，除太中大夫，著作并如故。"

尚书殿中郎陆澄，议礼制不引典据明，免官白衣领职。

《南齐书》卷三九《陆澄传》："宋泰始初，为尚书殿中郎，议皇后讳及下外，皆依旧称姓。左丞徐爰案司马孚议皇后不称姓，《春秋》'逆王后于齐'，澄不引典据明，而以意立议，坐免官，白衣领职。……转通直郎，兼中书郎。"参看《南史》卷四八《陆澄传》。

按，议皇后讳事在徐爰为尚书左丞期间，即本年末至明年(参看上条)。疑事在明帝即位立皇后王氏后不久，故暂系此。

泰始二年(丙午，466 年)

正月，太后凶丧犯忌，免中庶子官。

《宋书》卷八《明帝纪》："末年好鬼神，多忌讳，言语文书，有祸败凶丧及疑似之言应回避者，数百千品，有犯必加罪戮。……太后停尸漆床先出东宫，上尝幸宫，见之怒甚，免中庶子官，职局以之坐者数十人。"参看《南史》卷三《宋本纪下》。

按，据《宋书·明帝纪》，崇宪皇太后崩于泰始二年正月。本条姓名无考。

二月，剡乌程令丘灵鞠，坐东贼党锢数年。

《南齐书》卷五二《文学传·丘灵鞠传》："出为剡乌程令，不得志。泰始初，坐东贼党锢数年。褚渊为吴兴，谓人曰：'此郡才士，唯有丘灵鞠及沈勃耳。'乃启申之。明帝使著《大驾南讨纪论》。久之，除太尉参军。"参看《南史》卷七二《文学传·丘灵鞠传》。

按，据《南齐书》卷二九《吕安国传附全景文传》："泰始二年，为假节、宁朔将军、冗从仆射、军主。随前将军刘亮讨破东贼于晋陵，除长水校尉，假辅国将军。"知《南齐书》所云"东贼"乱，即指《宋书》卷八《明帝纪》所载泰始二年正月"吴郡太守顾琛、吴兴太守王昙生、义兴太守刘延熙、晋陵太守袁摽、山阳太守程天祚并举兵反"。同卷载二月"建武将军吴喜公率诸军破贼于吴、吴兴、会稽，平定三郡，同逆皆伏诛"，丘灵鞠坐其同党被禁锢，当在同时。

三月，寻阳王刘子房，长史孔觊应晋安王举兵反，贬爵松滋县侯；十月，虑终为祸难，又废为庶人、徙付远郡，未行而杀之。

《宋书》卷八《明帝纪》：泰始二年三月"戊戌，贬寻阳王子房爵为松滋县侯。……十月乙卯，永嘉王子仁、始安王子真、淮南王子孟、南平王子产、庐陵王子舆、松滋侯子房并赐死"。同书卷八〇《孝武十四王传·松滋侯子房传》："又征为抚军，领太常。长史孔觊不受命，举兵反，应晋安王。子勋即伪位，进子房号车骑将军、开府仪同三司。三吴晋陵并受命于觊。太宗遣卫将军巴陵王休若督诸将吴喜等东讨，战无不捷，以次平定。上虞令王晏起兵杀觊，囚子房，送还京都，上宥之，贬为松滋县侯，食邑千户。司徒建安王休仁以子房兄弟终为祸难，劝上除之。乃下诏曰：'……可废为庶人，徙付远郡。'于是并杀之，房时年十一。"参看《南史》卷三《宋本纪下》及卷一四《宋宗室及诸王传下·松滋侯子房传》、《资治通鉴》卷一三一《宋纪十三》。

新建县侯王长，坐骂母，夺爵。

《宋书》卷六三《王华传》："九年，上思诛羡之之功，追封新建县侯，食邑千户。……子定侯嗣，官至左卫将军，卒。子长嗣，太宗泰始二年，坐骂母夺爵，以长弟终绍封。后废帝元徽三年，终上表乞以封还长，许之。"参看《册府元龟》卷九二三《总录部·不孝》。

按，《南史》卷二三《王华传》载长弟名为佟。

太子右卫率沈勃，坐赃贿，徙付梁州。

《宋书》卷六三《沈演之传附沈勃传》："太宗泰始中，为太子右卫率，加给事中。时欲北讨，使勃还乡里募人，多受货贿。上怒，下诏曰：'沈勃琴书艺业，口有美称，而轻躁耽酒，幼多罪愆。比奢淫过度，妓女数十，声酣放纵，无复剂限。自恃吴兴土豪，比门义故，胁说士庶，告索无已。又辄听募将，委役还私，托注病叛，遂有数百。周旋门生，竞受财货，少者至万，多者千金，考计赃物，二百余万，便宜明罚敕法，以正典刑。故光禄大夫演之昔受深遇，忠绩在朝，寻远矜怀，能无弘律，可徙勃西垂，令一思愆悔。'于是徙付梁州。废帝元徽初，以例得还。结事阮佃夫、王道隆等，复为司徒左长史。"参看《南史》卷三六《沈演之传附沈勃传》。

按，《宋书》卷八《明帝纪》载，泰始二年三月"丙申，镇北将军、南徐州刺史桂阳王休范总统北讨诸军事"。太宗欲北讨，使勃还乡里募人，当在北讨筹备之时，故系于本年。

司徒左长史王钊，忤犯司徒建安王刘休仁，出为始兴相。

《宋书》卷四二《王弘传》："弘从父弟练，晋中书令珉子也。……练子钊……太宗初，为司徒左长史。随司徒建安王休仁出赭圻，时居母忧，加冠军将军。忤犯休仁，出为始兴相。休仁恚之不已，太宗乃收付廷尉，赐死。"

　　按，据《资治通鉴》卷一三一《宋纪十三》：泰始二年"夏，四月，辛酉，开城突围，走还胡军。攸之拔赭圻城，斩其宁朔将军沈怀宝等，纳降数千人。陈绍宗单舸奔鹊尾。建安王休仁自虎槛进屯赭圻"，知王钊随司徒建安王休仁出赭圻在此时。忤休仁事应去此不久，故系于本年。

邵阳县男杜幼文，坐巧佞，夺爵。

　　《宋书》卷六五《杜骥传》："太宗初，以军功为骁骑将军，封邵阳县男，食邑三百户。寻坐巧佞夺爵。后以发太尉庐江王祎谋反事，拜黄门侍郎。"参看《南史》卷七〇《循吏传·杜骥传》。

　　按，宋明帝泰始元年十二月即位，推测其封杜幼文为邵阳县男，又以其巧佞夺爵，事应已至次年。故暂系。

泰始三年(丁未，467 年)

正月，卫将军刘休若，坐与录事参军谢沉亵黩，降号镇西将军。

　　《宋书》卷八《明帝纪》：泰始三年正月"卫将军巴陵王休若降号镇西将军"。同书卷七二《文九王传·巴陵哀王休若传》："二年，迁雍梁南北秦四州郢州之竟陵随二郡诸军事、宁蛮校尉、雍州刺史，持节、常侍、将军如故，增邑二千户，受三百户。前在会稽，录事参军陈郡谢沉以谄佞事休若，多受贿赂。时内外戒严，普著袴褶，沉居母丧，被起，声乐醋饮，不异吉人，衣冠既无殊异，并不知沉居丧，尝自称孤子，众乃骇愕。休若坐与沉亵黩，致有奸私，降号镇西将军，又进卫将军。"参看《南史》卷一四《宋宗室及诸王传下·巴陵哀王休若传》。

正月，以北讨失律，前将军沈攸之免官以公领职、镇军将军张永降号左将军；张永又因宾客坐赃下狱死，降号冠军将军。

　　《资治通鉴》卷一三二《宋纪十四》："泰始三年春，正月，张永等弃城夜遁。会天大雪，泗水冰合，永等弃船步走，士卒冻死者大半，手足断者什七八。尉元邀其前，薛安都乘其后，大破永等于吕梁之东，死者以万数，枕尸六十馀里，委弃军资器械不可胜计；永足指亦堕，与沈攸之仅以身免，梁、南秦二州刺史垣恭祖等为魏所虏。上闻之，召蔡兴宗，以败书示之曰：'我愧卿甚！'永降号左将军；攸之免官，以贞阳公领职，还屯淮阴。由是失淮北四州及豫州淮西之地。"

沈攸之 《宋书》卷七四《沈攸之传》："时四方皆已平定，徐州刺史薛安都据彭城请降，上虽相酬许，而辞旨简略。攸之前将军，置佐吏，假节，与镇军将军张永以重兵征安都。安都惧，要引索虏，索虏引大众援之。攸之等米船在吕梁，又遣军主王穆之上民口，穆之为虏攻覆米船，又破运车于武原，攸之等引退，为虏所乘，又值寒雪，士众堕指十二三。留长水校尉王玄载守下邳，积射将军沈韶守宿豫，睢陵、淮阳亦置戍，攸之还淮阴。免官，以公领职。复求进讨，上不听，入朝面陈，又不许，复归淮阴。……攸之之还淮阴，以为持节、假冠军将军、行南兖州刺史。"

张永 《宋书》卷五三《张茂度传附张永传》："又迁散骑常侍、镇军将军、太子詹事，权领徐州刺史。又都督徐、兖、青、冀四州诸军事，又为使持节、都督南兖徐二州诸军事、南兖州刺史，常侍、将军如故。时薛安都据彭城请降，而诚心不款，太宗遣永与沈攸之以重兵迎之，加督前锋军事，进军彭城。安都招引索虏之兵既至，士卒离散，永狼狈引军还，为虏所追，大败。复值寒雪，士卒离散，永脚指断落，仅以身免，失其第四子。三年，徙都督会稽东阳临海永嘉新安五郡诸军事、会稽太守，将军如故。以北讨失律，固求自贬，降号左将军。……以破薛索儿功，封孝昌县侯，食邑千户。在会稽，宾客有谢方童等，坐赃下狱死，永又降号冠军将军。四年，迁使持节、督雍梁南北秦四州郢州之竟陵随二郡诸军事、右将军、雍州刺史。"参看《南史》卷三一《张裕传附张永传》、《册府元龟》卷六九九《牧守部·遣让》。

四月，安西将军蔡兴宗，坐诣尚书论选事，降号平西将军。

《宋书》卷八《明帝纪》：泰始三年"（四月）丙午，安西将军蔡兴宗降号平西将军。……（九月）平西将军、郢州刺史蔡兴宗进号安西将军"。同书卷五七《蔡廓传附蔡兴宗传》："三年春，出为使持节、都督郢州诸军事、安西将军、郢州刺史。坐诣尚书切论以何始真为咨议参军，初不被许，后又重陈，上怒，贬号平西将军，寻又复号。"参看《册府元龟》卷六九九《牧守部·遣让》。

八月，太中大夫徐爰，上在藩时不敬，徙付交州，特除广州统内郡，又以为宋隆太守。

　　《宋书》卷九四《恩幸传·徐爰传》："除太中大夫，著作并如故。爰秉权日久，上昔在藩，素所不说。及景和世，屈辱卑约，爰礼敬甚简，益衔之。泰始三年，诏曰：'……徙付交州。'爰既行，又诏曰：'八议缓罪，旧在一条；五刑所抵，耆必加贷。徐爰前后衅迹，理无可申，废弃海埵，实允国宪。但蚤蒙朕识，曲矜愚朽，既经大宥，思沾殊渥。可特除广州统内郡。'有司奏以为宋隆太守。除命既下，爰已至交州。……久之听还，仍除南康郡丞。"《资治通鉴》卷一三二《宋纪十四》：泰始三年八月"太中大夫徐爰，自太祖时用事，素不礼于上。上衔之，诏数其奸佞之罪，徙交州"。参看《南史》卷七七《恩幸传·徐爰传》。

宁朔将军羊希，屡为女夫请官，降号横野将军。

　　《宋书》卷五四《羊玄保传附羊希传》："泰始三年，出为宁朔将军、广州刺史。希初请女夫镇北中兵参军萧惠徽为长史，带南海太守，太宗不许。又请为东莞太守。希既到镇，长史、南海太守陆法真丧官，希又请惠徽补任。诏曰：'希卑门寒士，累世无闻，轻薄多衅，备彰历职。徒以清刻一介，擢授岭南，干上逞欲，求诉不已，可降号横野将军。'……赠希辅国将军。"

晋陵太守戴明宝，坐纳贿，削封湘乡县男，系尚方。

　　《宋书》卷九四《恩幸传·戴明宝传》："迁宣威将军、晋陵太守，进爵为侯，增邑四百户。泰始三年，坐参掌戎事，多纳贿货，削增封官爵，系尚方，寻被宥。复为安陆太守，加宁朔将军。"

泰始四年（戊申，468 年）

正月，卫将军刘休若，未报而杀典签，降号左将军，贬使持节都督为监，行雍州刺史，使宁蛮校尉，削封五百户。

　　《宋书》卷八《明帝纪》：泰始四年正月"庚午，卫将军巴陵王休若降号左将军"。同书卷七二《文九王传·巴陵哀王休若传》："又进卫将军。典签夏宝期事休若无礼，系狱，启太宗杀之，虑不被许，启未报，辄于狱行刑，信反果锢送，而宝期已死。上大怒，与休若书曰：'孝建、大明中，汝敢行此邪？'休若母加杖三百，降号左将军，贬使持节都督为监，行雍州刺史，使宁蛮校尉，削封五百户。四年，迁使持节、都督湘州诸军事、行湘州刺史，将军如故。"参看《册府元龟》卷二九七《宗室部·遣让》。

尚书右丞江谧，议江夏王义恭女卒丧服事，夺劳百日；尚书左丞孙夐，结免赎论。

《南齐书》卷三一《江谧传》："俄迁右丞，兼比部郎。泰始四年，江夏王义恭第十五女卒，年十九，未笄。礼官议从成人服，诸王服大功。左丞孙夐重奏：'《礼记》女子十五而笄，郑云应年许嫁者也。其未许嫁者，则二十而笄。射慈云十九犹为殇。礼官违越经典，于礼无据。'博士太常以下结免赎论；谧坐杖督五十，夺劳百日。谧又奏：'夐先不研辨，混同谬议。准以事例，亦宜及咎。'夐又结免赎论。诏'可'。出为建平王景素冠军长史、长沙内史，行湘州事。"参看《南史》卷三六《江秉之传附江谧传》。

泰始五年（己酉，469 年）

二月，太尉刘祎，欲与柳欣慰反，降为车骑将军、开府仪同三司、南豫州刺史，削邑千户。

《宋书》卷八《明帝纪》：泰始五年"二月丙申，分豫州、扬州立南豫州，以太尉庐江王祎为车骑将军，开府仪同三司、南豫州刺史"。同书卷七九《文五王传·庐江王祎传》："太宗践阼，进太尉，加侍中、中书监。……泰始五年，河东柳欣慰谋反，欲立祎，祎与相酬和。欣慰要结征北谘议参军杜幼文、左军参军宋祖珍、前都令王隆伯等。祎使左右徐虎儿以金合一枚饷幼文，铜钵二枚饷祖珍、隆伯。幼文具奏其事。上乃下诏曰：'……今以淮南、宣城、历阳三郡还立南豫州，降公为车骑将军、开府仪同三司、南豫州刺史，削邑千户，侍中、王如故。'出镇宣城。……明年六月，上又令有司奏：'祎忿恚有怨言，请免官，削爵土，付宛陵县狱，依法穷治。'不许。乃遣大鸿胪持节，兼宗正为副奉诏责祎，逼令自杀，时年三十五，即葬宣城。"《资治通鉴》卷一三二《宋纪十四》：泰始五年二月"河东柳欣慰等谋反，欲立太尉庐江王祎。祎自以于帝为兄，而帝及诸兄弟皆轻之，遂与欣慰等通谋相酬和"。参看《南史》卷一四《宋宗室及诸王传下·庐江王祎传》。

按，庐江王之名《宋书》《南史》均作"祎"，《通鉴》作"祎"，从前。

九月，中领军王琨，坐在郡用朝舍钱营饷诸王及奉献军用，左迁光禄大夫。

《南齐书》卷三二《王琨传》："迁中领军。坐在郡用朝舍钱三十六万营饷二宫诸王及作绛袄奉献军用，左迁光禄大夫，寻加太常及金紫，加散骑常侍。"参看《南史》卷二三《王华传附王琨传》、《册府元龟》卷六九九《牧守部·遣让》。

按，据《宋书》卷八《明帝纪》：泰始四年"秋七月乙巳朔，以吴郡太守王琨为中领军"；泰始五年九月"戊午，中领军王琨迁职"。王琨泰始五年由中领军迁职，即指此。

泰始六年（庚戌，470 年）

四月，晋熙国太妃谢氏，晋熙王刘昶母，明帝赎昶于魏不获，以子燮继昶，削绝谢氏蕃秩。

《南史》卷一四《宋宗室及诸王传下·晋熙王昶传》："明帝既以燮继昶，乃诏曰：'晋熙国太妃谢氏，沉刻无亲，物理罕比，骨肉至亲，尚相弃蔑，况以义合，免苦为难。可还其本家，削绝蕃秩。'先是，改谢氏为射氏。……明年，复昶所生谢氏为晋熙国太妃。"参看《宋书》卷七二《文九王传·晋熙王昶传》。

按，《南史》卷三《宋本纪下》："夏四月癸亥，立皇子燮为晋熙王"，削绝谢氏蕃秩当在同时。

六月，南豫州刺史庐江王刘祎，忿怼有怨言，免官爵；子南彭城、东莞二郡太守刘充明，废徙新安歙县。

《宋书》卷八《明帝纪》：泰始五年六月"丁丑，车骑将军、南豫州刺史庐江王祎免官爵。……壬午，罢南豫州"。同书卷七九《文五王传·庐江王祎传》："上乃下诏曰：'……今以淮南、宣城、历阳三郡还立南豫州，降公为车骑将军、开府仪同三司、南豫州刺史，削邑千户，侍中、王如故。'出镇宣城。……明年六月，上又令有司奏：'祎忿怼有怨言，请免官，削爵土，付宛陵县狱，依法穷治.'不许。乃遣大鸿胪持节，兼宗正为副奉诏责祎，逼令自杀，时年三十五，即葬宣城。子充明，辅国将军，南彭城、东莞二郡太守。废徙新安歙县。后废帝即位，听还京邑。顺帝昇明二年卒。"参看《资治通鉴》卷一三二《宋纪十四》。

按，《宋书·明帝纪》与刘祎本传，一作泰始五年，一作六年，《通鉴》同《明帝纪》。《宋书》本传载，庐江王刘祎"元嘉二十二年，年十岁"，故其生于元嘉十三年（436 年），又其自杀时年三十五，推知其卒年为泰始六年（470 年），本传中所载泰始六年较为可信。又《明帝纪》中言分豫州、扬州立南豫州在泰始五年，刘祎本传所载同。《宋书》卷三六《州郡志二》："四年，以扬州之淮南、宣城为南豫州，治宣城，五年罢"，将分淮南、宣城、历阳为南豫州事系于泰始四年，误。沈约将《州郡志》中南豫州泰始中设罢之时误系，《明帝纪》中南豫州刺史庐江王刘祎免官爵、罢南豫州亦同误系。重新梳理，应是泰始五年分淮南、宣城、历阳为南豫州，庐江王刘祎贬为南豫州；泰始六年南豫州刺史刘祎被废杀，南豫州罢。

泰始七年（辛亥，471 年）

二月，晋平王刘休祐，忤上被杀，五月追免为庶人；其子世子刘宣翊、鄱阳王刘士弘、原丰县侯刘宣彦、刘宣谅、南平王刘宣曜、刘宣景、刘宣梵、刘宣觉、刘宣受、刘宣则、刘宣直、刘宣季，并废徙晋平郡。

《宋书》卷八《明帝纪》：泰始七年"（二月）甲寅，骠骑大将军、开府仪同三司、南徐州刺史晋平王休祐薨。……（五月）丙戌，追免晋平王休祐为庶人"。同书卷七二《文九王传·晋平刺王休祐传》："休祐很戾强梁，前后忤上非一。……积不能平。且虑休祐将来难制，欲方便除之。七年二月……休祐左右人至，久已绝。去车脚，舆以还第，时年二十七。追赠司空，持节、侍中、都督、刺史如故。……其年五月，追免休祐为庶人。长子士荟，早卒。次子宣翊为世子，为宁朔将军、湘州刺史，未拜，免废。次士弘，继鄱阳哀王休业，袭封，被废还本。次宣彦，封原丰县侯，为宁朔将军、彭城太守，未拜，免废。次宣谅。次宣曜，出继南平穆王铄封，被废还本。次宣景，次宣梵，次宣觉，次宣受，次宣则，次宣直，次宣季，凡十三子，并徙晋平郡。太宗寻病，见休祐为祟，乃遣前中书舍人刘休至晋平抚慰宣翊等，上遂崩。后废帝元徽元年，听宣翊等还都。顺帝昇明三年，谋反，并赐死。"参看《南史》卷三《宋本纪下》、《南史》卷一四《宋宗室及诸王传下·晋平刺王休祐传》、《资治通鉴》卷一三三《宋纪十五》。

刘宣曜　《宋书》卷七二《文九王传·南平穆王铄传》："泰始五年，立晋平王休祐第七子宣曜为南平王继铄。休祐死，宣曜被废还本。"参看《南史》卷一四《宋宗室及诸王传下·南平穆王铄传》。

刘士弘　《宋书》卷七二《文九王传·鄱阳哀王休业传》："三年，薨，追赠太常。大明六年，以山阳王休祐次子士弘嗣封。被废还本，国除。"参看《南史》卷一四《宋宗室及诸王传下·鄱阳哀王休业传》。

五月，建安王刘休仁，为明帝猜害，追降始安县王；其子世子刘伯融、江夏王刘伯猷，废徙丹杨县。

《资治通鉴》卷一三三《宋纪十五》：泰始七年五月"下诏称：'休仁规结禁兵，谋为乱逆，朕未忍明法，申诏诘厉。休仁惭恩惧罪，遽自引决。可宥其二子，降为始安县王，听其子伯融袭封'"。《宋书》卷七二《文九王传·始安王休仁传》："太宗末年多忌讳，猜害稍甚，休仁转不自安。及杀晋平王休祐，忧惧弥切。其年，上疾笃，与杨运长等为身后之计，虑诸弟强盛，太子幼弱，将来不安。运长又虑帝宴驾后，休仁一旦居周公之地，其辈不得秉权，弥赞成之。上疾尝暴甚，内外莫不属意于休仁，主书以下，皆往东府诣休仁所亲信，豫自结纳，其或直不得出者，皆恐惧。上既宿怀此意，至是又闻物情向之，乃召休仁入见。既而又谓曰：'夕可停尚书下省宿，明可早来。'其夜，遣人赍药赐休仁死，时年三十九。……有司奏曰：'……臣等参议，谓宜追降休仁为庶人，绝其属籍，见息悉徙远郡。休祐愆谋始露，亦宜裁黜，徙削之科，一同旧准。收邢付狱，依法穷治。'诏曰：'邢匹妇狂愚，不足与计。休仁知衅自引，情有追伤，可特为降始安县王，食邑千户，并停伯融等流徙，听袭封爵。伯猷先绍江夏国，令还本，赐爵乡侯。'……伯融历南豫州刺史，琅邪、临淮二郡太守，宁朔将军，广州刺史，不之职。废徙丹杨县。后废帝元徽元年，还京邑，袭封始兴王。弟伯猷，初出继江夏愍王伯禽，封江夏王，邑二千户。休仁死后还本，与伯融俱徙丹杨县。后废帝元徽元年，赐爵都乡侯。建平王景素为逆，杨运长等畏忌宗室，称诏赐伯融等死。"参看《南史》卷一四《宋宗室及诸王传下·建安王休仁传》。

按，刘伯融、刘伯猷停流徙还京封爵事，太宗已有诏，后又云至后废帝元徽元年方还。《宋书》卷九《后废帝纪》载，元徽元年十二月"立前建安王世子伯融为始安县王"，应是太宗有诏而未及施行，二人实际上至后废帝元徽元年方被召回封爵。又，《宋书》刘休仁本传载其子伯融还京后"袭封始兴王"，误。既云袭封，不应改换封地，《后废帝纪》载"为始安县王"，是。

五月，太子屯骑校尉寿寂之，上恶其勇健，会其斫逻将，徙送越州。

《宋书》卷九四《恩幸传·寿寂之传》："迁太子屯骑校尉，寻加宁朔将军、南泰山太守。多纳货贿，请谒无穷，有一不从，切齿骂詈，常云：'利刀在手，何忧不办。'鞭尉吏，斫逻将。七年，为有司所奏，徙送越州，行至豫章，谋欲逃叛，乃杀之。"《资治通鉴》卷一三三《宋纪十五》：泰始七年五月"上恶太子屯骑校尉寿寂之勇健；会有司奏寂之擅杀逻尉，徙越州，于道杀之"。参看《南史》卷七七《恩幸传·阮佃夫传附寿寂之传》。

安成王抚军行参军刘瓛，公事免。

《南齐书》卷三九《刘瓛传》："除邵陵王郡主簿，安陆王国常侍，安成王抚军行参军，公事免。瓛素无宦情，自此不复仕。除车骑行参军，南彭城郡丞，尚书祠部郎，并不拜。……后以母老阙养，重拜彭城郡丞。"参看《南史》卷五〇《刘瓛传》。

按，据《宋书》卷十《顺帝纪》："七年，封安成王，食邑三千户。仍拜抚军将军，置佐史。废帝即位，为扬州刺史。元徽二年，进号车骑将军。"顺帝为安成王、抚军将军，在泰始七年至元徽二年间。故刘瓛免官事在宋明帝末或后废帝初。又《南齐书》刘瓛本传载，永明初竟陵王子良请其为征北司徒记室，瓛与张融、王思远书曰："吾性拙人间，不习仕进，昔尝为行佐，便以不能及公事免黜，此皆眷者所共知也。量己审分，不敢期荣。凤婴贫困，加以疏懒，衣裳容发，有足骇者。中以亲老供养，襄裳徒步，脱尔逮今，二代一纪。"一纪为十二年，据《南齐书》卷四〇《武十七王传·竟陵文宣王子良传》，竟陵王为征北将军在永明元年，次年入为护军将军。由永明元年(483年)向前推十二年，是泰始七年(471年)，故知刘瓛免安成王抚军行参军事在泰始七年。

尚书令袁粲，因选事不当，降为守尚书令。

《宋书》卷八九《袁粲传》："七年，领太子詹事，仆射如故。未拜，迁尚书令，丹阳尹如故。坐前选武卫将军江柳为江州刺史，柳有罪，降为守尚书令。太宗临崩，粲与褚渊、刘勔并受顾命。……元徽元年，丁母忧，葬竟，摄令亲职，加卫将军，不受。……（二年）授中书监，即本号开府仪同三司，领司徒。"参看《册府元龟》卷四八一《台省部·谴责》。

【明帝朝贬年不定者】

安南谘议参军到㧑，帝逼夺其妓、令有司诬奏，系尚方、夺封。

《南齐书》卷三七《到㧑传》："㧑袭爵建昌公。……除王景文安南谘议参军。……爱妓陈玉珠，明帝遣求，不与，逼夺之，㧑颇怨望。帝令有司诬奏㧑罪，付廷尉，将杀之。㧑入狱，数宿须发皆白。免死，系尚方，夺封与弟贲。㧑由是屏斥声玩，更以贬素自立。帝除㧑为羊希恭宁朔府参军。"参看《南史》卷二五《到彦之传附到㧑传》。

按，据《宋书》卷八《明帝纪》：泰始二年九月"甲午，以中军将军王景文为安南将军、江州刺史"，到㧑入狱夺封事不得早于此。后到㧑除"羊希恭宁朔府参军"，"恭"为衍字。《南史》卷三六《羊玄保传附羊希传》载："泰始三年，为宁朔将军、广州刺史。四年，希以沛郡刘思道行晋康太守，领军伐俚。思道违节失利，希遣收之。思道不受命，率所领袭州，希逾城走，思道获而杀之。"羊希泰始三年为宁朔将军，次年卒，推知到㧑下狱夺封在泰始二年至四年间。

湘东太守王谌，坐公事免。

《南齐书》卷三四《王谌传》："迁兼中书郎，晋平王骠骑板谘议，出为湘东太守，秩中二千石，未拜，坐公事免。复为桂阳王骠骑府谘议参军，中书郎。"

按，据《宋书》卷八《明帝纪》：泰始四年四月"山阳王休祐改封晋平王"；泰始七年二月"甲寅，骠骑大将军、开府仪同三司、南徐州刺史晋平王休祐薨"。王谌为晋平王骠骑谘议应在此年间。出为湘东太守，未拜而免，事应不晚于泰始七年。

会稽太守王僧虔，不礼接佞臣阮佃夫，谮免。

《南齐书》卷三三《王僧虔传》："徙为会稽太守，秩中二千石，将军如故。中书舍人阮佃夫家在会稽，请假东归。客劝僧虔以佃夫要幸，宜加礼接。僧虔曰：'我立身有素，岂能曲意此辈。彼若见恶，当拂衣去耳。'佃夫言于宋明帝，使御史中丞孙夐奏：'僧虔前莅吴兴，多有谬命，检到郡至迁，凡用功曹五官主簿至二礼吏署三传及度与弟子，合四百四十八人。又听民何系先等一百十家为旧门。委州检削。'坐免官。寻以白衣兼侍中，出监吴郡太守，迁使持节、都督湘州诸军事、建武将军、行湘州事，仍转辅国将军，湘州刺史。"参看《南史》卷二二《王昙首传附王僧虔传》。

按，《宋书》卷八《明帝纪》载：泰始七年五月"监吴郡王僧虔行湘州刺史"，免官事在此前。

太子舍人王秀之，不肯与褚渊结婚，频转两府外兵参军。

《南齐书》卷四六《王秀之传》："起家著作佐郎，太子舍人。……吏部尚书褚渊见秀之正洁，欲与结婚，秀之不肯，以此频转为两府外兵参军。迁太子洗马。"参看《南史》卷二四《王裕之传附王秀之传》。

按，《南齐书》卷二三《褚渊传》载："宋明帝即位，加领太子屯骑校尉，不受。迁侍中，知东宫事。转吏部尚书，寻领太子右卫率，固辞。……转侍中。"据《资治通鉴》卷一三一《宋纪十三》：泰始二年四月"刘胡等兵犹盛。上欲绥慰人情，遣吏部尚书褚渊至虎槛，选用将士"，此时褚渊已为吏部尚书。又《宋书》卷八《明帝纪》：泰始三年八月"遣吏部尚书褚渊慰劳缘淮将帅"，知褚渊泰始三年仍在吏部尚书任。王秀之不肯与褚渊结婚事在此前后。

度支尚书殷恒，坐属父疾及身疾多，左迁散骑常侍。

《南齐书》卷四九《王奂传》："恒及父道矜，并有古风，以是见蚩于世，其事非一。恒，宋泰始初，为度支尚书，坐属父疾及身疾多，为有司所奏。明帝诏曰：'殷道矜有生便病，比更无横疾。恒因愚习惰，久妨清叙。左迁散骑常侍，领校尉。'恒历官清显，至金紫光禄大夫。建武中，卒。"参看《宋书》卷六三《殷景仁传》、《南史》卷二七《殷景仁传》。《册府元龟》卷四七八《台省部·废职》及卷四八一《台省部·谴责》作殷恒为"殷常"。

郢州从事，与府录事鞭，免官。

《宋书》卷七四《沈攸之传》："先是，攸之在郢州，州从事辄与府录事鞭，攸之免从事官，而更鞭录事五十。谓人曰：'州官鞭府职，诚非体要，由小人凌侮士大夫。'"

按，据《宋书》卷七四《沈攸之传》："五年，出为持节、监郢州诸军、郢州刺史。为政刻暴，或鞭士大夫，上佐以下有忤意，辄面加詈辱。……泰豫元年，太宗崩……以攸之都督荆湘雍益梁宁南北秦八州诸军事、镇西将军、荆州刺史。"故知事在泰始五年至泰豫元年间。从事姓名无考。

东昌县侯刘质，有罪，国除。

《宋书》卷七八《刘延孙传》："下诏曰：'……延孙可封东昌县侯。'……子质嗣，太宗泰始中，有罪，国除。"

宋后废帝朝（472—477）

泰豫元年（壬子，472 年，四月后废帝即位）

十月，抚军将军刘韫，有罪免官。

《宋书》卷九《后废帝纪》：泰豫元年"冬十月辛卯，抚军将军刘韫有罪免官"。同书卷五一《宗室传·长沙景王道怜传附刘韫传》："又改领骁骑将军，抚军将军，雍州刺史。"

义兴太守王蕴，所莅并贪纵，免官。

《宋书》卷八五《王景文传附王蕴传》："为中书、黄门郎，晋陵、义兴太守，所莅并贪纵。在义兴应见收治，以太后故，止免官。废帝元徽初，复为黄门郎，东阳太守。"

按，王蕴在宋明帝时至废帝初历官晋陵、义兴，免义兴当是宋后废帝泰豫元年时事。所据有二，一是《宋书》卷二八《符瑞志中》载："明帝泰豫元年十月壬戌，义兴阳羡县获毛龟，太守王蕴以献"，知其在本年十月仍为义兴太守；二是云"以太后故，止免官"，太后当指明恭王皇后贞风，知此时明帝已薨。

元徽元年（癸丑，473 年）

仪曹郎张融，罚僮干鞭杖逾制，免官。

《南齐书》卷四一《张融传》："为仪曹郎。泰始五年，明帝取荆、郢、湘、雍四州射手，叛者斩亡身及家长者，家口没奚官。元徽初，郢州射手有叛者，融议家人家长罪所不及，亡身刑五年。寻请假奔叔父丧，道中罚干钱敬道鞭杖五十，寄系延陵狱。大明五年制，二品清官行僮干杖，不得出十。为左丞孙缅所奏，免官。寻复位，摄祠、仓部二曹。"参看《南史》卷三二《张邵传附张融传》、《册府元龟》卷五一九《宪官部·弹劾二》。

按，《宋书》卷一七《礼志四》有后废帝元徽二年十月前左丞孙缅议云云，知孙缅元徽二年已由左丞迁官。亦可为系事于元徽元年之旁证。

广州刺史何恢，坐国哀期晦不到，免官。

《宋书》卷四一《后妃传·前废帝何皇后传》："恢，废帝元徽初，为广州刺史，未之镇，坐国哀期晦不到，免官。复起为都官尚书，未拜，卒。"

元徽二年（甲寅，474 年）

征北将军张永，桂阳王休范乱弃军奔走，免官削爵。

《宋书》卷五三《张茂度传附张永传》："元徽二年，迁使持节、都督南兖徐青冀益五州诸军事、征北将军、南兖州刺史，侍中如故。……未之镇，值桂阳王休范作乱，永率所领出屯白下。休范至新亭，大桁不守，前锋遂攻南掖门。永遣人觇贼，既返，唱云'台城陷矣'。永众于此溃散，永亦弃军奔走，还先所住南苑。以永旧臣不加罪，止免官削爵，永亦愧叹发病。三年，卒，时年六十六。"参看《南史》卷三一《张裕传附张永传》、《册府元龟》卷九二六《总录部·愧恨》。

镇军江淹，建平王刘景素有异图，江淹谏之，又固求为南东海太守，黜为建安吴兴令。

《梁书》卷一四《江淹传》："转巴陵王国左常侍。景素为荆州，淹从之镇。少帝即位，多失德。景素专据上流，咸劝因此举事。淹每从容谏曰：'流言纳祸，二叔所以同亡；抵局衔怨，七国于焉俱毙。殿下不求宗庙之安，而信左右之计，则复见麋鹿霜露栖于姑苏之台矣。'景素不纳。及镇京口，淹又为镇军参军事，领南东海郡丞。景素与腹心日夜谋议，淹知祸机将发，乃赠诗十五首以讽焉。会南东海太守陆澄丁艰，淹自谓郡丞应行郡事，景素用司马柳世隆。淹固求之，景素大怒，言于选部，黜为建安吴兴令。淹在县三年。昇明初，齐帝辅政，闻其才，召为尚书驾部郎、骠骑参军事。"参看《南史》卷五九《江淹传》、《册府元龟》卷七三○《幕府部·遣斥》及卷九三六《总录部·躁竞》。

按，吴丕绩《江淹年谱》："建平以元徽四年，反被杀，是岁先生为建安吴兴令已三载。《自序》云：'在邑三载，而朱方竟败焉。'依此推之，先生被黜之年，当在今岁。又《被黜为吴兴令辞笺》云：'窃思伏皂九载，齿录八年。'盖先生自始安王薨后，入建平幕，至今已九年。故先生于今岁为吴兴令，其事甚明。"①又丁福林《江淹年谱》："考江淹自泰始二年入建平王幕，泰始三年入南兖州狱，出狱后于泰始五年有短时间在湘州刺史巴陵王休若幕，至今岁被黜之建安吴兴，与'伏皂九载，齿录八年'适相合，则江淹之被黜出，必今岁事也。"②从之，系于元徽二年。

又，据吴丕绩先生所考，其贬地建安吴兴，在今福建浦城："宋书《州郡志》，建安郡地本闽越，秦立为闽中郡，领吴兴等县。《南齐书》同。《嘉庆一统志·福建志》之浦城县，后汉侯官县地，建安初分置汉兴县，属会稽南部都尉。三国吴永安三年，改曰吴兴，属建安郡。晋及宋齐以后因之。先生自序云：'地在东南峤外，闽越之旧境。盖即今之浦城也。'"③

元徽三年(乙卯，475年)

镇北将军刘景素，为王季符所陷，夺其镇北将军、开府仪同三司；防阁将军王季符，徙梁州。

《宋书》卷七二《文九王传·建平宣简王宏传附刘景素传》："授使持节、都督

---

①　吴丕绩：《江淹年谱》，商务印书馆1938年版，第20页。
②　丁福林：《江淹年谱》，凤凰出版社2007年版，第82页。
③　吴丕绩：《江淹年谱》，商务印书馆1938年版，第21页。

南徐南兖兖徐青冀六州诸军事、镇军将军、南徐州刺史。……进号镇北将军。……时太祖诸子尽殂，众孙唯景素为长，建安王休祐诸子并废徙，无在朝者。景素好文章书籍，招集才义之士，倾身礼接，以收名誉，由是朝野翕然，莫不属意焉。而后废帝狂凶失道，内外皆谓景素宜当神器，唯废帝所生陈氏亲戚疾忌之，而杨运长、阮佃夫并太宗旧隶，贪幼少以久其权，虑景素立，不见容于长主，深相忌惮。元徽三年，景素防阁将军王季符失景素旨，怨恨，因单骑奔京邑，告运长、佃夫云'景素欲反'。运长等便欲遣军讨之，齐王及卫将军袁粲以下并保持之，谓为不然也。景素亦驰遣世子延龄还都，具自申理，运长等乃徙季符于梁州，又夺景素镇北将军、开府仪同三司。……倪奴禽景素斩之，时年二十五，即葬京口。"参看《南史》卷一四《宋宗室及诸王传下·建平宣简王宏传附刘景素传》、《资治通鉴》卷一三三《宋纪十五》。

元徽四年（丙辰，476 年）

七月，录事参军殷沵、记室参军蔡履，从刘景素叛乱，徙梁州。

《宋书》卷七二《文九王传·建平宣简王宏传附刘景素传》："自是废帝狂悖日甚，朝野并属心景素，陈氏及运长等弥相猜疑。景素因此稍为自防之计，与司马庐江何季穆、录事参军陈郡殷沵、记室参军济阳蔡履、中兵参军略阳垣庆延、左右贺文超等谋之。……倪奴禽景素斩之，时年二十五，即葬京口。垣庆延、祇祖、左暄、贺文超并伏诛，殷沵、蔡履徙梁州，何季穆先迁官，故不及祸，其余皆逃亡，值赦得免。"同书卷九《后废帝纪》：元徽四年七月"克京城，斩景素，同逆皆伏诛"。

【后废帝朝贬年不定者】

正员郎谢超宗，以直言忤仆射刘秉，左迁通直常侍。

《南齐书》卷三六《谢超宗传》："建安王休仁引为司徒记室，正员郎，兼尚书左丞中郎。以直言忤仆射刘康，左迁通直常侍。太祖为领军，数与超宗共属文，爱其才翰。卫将军袁粲闻之，谓太祖曰：'超宗开亮迥悟，善可与语。'取为长史、临淮太守。"

按，曹道衡、沈玉成《中古文学史料丛考·谢超宗忤刘康事志疑》以为"刘康"当为"刘秉"之误。又据《宋书》卷五一《宗室传·长沙景王道怜传附刘秉传》，刘秉于后废帝即位后为尚书左仆射，元徽四年迁中书令。故知谢超宗左迁事在后废帝元徽年间。

左军将军王琨，坐误竟囚，降号冠军将军。

《南齐书》卷三二《王琨传》："明帝临崩，出为督会稽东阳新安临海永嘉五郡军事、左军将军、会稽太守，常侍如故。坐误竟囚，降号冠军。元徽中，迁金紫光禄，弘训太仆，常侍如故。"参看《南史》卷二三《王华传附王琨传》、《册府元龟》卷六九九《牧守部·遣让》。

侍中张绪，因言不解作诺，为袁粲、褚渊出为吴郡太守。

《南齐书》卷三三《张绪传》："绪又迁侍中，（吏部）郎如故。绪忘情荣禄，朝野皆贵其风，尝与客闲言，一生不解作诺。时袁粲、褚渊秉政，有人以绪言告粲、渊者，即出绪为吴郡太守，绪初不知也。迁为祠部尚书，复领中正。"参看《南史》卷三一《张裕传附张绪传》。

按，《宋书》卷八九《袁粲传》载："太宗临崩，粲与褚渊、刘勔并受顾命……时粲与齐王、褚渊、刘秉入直，平决万机，时谓之'四贵'。"袁粲、褚渊秉政在宋后废帝朝，故系于此。

望蔡令陶季直，以病免。

《梁书》卷五二《止足传·陶季直传》："尚书令刘秉领丹阳尹，引为后军主簿，领郡功曹。出为望蔡令，顷之以病免。时刘秉、袁粲以齐高帝权势日盛，将图之，秉素重季直，欲与之定策。季直以袁、刘儒者，必致颠殒，固辞不赴，俄而秉等伏诛。齐初，为尚书比部郎。"参看《南史》卷七四《孝义传下·陶季直传》。

按，据《宋书》卷五一《宗室传·长沙景王道怜传附刘秉传》："二年，加散骑常侍、丹阳尹，解吏部。封当阳县侯，食邑千户。与齐王、袁粲、褚渊分日入直决机事。四年，迁中书令，加抚军将军，常侍、尹如故。顺帝即位，转尚书令、中领军，将军如故。时齐王辅政，四海属心，秉知鼎命有在，密怀异图。袁粲镇石头，不识天命，沈攸之举兵反，齐王入屯朝堂，粲潜与秉及诸大将黄回等谋欲作乱。"刘秉于元徽二年至四年领丹阳尹，引陶季直为后军主簿在此年间。陶季直后出为望蔡令，或即在刘秉迁中书令时，顷之病免亦当不出后废帝朝。顺帝即位，袁粲、刘秉欲图齐王，与陶季直定策，季直固辞不赴。

宋顺帝朝（477—479）

元徽五年·昇明元年（丁巳，477 年，七月顺帝即位，改元）

七月，后废帝刘昱，被废，贬为苍梧郡王；太后陈妙登，降为苍梧王太妃；皇后江简珪，降为苍梧王妃。

　　刘昱　《南史》卷三《宋本纪下》：昇明元年七月"己丑，皇太后令贬帝为苍梧郡王，葬丹阳秣陵县郊坛西"。

　　陈妙登　《南史》卷一一《后妃传上·后废帝陈太妃传》："后废帝陈太妃讳妙登，丹阳建康屠家女也。……明帝即位，拜贵妃，秩同皇太子。废帝践阼，有司奏上尊号曰皇太妃。……昇明初，降为苍梧王太妃。"参看《宋书》卷四一《后妃传·明帝陈贵妃传》。

　　江简珪　《宋书》卷四一《后妃传·后废帝江皇后传》："后废帝江皇后讳简珪，济阳考城人。……太子即帝位，立为皇后。帝既废，降为苍梧王妃。"参看《南史》卷一一《后妃传上·后废帝江皇后传》。

十二月，豫章太守谢颢，齐高帝克石头，颢白服登烽火楼，坐免官。

　　《南史》卷二〇《谢弘微传附谢颢传》："宋末为豫章太守，至石头，遂白服登烽火楼，坐免官。诣齐高帝自占谢，言辞清丽，容仪端雅，左右为之倾目，宥而不问。齐永明初，高选文学，以颢为竟陵王友。"

　　按，据《南齐书》卷一《高帝纪上》，齐高帝于昇明元年十二月克石头，故系于此。

后军将军杨运长，以前代宠臣，出为宁朔将军、宣城太守，寻去郡还家。

　　《宋书》卷九四《恩幸传·杨运长传》："元徽三年，自安成王车骑中兵参军，迁后军将军，兼舍人如故。……顺帝即位，出运长为宁朔将军、宣城太守，寻去郡还家。沈攸之反，运长有异志，齐王遣骠骑司马崔文仲讨诛之。"

按，据《宋书》卷十《顺帝纪》：昇明元年十二月"车骑大将军、荆州刺史沈攸之举兵反"，知杨运长出为宣城太守及去郡还家在本年无疑。

正员郎张克，苍梧世险行见宠，坐废锢。

《南齐书》卷三三《张绪传》："子克，苍梧世，正员郎，险行见宠，坐废锢。"参看《册府元龟》卷四七九《台省部·奸邪》。

按，《南史》卷三一《张裕传附张完传》作张克为张完。因前代宠臣，本朝例削降，故暂系于此。

昇明二年（戊午，478 年）

义兴太守谢超宗，坐公事免；义兴太守王莹，代谢超宗，为其所间，莹坐供养不足失郡废弃。

《南史》卷二三《王诞传附王莹传》："累迁义兴太守，代谢超宗。超宗去郡，与莹交恶，还都就（王）懋求书属莹求一吏，曰：'丈人一旨，如汤浇雪耳。'及至，莹答旨以公吏不可。超宗往懋处，对诸宾谓懋曰：'汤定不可浇雪。'懋面洞赤，唯大耻愧。懋后往超宗处，设精白鲍、美鲊、麐肶。懋问那得佳味，超宗诡言义兴始见饷；阳惊曰：'丈人岂应不邪？'懋大忿，言于朝廷，称莹供养不足，坐失郡，废弃久之。"《梁书》卷一六《王莹传》："……坐失郡废弃。久之，为前军谘议参军。"参看《册府元龟》卷九五二《总录部·交恶》。

谢超宗 《南齐书》卷三六《谢超宗传》："太祖以超宗为义兴太守。昇明二年，坐公事免。诣东府门自通，其日风寒惨厉，太祖谓四座曰：'此客至，使人不衣自暖矣。'超宗既坐，饮酒数瓯，辞气横出，太祖对之甚欢，板为骠骑谘议。"参看《南史》卷一九《谢灵运传附谢超宗传》。

【南朝宋贬年不定者】

奉圣侯孔惠云，有重疾，失爵；孔荂嗣，有罪失爵。

《宋书》卷一七《礼志四》："二十八年，更以孔惠云为奉圣侯。后有重疾，失爵。孝武大明二年，又以孔迈为奉圣侯。迈卒，子荐嗣，有罪，失爵。"

曲江县侯向植，多过失，不受母训，夺爵；向桢绍封，坐杀人，国除。

《宋书》卷四五《向靖传》："高祖受命，以佐命功，封曲江县侯，食邑千户。……子植嗣，多过失，不受母训，夺爵。更以植次弟桢绍封，又坐杀人，国除。"参看《南史》卷一七《向靖传》。

丰城县侯朱祖宣，坐辄之封，八年不反，及不分姑国秩，夺爵。

《宋书》卷四八《朱龄石传》："以平蜀功，封丰城县侯，食邑千户。……子景符嗣。景符卒，子祖宣嗣，坐辄之封，八年不反，及不分姑国秩，夺爵。更以祖宣弟隆绍封。齐受禅，国除。"

阳丰县男孟慧熙，坐废祭祀，夺爵。

《宋书》卷四七《孟怀玉传》："怀玉别封阳丰男，子慧熙嗣，坐废祭祀夺爵。慧熙子宗嗣，竟陵太守，中大夫。"

按，据《宋书》孟怀玉本传，怀玉卒于晋义熙十一年，慧熙袭爵当在同年。慧熙被夺爵时是否已建宋无考，权附于此。

袁仲明，诗赋多讥刺世人，坐徙巴州。

《南史》卷七二《文学传·丘巨源传附袁仲明传》："仲明，陈郡人，撰晋史，未成而卒。初仲明与刘融、卞铄俱为袁粲所赏，恒在坐席。粲为丹阳尹，取铄为主簿。好诗赋，多讥刺世人，坐徙巴州。"

按，据《宋书》卷八九《袁粲传》："五年，加中书令，又领丹阳尹。……七年，领太子詹事，仆射如故。未拜，迁尚书令，丹阳尹如故。坐前选武卫将军江柳为江州刺史，柳有罪，降为守尚书令。"袁粲于泰始五年至七年为丹阳尹，袁仲明在此年间为袁粲主簿。以此推之，袁仲明徙巴州事，或在宋时，暂系于此。

南朝齐（479—502）

齐高帝朝（479—482）

昇明三年·建元元年（己未，479年，四月高帝即位，改元）

四月，宋帝刘凖被废，封汝阴王，迁居丹阳宫；太后王贞风，降为汝阴王太妃，迁居丹阳宫；皇太妃陈法容，降为太妃；皇后谢梵境，降为汝阴王妃。

《宋书》卷十《顺帝纪》：四月"辛卯，天禄永终，禅位于齐。壬辰，帝逊位于东邸。既而迁居丹阳宫。齐王践阼，封帝为汝阴王，待以不臣之礼。行宋正朔，上书不为表，答表不为诏。建元元年五月己未，殂于丹阳宫，时年十三"。《南齐书》卷二《高帝纪下》："封宋帝为汝阴王，筑宫丹阳县故治，行宋正朔，车旗服色，一如故事，上书不为表，答表不称诏。"《南史》卷三《宋本纪下》："封帝为汝阴王，居丹徒宫，齐兵卫之。"《资治通鉴》卷一三五《齐纪一》：建元元年四月"甲午，王即皇帝位于南郊。还宫，大赦，改元。奉宋顺帝为汝阴王，优崇之礼，皆仿宋初。筑宫丹杨，置兵守卫之。宋神主迁汝阴庙，诸王皆降为公"。胡三省注："丹杨，南史作'丹徒'。丹杨为是。齐史云：筑宫于丹杨故县。"参看《南史》卷四《齐本纪上》。

王贞风 《宋书》卷四一《后妃传·明恭王皇后传》："明恭王皇后讳贞风，琅邪临沂人也。……太宗即位，立为皇后。……废帝即位，尊为皇太后，宫曰弘训。……顺帝禅位，太后与帝逊于东邸，因迁居丹阳宫，拜汝阴王太妃。顺帝殂于丹阳，更立第京邑。建元元年，薨于第，时年四十四。"参看《南史》卷一一《后妃传上·明恭王皇后传》。

陈法容　《宋书》卷四一《后妃传·明帝陈昭华传》："明帝陈昭华讳法容，丹阳建康人也。……顺帝，桂阳王休范子也，以昭华为母焉。明帝崩，昭华拜安成王太妃。顺帝即位，进为皇太妃。顺帝禅位，去皇太妃之号。"参看《南史》卷一一《后妃传上·顺陈太妃传》。

谢梵境　《宋书》卷四一《后妃传·顺帝谢皇后传》："顺帝谢皇后讳梵境，陈郡阳夏人，右光禄大夫庄孙女也。昇明二年，立为皇后。顺帝禅位，降为汝阴王妃。"参看《南史》卷一一《后妃传上·顺谢皇后传》。

按，宋顺帝贬为汝阴王后所居，《宋书》《南齐书》作丹阳，《南史》作丹徒，《通鉴》作丹杨，当以丹阳为是。丹杨，即丹阳异名。南朝时丹阳县治所在今安徽马鞍山市当涂县，唐代武德三年治所在今江苏南京，贞观元年被当涂省并，天宝年间改曲阿县为丹阳县，此后治所在今江苏镇江市丹阳县。今镇江南朝时大致为丹徒县域。《南史》唐人所著，恐将丹阳误作丹徒。

四月，晋熙王刘燮，降封阴安公；江夏王刘跻，降封沙阳公；随王刘翙，降封舞阴公；新兴王刘嵩，降封定襄公；始建王刘禧，降封荔浦公；寻阳公主，降封松滋县君：皆因宋齐禅代。

《南齐书》卷二《高帝纪下》：四月"降宋晋熙王燮为阴安公，江夏王跻为沙阳公，随王翙为舞阴公，新兴王嵩为定襄公，建安王禧为荔浦公，郡公主为县君，县公主为乡君"。参看《南史》卷四《齐本纪上》。

刘燮　《宋书》卷七二《文九王传·晋熙王昶传》："泰始六年，以第六皇子燮字仲绥继昶，改昶封为晋熙王。燮袭爵，食邑三千户。……迁司徒。齐受禅，解司徒，降封阴安县侯，食邑千五百户。谋反，赐死。"《南史》卷一四《宋宗室及诸王传下·晋熙王昶传》："齐受禅，燮降封阴安县公，谋反赐死。"按，《宋书》《南齐书》与《南史》对晋熙王刘燮贬爵事记载不同，一曰降为阴安县侯，一曰降为阴安公。据史籍记载，南朝禅代，前代封王例降为公。《南齐书》及《南史》所载降刘燮为阴安公较为可信，从之。

刘跻　《宋书》卷六一《武三王传·江夏文献王义恭传》："七年，太宗以第八子跻字仲升，继义恭为孙，封江夏王，食邑五千户。后废帝即位，督会稽、东阳、新安、临海、永嘉五郡诸军事、东中郎将、会稽太守，进号左将军。齐受禅，降为沙阳县公，食邑一千五百户。”

刘翔　《宋书》卷九〇《明四王传·随阳王翔传》：“随阳王翔字仲仪，明帝第十子也。元徽四年，年六岁，封南阳王，食邑二千户。……二年，以南阳荒远，改封随阳王，以本号停京师。齐受禅，降封舞阴县公，食邑千五百户。谋反，赐死。”参看《南史》卷一四《宋宗室及诸王传下·随阳王翔传》。

刘嵩　《宋书》卷九〇《明四王传·新兴王嵩传》：“新兴王嵩字仲岳，明帝第十一子也。元徽四年，年六岁，封新兴王，食邑二千户。齐受禅，降封定襄县公，食邑千五百户。谋反，赐死。”参看《南史》卷一四《宋宗室及诸王传下·新兴王嵩传》。

刘禧　《宋书》卷九〇《明四王传·始建王禧传》：“始建王禧字仲安，明帝第十二子也。元徽四年，年六岁，封始建王，食邑二千户。齐受禅，降封荔浦封县公，食邑千五百户。谋反，赐死。”参看《南史》卷一四《宋宗室及诸王传下·始建王禧传》。按，明帝子刘禧，《宋书》及《南史》，均作始建王，唯《南齐书》作建安王，误。宋时刘休仁封建安王，被诛后追贬始安县王。

寻阳公主　《梁书》卷七《高祖郗皇后传》：“后父烨，诏赠金紫光禄大夫。烨尚宋文帝女寻阳公主，齐初降封松滋县君。”

四月，南康县公刘彪，降为侯；华容县公王僧亮，降为侯；萍乡县侯，降为伯：皆因宋齐禅代。

《南齐书》卷二《高帝纪下》：“诏曰：‘继世象贤，列代盛典，畴庸嗣美，前载令图。宋氏通侯，乃宜随运省替。但钦德怀义，尚表坟间，况功济区夏，道光民俗者哉。降差之典，宜遵往制。南康县公华容县公可为侯，萍乡县侯可为伯，减户有差，以继刘穆之、王弘、何无忌后。’”参看《南史》卷四《齐本纪上》、《资治通鉴》卷一三五《齐纪一》、《册府元龟》卷二一一《闰位部·继绝》。

刘彪　《宋书》卷四二《刘穆之传》：“高祖受禅，思佐命元勋，诏曰：‘故侍中、司徒南昌侯刘穆之……可进南康郡公，邑三千户。’……穆之三子，长子虑之嗣，仕至员外散骑常侍卒。子邕嗣。……卒，子彤嗣。大明四年，坐刀斫妻，夺爵土，以弟彪绍封。齐受禅，降为南康县侯，食邑千户。”《南齐书》卷三六《刘祥传》：“祥从祖兄彪，祥曾祖穆之正胤。建元初，降封南康县公，虎贲中郎将。

永明元年，坐庙墓不脩削爵。后为羽林监。"参看《南史》卷一五《刘穆之传》、《册府元龟》卷九二三《总录部·不孝》。按，《南齐书》云"降封南康县公"，误，刘彪袭公爵，禅代之际当由公降为侯。

王僧亮 《宋书》卷四二《王弘传》："以佐命功，封华容县公，食邑二千户。……子锡嗣。……卒官。子僧亮嗣。齐受禅，降爵为侯，食邑五百户。"参看《南史》卷二一《王弘传附王锡传》。

萍乡县侯 《晋书》卷八五《何无忌传》："以兴复之功，封安成郡开国公，食邑三千户。……子邕嗣。"按，何无忌以功封安成郡公，卒后子何邕嗣，其后爵位承袭情况无考。前已由安成郡公降爵萍乡县侯，建元元年再由侯降为伯。

四月，临贺县侯赵祖怜、建宁县侯何曼倩、龙阳县侯王叡、巴丘县伯檀遐、霄城县侯赵勖、临沅县男孟佛护、西昌县侯檀逸、丰城县侯朱隆、候官县侯孙彦祖、永新县男刘国重、望蔡县子虞世宝、新康县男刘康祖、益阳县侯垣护之、兴安县侯刘宪、番禺县男褚瑄、新建县侯王长、宁新县男沈晔、枝江县侯徐孝嗣、平都县子颜干、广兴郡公沈昙亮、康乐县侯刘儁、东兴县侯吴徽民、江安县侯王婼、建安县侯殷慧达、鄱阳县侯刘悛、封阳县侯萧叡、吴平县侯王法贞、汉寿县伯沈整应、建昌县公到撝、孝宁县侯全景文，齐受禅，国除。

赵祖怜 《宋书》卷四一《后妃传·孝穆赵皇后传》："父裔字彦胄，平原太守。……追封裔临贺县侯。裔长子宣之，仕至江乘令。蚤卒，无子，以弟孙袭之继宣之绍封。袭之卒，子祖怜嗣。齐受禅，国除。"

何曼倩 《宋书》卷四一《后妃传·前废帝何皇后传》："后父瑀，字稚玉，晋尚书左仆射澄曾孙也。……子迈，尚太祖第十女新蔡公主讳英媚。……太宗即位，追封建宁县侯，食邑五百户。子曼倩嗣，齐受禅，国除。"

王叡 《宋书》卷四五《王镇恶传》："高祖受命，追封龙阳县侯，食邑千五百户。……子灵福嗣，位至南平王铄右军谘议参军。灵福卒，子述祖嗣。述祖卒，子叡嗣。齐受禅，国除。"参看《南史》卷一六《王镇恶传》。

檀遐 《宋书》卷四五《檀韶传》："以平桓玄功，封巴丘县侯，食邑五百户。……从讨卢循于左里，又有战功，并论广固功，更封宜阳县侯，食邑七百户，降先封一等为伯，减户之半二百五十户，赐（弟）祇子臻。……祇子臻。臻

307

卒，子遐嗣，齐受禅，国除。”

赵勗　《宋书》卷四六《赵伦之传》：“及武帝受命，以佐命功，封霄城县侯。……子伯符嗣。……传国至孙勗，齐受禅，国除。”参看《南史》卷一八《赵伦之传附赵伯符传》。

孟佛护　《宋书》卷四七《孟怀玉传附孟龙符传》：“追封临沅县男，食邑五百户。无子，弟仙客以子微生嗣封。太祖元嘉中，有罪夺爵，徙广州。以微生弟彦祖子佛护袭爵。齐受禅，国除。”

檀逸　《宋书》卷四七《檀祗传》：“封西昌县侯，食邑千户。……子献嗣，元熙中卒，无子，祗次子朗绍封。朗卒，子宣明嗣。宣明卒，子逸嗣。齐受禅，国除。”参看《南史》卷一五《檀道济传附檀祗传》。

朱隆　《宋书》卷四八《朱龄石传》：“以平蜀功，封丰城县侯，食邑千户。……子景符嗣。景符卒，子祖宣嗣，坐辄之封，八年不反，及不分姑国秩，夺爵，更以祖宣弟隆绍封。齐受禅，国除。”参看《南史》卷一六《朱龄石传》。

孙彦祖　《宋书》卷四九《孙处传》：“封候官县侯，食邑千户。……子宗世卒，子钦公嗣。钦公卒，子彦祖嗣。齐受禅，国除。”

刘国重　《宋书》卷四九《刘钟传》：“以广固功，封永新县男，食邑五百户。……子敬义嗣。敬义官至马头太守，卒。子国重嗣，齐受禅，国除。”参看《南史》卷一七《刘钟传》。

虞世宝　《宋书》卷四九《虞丘进传》：“九年，以前后功封望蔡县男，食邑五百户。……子耕嗣。耕卒，子袭祖嗣。袭祖卒，世宝嗣。齐受禅，国除。”参看《南史》卷一七《虞丘进传》。

刘康祖　《宋书》卷五〇《刘康祖传》：“封(刘虔之)新康县男，食邑五百户。康祖，虔之子也，袭封。……传国至齐受禅，国除。”

垣护之　《宋书》卷五〇《垣护之传》：“封益阳县侯。食邑千户。……子承祖嗣。承祖卒，子显宗嗣。齐受禅，国除。”

刘宪　《宋书》卷五一《宗室传・长沙景王道怜传附刘义宾传》：“义宾，元嘉二年，封新野县侯。……子惠侯综嗣。卒。子宪嗣。昇明三年，齐受禅，国除。”

褚瑄　《宋书》卷五二《褚叔度传》：“乃下诏曰：‘……可封番禺县男，食邑四百户。’……子恬之嗣，官至南琅邪太守。恬之卒，子昭嗣。昭卒，子瑄嗣。齐受禅，国除。"

王长 《宋书》卷六三《王华传》："上思诛羡之之功，追封新建县侯，食邑千户。……子定侯嗣，官至左卫将军，卒。子长嗣，太宗泰始二年，坐骂母夺爵，以长弟终绍封。后废帝元徽三年，终上表乞以封还长，许之。齐受禅，国除。"

沈晔 《宋书》卷六三《沈演之传》："演之兄融之子畅之，袭宁新县男。……子晔嗣，齐受禅，国除。"

徐孝嗣 《宋书》卷七一《徐湛之传》："诏曰：'……可封枝江县侯，食邑五百户。'……三子：聿之、谦之，为元凶所杀。恒之嗣侯，尚太祖第十五女南阳公主，蚤卒，无子。聿之子孝嗣绍封，齐受禅，国除。"

颜干 《宋书》卷七七《颜师伯传》："下诏曰：'……师伯平都县子……'……（弟）师仲子干继封。齐受禅，国除。"

沈昙亮 《宋书》卷七七《沈庆之传》："昭明子昙亮，袭广兴郡公。齐受禅，国除。"参看《南史》卷三七《沈庆之传》。

刘儁 《宋书》卷八一《刘秀之传》："以起义功，封康乐县侯，食邑六百户。……子景远嗣，官至前军将军。景远卒，子儁，齐受禅，国除。"参看《南史》卷一五《刘穆之传附刘秀之传》。

吴徽民 《宋书》卷八三《吴喜传》："泰始四年，改封东兴县侯。……子徽民袭爵。齐受禅，国除。"

王婼 《宋书》卷八五《王景文传》："乃下诏曰：'……景文可封江安县侯，食邑八百户……'……子婼袭封，齐受禅，国除。"

殷慧达 《宋书》卷八六《殷孝祖传》："追改封建安县。……以从兄子慧达继封。齐受禅，国除。"

刘悛 《宋书》卷八六《刘勔传》："封鄱阳县侯，食邑千户。……子悛嗣，顺帝昇明末，为广州刺史。齐受禅，国除。"《南史》卷三九《刘勔传附刘悛传》："齐受禅，国除，平西记室参军夏侯恭叔上书，以柳元景中兴功臣，刘勔殒身王事，宜存封爵。诏以与运隆替，不容复厝意也。"

萧叡 《宋书》卷八七《萧惠开传》："袭封封阳县侯。……子叡嗣，齐受禅，国除。"参看《南史》卷一八《萧思话传附萧惠开传》。

王法贞 《宋书》卷九四《恩幸传·王道隆传》："（王道隆封吴平县侯。）子法贞嗣。齐受禅，国除。"

沈整应 《宋书》卷一百《自序》："高祖践阼，（沈林子）以佐命功，封汉寿县伯。……子邵嗣。……子侃嗣。……侃卒，子整应袭爵，齐受禅，国除。"

到㧑 《南史》卷二五《到彦之传附到㧑传》："㧑字茂谦。袭爵建昌公。……板㧑武帝中军谘议参军。建元初，国除。武帝即位，累迁司徒左长史。"

全景文 《南齐书》卷二九《吕安国传附全景文传》："除前军将军，封孝宁县侯，邑六百户。……迁征虏将军、南琅邪济阴二郡太守、军主，寻加散骑常侍。建元元年，以不预佐命，国除，授南琅邪太守，常侍、将军如故。迁光禄大夫。"

按，《资治通鉴》卷一三五《齐纪一》载：建元元年四月"自非宣力齐室，馀皆除国……除国者凡百二十人"。知被削爵者，远不止此处所列三十人。

四月，侍中谢朏，高帝图禅代而朏不支持，以其家贫乞郡辞旨抑扬，免官禁锢五年。

《梁书》卷一五《谢朏传》："高帝进太尉，又以朏为长史，带南东海太守。高帝方图禅代，思佐命之臣，以朏有重名，深所钦属。论魏、晋故事，因曰：'晋革命时事久兆，石苞不早劝晋文，死方恸哭，方之冯异，非知机也。'朏答曰：'昔魏臣有劝魏武即帝位者，魏武曰：'如有用我，其为周文王乎！'晋文世事魏氏，将必身终北面；假使魏早依唐虞故事，亦当三让弥高。'帝不悦。更引王俭为左长史，以朏侍中，领秘书监。及齐受禅，朏当日在直，百僚陪位，侍中当解玺，朏佯不知，曰：'有何公事？'传诏云：'解玺授齐王。'朏曰：'齐自应有侍中。'乃引枕卧。传诏惧，乃使称疾，欲取兼人。朏曰：'我无疾，何所道。'遂朝服，步出东掖门，乃得车，仍还宅。是日遂以王俭为侍中解玺。既而武帝言于高帝，请诛朏。帝曰：'杀之则遂成其名，正应容之度外耳。'遂废于家。永明元年，起家拜通直散骑常侍。"《南史》卷二〇《谢弘微传附谢朏传》："又以家贫乞郡，辞旨抑扬，诏免官禁锢五年。"《资治通鉴》卷一三五《齐纪一》：建元元年四月"太子赜请杀谢朏，帝曰：'杀之遂成其名，正应容之度外耳。'久之，因事废于家"。

晋陵太守王逊，告刘秉举兵事而不蒙封赏，有怨言，徙永嘉郡。

《南齐书》卷二三《王俭传》："俭弟逊，昇明中，为丹阳丞，告刘秉事，不蒙封赏。建元初，为晋陵太守，有怨言，俭虑为祸，因褚渊启闻。中丞陆澄依事举奏。诏曰：'俭门世载德，竭诚佐命，特降刑书，宥逊以远。'徙永嘉郡，道伏诛。"参看《南史》卷二二《王昙首传附王俭传》。

按，御史中丞陆澄本年白衣领职(参看下条)，陆澄举奏王逊事当在此前。

御史中丞陆澄，不纠骠骑谘议沈宪过，白衣领职。

《南齐书》卷三九《陆澄传》："迁御史中丞。建元元年，骠骑谘议沈宪等坐家奴客为劫，子弟被劾，宪等晏然。左丞任遐奏澄不纠，请免澄官。澄上表自理曰云云。诏委外详议。尚书令褚渊奏云云。诏曰：'澄表据多谬，不足深劾，可白衣领职。'明年，转给事中，秘书监，迁吏部。"参看《南史》卷四八《陆澄传》、《册府元龟》卷五一九《宪官部·弹劾二》及卷五二二《宪官部·遣让》。

豫章王谘议沈宪，未拜，坐事免官。

《南齐书》卷五三《良政传·沈宪传》："昇明二年，西中郎将晃为豫州，太祖擢宪为晃长史，南梁太守，行州事。迁豫章王谘议，未拜，坐事免官。复除安成王冠军、武陵王征虏参军，迁少府卿。"

按，据《南齐书》卷二《高帝纪下》：建元元年六月"立皇子嶷为豫章王"。又同书卷三五《高帝十二王传·安成恭王暠传》："建元二年，除冠军将军，镇石头戍，领军事。"疑沈宪迁豫章王谘议在立萧嶷为豫章王时，暂系于此。

建元二年(庚申，480年)

黄门郎谢超宗，以失仪出为南郡王中军司马；又以怨望免官，禁锢十年。

《南齐书》卷三六《谢超宗传》："及即位，转黄门郎。……为人仗才使酒，多所陵忽。在直省常醉，上召见，语及北方事，超宗曰：'虏动来二十年矣，佛出亦无如何！'以失仪出为南郡王中军司马。超宗怨望，谓人曰：'我今日政应为司驴。'为省司所奏，以怨望免官，禁锢十年。……世祖即位，使掌国史，除竟陵王征北谘议参军，领记室。"参看《南史》卷一九《谢灵运传附谢超宗传》、《册府元龟》卷九一四《总录部·酒失》。

按，据《南齐书》卷二一《文惠太子传》："建元元年，封南郡王。……二年，征为侍中、中军将军，置府，镇石头。……四年，迁使持节、都督南徐兖二州诸军事、征北将军、南徐州刺史"，及同书卷二《高帝纪下》：建元四年春正月"中军将军南郡王长懋为南徐州刺史"，知萧长懋建元二年至三年为中军将军，谢超宗以失仪出为中军司马应在此间。又上语及北方事，当在北虏动时，故系于建元二年更为合理。谢超宗再以怨望免官，大约去出贬事不久，暂附于此。

又，曹道衡、沈玉成《中古文学史料丛考·〈南齐书·谢超宗传〉为文惠太子讳》以为，谢超宗免官禁锢，还因詈文惠太子为驴，萧子显以齐室苗裔，故讳言之。有据。

建元三年(辛酉，481 年)

吴兴太守张瓌，坐不纠下属罪，免官。

《南齐书》卷二四《张瓌传》："出为征虏将军、吴兴太守。三年，乌程令顾昌玄有罪，瓌坐不纠，免官。明年，为度支尚书。"

平北将军王广之，讨虏无所克获，坐免官。

《南齐书》卷二九《王广之传》："转散骑常侍、左军将军。北虏动，明年，诏假广之节，出淮上。广之家在彭、沛，启上求招诱乡里部曲，北取彭城，上许之。以广之为使持节、都督淮北军事、平北将军、徐州刺史。广之引军过淮，无所克获，坐免官。寻除征虏将军，加散骑常侍、太子右率。"

按，据《南齐书》卷二《高帝纪下》，虏动事在建元二年，故知王广之过淮讨虏事在建元三年。

齐武帝朝(482—493)

建元四年(壬戌，482 年，三月武帝即位)

左民尚书江谧，怨不豫顾命及世祖即位不迁官，又间豫章王嶷，出为征虏将军、镇北长史、南东海太守。

《南齐书》卷三一《江谧传》："三年，为左民尚书。……太祖崩，谧称疾不入，众颇疑其怨不豫顾命也。世祖即位，谧又不迁官，以此怨望。时世祖不豫，谧诣豫章王嶷请间曰：'至尊非起疾，东宫又非才，公今欲作何计？'世祖知之，出谧为征虏将军、镇北长史、南东海太守。未发，上使御史中丞沈冲奏谧前后罪曰云云。诏赐死，时年五十二。"参看《南史》卷三六《江秉之传附江谧传》。

按，据《南齐书》卷三四《沈冲传》："世祖在东宫，待以恩旧。及即位，转御史中丞，侍中，冠军庐陵王子卿为郢州，以冲为长史、辅国将军、江夏内史，行府、州事。"沈冲在建元四年世祖即位后为御史中丞，又历侍中，转庐陵王子卿长史。萧子卿在建元元年至永明元年九月为郢州，见同书卷四〇《武十七王传·庐陵王子卿传》："世祖即位，为持节、都督郢州司州之义阳军事、冠军将军、郢州刺史。永明元年，徙都督荆湘益宁梁南北秦七州、安西将军、荆州刺史，持节如故"；卷三《武帝纪》：永明元年九月"冠军将军庐陵王子卿为荆州刺史，吴郡太守安陆侯缅为郢州刺史"。推知沈冲在御史中丞任不长，至萧子卿为郢州时随府外任。江谧为其所奏，当在世祖即位后不久。

永明元年（癸亥，483 年）

四月，垣惠隆，父垣崇祖为世祖忌杀，徙番禺。

《南齐书》卷二五《垣崇祖传》："太祖崩，虑崇祖为异，便令内转。永明元年四月九日，诏曰：'……除恶务本，刑兹罔赦。便可收掩，肃明宪辟。'死时年四十四。子惠隆，徙番禺卒。"

五月，征北谘议参军谢超宗，娶张敬儿女为子妇，张敬儿诛后以轻慢徙越州，道杀；兼御史中丞袁彖，奏超宗言辞怨违，免官，禁锢十年。

《南齐书》卷三六《谢超宗传》："世祖即位，使掌国史，除竟陵王征北谘议参军，领记室。愈不得志。超宗娶张敬儿女为子妇，上甚疑之。永明元年，敬儿诛，超宗谓丹阳尹李安民曰：'往年杀韩信，今年杀彭越，尹欲何计？'安民具启之。上积怀超宗轻慢，使兼中丞袁彖奏曰云云。世祖虽可其奏，以彖言辞怨违，大怒，使左丞王逡之奏曰云云。诏曰：'超宗衅同大逆，罪不容诛。彖匿情欺国，爱朋罔主，事合极法，特原收治，免官如案，禁锢十年。'超宗下廷尉，一宿发白皓首。诏徙越州，行至豫章，上敕豫章内史虞悰曰：'谢超宗令于彼赐自尽，勿伤其形骸。'"《南史》卷一九《谢灵运传附谢超宗传》作"诏徙越嶲"，《资治通鉴》

313

卷一三五从《南史》，并系事于永明元年五月。

袁彖 《南齐书》卷四八《袁彖传》："转黄门郎，兼中丞如故。坐弹谢超宗简奏依违，免官。寻补安西谘议、南平内史。"参看《南史》卷二六《袁湛传附袁彖传》、《册府元龟》卷五二二《宪官部·私曲》。

按，《南齐书》本传作"徙越州"，而《南史》《通鉴》言"徙越巂"。越州位于今广东一带，越巂郡属益州，位于今四川境内，两地相隔甚远。依照谢超宗路线，至豫章(属江州，今江西境内)时赐自尽。若徙于越巂而取道豫章过于枉道，徙于越州途经豫章是情理之内，故从《南齐书》，作徙越州。

又，《宋书》卷二《武帝纪中》载诸葛长民欲为乱事："初，诸葛长民贪淫骄横，为士民所患苦，公以其同大义，优容之。刘毅既诛，长民谓所亲曰：'昔年醢彭越，今年诛韩信，祸其至矣。'将谋作乱。"谢超宗与诸葛长民说的话大抵相类。南齐去东晋末，殷鉴不远，两相参看，谢超宗恐怕不仅仅是因言获罪，而是确有在政治压力下潜在的谋反意图，故致道中被诛。

武陵王友张充，武帝欲擢其父绪，王俭以绪诸子多薄行止之，充因与俭书、辞旨激扬，为御史中丞到撝所奏，免官禁锢。

《南齐书》卷三三《张绪传》："允兄充，永明元年，为武陵王友，坐书与尚书令王俭，辞旨激扬，为御史中丞到撝所奏，免官禁锢。论者以为有恨于俭也。"《梁书》卷二一《张充传》："起家抚军行参军，迁太子舍人、尚书殿中郎、武陵王友。时尚书令王俭当朝用事，武帝皆取决焉。武帝尝欲以充父绪为尚书仆射，访于俭，俭对曰：'张绪少有清望，诚美选也；然东士比无所执，绪诸子又多薄行，臣谓此宜详择。'帝遂止。先是充兄弟皆轻侠，充少时又不护细行，故俭言之。充闻而愠，因与俭书曰云云。俭言之武帝，免充官，废处久之。后为司徒谘议参军。"《南史》卷三一《张裕传附张充传》："及闻武帝欲以绪为尚书仆射，俭执不可。充以为愠，与俭书曰云云。俭以为脱略，弗之重，仍以书示绪，绪杖之一百。又为御史中丞到撝所奏，免官禁锢。沈约见其书，叹曰：'充始为之败，终为之成。'"参看《册府元龟》卷七一五《宫臣部·罪遣》。

太常王宽，坐于宅杀牛，免官。

《南齐书》卷二七《王玄载传》："永明元年，为太常。坐于宅杀牛，免官。后为光禄大夫。"参看《南史》卷一六《王玄谟传》。

南康县侯刘彪，坐庙墓不修，削爵。

《南齐书》卷三六《刘祥传》："祥从祖兄彪，祥曾祖穆之正胤。建元初，降封南康县公，虎贲中郎将。永明元年，坐庙墓不修削爵。后为羽林监。"参看《南史》卷一五《刘穆之传》、《册府元龟》卷九二三《总录部·不孝》。

按，刘彪当为南康县侯，见建元元年四月刘彪条。

永明二年(甲子，484 年)

司徒从事中郎张融，听讲失礼，免官。

《南齐书》卷四一《张融传》："又为长沙王镇军、竟陵王征北谘议，并领记室，司徒从事中郎。永明二年，总明观讲，敕朝臣集听。融扶入就榻，私索酒饮之，难问既毕，乃长叹曰：'呜呼！仲尼独何人哉！'为御史中丞到撝所奏，免官，寻复。"参看《南史》卷三二《张邵传附张融传》。

永明三年(乙丑，485 年)

会稽太守王敬则，付狱杀人而不启闻，免官。

《南齐书》卷二六《王敬则传》："寻迁为使持节、散骑常侍、都督会稽东阳新安临海永嘉五郡军事、镇东将军、会稽太守。……三年，进号征东将军。宋广州刺史王翼之子姜路氏，刚暴，数杀婢，翼之子法明告敬则，敬则付山阴狱杀之，路氏家诉，为有司所奏，山阴令刘岱坐弃市刑。敬则入朝，上谓敬则曰：'人命至重，是谁下意杀之？都不启闻？'敬则曰：'是臣愚意。臣知何物科法，见背后有节，便言应得杀人。'刘岱亦引罪，上乃赦之。敬则免官，以公领郡。明年，迁侍中、中军将军。"参看《南史》卷四五《王敬则传》。

左卫将军到撝，问讯不修民敬，免官。

《南齐书》卷三七《到撝传》："三年，复为司徒左长史，转左卫将军。随王子隆带彭城郡，撝问讯，不修民敬，为有司所举，免官。久之，白衣兼御史中丞。

转临川王骠骑长史。"参看《南史》卷二五《到彦之传附到㧑传》、《册府元龟》卷六二八《环卫部·迁黜》。

按，据《南齐书》卷三《武帝纪》："四年春正月甲子，以南琅邪、彭城二郡太守随郡王子隆为江州刺史。"知萧子隆永明四年初即由彭城转江州，故事在永明三年可无疑义。

行参军王融，坐公事免。

《南齐书》卷四七《王融传》："举秀才。晋安王南中郎板行参军，坐公事免。竟陵王司徒板法曹行参军，迁太子舍人。"

按，据《南齐书》卷四〇《武十七王传·晋安王子懋传》："永明三年，为持节、都督南豫豫司三州、南中郎将、南豫州刺史。鱼复侯子响为豫州，子懋解督。四年，进号征虏将军。"萧子懋永明三年为南中郎将，次年进号征虏将军，故系王融免官事于本年。

永明四年(丙寅，486 年)

正月，唐寓乱，左军将军刘明彻，抄夺百姓，免官削爵付东冶；盐官令萧元蔚、桐庐令王天愍、新城令陆赤奋、诸暨令陵琚之，不经格战、委职散走，免官；余杭令乐琰，径战不敌、委走出都，免官；富阳令何洵、钱塘令刘彪，战败，免官。

《南齐书》卷四四《沈文季传》："富阳人唐寓之侨居桐庐，父祖相传图墓为业。寓之自云其家墓有王气，山中得金印，转相诳惑。三年冬，寓之聚党四百人，于新城水断商旅，党与分布近县。新城令陆赤奋、桐庐令王天愍弃县走。寓之向富阳，抄略人民，县令何洵告鱼浦子逻主从系公，发鱼浦村男丁防县。永兴遣西陵戍主夏侯昙羡率将吏及戍左右埭界人起兵赴救。寓之遂陷富阳。会稽郡丞张思祖遣台使孔矜、王万岁、张繇等配以器仗将吏白丁，防卫永兴等十属。文季亦遣器仗将吏救援钱塘。寓之至钱塘，钱塘令刘彪、戍主聂僧贵遣队主张玗于小山拒之，力不敌，战败。寓之进抑浦登岸，焚郭邑，彪弃县走。文季又发吴、嘉兴、海盐、盐官民丁救之。贼分兵出诸县，盐官令萧元蔚、诸暨令陵琚之并逃走，余杭令乐琰战败乃奔。是春，寓之于钱塘僭号。……遣禁兵数千人，马数百匹东讨。贼众乌合，畏马。官军至钱塘，一战便散，禽斩寓之，进兵平诸郡县。台军乘胜，百姓颇被抄夺。军还，上闻之，收军主前军将军陈天福弃市，左军将军中宿县子刘明彻免官削爵付东冶。……御史中丞徐孝嗣奏曰：'风闻山东群盗，剽掠列城，虽匪日而殄，要蹔干王略。郡县阙攻守之宜，仓府多侵耗之弊，举善惩恶，应有攸归。吴郡所领盐官令萧元蔚、桐庐令王天愍、新城令陆赤奋等，县为白劫破掠，并不经格战，委职散走。元蔚、天愍还台，赤奋不知所在。又钱塘令刘彪、富阳令何洵，乃率领吏民拒战不敌，未委归台。余建德、寿昌，在劫断上流，不知被劫掠不？吴兴所领余杭县被劫破，令乐琰乃率吏民径战不敌，委走出都。会稽所领诸暨县，为劫所破，令陵琚之不经格战，委城奔走，不知所在。案元蔚等妄藉天私，作司近服，昧斯隐匿，职启虔刘。会稽郡丞张思祖谬因承乏，总任是尸，涓诚勿效，终焉无纪。平东将军吴郡太守文季、征虏将军吴兴太守西昌侯鸾，任属关、河，威怀是寄。辄下禁止彪、琰、洵，思祖、文季视事如故，鸾等结赎论。'诏元蔚等免，思祖、鸾、文季原。"参看《资治通鉴》卷一三六《齐纪二》、《册府元龟》卷五一九《宪官部·弹劾二》。

按，《元龟》作"元蔚"为"元慰"。

宁朔将军杨法持，坐役使将客，削封。

《南齐书》卷五六《幸臣传·纪僧真传附杨法持传》："建元初，罢道，为宁朔将军，封州陵县男，三百户。二年，虏围朐山，遣法持为军主，领支军救援。永明四年，坐役使将客，夺其鲑禀，削封。卒。"参看《南史》卷七七《恩幸传·纪僧真传附杨法持传》。

永明五年（丁卯，487 年）

校籍郎王植，属吏矫称王奂意以校籍令史俞公喜求进署，免官。

《南齐书》卷四九《王奂传》："四年，迁右仆射。……迁尚书仆射，中正如故。校籍郎王植属吏部郎孔琇之以校籍令史俞公喜求进署，矫称奂意，植坐免官。六年，迁散骑常侍，领军将军。"参看《册府元龟》卷四八一《台省部·谴责》。

按，据《南史》卷四《齐本纪上》：永明五年正月"以尚书右仆射王奂为尚书左仆射"，王植免官在王奂迁尚书左仆射后，故系于此。《南齐书》王奂本传"迁尚书仆射"脱漏"左"字。

永明六年（戊辰，488 年）

三月，兖州刺史周盘龙，坐角城戍将潜通魏，白衣领职。

《南齐书》卷二九《周盘龙传》："寻出为持节、都督兖州缘淮诸军事、平北将军、兖州刺史。进爵为侯。角城戍将张蒲，与虏潜相构结，因大雾乘船入清中采樵，载虏二十余人，藏仗笏下，直向城东门，防门不禁，仍登岸拔白争门。戍主皇甫仲贤率军主孟灵宝等三十余人于门拒战，斩三人，贼众被创赴水，而虏军马步至城外已三千余人，阻堑不得进。淮阴军主王僧庆等领五百人赴救，虏众乃退。坐为有司所奏，诏白衣领职。八座寻奏复位。加领东平太守。"《资治通鉴》卷一三六《齐纪二》：永明六年三月"角城戍将张蒲，因大雾乘船入清中采樵，潜纳魏兵。戍主皇甫仲贤觉之，帅众拒战于门中，仅能却之。魏步骑三千余人已至堑外，淮阴军主王僧庆等引兵救之，魏人乃退"。参看《南史》卷四六《周盘龙传》、《册府元龟》卷四五〇《将帅部·遣让》。

少府卿王诩，坐畜妓，免官；射声校尉阴玄智，坐畜妓，免官禁锢十年。

《南齐书》卷四二《王晏传》："晏弟诩，永明中为少府卿。六年，敕位未登黄门郎，不得畜女妓。诩与射声校尉阴玄智坐畜妓免官，禁锢十年。敕特原诩禁锢。后出为辅国将军、始兴内史。"参看《南史》卷二四《王镇之传附王晏传》。

永明七年（己巳，489 年）

二月，江州刺史萧晔，先不肯给宅皇子，至镇又为典签所诬，免还，为左户尚书。

《南史》卷四三《齐高帝诸子传下·武陵昭王晔传》："久之，出为江州刺史。上以晔方出镇，求其宅给诸皇子，遣舍人喻旨。晔曰：'先帝赐臣此宅，使臣歌哭有所，陛下欲以州易宅，臣请不以宅易州。'帝恨之。至镇百余日，典签赵渥之启晔得失，征还为左户尚书。"同书卷四四《齐武帝诸子传·巴陵王子伦传》："武陵王晔为江州，性烈直不可忤，典签赵渥之曰：'今出郡易刺史。'及见武帝相诬，晔遂免还。"参看《南齐书》卷三五《高帝十二王传·武陵昭王晔传》、《资治通鉴》卷一三九《齐纪五》。

按，据《南齐书》卷三《武帝纪》：永明六年冬十月"辛酉，以祠部尚书武陵王晔为江州刺史"，萧晔出为江州在永明六年十月。又至镇百余日为典签赵渥之所诬征还，时必已至次年。《武帝纪》载永明七年二月"壬寅，以丹阳尹王晏为江州刺史"，王晏当即代萧晔为江州。

长水校尉吕文显，私登禅灵寺南门楼，出为南谯郡。

《南齐书》卷五六《幸臣传·吕文度传》："时茹法亮掌杂驱使簿，及宣通密敕；吕文显掌谷帛事；其余舍人无别任。虎贲中郎将潘敞掌监功作。上使造禅灵寺新成，车驾临视，甚悦。敞喜，要吕文显私登寺南门楼，上知之，系敞上方，而出文显为南谯郡，久之乃复。"

按，据《南齐书》卷一八《祥瑞志》："七年，越州献白珠，自然作思惟佛像，长三寸。上起禅灵寺，置刹下"，禅灵寺起于永明七年，故将吕文显登寺出贬事系于本年。

又，《南齐书》卷五六《幸臣传·吕文显传》："三年，带南清河太守。与茹法亮等迭出入为舍人，并见亲幸。四方饷遗，岁各数百万，并造大宅，聚山开池。五年，为建康令，转长水校尉，历带南泰山、南谯太守，寻为司徒中兵参军，淮南太守，直舍人省。"吕文显因曾为舍人掌谷帛事，而与掌监功作的虎贲中郎将潘敞相熟。禅灵寺新成，潘敞邀之私登寺南门楼，吕文显时为长水校尉，坐此事出贬南谯郡。

永明八年（庚午，490 年）

八月，巴东王萧子响，属官密启其逾制，杀属官，为帝所讨，缢杀、贬为鱼复侯。

《南史》卷四四《齐武帝诸子传·鱼复侯子响传》："永明六年，有司奏子响宜还本，乃封巴东郡王。七年，为都督、荆州刺史。……令私作锦袍绛袄，欲饷蛮交易器仗。长史刘寅等联名密启，上敕精检，寅等惧，欲秘之。子响闻台使至，不见敕，乃召寅及司马席恭穆、谘议参军江愆及殷昙粲、中兵参军周彦、典签吴修之、王贤宗、魏景深等俱入，于琴台下并斩之。上闻之怒，遣卫尉胡谐之、游击将军尹略、中书舍人茹法亮领羽林三千人检捕群小。敕'子响若束首自归，可全其性命'。……上又遣丹阳尹萧顺之领兵继之，子响即日将白衣左右三十人，乘舴艋中流下都。初，顺之将发，文惠太子素忌子响，密遣不许还，令便为之所。子响及见顺之，欲自申明，顺之不许，于射堂缢之。有司奏绝子响属籍，赐为蛸氏。……贬为鱼复侯。"参看《南齐书》卷四〇《武十七王传·鱼复侯子响传》、《资治通鉴》卷一三七《齐纪三》。

按，据《南齐书》卷三《武帝纪》：永明八年八月"巴东王子响有罪，遣丹阳尹萧顺之率军讨之，子响伏诛"，故系。

卫尉胡谐之，率禁兵讨巴东王子响，败免。

《南齐书》卷三七《胡谐之传》："改卫尉，中庶子如故。八年，上遣谐之率禁兵讨巴东王子响于江陵，兼长史行事。台军为子响所败，有司奏免官，权行军事如故。复为卫尉，领中庶子，本州中正。"参看《册府元龟》卷四四二《将帅部·败衄二》。

镇西中兵参军张欣泰，为萧子隆爱纳，典签密以启闻，召还都。

《南齐书》卷五一《张欣泰传》："欣泰徙为随王子隆镇西中兵，改领河东内史。子隆深相爱纳，数与谈宴，州府职局，多使关领，意遇与谢朓相次。典签密以启闻，世祖怒，召还都。屏居家巷，置宅南冈下，面接松山。欣泰负弩射雉，恣情闲放。众伎杂艺，颇多闲解。明帝即位，为领军长史，迁谘议参军。"

按，据《南齐书》卷四〇《武十七王传·随郡王子隆传》："八年，代鱼复侯子响为使持节、都督荆雍梁宁南北秦六州、镇西将军、荆州刺史，给鼓吹一部。其年，始兴王鉴罢益州，进号督益州"，萧子隆于永明八年为镇西将军，且同年进号督益州，故张欣泰因受萧子隆爱纳被召还事在本年。

冠军长史沈宪，坐不纠典签役人自给及赃私，免官。

《南齐书》卷五三《良政传·沈宪传》："迁为冠军长史，行南豫州事，晋安王后军长史、广陵太守。西阳王子明代为南兖州，宪仍留为冠军长史，太守如故，频行州府事。永明八年，子明典签刘道济取府州五十人役自给，又役子明左右，及船仗赃私百万，为有司所奏，世祖怒，赐道济死。宪坐不纠，免官。寻复为长史、辅国将军。"参看《南史》卷三六《沈演之传附沈宪传》。

永明九年（辛未，491年）

征虏长史萧惠朗，坐典签赃罪，免官。

《南齐书》卷四六《萧惠基传附萧惠休传》："永明九年，为西阳王征虏长史，行南兖州事。典签何益孙赃罪百万，弃市，惠朗坐免官。"参看《南史》卷一八《萧思话传附萧惠休传》。

安隆内史王僧旭，助蛮伐蛮败，免官。

《南齐书》卷五八《蛮传》："九年，安隆内史王僧旭发民丁，遣宽城戍主万民和助八百丁村蛮伐千二百丁村蛮，为蛮所败，民和被伤，失马及器仗，有司奏免官。"

永明十一年（癸酉，493年）

五月，南豫州刺史萧子卿，之镇道中戏部伍为水军，被代。

《南齐书》卷四〇《武十七王传·庐陵王子卿传》："十年，进号车骑将军。俄迁使持节、都督南豫豫司三州军事、骠骑将军、南豫州刺史，侍中如故。子卿之镇，道中戏部伍为水军，上闻之，大怒，杀其典签。遣宜都王铿代之。子卿还第，至崩，不与相见。郁林即位，复为侍中、骠骑将军。"《资治通鉴》卷一三八《齐纪四》系事于永明十一年五月。参看《南史》卷四四《齐武帝诸子传·庐陵王子卿传》、《册府元龟》卷二九七《宗室部·遣让》。

徐州刺史王玄邈，因建康道人与州民作乱，坐免官。

《南齐书》卷二七《王玄载传附王玄邈传》："出为持节、监徐州军事、平北将军、徐州刺史。十一年，建康莲华寺道人释法智与州民周盘龙等作乱，四百人夜攻州城西门，登梯上城，射杀城局参军唐颖，遂入城内。军主耿虎、徐思庆、董文定等拒战，至晓，玄邈率百余人登城便门，奋击，生擒法智、盘龙等。玄邈坐免官。郁林即位，授抚军将军。"

太常张瓌，言辞忤帝，以为散骑常侍、光禄大夫。

《南史》卷三一《张裕传附张瓌传》："后拜太常，自谓闲职，辄归家。武帝曰：'卿辈未富贵，谓人不与；既富贵，那复欲委去。'瓌曰：'陛下御臣等若养马，无事就闲厩，有事复牵来。'帝犹怒，遂以为散骑常侍、光禄大夫。"

按，据《南齐书》卷二四《张瓌传》："十年，转太常。自陈衰疾，愿从闲养。明年，转散骑常侍、光禄大夫。顷之，上欲复用瓌，乃以为后将军、南东海太守，秩中二千石，行南徐州府州事"，知事在永明十一年。

【武帝朝贬年不定者】

散骑常侍薛渊，从驾乘虏桥，免官。

《南齐书》卷三〇《薛渊传》："改授散骑常侍、征虏将军。……车驾幸安乐寺，渊从驾乘虏桥，先是救羌虏桥不得入仗，为有司所奏，免官，见原。（永明）四年，出为持节、督徐州诸军事、徐州刺史，将军如故。"参看《册府元龟》卷四八一《台省部·谴责》。

侍中王伦之，坐不参承，免官。

《南齐书》卷三二《王延之传》："子伦之，见儿子亦然。永明中，为侍中。世祖幸琅邪城，伦之与光禄大夫全景文等二十一人坐不参承，为有司所奏。诏伦之亲为陪侍之职，而同外惰慢，免官，景文等赎论。建武中，至侍中，领前军将军。"参看《南史》卷二四《王裕之传附王纶之传》、《册府元龟》卷四七八《台省部·废职》及卷六九九《牧守部·遣让》。

按，《南史》作王纶之。

尚书殿中曹郎陆杲，拜日至晚，免官。

《梁书》卷二六《陆杲传》："起家齐中军法曹行参军，太子舍人，卫军王俭主簿。迁尚书殿中曹郎，拜日，八座丞郎并到上省交礼，而杲至晚，不及时刻，坐免官。久之，以为司徒竟陵王外兵参军。"参看《南史》卷四八《陆杲传》、《册府元龟》卷四八一《台省部·谴责》。

按，陆杲由卫军王俭主簿迁尚书殿中曹郎，据《南齐书》卷二三《王俭传》："永明元年，进号卫军将军。……其年（永明七年）疾，上亲临视，薨，年三十八。"陆杲迁尚书殿中曹郎必不晚于永明七年。

侍中褚贲，愧恨父附高帝，常谢病在外，讽令辞爵。

《南史》卷二八《褚裕之传附褚贲传》："（褚彦回）改封南康郡公。……长子贲字蔚先，少耿介。父背袁粲等附高帝。贲深执不同，终身愧恨之，有栖退之志。位侍中。彦回薨，服阕，见武帝，贲流涕不自胜。上甚嘉之，以为侍中、领步兵校尉、左户尚书。常谢病在外，上以此望之，遂讽令辞爵，让与弟蓁，仍居墓下。……永明七年卒。"

秣陵令王摛，为宠臣潘敞所谮，见代。

《南史》卷四九《王谌传附王摛传》："为秣陵令，清直，请谒不行。羽林队主潘敞有宠二宫，势倾人主。妇弟犯法，敞为之请摛，摛投书于地，更鞭四十。敞怒谮之，明日而见代。永明八年……用为永阳郡。"

骠骑从事中郎刘祥，轻言肆行，作《连珠》寄意悖慢，徙广州。

《南齐书》卷三六《刘祥传》："祥少好文学，性韵刚疏，轻言肆行，不避高下。司徒褚渊入朝，以腰扇鄣日，祥从侧过，曰：'作如此举止，羞面见人，扇鄣何益？'渊曰：'寒士不逊。'祥曰：'不能杀袁、刘，安得免寒士？'永明初，迁长沙王镇军，板谘议参军，撰《宋书》，讥斥禅代，尚书令王俭密以启闻，上衔而不问。历鄱阳王征虏，豫章王大司马谘议，临川王骠骑从事中郎。祥兄整为广州，卒官，祥就整妻求还资，事闻朝廷。于朝士多所贬忽。王奂为仆射，祥与奂子融同载，行至中堂，见路人驱驴，祥曰：'驴！汝好为之，如汝人才，皆已令仆。'著《连珠》十五首以寄其怀。辞曰云云。有以祥《连珠》启上者，上令御史中丞任遐奏曰云云。上别遣敕祥曰：'卿素无行检，朝野所悉。轻弃骨肉，侮蔑兄嫂，此是卿家行不足，乃无关他人。卿才识所知，盖何足论。位涉清途，于分非屈。何意轻肆口哕，诋目朝士，造席立言，必以贬裁为口实。冀卿年齿已大，能自感厉，日望悛革。如此所闻，转更增甚，喧议朝廷，不避尊贱，肆口极辞，彰暴物听。近见卿影《连珠》，寄意悖慢，弥不可长。卿不见谢超宗，其才地二三，故在卿前，事殆是百分不一。我当原卿性命，令卿万里思愆。卿若能改革，当令卿得还。'……乃徙广州。祥至广州，不得意，终日纵酒，少时病卒，年三十九。"参看《南史》卷一五《刘穆之传附刘祥传》、《资治通鉴》卷一三五《齐纪一》。

按，刘祥徙广州后不久即病卒，曹道衡、沈玉成《中古文学史料丛考·刘祥生卒年试测》，系刘祥卒年于永明七年至九年间。

尚书殿中郎徐勉，以公事免。

《梁书》卷二五《徐勉传》："太尉文宪公王俭时为祭酒，每称勉有宰辅之量。射策举高第，补西阳王国侍郎。寻迁太学博士，镇军参军，尚书殿中郎，以公事免。又除中兵郎、领军长史。琅邪王元长才名甚盛，尝欲与勉相识……俄而元长及祸。"

按，《梁书》徐勉本传前云王俭为祭酒，后云王元长及祸。据《南齐书》卷二三《王俭传》：永明"二年，领国子祭酒、丹阳尹，本官如故。给鼓吹一部。三年，领国子祭酒。叔父僧虔亡，俭表解职，不许。又领太子少傅，本州中正"，王俭在齐武帝永明二年至三年领祭酒。王元长即王融，据同书卷四七《王融传》：永明十一年"诏于狱赐死"，故知徐勉被免在齐武帝永明年间。

冠军将军袁彖，微言忤世祖，又为王晏所谮，坐在郡过用禄钱，免官付东冶。

《南齐书》卷四八《袁彖传》："出为冠军将军、监吴兴郡事。彖性刚，尝以微言忤世祖，又与王晏不协。世祖在便殿，用金柄刀子治瓜，晏在侧曰：'外间有金刀之言，恐不宜用此物。'世祖愕然，穷问所以。晏曰：'袁彖为臣说之。'上衔怒良久，彖到郡，坐过用禄钱，免官付东冶。世祖游孙陵，望东冶，曰：'中有一好贵囚。'数日，专驾与朝臣幸冶，履行库藏，因宴饮，赐囚徒酒肉，敕见彖与语，明日释之。寻白衣行南徐州事，司徒谘议，卫军长史，迁侍中。"参看《南史》卷二六《袁湛传附袁象传》。

齐郁林王朝（493—494）

永明十一年（癸酉，493 年，七月郁林王即位）

十一月，冠军将军刘悛，奉献郁林王金物减少，禁锢终身。

《南齐书》卷三七《刘悛传》："为持节、监益宁二州诸军事、益州刺史，将军如故。……在蜀作金浴盆，余金物称是。罢任，以本号还都，欲献之，而世祖晏驾，郁林新立，悛奉献减少，郁林知之，讽有司收悛付廷尉，将加诛戮。高宗启救之，见原，禁锢终身。虽见废黜，而宾客日至。……海陵王即位，以白衣除兼左民尚书，寻除正。"《通鉴》系事于永明十一年十一月。参看《南史》卷三九《刘勔传附刘悛传》、《资治通鉴》卷一三八《齐纪四》。

度支尚书虞悰，于陵所受局下牛酒，坐免官。

《南齐书》卷三七《虞悰传》："转度支尚书，领步兵校尉。郁林立，改领右军将军，扬州大中正，兼大匠卿。起休安陵，于陵所受局下牛酒，坐免官。隆昌元年，以白衣领职。……延兴元年，复领右军。"参看《南史》卷四七《虞悰传》、《册府元龟》卷六二五《卿监部·废黜》。

镇西谘议参军陶季直，萧鸾在武帝崩后诛锄异己，季直不能阿意，出为辅国长史、北海太守，未出留之。

《梁书》卷五二《止足传·陶季直传》："转镇西谘议参军。齐武帝崩，明帝作相，诛锄异己，季直不能阿意，明帝颇忌之，乃出为辅国长史、北海太守。边职上佐，素士罕为之者。或劝季直造门致谢，明帝既见，便留之，以为骠骑谘议参军，兼尚书左丞。"参看《南史》卷七四《孝义传下·陶季直传》。

按，《南齐书》卷六《明帝纪》："世祖遗诏为侍中、尚书令，寻加镇军将军，给班剑二十人"，萧鸾时位同宰相。

通直散骑侍郎范云，因与萧子良亲厚，出为零陵内史。

《梁书》卷一三《范云传》："子良为司徒，又补记室参军事，寻授通直散骑侍郎、领本州大中正。出为零陵内史，在任洁己，省烦苛，去游费，百姓安之。明帝召还都，及至，拜散骑侍郎。"《南史》卷五七《范云传》："永明十年使魏，魏使李彪宣命，至云所，甚见称美。……使还，再迁零陵内史。初，零陵旧政，公田奉米之外，别杂调四千石。及云至郡，止其半，百姓悦之。深为齐明帝所知，还除正员郎。"

按，《南史》云范云使魏还，迁零陵内史。据《资治通鉴》卷一三七《齐纪三》：永明十年"十二月，司徒参军萧琛、范云聘于魏。魏主甚重齐人，亲与谈论"。范云自魏还应在次年，历经武帝驾崩郁林王即位，本年秋出贬零陵。

隆昌元年·延兴元年·建武元年（甲戌，494年，七月海陵王即位、改元延兴，十月明帝即位、改元建武）

司徒参军王智深，坐事免。

《南齐书》卷五二《文学传·王智深传》："敕智深撰《宋纪》，召见芙蓉堂，赐衣服，给宅。智深告贫于豫章王，王曰：'须卿书成，当相论以禄。'书成三十卷，世祖后召见智深于璚明殿，令拜表奏上。表未奏而世祖崩。隆昌元年，敕索其书，智深迁为竟陵王司徒参军，坐事免。……卒于家。"参看《南史》卷七二《文学传·王智深传》。

按，《南齐书》卷四《郁林王纪》载：隆昌元年四月"太傅竟陵王子良薨"，王智深迁为竟陵王参军，并免官事同在本年无疑。

吏部郎沈约，因与萧子良亲厚，出为宁朔将军、东阳太守。

《梁书》卷一三《沈约传》："寻为御史中丞，转车骑长史。隆昌元年，除吏部郎，出为宁朔将军、东阳太守。明帝即位，进号辅国将军，征为五兵尚书，迁国子祭酒。"参看《南史》卷五七《沈约传》。

按，沈约出贬东阳，又有永明十一年之说。见曹道衡、沈玉成《中古文学史料丛考·沈约为东阳太守》："《梁书》本传录约与徐勉书云：'永明末，出守东阳，意在止足，而建武肇运，人世胶加，一去不返，行之未易。'……《梁书》本传记约出守东阳在隆昌元年，与其自纪年月不合。颇疑约之出守当在昭业继位后尚未改元之时。"此说以沈约《与徐勉书》自云永明末出贬为明证。但我们应当注意，公元494年一年三改元，即正月郁林王改元隆昌、七月海陵王改元延兴、十月明帝改元建武。沈约云"永明末"，疑只为与下文所云"建武"之年加以区分。又参考陈庆元《沈约事迹诗文系年》，沈约于隆昌元年出为东阳，佐证颇多。诸如隆昌元年正月沈约为郁林王作《劝农访民所疾苦诏》、《续高僧传》卷六《梁国师草堂寺智者释慧约传》载："释慧约……少傅沈约隆昌中外任，携与同行"等，不一而足。本文从隆昌元年之说。

七月，皇帝萧昭业，为萧鸾废杀，追废为郁林王；皇后何婧英，废为郁林王妃。

《资治通鉴》卷一三九《齐纪五》：隆昌元年七月"癸巳，以太后令追废帝为郁林王，又废何后为王妃，迎立新安王昭文"。

萧昭业 《南齐书》卷四《郁林王纪》：隆昌元年七月"乃谋出高宗于西州，中敕用事，不复关谘。高宗虑变，定谋废帝。二十二日壬辰……杀之，时年二十二。"同书卷一九《五行志》："世祖起禅灵寺初成，百姓纵观。或曰：'禅者授也，灵非美名，所授必不得其人。'后太孙立，见废也。"参看《南史》卷五《齐本纪下》。

何婧英 《南齐书》卷二〇《皇后传·郁林王何妃传》："郁林王何妃名婧英，庐江灊人。……郁林王即位，为皇后。……帝被废，后贬为王妃。"参看《南史》卷一一《后妃传上·郁林王何妃传》。

【郁林王朝贬年不定者】

巴西、梓潼太守垣憘伯，被诬，敕解郡。

《南史》卷二五《垣护之传附垣阆传》："子憘伯袭爵。憘伯少负气豪侠，妙解射雉，尤为武帝所重，以为直阁将军。与王文和俱任，颇以地势陵之。后出为巴西、梓潼二郡太守，时文和为益州刺史，曰：'每忆昔日俱在阁下，卿时视我，如我今日见卿。'因诬其罪，驰信启之，又辄遣萧寅代憘伯为郡。憘伯亦别遣启台，闭门待报，寅以兵围之。齐明帝辅政，知其无罪，不欲乖文和，乃敕憘伯解郡，还为寅军所蹑，束手受害。"

按，据《南史》卷二五《王懿传》，王文和"齐永明年中，历青、冀、兖、益四州刺史"，其任益州在武帝时。然王文和诬垣僭伯，载"明帝辅政"，知时武帝已崩，当在郁林王朝。

齐海陵王朝（494—494）

延兴元年（甲戌，494年，七月海陵王即位）

十月，皇帝萧昭文，为萧鸾所废，降封海陵王；皇后王韶明，降为海陵王妃。

  萧昭文　《资治通鉴》卷一三九《齐纪五》：延兴元年十月"辛亥，皇太后令曰：'嗣主冲幼，庶政多昧；且早婴尫疾，弗克负荷。太傅宣城王，胤体宣皇，钟慈太祖，宜入承宝命。帝可降封海陵王，吾当归老别馆。'……（十一月）上诈称海陵恭王有疾，数遣御师瞻视，因而殒之，葬礼并依汉东海恭王故事"。参看《南齐书》卷五《海陵王纪》、《南史》卷五《齐本纪下》。

  王韶明　《南齐书》卷二〇《皇后传·海陵王王妃传》："海陵王王妃名韶明，琅邪临沂人。……延兴元年，为皇后。其年，降为海陵王妃。"参看《南史》卷一一《后妃传上·海陵王王妃传》。

齐明帝朝（494—498）

建武元年（甲戌，494年，十月明帝即位）

十二月，宣德太仆刘朗之，坐不赡给兄子，致使随母他嫁，免官、禁锢终身。

  《南史》卷五《齐本纪下》：建武元年"十二月庚戌，宣德太仆刘朗之，游击将军刘璩之子，坐不赡给兄子，致使随母他嫁，免官，禁锢终身，付之乡论"。

建武四年（丁丑，497年）

正月，侍中萧铉，因王晏以谋立其为名，免官，以王还第。

  《南齐书》卷三五《高帝十二王传·河东王铉传》："寻迁侍中、卫将军。铉年稍长。四年，诛王晏，以谋立铉为名，免铉官，以王还第，禁不得与外人交通。永泰元年，上疾暴甚，遂害铉，时年十九。"《资治通鉴》卷一四一《齐纪七》：建武四年正月，"河东王铉先以少年才弱，故未为上所杀。铉朝见，常鞠躬俯偻，不敢平行直视。至是，年稍长，遂坐晏事免官，禁不得与外人交通"。参看《南史》卷四三《齐高帝诸子传下·河东王铉传》。

建武五年·永泰元年（戊寅，498 年，四月改元永泰）

二月，平西将军萧遥欣，在州厚自封殖、为明帝所恶，又长史刘季连为表其有异迹，以为雍州刺史。

《梁书》卷二〇《刘季连传》："建武中，又出为平西萧遥欣长史、南郡太守。时明帝诸子幼弱，内亲则仗遥欣兄弟，外亲则倚后弟刘暄、内弟江祏。遥欣之镇江陵也，意寄甚隆；而遥欣至州，多招宾客，厚自封殖，明帝甚恶之。季连族甥琅邪王会为遥欣谘议参军，美容貌，颇才辩，遥欣遇之甚厚。会多所愋忽，于公座与遥欣竞侮季连，季连憾之，乃密表明帝，称遥欣有异迹，明帝纳焉，乃以遥欣为雍州刺史。"参看《南史》卷一三《宋宗室及诸王传上·营浦侯遵考传附刘季连传》、《册府元龟》卷二一八《闰位部·疑忌》及卷九三二《总录部·诬构》。

按，据《南齐书》卷六《明帝纪》：永泰元年二月"平西将军萧遥欣领雍州刺史"，知事在此时。萧遥欣前后仕历，见同书卷四五《宗室传·始安贞王道生传附萧遥欣传》："四年，进号平西将军。永泰元年，以雍州虏寇，诏遥欣以本官领刺史，宁蛮校尉，移镇襄阳，虏退不行。永元元年卒，年三十一。"

五月，平东将军张瓌，拒王敬则时散逃，免官削爵。

《南齐书》卷二四《张瓌传》："高宗疾甚，防疑大司马王敬则，以瓌素著干略，授平东将军、吴郡太守，以为之备。及敬则反，瓌遣将吏三千人迎拒于松江，闻敬则军鼓声，一时散走，瓌弃郡逃民间。事平，瓌复还郡，为有司所奏，免官削爵。永元初，为光禄大夫。"参看《南史》卷三一《张裕传附张瓌传》。

按，据《资治通鉴》卷一四一《齐纪七》：永泰元年五月"敬则军大败，索马再

上，不能得，崔恭祖刺之仆地，兴盛军客袁文旷斩之"，将张瓌拒守王敬则不力
免官事系于此。

【明帝朝贬年不定者】

沈绩，父在傐白幰车，免官禁锢。

《南齐书》卷三四《沈冲传》："（冲与）淡、渊并历御史中丞，兄弟三人，皆为
司直，晋、宋未有也。中丞案裁之职，被宪者多结怨。渊永明中弹吴兴太守袁
彖，建武中，彖从弟昂为中丞，到官数日，奏弹渊子绩父在傐白幰车，免官禁
锢。"参看《南史》卷三四《沈怀文传附沈冲传》、《册府元龟》卷五二二《宪官部·
私曲》。

按，《南史》作沈渊为沈深，乃避唐高祖李渊讳。

平北长史裴昭明，在事无所启奏，代还。

《南齐书》卷五三《良政传·裴昭明传》："建武初，为王玄邈安北长史、广陵
太守。明帝以其在事无所启奏，代还，责之。昭明曰：'臣不欲竞执关楗故
耳。'……中兴二年，卒。"参看《南史》卷三三《裴松之传附裴昭明传》、《册府元
龟》卷六九九《牧守部·遣让》。

按，《南齐书》卷二七《王玄载传附王玄邈传》载："建武元年，迁持节、都督
南兖兖徐青冀五州军事、平北将军、南兖州刺史，转护军将军，加散骑常侍。四
年，卒，年七十二。赠安北将军、雍州刺史"，安北将军乃王玄邈死后赠号。
《南齐书》所云裴昭明建武初为王玄邈"安北长史"，为"平北长史"之误。又，王
玄邈卒于建武四年，裴昭明被代还必在此前。

王约，数年废锢。

《南史》卷二三《王彧传附王缋传》："缋弟约，齐明帝世数年废锢。梁武帝时
为太子中庶子。"

齐东昏侯朝（498—501）

永元二年（庚辰，500 年）

十二月，军主王法度，因萧颖胄起事而不进军，免官。

《资治通鉴》卷一四三《齐纪九》：永元二年"十二月，颖胄与夏侯详移檄建康百官及州郡牧守，数帝及梅虫儿、茹法珍罪恶。颖胄遣冠军将军天水杨公则向湘州，西中郎参军南郡邓元起向夏口。军主王法度坐不进军免官"。参看《南齐书》卷三八《萧赤斧传附萧颖胄传》。

齐和帝朝（501—502）

永元三年·中兴元年（辛巳，501 年，三月和帝即位，改元）

东昏侯萧宝卷，三月废为涪陵王，十二月追封东昏侯；十二月，皇后褚令璩、黄淑仪，太子萧诵，并废为庶人。

《梁书》卷一《武帝纪上》：三月"乙巳，南康王即帝位于江陵，改永元三年为中兴元年，遥废东昏为涪陵王"。《南齐书》卷七《东昏侯纪》：永明三年"十二月丙寅，新除雍州刺史王珍国、侍中张稷率兵入殿废帝，时年十九"；"令依汉海昏侯故事，追封东昏侯"。同书卷二〇《皇后传·东昏褚皇后传》："东昏褚皇后名令璩，河南阳翟人。……东昏即位，为皇后。……黄淑仪生太子诵，东昏废，并为庶人"。参看《南史》卷六《梁本纪上》、《南史》卷一一《后妃传上·东昏褚皇后传》、《资治通鉴》卷一四四《齐纪十》。

十二月，建安内史江蒨，萧衍起事次江州，蒨拒之，坐禁锢。

《梁书》卷二一《江蒨传》："出为建安内史，视事期月，义师下次江州，遣宁朔将军刘诪之为郡，蒨帅吏民据郡拒之。及建康城平，蒨坐禁锢，俄被原，起为后军临川王外兵参军。"参看《南史》卷三六《江夷传附江蒨传》。

按，据《梁书》卷一《武帝纪上》，梁武帝平建康，在中兴元年十二月。

武康令傅映，以公事免。

《梁书》卷二六《傅昭传附傅映传》："永元元年，参镇军江夏王军事，出为武康令。及高祖师次建康……寻以公事免。天监初，除征虏鄱阳王参军。"

【南朝齐贬年不定者】

司徒右长史檀超，与物多忤，徙交州。

《南史》卷七二《文学传·檀超传》："后为司徒右长史。建元二年，初置史官，以超与骠骑记室江淹掌史职。……既与物多忤，史功未就，徙交州，于路见杀。江淹撰成之，犹不备也。"

按，檀超被徙交州当在建元、永明间，参看曹道衡、沈玉成《中古文学史料丛考·檀超卒年推测》。

义兴太守王缋，欲辄杀郡吏，坐白衣领职；后为征虏将军，又坐事免官。

《南齐书》卷四九《王奂传附王缋传》："出补义兴太守。辄录郡吏陈伯喜付阳羡狱，欲杀之，县令孔逭不知何罪，不受缋教，为有司所奏，缋坐白衣领职。迁太子中庶子，领骁骑，转长史兼侍中。世祖出射雉，缋信佛法，称疾不从驾"；"（隆昌元年）仍为冠军将军、豫章内史。进号征虏。又坐事免官。除冠军将军。……永元元年，卒。"参看《南史》卷二三《王彧传附王缋传》。

按，王缋白衣领职在齐高帝或武帝时。

新安太守柳恽，以无政绩，免归。

《梁书》卷一二《柳恽传》："子响为荆州，恽随之镇。子响昵近小人，恽知将为祸，称疾还京。及难作，恽以先归得免。历中书侍郎，中护军长史。出为新安太守，居郡，以无政绩，免归。久之，为右军谘议参军事。建武末，为西戎校尉、梁南秦二州刺史。"

按，事在武帝至明帝间。

遂安令刘澄，为性弥洁，百姓不堪命，坐免官。

《南史》卷七一《儒林传·何佟之传》："永元末，都下兵乱，佟之常集诸生讲论，孜孜不怠。性好洁……于时又有遂安令刘澄，为性弥洁，在县扫拂郭邑，路无横草，水翦虫秽，百姓不堪命，坐免官。然甚贞正，善医术，与徐嗣伯埒名。"

按，事在东昏末或和帝时。

南朝梁（502—557）

梁武帝朝（502—549）

中兴二年·天监元年（壬午，502年，四月武帝即位，改元）

四月，齐和帝萧宝融，封巴陵王；宣德皇后王宝明，为齐文帝妃；皇后王蕣华，为巴陵王妃：皆因齐梁禅代。

《梁书》卷二《武帝纪中》："封齐帝为巴陵王，全食一郡。载天子旌旗，乘五时副车。行齐正朔。郊祀天地，礼乐制度，皆用齐典。齐宣德皇后为齐文帝妃，齐后王氏为巴陵王妃。"参看《南史》卷六《梁本纪上》、《资治通鉴》卷一四五《梁纪一》。

萧宝融　《南齐书》卷八《和帝纪》："（三月）丙辰，禅位梁王。……夏四月辛酉，禅诏至，皇太后逊外宫。丁卯，梁王奉帝为巴陵王，宫于姑熟，行齐正朔，一如故事。戊辰，薨，年十五。"同书卷一九《五行志》："文惠太子作七言诗，后句辄云'愁和谛'。后果有和帝禅位"；"文惠太子起东田，时人反云：'后必有癫童。'果由太孙失位。"参看《南史》卷五《齐本纪下》。

王宝明　《南齐书》卷二〇《皇后传·文安王皇后传》："文安王皇后讳宝明，琅邪临沂人也。……高宗即位，出居鄱阳王故第，为宣德宫。永元三年，梁王定京邑，迎后入宫称制，至禅位。天监十一年，薨，年五十八。"参看《南史》卷一一《后妃传上·文安王皇后传》。

王蕣华　《南齐书》卷二〇《皇后传·和帝王皇后传》："和帝王皇后名蕣华，琅邪临沂人，太尉俭孙也。初为随王妃。中兴元年，为皇后。帝禅位，后降为妃。"参看《南史》卷一一《后妃传上·和王皇后传》。

四月，晋安郡王萧宝义，降为谢沐县公；豫章王萧元琳，降为新淦县侯；巴陵王萧同，降为封监利侯；南康县侯萧子恪、祁阳县侯萧子范、宁都县侯萧子显、新浦县侯萧子云，降爵为子：皆因齐梁禅代。

　　萧宝义　《南齐书》卷五〇《明七王传·巴陵隐王宝义传》："巴陵隐王宝义字智勇，明帝长子也。……封晋安郡王，三千户。……梁受禅，封谢沐县公，寻封巴陵郡王，奉齐后。天监中薨。"参看《南史》卷四四《明帝诸子传·巴陵隐王宝义传》。

　　萧元琳　《南齐书》卷二二《豫章文献王传》："子元琳嗣，今上受禅，诏曰：'褒隆往代，义炳彝则。朕当此乐推，思弘前典。豫章王元琳、故巴陵王昭胄子同，齐氏宗国，高、武嫡胤，宜祚井邑，以传世祀。降新淦县侯，五百户。'"参看《南史》卷四二《齐高帝诸子传上·豫章文献王嶷传附萧元琳传》、《册府元龟》卷二一一《闰位部·继绝》。

　　萧同　《南齐书》卷四〇《武十七王传·竟陵文宣王子良传》："子昭胄嗣。……永元元年，改封巴陵王。……梁受禅，降封昭胄子同监利侯。"参看《南史》卷四四《齐武帝诸子传·竟陵文宣王子良传附萧昭胄传》。

　　萧子恪　《梁书》卷三五《萧子恪传》："萧子恪字景冲，兰陵人，齐豫章文献王嶷第二子也。永明中，以王子封南康县侯。……中兴二年，迁辅国谘议参军。天监元年，降爵为子，除散骑常侍，领步兵校尉，以疾不拜，徙为光禄大夫。"参看《南史》卷四二《齐高帝诸子传上·豫章文献王嶷传附萧子恪传》。

　　萧子范　《梁书》卷三五《萧子恪传附萧子范传》："子范字景则，子恪第六弟也。齐永明十年，封祁阳县侯，拜太子洗马。天监初，降爵为子，除后军记室参军。复为太子洗马。"参看《南史》卷四二《齐高帝诸子传上·豫章文献王嶷传附萧子范传》。

　　萧子显　《梁书》卷三五《萧子恪传附萧子显传》："子显字景阳，子恪第八弟也。……七岁，封宁都县侯。永元末，以王子例拜给事中。天监初，降爵为子。累迁安西外兵。"参看《南史》卷四二《齐高帝诸子传上·豫章文献王嶷传附萧子显传》。

萧子云　《梁书》卷三五《萧子恪传附萧子云传》："子云字景乔，子恪第九弟也。年十二，齐建武四年，封新浦县侯，自制拜章，便有文采。天监初，降爵为子。……年三十，方起家为秘书郎。"参看《南史》卷四二《齐高帝诸子传上·豫章文献王嶷传附萧子云传》。

四月，南昌县公王俭，因齐梁禅代，降封南昌县侯，时俭已卒，子骞袭爵。

《南齐书》卷二三《王俭传》："建元元年，改封南昌县公，食邑二千户。……今上受禅，下诏为俭立碑，降爵为侯，千户。"《梁书》卷七《太宗王皇后传》："高祖受禅，诏曰：'庭坚世祀，靡辍于宗周，乐毅锡壤，乃昭于洪汉。齐故太尉南昌公，含章履道，草昧兴齐，谟明翊赞，同符在昔。虽子房之蔚为帝师，文若之隆比王佐，无以尚也。朕膺历受图，惟新宝命，莘莘玉帛，升降有典。永言前代，敬惟徽烈，匪直懋勋，义兼怀树。可降封南昌县公为侯，食邑千户。'骞袭爵，迁度支尚书。"参看《南史》卷二二《王昙首传附王骞传》。

十二月，护军将军张稷，以事免；寻为度支尚书、前将军、太子右卫率，又以公事免。

《梁书》卷二《武帝纪中》：天监元年"十二月丙申，以国子祭酒张稷为护军将军。辛亥，护军将军张稷免"。同书卷一六《张稷传》："又为侍中、国子祭酒，领骁骑将军，迁护军将军、扬州大中正，以事免。寻为度支尚书、前将军、太子右卫率，又以公事免。俄为祠部尚书，转散骑常侍、都官尚书、扬州大中正，以本职知领军事。寻迁领军将军，中正、侯如故。"

按，据《梁书》卷二《武帝纪中》，天监四年"十一月辛未，以都官尚书张稷为领军将军"，张稷第二次被免在天监元年至四年间，暂附于此。

前将军萧颖达，以公事免。

《梁书》卷十《萧颖达传》："建康城平，高祖以颖达为前将军、丹阳尹。上受禅……加颖达散骑常侍，以公事免。及大论功赏，封颖达吴昌县侯，邑千五百户。寻为侍中，改封作唐侯，县邑如故。"

按，梁武大论功赏当在即位后不久，萧颖达免官在此前。

天监二年（癸未，503 年）

正月，左光禄大夫王亮，元日朝会万国时辞疾不登殿，以大不敬削爵废为庶人。

《梁书》卷二《武帝纪中》：天监二年正月"丙辰，尚书令、新除左光禄大夫王亮免"。同书卷一六《王亮传》："高祖受禅，迁侍中、尚书令、中军将军，引参佐命，封豫宁县公，邑二千户。天监二年，转左光禄大夫，侍中、中军如故。元日朝会万国，亮辞疾不登殿，设馔别省，而语笑自若。数日，诏公卿问讯，亮无疾色，御史中丞乐蔼奏大不敬，论弃市刑。诏削爵废为庶人。……八年，诏起为秘书监。"同书卷二五《周捨传》："时王亮得罪归家，故人莫有至者，捨独敦恩旧，及卒，身营殡葬，时人称之。"参看《南史》卷二三《王诞传附王亮传》、《资治通鉴》卷一四五《梁纪一》。

尚书右仆射范云，坐违诏用人，免吏部

《南史》卷五七《范云传》："二年，迁尚书右仆射，犹领吏部。顷之，坐违诏用人，免吏部，犹为右仆射。……二年果卒。"参看《梁书》卷一三《范云传》。

兼廷尉正裴子野，同僚代其署狱牒，奏有不允，从坐免职。

《梁书》卷三〇《裴子野传》："天监初，尚书仆射范云嘉其行，将表奏之，会云卒，不果。……除右军安成王参军，俄迁兼廷尉正。时三官通署狱牒，子野尝不在，同僚辄署其名，奏有不允，子野从坐免职。或劝言诸有司，可得无咎。子野笑而答曰：'虽惭柳季之道，岂因讼以受服。'自此免黜久之，终无恨意。二年，吴平侯萧景为南兖州刺史，引为冠军录事。"参看《南史》卷三三《裴松之传附裴子野传》。

广州刺史徐元瑜，罢归。

《梁书》卷一九《乐蔼传》："二年，出为持节、督广交越三州诸军、冠军将军、平越中郎将、广州刺史。前刺史徐元瑜罢归，道遇始兴人士反，逐内史崔睦舒，因掠元瑜财产。元瑜走归广州，借兵于蔼，托欲讨贼，而实谋袭蔼。蔼觉之，诛元瑜。"

中书侍郎丘迟，坐事免。

《南史》卷七二《文学传·丘灵鞠传附丘迟传》："及践阼，迁中书郎，待诏文德殿。时帝著《连珠》，诏群臣继作者数十人，迟文最美。坐事免，乃献《责躬诗》，上优辞答之。后出为永嘉太守，在郡不称职，为有司所纠。帝爱其才，寝其奏。"

按，据《梁书》卷四九《文学传上·丘迟传》："高祖践阼，拜散骑侍郎，俄迁中书侍郎、领吴兴邑中正、待诏文德殿。时高祖著《连珠》，诏群臣继作者数十人，迟文最美。天监三年，出为永嘉太守"，知丘迟免中书郎在天监元年至二年间。然以梁武对其爱重，大约不致免官弃置一年余，故权系于天监二年。

天监四年（乙酉，505 年）

正月，吴令唐佣，制物逾制，禁锢终身。

《南史》卷六《梁本纪上》：天监四年正月"有司奏：吴令唐佣铸盘龙火炉、翔凤砚盖。诏禁锢终身"。

右卫将军邓元起，救汉中逗留，萧渊藻杀之并诬以反，更封松滋县侯；四月，益州刺史萧渊藻，为邓元起故吏所讼，贬号冠军将军。

《梁书》卷十《邓元起传》："征为右卫将军，以西昌侯萧渊藻代之。是时，梁州长史夏侯道迁以南郑叛，引魏人，白马戍主尹天宝驰使报蜀，魏将王景胤、孔陵寇东西晋寿，并遣告急，众劝元起急救之。元起曰：'朝廷万里，军不卒至，若寇贼侵淫，方须扑讨，董督之任，非我而谁？何事匆匆便救。'黔娄等苦谏之，皆不从。高祖亦假元起节都督征讨诸军事，救汉中，比至，魏已攻陷两晋寿。渊藻将至，元起颇营还装，粮储器械，略无遗者。渊藻入城，甚怨望之，因表其逗留不忧军事，收付州狱，于狱自缢，时年四十八。有司追劾削爵土，诏减邑之半，乃更封松滋县侯，邑千户。"《南史》卷五五《邓元起传》："征为右卫将军，以西昌侯萧藻代之。时梁州长史夏侯道迁以南郑叛，引魏将王景胤、孔陵，攻东、西晋寿，并遣告急。众劝元起急救之。元起曰：'朝廷万里，军不卒至，若寇贼浸淫，方须扑讨，董督之任，非我而谁？何事匆匆便相催督。'黔娄等苦谏之，皆不从。武帝亦假元起节、都督征讨诸军，将救汉中。比是，魏已攻克两晋寿。萧藻将至，元起颇营还装，粮储器械略无遗者。萧藻入城，求其良马。元起曰：'年少郎子，何用马为?'藻恚，醉而杀之。元起麾下围城，哭且问其故。藻惧曰：'天子有诏。'众乃散。遂诬以反，帝疑焉。有司追劾削爵土，诏减邑之半，封松滋县侯。故吏广汉罗研诣阙讼之，帝曰：'果如我所量也。'使让藻曰：'元起为汝报仇，汝为仇报仇，忠孝之道如何?'乃贬藻号为冠军将军。赠元起征西将军，给鼓吹，谥忠侯。……论曰：'……元起勤乃胥附，功惟辟土，劳之不图，祸机先陷。冠军之贬，于罚已轻，梁之政刑，于斯为失。私戚之端，自斯而启。年之不永，不亦宜乎?'"《资治通鉴》卷一四六《梁纪二》系事于天监四年四月。

按，《通鉴》作西昌侯为萧渊藻，是。《南史》为避高祖李渊讳减字。

又，《梁书》与《南史》记载邓元起死因不同，《梁书》言于狱中自缢，《南史》言为萧渊藻所杀并诬以反，今从《南史》。参看李清《南北史合注》卷五六《列传第四十五南史五十六》："《梁书》曰：'藻表其逗留不忧军事，收付州狱，于狱自缢。'《通鉴考异》曰：'若止以逗留表元起，安敢擅收前刺史付狱杀之，《南史》诬以反是。'"

又，《梁书·邓元起传》载："中兴元年七月，郢城降，以本号为益州刺史，仍为前军，先定寻阳。……天监初，封当阳县侯，邑一千二百户。又进号左将军，刺史如故，始述职焉。……在州二年，以母老乞归供养，诏许焉。"知邓元起中兴元年（501年）为益州刺史，天监元年（502年）之职为当阳县侯，在州二年乞归，时至天监二年（503年）。代归时遇夏侯道迁之叛，据《魏书》卷八《世宗纪》：正始元年（504年）十二月，"萧衍行梁州事夏侯道迁据汉中来降"，梁武假元起节救汉中。及萧渊藻至，杀邓元起。有司追劾削爵土，必已至次年。邓元起故吏广汉罗研诣阙讼之，萧渊藻贬号冠军将军事，据《通鉴》，在天监四年四月。

巴西梓潼太守庾域，上表振贷不待报辄开仓，迁西中郎司马、辅国将军、宁蜀太守。

《南史》卷五六《庾域传》："出为宁朔将军，巴西梓潼二郡太守。梁州长史夏侯道迁降魏，魏袭巴西，域固守。城中粮尽，将士皆龁草供食，无有离心。魏军退，进爵为伯。于时兵后人饥，域上表振贷，不待报辄开仓，为有司所纠。上迁域西中郎司马、辅国将军、宁蜀太守。卒于官。"

按，夏侯道迁反叛见上条，庾域开仓赈灾当在同年。

尚书左丞范缜，志怀未满，与谪臣王亮私相亲结，为其言于高祖，免官，徙广州。

《梁书》卷一六《王亮传》："四年夏，高祖宴于华光殿，谓群臣曰：'朕日昃听政，思闻得失。卿等可谓多士，宜各尽献替。'尚书左丞范缜起曰：'司徒谢朏本有虚名，陛下擢之如此，前尚书令王亮颇有治实，陛下弃之如彼，是愚臣所不知。'高祖变色曰：'卿可更余言。'缜固执不已，高祖不悦。御史中丞任昉因奏曰：'……请以见事免缜所居官，辄勒外收付廷尉法狱治罪。……'诏闻可。玺书诘缜曰：'亮少乏才能，无闻时辈，昔经冒入群英，相与訾薄，晚节谄事江祏，为吏部，末协附梅虫儿、茹法珍，遂执昏政。比屋罹祸，尽家涂炭，四海沸腾，天下横溃，此谁之咎！食乱君之禄，不死于治世。亮协固凶党，作威作福，靡衣玉食，女乐盈房，势危事逼，自相吞噬。建石首题，启靡请罪。朕录其白旗之来，赏其既往之咎。亮反覆不忠，奸贿彰暴，有何可论，妄相谈述？具以状对。'所诘十条，缜答支离而已。亮因屏居闭扫，不通宾客。"同书卷四八《儒林传·范缜传》："征为尚书左丞。缜去还，虽亲戚无所遗，唯饷前尚书令王亮。缜仕齐时，与亮同台为郎，旧相友，至是亮被摈弃在家。缜自迎王师，志在权轴，既而所怀未满，亦常怏怏，故私相亲结，以矫时云。后竟坐亮徙广州，语在亮传。……缜在南累年，追还京。既至，以为中书郎、国子博士，卒官。"参看《南史》卷二三《王诞传附王亮传》、卷五七《范云传附范缜传》。

丹阳尹丞到沆，以疾不能处职事，迁北中郎谘议参军。

《梁书》卷四九《文学传上·到沆传》："四年，迁太子中舍人。……其年，迁丹阳尹丞，以疾不能处职事，迁北中郎谘议参军。五年，卒官，年三十。"

天监七年(戊子，508 年)

二月，南兖州刺史昌义之，坐禁物出藩，为有司奏免。

《梁书》卷一八《昌义之传》："六年四月，高祖遣曹景宗、韦叡帅众二十万救焉，既至，与魏战，大破之，英、大眼等各脱身奔走。义之因率轻兵追至洛口而还。斩首俘生，不可胜计。以功进号军师将军，增封二百户，迁持节、督青冀二州诸军事、征房将军、青冀二州刺史。未拜，改督南兖兖徐青冀五州诸军事、辅国将军、南兖州刺史。坐禁物出藩，为有司所奏免。其年，补朱衣直阁，除左骁骑将军，直阁如故。八年，出为持节、督湘州诸军事、征远将军、湘州刺史。"参看《南史》卷五五《昌义之传》。

按，《梁书》卷二《武帝纪中》载："（天监六年九月）以左卫将军吕僧珍为平北将军、南兖州刺史。……（天监七年二月乙亥）平北将军、南兖州刺史吕僧珍为领军将军。丙子，以中护军长沙王深业为南兖州刺史。"昌义之当于天监七年代吕僧珍为南兖州，被免，复以萧渊业为南兖州。

西省学士刘峻，省兄孝庆私载禁物，坐免官；后萧秀引为户曹参军，复以疾去。

《梁书》卷五○《文学传下·刘峻传》："天监初，召入西省，与学士贺踪典校秘书。峻兄孝庆，时为青州刺史，峻请假省之，坐私载禁物，为有司所奏，免官。安成王秀好峻学，及迁荆州，引为户曹参军，给其书籍，使抄录事类，名曰《类苑》，未及成，复以疾去，因游东阳紫岩山，筑室居焉。为《山栖志》，其文甚美。高祖招文学之士，有高才者，多被引进，擢以不次。峻率性而动，不能随众沉浮，高祖颇嫌之，故不任用。乃著《辨命论》以寄其怀曰云云。……峻又尝为《自序》。……普通二年，卒，时年六十。"参看《南史》卷四九《刘怀珍传附刘峻传》。

按，《梁书》卷一四《任昉传》载："昉卒后，高祖使学士贺纵共沈约勘其书目，官所无者，就昉家取之。昉所著文章数十万言，盛行于世。""贺踪"与"贺纵"应为同一人。"蹤"与"縱"形近而误。任昉本传又载，"六年春，出为宁朔将军、新安太守。……视事期岁，卒于官舍，时年四十九"，知其卒于天监七年，则此年贺踪为学士。又《梁书》卷二《武帝纪中》，天监七年五月"以平南将军、江州刺史安成王秀为平西将军、荆州刺史"，则萧秀迁荆州、引刘峻为户曹参军在天监七年，故知刘峻免西省事在天监七年。

又，《文选》卷四三《书下·重答刘秣陵沼书》李善记刘峻自序云："梁天监中，诏峻东掌石渠阁，以病乞骸骨。后隐东阳金华山。"知刘峻去萧秀幕后，天监中又曾掌石渠阁。

左骁骑将军萧景，在职峻切，制局监近幸颇不堪命，出为使持节、督雍梁南北秦郢州之竟陵司州之随郡诸军事、信武将军、宁蛮校尉、雍州刺史。

《梁书》卷二四《萧景传》："七年，迁左骁骑将军，兼领军将军。领军管天下兵要，监局官僚，旧多骄佚，景在职峻切，官曹肃然。制局监皆近幸，颇不堪命，以是不得久留中。寻出为使持节、督雍梁南北秦郢州之竟陵司州之随郡诸军事、信武将军、宁蛮校尉、雍州刺史。八年三月，魏荆州刺史元志率众七万寇潺沟。……十一年，征右卫将军、领石头戍军事。"《南史》卷五一《梁宗室传上·吴平侯景传》："领军管天下兵要，宋孝建以来，制局用事，与领军分权，典事以上皆得呈奏，领军垂拱而已。"

冠军长史裴邃，论帝王功业所言有不臣之迹，左迁始安太守。

《梁书》卷二八《裴邃传》："迁冠军长史、广陵太守。邃与乡人共入魏武庙，因论帝王功业，其妻甥王篆之密启高祖，云'裴邃多大言，有不臣之迹'。由是左迁为始安太守。邃志欲立功边陲，不愿闲远，乃致书于吕僧珍曰：'昔阮咸、颜延有"二始"之叹。吾才不逮古人，今为三始，非其愿也，将如之何！'未及至郡，会魏攻宿预，诏邃拒焉。行次直渎，魏众退。迁右军谘议参军、豫章王云麾府司马，率所领助守石头。"参看《南史》卷五八《裴邃传》。

按，裴邃出为始安途中，会魏攻宿预。据《资治通鉴》卷一四七《梁纪三》：天监七年"十一月，庚寅，魏遣安东将军杨椿将兵四万攻宿豫"。宿豫，即宿预，知事在本年。

天监八年(己丑，509 年)

辅国将军柳忱，坐辄放从军丁，免

《梁书》卷一二《柳惔传附柳忱传》："迁持节、督湘州诸军事、辅国将军、湘州刺史。八年，坐辄放从军丁免。俄入为秘书监。"

贞威将军马仙琕，魏人破悬瓠，退走，坐征还。

《梁书》卷一七《马仙琕传》："迁都督司州诸军事、司州刺史，辅国将军如故。俄进号贞威将军。魏豫州人白皂生杀其刺史琅邪王司马庆曾，自号平北将军，推乡人胡逊为刺史，以悬瓠来降。高祖使仙琕赴之，又遣直阁将军武会超、马广率众为援。仙琕进顿楚王城，遣副将齐苟儿以兵二千助守悬瓠。魏中山王元英率众十万攻悬瓠，仙琕遣广、会超等守三关。十二月，英破悬瓠，执齐苟儿，遂进攻马广，又破广，生擒之，送雒阳。仙琕不能救。会超等亦相次退散，魏军遂进据三关。仙琕坐征还，为云骑将军。出为仁威司马。"参看《南史》卷二六《袁湛传附马仙琕传》。

按，参看钱大昕《廿二史考异》卷二六《梁书》："七年，魏人以悬瓠城内附，诏仙琕以兵赴之。既而魏人破悬瓠，仙琕退走，魏军进据三关。明年，仙琕征还。"

天监九年（庚寅，510 年）

侍中谢览，前因宴席与散骑常侍萧琛辞相诋毁，出为中权长史；本年为新安太守，又因不敌山贼吴承伯弃郡，左迁司徒谘议参军、仁威长史、行南徐州事。

《梁书》卷一五《谢朏传附谢览传》："迁侍中。览颇乐酒，因宴席与散骑常侍萧琛辞相诋毁，为有司所奏。高祖以览年少不直，出为中权长史。顷之，敕掌东宫管记，迁明威将军、新安太守。九年夏，山贼吴承伯破宣城郡，余党散入新安，叛吏鲍叙等与合，攻没黟、歙诸县，进兵击览。览遣郡丞周兴嗣于锦沙立坞拒战，不敌，遂弃郡奔会稽。台军平山寇，览复还郡，左迁司徒谘议参军、仁威长史、行南徐州事，五兵尚书。寻迁吏部尚书。"参看《南史》卷二〇《谢弘微传附谢览传》、《册府元龟》卷六九八《牧守部·懦劣》及卷九一四《总录部·酒失》。

按，谢览与萧琛相诋毁事具体年岁不详，据《梁书·萧琛传》，天监三年除萧琛散骑常侍。据此，事应在天监三年至九年间。为明其次序，暂附于此。

天监十一年（壬辰，512 年）

十一月，太尉萧宏，以公事，降为骠骑将军、开府同三司之仪。

《梁书》卷二《武帝纪中》：天监十一年十一月"降太尉、扬州刺史临川王宏为骠骑将军、开府同三司之仪。"同书卷二二《太祖五王传·临川靖惠王宏传》："八年夏，为使持节、都督扬南徐二州诸军事、司空、扬州刺史，侍中如故。其年冬，以公事左迁骠骑大将军，开府同三司之仪，侍中如故。未拜，迁使持节、都督扬徐二州诸军事、扬州刺史，侍中、将军如故。十二年，迁司空，使持节、侍中、都督、刺史、将军并如故。"《南史》卷五一《梁宗室传上·临川靖惠王宏传》："十一年正月，为太尉。其年冬，以公事左迁骠骑大将军、开府同三司之仪，未拜，迁扬州刺史。十二年，加司空。"参看《南史》卷六《梁本纪上》、《资治通鉴》卷一四七《梁纪三》。

按，《梁书》萧宏本传载其降为骠骑将军事于天监八年，而同书《武帝纪》及《南史》均载于天监十一年冬。参之《南史》萧宏本传，《梁书》所载萧宏仕历有脱漏。

天监十二年（癸巳，513 年）

二月，镇北将军张稷，宽弛无防，被害，削爵土。

《梁书》卷一六《张稷传》："高祖受禅，以功封江安县侯，邑一千户。……出为使持节、散骑常侍、都督青冀二州诸军事、安北将军、青冀二州刺史。会魏寇朐山，诏稷权顿六里，都督众军。还，进号镇北将军。初郁州接边陲，民俗多与魏人交市。及朐山叛，或与魏通，既不自安矣；且稷宽弛无防，僚吏颇侵渔之。州人徐道角等夜袭州城，害稷，时年六十三。有司奏削爵土。"参看《南史》卷三一《张裕传附张稷传》、《册府元龟》卷九二六《总录部·愧恨》。

按，据《魏书》卷八《世宗纪》：延昌二年（513 年）二月"庚辰，萧衍郁州民徐玄明等斩送衍镇北将军、青冀二州刺史张稷首，以州内附"，知事在梁天监十二年。

刘孝绰，前为秘书丞，因公事免；本年为镇南安成王谘议，复以事免。

《梁书》卷三三《刘孝绰传》："寻有敕知青、北徐、南徐三州事，出为平南安成王记室，随府之镇。寻补太子洗马，迁尚书金部侍郎，复为太子洗马，掌东宫管记。出为上虞令，还除秘书丞。高祖谓舍人周捨曰：'第一官当用第一人。'故以孝绰居此职。公事免。寻复除秘书丞，出为镇南安成王谘议，入以事免。起为安西记室，累迁安西骠骑谘议参军，敕权知司徒右长史事，迁太府卿、太子仆，复掌东宫管记。"

按，刘孝绰出任与还都，与安成王萧秀密切相关。故结合《梁书》萧秀本传所载其仕历，对这段记载中刘孝绰的任官与贬官情况作一梳理。

《梁书》卷二二《太祖五王传·安成康王秀传》载："六年，出为使持节、都督江州诸军事、平南将军、江州刺史。"萧秀于天监六年封平南将军，出镇江州，刘孝绰"出为平南安成王记室，随府之镇"，当在本年。

萧秀"七年，遭慈母陈太妃忧，诏起视事。寻迁都督荆湘雍益宁南北梁南北秦州九州诸军事、平西将军、荆州刺史。其年，迁号安西将军。"曹道衡、沈玉成《中古文学史料丛考·刘孝绰年表》以为，刘孝绰本年秋随萧秀之荆州，《梁书》本传略而未记，并引诗刘孝绰《登阳云楼诗》为证："吾登阳台上，非梦高唐客。回首望长安，千里怀三益。顾惟惭入楚，降私等申白。"窃以为此论持证不足，"阳台"虽在荆州属地，但不可遽以为是此时随府迁转并作。笔者下文考订，刘孝绰于天监十一年随萧秀在荆州，次年春随萧秀返京，途中作《太子洑落日望水》诗中有"派别引沮漳"句，与《登阳云楼诗》"西沮水潦收"句俱提及沮水，或可认为是同一时期所写。又据《梁书》卷二《武帝纪中》：天监六年夏四月"以江州刺史王茂为尚书右仆射，中书令安成王秀为平南将军、江州刺史"；天监七年五月"以平南将军、江州刺史安成王秀为平西将军、荆州刺史"。前后一年有余，若随转荆州，应当不得"寻补太子洗马"。

刘孝绰后入建康，"补太子洗马，迁尚书金部侍郎，复为太子洗马，掌东宫管记。出为上虞令，还除秘书丞"。其间历五官，出入建康。仅为上虞令秩满，也须一年。即使迁转频繁，大约也可以推定免秘书丞是天监八年或以后事。刘孝绰任秘书丞时，高祖曾谓舍人周捨曰："第一官当用第一人。"据《梁书》卷四八《儒林传·司马筠传》载有天监七年安成太妃陈氏薨，舍人周捨议云云事。

刘孝绰"寻复除秘书丞，出为镇南安成王谘议，入以事免"。考《梁书》萧秀本传，并无封镇南将军事，此处镇南应误。据萧秀本传，"十一年，征为侍中、中卫将军，领宗正卿、石头戍事"。又卷二《武帝纪中》：天监十一年"十二月己未，以安西将军、荆州刺史安成王秀为中卫将军"，知刘孝绰在此前随萧秀在荆州为谘议，天监十一年冬萧秀诏返，其于次年春入建康。刘孝绰诗《太子洑落日望水》云："川平落日迥，落照满川涨。复此沦波地，派别引沮漳。耿耿流长脉，熠熠动微光。寒鸟逐查漾，饥鹈拂浪翔。临泛自多美，况乃还故乡。榜人夜理榄，棹女暗成妆。欲待春江曙，争途向洛阳。"沮漳河乃长江支流，至江陵城上游入长江，代指其所在的荆州之地。洛阳，代指都城建康。刘孝绰是彭城人，彭城与建康相去不远。由荆州入建康，可谓还故乡。"春江"可知时令在春季，刘孝绰当于天监十二年春返回建康，并大约在此时以事免官，故系于本年。

据《梁书》萧秀本传，"十三年，复出为使持节、散骑常侍、都督郢司霍三州诸军事、安西将军、郢州刺史"。刘孝绰后起为安西记室，应在天监十三年萧秀出镇郢州时。

仁威长史王僧孺，典签汤道愍与其不睦，讼其妾滕事，坐免官。

《梁书》卷三三《王僧孺传》："出为仁威南康王长史，行府、州、国事。王典签汤道愍昵于王，用事府内，僧孺每裁抑之，道愍遂谤讼僧孺，逮诣南司。奉笺辞府曰云云。僧孺坐免官，久之不调。友人庐江何炯犹为王府记室，乃致书于炯，以见其意。曰云云……久之，起为安西安成王参军。"《南史》卷五九《王僧孺传》："初，帝问僧孺妾滕之数，对曰：'臣室无倾视。'及在南徐州，友人以妾寓之，行还，妾遂怀孕。为王典签汤道愍所纠，逮诣南司，坐免官，久之不调。友人庐江何炯犹为王府记室，僧孺乃与炯书以见其意。"参看《册府元龟》卷七一五《宫臣部·罪遣》、卷九百九《总录部·穷愁》。

按，《梁书》与《南史》对王僧孺贬因记载有所不同。《梁书》载其奉笺辞府曰："下官不能避溺山隅，而正冠李下，既贻疵辱，方致徽绳，解篆收簪，且归初服"，可为其私行有亏之实证。综合看来，可能两史所载俱可信，典签因为受其裁抑而纠其妾滕事。

又，《梁书》卷二九《高祖三王传·南康简王绩传》："十年，迁使持节、都督南徐州诸军事、南徐州刺史，进号仁威将军。"王僧孺为南康王长史，当在天监十年。曹道衡、沈玉成《中古文学史料丛考·王僧孺年岁》将王僧孺生年系于宋孝武帝大明七年(463年)。又《梁书》本传载其《与何炯书》："止复除名为民，幅巾家巷，此五十年之后，人君之赐焉。"按此推算，王僧孺天监十一年(512年)方年满五十。云五十年之后，应不早于天监十二年。本传又言久之起为安西安成王参军。《梁书》卷二二《太祖五王传·安成康王秀传》："十三年，复出为使持节、散骑常侍、都督郢司霍三州诸军事、安西将军、郢州刺史。"王僧孺或在天监十三年萧秀为安西将军时起为参军。综上推算，暂将王僧孺免官事系于天监十二年。

衡州刺史萧昌，坐酒后多过，免官入留京师。

《梁书》卷二四《萧景传附萧昌传》："九年，分湘州置衡州，以昌为持节、督广州之绥建湘州之始安诸军事、信武将军、衡州刺史，坐免。十三年，起为散骑侍郎。……昌为人亦明悟，然性好酒，酒后多过。在州郡，每醉辄径出入人家，或独诣草野。其于刑戮，颇无期度。醉时所杀，醒或求焉，亦无悔也。属为有司所劾，入留京师，忽忽不乐，遂纵酒虚悸。在石头东斋，引刀自刺，左右救之，不殊。十七年，卒，时年三十九。"

按，萧昌以在郡酒失为有司所劾，入留京师，十三年起为散骑侍郎。推测免官事或在天监十二年，暂系于此。

天监十三年（甲午，514 年）

智武将军韦叡，以公事免。

《梁书》卷一二《韦叡传》："十三年，迁智武将军、丹阳尹，以公事免。顷之，起为中护军。"参看《南史》卷五八《韦叡传》。

云麾长史丘仲孚，坐事除名。

《梁书》卷五三《良吏传·丘仲孚传》："迁云麾长史、江夏太守，行郢州州府事，遭母忧，起摄职。坐事除名，复起为司空参军。"

按，据《梁书》卷五五《豫章王综传》："十年，迁都督郢司霍三州诸军事、云麾将军、郢州刺史。十三年，迁安右将军、领石头戍军事。"豫章王于天监十年至天监十三年四月间为云麾将军、郢州刺史。丘仲孚在郢州豫章王幕，丁忧后又起摄职。据此推算，丘仲孚应在天监十年转为萧综云麾长史，不久后即丁忧，天监十三年起摄职并除名，时间上方合契。故系此。

天监十七年（戊戌，518 年）

五月，骠骑大将军萧宏，因匿妾弟吴法寿，又欲为逆，免官。

《梁书》卷二《武帝纪中》：天监十七年"夏五月戊寅，骠骑大将军、扬州刺史临川王宏免。……辛巳，以临川王宏为中军将军、中书监。六月乙酉……中军将军、中书监临川王宏以本号行司徒。"同书卷二二《太祖五王传·临川靖惠王宏传》："起为中书监，骠骑大将军、使持节、都督如故，固辞弗许。十七年夏，以公事左迁侍中、中军将军、行司徒。"同书卷二四《萧景传》："十七年，太尉、扬州刺史临川王宏坐法免。"《南史》卷五一《梁宗室传上·临川靖惠王宏传》："寻起为中书监，骠骑大将军、扬州刺史如故。宏妾弟吴法寿性粗狡，恃宏无所畏忌，辄杀人。死家诉，有敕严讨。法寿在宏府内，无如之何。武帝制宏出之，即日偿辜。南司奏免宏司徒、骠骑、扬州刺史。武帝注曰：'爱宏者兄弟私亲，免宏者王者正法，所奏可。'宏自洛口之败，常怀愧愤。都下每有窃发，辄以宏为名，屡为有司所奏，帝每贳之。十七年，帝将幸光宅寺，有士伏骠骑航待帝夜出。帝将行心动，乃于朱雀航过。事发，称为宏所使。帝泣谓宏曰：'我人才胜汝百倍，当此犹恐颠坠，汝何为者？我非不能为周公、汉文，念汝愚故。'宏顿首曰：'无是，无是。'于是以罪免。而纵恣不悛，奢侈过度，修第拟于帝宫，后庭数百千人，皆极天下之选。所幸江无畏服玩侔于齐东昏潘妃，宝屧直千万。好食鲭鱼头，常日进三百，其佗珍膳盈溢，后房食之不尽，弃诸道路。江本吴氏女也，世有国色，亲从子女遍游王侯后宫，男免兄弟九人，因权势横于都下。宏未几复为司徒。"《隋书》卷二五《刑法志》："是时王侯子弟皆长，而骄蹇不法。武帝年老，厌于万机，又专精佛戒，每断重罪，则终日弗怿。尝游南苑，临川王宏伏人于桥下，将欲为逆。事觉，有司请诛之。帝但泣而让曰：'我人才十倍于尔，处此恒怀战惧。尔何为者？我岂不能行周公之事，念汝愚故也。'免所居官。顷之，还复本职。"参看《南史》卷五一《梁宗室传上·吴平侯景传》、《资治通鉴》卷一四八《梁纪四》。

按，萧宏天监十七年之贬，各史书记载有出入。唯《梁书》萧宏本传言左迁，其余皆言免官。参看其他各书，当是先免，再授侍中、中军将军，再行司徒。从免官至授官，前后不过半月余，故《梁书》萧宏本传记载有所简省。至于免官之由，《南史》萧宏本传及《隋书·刑法志》皆言萧宏欲为逆，使人伏击武帝。《南史》中又称萧宏妾弟杀人，萧宏以包庇被奏免司徒、骠骑、扬州刺史。然萧宏骠骑大将军、扬州刺史之授在天监十五年，司徒之授在天监十七年免官后，"司徒"当为"司空"之误。且《南史》"宏妾弟"段与下文似有颠倒，当置于

"江本吴氏女也，世有国色，亲从子女遍游王侯后宫，男免兄弟九人，因权势横于都下"后为宜。《资治通鉴》载萧宏为逆，梁武以包庇姜弟法寿为由，免其官宽纵之。

何远，前为武昌太守，以私藏禁仗除名；本年为信武将军，以酒失，迁东阳太守。

《梁书》卷五三《良吏传·何远传》："迁武昌太守。……然性刚严，吏民多以细事受鞭罚者，遂为人所讼，征下廷尉，被劾数十条。当时士大夫坐法，皆不受立，远度己无赃，就立三七日不款，犹以私藏禁仗除名。后起为镇南将军、武康令"；"天监十六年，诏曰云云。远即还，仍为仁威长史。顷之，出为信武将军，监吴郡。在吴颇有酒失，迁东阳太守。远处职，疾强富如仇雠，视贫细如子弟，特为豪右所畏惮。在东阳岁余，复为受罚者所谤，坐免归。……及去东阳归家，经年岁口不言荣辱，士类益以此多之。……后复起为征西谘议参军、中抚司马。普通二年，卒。"参看《南史》卷七〇《循吏传·何远传》。

按，《梁书》何远本传云其"在东阳岁余"及"去东阳归家，经年岁"，则自离吴郡迁东阳太守，免归至起复，时隔两年余。远后复起为征西谘议参军，卒于普通二年。据《梁书》卷二《武帝纪中》："十八年春正月甲申，以领军将军鄱阳王恢为征西将军、开府仪同三司、荆州刺史。"如若何远于天监十八年正月随萧恢赴任，倒推则监吴郡在天监十五年，与天监十六年召还相抵牾。推算之，何远应在普通元年方为萧恢谘议参军，天监十八年免东阳太守，天监十七年由吴郡迁东阳。

天监十八年（己亥，519 年）

东阳太守何远，为受罚者所谤，坐免归。

见天监十七年何远条。

普通元年（庚子，520 年）

萧洽，前为建安内史，坐事免；本年为员外散骑常侍，又以公事免。

《梁书》卷四一《萧介传附萧洽传》："为建安内史，坐事免。久之，起为护军长史、北中郎谘议参军，迁太府卿，司徒临川王司马。普通初，拜员外散骑常侍，兼御史中丞，以公事免。顷之，为通直散骑常侍。洽少有才思，高祖令制同泰、大爱敬二寺刹下铭，其文甚美。二年，迁散骑常侍。"

按，萧洽免建安内史，久之起为北中郎谘议参军。据《梁书》卷二九《高祖三王传·南康简王绩传》："十七年，出为使持节、都督南北兖徐青冀五州诸军事、南兖州刺史，在州著称……进号北中郎将"，萧洽起为北中郎谘议参军，当在天监十七年。

中书令王骞，高祖造大爱敬寺，骞不市寺侧王导赐田，出为吴兴太守。

《梁书》卷七《太宗王皇后传》："十一年，迁中书令，加员外散骑常侍。时高祖于钟山造大爱敬寺，骞旧墅在寺侧，有良田八十余顷，即晋丞相王导赐田也。高祖遣主书宣旨就骞求市，欲以施寺。骞答旨云：'此田不卖；若是敕取，所不敢言。'酬对又脱略。高祖怒，遂付市评田价，以直逼还之。由是忤旨，出为吴兴太守。在郡卧疾不视事。征还，复为度支尚书，加给事中，领射声校尉。"参看《南史》卷二二《王昙首传附王骞传》、《册府元龟》卷四八一《台省部·谴责》。

按，张敦颐《六朝事迹编类》卷下载："大爱敬寺。梁武帝普通元年造"，据此将王骞之贬系于本年。

普通二年(辛丑，521 年)

御史中丞明山宾，以公事，左迁黄门侍郎、司农卿。

《梁书》卷二七《明山宾传》："普通二年，征为太子右卫率，加给事中，迁御史中丞。以公事左迁黄门侍郎、司农卿。四年，迁散骑常侍，领青、冀二州大中正。"参看《南史》卷五〇《明僧绍传附明山宾传》。

普通三年(壬寅，522 年)

正月，雍州刺史萧恪，庶务委之群下，宾客敛财于民，被代。

《南史》卷五二《梁宗室传下·南平元襄王伟传附萧恪传》："位雍州刺史。年少未闲庶务，委之群下，百姓每通一辞，数处输钱，方得闻彻。宾客有江仲举、蔡远、王台卿、庾仲容四人，俱被接遇，并有蓄积。故人间歌曰：'江千万，蔡五百，王新车，庾大宅。'遂达武帝。帝接之曰：'主人愦愦不如客。'寻以庐陵王代为刺史。恪还奉见，武帝以人间语问之，恪大惭，不敢一言。后折节学问，所历以善政称。太清中，为郢州刺史。"参看《册府元龟》卷二七四《宗室部·悔过》。

按，庐陵王萧续两度为雍州刺史，一在普通三年，一在中大通二年。《梁书》卷三《武帝纪下》：普通三年正月"以宣毅将军庐陵王续为雍州刺史"；中大通"二年春正月戊寅，以雍州刺史晋安王纲为骠骑大将军、扬州刺史，南徐州刺史庐陵王续为平北将军、雍州刺史"，中大通二年萧续乃代萧纲为雍州，那么代萧恪为雍州当在普通三年正月。

太府卿夏侯亶，以公事免。

《梁书》卷二八《夏侯亶传》："普通三年，入为散骑常侍，领右骁骑将军，转太府卿，常侍如故。以公事免，未几，优诏复职。"

轻车将军萧正德，为高祖养子，昭明太子立，怨望奔于魏，削封爵。

《梁书》卷五五《临贺王正德传》："初，高祖未有男，养之为子，及高祖践极，便希储贰，后立昭明太子，封正德为西丰侯，邑五百户。自此怨望，恒怀不轨，瞵睨宫宸，觊幸灾变。普通六年，以黄门侍郎为轻车将军，置佐史。顷之，遂逃奔于魏，有司奏削封爵。七年，又自魏逃归，高祖不之过也。复其封爵，仍除征虏将军。"《南史》卷五一《梁宗室传上·临川靖惠王宏传附萧正德传》："普通三年，以黄门侍郎为轻车将军，置佐史。顷之奔魏。初去之始，为诗一绝，内火笼中，即咏《竹火笼》，曰：'桢干屈曲尽，兰麝氛氲销。欲知怀炭日，正是履冰朝。'至魏称是被废太子。时齐萧宝寅先在魏，乃上表魏帝曰：'岂有伯为天子，父作扬州，弃彼密亲，远投佗国。不若杀之。'魏既不礼之，正德乃杀一小儿称为己子，远营葬地，魏人不疑，又自魏逃归。见于文德殿，至庭叩头。武帝泣而诲之，特复本封。"《魏书》卷五九《萧宝夤传》："时萧衍弟子西丰侯正德来降，宝夤表曰云云。正德既至京师，朝廷待之尤薄。岁余，还叛。"又同卷《萧正表传》"初，衍未有子，以正表兄正德为子，既而封为西丰侯。正德私怀忿憾。正光三

351

年，背衍奔洛，朝廷以其人才庸劣，不加礼待。寻逃归，衍不之罪。后封正德临贺王。"同书卷九八《岛夷萧衍传》："正光元年，衍改称普通，至三年，其弟子西丰侯正德弃衍来奔，寻复亡归，衍初忿之，改其姓为背氏，既而复焉，封为临贺王。"参看《北史》卷二九《萧宝夤传》《萧正表传》。

按，《梁书》载萧正德北奔事在普通六年，然《南史》《魏书》《北史》均载于普通三年(正光三年)。当是《梁书》将普通六年萧正德为轻车将军，北伐弃军委走再免爵事，与此混同。

普通四年(癸卯，523 年)

左民尚书谢举，以公事免。

《梁书》卷三七《谢举传》："四年，入为左民尚书。其年迁掌吏部，寻以公事免。五年，起为太子中庶子，领右军将军。"

普通五年(甲辰，524 年)

萧昱，前为给事黄门侍郎，志愿边州不许，上表解职，诏免；本年又坐于宅内铸钱，徙临海郡。

《梁书》卷二四《萧景传附萧昱传》："每求自试，高祖以为淮南、永嘉、襄阳郡，并不就。志愿边州，高祖以其轻脱无威望，抑而不许。迁给事黄门侍郎。上表曰：'夏初陈启，未垂采照，追怀惭惧，实战胸心。臣闻暑雨祁寒，小人犹怨；荣枯宠辱，谁能忘怀！臣藉以往因，得预枝戚之重；缘报既杂，时逢坎壈之运。昔在齐季，义师之始，臣乃幼弱，粗有识虑，东西阻绝，归赴无由，虽未能负戈擐甲，实衔泪愤懑。潜伏东境，备履艰危，首尾三年，亟移数处，虽复饥寒切身，亦不以冻馁为苦。每涉惊疑，惶怖失魄，既乖致命之节，空有项领之忧，希望开泰，冀蒙共乐；岂期二十余年，功名无纪，毕此身骸，方填沟壑，丹诚素愿，溘至长罢，俯自哀怜，能不伤叹！夫自媒自衒，诚哉可鄙；自誉自伐，实在可羞。然量己揆分，自知者审，陈力就列，宁敢空言，是以常愿一试，屡成干请。夫上应玄象，实不易叨；锦不轻裁，诚难其制。过去业郢，所以致乖算测。圣监既谓臣愚短，不可试用，岂容久居显禁，徒秽黄枢。忝窃稍积，恐招物议，请解今职，乞屏退私门。伏愿天照，特垂允许。臣虽叨荣两宫，报效无地，方违省阅，伏深恋悚。'高祖手诏答曰：'昱表如此。古者用人，必前明试，皆须绩用既立，乃可自退之高。昔汉光武兄子章、兴二人，并有名宗室，就欲习吏事，不过章为平阴令，兴为缑氏宰，政事有能，方迁郡守，非直政绩见称，即是光武犹子。昱之才地，岂得比类焉！往岁处以淮南郡，既不肯行；续用为招远将军、镇北长史、襄阳太守，又以边外致辞；改除招远将军、永嘉太守，复云内地非愿；复问晋安、临川，随意所择，亦复不行。解巾临郡，事不为薄，数有致辞，意欲何在？且昱诸兄递居连率，相继推毂，未尝缺岁。其同产兄景，今正居藩镇。朕岂厚于景而薄于昱，正是朝序物议，次第若斯，于其一门，差自无愧。无论今日不得如此；昱兄弟昔在布衣，以处成长，于何取立，岂得任情反道，背天违地。孰谓朝廷无有宪章，特是未欲致之于理。既表解职。可听如启。'坐免官。因此杜门绝朝觐，国家庆吊不复通。普通五年，坐于宅内铸钱，为有司所奏，下廷尉，得免死，徙临海郡。行至上虞，有敕追还，且令受菩萨戒。昱既至，恂恂尽礼，改意蹈道，持戒又精洁，高祖甚嘉之，以为招远将军、晋陵太守。"参看《南史》卷五一《梁宗室传上·吴平侯景传附萧昱传》、《册府元龟》卷二七四《宗室部·悔过》。

普通六年（乙巳，525 年）

六月，轻车将军萧正德，北伐辄弃军委走，免官削爵土，徙临海郡；军师将军萧渊藻，北伐涡阳辄班师，免官削爵土；军师长史谢几卿，从萧渊藻北伐涡阳退败，免官。

萧正德　《南史》卷五一《临川靖惠王宏传附萧正德传》："六年为轻车将军，随豫章王北侵。正德辄弃军委走，为有司所奏下狱。帝复诏曰：'汝以犹子，情兼常爱，故越先汝兄，剖符连郡。往年在蜀，昵近小人，犹谓少年情志未定。更于吴郡杀戮无辜，劫盗财物，雅然无畏。及还京师，专为逋逃，乃至江乘要道，湖头断路，遂使京邑士女，早闭晏开。又夺人妻妾，略人子女，徐敖非直失其配匹，乃横尸道路；王伯敖列卿之女，诱为妾媵。我每加掩抑，冀汝自新，了无悛革，怨雠逾甚。遂匹马奔亡，志怀反噬。遣信慰问，冀汝能还，果能来归，遂我夙志。谓汝不好文史，志在武功，令汝杖节，董戎前驱。岂谓汝狼心不改，包藏祸胎，志欲覆败国计，以快汝心。今当宥汝以远，无令房累自随。敕所在给汝禀饫，王新妇、见理等当停太尉间，汝余房累悉许同行。'于是免官削爵土，徙临海郡。未至徙所，道追赦之。八年，复封爵。"按，《资治通鉴》卷一五〇《梁纪六》系事于普通六年六月，萧渊藻、谢几卿免官当在同时。

　　萧渊藻　《梁书》卷二三《长沙嗣王业传附萧藻传》："六年，为军师将军，与西丰侯正德北伐涡阳，辄班师，为有司所奏，免官削爵土。七年，起为宗正卿。八年，复封爵。"参看《南史》卷五一《梁宗室传上·长沙宣武王懿传附萧藻传》、《册府元龟》卷二九五《宗室部·复爵》。按，西昌侯萧渊藻，为避高祖李渊讳减字。

　　谢几卿　《梁书》卷五〇《文学传下·谢几卿传》："普通六年，诏遣领军将军西昌侯萧渊藻督众军北伐，几卿启求行，擢为军师长史，加威戎将军。军至涡阳退败，几卿坐免官。居宅在白杨石井，朝中交好者载酒从之，宾客满座。时左丞庾仲容亦免归，二人意志相得，并肆情诞纵，或乘露车历游郊野，既醉则执铎挽歌，不屑物议。湘东王在荆镇，与书慰勉之。几卿答曰云云。"参看《南史》卷一九《谢灵运传附谢几卿传》。按，免官后《梁书》称其"未及序用，病卒"，《南史》载其"后为太子率更令。放达不事容仪。性不容非，与物多忤，有乖己者，辄肆意骂之，退无所言。迁左丞"，疑《梁书》后事缺载。

镇北将军萧综，疑己齐东昏子，六月北伐时叛入魏，八月削爵土、绝属籍；其母吴淑媛，策免。

　　《梁书》卷五五《豫章王综传》："四年，出为使持节、都督南兖兖徐青冀五州诸军事、平北将军①、南兖州刺史，给鼓吹一部。闻齐建安王萧宝寅在魏，遂使人入北与之相知，谓为叔父，许举镇归之。会大举北伐，六年，魏将元法僧以彭城降，高祖乃令综都督众军，镇于彭城，与魏将安丰王元延明相持。高祖以连兵既久，虑有衅生，敕综退军。综惧南归则无因复与宝寅相见，乃与数骑夜奔于延明，魏以为侍中、太尉、高平公、丹阳王，邑七千户，钱三百万，布绢三千匹，杂彩千匹，马五十四，羊五百口，奴婢一百人。综乃改名缵，字德文，追为齐东

---

　　①　《梁书》卷三《武帝纪下》：普通五年正月"平北将军、南兖州刺史豫章王综进号镇北将军"。

昏服斩衰。于是有司奏削爵土，绝属籍，改其姓为悖氏。俄有诏复之，封其子直为永新侯，邑千户。大通二年，萧宝寅在魏据长安反，综自洛阳北逋，将赴之，为津吏所执，魏人杀之，时年四十九。"《南史》卷五三《梁武帝诸子传·豫章王综传》："初，齐故建安王萧宝寅在魏，综求得北来道人释法鸾使入北通问于宝寅，谓为叔父。襄阳人梁话母死，法鸾说综厚赐之，言终可任使。综遗话钱五万。及葬毕，引在左右。法鸾在广陵，往来通魏尤数，每舍淮阴苗文宠家。言文宠于综，综引为国常侍。六年，魏将元法僧以彭城降，帝使综都督众军，权镇彭城，并摄徐州府事。武帝晓别玄象，知当更有败军失将，恐综为北所擒，手敕综令拔军。每使居前，勿在人后。综恐帝觉，与魏安丰王元延明相持，夜潜与梁话、苗文宠三骑开北门，涉汴河，遂奔萧城。自称队主，见延明而拜。延明坐之，问其名氏，不答，曰：'殿下问人有见识者。'延明召使视之，曰：'豫章王也。'延明喜，下地执其手，答其拜，送于洛阳。及旦，斋内诸阁犹闭不开，众莫知所以，唯见城外魏军叫曰：'汝豫章王昨夜已来在我军中。'城中既失王所在，众军乃退，不得还者甚众。……综长史江革、太府卿祖暅并为魏军所禽，武帝闻之惊骇。综至魏，位侍中、司空、高平公、丹阳王，梁话、苗文宠并为光禄大夫。综改名赞字德文，追服齐东昏斩衰，魏太后及群臣并吊。八月，有司奏削爵土，绝其属籍，改子直姓悖氏。未及旬日，有诏复属籍，封直永新侯。久之乃策免吴淑媛，俄遇鸩而卒，有诏复其品秩，谥曰敬，使直主其丧。及萧宝寅据长安反，综复去洛阳欲奔之。魏法，度河桥不得乘马，综乘马而行，桥吏执之送洛阳。魏孝庄初，历位司徒、太尉，尚帝姊寿阳长公主。陈庆之之至洛也，送综启求还。时吴淑媛尚在，敕使以综小时衣寄之。信未达而庆之败。未几，终于魏。初，综在魏不得志，尝作《听钟鸣》《悲落叶》以申其志，当时莫不悲之。后梁人盗其枢来奔，武帝犹以子礼祔葬陵次。"《魏书》卷五九《萧宝夤传》："初，萧衍灭宝卷，宝卷宫人吴氏始孕，匿而不言，衍乃纳之，生赞，以为己子，封豫章王。及长，学涉，有才思。其母告之以实，赞昼则谈谑如常，夜则衔悲泣涕，结客待士，恒有来奔之志。为衍诸子深所猜疾，而衍甚爱宠之。有济阴芮文宠、安定梁话，赞曲加礼接，乃割血自誓，布以腹心。宠、话等既感其情义，敬相然诺。值元法僧以彭城叛入萧衍，衍命赞为南兖、徐二州刺史、都督江北诸军事，镇彭城。于时，肃宗遣安丰王延明、临淮王彧讨之，赞便遣使密告诚款，与宠、话夜出，步投彧军。孝昌元年秋，届于洛阳，陛见之后，就馆举哀，追服三载。宝夤于时在关西，遣使观察，闻其形貌，敛眉悲感。朝廷赏赐丰渥，礼遇隆厚，授司空，封高平郡开国公、丹阳王，食邑七千户。及宝夤反，赞惶怖，欲奔白鹿山，至河桥，为北中所执。朝议明其不相干预，仍蒙慰勉。建义初，随尔朱荣赴晋阳，庄帝征赞还洛。转司徒，迁太尉，尚帝姊寿阳长公主。出为都督齐济西兖三州诸军事、骠骑大将军、开府仪同三司、齐州刺史。宝夤见擒，赞拜表请宝夤命。尔朱兆入洛，为城民赵洛周所逐。公主被录还京，尔朱世隆欲相陵逼，公主守操被害。赞既弃州为沙门，潜诣长白山，未几，趣白鹿山，至阳平，遇病而卒，时年三十一。赞机辩，文义颇有可观，而轻薄俶傥，犹见父之风尚。普泰末，敕迎其丧至洛，遣黄门郎鹿念护丧事，以王礼与公主合葬嵩山。至元象初，吴人盗其丧还江东，萧衍犹以为子，祔葬萧氏墓焉。赞江南有子，在国无后。"《资治通鉴》卷一五〇《梁纪六》："初，帝纳齐东昏侯宠姬吴淑媛，七月而生豫章王综，宫中多疑之。及淑媛宠衰怨望，密谓综曰：'汝七月生儿，安得比诸皇子！然汝太子次弟，幸保富贵，勿泄也！'与综相抱而泣。综由是自疑，昼则谈谑如常，夜则于静室闭户，披发席藁，私于别室祭齐氏七庙。又微服至曲阿拜齐太宗陵，闻俗说割血沥骨，渗则为父子，遂潜发东昏侯冢，并自杀一男试之，皆验。由是常怀异志，专伺时变。综有勇力，能手制奔马；轻财好士，唯留附身故衣，馀皆分施，恒致罄乏。屡上便宜，求为边任，上未之许。常于内斋布沙于地，终日跣行，足下生胝，日能行三百里。王、侯、妃、主及外人皆知其志，而上性严重，人莫敢言。又使通问于萧宝寅，谓之叔父。为南兖州刺史，不见宾客，辞讼隔帘听之，出则垂帷于舆，恶人识其面。及在彭城，魏安丰王延明、临淮王彧将兵二万逼彭城，胜负久未决。上虑综败没，敕综引军还。综恐南归不复得至北边，乃密遣人送降款于彧；魏人皆不之信，彧募人入综军验其虚实，无敢行者。殿中侍御史济阴鹿念为彧监军，请行，曰：'若综有诚心，与之盟约；如其诈也，何惜一夫！'时两敌相对，内外严固，念单骑间出，径趣彭城，为综军所执，问其来状，念曰：'临淮王使我来，欲有交易耳。'时元略已南还，综闻之，谓成景俊等曰：'我常疑元略规欲反城，将验其虚实，故遣左右为略使，入魏军中，呼彼一人。今其人果来，可遣人诈为略有疾在深室，呼至户外，令人传言谢之。'综又遣腹心安定梁话迎念，密以意状语之。念薄暮入城，先引见胡龙牙，龙牙曰：'元中山甚欲相见，故遣呼卿。'又曰：'安丰、临淮，将少弱卒，规复此城，容可得乎！'念曰：'彭城，魏之东鄙，势在必争，得否在天，非人所测。'龙牙曰：'当如卿言。'又引见成景俊，景俊与坐，谓曰：'卿不为刺客邪！'念曰：'今者奉使，欲返命本朝，相刺之事，更卜后图。'景俊为设饮食，乃引至一所，诈令一人自室中出，为元略致意曰：'我昔有以南向，且遣相呼，欲闻乡事；晚来疾作，不获相见。'念曰：'早奉音旨，冒险祗赴，不得瞻见，内怀反侧。'遂辞退。诸将竞问魏士马多少，念盛陈有劲兵数十万，诸将相谓曰：'此华辞耳！'念曰：'崇朝可验，何华之有！'乃遣念还。成景俊送之戏马台，北望城堞，谓曰：'险固如此，岂魏所能取！'念曰：'攻守在人，何论险固！'念还，于路复与梁话申固盟约。六月，庚辰，综与梁话及淮阴苗文宠夜出，步投魏军。及旦，斋内诸阁犹闭不开，众莫知所以，唯见城外魏军呼曰：'汝豫章王昨夜已来，在我军中，汝尚何为！'城中求王不获，军遂大溃。魏人入彭城，乘胜追击，复取诸城，至宿预而还，将佐士卒死没者什七八，唯陈庆之帅所部得还。上闻之，惊骇，有司奏削综爵士，绝属籍，更其子直姓悖氏。未旬日，诏复属籍，封直为永新侯。"

按，《梁书》萧综本传载萧综卒年四十九，误。萧综既为齐东昏遗腹子，东昏卒于永元三年（501年）十二月，知其生年在天监元年（502年）。又萧综卒于魏尔朱兆乱时，尔朱兆入洛在永安三年（530年），《魏书》所言萧综终年三十一当为实情，是年乃梁中大通四年（532年）。参看曹道衡、沈玉成《中古文学史料丛考·萧综卒年、年岁及卒因》。

又，吴淑媛策免后不久即遇鸩卒。《南史》载陈庆之在洛，吴淑媛尝敕使以综小时衣寄之。陈庆之因护送元颢入洛，《梁书》卷三二《陈庆之传》："大通初，魏北海王元颢以本朝大乱，自拔来降，求立为魏主。高祖纳之，以庆之为假节、飚勇将军，送元颢还北。"据《北史》卷五《魏本纪》，永安二年（529年）五月元颢入洛，七月元颢败走，陈庆之当是此间在洛，知永安二年（大通三年，529年）吴淑媛尚未辞世。又《南史》萧综本传"时吴淑媛尚在"句，含有其不久即卒的意味，疑吴淑媛策免及俄卒，当即在大通三年。

十二月，西中郎将萧纶，肆行非法，多行悖慢，免官夺爵。

《梁书》卷三《武帝纪下》：普通六年"十二月戊子，邵陵王纶有罪，免官，削爵土。"同书卷二九《高祖三王传·邵陵携王纶传》："五年，以西中郎将权摄南兖州，坐事免官夺爵。七年，拜侍中。大通元年，复封爵。"《南史》卷五三《梁武帝诸子传·邵陵携王纶传》："普通五年，以西中郎将权摄南徐州事。在州轻险躁虐，喜怒不恒，车服僭拟，肆行非法。遨游市里，杂于厮隶。尝问卖鲴者曰：'刺史何如？'对者言其躁虐，纶怒，令吞鲴以死，自是百姓惶骇，道路以目。尝逢丧车，夺孝子服而著之，匍匐号叫。签帅惧罪，密以闻。帝始严责，纶不能改，于是遣代。纶悖慢逾甚，乃取一老公短瘦类帝者，加以衮冕，置之高坐，朝以为君，自陈无罪。使就坐剥裭，捶之于庭。忽作新棺木，贮司马崔会意，以辒车挽歌为送葬之法，使妪乘车悲号。会意不堪，轻骑还都以闻。帝恐其奔逸，以禁兵取之，将于狱赐尽。昭明太子流涕固谏，得免，免官削爵土还第。大通元年，复封爵。"参看《资治通鉴》卷一五〇《梁纪六》。

按，萧纶摄官地，《梁书》作南兖州，《南史》《通鉴》作南徐州。《梁书·武帝纪下》载，豫章王萧综于普通四年三月至普通六年六月为南兖州刺史。知《梁书》误，今从《南史》《通鉴》作南徐州。

尚书左丞庾仲容，坐推纠不直免官。

《梁书》卷五〇《文学传下·庾仲容传》："迁安西武陵王谘议参军。除尚书左丞，坐推纠不直免。仲容博学，少有盛名，颇任气使酒，好危言高论，士友以此少之。唯与王籍、谢几卿情好相得，二人时亦不调，遂相追随，诞纵酣饮，不复持检操。久之，复为谘议参军。"参看《南史》卷三五《庾悦传附庾仲容传》、《册府元龟》卷四八一《台省部·谴责》。

按，谢几卿贬官事在普通六年（参看六月谢几卿条），以"时左丞庾仲容亦免归"，将庾仲容贬官事亦系于本年。《梁书》庾仲容本传载其由安西武陵王谘议参军转尚书左丞。据《梁书》卷三《武帝纪下》：大同三年"扬州刺史武陵王纪为安西将军、益州刺史"。以此推之，庾仲容贬官事应在大同三年后，与前述普通六年相抵牾。"安西"一词当为误记，不足为凭。

御史中丞到洽，以公事左降，犹居职。

《梁书》卷二七《到洽传》："六年，迁御史中丞，弹纠无所顾望，号为劲直，当时肃清。以公事左降，犹居职。……七年，出为贞威将军、云麾长史、寻阳太守。"参看《南史》卷二五《到彦之传附到洽传》。

廷尉卿刘孝绰，御史中丞到洽与其交恶，奏其携妾入官府而母犹停私宅事，坐免官。

《南史》卷三九《刘勔传附刘孝绰传》："迁兼廷尉卿。① 初，孝绰与到溉兄弟甚狎，溉少孤，宅近僧寺，孝绰往溉许，适见黄卧具，孝绰谓僧物色也，抚手笑。溉知其旨，奋拳击之，伤口而去。又与洽同游东宫，孝绰自以才优于洽，每于宴坐嗤鄙其文，洽深衔之。及孝绰为廷尉，携妾入廷尉，其母犹停私宅。洽寻为御史中丞，遣令史劾奏之，云'携少妹于华省，弃老母于下宅'。武帝为隐其恶，改妹字为妹。孝绰坐免官。……孝绰免职后，武帝数使仆射徐勉宣旨慰抚之，每朝宴常预焉。及武帝为《籍田诗》，又使勉先示孝绰。时奉诏作者数十人，帝以孝绰诗工，即日起为西中郎湘东王谘议参军。"参看《梁书》卷三三《刘孝绰传》，《册府元龟》卷五一九《宪官部·弹劾二》、卷五二二《宪官部·私曲》、卷九二〇《总录部·仇怨》、卷九三二《总录部·诬构》。

按，此事有系于普通六年与普通七年两说，今从普通六年说。据上文到洽条，其于普通六年为御史中丞，七年即去职外任。《南史》刘孝绰本传既云"寻为御史中丞，遣令史案其事"，大约不致到明年再行劾奏。持普通七年说者，因《梁书》刘孝绰本传载："时世祖出为荆州，至镇与孝绰书云云。"据《梁书》卷五《元帝纪》："普通七年，出为使持节、都督荆湘郢益宁南梁六州诸军事、西中郎将、荆州刺史。"以萧绎于普通七年出镇荆州，将刘孝绰免官亦系同年。曹道衡、沈玉成《中古文学史料丛考·刘孝绰年表》以为，即使萧绎普通八年方至镇并作此书，应是普通六年被贬，才能与刘孝绰答书中"多历寒暑"相印证。所言极是。

又，到洽奏文及武帝所改之文，学界争论颇多。史籍原作"云'携少妹于华省，弃老母于下宅'。武帝为隐其恶，改妹字为妹"，中华书局本校勘按："上文既言'携妾入廷尉'，则到洽劾奏之辞当为'携少妹'，武帝为隐其恶，当是'改妹

---

① 《梁书》卷三三《刘孝绰传》："迁员外散骑常侍，兼廷尉卿，顷之即真。"

字为妹’。疑‘妹’‘姝’二字互倒”，故改作“改姝字为妹”。这个看法很多学者并不赞同，且显然改“妹”为“姝”只需添一笔，更为合理。曹道衡、沈玉成《中古文学史料丛考·刘孝绰与到氏兄弟交恶》认为“少妹”的含义“可解作姐妹之妹，亦可解作少女”，作妹妹解暗指刘孝绰与妹妹有不伦事，即使没有其事，也可以少女解来作申辩；日本学者清水凯夫《〈梁书〉“携带少妹于华省，弃老母于下宅”考》认为，“少妹”即指刘令娴，猜测是其丧夫后公公徐勉托刘孝绰看顾，但此事于礼法不合；骆玉明、甘爱燕《刘孝绰“名教案”考索》认为此事与刘令娴无涉，“少妹”指未成年的幼妾，而“少妹”指普通的妾，程度大大减轻。无论如何理解，刘孝绰并无与刘令娴通奸事是没有疑义的。刘令娴的亡夫是徐勉子徐悱，设若舆论真有此议，梁武帝也不会在刘孝绰免官后“数使仆射徐勉宣旨慰抚之”了。

普通七年（丙午，526 年）

太子詹事周捨，武陵太守白涡书许遗财物，坐免。

《梁书》卷二五《周捨传》：“迁太子詹事。普通五年，南津获武陵太守白涡书，许遗捨面钱百万，津司以闻。虽书自外入，犹为有司所奏，舍坐免。迁右骁骑将军，知太子詹事。以其年卒，时年五十六。”《南史》卷三四《周朗传附周捨传》：“普通五年，南津校尉郭祖深获始兴相白涡书，饷捨衣履及婢，以闻，坐免官。……普通中，累献捷，帝思其功，下诏述其德美。以为‘往者南司白涡之劾，恐外议谓朕有私，致此黜免。追愧若人一介之善，外可量加褒异，以旌善人’。”同书卷七〇《循吏传·郭祖深传》：“普通七年，改南州津为南津校尉，以祖深为之。加云骑将军，秩二千石。使募部曲二千。及至南州，公严清刻。由来王侯势家出入津，不忌宪纲，侠藏亡命。祖深搜检奸恶，不避强御，动致刑辟。奏江州刺史邵陵王、太子詹事周捨赃罪。远近侧足，莫敢纵恣。”

按，周捨坐赃坐免事，《梁书》《南史》周捨本传系于普通五年，然《南史》郭祖深本传系于普通七年。郭祖深上奏时为南津校尉，普通七年方改置此职，见《梁书》卷三《武帝纪下》：普通七年夏四月“南州津改置校尉，增加俸秩”，故知郭祖深奏周捨赃罪不能早于普通七年。今从《南史》系于普通七年。据此，周捨卒年亦应在普通七年。

普通八年·大通元年(丁未，527 年，三月改元大通)

御史中丞张缅，坐收捕人与外国使斗，左降黄门郎、兼领先职。

《梁书》卷三四《张缅传》："大通元年，征为司徒左长史，以疾不拜，改为太子中庶子，领羽林监。俄迁御史中丞，坐收捕人与外国使斗，左降黄门郎，兼领先职，俄复为真。"参看《南史》卷五六《张弘策传附张缅传》、《册府元龟》卷五二二《宪官部·遣让》。

大通二年(戊申，528 年)

乐山侯萧正则，坐匿劫盗，削爵徙郁林。

《梁书》卷三《武帝纪下》：中大通三年十月"前乐山县侯萧正则有罪流徙，至是招诱亡命，欲寇广州，在所讨平之"。《南史》卷五一《梁宗室传上·临川靖惠王宏传附萧正则传》："正则字公衡，天监初，以王子封乐山侯。累迁太子洗马、舍人。……大通二年，坐匿劫盗，削爵徙郁林。帝敕广州日给酒肉，南中官司犹处以侯礼。正则滋怨诸父，与西江督护靳山顾通室，招诱亡命，将袭番禺。未及期而事发，遂鸣鼓会将攻州城。刺史元景仲命长史元孝深讨之。正则败，逃于厕，村人缚送之。诏斩于南海。"参看《南史》卷七《梁本纪中》、《资治通鉴》卷一五五《梁纪十一》。

大通三年·中大通元年(己酉，529 年，十月改元中大通)

通直散骑侍郎顾协，隐霆击朱雀航华表事，免官。

《南史》卷六二《顾协传》："普通中，有诏举士，湘东王表荐之，即召拜通直散骑侍郎，兼中书通事舍人。大通三年，霆击大航华表然尽。建康县驰启，协以为非吉祥，未即呈闻。后帝知之，曰：'霆之所击，一本罚恶龙，二彰朕之有过。协掩恶扬善，非曰忠公。'由是见免。后守鸿胪卿，员外散骑常侍，卿、舍人并如故。"参看《册府元龟》卷四八一《台省部·谴责》。

吴淑媛，子萧综叛入魏，策免。

见普通六年八月萧综条。

中大通三年(辛亥，531 年)

太子中庶子殷钧、太子中庶子陆襄，罢官；东宫通事舍人何思澄，出为黟县令；司徒左长史王筠，出为临海太守；太府卿萧子云，出为贞威将军、临川内史：俱因昭明太子薨。

殷钧　《梁书》卷二七《殷钧传》："寻改领中庶子。昭明太子薨，官属罢，又领右游击，除国子祭酒，常侍如故。"

陆襄　《梁书》卷二七《陆襄传》："除太子中庶子，复掌管记。中大通三年，昭明太子薨，官属罢，妃蔡氏别居金华宫，以襄为中散大夫、领步兵校尉、金华宫家令、知金华宫事。七年，出为鄱阳内史。……在政六年。"

何思澄　《梁书》卷五〇《文学传下·何思澄传》："入兼东宫通事舍人。除安西湘东王录事参军，兼舍人如故。时徐勉、周舍以才具当朝，并好思澄学，常递日招致之。昭明太子薨，出为黟县令。迁除宣惠武陵王中录事参军，卒官，时年五十四。"

王筠　《梁书》卷三三《王筠传》："累迁太子洗马，中舍人，并掌东宫管记。昭明太子爱文学士，常与筠及刘孝绰、陆倕、到洽、殷芸等游宴玄圃，太子独执筠袖抚孝绰肩而言曰：'所谓左把浮丘袖，右拍洪崖肩。'其见重如此。……六年，除尚书吏部郎，迁太子中庶子，领羽林监，又改领步兵。中大通二年，迁司徒左长史。三年，昭明太子薨，敕为哀策文，复见嗟赏。寻出为贞威将军、临海太守，在郡被讼，不调累年。大同初，起为云麾豫章王长史，迁秘书监。"

萧子云　《梁书》卷三五《萧子恪传附萧子云传》："迁太子舍人，撰《东宫新记》奏之，敕赐束帛。……中大通元年，转太府卿。三年，出为贞威将军、临川内史。在郡以和理称，民吏悦之。还除散骑常侍，俄复为侍中。"

按，据《梁书》卷八《昭明太子传》，昭明太子薨于本年四月。

中大通四年(壬子，532 年)

二月，扬州刺史萧纶，少府丞何智通启闻其侵渔细民，纶令客刺杀之，因免为庶人。

《梁书》卷三《武帝纪下》：中大通四年二月"新除扬州刺史邵陵王纶有罪，

免为庶人"。《南史》卷五三《梁武帝诸子传·邵陵携王纶传》："中大通四年，为扬州刺史。纶素骄纵，欲盛器服，遣人就市赊买锦彩丝布数百匹，拟与左右职局防阁为绛衫、内人帐幔。百姓并关闭邸店不出。台续使少府市采，经时不能得，敕责，府丞何智通具以闻，因被责还第。恒遣心腹马容戴子高、戴瓜、李撤、赵智英等于路寻目智通，于白马巷逢之，以槊刺之，刃出于背。智通以血书壁作'邵陵'字乃绝，遂知之。帝悬钱百万购贼，有西州游军将宋鹊子条姓名以启，敕遣舍人诸昙粲领斋仗五百人围纶第，于内人槛中禽瓜、撤、智英。子高骁勇，踰墙突围，遂免。智通子敞之割炙食之，即载出新亭，四面火炙之焦熟，敞车载钱设盐蒜，雇百姓食撤一脔，赏钱一千。徒党并母肉遂尽。纶锁在第，舍人诸昙粲并主帅领仗身守视。免为庶人。经三旬乃脱锁，顷之复封爵。"参看《梁书》卷二九《高祖三王传·邵陵携王纶传》、《南史》卷七《梁本纪中》。

按，《资治通鉴》卷一五五《梁纪十一》所载大致相同，唯脱锁时间有出入，作"二旬"。

上虞令徐陵，刘潜因前隙风闻劾其在县赃污，因坐免。

《陈书》卷二六《徐陵传》："出为上虞令，御史中丞刘孝仪与陵先有隙，风闻劾陵在县赃污，因坐免。久之，起为南平王府行参军，迁通直散骑侍郎。"参看《南史》卷六二《徐摛传附徐陵传》、《册府元龟》卷五二二《宪官部·私曲》。

按，周建渝《徐陵年谱》（《中国文哲研究集刊》第十期）将徐陵免上虞令事系于中大通四年："据推测，陵于中大通三年七月充东宫学士，又迁尚书度支郎，出为上虞令之事恐在次年，故系此"，有据。又《梁书》卷三《武帝纪下》：中大通五年"三月丙辰，大司马南平王伟薨"，徐陵为南平王府行参军当在中大通五年三月之前。

又，刘潜字孝仪，据《梁书》卷四一《刘潜传》："累迁尚书左丞，兼御史中丞。在职弹纠无所顾望，当时称之。十年，出为伏波将军、临海太守"，史籍本传仅载其于大同年间有御史中丞之任。据此可补证，刘潜在本年亦曾任御史中丞。

左民尚书刘孺，因为昭明太子东宫旧属，出为仁威临川王长史、江夏太守。

《梁书》卷四一《刘孺传》："累迁太子舍人，中军临川王主簿，太子洗马……转太子中舍人。……顷之迁太子家令，余如故。……迁太子中庶子、尚书吏部郎。……三年，迁左民尚书，领步兵校尉。中大通四年，出为仁威临川王长史、江夏太守，加贞威将军。五年，为宁远将军、司徒左长史，未拜，改为都官尚书，领右军将军。"

大同三年（丁巳，537 年）

中书郎刘潜，以公事左迁安西谘议参军，兼散骑常侍。

《梁书》卷四一《刘潜传》："大同三年，迁中书郎，以公事左迁安西谘议参军，兼散骑常侍。使魏还，复除中书郎。"参看《南史》卷三九《刘勔传附刘潜传》。

按，据《南史》卷七《梁本纪中》：大同四年秋七月"戊辰，使兼散骑常侍刘孝仪聘于东魏"，刘潜当于大同四年复官。

中卫西曹掾张种，武陵王选为府僚，种抗表陈请，坐黜免。

《陈书》卷二一《张种传》："入除中卫西昌侯府西曹掾。时武陵王为益州刺史，重选府僚，以种为征西东曹掾，种辞以母老，抗表陈请，为有司所奏，坐黜免。……及景平，司徒王僧辩以状奏闻，起为贞威将军、治中从事史。"参看《南史》卷三一《张裕传附张种传》。

按，据《梁书》卷三《武帝纪下》：大同三年闰九月"扬州刺史武陵王纪为安西将军、益州刺史"，张种抗表陈请当在本年。

大同五年（己未，539 年）

御史中丞贺琛，买主第为宅，坐免官。

《梁书》卷三八《贺琛传》："迁御史中丞，参礼仪事如先。琛家产既丰，买主第为宅，为有司所奏，坐免官。俄复为尚书左丞。"参看《南史》卷六二《贺玚传附贺琛传》。

按，据《梁书》卷三《武帝纪下》：大同五年正月"丁巳，御史中丞、参礼仪事贺琛奏云云"，知贺琛大同五年为御史中丞，故将贬官事暂系于此。

大同六年（庚申，540 年）

威远将军陈昕，以公事免。

《梁书》卷三二《陈庆之传》："第五子昕，字君章。……（大同）六年，除威远将军、小岘城主，以公事免。十年，妖贼王勤宗起于巴山郡，以昕为宣猛将军，假节讨焉。"

大同七年（辛酉，541 年）

二月，雍州刺史萧恭，取官米赡给私宅，又典签陈保印侵克百姓，免官削爵。

《梁书》卷二二《太祖五王传·南平元襄王伟传附萧恭传》："寻以雍州蛮文道拘引魏寇，诏恭赴援，仍除持节、仁威将军、宁蛮校尉、雍州刺史，便道之镇。……先高祖以雍为边镇，运数州之粟，以实储仓，恭后多取官米，赡给私宅，为荆州刺史庐陵王所启，由是免官削爵，数年竟不叙用。侯景乱，卒于城中，时年五十二。诏特复本封。"《南史》卷五二《梁宗室传下·南平元襄王伟传附萧恭传》："先是，武帝以雍为边镇，运数州粟以实储仓。恭乃多取官米，还赡私宅。又典签陈保印侵克百姓，为荆州刺史庐陵王所启，被诏征还。在都朝谒，白服随列。帝曰：'白衣者为谁?'对曰：'前衡山侯恭。'帝厉色曰：'不还我陈保印，吾当白汝未已。'而保印实投湘东王，王改其姓名曰袁逢。恭竟不叙用。侯景乱，卒于城中，诏特复本封。"

按，据《梁书》卷三《武帝纪下》：大同五年"秋七月己卯，以骠骑将军、开府仪同三司庐陵王续为荆州刺史"；"太清元年正月壬寅，骠骑大将军、开府仪同三司、荆州刺史庐陵王续薨"，知庐陵王萧续在大同五年至太清元年间为荆州刺史，此间奏启萧恭。又，大同七年二月"以中领军、鄱阳王范为镇北将军、雍州刺史"；太清元年"六月戊辰，以前雍州刺史鄱阳王范为征北将军"，萧范大同七年二月为雍州，当即代萧恭。

又，《梁书》萧恭本纪，雍州蛮"文道"有脱字，当为"文道期"，参看《周书》卷一四《贺拔胜传》。

左民尚书到溉，后省门鸱尾被震，左迁金紫光禄大夫。

《南史》卷二五《到彦之传附到溉传》："历御史中丞，都官、左户二尚书，掌吏部尚书。时何敬容以令参选，事有不允，溉辄相执。敬容谓人曰：'到溉尚有余臭，遂学作贵人。'敬容日方贵宠，人皆下之，溉忤之如初。溉祖彦之初以担粪自给，故世以为讥云。后省门鸱尾被震，溉左迁光禄大夫。……后为散骑常侍、侍中、国子祭酒。"参看《梁书》卷四〇《到溉传》。

按，据《梁书》卷三七《何敬容传》："五年，入为尚书令，侍中、将军、参掌、佐史如故"，何敬容为尚书令参选事，在大同五年。据此向后检核，《梁书》卷三《武帝纪下》记载，大同七年二月"乙卯，京师地震"后省门鸱尾被震，大约应即此时。又《陈书》卷二四《袁宪传》载："大同八年，武帝撰《孔子正言章句》，诏下国学，宣制旨义。宪时年十四，被召为国子《正言》生，谒祭酒到溉，溉目而送之，爱其神采"，知到溉大同八年在国子祭酒任，亦可为左迁在大同七年之旁证。

大同十年(甲子，544 年)

五月，尚书令何敬容，妾弟盗官米，以书解之，免职。

《梁书》卷三《武帝纪下》：大同十年"五月丁酉，尚书令何敬容免"。同书卷三七《何敬容传》："五年，入为尚书令，侍中、将军、参掌、佐史如故。……十一年，坐妾弟费慧明为导仓丞，夜盗官米，为禁司所执，送领军府。时河东王誉为领军将军，敬容以书解慧明，誉即封书以奏。高祖大怒，付南司推劾，御史中丞张缵奏敬容挟私罔上，合弃市刑，诏特免职。初，天监中，有沙门释宝志者，尝遇敬容，谓曰：'君后必贵，然终是何败何耳。'及敬容为宰相，谓何姓当为其祸，故抑没宗族，无仕进者，至是竟为河东所败。中大同元年三月，高祖幸同泰寺讲《金字三慧经》，敬容请预听，敕许之。又有敕听朔望问讯。寻起为金紫光禄大夫，未拜，又加侍中。"参看《南史》卷三〇《何尚之传附何敬容传》、《资治通鉴》卷一五八《梁纪十四》、《册府元龟》卷三三三《宰辅部·罢免二》、《册府元龟》卷三三四《宰辅部·遣让》。

按，《梁书》前后记载有出入，一曰大同十年，一曰十一年。本传中提及领军将军萧誉及御史中丞张缵，据《梁书》卷三《武帝纪下》：大同九年"十二月壬戌，领军将军臧盾卒；以轻车将军河东王誉为领军将军"；又同书卷三四《张缅传附张缵传》："十年，复为御史中丞，加通直散骑常侍。"萧誉于大同九年末为轻车将军，张绾于大同十年为御史中丞。根据这两则史料，事在大同十年可能性更大，且武帝本传中有具体月日，更为可信。今从大同十年。

大同十一年（乙丑，545 年）

南安侯萧恬，毒杀广州刺史兰钦，槛车收之，削爵土。

《南史》卷六一《兰钦传》："后为广州刺史。前刺史新渝侯映之薨，南安侯恬权行州事，冀得即真。及闻钦至岭，厚货厨人，涂刀以毒，削瓜进之，钦及爱妾俱死。帝闻大怒，槛车收恬，削爵土。"

按，《南史》卷七《梁本纪中》：大同十年"五月，广州人卢子略反，刺史新渝侯映讨平之"，又《陈书》卷一《高祖纪上》："先是，武林侯萧谘为交州刺史，以衰刻失众心，土人李贲连结数州豪杰同时反，台遣高州刺史孙同、新州刺史卢子雄将兵击之，同等不时进，皆于广州伏诛。子雄弟子略与同子侄及其主帅杜天合、杜僧明共举兵，执南江督护沈颙，进寇广州，昼夜苦攻，州中震恐。高祖率精兵三千，卷甲兼行以救之，频战屡捷，天合中流矢死，贼众大溃，僧明遂降。……其年冬，萧映卒。……十一年六月，军至交州。"知萧映卒于大同十年冬。兰钦代为广州刺史，至岭被毒杀，应已至次年。

太清二年（戊辰，548 年）

司空萧会理，侯景乱困于京，祖皓起义以为内应，皓败，景矫诏免其官，犹以白衣领尚书令。

《梁书》卷二九《高祖三王传·南康简王绩传附萧会理传》："二年，侯景围京邑，会理治严将入援。……至京，景以为侍中、司空、兼中书令。虽在寇手，每思匡复，与西乡侯劝等潜布腹心，要结壮士。时范阳祖皓斩绍先，据广陵城起义，期以会理为内应。皓败，辞相连及，景矫诏免会理官，犹以白衣领尚书令。是冬……与弟祁阳侯通理并遇害。"参看《南史》卷五三《梁武帝诸子传·南康简王绩传附萧会理传》。

按，《南史》载侯景以萧会理为"司空兼尚书令"，是。以会理"犹以白衣领尚书令"，知《梁书》萧会理兼"中书令"，为尚书令之误。

仁威将军徐文盛，不敢战侯景，还为城北面都督；又聚赃污甚多，除官爵。

《梁书》卷四六《徐文盛传》："太清二年，闻国难，乃召募得数万人来赴。世祖嘉之，以为持节、散骑常侍、左卫将军、督梁南秦沙东益巴北巴六州诸军事、仁威将军、秦州刺史，授以东讨之略。于是文盛督众军东下，至武昌，遇侯景将任约，遂与相持久之。世祖又命护军将军尹悦、平东将军杜幼安、巴州刺史王珣等会之，并受文盛节度。击任约于贝矶，约大败，退保西阳，文盛进据芦洲，又与相持。侯景闻之，乃率大众西上援约，至西阳。文盛不敢战。诸将咸曰：'景水军轻进，又甚饥疲，可因此击之，必大捷。'文盛不许。文盛妻石氏，先在建邺，至是，景载以还之，文盛深德景，遂密通信使，都无战心，众咸愤怨。杜幼安、宋簉等乃率所领独进，与景战，大破之，获其舟舰以归。会景密遣骑从间道袭陷郢州，军中凶惧，遂大溃。文盛奔还荆州，世祖仍以为城北面都督。又聚赃污甚多，世祖大怒，下令责之，数其十罪，除其官爵。文盛既失兵权，私怀怨望，世祖闻之，乃以下狱。……遂死狱中。"参看《南史》卷六四《徐文盛传》、《册府元龟》卷四五五《将帅部·贪黩》。

太清三年(己巳，549 年)

萧正德，前为丹阳尹，坐所部多劫盗，去职；心怀异志，侯景乱被推为天子，本年三月台城没，降为大司马。

《南史》卷五一《梁宗室传上·临川靖惠王宏传附萧正德传》："中大通四年，特封临贺郡王。后为丹阳尹，坐所部多劫盗，复为有司所奏，去职。出为南兖州，在任苛刻，人不堪命。广陵沃壤，遂为之荒，至人相食啖。既累试无能，从是黜废，转增愤恨，乃阴养死士，常思国衅。"《梁书》卷五五《临贺王正德传》："侯景知其有奸心，乃密令诱说，厚相要结。……及景至江，正德潜运空舫，诈称迎获，以济景焉。朝廷未知其谋，犹遣正德守朱雀航。景至，正德乃引军与景俱进，景推正德为天子，改年为正平元年，景为丞相。台城没，复太清之号，降正德为大司马。正德有怨言，景闻之，虑其为变，矫诏杀之。"同书卷五六《侯景传》："景矫诏曰：'日者，奸臣擅命，几危社稷，赖丞相英发，入辅朕躬，征镇牧守可各复本任。'降萧正德为侍中、大司马，百官皆复其职。"《南史》卷五一《梁宗室传上·临川靖惠王宏传附萧正德传》："及台城开，正德率众挥刀欲入，贼先使其徒守门，故正德不果。乃复太清之号，降正德为侍中、大司马。正德入问讯，拜且泣。武帝曰：'悯其泣矣，何嗟及矣。'正德知为贼所卖，深自咎悔，密书与鄱阳嗣王契，以兵入。贼遮得书，乃矫诏杀之。"《资治通鉴》卷一六二《梁纪十八》系事于太清三年三月。参看《南史》卷八〇《贼臣传·侯景传》。

【武帝朝贬年不定者】

吏部侍郎王峻，因当官不称职，转安成王长史。

《梁书》卷二一《王峻传》："高祖甚悦其风采，与陈郡谢览同见赏擢。俄迁吏部，当官不称职，转征虏安成王长史，又为太子中庶子、游击将军。"

按，据《梁书》卷一五《谢览传》，谢览"天监元年，为中书侍郎，掌吏部事，顷之即真"，谢览于天监元年掌吏部，王峻既与谢览同见赏擢，则迁吏部事应亦在天监元年。又同书卷二二《太祖五王传·安成康王秀传》："天监元年，进号征虏将军，封安成郡王……二年，以本号征领石头戍事，加散骑常侍。三年，进号右将军。"则萧秀为征虏将军，在天监元年至三年间，王峻转征虏长史亦在此年间。

建康正伏挺，以劾免。

《梁书》卷五〇《文学传下·伏挺传》："天监初，除中军参军事。……迁建康正，俄以劾免。久之，入为尚书仪曹郎。"

尚书三公侍郎谢几卿，转治书侍御史；后为尚书左丞，又以在省署夜著犊鼻裈，与门生登阁道饮酒酗呼，免官；又为尚书左丞，议事宿醉未醒，又尝于阁省裸袒酣饮小遗，转左光禄长史。

《梁书》卷五〇《文学传下·谢几卿传》："天监初，除征虏鄱阳王记室，尚书三公侍郎，寻为治书侍御史。旧郎官转为此职者，世谓为南奔。几卿颇失志，多陈疾，台事略不复理。徙为散骑侍郎，累迁中书郎，国子博士，尚书左丞。……后以在省署，夜著犊鼻裈，与门生登阁道饮酒酗呼，为有司纠奏，坐免官。寻起为国子博士。"《南史》卷一九《谢灵运传附谢几卿传》："迁左丞。仆射省尝议集公卿，几卿外还，宿醉未醒，取枕高卧，傍若无人。又尝于阁省裸袒酣饮，及醉小遗，下沾令史，为南司所弹，几卿亦不介意。转左光禄长史。卒。"参看《册府元龟》卷四八一《台省部·谴责》、卷八五五《总录部·纵逸》。

按，据《梁书》卷二二《太祖五王传·鄱阳忠烈王恢传》："（天监）二年，出为使持节、都督南徐州诸军事、征虏将军、南徐州刺史。四年，改授都督郢司二州诸军事、后将军、郢州刺史，持节如故。"谢几卿由鄱阳王萧恢记室入为尚书三公郎，或在萧恢转镇郢州时。

东宫学士殷钧，公事免。

《梁书》卷二七《殷钧传》："东宫置学士，复以钧为之。公事免。复为中庶子，领国子博士、左骁骑将军。"

按，据同卷《到洽传》："七年，迁太子中舍人，与庶子陆倕对掌东宫管记。俄为侍读，侍读省仍置学士二人，洽复充其选。"知天监七年，太子萧统置东宫学士，殷钧、到洽充其选。

左卫将军徐勉，答旨不恭，左迁散骑常侍，领游击将军。

《南史》卷六〇《徐勉传》："后为左卫将军，领太子中庶子，侍东宫。昭明太子尚幼，敕知宫事，太子礼之甚重，每事询谋。尝于殿讲《孝经》，临川王宏、尚书令沈约备二傅，勉与国子祭酒张充为执经，王莹、张稷、柳憕、王暕为侍讲。时选极亲贤，妙尽人誉。勉陈让数四，又与沈约书，求换侍讲，诏弗许，然后就焉。旧扬、徐首迎主簿，尽选国华中正，取勉子崧充南徐选首。帝敕之曰：'卿寒士，而子与王志子同迎，偃王以来未之有也。'勉耻以其先为戏，答旨不恭，由是左迁散骑常侍，领游击将军。后为太子詹事，又迁尚书右仆射，詹事如故。"

按，据《梁书》卷二《武帝纪中》：天监六年"冬十月壬寅，以五兵尚书徐勉为吏部尚书。闰月乙丑，以骠骑将军、开府仪同三司临川王宏为司徒、行太子太傅，尚书左仆射沈约为尚书令、行太子少傅"；天监八年夏四月"司徒、行太子太傅临川王宏为司空、扬州刺史"，知临川王萧宏自天监六年至八年为太子少太傅，徐勉充为执经亦在此年间。又，徐勉天监六年十月为吏部尚书，据同书卷二五徐勉本传，其后又"除散骑常侍，领游击将军，未拜，改领太子右卫率。迁左卫将军，领太子中庶子，侍东宫"，迁左卫将军、转太子中庶子，至少已至天监七年，因知徐勉左迁事在天监七年或八年。

临海太守蔡撙，坐公事，左迁太子中庶子。

《梁书》卷二一《蔡撙传》："梁台建，为侍中，迁临海太守，坐公事左迁太子中庶子。复为侍中，吴兴太守。天监九年，宣城郡吏吴承伯挟袄道聚众攻宣城……临阵斩承伯。"参看《南史》卷二九《蔡廓传附蔡撙传》。

南徐州治中刘苞，以公事免。

《梁书》卷四九《文学传上·刘苞传》："天监初，以临川王妃弟故，自征虏主簿仍迁王中军功曹，累迁尚书库部侍郎，丹阳尹丞，太子太傅丞，尚书殿中侍郎，南徐州治中，以公事免。久之，为太子洗马，掌书记，侍讲寿光殿。……天监十年，卒，时年三十。"

宣毅长史庾於陵，以公事免。

《梁书》卷四九《文学传上·庾於陵传》："出为宣毅晋安王长史、广陵太守，行府州事，以公事免。复起为通直郎。"

按，据《梁书》卷四《简文帝纪》："五年，封晋安王，食邑八千户。……九年，迁使持节、都督南北兖青徐冀五州诸军事、宣毅将军、南兖州刺史。十二年，入为宣惠将军、丹阳尹"，萧纲于天监五年封晋安王，九年为宣毅将军，十二年为宣惠将军，故庾於陵免官事在天监九年至十二年间。

游击将军王僧孺，以公事，降为云骑将军。

《梁书》卷三三《王僧孺传》："俄除游击将军，兼御史中丞。……寻以公事降为云骑将军，兼职如故，顷之即真。……迁少府卿，出监吴郡。"

望蔡县公王贞秀，因居丧无礼，徙越州。

《梁书》卷九《王茂传》："封望蔡县公，邑二千三百户。……子贞秀嗣，以居丧无礼，为有司奏，徙越州，后有诏留广州，乃潜结仁威府中兵参军杜景，欲袭州城，刺史萧昂讨之。景，魏降人，与贞秀同戮。"参看《南史》卷五五《王茂传》。

按，据《梁书》卷二《武帝纪中》，天监十四年"夏四月丁丑，骠骑将军、开府同三司之仪、江州刺史王茂薨"。王贞秀袭封，又因居丧无礼被徙。

奉朝请吴均，撰《齐春秋》称梁帝为齐明佐命，帝恶其实录，以其书不实敕焚之，坐免职。

《梁书》卷四九《文学传上·吴均传》："还除奉朝请。先是，均表求撰《齐春秋》。书成奏之，高祖以其书不实，使中书舍人刘之遴诘问数条，竟支离无对，敕付省焚之，坐免职。寻有敕召见，使撰《通史》，起三皇，讫齐代，均草本纪、世家功已毕，唯列传未就。普通元年，卒。"《南史》卷七二《文学传·吴均传》："累迁奉朝请。先是，均将著史以自名，欲撰齐书，求借齐起居注及群臣行状，武帝不许，遂私撰《齐春秋》奏之。书称帝为齐明帝佐命，帝恶其实录，以其书不实，使中书舍人刘之遴诘问数十条，竟支离无对。敕付省焚之，坐免职。寻有敕召见，使撰《通史》，起三皇讫齐代。均草本纪、世家已毕，唯列传未就，卒。"刘知几《史通》卷一二《古今正史》："奉朝请吴均亦表请撰齐史，乞给起居注并群臣行状。有诏：'齐氏故事，布在流俗，闻见既多，可自搜访也。'均遂撰《齐春秋》三十篇。其书称梁帝为齐明佐命，帝恶其实，诏燔之。然其私本竟能与萧氏所撰并传于后。"参看《册府元龟》卷五六二《国史部·不实》。

按，曹道衡、沈玉成《中古文学史料丛考·吴均〈齐春秋〉》将其书成、上奏系于天监十四、十五年：萧子显《南齐书》成书应在天监十年至天监十三年间，吴均请撰《齐春秋》，或与萧子显同时。《梁书》吴均本传中提及使中书舍人刘之遴诘问事。据《梁书》卷四〇《刘之遴传》："太宗临荆州，仍迁宣惠记室。……还除通直散骑侍郎，兼中书通事舍人。"又，《梁书》卷四《简文帝纪》：萧纲"十三年，出为使持节、都督荆雍梁南北秦益宁七州诸军事、南蛮校尉、荆州刺史，将军如故。十四年，徙为都督江州诸军事、云麾将军、江州刺史，持节如故。"故知刘之遴还为中书舍人，应在天监十四年萧纲改江州时。

又，吴均因撰《齐春秋》被免缘由，《梁书》记载过略，《南史》及《史通》所载为是。吴均《齐春秋》称梁帝为齐明佐命，梁武恶其实录，反以其书不实为由敕焚之。

云麾长史陆倕，以公事免，左迁中书侍郎。

《梁书》卷二七《陆倕传》："出为云麾晋安王长史、寻阳太守、行江州府州事。以公事免，左迁中书侍郎，司徒司马，太子中庶子，廷尉卿。"

按，曹道衡、沈玉成《中古文学史料丛考·陆倕〈以诗代书别后寄赠〉诗考》，考陆倕"赴江州当在(天监)十五年稍后"，有据。

云麾参军刘杳，以足疾解官。

《梁书》卷五〇《文学传下·刘杳传》："杳以疾陈解，还除云麾晋安王府参军。詹事徐勉举杳及顾协等五人入华林撰《遍略》，书成，以本官兼廷尉正，又以足疾解。……普通元年，复除建康正。"

按，同卷《何思澄传》载："天监十五年，敕太子詹事徐勉举学士入华林撰《遍略》，勉举思澄等五人以应选"，知刘杳入华林撰《遍略》在天监十五年，推算其解官事在天监末。

王籍，历余姚、钱塘令，并以放免；又为轻车湘东王谘议参军，以公事免。

《梁书》卷五〇《文学传下·王籍传》："天监初，除安成王主簿，尚书三公郎，廷尉正。历余姚、钱塘令，并以放免。久之，除轻车湘东王谘议参军，随府会稽。……还为大司马从事中郎，迁中散大夫。"《南史》卷二一《王弘传附王籍传》："梁天监中，为轻车湘东王谘议参军，随府会稽郡。……以公事免。及为中散大夫……"

轻车长史刘孺，以公事免。

《梁书》卷四一《刘孺传》："出为轻车湘东王长史，领会稽郡丞，公事免。顷之，起为王府记室，散骑侍郎，兼光禄卿。"

按，萧绎为轻车将军事，在《梁书》其本传及武帝纪中皆未有记载。《梁书》卷五《元帝纪》载其："十三年，封湘东郡王，邑二千户。初为宁远将军、会稽太守"，语甚不详，不知出镇会稽在何年。然据上条王籍，其于天监中亦随湘东王在会稽，故将知萧绎天监中已任会稽太守。曹道衡、沈玉成《中古文学史料丛考·刘孺仕历》系刘孺为会稽郡丞约在普通初，似可商榷。以王籍仕历推断，疑刘孺于天监年间即领此职。

醴陵侯江蔿，有罪削爵。

《梁书》卷一四《江淹传》："以疾迁金紫光禄大夫，改封醴陵侯。四年卒，时年六十二。……子蔿袭封嗣，自丹阳尹丞为长城令，有罪削爵。普通四年，高祖追念淹功，复封蔿吴昌伯，邑如先。"

吏部郎江葺，坐杖曹中干，免官；吏部尚书王泰，以疾，迁散骑常侍，并因拒仆射徐勉为子求女婚。

《梁书》卷二一《江蒨传》："蒨方雅有风格。仆射徐勉以权重自遇，在位者并宿士敬之，惟蒨及王规与抗礼，不为之屈。勉因蒨门客翟景为第七儿繠求蒨女婚，蒨不答，景再言之，乃杖景四十，由此与勉有忤。除散骑常侍，不拜。是时勉又为子求蒨弟葺及王泰女，二人并拒之。葺为吏部郎，坐杖曹中干免官，泰以疾假出宅，乃迁散骑常侍，皆勉意也。初，天监六年，诏以侍中、常侍并侍帷幄，分门下二局入集书，其官品视侍中，而非华胄所悦，故勉斥泰为之。"参看《南史》卷三六《江夷传附江蒨传》、《册府元龟》卷三三八《宰辅部·专恣》。

按，《梁书》卷二《武帝纪中》载：天监十八年正月"太子詹事徐勉为尚书右仆射"，事必不早于此。曹道衡、沈玉成《中古文学史料丛考·王泰生卒年》，考订王泰天监十六年尚在南兰陵为太守，入为都官尚书应为普通二年。《梁书》卷二一《王泰传》载："入为都官尚书。……顷之，为吏部尚书，衣冠属望，未及选举，仍疾，改除散骑常侍、左骁骑将军，未拜，卒，时年四十五。"王泰顷之任吏部尚书，以疾改除散骑常侍，即因徐勉授意故也。以时推断，事当在普通年间。

太子家令许懋，以足疾出为始平太守。

《梁书》卷四〇《许懋传》："（天监）十年，转太子家令。……以足疾出为始平太守，政有能名。加散骑常侍，转天门太守。中大通三年，皇太子召诸儒参录《长春义记》。"

建康令傅岐，以公事免。

《梁书》卷四二《傅岐传》："迁宁远岳阳王记室参军，舍人如故。出为建康令，以公事免。俄复为舍人，累迁安西中记室，镇南谘议参军，兼舍人如故。"

按，据《周书》卷四八《萧詧传》："中大通三年，进封岳阳郡王"，然萧詧为宁远将军事不载。傅岐转建康令，免官后为舍人、迁安西中记室，《梁书》卷五《元帝纪》载："大同元年，进号安西将军"，傅岐或于此时为萧绎安西中记室。

湘州长史王实，称妻安吉公主名，废锢。

《南史》卷二三《王诞传附王莹传》："少子实嗣。起家秘书郎，尚梁武帝女安吉公主，袭爵建城县公。……后为南康嗣王湘州长史、长沙郡。王三日出禊，实衣冠倾崎，王性方严，见之意殊恶。实称主名谓王曰：'萧玉志念实，殿下何见憎？'王惊报即起。后密启之，因此废锢。"

按，据《梁书》卷二九《高祖三王传·南康简王绩传附萧会理传》："大通三年，因感病薨于任，时年二十五。……子会理嗣……年十一而孤……年十五，拜轻车将军、湘州刺史，又领石头戍军事。"萧会理，大通三年（529年）父卒，年十一；年十五为湘州，推算是年为中大通五年（533年）。三月三日有春禊的习俗，萧会理见其衣冠倾崎而恶之，事大致在中大通五年或稍后。

江州刺史萧象，以疾免。

《梁书》卷二三《桂阳嗣王象传》："改授持节、督江州诸军事、信武将军、江州刺史。以疾免。寻除太常卿。……大同二年，薨。"

尚书吏部郎刘孝绰，左迁信威临贺王长史；御史中丞褚湮，免官：皆因在职通赃货。

《梁书》卷四一《刘孺传附刘览传》："姊夫御史中丞褚湮、从兄吏部郎孝绰，在职颇通赃货，览劾奏，并免官。孝绰怨之，尝谓人曰：'犬啮行路，览噬家人。'"参看《南史》卷三九《刘勔传附刘览传》，《册府元龟》卷五一九《宪官部·弹劾二》、卷六三八《铨选部·贪贿》、卷九二〇《总录部·仇怨》。

刘孝绰 《南史》卷三九《刘勔传附刘孝绰传》："起为西中郎湘东王谘议参军。迁黄门侍郎、尚书吏部郎，坐受人绢一束，为饷者所讼，左迁信威临贺王长史。晚年忽忽不得志，后为秘书监。"参看《梁书》卷三三《刘孝绰传》。

按，据《梁书》卷五《元帝纪》："大同元年，进号安西将军"，刘孝绰为湘东王谘议参军事，不得早于大同元年。又同书刘孝绰本传："大同五年，卒官。"故知刘孝绰贬官事在大同元年至五年间。曹道衡、沈玉成《中古文学史料丛考·刘孝绰年表》颇疑"安西"为"平西"之误，附此。又，《梁书》刘览本传曰免官，刘孝绰本传曰左迁，今从左迁之说，免官当指免原官。

右卫率韦粲，大同中武帝疾笃，内外以为帝崩，粲与太子相善，闻而喜，出为衡州刺史。

《南史》卷五八《韦睿传附韦粲传》："初为云麾晋安王行参军，后为外兵参军兼中兵。时颍川庾仲容、吴郡张率前辈才名，与粲同府，并忘年交好。及王为皇太子，粲自记室迁步兵校尉，入为东宫领直，后袭爵永昌县侯，累迁右卫率，领直。粲以旧恩，任寄绸密，虽居职累徙，常留宿卫。……大同中，帝尝不豫，一日暴剧，皇太子以下并入侍疾，内外咸云帝崩。粲将率宫甲度台，微有喜色，问所由那不见办长梯。以为大行幸前殿，须长梯以复也。帝后闻之，怒曰：'韦粲愿我死。'有司奏推之，帝曰：'各为其主，不足推。'故出为衡州刺史。皇太子出饯新亭，执粲手曰：'与卿不为久别。'久之，帝复召还为散骑常侍。"

国子博士刘显，梁武忌其能，出为宣远岳阳王长史、行府国事，未拜，迁云麾邵陵王长史、寻阳太守。

《南史》卷五〇《刘瓛传附刘显传》："迁尚书左丞，除国子博士。时有沙门讼田，帝大署曰'贞'。有司未辩，遍问莫知。显曰：'贞字文为与上人。'帝因忌其能，出之。后为云麾邵陵王长史、寻阳太守。魏使李谐至闻之，恨不相识。叹曰：'梁德衰矣。善人国之纪也，而出之，无乃不可乎。'王迁镇郢州，除平西府谘议参军，久在府不得志。大同九年终于夏口，时年六十三。……论曰：……显及之遘见嫉时主，或以非罪而斥，或以非疾而亡，异夫自古哲王屈己下贤之道，有以知武皇之不弘，元后之多忌。梁祚之不永也，不亦宜哉。"《梁书》卷四〇《刘显传》："迁尚书左丞，除国子博士。出为宣远岳阳王长史，行府国事，未拜，迁云麾邵陵王长史、寻阳太守。大同九年，王迁镇郢州，除平西谘议参军，加戎昭将军。其年卒，时年六十三。"参看《册府元龟》卷二一八《闰位部·疑忌》。

按，刘显因梁武忌其能被出，见于《南史》。曹道衡、沈玉成《中古文学史料丛考·〈南史·刘显传〉采野史无稽》认为"此事当出街谈巷语，不宜视为信史"，笔者赞同此论。梁武并非小气之君主，因文字游戏就出贬大臣，可信度不高。

又，刘显出为何职，应以《梁书》所载为确，即先出为宣远岳阳王长史、行府国事，未拜，再迁云麾邵陵王长史、寻阳太守。据同书卷二九《高祖三王传·邵陵携王纶传》："大同元年，为侍中、云麾将军。七年，出为使持节、都督郢定霍司四州诸军事、平西将军、郢州刺史"，知刘显被贬出，在大同年间。但邵陵王为郢州，《梁书》三处记载均不同：卷三帝纪载于大同六年二月，卷二九萧纶本传载于大同七年，卷四〇刘显本传载于大同九年，令人费解。

轻车限内记室纪少瑜，坐事免。

《南史》卷七二《文学传·纪少瑜传》："当阳公为郢州，以为功曹参军，转轻车限内记室，坐事免。大同七年，始引为东宫学士。"

按，据《梁书》卷四四《太宗十一王传·寻阳王大心传》："中大通四年，以皇孙封当阳公，邑一千五百户。大同元年，出为使持节、都督郢南北司定新五州诸军事、轻车将军、郢州刺史。……七年，征为侍中、兼石头戍军事"，其于大同元年至六年为郢州。知纪少瑜为萧大心僚佐并免官事在此年间。

信义太守刘孝胜，公事免。

《梁书》卷四一《刘潜传附刘孝胜传》："第五弟孝胜，历官邵陵王法曹、湘东王安西主簿记室、尚书左丞。出为信义太守，公事免。久之，复为尚书右丞，兼散骑常侍。聘魏还，为安西武陵王纪长史、蜀郡太守。"

按，刘孝胜此次贬官前后曾任湘东王安西主簿记室及安西武陵王纪长史。据《梁书》卷三《武帝纪下》：大同元年十二月"平西将军、荆州刺史湘东王绎进号安西将军"，及大同九年冬十一月"安西将军、益州刺史武陵王纪进号征西将军、开府仪同三司"，推知刘孝胜为信义太守并免官事在大同年间。

安西长史王金，惮蜀郡岨崄固以疾辞，黜免。

《梁书》卷二一《王份传附王金传》："寻为安西武陵王长史、蜀郡太守。金惮岨崄，固以疾辞，因以黜免。久之，除戎昭将军、尚书左丞。"

377

按，据《梁书》卷三《武帝纪下》：大同三年闰九月"扬州刺史武陵王纪为安西将军、益州刺史"；大同九年"冬十一月辛丑，安西将军、益州刺史武陵王纪进号征西将军、开府仪同三司"，知以王金为安西武陵王长史、出任蜀郡，在大同三年至九年间萧纪为益州时。

尚书右丞江子四，左民郎沈炯、少府丞顾玚奏事不允，子四代对言甚激切忤帝，免职。

《梁书》卷四三《江子一传附江子四传》："弟子四，历尚书金部郎。大同初，迁右丞。……左民郎沈炯、少府丞顾玚尝奏事不允，高祖厉色呵责之，子四乃趋前代炯等对，言甚激切，高祖怒呼缚之，子四据地不受，高祖怒亦止，乃释之，犹坐免职。及侯景反……见害。"参看《南史》卷六四《江子一传》、《册府元龟》卷二一八《闰位部·恶直》。

按，《陈书》卷二一《孔奂传》："迁仪曹侍郎。时左民郎沈炯为飞书所谤，将陷重辟，事连台阁，人怀忧惧，奂廷议理之，竟得明白。丹阳尹何敬容以奂刚正，请补功曹史"，沈炯为左民郎时曾为飞书所谤，赖孔奂得以洗清，丹阳尹何敬容因此事请补奂功曹史。又《梁书》卷三七《何敬容传》："大同三年正月……俄迁中权将军、丹阳尹，侍中、参掌、佐史如故。五年，入为尚书令"，何敬容为丹阳尹在大同三年至五年间，推知沈炯为左民郎亦在大同年间，则其奏事不允、子四因趋前代对而免职，亦在大同间。

平西谘议参军周弘正，有罪应流徙，敕以赐干陁利国。

《南史》卷三四《周朗传附周弘正传》："后为平西邵陵王府谘议参军，有罪应流徙，敕以赐干陁利国。未去，寄系尚方。于狱上武帝《讲武诗》，降敕原罪，仍复本位。……大同末，尝谓弟弘让曰云云。"

按，据《梁书》卷三《武帝纪下》：大同六年二月"以江州刺史邵陵王纶为平西将军、郢州刺史"，周弘正为平西谘议参军不得早于此。

给事黄门侍郎王通，坐事免。

《陈书》卷一七《王通传》："累迁……中权何敬容府长史、给事黄门侍郎，坐事免。侯景之乱，奔于江陵，元帝以为散骑常侍。"

按，据《梁书》卷三七《何敬容传》：大同三年"迁中权将军、丹阳尹"，又其于大同十年免官（参看大同十年何敬容条），知王通为何敬容长史在大同年间。后王通又任给事黄门侍郎，坐事免，推知事在大同末至太清初。

晋陵太守褚翔，以公事免。

《梁书》卷四一《褚翔传》："出为晋陵太守，在郡未期，以公事免。俄复为散骑常侍，侍东宫。太清二年，迁守吏部尚书。"

海盐令萧特，坐事免。

《梁书》卷三五《萧子恪传附萧子云传》："第二子特字世达。……出为海盐令，坐事免。年二十五，先子云卒。"参看《南史》卷四二《齐高帝诸子传上·豫章文献王嶷传附萧子云传》。

按，萧子云卒于太清三年（549 年）三月。

郢州行事刘之遴，固辞出郢州，免官。

《梁书》卷四○《刘之遴传》："丁母忧，服阕，征秘书监，领步兵校尉。出为郢州行事，之遴意不愿出，固辞，高祖手敕曰：'朕闻妻子具，孝衰于亲；爵禄具，忠衰于君。卿既内足，理忘奉公之节。'遂为有司所奏免。久之，为太府卿，都官尚书，太常卿。"参看《南史》卷五○《刘虬传附刘之遴传》。

宁都县侯杨膘，有罪国除。

《梁书》卷十《杨公则传》："天监元年，进号平南将军，封宁都县侯，邑一千五百户。……疾卒于师，时年六十一。……子膘嗣，有罪国除。高祖以公则勋臣，特诏听庶长子胱嗣。"参看《南史》卷五五《杨公则传》。

按，《南史》作杨公则子为杨膘。

建康正刘霁，以疾免。

《梁书》卷四七《孝行传·刘霁传》："还为建康正，非所好，顷之，以疾免。

寻除建康令，不拜。母明氏寝疾……后六十余日乃亡。……霁思慕不已，服未终而卒，时年五十二。"

始安太守卢广，坐事免。

《梁书》卷四八《儒林传·卢广传》："天监中归国。初拜员外散骑侍郎，出为始安太守，坐事免。顷之，起为折冲将军。"

司徒右长史谢谖，坐杀牛，黜为东阳内史。

《南史》卷二〇《谢弘微传附谢朏传》："子谖，位司徒右长史，坐杀牛废黜。为东阳内史。"参看《梁书》卷一五《谢朏传》。《册府元龟》卷七三〇《幕府部·遣斥》误将此事载于谢朏名下。

按，谢谖父谢朏卒于天监五年，时年六十六。梁武帝朝四十八年，推算谢谖作为长子，仕历应必不过梁武帝朝。

建康正庾丹，坐事流广州。

《南史》卷五一《梁宗室传上·长沙宣武王懿传附萧朗传》："朗字靖彻，天监五年，例以王子封侯。历太子洗马，桂州刺史，加都督。性倨而虐，群下患之。记室庾丹以忠谏见害。帝闻之，使于岭表以功自效。丹父景休位御史中丞。丹少有俊才，与伏挺、何子朗俱为周舍所狎。初，景休罢巴东郡颇有资产，丹负钱数百万，责者填门。景休怒，不为之偿。既而朝贤之丹不之景休，景休悦，乃悉为还之。为建康正，坐事流广州。"

按，庾丹流广州事记载甚略，不知在齐末抑或梁初，暂附于此。

梁简文帝朝(549—551)

太清三年(己巳，549 年，五月简文帝即位)

九月，信州刺史鲍泉，攻河东王萧誉于湘州不克，被代。

《梁书》卷五《元帝纪》：太清三年九月"鲍泉攻湘州不克，又遣左卫将军王僧辩代将"。同书卷三〇《鲍泉传》："及元帝承制，累迁至信州刺史。太清三年，元帝命泉征河东王誉于湘州，泉至长沙，作连城以逼之，誉率众攻泉，泉据栅坚守，誉不能克。泉因其弊出击之，誉大败，尽俘其众，遂围其城，久未能拔……"《南史》卷六二《鲍泉传》："方等之败，元帝大怒，泉与王僧辩讨之。僧辩曰：'计将安出？'泉曰：'事等沃雪，何所多虑。'僧辩曰：'君言文士常谈耳，江东少有武干，非精兵一万不可以往。竟陵甲卒不久当至，犹可重申。欲与卿入言之。'泉许诺，及僧辩如向言，泉默然不继。元帝大怒，于是械系僧辩，时人比泉为郦寄。泉既专征长沙，久而不克。元帝乃数泉二十罪，为书责之曰：'面如冠玉，还疑木偶，须似蝟毛，徒劳绕喙。'乃从狱中起王僧辩代泉为都督，使舍人罗重欢领斋仗三百人与僧辩往。及至长沙，遣通泉曰：'罗舍人被令送王竟陵来。'泉愕然，顾左右曰：'得王竟陵助我经略，贼不足平矣。'乃拂席坐而待之。僧辩入，乃背泉而坐曰：'鲍郎，卿有罪，令旨使我锁卿，卿勿以故意见期。'命重欢出令示泉，锁之床下。泉颜色自若，了无惧容，曰：'稽缓王师，罪乃甘分，但恐后人更思鲍泉之愦愦耳。'僧辩色甚不平，泉乃启陈淹迟之罪。元帝寻复其任，令与僧辩等东逼邵陵王于郢州。郢州平，元帝以世子方诸为刺史，泉为长史，行州府事。"同书卷六三《王神念传附王僧辩传》："及荆、湘疑贰，元帝令僧辩及鲍泉讨之。时僧辩以竟陵间部下皆劲勇，犹未尽来，意欲待集然后上顿。与泉俱入，使泉先言之，泉入不敢言。元帝问僧辩，僧辩以情对。元帝性忌，以为迁延不去，大怒厉声曰：'卿惮行拒命，欲同贼邪？今唯死耳。'僧辩对曰：'今日就戮甘心，但恨不见老母。'帝自斫之，中其髀，流血至地，闷绝，久之方苏。即送廷尉，并收其子侄并系之。其母脱簪珥待罪，帝意解，赐以良药，故不死。会岳阳军袭江陵，人情搔扰。元帝遣就狱出僧辩以为城内都督。俄而岳阳奔退，而鲍泉力不能克长沙，帝命僧辩代之。僧辩仍部分将帅，并力攻围，遂平湘土。"

大宝二年·太始元年（辛未，551年，侯景八月自立，改元太始）

八月，简文帝萧纲，因侯景之乱，废为晋安王。

《梁书》卷四《简文帝纪》：大宝二年八月"戊午，侯景遣卫尉卿彭俊、厢公王僧贵率兵入殿,废太宗为晋安王,幽于永福省"。同书卷五六《侯景传》:"景乃废太宗,幽于永福省。作诏草成,逼太宗写之,至'先皇念神器之重,思社稷之固',歔欷呜咽,不能自止。"《资治通鉴》卷一六四《梁纪二十》:"及景自巴陵败归,猛将多死,自恐不能久存,欲早登大位。王伟曰:'自古移鼎,必须废立,既示我威权,且绝彼民望。'景从之。使前寿光殿学士谢昊为诏书,以为'弟侄争立,星辰失次,皆由朕非正绪,召乱致灾,宜禅位于豫章王栋。'使吕季略赍入,逼帝书之。栋,欢之子也。(大宝二年八月)戊午,景遣卫尉卿彭隽等帅兵入殿,废帝为晋安王,幽于永福省,悉撤内外侍卫,使突骑左右守之,墙垣悉布枳棘。"参看《南史》卷八《梁本纪下》、卷八〇《贼臣传·侯景传》。

十一月,萧栋,先为侯景拥立为帝,侯景自立后降为淮阴王。

《梁书》卷五六《侯景传》:"景又矫萧栋诏,禅位于己。……封萧栋为淮阴王,幽于监省。"《资治通鉴》卷一六四《梁纪二十》:大宝二年十一月"己丑,豫章王栋禅位于景,景即皇帝位于南郊。还,登太极殿,其党数万,皆吹唇呼噪而上。大赦,改元太始。封栋为淮阴王,并其二弟桥、樛同锁于密室。"参看《南史》卷八〇《贼臣传·侯景传》。

梁元帝朝(552—555)

承圣三年(甲戌,554 年)

十一月,左仆射王褒,都督城西诸军事拒魏,败,降为护军将军。

《梁书》卷五《元帝纪》:承圣三年十一月"降左仆射王褒为护军将军"。《周书》卷四一《王褒传》:"及大军征江陵,元帝授褒都督城西诸军事。褒本以文雅见知,一旦委以总戎,深自勉励,尽忠勤之节。被围之后,上下猜惧,元帝唯于褒深相委信。朱买臣率众出宣阳之西门,与王师战,买臣大败。褒督进不能禁,乃贬为护军将军。王师攻其外栅,城陷,褒从元帝入子城,犹欲固守。俄而元帝出降,褒遂与众俱出。"

承圣四年·绍泰元年（乙亥，555 年，九月敬帝即位，十月改元）

五月，晋安王萧方智，本应即皇帝位而王僧辩推立贞阳侯萧渊明，以之为皇太子。

《陈书》卷一《高祖纪上》："四年五月，齐送贞阳侯深明还主社稷，王僧辩纳之，即位，改元曰天成，以晋安王为皇太子。初，齐之请纳贞阳也，高祖以为不可，遣使诣僧辩苦争之，往返数四，僧辩竟不从。高祖居常愤叹，密谓所亲曰：'武皇虽磐石之宗，远布四海，至于克雪仇耻，宁济艰难，唯孝元而已，功业茂盛，前代未闻。我与王公俱受重寄，语未绝音，声犹在耳，岂期一旦便有异图。嗣主高祖之孙，元皇之子，海内属目，天下宅心，竟有何辜，坐致废黜，远求夷狄，假立非次，观其此情，亦可知矣。'"

梁敬帝朝（555—557）

绍泰元年（乙亥，555 年，九月即位）

九月，帝萧渊明，陈霸先改立萧方智，逊位，为太傅、建安王。

《陈书》卷一《高祖纪上》："丙午，贞阳侯逊位，百僚奉晋安王上表劝进。"《南史》卷八《梁本纪下》："七月辛丑，僧辩纳贞阳侯萧明，自采石济江。甲辰，入建邺。丙午，即伪位。年号天成，以帝（萧方智）为皇太子。司空陈霸先袭杀王僧辩，黜萧明而奉帝焉。"同书卷九《陈本纪上》："四年五月，齐送贞阳侯明还主社稷，王僧辩纳之。明即位，改元天成，以晋安王为皇太子。初，齐之纳贞阳也，帝（陈霸先）固争之，以为不可，不见从。帝居常愤叹曰：'嗣主高祖之孙，元皇之子，竟有何辜，坐致废黜？假立非次，此情可知。'乃密具袍数千领及锦彩金银，以为赏赐之资。……于是废贞阳侯，而奉晋安王即位，改承圣四年为绍泰元年。"同书卷五一《梁宗室传上·长沙宣武王懿传附萧明传》："及称尊号，改承圣四年为天成元年，大赦境内。以方智为太子，授王僧辩大司马，遣其子章驰到齐拜谢。齐遇明及僧辩使人，在馆供给宴会丰厚，一同武帝时使。及陈霸先袭杀僧辩，复奉晋安王，是为敬帝，而以明为太傅、建安王。报齐云：'僧辩阴谋篡逆，故诛之。'仍请称臣于齐，永为蕃国。齐遣行台司马恭及梁人盟于历阳。明年，齐人征明，霸先犹称蕃，将遣使送明，疽发背死。时王琳与霸先相抗，齐文宣遣兵纳永嘉王庄主梁祀，追谥明曰闵皇帝。"参看《资治通鉴》卷一六六《梁纪二十二》。

按，梁闵帝，《梁书》《通鉴》作萧渊明，《陈书》作萧深明，《南史》作萧明。为避唐高祖李渊讳，《陈书》改字作"萧深明"，《南史》减字。

南朝陈(557—589)

陈武帝朝(557—559)

太平二年·永定元年(丁丑，557 年，十月武帝即位，改元)

十月，梁敬帝萧方智，封为江阴王；皇太后夏氏，为江阴国太妃；皇后王氏，为
江阴国妃：皆因梁陈禅代。

　　《陈书》卷二《高祖纪下》："诏曰：'……以江阴郡奉梁主为江阴王，行梁正
朔，车旗服色，一依前准，宫馆资待，务尽优隆。'又诏梁皇太后为江阴国太妃，
皇后为江阴国妃。"参看《南史》卷九《陈本纪上》、《资治通鉴》卷一六七《陈纪
一》。

　　萧方智　《梁书》卷六《敬帝纪》："陈王践阼，奉帝为江阴王，薨于外邸，时
年十六，追谥敬皇帝。"《陈书》卷一《高祖纪上》：永定元年十月"辛未，梁帝禅位
于陈"。参看《南史》卷八《梁本纪下》。

　　夏太后　《南史》卷一二《后妃传下·敬夏太后传》："敬夏太后，会稽人也。
普通中，纳于湘东王宫，生敬帝。承圣元年冬，拜晋安王国太妃。绍泰元年，尊
为太后。明年冬，降为江阴国太妃。"

　　王皇后　《南史》卷一二《后妃传下·敬王皇后传》："敬王皇后，琅邪临沂人
也。承圣元年十一月，拜晋安王妃。绍泰元年十月，拜皇后。明年，降为江阴
王妃。"

永定二年(戊寅，558 年)

秘书监蔡景历，坐妻弟诈受饷马，降为中书侍郎。

《陈书》卷一六《蔡景历传》："高祖受禅，迁秘书监，中书通事舍人，掌诏诰。永定二年，坐妻弟刘淹诈受周宝安饷马，为御史中丞沈炯所劾，降为中书侍郎，舍人如故。……世祖即位，复为秘书监，舍人如故。"参看《南史》卷六八《蔡景历传》。

陈文帝朝(559—566)

永定三年(己卯，559 年，六月文帝即位)

丹阳尹陈拟，坐事，以白衣知郡。

《陈书》卷一五《陈拟传》："世祖嗣位，除丹阳尹，常侍如故。坐事，又以白衣知郡，寻复本职。天嘉元年卒，时年五十八。"参看《南史》卷六五《陈宗室诸王传·永修侯拟传》。

天嘉元年(庚辰，560 年)

鸿胪卿刘师知，坐事免。

《陈书》卷一六《刘师知传》："寻迁鸿胪卿，舍人如故。天嘉元年，坐事免。……起为中书舍人，复掌诏诰。"参看《南史》卷六八《刘师知传》。

尚书左丞庾持，拜县子之日受令史饷遗，坐免；后为临安令，坐杖杀县民免封。

《陈书》卷三四《文学传·庾持传》："天嘉初，迁尚书左丞。以预长城之功，封崇德县子，邑三百户。拜封之日，请令史为客，受其饷遗，世祖怒之，因坐免。寻为宣惠始兴王府谘议参军。除临安令，坐杖杀县民免封。还为给事黄门侍郎。"参看《南史》卷七三《孝义传上·庾道愍传附庾持传》、《册府元龟》卷四八二《台省部·贪黩》及卷七百七《令长部·酷暴》。

按，据《陈书》卷三《世祖纪》：天嘉二年正月"以始兴王伯茂为宣惠将军、扬州刺史"；天嘉三年六月"以扬州刺史始兴王伯茂为镇东将军、东扬州刺史"，庾持出为始兴王谘议参军应在天嘉二年，除临安令在天嘉三年。又坐杖杀县民，事必在三年任期内，推知免封亦不出文帝朝。

天嘉五年(甲申，564 年)

度支尚书陆山才，坐侍宴与蔡景历言语过差，免官。

《陈书》卷一八《陆山才传》："改授散骑常侍，兼度支尚书，满岁为真。……余孝顷自海道袭晋安，山才又以本官之会稽，指授方略。还朝，坐侍宴与蔡景历言语过差，为有司所奏，免官。寻授散骑常侍。"参看《南史》卷六八《陆山才传》、《册府元龟》卷四八一《台省部·谴责》。

按，据《陈书》卷三五《陈宝应传》："昭达既克周迪，逾东兴岭，顿于建安，余孝顷又自临海道袭于晋安，宝应据建安之湖际，逆拒王师，水陆为栅"，余孝顷袭晋安，乃应章昭达平陈宝应之乱。又据《陈书》卷三《世祖纪》：天嘉五年十一月"己丑，章昭达破陈宝应于建安，擒宝应、留异，送京师，晋安郡平"，陈宝应于天嘉五年被擒，故陆山才还朝应在天嘉五年，将其免官事系此。且据同书卷一六《蔡景历传》，其本年在朝，六年坐事免官(见天嘉六年蔡景历条)，可为旁证。

御史中丞江德藻，坐公事免。

《陈书》卷三四《文学传·江德藻传》："顷之迁御史中丞，坐公事免。寻拜振远将军、通直散骑常侍。自求宰县，出补新喻令，政尚恩惠，颇有异绩。六年，卒于官。"参看《南史》卷六〇《江革传附江德藻传》。

按，据《陈书》卷二一《谢岐传》："久之，又度岭之晋安依陈宝应，世祖前后频召之，岐崎岖寇虏，不能自拔。及宝应平，岐方诣阙，为御史中丞江德藻所举劾，世祖不加罪责，以为给事黄门侍郎。"谢岐曾往晋安依陈宝应(陈宝应乱见上条按语)，文帝频召之而不能自拔，宝应平后江德藻以此举劾。故江德藻天嘉五年在御史中丞任。江德藻免官后寻拜振远将军、通直散骑常侍，又出补新喻令，天嘉六年卒于任，推算时间，免官事在天嘉五年应无疑义。

天嘉六年（乙酉，565 年）

四月，司空陈顼，直兵鲍僧叡假其威权抑塞辞讼，劾免侍中、中书监。

《陈书》卷二六《徐陵传》："时安成王顼为司空，以帝弟之尊，势倾朝野。直兵鲍僧叡假王威权，抑塞辞讼，大臣莫敢言者。陵闻之，乃为奏弹，导从南台官属，引奏案而入。世祖见陵服章严肃，若不可犯，为敛容正坐。陵进读奏版时，安成王殿上侍立，仰视世祖，流汗失色。陵遣殿中御史引王下殿，遂劾免侍中、中书监，自此朝廷肃然。"《资治通鉴》卷一六九《陈纪三》系事于天嘉六年四月。参看《册府元龟》卷五一九《宪官部·弹劾二》。

按，陈顼前后仕历见《陈书》卷五《宣帝纪》："天嘉三年，自周还，授侍中、中书监、中卫将军，置佐史。寻授使持节、都督扬南徐东扬南豫北江五州诸军事、扬州刺史，进号骠骑将军，馀如故。四年，加开府仪同三司。六年，迁司空。天康元年，授尚书令，馀并如故。"

太子左卫率蔡景历，坐妻兄奸讹并受饷绢，免官。

《陈书》卷一六《蔡景历传》："天嘉三年，以功迁太子左卫率，进爵为侯，增邑百户，常侍、舍人如故。六年，坐妻兄刘洽依倚景历权势，前后奸讹，并受欧阳武威饷绢百匹，免官。废帝即位，起为镇东鄱阳王谘议参军，兼太舟卿。"按，《南史》卷六八《蔡景历传》行贿者作"欧阳威"。

天嘉七年·天康元年（丙戌，566 年，二月改元天康）

中抚大将军淳于量，以在道淹留，免仪同。

《陈书》卷一一《淳于量传》："王琳平后，频请入朝，天嘉五年，征为中抚大将军，常侍、仪同、鼓吹并如故。量所部将帅，多恋本土，并欲逃入山谷，不愿入朝。世祖使湘州刺史华皎征衡州界黄洞，且以兵迎量。天康元年，至都，以在道淹留，为有司所奏，免仪同，余并如故。光大元年，给鼓吹一部。华皎构逆，以量为使持节、征南大将军、西讨大都督，总率大舰，自郢州樊浦拒之。皎平，并降周将长胡公拓跋定等。以功授侍中、中军大将军、开府仪同三司，进封醴陵县公，增邑一千户。"参看《南史》卷六六《淳于量传》、《册府元龟》卷四五〇《将帅部·遣让》。

侍中谢㙫,以公事免。

《陈书》卷二一《谢㙫传》:"世祖不加罪责,以为给事黄门侍郎。寻转侍中,天康元年,以公事免,寻复本职。"

【文帝朝贬年不定者】

侍中张种,以公事免。

《陈书》卷二一《张种传》:"(天嘉)二年,权监吴郡,寻征复本职。迁侍中,领步兵校尉,以公事免,白衣兼太常卿,俄而即真。废帝即位,加领右军将军。"

陈废帝朝(566—568)

光大元年(丁亥,567 年)

二月,尚书令到仲举,矫诏遣高宗还东府,事发,以为贞毅将军、金紫光禄大夫、废居私宅;东宫通事舍人殷不佞,免官。

《陈书》卷二〇《到仲举传》:"及文帝崩,高宗受遗诏为尚书令入辅,仲举与左丞王暹、中书舍人刘师知、殷不佞等,以朝望有归,乃遣不佞矫宣旨遣高宗还东府。事发,师知下北狱赐死,暹、不佞并付治,乃以仲举为贞毅将军、金紫光禄大夫。初,仲举子郁尚文帝妹信义长公主……仲举既废居私宅,与郁皆不自安。……仲举及郁并于狱赐死,时年五十一。"《陈书》卷三二《孝行传·殷不害传附殷不佞传》:"迁东宫通事舍人。及世祖崩,废帝嗣立,高宗为太傅,录尚书辅政,甚为朝望所归。不佞素以名节自立,又受委东宫,乃与仆射到仲举、中书舍人刘师知、尚书右丞王暹等,谋矫诏出高宗。众人犹豫,未敢先发,不佞乃驰诣相府,面宣敕,令相王还第。及事发,仲举等皆伏诛,高宗雅重不佞,特赦之,免其官而已。高宗即位,以为军师始兴王谘议参军。"《资治通鉴》卷一七〇《陈纪四》系事于光大元年二月。参看《南史》卷二五《到彦之传附到仲举传》、卷七四《孝义传下·殷不害传附殷不佞传》。

散骑常侍顾越，华皎构逆，或谮之于高宗言其有异志，坐免。

《陈书》卷三三《儒林传·顾越传》："废帝嗣立，除通直散骑常侍、中书舍人。华皎之构逆也，越在东阳，或谮之于高宗，言其有异志，诏下狱，因坐免。太建元年卒于家。"《南史》卷七一《顾越传》："及废帝即位，拜散骑常侍，兼中书舍人，黄门侍郎如故。领天保博士，掌仪礼，犹为帝师，入讲授，甚见尊宠。时宣帝辅政，华皎举兵不从，越因请假东还。或谮之宣帝，言越将扇动蕃镇，遂免官。太建元年，卒于家。"

按，据《陈书》卷四《废帝纪》：光大元年五月"安南将军、湘州刺史华皎谋反"，顾越因被谮华皎反时有异志坐免，故系于同年。

光大二年（戊子，568 年）

十一月，废帝陈伯宗，降为临海郡王；王皇后，为临海王妃；皇太子陈至泽，被废，太建元年袭封临海嗣王。

陈伯宗　《陈书》卷四《废帝纪》：光大二年十一月"甲寅，慈训太后集群臣于朝堂，令曰：'……式稽故实，宜在流放，今可特降为临海郡王，送还藩邸。……'……是日，出居别第。太建二年四月薨，时年十九。帝仁弱无人君之器，世祖每虑不堪继业。既居冢嫡，废立事重，是以依违积载。及疾将大渐，召高宗谓曰：'吾欲遵太伯之事。'高宗初未达旨，后寤，乃拜伏涕泣，固辞。其后宣太后依诏废帝焉。"同书卷六《后主纪》："史臣郑国公魏徵曰：'……临川年长于成王，过微于太甲。宣帝有周公之亲，无伊尹之志，明辟不复，桐宫遂往，欲加之罪，其无辞乎！'"《资治通鉴》卷一七〇《陈纪四》：光大二年十一月"甲寅，以太皇太后令诬帝，云与刘师知、华皎等通谋。且曰：'文皇知子之鉴，事等帝尧；传弟之怀，又符太伯。今可还申曩志，崇立贤君。'遂废帝为临海王，以安成王入纂。"参看《陈书》卷五《宣帝纪》、卷七《高祖章皇后传》，《南史》卷九《陈本纪上》、卷十《陈本纪下》、卷一二《后妃传下·陈武宣章皇后传》。

王皇后　陈至泽　《陈书》卷七《废帝王皇后传》："废帝王皇后，金紫光禄大夫固之女也。天嘉元年，为皇太子妃，废帝即位，立为皇后。废帝为临海王，后为临海王妃。至德中薨。后生临海嗣王至泽。至泽以光大元年为皇太子。太建元年，袭封临海嗣王。寻为宣惠将军，置佐史。陈亡入长安。"参看《南史》卷一二《后妃传下·废帝王皇后传》。

十一月，始兴王陈伯茂，怨愤高宗，降为温麻侯。

《陈书》卷二八《世祖九王传·始兴王伯茂传》："废帝即位，时伯茂在都，刘师知等矫诏出高宗也，伯茂劝成之。师知等诛后，高宗恐伯茂煽动朝廷，光大元年，乃进号中卫将军，令入居禁中，专与废帝游处。是时四海之望，咸归高宗，伯茂深不平，日夕愤怨，数肆恶言，高宗以其无能，不以为意。及建安人蒋裕与韩子高等谋反，伯茂并阴豫其事。二年十一月，皇太后令黜废帝为临海王，其日又下令曰：'伯茂轻薄，爰自弱龄，辜负严训，弥肆凶狡。常以次居介弟，宜秉国权，不涯年德，逾逞狂躁，图为祸乱，扇动宫闱，要招虣险，觊望台阁，嗣君丧道，由此乱阶，是诸凶德，咸作谋主。允宜罄彼司甸，刑斯剧人。言念皇支，尚怀悲懑，可特降为温麻侯，宜加禁止，别遣就第。不意如此，言增泫叹。'时六门之外有别馆，以为诸王冠婚之所，名为婚第，至是命伯茂出居之。于路遇盗，殒于车中，时年十八。"《资治通鉴》卷一七〇《陈纪四》："始兴王伯茂以安成王顼专政，意甚不平，屡肆恶言。……（光大二年十一月）废帝为临海王，以安成王入纂。又下令，黜伯茂为温麻侯，寘诸别馆，安成王使盗邀之于道，杀之车中。"参看《南史》卷六五《陈宗室诸王传·文帝诸子传附始兴王伯茂传》。

【废帝朝贬年不定者】

司徒左长史王质，坐招聚博徒，免官。

《南史》卷二三《王彧传附王质传》："宣帝辅政，为司徒左长史。坐招聚博徒，免官。"《陈书》卷一八《王质传》："高宗辅政，以为司徒左长史，将军如故。坐公事免官。寻为通直散骑常侍，迁太府卿、都官尚书。太建二年卒。"

侍中王固，以废帝外戚往来禁中，颇宣密旨，免官禁锢。

《陈书》卷二一《王固传》："废帝即位，授侍中、金紫光禄大夫。时高宗辅政，固以废帝外戚，姊媪恒往来禁中，颇宣密旨，事泄，比将伏诛，高宗以固本无兵权，且居处清洁，止免所居官，禁锢。太建二年，随例为招远将军、宣惠豫章王谘议参军。"参看《南史》卷二三《王彧传附王固传》。

建安太守孙瑒，以公事免。

《陈书》卷二五《孙瑒传》："出为使持节、安东将军、建安太守。光大中，以公事免，寻起为通直散骑常侍。"

左民郎司马申，以公事免。

《陈书》卷二九《司马申传》："入为尚书金部郎。迁左民郎，以公事免。太建初，起为贞威将军、征南鄱阳王谘议参军。"

陈宣帝朝（568—582）

太建元年（己丑，569 年）

车骑大将军章昭达，以还朝迟留，降号车骑将军。

《陈书》卷一一《章昭达传》："高宗即位，进号车骑大将军，以还朝迟留，为有司所劾，降号车骑将军。欧阳纥据有岭南反，诏昭达都督众军讨之。……广州平。以功进车骑大将军，迁司空，余并如故。"参看《南史》卷六六《章昭达传》、《册府元龟》卷四五〇《将帅部·遣让》。

按，《陈书》卷五《宣帝纪》载：太建元年"冬十月，新除左卫将军欧阳纥据广州举兵反。辛未，遣车骑将军、开府仪同三司章昭达率众讨之"，章昭达降号在此前。

太建三年（辛卯，571 年）

六月，征北大将军淳于量，坐就江阴王萧季卿买梁陵中树，免侍中；江阴王萧季卿，免。

《陈书》卷一一《淳于量传》："出为使持节、都督南徐州诸军事、镇北将军、南徐州刺史，侍中、仪同、鼓吹并如故。太建元年，进号征北大将军，给扶。三年，坐就江阴王萧季卿买梁陵中树，季卿坐免，量免侍中。寻复加侍中。"参看

《南史》卷六六《淳于量传》。

萧季卿 《陈书》卷五《宣帝纪》：太建三年"六月丁亥，江阴王萧季卿以罪免。甲辰，封东中郎将长沙王府谘议参军萧彝为江阴王"。参看《南史》卷十《陈本纪下》。

护军将军杜稜，以公事，免侍中、护军。

《陈书》卷一二《杜稜传》："二年，征为侍中、镇右将军。寻加特进、护军将军。三年，以公事免侍中、护军。四年，复为侍中、右光禄大夫，并给鼓吹一部，将军、佐史、扶并如故。"参看《南史》卷六七《杜稜传》。

太建四年（壬辰，572 年）

二月，东扬州刺史陈叔英，不奉法度、逼取人马，坐免黜。

《陈书》卷二四《袁宪传》："三年，迁御史中丞，领羽林监。时豫章王叔英不奉法度，逼取人马，宪依事劾奏，叔英由是坐免黜，自是朝野皆严惮焉。"参看《南史》卷二六《袁湛传附袁宪传》、《册府元龟》卷五一九《宪官部·弹劾二》。

按，《陈书》卷二八《高宗二十九王传·豫章王叔英传》："太建元年，改封豫章王，仍为宣惠将军、都督东扬州诸军事、东扬州刺史。五年，进号平北将军、南豫州刺史"，又同书卷五《宣帝纪》："（太建四年）二月乙酉，立皇子叔卿为建安王，授东中郎将、东扬州刺史。……五年春正月癸酉，以征北大将军、开府仪同三司、南徐州刺史淳于量为中权大将军；宣惠将军、豫章王叔英为南徐州刺史，进号平北将军。"陈叔英本传载其太建五年为南豫州刺史，误，帝纪所载是，乃代淳于量为南徐州刺史。又据帝纪所载，四年二月以陈叔卿为东扬州刺史，当即代陈叔英，故系此。

广州刺史陈方泰，为政残暴，免官。

《陈书》卷一四《南康愍王昙朗传附陈方泰传》："太建四年，迁使持节、都督广衡交越成定明新合罗德宜黄利安建石崖十九州诸军事、平越中郎将、广州刺史。为政残暴，为有司所奏，免官。寻起为仁威将军，置佐史。"参看《南史》卷六五《陈宗室诸王传·南康愍王昙朗传附陈方泰传》。

太建五年(癸巳，573年)

毛喜，朝廷议以为尚书右仆射，为司马申所谮，废锢。

《南史》卷七七《恩幸传·司马申传》："初，尚书右仆射沈君理卒，朝廷议以毛喜代之。申虑喜预政，乃短喜于后主曰：'喜臣之妻兄，高帝时称陛下有酒德，请逐去宫臣，陛下宁忘之邪！'喜由是废锢。"

按，据《陈书》卷二三《沈君理传》，沈君理卒于太建五年九月，故将毛喜废锢事系于本年。同书卷二九司马申、毛喜本传均未载此事，毛喜本传所载其在太建三年至六年间仕历："太建三年，丁母忧去职。……寻起为明威将军，右卫、舍人如故。改授宣远将军、义兴太守。寻以本号入为御史中丞。服阕，加散骑常侍、五兵尚书，参掌选事。"

太建七年(乙未，575年)

壮武将军徐敬成，坐于军中辄科订，并诛新附，免官。

《陈书》卷一二《徐度传附徐敬成传》："五年，除贞威将军、吴兴太守。其年随都督吴明彻北讨。……以功加通直散骑常侍、云旗将军，增邑五百户。又进号壮武将军，镇朐山。坐于军中辄科订，并诛新附，免官。寻复为持节、都督安元潼三州诸军事、安州刺史，将军如故，镇宿预。七年卒，时年三十六。"参看《南史》卷六七《徐度传附徐敬成传》。

按，据《陈书》卷五《宣帝纪》：太建七年三月"改梁东徐州为安州"，徐敬成免官后起为安州刺史不得早于此。又其免官后"寻"起用，故将免官事亦系本年。

尚书左仆射徐陵，以公事免侍中、仆射。

《陈书》卷二六《徐陵传》："(太建)三年，迁尚书左仆射。……加侍中，馀并如故。七年，领国子祭酒、南徐州大中正。以公事免侍中、仆射。寻加侍中，给扶，又除领军将军。八年，加翊右将军、太子詹事，置佐史。"参看《南史》卷六二《徐摛传附徐陵传》。

太建八年（丙申，576 年）

六月，太子詹事江总，与太子为长夜之饮，免官；后为左民尚书，未拜，又以公事免。

《陈书》卷二七《江总传》："转太子詹事，中正如故。以与太子为长夜之饮，养良娣陈氏为女，太子微行总舍，上怒免之。寻为侍中，领左骁骑将军。复为左民尚书，领左军将军，未拜，又以公事免。寻起为散骑常侍、明烈将军、司徒左长史，迁太常卿。后主即位，除祠部尚书。"《资治通鉴》卷一七二《陈纪六》系事于太建八年六月。参看《南史》卷三六《江夷传附江总传》。

按，据《陈书》卷二一《孔奂传》：太建八年"后主时在东宫，欲以江总为太子詹事，令管记陆瑜言之于奂。奂谓瑜曰：'江有潘、陆之华，而无园、绮之实，辅弼储宫，窃有所难。'瑜具以白后主，后主深以为恨，乃自言于高宗。高宗将许之，奂乃奏曰：'江总文华之人，今皇太子文华不少，岂藉于总！如臣愚见，愿选敦重之才，以居辅导。'帝曰：'即如卿言，谁当居此？'奂曰：'都官尚书王廓，世有懿德，识性敦敏，可以居之。'后主时亦在侧，乃曰：'廓王泰之子，不可居太子詹事。'奂又奏曰：'宋朝范晔即范泰之子，亦为太子詹事，前代不疑。'后主固争之，帝卒以总为詹事，由是忤旨。"江总为太子詹事在太建八年，又《陈书》卷二六《徐陵传》："八年，加翊右将军、太子詹事，置佐史"，太子詹事只一人，徐陵当是代江总为之。

又，免左民尚书、左军将军事在宣帝太建年间。张盈《江总年谱》（《中国古典文献学丛刊》第五卷）系事于太建十一年，未详何据。

太建九年（丁酉，577 年）

十月，太子左卫率蔡景历，帝欲北伐进图河南，景历谏不宜过穷远略，恶其沮众，出为宣远将军、豫章内史；未行，又以在省之日赃污狼藉，免官削爵土。

《陈书》卷一六《蔡景历传》："迁太子左卫率，常侍、舍人如故。太建五年，都督吴明彻北伐，所向克捷，与周将梁士彦战于吕梁，大破之，斩获万计，方欲进图彭城。是时高宗锐意河南，以为指麾可定，景历谏称师老将骄，不宜过穷远略。高宗恶其沮众，大怒，犹以朝廷旧臣，不深罪责，出为宣远将军、豫章内史。未行，为飞章所劾，以在省之日，赃污狼藉，帝令有司按问，景历但承其半。于是御史中丞宗元饶奏曰：'臣闻士之行己，忠以事上，廉以持身，苟违斯道，刑兹罔赦。谨按宣远将军、豫章内史新丰县开国侯景历，因藉多幸，豫奉兴王，皇运权舆，颇参缔构。天嘉之世，赃贿狼藉，圣恩录用，许以更鸣，裂壤崇阶，不远斯复。不能改节自励，以报曲成，遂乃专擅贪污，彰于远近，一则已甚，其可再乎？宜置刑书，以明秋宪。臣等参议，以见事免景历所居官，下鸿胪削爵土。谨奉白简以闻。'诏曰'可。'于是徙居会稽。及吴明彻败，帝思景历前言，即日追还，复以为征南鄱阳王谘议参军。数日，迁员外散骑常侍，兼御史中丞，复本封爵，入守度支尚书。"《资治通鉴》卷一七三《陈纪七》系事于太建九年十月。参看《南史》卷六八《蔡景历传》、《册府元龟》卷五一九《宪官部·弹劾二》。

中军大将军淳于量，以公事免侍中。

《陈书》卷一一《淳于量传》："六年，出为使持节、都督郢巴南司定四州诸军事、征西大将军、郢州刺史，侍中、仪同、鼓吹、扶并如故。七年，征为中军大将军、护军将军。九年，以公事免侍中。寻复加侍中。"

宗正卿陈方泰，在郡不修民事，秩满因行暴掠、征求财贿，代至又淹留不还，免官。

《陈书》卷一四《南康愍王昙朗传附陈方泰传》："六年，授持节、都督豫章郡诸军事、豫章内史。在郡不修民事，秩满之际，屡放部曲为劫，又纵火延烧邑居，因行暴掠，驱录富人，征求财贿。代至，又淹留不还。至都，诏以为宗正卿，将军、佐史如故。未拜，为御史中丞宗元饶所劾，免官，以王还第。十一年，起为宁远将军，直殿省。"同书卷二九《宗元饶传》："吴兴太守武陵王伯礼，豫章内史南康嗣王方泰，并骄蹇放横，元饶案奏之，皆见削黜。"参看《南史》卷六五《陈宗室诸王传·南康愍王昙朗传附陈方泰传》、卷六八《宗元饶传》。

按，陈郡内史一任三年，陈方泰太建六年为豫章内史，九年秩满，故系此。

吴兴太守陈伯礼，在郡恣行暴掠，降军号。

《陈书》卷二八《世祖九王传·武陵王伯礼传》："太建初，为云旗将军、持节、都督吴兴诸军事、吴兴太守。在郡恣行暴掠，驱录民下，逼夺财货，前后委积，百姓患之。太建九年，为有司所劾，上曰：'王年少，未达治道，皆由佐史不能匡弼所致，特降军号，后若更犯，必致之以法，有司不言与同罪。'十一年春，被代征还，伯礼遂迁延不发。其年十月……"参看《南史》卷六五《陈宗室诸王传·文帝诸子传附武陵王伯礼传》。

合州刺史陈褒，在任赃污狼藉，免官。

《陈书》卷二九《宗元饶传》："迁御史中丞，知五礼事。时合州刺史陈褒赃污狼藉，遣使就渚敛鱼，又于六郡乞米，百姓甚苦之。元饶劾奏曰：'臣闻建旟求瘼，实寄廉平，褰帷恤隐，本资仁恕。如或贪污是肆，征赋无厌，天网虽疏，兹焉弗漏。谨案钟陵县开国侯、合州刺史臣褒，因藉多幸，预逢抽擢，爵由恩被，官以私加，无德无功，坐尸荣贵。谯、肥之地，久沦非所，皇威克复，物仰仁风。新邦用轻，弥俟宽惠，应斯作牧，其寄尤重。爰降曲恩，祖行宣室，亲承规诲，事等言提。虽廉洁之怀，诚无素蓄，而禀兹严训，可以厉精。遂乃擅行赋敛，专肆贪取，求粟不厌，愧王沉之出赈，征鱼无限，异羊续之悬枯，实以严科，实惟明宪。臣等参议，请依旨免褒所应复除官，其应禁锢及后选左降本资，悉依免官之法。'遂可其奏。"参看《南史》卷六八《宗元饶传》、《册府元龟》卷五一九《宪官部·弹劾二》。

按，宗元饶任御史中丞时又劾奏陈伯礼、陈方泰(参看太建九年陈方泰、陈伯礼条)，故将奏免陈褒事亦系于此。

荆州刺史孙玚，以事免。

《陈书》卷二五《孙玚传》："太建四年，授都督荆信二州诸军事、安西将军、荆州刺史，出镇公安。玚增修城池，怀服边远，为邻境所惮。居职六年，又以事免，更为通直散骑常侍。及吴明彻军败吕梁，授使持节、督缘江水陆诸军事、镇西将军，给鼓吹一部。"参看《南史》卷六七《孙玚传》。

按，孙玚居职六年而免，在太建九年或十年。后云"及吴明彻军败吕梁"，又《陈书》卷五《宣帝纪》：太建十年"二月甲子，北讨众军败绩于吕梁，司空吴明彻及将卒已下，并为周军所获"，知孙玚太建十年初授使持节、都督、镇西将军，为通直散骑常侍更在此前。推知免官事应约在太建九年末。

太建十一年(己亥，579 年)

八月，宁远将军陈方泰，行淫，拒格禁司，免官削爵土。

《陈书》卷一四《南康愍王昙朗传附陈方泰传》："十一年，起为宁远将军，直殿省。寻加散骑常侍，量置佐史。其年八月，高宗幸大壮观，因大阅武，命都督任忠领步骑十万，陈于玄武湖，都督陈景领楼舰五百，出于瓜步江，高宗登玄武门观，宴群臣以观之。因幸乐游苑，设丝竹会，仍重幸大壮观，集众军振旅而还。是时方泰当从，启称所生母疾，不行，因与亡命杨钟期等二十人，微服往民间，淫人妻，为州所录。又率人仗抗拒，伤禁司，为有司所奏。上大怒，下方泰狱。方泰初但承行淫，不承拒格禁司，上曰不承则上测，方泰乃投列承引。于是兼御史中丞徐君敷奏曰：'臣闻王者之心，匪漏网而私物，至治之本，无屈法而申慈。谨案南康王陈方泰宗属虽远，幸托葭莩，刺举莫成，共治罕绩。圣上弘以悔往，许其录用，宫闱寄切，宿卫是尸。岂有金门旦启，玉舆晓跸，百司驰骛，千队腾骧，惮此翼从之劳，亡兴晨昏之请？翻以危冠淇上，袨服桑中，臣子之愆，莫斯为大，宜从霜简，允置秋官。臣等参议，请依见事，解方泰所居官，下宗正削爵土。谨以白简奏闻。'上可其奏。寻复本官爵。"《资治通鉴》卷一七三《陈纪七》系事于太建十一年八月。参看《南史》卷六五《陈宗室诸王传·南康愍王昙朗传附陈方泰传》、《册府元龟》卷五一九《宪官部·弹劾二》。按，《南史》作御史中丞为"徐君整"，下条亦然。

十月，吴兴太守陈伯礼，被代征还迁延不发，免官。

《陈书》卷二八《世祖九王传·武陵王伯礼传》："太建初，为云旗将军、持节、都督吴兴诸军事、吴兴太守。……十一年春，被代征还，伯礼遂迁延不发。其年十月，散骑常侍、御史中丞徐君敷奏曰：'臣闻车屡不俟，君命之通规，夙夜匪懈，臣子之恒节。谨案云旗将军、持节、都督吴兴诸军事、吴兴太守武陵王伯礼，早擅英猷，久驰令问，惟良寄重，粉乡是属。圣上爱育黔黎，留情政本，共化求瘼，早赴皇心，遂复稽缓归骖，取移凉燠，迟回去鹢，空淹载路，淑慎未彰，违惰斯在，绳愆检迹，以为惩诫。臣等参议以见事免伯礼所居官，以王还第，谨以白简奏闻.'诏曰：'可'。祯明三年入关，隋大业中为散骑侍郎、临洮太守。"参看《南史》卷六五《陈宗室诸王传·文帝诸子传附武陵王伯礼传》、《册府元龟》卷五一九《宪官部·弹劾二》。

仁威将军鲁广达，拒周败，尽失淮南之地，免官。

《陈书》卷三一《鲁广达传》："十年，授使持节、都督合霍二州诸军事，进号仁威将军、合州刺史。十一年，周将梁士彦将兵围寿春，诏遣中领军樊毅、左卫将军任忠等分部趣阳平、秦郡，广达率众入淮，为掎角以击之。周军攻陷豫、霍二州，南、北兖、晋等各自拔，诸将并无功，尽失淮南之地，广达因免官，以候还第。十二年，与豫州刺史樊毅率众北讨，克郭默城。寻授使持节、平西将军、都督郢州以上十州诸军事，率舟师四万，治江夏。"参看《南史》卷六七《鲁悉达传附鲁广达传》。

御史中丞王政，不举奏始兴王叔陵居忧无礼，免官。

《陈书》卷三六《始兴王叔陵传》："十一年，丁所生母彭氏忧去职。……初丧之日，伪为哀毁，自称刺血写《涅槃经》，未及十日，乃令庖厨击鲜，日进甘膳。又私召左右妻女，与之奸合，所作尤不轨，侵淫上闻。高宗谴责御史中丞王政，以不举奏免政官，又黜其典签亲事，仍加鞭捶。高宗素爱叔陵，不绳之以法，但责让而已。"参看《南史》卷六五《陈宗室诸王传·宣帝诸子传附始兴王叔陵传》、《册府元龟》卷五二二《宪官部·谴让》。

按，《南史》作"未及十旬，乃日进甘膳"。以陈叔陵种种悖逆之举观之，《陈书》所云十日更为符合其行事，今从《陈书》。

太建十二年（庚子，580 年）

镇西将军孙玚，坐疆场交通抵罪。

《陈书》卷二五《孙玚传》："寻授散骑常侍、都督荆郢巴武湘五州诸军事、郢州刺史，持节、将军、鼓吹并如故。十二年，坐疆场交通抵罪。后主嗣位，复除通直散骑常侍，兼起部尚书。寻除中护军，复爵邑，入为度支尚书，领步兵校尉。"参看《南史》卷六七《孙玚传》。

镇西将军樊毅，以公事免。

《陈书》卷三一《樊毅传》："寻授镇西将军、都督荆郢巴武四州水陆诸军事。十二年，进督沔、汉诸军事，以公事免。十三年，征授中护军。"

【孝宣帝朝贬年不定者】

太子中庶子徐俭，以公事免。

《陈书》卷二六《徐陵传附徐俭传》："寻迁黄门侍郎，转太子中庶子，加通直散骑常侍，兼尚书左丞，以公事免。寻起为中卫始兴王限外咨议参军，兼中书舍人。"

中卫将军陈伯恭，以公事免。

《陈书》卷二八《世祖九王传·晋安王伯恭传》："太建元年，入为安前将军、中护军，迁中领军。寻为中卫将军、扬州刺史，以公事免。四年，起为安左将军。"

领军将军沈恪，被代以途还不时至，免官。

《陈书》卷一二《沈恪传》："太建四年，征为领军将军。及代还，以途远不时至，为有司所奏免。十一年，起为散骑常侍、卫尉卿。"

按，据《陈书》卷五《宣帝纪》：太建七年十二月"国子祭酒徐陵为领军将军"，沈恪被代还，或即指此。

山阴令褚玠，被谮，坐免官。

《陈书》卷三四《文学传·褚玠传》："除戎昭将军、山阴令。……时舍人曹义达为高宗所宠，县民陈信家富于财，谄事义达，信父显文恃势横暴。玠乃遣使执显文，鞭之一百，于是吏民股栗，莫敢犯者。信后因义达谮玠，竟坐免官。玠在任岁馀，守禄俸而已，去官之日，不堪自致，因留县境，种蔬菜以自给。或嗤玠以非百里之才，玠答曰：'吾委输课最，不后列城，除残去暴，奸吏局蹐。若谓其不能自润脂膏，则如来命。以为不达从政，吾未服也。'时人以为信然。皇太子知玠无还装，手书赐粟米二百斛，于是还都。太子爱玠文辞，令入直殿省。十年，除电威将军、仁威淮南王长史。"参看《南史》卷二八《褚裕之传附褚玠传》。

尚书吏部侍郎蔡凝，高宗欲用义兴主婿钱肃为黄门郎，因其言而止，义兴主日谮之，免官迁交趾。

《陈书》卷三四《文学传·蔡凝传》："寻授宁远将军、尚书吏部侍郎。……高宗常谓凝曰：'我欲用义兴主婿钱肃为黄门郎，卿意何如？'凝正色对曰：'帝乡旧戚，恩由圣旨，则无所复问。若格以金议，黄散之职，故须人门兼美，惟陛下裁之。'高宗默然而止。肃闻而有憾，令义兴主日谮之于高宗，寻免官，迁交趾。顷之，追还。后主嗣位，授晋安王谘议参军。"参看《南史》卷二九《蔡廓传附蔡凝传》。

陈后主朝（582—589）

至德元年（癸卯，583年，一月后主即位，改元）

正月，司空陈叔坚，势倾朝廷、骄纵不法，出为江州刺史；重为司空，怨望、祝诅于上，十二月免官。

《陈书》卷六《后主纪》：至德元年正月"骠骑将军、开府仪同三司、扬州刺史长沙王叔坚为江州刺史"；八月"以骠骑将军、开府仪同三司长沙王叔坚为司空"；十二月"司空长沙王叔坚有罪免"。同书卷二八《高宗二十九王传·长沙王叔坚传》："寻迁司空，将军、刺史如故。是时后主患创，不能视事，政无小大，悉委叔坚决之，于是势倾朝廷。叔坚因肆骄纵，事多不法，后主由是疏而忌之。孔范、管斌、施文庆之徒，并东宫旧臣，日夜阴持其短。至德元年，乃诏令即本号用三司之仪，出为江州刺史。未发，寻有诏又以为骠骑将军，重为司空，实欲去其权势。叔坚不自安，稍怨望，乃为左道厌魅以求福助，刻木为偶人，衣以道士之服，施机关，能拜跪，昼夜于日月下醮之，祝诅于上。其年冬，有人上书告其事，案验并实，后主召叔坚因于西省，将杀之。其夜，令近侍宣敕，数之以罪，叔坚对曰：'臣之本心，非有他故，但欲求亲媚耳。臣既犯天宪，罪当万死，臣死之日，必见叔陵，愿宣明诏，责于九泉之下。'后主感其前功，乃赦之，特免所居官，以王还第。寻起为侍中、镇左将军。"《南史》卷六五《陈宗室诸王传·宣帝诸子传附长沙王叔坚传》："至德元年，乃诏令即本号用三司之仪，出为江州刺史。未发，寻以为司空，实欲夺其权。又阴令人造其厌魅，刻木为偶人，衣以道士服，施机关，能拜跪，昼夜于星月下醮之，祝诅于上。又令人上书告其事，案验令实。后主召叔坚囚于西省，将黜之，令近侍宣敕数之。叔坚自陈为佞人所构，死日惭见叔陵。后主感其前功，乃赦之，免所居官，以王还第。"参看《南史》卷十《陈本纪下》、《资治通鉴》卷一七五《陈纪九》。

按，祝诅之事，《陈书》《通鉴》载乃陈叔坚以怨望自为之，而《南史》载为后主设局陷害。

二月，吏部尚书毛喜，阻后主宴饮，出为永嘉内史。

《陈书》卷二九《毛喜传》："迁吏部尚书，常侍如故。及高宗崩，叔陵构逆……贼平，又加侍中，增封并前九百户。至德元年，授信威将军、永嘉内史，加秩中二千石。初，高宗委政于喜，喜亦勤心纳忠，多所匡益，数有谏诤……喜既益亲，乃言无回避，而皇太子好酒德，每共幸人为长夜之宴，喜尝为言，高宗以诫太子，太子阴患之，至是稍见疏远。初，后主为始兴王所伤，及疮愈而自庆，置酒于后殿，引江总以下，展乐赋诗，醉而命喜。于时山陵初毕，未及逾年，喜见之不怿，欲谏而后主已醉，喜升阶，佯为心疾，仆于阶下，移出省中。后主醒，乃疑之，谓江总曰：'我悔召毛喜，知其无疾，但欲阻我欢宴，非我所为，故奸诈耳。'乃与司马申谋曰：'此人负气，吾欲将乞鄱阳兄弟听其报仇，可乎？'对曰：'终不为官用，愿如圣旨。'傅縡争之曰：'不然。若许报仇，欲置先皇何地？'后主曰：'当乞一小郡，勿令见人事耳。'乃以喜为永嘉内史。喜至郡，不受俸秩，政弘清静，民吏便之。遇丰州刺史章大宝举兵反……贼平，授南安内史。祯明元年，征为光禄大夫，领左骁骑将军。……其年道病卒，时年七十二。"《资治通鉴》卷一七五《陈纪九》系事于至德元年二月。参看《南史》卷六八《毛喜传》、《册府元龟》卷二一八《闰位部·恶直》。

前重安县公程文季，战败为周所囚，逃归被执卒于狱中，降封重安县侯。

《陈书》卷十《程灵洗传附程文季传》："九年，又随（吴）明彻北讨，于吕梁作堰，事见明彻传。十年春，败绩，为周所因，仍授开府仪同三司。十一年，自周逃归，至涡阳，为边吏所执，还送长安，死于狱中。后主是时既与周绝，不之知也。至德元年，后主始知之，追赠散骑常侍。寻又诏曰：'故散骑常侍、前重安县开国公文季，纂承门绪，克荷家声。早岁出军，虽非元帅，启行为最，致果有闻，而覆丧车徒，允从黜削。但灵洗之立功扞御，久而见思，文季之埋魂异域，有足可悯。言念劳旧，伤兹废绝，宜存庙食，无使馁而。可降封重安县侯，邑一千户，以子飨袭封。'"

至德三年（乙巳，585 年）

丰州刺史章大宝，在州贪纵，被代。

《陈书》卷一一《章昭达传》："出为丰州刺史，在州贪纵，百姓怨酷，后主以太仆卿李晕代之。至德三年四月，晕将到州，大宝乃袭杀晕，举兵反，遣其将杨通寇建安。……为追兵所及，生擒送都，于路死，传首枭于朱雀航，夷三族。"参看《南史》卷六六《章昭达传》。按，《资治通鉴》卷一七六《陈纪十》系事于至德三年三月。

祯明二年（戊申，588 年）

六月，皇太子陈胤，后主恶之而爱张贵妃子深，废为吴兴王。

《陈书》卷六《后主纪》：祯明二年六月"庚子，废皇太子胤为吴兴王，立军师将军、扬州刺史始安王深为皇太子"。同书卷二四《袁宪传》："后主欲立宠姬张贵妃子始安王为嗣，尝从容言之，吏部尚书蔡徵顺旨称赏，宪厉色折之曰：'皇太子国家储嗣，亿兆宅心。卿是何人，轻言废立！'夏，竟废太子为吴兴王。"同书卷二八《后主十一子传·吴兴王胤传》："后主即位，立为皇太子。……是时张贵妃、孔贵嫔并爱幸，沈皇后无宠，而近侍左右数于东宫往来，太子亦数使人至后所，后主疑其怨望，甚恶之。而张、孔二贵妃又日夜构成后及太子之短，孔范之徒又于外合成其事，祯明二年，废为吴兴王，仍加侍中、中卫将军。三年入关，卒于长安。"参看《南史》卷十《陈本纪下》、卷二六《袁湛传附袁宪传》、卷六五《陈宗室诸王传·后主诸子传附太子深传、吴兴王胤传》，《资治通鉴》卷一七六《陈纪十》。

按，太子陈胤被废事，《陈书》载于六月，《通鉴》载于五月。然祯明二年五月并无庚子日，今从《陈书》。

祯明三年(己酉，589 年)

三月，后主陈叔宝，入隋，薨于洛阳，追赠大将军，封长城县公；皇后沈婺华，亦入长安。

《陈书》卷六《后主纪》："三月己巳，后主与王公百司发自建邺，入于长安。隋仁寿四年十一月壬子，薨于洛阳，时年五十二。追赠大将军，封长城县公，谥曰炀。"《南史》卷一二《后妃传下·后主沈皇后传》："后主沈皇后讳婺华，吴兴武康人也。……太建元年，拜为皇太子妃。后主即位，立为皇后。……后主将废之，而立张贵妃，会国亡不果，乃与后主俱入长安。及后主薨，后自为哀辞，文甚酸切。隋炀帝每巡幸，恒令从驾。及炀帝被杀，后自广陵过江，于毗陵天静寺为尼，名观音。贞观初卒。"参看《陈书》卷七《后主沈皇后传》、《南史》卷十《陈本纪下》、《资治通鉴》卷一七七《隋纪一》。

【后主朝贬年不定者】

驸马都尉柳盼，因醉乘马入殿门，免官。

《陈书》卷七《高宗柳皇后传》："弟盼，太建中尚世祖女富阳公主，拜驸马都尉。后主即位，以帝舅加散骑常侍。盼性愚戆，使酒，常因醉乘马入殿门，为有司所劾，坐免官，卒于家。赠侍中、中护军。"参看《南史》卷三八《柳元景传附柳盼传》、《册府元龟》卷九一四《总录部·酒失》。

贞威将军萧引，不许殿内队主吴璜、宦官李善度等请属，被诬免官。

《陈书》卷二一《萧允传附萧引传》："后主即位，转引为中庶子，以疾去官。明年，京师多盗，乃复起为贞威将军、建康令。时殿内队主吴璜，及宦官李善度、蔡脱儿等多所请属，引一皆不许。引族子密时为黄门郎，谏引曰：'李、蔡之势，在位皆畏惮之，亦宜小为身计。'引曰：'吾之立身，自有本末，亦安能为李、蔡改行。就令不平，不过解职耳。'吴璜竟作飞书，李、蔡证之，坐免官，卒于家。"参看《南史》卷一八《萧思话传附萧引传》。按，《册府元龟》卷八四九《总录部·谏诤》作"李善度"为"李善庆"。

给事黄门侍郎蔡凝，谏后主宴饮，迁信威晋熙王府长史。

《陈书》卷三四《文学传·蔡凝传》："后主嗣位，授晋安王谘议参军，转给事黄门侍郎。后主尝置酒会，群臣欢甚，将移宴于弘范宫，众人咸从，唯凝与袁宪不行。后主曰：'卿何为者？'凝对曰：'长乐尊严，非酒后所过，臣不敢奉诏。'众人失色。后主曰：'卿醉矣。'即令引出。他日，后主谓吏部尚书蔡徵曰：'蔡凝负地矜才，无所用也。'寻迁信威晋熙王府长史，郁郁不得志，乃喟然叹曰：'天道有废兴，夫子云'乐天知命'，斯理庶几可达。'因制《小室赋》以见志，甚有辞理。陈亡入隋，道病卒，时年四十七。"参看《南史》卷二九《蔡廓传附蔡凝传》、《册府元龟》卷二一八《闰位部·恶直》。

按，据《陈书》卷二八《高宗二十九王传·晋熙王叔文传》："二年，迁信威将军、督湘衡武桂四州诸军事、湘州刺史。祯明二年，秩满，征为侍中、宣毅将军，佐史如故"，晋熙王陈叔文至德二年至祯明二年为信威将军、在湘州，蔡凝出贬在此年间。

附录1　南朝流贬文学统计表

表一　诏令等

时间	作者	题目	出处
宋			
永初元年	宋武帝	《降封晋世名臣后裔诏》	《宋书》卷三《武帝纪下》
景平二年	宋武张夫人	《废少帝为营阳王令》	《宋书》卷四《少帝纪》
元嘉八年	宋文帝	《徙谢灵运诏》	《宋书》卷六七《谢灵运传》
元嘉十一年	宋文帝	《与彭城王义康诏》	《宋书》卷七三《颜延之传》
元嘉二十九年	宋文帝	《诏萧思话》	《宋书》卷七八《萧思话传》
大明二年	宋孝武帝	《答颜竣诏》	《宋书》卷七五《颜竣传》
大明三年	宋孝武帝	《罪颜竣诏》	《宋书》卷七五《颜竣传》
大明四年	宋孝武帝	《罪周朗诏》	《宋书》卷八二《周朗传》
大明八年	宋前废帝	《答江夏王劾蔡兴宗诏》	《宋书》卷五七《蔡廓传附蔡兴宗传》
大明八年	宋前废帝	《答柳元景劾蔡兴宗诏》	《宋书》卷五七《蔡廓传附蔡兴宗传》
泰始二年	宋明帝	《徙松滋侯子房诏》	《宋书》卷八《孝武十四王传·松滋侯子房传》
泰始二年	宋明帝	《下沈勃诏》	《宋书》卷六三《沈演之传附沈勃传》
泰始三年	宋明帝	《徙徐爰诏》	《宋书》卷九四《恩幸传·徐爰传》
泰始三年	宋明帝	《又诏》	《宋书》卷九四《恩幸传·徐爰传》
泰始三年	宋明帝	《责羊希诏》	《宋书》卷五四《羊玄保传附羊希传》
泰始五年	宋明帝	《下庐江王祎诏》	《宋书》卷七九《文五王传·庐江王祎传》
泰始六年	宋明帝	《立晋熙王嗣诏》	《宋书》卷七二《文九王传·晋熙王昶传》

续表

时间	作者	题目	出处
泰始七年	宋明帝	《答有司奏始安王休仁罪状诏》	《宋书》卷七二《文九王传·始安王休仁传》
宋明帝时	宋明帝	《降殷恒诏》	《南齐书》卷四九《王奂传》
齐			
建元元年	齐高帝	《降封宋世公侯诏》	《南齐书》卷二《高帝纪下》
建元元年	齐高帝	《原王逊诏》	《南齐书》卷二三《王俭传》
建元元年	齐高帝	《下陆澄诏》	《南齐书》卷三九《陆澄传》
永明元年	齐武帝	《罪谢超宗诏》	《南齐书》卷三六《谢超宗传》
永明元年	齐武帝	《敕虞悰赐谢超宗死》	《南齐书》卷三六《谢超宗传》
齐武帝时	齐武帝	《敕徙刘祥》	《南齐书》卷三六《刘祥传》
隆昌元年	齐文安王后	《废少帝为郁林王令》	《南齐书》卷四《郁林王纪》
延兴元年	齐文安王后	《废少帝为海陵王令》	《南齐书》卷五《海陵王纪》
永元三年	齐文安王后	《数东昏侯罪恶令》	《南齐书》卷七《东昏侯纪》
梁			
天监元年	梁武帝	《降省齐世王侯封爵诏》	《梁书》卷二《武帝纪中》
天监元年	梁武帝	《降封豫章王元琳诏》	《南齐书》卷二二《豫章文献王传》
天监元年	梁武帝	《降封王俭为南昌侯诏》	《梁书》卷七《太宗王皇后传》
天监四年	梁武帝	《玺书诘范缜》	《梁书》卷一六《王亮传》
天监年间	梁武帝	《答萧昱手诏》	《梁书》卷二四《萧景传附萧昱传》
普通六年	梁武帝	《徙临贺王正德诏》	《南史》卷五一《萧正德传》
普通六年	梁武帝	《褒异周捨诏》	《梁书》卷二五《周捨传》
太清三年	王伟（代侯景）	《台城陷矫诏》	《梁书》卷五六《侯景传》
梁武帝时	梁武帝	《与刘之遴手敕》	《梁书》卷四〇《刘之遴传》
太清三年	梁元帝	《为书责数鲍泉二十罪》	《南史》卷六二《鲍泉传》
大宝二年	谢昊（代梁简文帝）	《废立诏草》	《南史》卷八《梁本纪下》；《资治通鉴》卷一六四《梁纪二十》
太平二年	徐陵（代梁敬帝）	《禅位陈王诏》	《陈书》卷一《高祖纪上》

续表

时间	作者	题目	出处
太平二年	徐陵 （代梁敬帝）	《禅位陈王策》	《陈书》卷一《高祖纪上》
太平二年	徐陵 （代梁敬帝）	《禅位陈王玺书》	《陈书》卷一《高祖纪上》
陈			
永定元年	陈武帝	《以梁主为江阴王诏》	《陈书》卷二《高祖纪下》
光大二年	陈武宣章后	《废少主为临海王以安成王入纂令》	《陈书》卷四《废帝纪》
光大二年	陈武宣章后	《黜始兴王伯茂令》	《陈书》卷二八《世祖九王传·始兴王伯茂传》
至德元年	陈后主	《追封程文季诏》	《陈书》卷十《程灵洗传附程文季传》

表二　奏表等

时间	作者	题目	出处
宋			
景平二年	徐羡之	《奏废庐陵王义真》	《宋书》卷六一《武三王传·庐陵孝献王义真传》
景平二年	张约之	《奏理庐陵王义真》	《宋书》卷六一《武三王传·庐陵孝献王义真传》
元嘉五年	王弘	《因大旱引咎逊位》	《宋书》卷四二《王弘传》
元嘉六年	王弘	《又上表逊位》	《宋书》卷四二《王弘传》
元嘉六年	王弘	《又表逊位》	《宋书》卷四二《王弘传》
元嘉八年	谢灵运	《诣阙自理表》	《宋书》卷六七《谢灵运传》
元嘉十七年	刘义康	《上表逊位》	《宋书》卷六八《武二王传·彭城王义康传》
元嘉十七年	扶令育	《诣阙上表理彭城王义康》	《宋书》卷六八《武二王传·彭城王义康传》
元嘉二十二年	有司	《上彭城王义康罪状》	《宋书》卷六八《武二王传·彭城王义康传》

时间	作者	题目	出处
元嘉二十三年	何承天	《奏劾博士顾雅等》	《宋书》卷一五《礼志二》
元嘉二十四年	刘义恭	《奏徙彭城王义康》	《宋书》卷六八《武二王传·彭城王义康传》
元嘉二十五年	何尚之	《密奏庾炳之得失》	《宋书》卷五三《庾登之传附庾炳之传》
元嘉二十五年	何尚之	《又陈》	《宋书》卷五三《庾登之传附庾炳之传》
元嘉二十五年	何尚之	《又陈庾炳之愆过》	《宋书》卷五三《庾登之传附庾炳之传》
元嘉二十五年	何尚之	《又答问庾炳之事》	《宋书》卷五三《庾登之传附庾炳之传》
元嘉二十八年	刘义恭	《奏徙彭城王义康》	《宋书》卷六八《武二王传·彭城王义康传》
宋文帝时	荀赤松	《奏劾颜延之》	《宋书》卷七三《颜延之传》
孝建元年	萧惠开	《求解职表》	《宋书》卷八七《萧惠开传》
孝建元年	王僧达	《表谢》	《宋书》卷七五《王僧达传》
孝建三年	王僧达	《上表解职》	《宋书》卷七五《王僧达传》
大明二年	庾徽之	《奏弹颜竣》	《宋书》卷七五《颜竣传》
大明三年	陈文绍	《上书诉父冤》	《宋书》卷七九《文五王传·竟陵王诞传》
大明三年	刘成	《诣阙上书告竟陵王诞谋反》	《宋书》卷七九《文五王传·竟陵王诞传》
大明三年	陈谈之	《上书诉弟咏之枉状》	《宋书》卷七九《文五王传·竟陵王诞传》
大明三年	有司	《奏竟陵王诞罪状》	《宋书》卷七九《文五王传·竟陵王诞传》
大明八年	刘义恭	《劾蔡兴宗表》	《宋书》卷五七《蔡廓传附蔡兴宗传》
大明八年	柳元景	《奏劾蔡兴宗》	《宋书》卷五七《蔡廓传附蔡兴宗传》

续表

时间	作者	题目	出处
泰始四年	孙夐	《重奏江夏王女服》	《南齐书》卷三一《江谧传》
泰始四年	江谧	《奏劾孙夐》	《南齐书》卷三一《江谧传》
泰始六年	有司	《奏劾庐江王祎》	《宋书》卷七九《文五王传·庐江王祎传》
泰始七年	有司	《奏始安王休仁罪状》	《宋书》卷七二《文九王传·始安王休仁传》
宋明帝时	孙夐	《奏劾王僧虔》	《南齐书》卷三三《王僧虔传》
齐			
建元元年	陆澄	《上表自理》	《南齐书》卷三九《陆澄传》
建元元年	褚渊	《奏劾陆澄》	《南齐书》卷三九《陆澄传》
建元四年	沈冲	《奏劾江谧》	《南齐书》卷三一《江谧传》
永明元年	袁彖	《奏劾谢超宗》	《南齐书》卷三六《谢超宗传》
永明元年	王逡之	《奏劾谢超宗袁彖》	《南齐书》卷三六《谢超宗传》
永明四年	徐孝嗣	《奏劾萧元蔚等》	《南齐书》卷四四《沈文季传》
齐武帝时	任遐	《奏劾刘祥》	《南齐书》卷三六《刘祥传》
齐武帝时	刘祥	《对狱鞫辞》	《南齐书》卷三六《刘祥传》
梁			
天监四年	任昉	《奏弹范缜》	《梁书》卷一六《王亮传》
天监年间	萧昱	《请解职表》	《梁书》卷二四《萧景传附萧昱传》
普通六年	到洽	《奏劾刘孝绰》	《梁书》卷三三《刘孝绰传》
陈			
太建九年	宗元饶	《奏劾蔡景历》	《陈书》卷一六《蔡景历传》
太建九年	宗元饶	《奏劾陈褒》	《陈书》卷二九《宗元饶传》
太建十一年	徐君敷	《奏劾南康王方泰》	《陈书》卷一四《南康愍王昙朗传附陈方泰传》
太建十一年	徐君敷	《奏劾武陵王伯礼》	《陈书》卷二八《世祖九王传·武陵王伯礼传》

表三 其他流贬之作

流贬者	流贬经历	流贬之作①
谢灵运	永初三年八月至景平元年秋九月,出贬永嘉	永初三年,谢灵运离京外任,作《永初三年七月十六日之郡初发都》《邻里相送方山》。 灵运赴永嘉郡(荒僻之郡)途中,枉道回故乡会稽始宁县少住,作《过始宁墅》。再折回走浙江,经富春、桐庐、七里濑等地,作《富春渚》《初往新安至桐庐口》(七八月之交)《夜发石关亭》《七里濑》等诗。八月十二日抵达永嘉(见《答弟书》前月十二日至永嘉郡)。 在永嘉时(一年,永初三年八月至景平元年秋九月),作品大致有《答弟书》(《与从弟书》疑与此为同一书信)及《晚出西射堂》《登永嘉绿嶂山》《游岭门山》《斋中读书》等;《游名山志》中的《横阳诸山》《楼石山》二则;《与诸道人辨宗论》、《答纲琳二法师》(并书)、《答王卫军问》(并书)(王弘《问谢永嘉》)。 景平元年在永嘉作《登池上楼》、《东山望海》、《登上戍石鼓山》、《种桑》、《石室山》、《白云曲》(佚)、《春草吟》(佚)、《过白岸亭》、《读书斋》、《游赤石进帆海》、《舟向仙岩寻三皇井仙迹》、《游南亭》、《登江中孤屿》、《白石岩下径行田》、《行田登海口盘屿山》、《过瞿溪山饭僧》、《命学士讲书》,《游名山志》中的《石室山》《泉山》《步廊山》《破石山·石帆山》《吹台上》《赤石山》《新溪》《地肺山》《芙蓉山》。 离郡时作《北亭与吏民别》《初去郡》《东阳溪中赠答》《辞禄赋》《归途赋》《答从弟书》。归途中作《游名山志》中的《东阳郡:缙云山》。
	景平元年秋至元嘉三年,隐居始宁	景平元年秋末,归始宁第一次隐居,作《述祖德诗二首》《会吟行》《与庐陵王义真笺》。 景平二年/元嘉元年仍隐居始宁,作《石壁立招提精舍》《石壁精舍还湖中作》《田南树园激流植援》《南楼中望所迟客》,《和范特进祇洹像赞》《和从弟惠连无量寿颂》《答范特进书送佛赞》《〈维摩诘经〉中十譬赞八首》《伤己赋》,乐府《鞠歌行》及《逸民赋》《入道至人赋》《衡山嵩下见一老翁四五少年赞》《王子晋赞》《书帙铭》。此年至次年撰《山居赋》。 元嘉二年,作《于南山往北山经湖中瞻眺》、《从斤竹涧越岭溪行》、《连句》(佚)、《昙隆法师诔》;《游名山志》中的《会稽郡:石壁山》《临江楼》《南门楼》《石门山》《浮玉山》《横山》《神子溪》《石箐山》。 元嘉三年,离乡返京,前作《还旧园作,见颜范二中书》(颜延之《和谢监灵运》);作《庐陵王墓下作》《初至都》。

---

① 按,标"＊"者,系他人为流贬者所作之文;加下划线者,观其文意,似有流贬之寄寓,故暂附。

续表

流贬者	流贬经历	流贬之作
谢灵运	元嘉五年至元嘉八年，又归始宁	元嘉五年，谢灵运告假离京，归始宁，途中作《入东道路》。灵运返始宁后与惠连等人为友游宴，被弹劾免官，此期间作《作离合》(附谢惠连《离合》诗二首和《夜集作离合诗》诗一首)。 　　元嘉六年秋七月作《七夕咏牛女诗》(附谢惠连《七夕咏牛女》)。九月伐木开径，作《登临海峤初发疆中作，与从弟惠连，见羊何共和之》《赠王琇》，《游名山志》中的《疆中》《天姥山》。 　　元嘉七年作《酬从弟惠连》(谢惠连《西陵遇风献康乐》)，《石门新营所住四面高山，迴溪石濑，修竹茂林》《登石门最高顶》《石门岩上宿》《答谢惠连》《发归濑三瀑布望两溪》。 　　元嘉八年与会稽太守孟顗仇隙，灵运作《自理表》。赴京前作《山家》。
	元嘉八年至十年，流徙广州	元嘉八年，谢灵运兴兵抗捕，作《临川被收》，被擒徙广州。赴广州途中作《岭表赋》及《岭表诗》，《感时赋》《登狐山》《入竦溪》《长歌行(倏烁夕星流)》。在广州被指控谋反，于广州行弃市刑，作《临终诗》。
颜延之	景平二年至元嘉三年，出贬始安	《祭屈原文》《行殡赋》《为张湘州祭虞帝文》《独秀山》《寒蝉赋》《大筮箴》《始安郡还都与张湘州登巴陵城楼作》
	元嘉十一年至元嘉十七年，出贬永嘉，寻又被免、屏居在家	《归鸿》《辞难潮沟》《拜永嘉太守辞东宫表》《五君咏》《释何衡阳〈达性论〉》《重释何衡阳》《又释何衡阳》《论检》《夏夜呈从兄散骑车长沙》《织女赠牵牛》《庭诰》《七绎》《宋文皇帝元皇后哀册文》
范晔	元嘉九年冬，出贬宣城	《后汉书》
袁淑	宋文帝时，以不附刘湛免	《种兰诗》《啄木诗》《吊古文》
沈怀远	元嘉三十年至大明八年，徙广州	《长鸣鸡赞》、《博罗县簟竹铭》、《南越志》(辑佚)
谢庄	孝建三年，坐辞疾多免	《与江夏王义恭笺》

续表

流贬者	流贬经历	流贬之作
张融	大明六年，出贬封溪	《海赋(并序)》<u>《忧且吟》《别诗》</u>
江淹	元徽二年至昇明元年，贬为建安吴兴令	文《被黜为吴兴令辞笺诣建平王》《倡妇自悲赋》《去故乡赋》《泣赋》《青苔赋》《石劫赋》《莲华赋》《赤虹赋》《待罪江南思北归赋》《伤爱子赋》《四时赋》《翡翠赋》《丽色赋》《空青赋》《水上神女赋》《恨赋》《别赋》 诗《无锡县历山集》《无锡舅相送衔涕别》《吴中礼石佛》《赤亭渚》《渡泉峤出诸山之顶》《迁阳亭》《应谢主簿骚体》《杂三言五首》《草木颂十五首》《采石上菖蒲》《山中楚辞五首》《悼室人十首》《游黄蘖山》
王弘	元嘉五年，自贬	*成粲《与王弘书》
刘休若	泰始四年，降号	*宋明帝《与巴陵王休若书》
范云	永明十一年，出贬零陵	《之零陵郡次新亭》(*谢朓《新亭渚别范零陵云》)
沈约	隆昌元年至建武三年，出贬东阳	《早发定山》《循役朱方道路》《新安江水至清浅深见底贻京邑游好》《八咏》《登玄畅楼》《贺齐明帝登阼启》《齐故安陆昭王碑文》《赠刘南郡季连》《祭故徐崔文教》《赠留真人祖父教》《与陶弘景书》《游金华山》《留真人东山还》《赤松涧》《泛永康江》《赠沈录事江水曹二大使》《去东阳与吏民别》
刘峻	天监年间至普通二年，免官，筑室居于东阳紫岩山	《始居山营室》、《答刘之遴借类苑书》(*刘之遴《与刘孝标书》)及《东阳金华山栖志》《辨命论》《追答刘秣陵沼书》《自序》
裴邃	天监七年，出贬始安	《致吕僧珍书》
王僧孺	天监十二年，免官	《奉辞南康王府笺》《与何炯书》<u>《答江琰书》《落日登高》《中川长望》</u>
萧正德	普通三年，怨望奔魏，削封爵	《竹火笼》

续表

流贬者	流贬经历	流贬之作
谢几卿	普通六年，免官	《答湘东王书》
萧综	普通六年叛入魏，削爵土、绝属籍	《听钟鸣》《悲落叶》
刘孝绰	天监十二年，免官	《酬陆长史倕》《答何记室》
	普通六年，免官	《答湘东王书》（＊萧绎《与刘孝绰书》）及《陪徐仆射晚宴诗》《谢西中郎咨议启》《谢东宫启》《与弟书》
周捨	普通七年，免官	《还田舍诗》
王筠	中大通三年至大同元年，出贬临海	《早出巡行瞩望山海》《观海》《与东阳盛法师书》《答元金紫饷朱李》《和萧子范入元襄王第》《和刘尚书》
徐陵	中大通四年至五年，免官	《为羊兖州家人答饷镜诗》
刘潜	大同三年至四年，左迁安西谘议参军	《为武陵王谢赐第启》
张种	大同三年，免官	《与沈炯书》
吴均	天监年间，免官返乡	《与施从事书》《与朱元思书》
萧纲	大宝二年，被废幽禁	《被幽述志诗》《幽絷题壁自序》《连珠》
褚玠	陈宣帝时，谮免	《风里蝉赋》
陈叔宝	祯明三年，陈亡入隋	《临行诗》《浮梁上怀乡诗》《济江陵诗》《入隋侍宴应诏诗》

附录2 南朝大赦统计表

皇帝（大赦次数/在位年限）	年代	原因	出处
宋武帝(4/3)	永初元年六月	践祚	《宋书》卷三《武帝纪下》；《南史》卷一《宋本纪上》
	永初二年正月	郊	《宋书》卷三《武帝纪下》；《南史》卷一《宋本纪上》
	永初三年正月		《宋书》卷三《武帝纪下》；《南史》卷一《宋本纪上》
	永初三年三月	疾愈	《宋书》卷三《武帝纪下》；《南史》卷一《宋本纪上》
宋少帝(3/3)	永初三年五月	践祚	《宋书》卷四《少帝纪》；《南史》卷一《宋本纪上》
	景平元年正月	改元	《宋书》卷四《少帝纪》；《南史》卷一《宋本纪上》
	景平二年五月（皇太后令，赦死罪以下）	废帝	《宋书》卷四《少帝纪》；《南史》卷一《宋本纪上》
宋文帝(18/30)	元嘉元年八月	践祚，改元	《宋书》卷五《文帝纪》；《南史》卷二《宋本纪中》
	元嘉二年正月	郊	《宋书》卷五《文帝纪》；《南史》卷二《宋本纪中》
	元嘉三年正月	从军	《宋书》卷五《文帝纪》；《南史》卷二《宋本纪中》

皇帝(大赦次数/在位年限)	年代	原因	出处
宋文帝(18/30)	元嘉三年二月	皇子生	《宋书》卷五《文帝纪》
	元嘉六年三月	建储	《宋书》卷五《文帝纪》；《南史》卷二《宋本纪中》
	元嘉八年六月	劝农	《宋书》卷五《文帝纪》；《南史》卷二《宋本纪中》
	元嘉十年正月	恤刑	《宋书》卷五《文帝纪》；《南史》卷二《宋本纪中》
	元嘉十二年正月	郊	《宋书》卷五《文帝纪》；《南史》卷二《宋本纪中》
	元嘉十三年三月	诛大臣	《宋书》卷五《文帝纪》；《南史》卷二《宋本纪中》
	元嘉十四年正月	郊	《宋书》卷五《文帝纪》；《南史》卷二《宋本纪中》
	元嘉十六年十二月	太子冠	《宋书》卷五《文帝纪》；《南史》卷二《宋本纪中》
	元嘉十七年十月	诛大臣	《宋书》卷五《文帝纪》；《南史》卷二《宋本纪中》
	元嘉十九年四月	疾愈，祔祭	《宋书》卷五《文帝纪》；《南史》卷二《宋本纪中》
	元嘉二十一年正月	劝农	《宋书》卷五《文帝纪》；《南史》卷二《宋本纪中》
	元嘉二十三年四月	从军	《宋书》卷五《文帝纪》；《南史》卷二《宋本纪中》
	元嘉二十四年正月	恤刑	《宋书》卷五《文帝纪》；《南史》卷二《宋本纪中》
	元嘉二十六年三月	恤刑	《宋书》卷五《文帝纪》；《南史》卷二《宋本纪中》
	元嘉二十七年十一月	从军	《宋书》卷五《文帝纪》；《南史》卷二《宋本纪中》

皇帝(大赦次数/在位年限)	年代	原因	出处
宋孝武帝(12/12)	元嘉三十年正月	践祚	《宋书》卷六《孝武帝纪》;《南史》卷二《宋本纪中》
	孝建元年正月	郊,改元	《宋书》卷六《孝武帝纪》;《南史》卷二《宋本纪中》
	孝建元年七月	灾异	《宋书》卷六《孝武帝纪》;《南史》卷二《宋本纪中》
	孝建二年六月	国哀除释	《宋书》卷六《孝武帝纪》;《南史》卷二《宋本纪中》
	孝建二年九月	恤刑	《宋书》卷六《孝武帝纪》;《南史》卷二《宋本纪中》
	孝建三年正月	立太子妃	《宋书》卷六《孝武帝纪》;《南史》卷二《宋本纪中》
	大明元年正月	改元	《宋书》卷六《孝武帝纪》;《南史》卷二《宋本纪中》
	大明三年七月	恤刑	《宋书》卷六《孝武帝纪》;《南史》卷二《宋本纪中》
	大明四年正月	劝农	《宋书》卷六《孝武帝纪》;《南史》卷二《宋本纪中》
	大明六年正月	祀明堂	《宋书》卷六《孝武帝纪》;《南史》卷二《宋本纪中》
	大明七年二月	巡狩	《宋书》卷六《孝武帝纪》;《南史》卷二《宋本纪中》
	大明七年十二月	巡狩	《宋书》卷六《孝武帝纪》;《南史》卷二《宋本纪中》
宋前废帝(3/2)	大明八年闰五月	践祚	《宋书》卷七《前废帝纪》;《南史》卷二《宋本纪中》
	永光元年正月	改元	《宋书》卷七《前废帝纪》;《南史》卷二《宋本纪中》
	景和元年十一月	皇子生	《宋书》卷七《前废帝纪》;《南史》卷二《宋本纪中》

续表

皇帝(大赦次数/在位年限)	年代	原因	出处
宋明帝(7/8)	泰始元年十二月	践祚	《宋书》卷八《明帝纪》；《南史》卷三《宋本纪下》
	泰始二年九月	克捷	《宋书》卷八《明帝纪》
	泰始三年八月	从军	《宋书》卷八《明帝纪》
	泰始四年正月	郊	《宋书》卷八《明帝纪》
	泰始五年正月	劝农	《宋书》卷八《明帝纪》
	泰始六年二月(巧注从军,不在赦例)	立太子妃	《宋书》卷八《明帝纪》
	泰始七年八月	疾愈	《宋书》卷八《明帝纪》
宋后废帝(7/6)	泰豫元年四月	践祚	《宋书》卷九《后废帝纪》；《南史》卷三《宋本纪下》
	元徽元年正月	改元	《宋书》卷九《后废帝纪》；《南史》卷三《宋本纪下》
	元徽二年五月	克捷	《宋书》卷九《后废帝纪》；《南史》卷三《宋本纪下》
	元徽二年十一月	帝冠	《宋书》卷九《后废帝纪》
	元徽四年正月	劝农	《宋书》卷九《后废帝纪》
	元徽四年七月	克捷	《宋书》卷九《后废帝纪》
	元徽五年六月	诛大臣	《宋书》卷九《后废帝纪》
宋顺帝(2/3)	昇明元年七月	践祚,改元	《宋书》卷十《顺帝纪》；《南史》卷三《宋本纪下》
	昇明元年十二月	遇乱	《宋书》卷十《顺帝纪》
齐高帝(3/4)	建元元年四月	践祚,改元	《南齐书》卷二《高帝纪下》；《南史》卷四《齐本纪上》
	建元二年正月	郊,从军	《南齐书》卷二《高帝纪下》；《南史》卷四《齐本纪上》
	建元三年六月	豫章王疾	《南齐书》卷二《高帝纪下》；《南史》卷四《齐本纪上》；《南史》卷四二《萧嶷传》

皇帝(大赦次数/在位年限)	年代	原因	出处
齐武帝(5/12)	建元四年三月	践祚	《南齐书》卷三《武帝纪》；《南史》卷四《齐本纪上》
	永明元年正月	郊，改元	《南齐书》卷三《武帝纪》；《南史》卷四《齐本纪上》
	永明三年正月	郊	《南齐书》卷三《武帝纪》；《南史》卷四《齐本纪上》
	永明七年正月	郊	《南齐书》卷三《武帝纪》；《南史》卷四《齐本纪上》
	永明八年七月	灾异	《南齐书》卷三《武帝纪》；《南史》卷四《齐本纪上》
齐郁林王(2/2)	永明十一年七月	践祚	《南史》卷五《齐本纪下》
	隆昌元年正月	改元	《南齐书》卷四《郁林王纪》；《南史》卷五《齐本纪下》
齐海陵王(1/1)	延兴元年七月	践祚，改元	《南齐书》卷五《海陵王纪》；《南史》卷五《齐本纪下》
齐明帝(5/5)	建武元年十月	践祚，改元	《南齐书》卷六《明帝纪》；《南史》卷五《齐本纪下》
	建武二年十月	立太子妃	《南齐书》卷六《明帝纪》；《南史》卷五《齐本纪下》
	建武四年正月	劝学	《南齐书》卷六《明帝纪》；《南史》卷五《齐本纪下》
	永泰元年正月	从军	《南齐书》卷六《明帝纪》；《南史》卷五《齐本纪下》
	永泰元年四月	帝疾	《南史》卷五《齐本纪下》
齐东昏侯(5/4)	永元元年正月	改元	《南齐书》卷七《东昏侯纪》；《南史》卷五《齐本纪下》
	永元元年四月	建储	《南齐书》卷七《东昏侯纪》；《南史》卷五《齐本纪下》

续表

皇帝(大赦次数/在位年限)	年代	原因	出处
齐东昏侯(5/4)	永元元年九月	诛大臣	《南齐书》卷七《东昏侯纪》；《南史》卷五《齐本纪下》
	永元二年五月	诛大臣	《南齐书》卷七《东昏侯纪》；《南史》卷五《齐本纪下》
	永元三年正月	郊	《南齐书》卷七《东昏侯纪》；《南史》卷五《齐本纪下》
齐和帝(3/2)	永元三年正月	受命	《南齐书》卷八《和帝纪》；《南史》卷五《齐本纪下》
	中兴元年三月	践祚，改元	《南齐书》卷八《和帝纪》；《南史》卷五《齐本纪下》
	中兴元年十二月	萧衍入屯阅武堂	《南史》卷六《梁本纪上》
梁武帝(43/48)	天监元年四月	践祚，改元	《梁书》卷二《武帝纪中》；《南史》卷六《梁本纪上》
	天监三年六月	遣使巡行	《梁书》卷二《武帝纪中》；《南史》卷六《梁本纪上》
	天监四年正月	郊	《梁书》卷二《武帝纪中》；《南史》卷六《梁本纪上》
	天监五年十一月	从军	《梁书》卷二《武帝纪中》；《南史》卷六《梁本纪上》
	天监六年八月		《梁书》卷二《武帝纪中》；《南史》卷六《梁本纪上》
	天监七年夏四月	立太子妃	《梁书》卷二《武帝纪中》；《南史》卷六《梁本纪上》
	天监七年八月（赦大辟以下）	皇子生	《梁书》卷二《武帝纪中》；《南史》卷六《梁本纪上》；《南史》卷一二《后妃下》

皇帝（大赦次数/在位年限）	年代	原因	出处
梁武帝（43/48）	天监八年正月	郊	《梁书》卷二《武帝纪中》；《南史》卷六《梁本纪上》
	天监十年正月	郊	《梁书》卷二《武帝纪中》；《南史》卷六《梁本纪上》
	天监十二年正月（赦大辟以下）	郊	《梁书》卷二《武帝纪中》；《南史》卷六《梁本纪上》
	天监十三年二月	劝农	《梁书》卷二《武帝纪中》；《南史》卷六《梁本纪上》
	天监十四年正月	太子冠	《梁书》卷二《武帝纪中》；《南史》卷六《梁本纪上》
	天监十五年九月		《梁书》卷二《武帝纪中》；《南史》卷六《梁本纪上》
	天监十六年二月	劝农	《南史》卷六《梁本纪上》
	天监十七年二月		《梁书》卷二《武帝纪中》；《南史》卷六《梁本纪上》
	天监十八年四月	佛事	《梁书》卷二《武帝纪中》；《南史》卷六《梁本纪上》
	普通元年正月	改元	《梁书》卷三《武帝纪下》；《南史》卷七《梁本纪中》
	普通二年正月	恤刑	《梁书》卷三《武帝纪下》；《南史》卷七《梁本纪中》
	普通三年五月	灾异	《梁书》卷三《武帝纪下》；《南史》卷七《梁本纪中》
	普通四年正月	郊	《梁书》卷三《武帝纪下》；《南史》卷七《梁本纪中》
	普通六年正月	郊	《梁书》卷三《武帝纪下》；《南史》卷七《梁本纪中》

皇帝(大赦次数/在位年限)	年代	原因	出处
梁武帝(43/48)	普通六年七月	从军	《梁书》卷三《武帝纪下》；《南史》卷七《梁本纪中》
	普通七年正月（赦殊死以下）		《梁书》卷三《武帝纪下》；《南史》卷七《梁本纪中》
	普通七年十一月	贵嫔薨	《梁书》卷三《武帝纪下》；《南史》卷七《梁本纪中》
	大通元年三月	改元	《梁书》卷三《武帝纪下》；《南史》卷七《梁本纪中》
	中大通元年正月	郊	《梁书》卷三《武帝纪下》；《南史》卷七《梁本纪中》
	中大通元年六月	公主疾	《梁书》卷三《武帝纪下》；《南史》卷七《梁本纪中》
	中大通元年十月	改元	《梁书》卷三《武帝纪下》；《南史》卷七《梁本纪中》
	中大通三年正月	郊	《梁书》卷三《武帝纪下》；《南史》卷七《梁本纪中》
	中大通三年七月	建储	《梁书》卷三《武帝纪下》；《南史》卷七《梁本纪中》
	中大通五年正月	郊	《梁书》卷三《武帝纪下》；《南史》卷七《梁本纪中》
	中大通六年二月	劝农	《梁书》卷三《武帝纪下》；《南史》卷七《梁本纪中》
	大同元年正月	改元	《梁书》卷三《武帝纪下》；《南史》卷七《梁本纪中》
	大同三年正月	郊	《梁书》卷三《武帝纪下》；《南史》卷七《梁本纪中》
	大同三年八月	佛事	《梁书》卷三《武帝纪下》；《南史》卷七《梁本纪中》

皇帝（大赦次数/在位年限）	年代	原因	出处
梁武帝（43/48）	大同四年七月	佛事	《梁书》卷三《武帝纪下》；《南史》卷七《梁本纪中》
	大同六年八月		《梁书》卷三《武帝纪下》；《南史》卷七《梁本纪中》
	大同七年正月	郊	《梁书》卷三《武帝纪下》；《南史》卷七《梁本纪中》
	大同十年九月		《南史》卷七《梁本纪中》
	中大同元年三月		《梁书》卷三《武帝纪下》；《南史》卷七《梁本纪中》
	中大同元年四月	佛事，改元	《梁书》卷三《武帝纪下》；《南史》卷七《梁本纪中》
	太清元年正月	郊	《梁书》卷三《武帝纪下》；《南史》卷七《梁本纪中》
	太清元年四月	改元	《梁书》卷三《武帝纪下》；《南史》卷七《梁本纪中》
梁简文帝（2/3）	太清三年五月	践祚	《梁书》卷四《简文帝纪》；《南史》卷八《梁本纪下》
	大宝元年正月	改元	《梁书》卷四《简文帝纪》；《南史》卷八《梁本纪下》
梁敬帝（4/3）	绍泰元年十月	改元	《梁书》卷六《敬帝纪》；《南史》卷八《梁本纪下》
	太平元年正月		《梁书》卷六《敬帝纪》；《南史》卷八《梁本纪下》
	太平元年六月	克捷	《梁书》卷六《敬帝纪》；《南史》卷八《梁本纪下》
	太平元年九月	改元	《梁书》卷六《敬帝纪》；《南史》卷八《梁本纪下》

续表

皇帝(大赦次数/在位年限)	年代	原因	出处
陈高祖(2/3)	永定元年十月	践祚	《陈书》卷二《高祖纪下》；《南史》卷九《陈本纪上》
	永定二年正月	郊	《陈书》卷二《高祖纪下》；《南史》卷九《陈本纪上》
陈世祖(6/8)	永定三年六月	践祚	《陈书》卷三《世祖纪》；《南史》卷九《陈本纪上》
	天嘉元年正月	改元	《陈书》卷三《世祖纪》；《南史》卷九《陈本纪上》
	天嘉二年正月	从军	《陈书》卷三《世祖纪》；《南史》卷九《陈本纪上》
	天嘉三年三月	从军	《陈书》卷三《世祖纪》；《南史》卷九《陈本纪上》
	天嘉四年十二月	遇乱	《陈书》卷三《世祖纪》；《南史》卷九《陈本纪上》
	天康元年二月	改元	《陈书》卷三《世祖纪》；《南史》卷九《陈本纪上》
陈废帝(2/3)	天康元年四月	践祚	《陈书》卷四《废帝纪》；《南史》卷九《陈本纪上》
	光大元年正月	改元	《陈书》卷四《废帝纪》；《南史》卷九《陈本纪上》
陈宣帝(6/15)	太建元年正月	践祚	《陈书》卷五《宣帝纪》；《南史》卷十《陈本纪下》
	太建二年三月	克捷	《陈书》卷五《宣帝纪》；《南史》卷十《陈本纪下》
	太建三年三月	恤刑	《陈书》卷五《宣帝纪》；《南史》卷十《陈本纪下》

皇帝(大赦次数/在位年限)	年代	原因	出处
陈宣帝(6/15)	太建四年九月	灾异	《陈书》卷五《宣帝纪》；《南史》卷十《陈本纪下》
	太建十年三月	从军	《陈书》卷五《宣帝纪》；《南史》卷十《陈本纪下》
	太建十一年十一月	祥瑞	《陈书》卷五《宣帝纪》；《南史》卷十《陈本纪下》
陈后主(10/8)	太建十四年正月	践祚	《陈书》卷六《后主纪》；《南史》卷十《陈本纪下》
	太建十四年七月	灾异	《陈书》卷六《后主纪》；《南史》卷十《陈本纪下》
	太建十四年九月	佛事	《陈书》卷六《后主纪》；《南史》卷十《陈本纪下》
	至德元年正月	改元	《陈书》卷六《后主纪》；《南史》卷十《陈本纪下》
	至德二年正月	遣使巡行	《陈书》卷六《后主纪》；《南史》卷十《陈本纪下》
	至德二年十一月		《陈书》卷六《后主纪》；《南史》卷十《陈本纪下》
	至德三年十一月	佛事	《陈书》卷六《后主纪》；《南史》卷十《陈本纪下》
	至德四年十一月	恤刑	《陈书》卷六《后主纪》；《南史》卷十《陈本纪下》
	祯明元年正月	改元	《陈书》卷六《后主纪》；《南史》卷十《陈本纪下》
	祯明元年九月	克捷	《陈书》卷六《后主纪》；《南史》卷十《陈本纪下》

参 考 文 献

一、古籍

1. 经部

许慎：《说文解字》，中华书局 2013 年版。

皮锡瑞著，周予同注释：《经学历史》，中华书局 2004 年版。

《十三经注疏》整理委员会整理：《十三经注疏》，北京大学出版社 2000 年版。

2. 史部

刘向集录：《战国策》，上海古籍出版社 1978 年版。

司马迁：《史记》，中华书局 1959 年版。

班固：《汉书》，中华书局 1962 年版。

范晔撰，李贤等注：《后汉书》，中华书局 1965 年版。

魏收：《魏书》，中华书局 1974 年版。

房玄龄等：《晋书》，中华书局 1974 年版。

沈约：《宋书》，中华书局 1974 年版。

萧子显：《南齐书》，中华书局 1972 年版。

郦道元著，陈桥驿校证：《水经注校证》，中华书局 2013 年版。

姚思廉：《梁书》，中华书局 1973 年版。

姚思廉：《陈书》，中华书局 1972 年版。

李延寿：《北史》，中华书局 1974 年版。

李延寿：《南史》，中华书局 1975 年版。

李百药：《北齐书》，中华书局 1972 年版。

令狐德棻等：《周书》，中华书局 1971 年版。

魏徵等：《隋书》，中华书局 1973 年版。

李林甫等撰，陈仲夫点校：《唐六典》，中华书局 2014 年版。

杜佑撰，王文锦等点校：《通典》，中华书局 1988 年版。

欧阳修、宋祁：《新唐书》，中华书局 1975 年版。

司马光编著：《资治通鉴》，中华书局 2016 年版。

袁枢：《通鉴纪事本末》，中华书局 2015 年版。

周辉撰，刘永翔校注：《清波杂志校注》，中华书局 1994 年版。

宋濂等：《元史》，中华书局 1976 年版。

张廷玉等：《明史》，中华书局 1974 年版。

李清撰，故宫博物院编：《南北史合注》，海南出版社 2000 年版。

王鸣盛撰，黄曙辉点校：《十七史商榷》，上海古籍出版社 2013 年版。

赵翼著，王树民校证：《廿二史札记校证》，中华书局 1984 年版。

章学诚撰，叶瑛校注：《文史通义校注》，中华书局 2014 年版。

朱铭盘：《南朝宋会要》，上海古籍出版社 2006 年版。

朱铭盘：《南朝齐会要》，上海古籍出版社 2007 年版。

朱铭盘：《南朝梁会要》，上海古籍出版社 2008 年版。

朱铭盘：《南朝陈会要》，上海古籍出版社 2009 年版。

3. 子部

庄周撰，陈鼓应注译：《庄子今注今译》，商务印书馆 2007 年版。

刘义庆撰，徐震堮著：《世说新语校笺》，中华书局 1984 年版。

释慧皎撰，汤用彤校注，汤一玄整理：《高僧传》，中华书局 1992 年版。

颜之推著，王利器集解：《颜氏家训集解》，中华书局 1993 年版。

欧阳询：《艺文类聚》，上海古籍出版社 1999 年版。

刘𫫇撰，程毅中点校：《隋唐嘉话》，中华书局 1979 年版。

李昉等：《太平御览》，中华书局影印本 1960 年版。

王钦若等：《册府元龟》，中华书局 1960 年版。

4. 集部

洪兴祖：《楚辞补注》，中华书局 1983 年版。

颜延之撰，王学军笺注：《颜延之集编年笺注》，人民文学出版社 2021 年版。

谢灵运撰，顾绍柏校注：《谢灵运集校注》，里仁书局 2004 年版。

黄节：《谢康乐诗注 鲍参军诗注》，中华书局 2008 年版。

沈约著，陈庆元校笺：《沈约集校笺》，浙江古籍出版社 1995 年版。

江淹著，丁福林、杨胜朋校注：《江文通集校注》，上海古籍出版社 2017 年版。

谢朓著，曹融南校注集说：《谢宣城集校注》，上海古籍出版社 1991 年版。

刘勰著，范文澜注：《文心雕龙注》，人民文学出版社 1958 年版。

钟嵘著，曹旭笺注：《诗品笺注》，人民文学出版社 2009 年版。

萧统编，李善注：《文选》，上海古籍出版社 1986 年版。

徐陵编，吴兆宜注，程琰删补，穆克宏点校：《玉台新咏笺注》，中华书局 2017 年版。

徐陵撰，许逸民校笺：《徐陵集校笺》，中华书局 2008 年版。

王褒著，牛贵琥校注：《王褒集校注》，中华书局 2021 年版。

庾信撰，倪璠注，许逸民校点：《庾子山集注》，中华书局 1980 年版。

李白著，瞿蜕园、朱金城校注：《李白集校注》，上海古籍出版社 1980 年版。

杜甫著，钱谦益笺注：《钱注杜诗》，上海古籍出版社 2009 年版。

杜甫著，郭绍虞集解；元好问著，郭绍虞笺释：《杜甫戏为六绝句集解 元好问论诗三十首小笺》，人民文学出版社 1978 年版。

陆贽著，刘泽民校点：《陆宣公集》，浙江古籍出版社 1988 年版。

白居易著，朱金城笺校：《白居易集笺校》，上海古籍出版社 1988 年版。

柳宗元著，王国安笺释：《柳宗元诗笺释》，上海古籍出版社 1993 年版。

魏庆之：《诗人玉屑》，上海古籍出版社 1978 年版。

方回：《瀛奎律髓汇评》，上海古籍出版社 2005 年版。

冯惟讷：《古诗纪》，清文渊阁四库全书本。

胡应麟：《诗薮》，上海古籍出版社 1958 年版。

陆时雍撰，李子广评注：《诗镜总论》，中华书局 2014 年版。

王世贞著，陆洁栋、周明初批注：《艺苑卮言》，凤凰出版社 2009 年版。

许学夷著，杜维沫校点：《诗源辩体》，人民文学出版社 1987 年版。

张溥著，殷孟伦注：《汉魏六朝百三家集题辞注》，人民文学出版社 2007 年版。

王夫之著，李中华、李利民校点：《古诗评选》，上海古籍出版社 2011 年版。

赵翼著，李学颖、曹光甫校点：《瓯北集》，上海古籍出版社 1997 年版。

董诰等编：《全唐文》，中华书局 1983 年版。

严可均校辑：《全上古三代秦汉三国六朝文》，中华书局 1958 年版。

刘熙载著，袁津琥笺释：《艺概笺释》，中华书局 2019 年版。

逯钦立辑校：《先秦汉魏晋南北朝诗》，中华书局 1983 年版。

《清代诗文集汇编》编纂委员会编：《清代诗文集汇编(四八六)》，上海古籍出版社 2010 年版。

二、近、今人著作

1. 国内

曹道衡、刘跃进：《南北朝文学编年史》，人民文学出版社 2000 年版。

曹道衡、沈玉成：《中古文学史料丛考》，中华书局 2003 年版。

曹道衡、沈玉成：《中国文学家大辞典·先秦汉魏晋南北朝卷》，中华书局 1996 年版。

曹道衡：《兰陵萧氏与南朝文学》，中华书局 2004 年版。

曹道衡：《南朝文学与北朝文学研究》，商务印书馆 2015 年版。

曹旭等选注：《齐梁萧氏诗文选注》，上海古籍出版社 2015 年版。

陈寅恪：《隋唐制度渊源略论稿 唐代政治史述论稿》，生活·读书·新知三联书店 2015 年版。

程树德：《九朝律考》，商务印书馆 1927 年版。

程章灿：《世族与六朝文学》，黑龙江教育出版社 1998 年版。

丁福林：《东晋南朝谢氏文学集团研究》，世界图书出版公司 2014 年版。

范子烨编：《中古作家年谱汇考辑要》，世界图书出版公司 2014 年版。

方北辰：《魏晋南朝江东世家大族述论》，文津出版社 1991 年版。

傅刚：《魏晋南北朝诗歌史论》，商务印书馆 2017 年版。

葛剑雄：《中国移民史》(第二卷)，福建人民出版社 1997 年版。

郭沫若：《中国史稿》，人民出版社 1979 年版。

胡大雷：《中古文学集团》，广西师范大学出版社 1996 年版。

胡适：《20 世纪佛学经典文库·胡适卷》，武汉大学出版社 2008 年版。

金毓黻：《中国史学史》，商务印书馆 2010 年版。

李泽厚：《美的历程》，生活·读书·新知三联书店 2009 年版。

刘汝霖：《东晋南北朝学术编年》，华东师范大学出版社 2010 年版。

刘师培：《中国中古文学史讲义》，中国人民大学出版社 2004 年版。

刘师培著，邬国义、吴修艺编校：《刘师培史学论著选集》，上海古籍出版社 2006 年版。

刘永济：《十四朝文学要略》，商务印书馆 2021 年版。

刘跃进：《门阀士族与永明文学》，生活·读书·新知三联书店 1996 年版。

罗根泽：《魏晋六朝文学批评史》，商务印书馆 1947 年版。

罗新、叶炜：《新出魏晋南北朝墓志疏证》，中华书局 2016 年版。

罗振玉：《补宋书宗室世系表(外十三种)》，上海古籍出版社 2013 年版。

罗振玉：《六朝墓志精华》，中国书店 1990 年版。

罗宗强：《魏晋南北朝文学思想史》，中华书局 1996 年版。

吕思勉：《两晋南北朝史》，上海古籍出版社 2005 年版。

吕思勉：《中国通史》，上海人民出版社 2014 年版。

缪钺：《读史存稿》，生活·读书·新知三联书店 1963 年版。

钱穆：《中国学术思想史论丛(三)》，生活·读书·新知三联书店 2009 年版。

钱锺书：《管锥编》，中华书局 1979 年版。

钱锺书：《七缀集》，生活·读书·新知三联书店 2002 年版。

尚永亮：《贬谪文化与贬谪诗路：以中唐元和五大诗人之贬及其创作为中心》，中华书局 2023 年版。

尚永亮：《贬谪文化与贬谪文学——以中唐元和五大诗人之贬及其创作为中

心》，兰州大学出版社 2004 年版。

尚永亮：《唐五代逐臣与贬谪文学研究》，武汉大学出版社 2007 年版。

尚永亮：《庄骚传播接受史综论》，文化艺术出版社 2000 年版。

沈家本：《历代刑法考》，商务印书馆 2011 年版。

孙明君：《南北朝贵族文学研究》，商务印书馆 2018 年版。

谭其骧：《中国历史地图集》第 4 册《东晋十六国、南北朝时期》，中国地图出版社 1982 年版。

汤用彤：《汉魏两晋南北朝佛教史》，上海人民出版社 2015 年版。

汤用彤：《魏晋玄学论稿》，上海人民出版社 2015 年版。

唐长孺：《魏晋南北朝史论丛》，商务印书馆 2010 年版。

唐长孺：《魏晋南北朝史论拾遗》，中华书局 1983 年版。

田余庆：《东晋门阀政治》，北京大学出版社 2012 年版。

吴丕绩：《江淹年谱》，商务印书馆 1938 年版。

吴淇撰，汪俊、黄进德点校：《六朝诗选定论》，广陵书社 2009 年版。

严耕望：《中国地方行政制度史·魏晋南北朝地方行政制度》，上海古籍出版社 2007 年版。

阎步克：《波峰与波谷：秦汉魏晋南北朝的政治文明》，北京大学出版社 2017 年版。

阎步克：《品位与职位：秦汉魏晋南北朝官阶制度研究》，中华书局 2009 年版。

余英时：《士与中国文化》，上海人民出版社 1987 年版。

张惠言著，严明、董俊珏选注：《张惠言文选》，苏州大学出版社 2001 年版。

赵超：《汉魏南北朝墓志汇编》，中华书局 2021 年版。

周一良：《魏晋南北朝史十二讲》，中华书局 2010 年版。

周振鹤主编，胡阿祥、孔祥军、徐成著：《中国行政区划通史·三国两晋南朝卷》，复旦大学出版社 2014 年版。

2. 国外

奥利弗·詹姆斯著，康洁译：《原生家庭生存指南》，江西人民出版社 2019

年版。

川胜义雄著；徐谷芃、李济沧译：《六朝贵族制社会研究》，上海古籍出版社 2007 年版。

吉川忠夫著，王启发译：《六朝精神史研究》，江苏人民出版社 2010 年版。

刘柏林、胡令远编：《中日学者中国学论文集·中岛敏夫教授汉学研究五十年志念文集》，复旦大学出版社 2006 年版。

陆威仪著，李磊译：《分裂的帝国：南北朝》，中信出版社 2016 年版。

罗斯著，邱谨译：《论死亡和濒临死亡》，广东经济出版社 2005 年版。

内藤湖南著，夏应元等译：《中国史通论》，九州出版社 2018 年版。

田晓菲：《烽火与流星：萧梁王朝的文学与文化》，中华书局 2010 年版。

洼添庆文著，赵立新译：《魏晋南北朝官僚制研究》，复旦大学出版社 2017 年版。

维吉尼亚·萨提亚等著，聂晶译：《萨提亚家庭治疗模式》，世界图书出版公司 2007 年版。

宇文所安著，胡秋蕾、王宇根、田晓菲译：《中国早期古典诗歌的生成》，生活·读书·新知三联书店 2014 年版。

佐藤正光：《南朝的门阀贵族与文学研究》，三秦出版社 2012 年版。

三、论文

1. 学位论文

薛菁：《魏晋南北朝刑法研究》，福建师范大学博士学位论文，2005 年。

钟书林：《〈后汉书〉文学论稿》，陕西师范大学博士学位论文，2007 年。

柏俊才：《"竟陵八友"考论》，华中师范大学博士学位论文，2008 年。

王婷婷：《南朝彭城刘氏家族与文学》，复旦大学硕士学位论文，2010 年。

金溪：《北朝文化对南朝文化的接纳与反馈》，北京大学博士学位论文，2012 年。

2. 期刊论文

(1)中文

邱明洲：《范缜〈神灭论〉发表的年代》，《四川大学学报（哲学社会科学版）》1980 年第 1 期。

丁福林：《江淹诗文系年考辨》，《河南师范大学学报（哲学社会科学版）》1987 年第 3 期。

陈苏镇：《南朝散号将军制度考辨》，《史学月刊》1989 年第 3 期。

沈玉成：《关于颜延之的生平和作品》，《西北师大学报（社会科学版）》1989 年第 4 期。

林田慎之助著，韩贞全译：《〈文选〉和〈玉台新咏〉编纂的指导思想》，《山东师大学报（社会科学版）》1991 年第 3 期。

雷震：《黄、白籍问题与"土断"》，《汉中师院学报（哲学社会科学版）》1992 年第 1 期。

跃进：《论竟陵八友》，《文学遗产》1992 年第 3 期。

跃进：《永明文人集团述论》，《浙江学刊》1992 年第 6 期。

曹道衡：《昭明太子和梁武帝的建储问题》，《郑州大学学报（哲学社会科学版）》1994 年第 1 期。

杨东林：《略论南朝的家族与文学》，《文学评论》1994 年第 3 期。

戴伟华：《柳宗元贬谪期创作的"骚怨"精神——兼论南贬作家的创作倾向及其特点》，《文学遗产》1994 年第 4 期。

傅恩、马涛：《范缜〈神灭论〉发表年代的考辨》，《复旦学报（社会科学版）》1995 年第 1 期。

曹道衡：《梁武帝和"竟陵八友"》，《齐鲁学刊》1995 年第 5 期。

聂大受：《"竟陵八友"文学集团的形成及其特点》，《山东大学学报（哲学社会科学版）》1998 年第 2 期。

林家骊：《竟陵王西邸学士及活动考略》，《文史》1998 年第 9 期。

牛贵琥：《王褒卒年及部分作品写作年代考》，《文献》1999 年第 2 期。

王永平：《南朝人士之北奔与江左文化之北传》，《南京师范专科学校学报》2000 年第 1 期。

阎步克：《南北朝的散官发展与清浊异同》，《北京大学学报（哲学社会科学版）》2000 年第 2 期。

阎步克：《魏晋的朝班、官品和位阶》，《中国史研究》2000 年第 4 期。

牛贵琥：《庾信入北的实际情况及与作品的关系》，《文学遗产》2000 年第 5 期。

陈俊强：《三国两晋南朝的流徙刑——流刑前史》，《台湾政治大学历史学报》2003 年第 20 期。

牛贵琥：《由乡关之思看庾信王褒的不同兼论其原因》，《民族文学研究》2003 年第 4 期。

张小夫：《谢灵运流放广州时间及死因考》，《兰州学刊》2005 年第 3 期。

柏俊才：《范云年谱》，《中国韵文学刊》2008 年第 4 期。

曹旅宁、张俊民：《玉门花海所出〈晋律注〉初步研究》，《法学研究》2010 年第 4 期。

张俊民、曹旅宁：《毕家滩〈晋律注〉相关问题研究》，《考古与文物》2010 年第 6 期。

张海明：《江淹〈别赋〉〈恨赋〉写作时间及本事新证》，《北京师范大学学报（社会科学版）》2014 年第 2 期。

张海明：《江淹〈恨赋〉别解》，《中国文学研究》2014 年第 3 期。

钱志熙：《元嘉三大家永嘉郡事迹考》，《中国典籍与文化》2015 年第 4 期。

骆玉明、甘爱燕：《刘孝绰"名教案"考索》，《复旦学报（社会科学版）》2018 年第 2 期。

李猛：《萧子良西邸"文学"集团的形成——从政治与职官制度的视角出发》，《学术研究》2019 年第 5 期。

（2）外文

Guillen C. On the Literature of Exile and Counter-exile［J］. Books Abroad，1976（50）：271-280.

Swartz Wendy. There's no Place Like Home：XIE LINGYUN'S Representation of his Estate IN "Rhapsody on Dwelling in the Mountains"［J］. Early Medieval China，2015（21）：21-37.

后　记

本书初稿完成于我在武汉大学求学期间，系在博士论文基础上修订而成。学术启蒙之际，得以拜入尚师永亮先生门下，实我生平之幸。尚师治学严谨，待人宽和，启我心智，示我轨辙。求学数年，亦蒙师母杭高灵老师关怀，同门之间情谊笃厚，珞珈山下六年寒暑是我人生中一段足资忆念的温暖时光。离校之初尝历几番不顺，幸能于书斋之内寻得慰藉。三年之后经反复修订，终得成书付梓。

尚师是流贬文学研究的大家，本书得以纳入老师主编的"中国古代流贬文学研究丛书"，与师兄师姐之作一并刊行，既感惶恐，又深感荣幸。亦感谢编辑老师在本书出版过程中给予的指导与帮助，使此书得以面世。惟琐事缠身，脱稿仓促，讹误定将不少，但愿将来仍有机会修葺补阙，稍答师恩之高厚。

感谢双亲多年以来对我的支持与理解，他们始终尊重我在学术道路上的选择，容我负笈远游，安心求索。十年求学在外，又赴外省工作，未能承欢膝下，内心常怀愧疚。

忆昔辛丑重阳，从尚师与同门共游磨山楚城。时宿雨初霁，登高览胜，众人环诵《离骚》碑，继而赋诗唱和，歌咏雅集，如在目前。今将当日步韵之作载于卷末，一则追溯流贬文学之滥觞屈子，二则寄怀求学楚地之岁月：

> 一洗江天宿雨收，午凉从侍上重楼。
> 遗碑可辨古今在，逝水难追日月流。
> 荷带斜晖无奈晚，菊含残露不胜秋。
> 萧萧时气教人老，何况登临总是愁。

孙雅洁

2025 年 6 月于凤起桥畔